HEYNE <

Gisa Pauly

Käpt'ns Dinner

Familienchaos ahoi

ROMAN

WILHELM HEYNE VERLAG
MÜNCHEN

Der Verlag behält sich die Verwertung der urheberrechtlich geschützten Inhalte dieses Werkes für Zwecke des Text- und Data-Minings nach § 44 b UrhG ausdrücklich vor. Jegliche unbefugte Nutzung ist hiermit ausgeschlossen.

Penguin Random House Verlagsgruppe FSC® N001967

Originalausgabe 10/2024
Copyright © 2024 by Gisa Pauly
Copyright © 2024 dieser Ausgabe
by Wilhelm Heyne Verlag, München,
in der Penguin Random House Verlagsgruppe GmbH,
Neumarkter Str. 28, 81673 München
Umschlaggestaltung: ZERO Werbeagentur
unter Verwendung von © FinePic®, München
Satz: satz-bau Leingärtner, Nabburg
Druck und Bindung: GGP Media GmbH, Pößneck
Printed in Germany
ISBN: 978-3-453-42881-2

www.heyne.de

Dieses Buch ist ein Roman und kein Tatsachenbericht. Alle Ähnlichkeiten mit lebenden Personen und realen Handlungen sind rein zufällig.

Maria

Hamburg, 27.10.

»Siebenmal Gucci, achtmal Prada, sechsmal Armani!«
Nicht zu fassen! Weltreise-Kreuzfahrer hatten anscheinend andere Bedürfnisse als Eine-Woche-Mittelmeer-Kreuzfahrer oder Island-Kreuzfahrer, die entschlossen waren, in ihrem Urlaub vor allem zu frieren. Wie mir schien, bin ich ein bisschen weltfremd geworden während meiner Zeit im Kiosk der Fähre Kiel/Oslo, wo es meist nur um die Frage ging: Pommes mit Mayo oder Pommes mit Ketchup. Käppis mit dem Umriss der Fähre auf dem Schirm oder Halstücher mit den gängigsten Seemannsknoten waren da schon das Teuerste. Ich musste aufpassen, dass niemand merkte, wie wenig ich von Designermode verstand. Als Leiterin des Bordshops auf der *Soleil* sollte ich souverän sein. Da durfte ich mich nicht offen und vernehmlich darüber wundern, dass jemand viel Geld für ein Hemdchen von Armani ausgab, das im Hamburger Hafen für ein Zehntel zu haben gewesen wäre. Vielleicht nicht in derselben Qualität und natürlich ein No-Name-Produkt, aber wer schaute dabei so genau hin? Ich jedenfalls nicht.

Okay, ich hielt besser meinen Mund und packte die Kartons von Gucci, Prada und Armani aus und räumte die Klamotten ein. Sie würden vermutlich verkauft sein, noch ehe wir im ersten südamerikanischen Hafen eingelaufen waren. Kreuzfahrer hatten ja nichts Besseres zu tun. Weltkreuzfahrer erst recht nicht. Vier Monate lang nichts einkaufen? Das schaffte keiner. Und wer sich in meinem Bordshop blicken ließ, würde sehr aufmerksam bedient werden. Versprochen! Lukas sollte zufrieden mit mir sein. Das war ich ihm schuldig.

Lukas war echt ein guter Typ. Mein Bruder, ich war also nicht wirklich objektiv, aber alle fanden Lukas toll. Schon in der Schule war das so. Dabei war er nicht unbedingt ein schöner Mann, aber interessant, charmant und dadurch dennoch sehr attraktiv. Mit einer anderen Nase wäre vielleicht sogar ein richtiger Beau aus ihm geworden. Aber zum Glück war das bei Lukas so wie bei unserem Vater, der hatte auch einen kräftigen Zinken, sogar mit einem leichten Haken, und war trotzdem überall, wo Frauen auftauchten, Hahn im Korb gewesen. Wir Töchter, Barbara, Helene und ich, waren ja alle heilfroh, dass unser Vater uns seine große, schiefe Hakennase nicht vererbt hatte, wir wären damit vermutlich unglücklich geworden, aber die beiden Männer in unserer Familie hatten dadurch nichts an Attraktivität eingebüßt. Lukas erst recht nicht. Sämtliche Mädchen waren verrückt nach ihm gewesen, angeblich hatte es sogar eine der jungen Lehrerinnen auf ihn abgesehen. Kurz vor dem Abitur. Ob er auf ihre Avancen eingegangen war, wusste niemand. Nicht einmal ich. Lukas war da immer sehr verschwiegen.

Aber ehe nun männliche Leser vor Neid erblassen – so toll ist das gar nicht, von allen Frauen angeschwärmt zu werden. Denn was ist aus Lukas geworden? Kein glücklicher Ehemann, kein stolzer Familienvater. Er gehört zu den Männern, die mit über fünfzig immer noch ledig sind. Wenn die Auswahl zu groß wird, macht das die Entscheidung eben nicht einfacher. Nur ein einziges Mal war er bereit gewesen, sich auf eine Frau einzulassen. Aber ausgerechnet mit ihr hat es nicht geklappt. Warum nicht? Das habe ich ihn oft gefragt. Eine vernünftige Antwort hat er mir nie geben können. Wahrscheinlich weiß er es selbst nicht.

Mit meiner Schwester Barbara habe ich oft darüber geredet. Sie ist nämlich Expertin für Küchenpsychologie. Aber selbst in ihrem reichen Schatz an theoretischen Weisheiten hat sich nie etwas gefunden, was diese Sache erklärt hätte. Beim Gedanken an Barbara fällt mir ein ... sie hat mir eindringlich geraten, regelmäßig in den Spiegel zu sehen. Dass ich das bloß nicht vergesse! Hier auf dem Schiff gibt es ja genug davon.

»Als Leiterin des Bordshops darfst du nicht aussehen, als hättest du gerade mit einem undichten Wasserhahn gekämpft und dabei den Kürzeren gezogen.«

Barbara kennt mich eben. Besser als Lukas. Zum Glück! Der kennt eigentlich nur Frauen, die stündlich den Sitz ihrer Frisur kontrollieren, stets ein Auge auf ihre Fingernägel haben und nie ohne ihre künstlichen Wimpern unter Leute gehen. Jedenfalls glaube ich das. Kann aber sein, dass ich ihm damit Unrecht tue. Für Lukas bin ich ja keine Frau, sondern nur seine Schwester. Sie verstehen, was ich meine? Ob ich attraktiv bin oder nicht, schick oder altbacken gekleidet, Make-up aufgelegt habe oder völlig ungeschminkt daherkomme, ist Lukas total egal. Jedenfalls war das bisher so. Aber nun bin ich ja die Leiterin des Bordshops auf der *Soleil*, auf seinem Schiff. Da könnte sich sein Standpunkt geändert haben. Ich muss achtgeben. Er soll sich auf keinen Fall für mich schämen.

Mir fehlt leider dieser Automatismus, den ich bei attraktiven Frauen immer wieder beobachten kann. Also dieses selbstverständliche In-den-Spiegel-Schauen, bevor man sich in Gesellschaft begibt, dieses An-den-Haaren-Zupfen, wenn jemand in Sicht kommt, der wichtig ist, oder der unauffällige Griff an die Kehrseite, nachdem man sich gebückt hat und der Slip in Ritzen geflutscht ist, aus denen nur eine Könnerin ihn auf dezente Art wieder rausbekommt. Und das Haareschütteln mit zurückgelegtem Kopf, wenn gerade kein Kamm zur Hand ist. Ich muss mich immer bewusst an so was erinnern, während das bei anderen Frauen ganz automatisch funktioniert.

Barbara hat prompt Bedenken angemeldet, als Lukas dafür sorgte, dass mir die Leitung des Bordshops übertragen wurde. Sie meinte, dass modebewusste Frauen erwarteten, von ebenso modebewussten

Verkäuferinnen beraten zu werden. Offenbar traut sie mir auf diesem Gebiet wenig zu. Aber ich werde ihr beweisen, dass ich besser sein kann als mein Ruf. Versprochen!

Ich warf einen Blick in den Spiegel, war zwar nicht direkt mit mir zufrieden, wusste aber, dass mehr nicht aus mir rauszuholen war, und machte einen Kontrollgang durch den Bordshop. Wo würden die Sachen von Gucci, Prada und Armani am besten zur Geltung kommen? Schließlich räumte ich ein Regal frei, das Badesachen enthielt. Die brauchten nicht derart prominent angeboten zu werden. Wem eine Badehose oder ein Bikini fehlte, der würde gern danach suchen.

Während ich von jedem der drei Stardesignermarken je ein Teil besonders wirkungsvoll drapierte, öffnete sich die Tür, und Lukas erschien. Crewmitglieder und erst recht der Kapitän wissen, wie man in den Bordshop kommt, auch wenn er eigentlich geschlossen ist. Früher dachte ich, dass jeder Mann in einer Kapitänsuniform schmuck aussieht, aber mittlerweile glaube ich nicht mehr daran. Nein, nicht jedem steht eine weiße Uniform. Lukas aber steht sie wirklich!

»Na, Schwesterchen? Wie sieht's aus? Alles klar? Die ersten Passagiere treffen ein.«

In diesem Moment klingelte mein Handy, das ich an einer Handykette bei mir trug, natürlich an einer, die es im Bordshop zu kaufen gab, im 2-in-1-Look, entweder als Necklace Case oder ohne Kordel als Schutzhülle zu nutzen, individuell gestaltbar mit zusätzlichen Ketten. Sie haben es gemerkt? Ich bin bereits gut in meinem Metier.

Der Name auf dem Display verursachte mir einen Schweißausbruch. Ausgerechnet! Und ausgerechnet jetzt! Während Lukas Anstalten machte, die Zeit meines Telefonats mit der Inspektion des Bordshops zu überbrücken, lehnte ich die Annahme des Gesprächs einfach ab. Ich drückte die rote Taste, ohne lange zu überlegen. »Das hat Zeit.«

Zum Glück fragte Lukas nicht nach, wollte nicht wissen, ob ich etwa den Anruf eines Mitarbeiters aus der Chefetage der Reederei weggedrückt hatte. So was traute er mir zu, das wusste ich. Spätestens seit ich meinem kleinen Bruder die Grappaflasche unseres Vaters an die Lippen gesetzt hatte, als er nach Wasser verlangte, wusste jeder, wie schusselig ich war. Ich hätte lügen müssen, wenn er mich gefragt hätte. Von diesem Anruf durfte er auf keinen Fall etwas erfahren. Jedenfalls jetzt noch nicht.

An Lukas' Seite ging ich durch den Bordshop. An langen Ständern mit Oberteilen vorbei, an Rundständern mit Sommerhosen und Jeans, an Kinder- und Babykollektionen, an teuren Schiffsmodellen, an einer Wand mit Kühlschrankmagneten und Schlüsselanhängern, einem sorgfältig errichteten Turm aus Kaffeetassen mit dem Aufdruck des Schiffsnamens, an Stapeln von Gesellschaftsspielen und an Leder- und Stofftaschen, Herren- und Damengürteln, die an Schiffstauen herabbaumelten. Ein riesiges Sortiment. Spezielle Angebote, Kosmetik und Schmuck zum Beispiel, gab es in den Fachgeschäften am Ende der Shoppingmeile. Mein Bordshop war sozusagen das Kaufhaus des Schiffs, er hatte auch den größten Zulauf. Von sündhaft teurer Designermode bis zu Puzzles für Dreijährige und Gummilatschen für Saunabesuche war hier alles zu bekommen.

Lukas hatte mir mal gesagt, eine unauffällige Zählung hätte ergeben, dass jeder Kreuzfahrer täglich mindestens einmal in den Bordshop ginge. Nicht, dass er jedes Mal etwas kaufte! Aber das, was zu Hause den Alltag bestimmte, nämlich die regelmäßigen Besorgungen, musste im Urlaub schließlich Kompensierung finden. Wer täglich einen Besuch im Bordshop machte, hatte das Gefühl, für den nächsten Tag auf See vorgesorgt zu haben. Aber natürlich ging es bei einer Kreuzfahrt auch schlicht und einfach darum, die Zeit totzuschlagen. Wenn wir den Pazifik überquerten und eine ganze Woche nur Wasser sähen, würde in meinem Bordshop vermutlich eine Menge los sein.

»Ich hätte da noch etwas ganz Besonderes im Angebot«, sagte ich grinsend und zog Lukas mit mir in die hinterste Ecke des Shops. »Extra für dich. Wenn du willst, nehme ich sie gar nicht in den Verkauf, sondern lasse alle in deine Kabine bringen.« Lukas sah mich entgeistert an, er verstand kein Wort. Erst als sein Blick auf einen Ständer fiel, der am Ende der Abteilung »Herren-Mode-Welt« an der Wand angebracht war, begann er zu lachen. Er enthielt Socken in allen Größen und vor allem in sämtlichen Farben und Mustern, die man sich vorstellen konnte. Ich wusste ja, dass Lukas eine Schwäche für bunte, verrückt bedruckte Socken hatte.

Lachend zog er seine Uniformhose ein Stück höher, damit ich sehen konnte, für welche Socken er sich am ersten Tag der Weltreise entschieden hatte: Herbstlaub auf lila Grund. Sie passten natürlich überhaupt nicht zu seiner weißen Uniform, aber Lukas setzte sich seit Jahren darüber hinweg. Das müsste die Reederei akzeptieren, behauptete er dann gern, bunte Socken seien seine einzige Macke. Nun, darüber könnte man sich streiten, ich wüsste noch ein paar Macken, aber diese ist jedenfalls die auffälligste. Mein Bruder hatte einen ganzen Schrank voller bunter Socken, weil ihm natürlich jeder Freund und vor allem jede Frau, die von seiner Vorliebe weiß, bunte Socken schenkte, oft erschreckend geschmacklose und vielfach mit Aufdrucken, die man nur als Wink mit dem Zaunpfahl verstehen konnte. Ziemlich penetrant fand ich die schwarzen Socken mit den roten Herzen, in denen ein Kussmund saß, und am allerschlimmsten die Kamasutra-Socken, die er von einer Freundin geschenkt bekommen und der er gleich darauf den Laufpass gegeben hatte. Sie hatte sich eindeutig zu weit vorgewagt.

Emily

Der Taxifahrer hieß Jan und war ein echter Hamburger. Er erklärte ihr wortreich, völlig untypisch für einen Hanseaten, dass ihm das Taxiunternehmen gehöre und er die Passagiere der *Soleil* grundsätzlich höchstpersönlich zum Cruise Gate Steinwerder kutschiere. Angeblich hatte er, wenn er jemandem dabei behilflich war, eine Weltreise anzutreten, das Gefühl, ihn ein Stück zu begleiten.

»Vielleicht kann ich mir so was irgendwann auch mal leisten.« Emily beeilte sich, die Sache richtigzustellen. »Leisten kann ich mir das ganz sicher nicht!« Es wäre ihr unangenehm, wenn der nette Taxifahrer sie für eine verwöhnte Tochter aus reichem Hause oder für eine Influencerin mit einer Million Followern hielte.

»Meine Mutter hat die Weltreise in einem Preisausschreiben gewonnen. Und nun ist sie krank geworden, und ich darf an ihrer Stelle fahren.«

»Donnerlüttchen!« Das Taxi bog in das Hafengewirr ein, große Lastwagen fuhren vor ihnen her, folgten ihnen, standen rechts und links von ihnen vor einer Ampel. Eine beklemmende Situation. Das Taxi war mit einem Mal zu einem Matchboxauto inmitten von Bobbycars geworden. »Das Preisausschreiben muss ich wohl übersehen haben. Da hätte ich auch mitgemacht.«

Emily nahm den Blick von den riesigen Rädern eines Gigaliners neben ihr. »Das war ein Preisausschreiben für Eigentümer und Mitarbeiter von Reisebüros.«

»Ihre Mutter arbeitet also in einem Reisebüro?«

»Es gehört ihr«, korrigierte Emily. »Und ich arbeite dort. So konnte ich auch Urlaub bekommen, zusätzlich zu der Weltreise.«

»Donnerlüttchen!«, wiederholte er. »Sie haben ja vielleicht 'nen Dusel.«

»Das kann man wohl sagen! Aber sollte ich die Reise etwa verfallen lassen?«

»Das wäre ja völlig verrückt. Nee, nee, das Glück muss man nehmen und fest drücken, sonst kommt es nie wieder.«

Das glaubte Emily auch. Vor allem wollte sie es glauben. Hätte sie es nicht so unbedingt glauben wollen, hätte sie sich vielleicht noch länger und ausgiebiger darüber gewundert, dass ihre Mutter auf die Reise verzichtete. Denn so richtig krank war sie eigentlich gar nicht. Erkältet, ja, aber das war kein wirklicher Grund. Eine Erkältung hatte man in spätestens einer Woche auskuriert. Magenprobleme auch. Und häufige Kopfschmerzen? Alles keine Gründe, auf eine Weltreise zu verzichten. Emily hatte den üblen Verdacht, dass etwas ganz anderes dahintersteckte. Wahrscheinlich wollte Mama das Geschäft nicht allein lassen, weil sie ihrer Tochter nicht zutraute, vier Monate ganz selbstständig ein Reisebüro zu führen. Das tat ein bisschen weh. Aber wenn ihre Mutter der Meinung war, die Tochter sei mit ihren fast dreißig Jahren noch nicht in der Lage, das Reisebüro zu leiten, in dem sie seit fünf Jahren arbeitete, dann eben nicht! Jan hatte recht. Man musste nach dem Glück greifen und es festhalten, statt sich mit der Frage zu quälen, ob es einem zustand.

Zwischen einem Sattelschlepper und einem Muldenkipper auf der Nebenspur tat sich für einen winzigen Moment der Blick zum Kai auf, an dem die Kreuzfahrtschiffe anlegten. Die *Soleil* lag dort vor einem grauen Himmel, erhaben und einsam, trotz der Betriebsamkeit und des Gewimmels in ihrer Nähe, von Möwen umschwebt, umflattert, umkreist. Die riesige Sonne auf dem Bug leuchtete weit. Auf den riesigen Parkplatz fuhr ein Auto nach dem anderen, Menschen mit unzähligen Koffern, Taschen und Rucksäcken wurden von der weiten Öffnung im Gepäckraum des Terminals angezogen, wo man ihnen das Gepäck abnahm. Das Taxi schien sich von dem Kai zu entfernen, bog dann aber scharf links ab und hielt nun Kurs auf die *Soleil*. In Emily regte sich etwas, was nicht nur Vorfreude oder Lampenfieber war. Es war die Ahnung, dass etwas auf sie zukam, das über die Erfahrungen auf einer solchen Reise hinausging. Etwas Gutes? Oder eine Gefahr? Sie konnte das Gefühl nicht beim Namen nennen. Nein, es war keine Angst, nur die Voraussicht, dass sich etwas geändert haben könnte, wenn sie Ende Februar nächsten Jahres wieder an diesem Kai an Land ging.

Jan half ihr beim Ausladen des Gepäcks und ließ es sich nicht einmal nehmen, sie bis zu dem Punkt zu begleiten, an dem sie alle Koffer und Taschen in die Hände eines zupackenden Crewmitglieds übergeben konnte. Nach Entgegennahme eines fürstlichen Trinkgeldes verabschiedete er sich, drückte Emily seine Visitenkarte in die Hand und nahm ihr das Versprechen ab, ihn für die Rückfahrt in vier Monaten wieder zu buchen.

Sie sah ihm nach, als hätte sie sich von einem guten Freund oder nahen Verwandten verabschiedet, dann zog sie ihr Smartphone heraus, noch ehe sie das Schiff betrat, und wählte die Nummer ihrer Mutter.»Angekommen, Mama! Ich gehe jetzt an Bord.«

Ihre Mutter hustete verdächtig demonstrativ, dann wurde ihre Stimme nachdrücklich, sogar ein wenig salbungsvoll.»Pass auf dich auf, meine Kleine. Unternimm keine Landausflüge allein. Immer nur in einer Gruppe, hörst du?! Und mach die Augen auf an Bord.«

»Was meinst du damit?«

»Du sollst aufpassen, mit wem du umgehst.«

»Mama, ich bin kein kleines Mädchen mehr, das Angst vor dem ersten Klassenausflug hat.«

»Ich will ja nur, dass du nette Leute kennenlernst.«
Emily verdrehte die Augen. Was war denn in ihre Mutter gefahren? Aber dann fiel ihr ein, dass sie noch nie länger als vier Wochen voneinander getrennt gewesen waren. Vermutlich war es die lange Zeit, die sie ohne ihre Tochter zubringen musste, die ihre Mutter jetzt so sentimental machte. »Ich melde mich, wenn ich Gelegenheit habe.«

Die gemütvollen Abschiedsworte, die Emily noch zu hören bekam, schüttelte sie ab, als sie die große Halle betrat, in der die Passagiere der *Soleil* abgefertigt wurden. Es dauerte fast eine Stunde, bis sie mit allem versehen war, was sie während der nächsten vier Monate benötigte, und bis alles kontrolliert worden war, was sie den Reederei-Mitarbeitern präsentieren musste. Dann endlich war es so weit. Die Gangway war frei, und Emily betrat die *Soleil* ...

Lukas

Kapitän Lukas Jantzen verließ den Bordshop auf Deck 9, winkte Maria noch einmal durch die Schaufensterscheiben zu und sah sich um. Er liebte diese Stunde, wenn das Schiff noch ihm gehörte, wenn es zwar auf die Gäste vorbereitet war, sie es aber noch nicht erstürmten, sondern nur langsam, ganz allmählich in Besitz nahmen. Wenn die ersten hundert Passagiere da waren, wurde es anders. Dann verlor er die Herrschaft über die *Soleil*, sogar über sich selbst, dann gehörte auch er denen, die in den nächsten vier Monaten mit ihm um die Welt fuhren. Bei Kurzreisen war das anders. Da konnte er sich rarmachen, da reichte es, wenn er sich an einem Abend auf der Bühne des Theaters dem Interview des Entertainment-Managers stellte, aber auf einer Weltreise wurde von ihm erwartet, dass er präsent war, dass er zeigte, wie wichtig ihm sein Beruf und sämtliche Passagiere waren. Wer viel Geld bezahlte, wollte auch viel haben. Lukas sah das ein und war dann immer bereit, sich sehen und seinen Charme spielen zu lassen.

Er lief durch den Gang der Shoppingmeile bis zum Mittelteil des Schiffs, dem Theater, das sich über drei Decks erstreckte. Dort war es kühl und dämmrig, auf der Bühne wurde noch gearbeitet, ein paar Kulissen für die Eröffnungsshow waren anscheinend noch nicht fertig. Eine Handvoll Passagiere geisterte von einem Ende zum anderen auf der Suche nach dem richtigen Deck. Er gab ihnen keine Gelegenheit, ihn zu fragen, er grüßte höflich, aber nur kurz, ohne Augenkontakt, und war schon vorbei, als sie merkten, dass sie gerade dem Kapitän begegnet waren.

Sein Stellvertreter, der Staff-Kapitän, trat auf ihn zu und grinste. »Immer wieder schön, so ein frisch geputztes Schiff ohne Passagiere, oder?«

Lukas bestätigte es. »In zwei Stunden wird es hier schon anders aussehen.«

Sie gingen gemeinsam zur Brücke zurück. Hinter einer Tür, auf der »Crew only« stand, sagte Roland Hengst: »Eine witzige Idee, diese Weltreise mit einem Familientreffen zu verbinden.«

Lukas fühlte so etwas wie Übermut in sich aufsteigen, allerdings gedämpft durch leise rumorende Sorge. »Das haben wir vor fünf Jahren schon einmal gemacht. Ich bin fest entschlossen, das so oft wie möglich zu wiederholen. Meine Familie ist über die ganze Welt verstreut. Dies ist eine super Gelegenheit, sich zu treffen. Meine Schwester Maria ist ja schon an Bord, die anderen werden im Laufe der Reise zusteigen. Ich freue mich schon auf die Familienabende.«

Der Staff-Kapitän kannte Lukas schon lange. Leise sagte er: »Hoffentlich gibt es diesmal kein ähnliches Drama wie vor fünf Jahren.«

Lukas wandte sich ab, als hätte er die Bemerkung nicht gehört. Roland Hengst war der Einzige an Bord, der auch damals dabei gewesen war und mitbekommen hatte, was geschehen war. Aber Lukas vertraute darauf, dass er nicht darüber sprach. Die anderen Crewmitglieder sollten nichts davon erfahren, die Gäste erst recht nicht. Wenn ein Passagier von Bord verschwand und nie wieder auftauchte, wurde der Kapitän oft schief angesehen. Diskretion war deshalb das oberste Gebot. Die Reederei verlangte von der gesamten Crew absolutes Stillschweigen, wenn so etwas geschah.

Irgendwann hatte sich auch in der Familie das Schweigen durchgesetzt, und von Albert war nicht mehr viel geredet worden. Nur Lisa, Alberts Tochter, kam noch gelegentlich mit Vorwürfen, weil Lukas angeblich nicht genug getan hatte, um ihren Vater zu retten.

Sie wollte einfach nicht begreifen, wie schwer es war, jemanden zu finden, der über Bord gegangen war. Erst recht, wenn niemand genau wusste, wie, wo und wann das Unglück geschehen war. In Port Louis, dem Hafen von Mauritius, war Albert plötzlich nicht mehr da gewesen. Keiner wusste, wann und wie er verschwunden war. Auch deswegen war eine Suche von vornherein aussichtslos gewesen.

Lukas hatte sich gefreut, als Lisa ihre Teilnahme am Familientreffen auf der *Soleil* zugesagt hatte, weil er hoffte, sie wollte damit zeigen, dass sie den Tod ihres Vaters überwunden hatte. Dennoch nagte immer noch die Sorge an ihm, sie könnte die Gelegenheit nutzen, über Alberts Verschwinden zu reden, ihrem Onkel, dem Kapitän, Vorhaltungen zu machen und das fröhliche Zusammensein, auf das Lukas sich freute, zu vergiften. Er konnte nur hoffen, dass Maria die Sache in den Griff bekam.

Als die Reederei zugestimmt hatte, Lukas' Schwester zur Leiterin des Bordshops zu machen, war er sehr erleichtert gewesen. Wo Maria ihre Hand im Spiel hatte, ging selten etwas schief. Sie hatte nicht nur das Herz auf dem rechten Fleck, sie behielt auch immer die Bodenhaftung und auf jeden Fall den Überblick. Die Nerven sowieso! Wie oft hatte ihr gemeinsamer Vater sich die Haare gerauft, wenn er sich um Marias Zukunft sorgte! Mehr als einmal hatte es so ausgesehen, als würde Maria auf der schiefen Bahn, bei der Sozialhilfe oder auf irgendeinem Abstellgleis landen. Aber sie hatte sich aus jedem Schlamassel an den eigenen Haaren herausgezogen und anschließend eine Menge zu erzählen gehabt. Maria war eben mit allen Wassern gewaschen. Aber war sie deshalb auch die Richtige als Leiterin des Bordshops? Ganz sicher war Lukas noch immer nicht, so froh er andererseits auch war, dass sie auf diese Weise bei dem Familientreffen dabei sein konnte. Sein Vertrauen in Marias Fähigkeiten war beinahe grenzenlos. Damit meinte er jedoch nicht ihre Qualitäten im Kassenwesen, im Marketing, in der Werbung und der Kundenberatung, sondern im zwischenmenschlichen Bereich.

Auf der Brücke wurde er von heiteren Mienen empfangen. Alle freuten sich auf die Reise, die vor ihnen lag. Außer Stefan Schöner natürlich, der frisch verheiratet war, der Geburt seines ersten Kindes entgegensah und seit dem Abschied von seiner Frau darüber klagte, dass er bei der Geburt nicht würde dabei sein können, falls das Baby zu früh zur Welt kommen sollte. Die Planung war äußerst knapp. Die *Soleil* sollte im nächsten Jahr am 21. Februar wieder in Hamburg anlegen, und der errechnete Geburtstermin war der 3. März. Trotzdem hatte Stefan sich entschieden, das Angebot der Reederei anzunehmen, und auch seine Frau hatte ihm zugeraten, die anscheinend froh war, ein Schwangerschaftsrisiko los zu sein: ihren nervösen Ehemann und seine exzessive Fürsorglichkeit.

»Wann wird Ihre Familie beisammen sein?«, fragte Roland Hengst.

Lukas winkte ab. »Das dauert noch. Barbara wird in Argentinien zusteigen und Lisa in Chile. Spätestens dann werden die Korken knallen.«

»Wir fangen also mit zwei Familienangehörigen an«, stellte Roland Hengst lächelnd fest.

Lukas grinste. »Nicht ganz. Es gibt noch eine Überraschung ...«

Maria

Ich hatte in jeden Spiegel geschaut, ehrlich. Und das waren viele. Dadurch sah ich natürlich nicht besser aus, aber immerhin wusste ich, dass es nicht schlimmer geworden war. Mir standen nicht die Haare zu Berge, weil ich auf der Suche nach fahrlässig angebrachten und abgefallenen Preisschildern unter einem Kleiderständer herumkriechen musste, meine Hose war nach wie vor fleckenlos, sämtliche Knöpfe meiner Bluse waren geschlossen, und die Wimperntusche war auch nicht verschmiert. Besser ging bei mir nicht.

Das Schiff füllte sich allmählich. Immer wieder erschienen Leute an der Tür des Bordshops, die lange Hälse machten und es nicht erwarten konnten, ihre Reisekasse bei mir zu erleichtern. Ich winkte dann immer freundlich und gab ihnen pantomimisch zu verstehen, dass ich mich auf sie freute. Aber eben nur in Vereinbarung mit den Öffnungszeiten.

Während ich den Kassenscanner ausprobierte, klingelte mein Telefon schon wieder. Diesmal konnte ich das Gespräch annehmen. Erleichtert sank ich auf den Stuhl, den ich neben die Umkleidekabine gestellt hatte, damit ein begleitender Ehemann es bequem hatte, während seine Gattin etwas anprobierte. »Tut mir leid, dass ich eben deinen Anruf wegdrücken musste. Lukas war bei mir.«

Ich hörte Dorothees leises Lachen. »Das dachte ich mir.«

»Es läuft alles wie geplant?«

»Natürlich! Glaubst du, dass du mir gelegentlich Bescheid sagen kannst, ob es funktioniert?«

»Hast du etwa Zweifel?«

»Nein! Aber selbst du kannst nicht alles im Griff haben.«

»Na, hör mal! Willst du mich beleidigen?«

Wieder dieses leise Lachen. »Auf keinen Fall! Du weißt doch, dass ich dir eine Menge zutraue.«

»Ich bin hier so weit fertig und werde gleich mal an Deck gehen. Vielleicht sehe ich sie.«

»Sie trägt eine neongrüne Windjacke, darunter einen rosa Pulli.«

»Ihre Fotos liegen in der Schublade unter der Kasse. Wenn sie in den Bordshop kommt, erkenne ich sie auf jeden Fall.«

»Und wenn nicht?«

»Jede Frau kommt irgendwann in den Bordshop. Außerdem kenne ich ihre Kabinennummer. Wenn es mit dem Bordshop nicht klappt, werde ich sie auf anderem Weg finden.«

Dorothee seufzte schwer. »Hoffentlich geht alles gut.«

»Natürlich.«

»Schade, dass dein Sohn nicht auch dabei sein kann.«

Prompt wurde mir das Herz schwer. Sosehr ich mich auf die Weltreise und das Familientreffen freute, so traurig war ich, dass Jonas nicht daran teilnehmen konnte. Er war mein einziges Kind. Seit er bei mir ausgezogen war, merkte ich erst, wie gerne ich seine dreckigen Socken vom Boden aufgeklaubt und die Pizzakartons mit den ekligen Resten unter seinem Bett hervorgeholt hatte. Aber er hatte ja recht. Ich war in den letzten Jahren so selten zu Hause gewesen, dass er sich genauso gut selbstständig machen konnte. Hotel Mama hatte meistens geschlossen, seit ich auf der Fähre arbeitete, und jetzt erst recht. Schließlich würde ich volle vier Monate nicht daheim sein. Warum also sollte Jonas noch zu Hause wohnen wollen?

Er verdient jetzt ja auch ganz gut, er kann sich eine eigene Wohnung leisten. Noch vor ein paar Jahren dachte ich, aus meinem Jungen würde nichts. Für ihn stand von klein auf fest, dass er zur

Polizei wollte. Barbara hat immer versucht, ihn davon abzubringen. Sie wusste ja von seinem Augenfehler. Und Barbara ist Polizistin, sie kennt die gesundheitlichen Anforderungen dieses Berufs. Jonas hat auf dem rechten Auge nur zwanzig Prozent Sehkraft. Als kleiner Junge musste er jahrelang mit einem zugeklebten Brillenglas über dem gesunden Auge rumlaufen, da das schwache Auge gestärkt werden sollte, aber am Ende wurde doch klar, dass es nicht viel besser geworden war. Für den normalen Alltag kein großes Problem, aber für den Polizeidienst eben doch. Jonas bewarb sich trotzdem, aber alles kam so, wie Barbara es vorhergesehen hatte: Er wurde wegen seines Augenfehlers nicht genommen. Was nun? Er heulte monatelang, dann beschloss er, auf andere Weise zum Ermittler zu werden. Er wollte Detektiv werden, Privatdetektiv!

Ganz ehrlich, begeistert war ich nicht. Ein zweiter Wilsberg? Da hatte ich mir für meinen Sohn etwas Besseres gewünscht. Oder einer wie Josef Matula? In Cowboystiefeln und ständig knapp bei Kasse? Nein, lieber nicht. Dann schon eher Philip Marlowe, der war wenigstens immer sehr gut gekleidet. Aber eigentlich will ich für meinen Jungen weder das eine noch das andere, sondern einen Job, in dem er nicht ständig in Gefahr ist, nicht mit schweren Jungs und leichten Mädchen zu tun hat, sondern mit anständigen Leuten, gut situierten Menschen, die ihn für eine Dienstleistung großzügig bezahlen. Anwalt zum Beispiel, wenn es denn unbedingt etwas sein musste, was mit Recht und Gesetz zu tun hatte. Aber als es mit dem Abitur nicht klappte, konnte Jonas das Jurastudium natürlich vergessen. Die Ausbildung zum Kanzleigehilfen war auch nicht das Richtige für ihn, aber immerhin hielt er durch bis zur Abschlussprüfung. Damit hatte er bessere Karten, denn große Detekteien verlangen eine abgeschlossene Ausbildung. Die hatte Jonas nun vorzuweisen und wurde tatsächlich in einer großen Privatdetektei angestellt. Das reichte, eine gesetzlich geregelte Ausbildung zum Privatdetektiv gibt es ja nicht. Aber immerhin hatte Jonas noch eine Art Lehre bei der »Zentralstelle für die Ausbildung im Detektivgewerbe« auf sich genommen. Damit hat er gut vorgesorgt und nennt sich seitdem Privatdetektiv. Dass er an der Rezeption eines Facharztes oder bei einer Polizeikontrolle dann immer misstrauisch angesehen wird, stört ihn nicht, es amüsiert ihn sogar. Ich muss gestehen, bei mir ist es ein bisschen anders. Ich würde den Leuten auf Nachfrage lieber erzählen, mein Sohn sei Beamter, IT-Fachmann oder Garten- und Landschaftsbauer. Bei einem Privatdetektiv denken alle gleich an eine verkrachte Existenz. Anscheinend werden gern Leute zu Detektiven, die auf anderen Gebieten gescheitert sind.

Aber Jonas mag seinen Job. Natürlich hat er sich schon einige Flausen aus dem Kopf pusten lassen müssen, denn so spannend, wie er es sich erträumt hatte, ist der Detektivalltag offenbar nicht immer. Stundenlang hinter einer Litfaßsäule zu stehen und auf das Erscheinen eines Liebhabers zu warten, damit er ihn fotografieren und den Ehemann zufriedenstellen kann, klingt ja tatsächlich nicht nach Abenteuer. Aber gelegentlich ermittelt er auch bei Urkundenfälschungen, Abwehr von Betriebsspionage, Wettbewerbsverstößen, Diebstahl und Betrug, und das scheint ihm Spaß zu machen. Er trägt sich sogar mit dem Gedanken, sich mit einer eigenen Detektei selbstständig zu machen. Das gefällt mir allerdings nicht besonders. Sie können es sich denken: die Sicherheit. Als Mutter will man eben, dass das Kind einen krisensicheren Job hat. Was ist, wenn die Zeiten schlechter werden und sich niemand mehr einen Detektiv leisten kann? Jonas meint sogar, dass ich ihm vielleicht unter die Arme greifen kann, wenn er ein eigenes Detektivbüro aufmacht. Ich war ja schon mal Sekretärin bei einem Privatermittler. Vor vielen Jahren und nur ganz kurz, gerade so lange, wie ich mit dem Matula-Verschnitt liiert war. Das weiß Jonas aber nicht. Er hat damals nicht so genau mitbekommen, warum sein Vater auszog, der es empörend fand, dass ich ihn mit einem Schnüffler betrog. Aber das regelte sich schnell, als ich merkte, dass mein Privatdetektiv ein ziemlicher Reinfall war. Blöd nur, dass ich für ihn den Job in der Buchhandlung aufgegeben hatte. Als mein Mann zu mir zurückkam, musste ich mir also was Neues suchen, meine Stelle in der Buchhandlung war längst anderweitig besetzt. Dass ich eine Weile in einem Sexshop gearbeitet habe, weiß Jonas auch nicht. Aber irgendwie muss man ja sein Geld verdienen. Mein Mann nannte sich Autor, manchmal auch Schriftsteller oder Journalist, wie es gerade am besten passte. Doch so gut das auch klang, auf einen grünen Zweig gekommen ist er damit nicht. Ich musste also regelmäßig Geld verdienen, anders ging es nicht. Aber in dem Sexshop habe ich auch nur so lange gearbeitet, bis ich was Besseres fand. Das war bei einem Friseur, der häufig betrunken war und dann immer jemanden brauchte, der dafür sorgte, dass niemand es merkte. Mit den Lockenwicklern kam ich schnell sehr gut zurecht, aber fürs Haarschneiden sollte man schon eine Ausbildung haben. Das weiß ich heute. Es reicht nicht, dass der Chef allen erzählt, ich wäre eine erfahrene Fachkraft. Der erste Kunde, dem ich einen Schnitt verpasst habe, glaubte das jedenfalls nicht, und so musste ich mir bald schon wieder was Neues suchen. Es ist eben nicht gut, wenn man als junger Mensch, als großes Kind, als Jugendliche meint, sich durchs Leben lavieren zu können, ohne was Vernünftiges gelernt zu haben. Auch das weiß ich heute. Damals aber wollte ich es nicht wahrhaben. Mein Vater hat mit Engelszungen auf mich eingeredet, aber schließlich aufgegeben. Seitdem hält er mir immer wieder vor, dass mein Bruder und auch meine Halbgeschwister es alle zu etwas gebracht haben. Nur ich nicht ...

Habe ich schon erwähnt, dass unser Vater mehrmals verheiratet war? Lukas und ich sind die einzigen Vollgeschwister, Barbara und Helene haben andere Mütter. Vor einem Jahr ist unser aller Vater zum vierten Mal in den Hafen der Ehe eingelaufen. Er kann es einfach nicht lassen. Kaum verliebt er sich, denkt er schon an

Hochzeit. Und das mit über achtzig. Lernt man eigentlich nie aus? Und dann noch ausgerechnet zu der Zeit, für die Lukas das Familientreffen auf der *Soleil* geplant hatte. Angeblich hatte Papa es vergessen. Kann aber auch sein, dass er seiner Ehefrau ein Familientreffen noch nicht zumuten mochte und deswegen absichtlich seine Flitterwochen in diese Zeit gelegt hat. Mehrere Monate auf einem Schiff zusammen mit der geballten angeheirateten Familie zu verbringen, ist womöglich wirklich ein Risiko. Spätestens bei der vierten Ehe sollte man vielleicht etwas vorsichtiger sein. Das hat sich unser Vater möglicherweise gesagt, und wenn, dann war es ja ziemlich schlau von ihm.

Meine beruflichen Fehlschläge leistet er sich also im Privaten. Aber natürlich lässt er solche Vergleiche nicht zu, ist ja klar. Obwohl ich ihm immer wieder vorgehalten habe, dass er es in der Liebe nicht viel weiter gebracht hat als ich im Beruf. Ich war immerhin nur einmal verheiratet. Dass mein Mann vor seiner Zeit starb, dafür kann ich nun wirklich nichts.

Aber warum erzähle ich Ihnen das? Eigentlich wollte ich doch nur erwähnen, dass mein Sohn Jonas leider nicht mit auf die Weltreise gehen kann, weil er natürlich keine vier Monate Urlaub bekommt. Ich wäre ja schon froh gewesen, wenn er einen Teil der Reise hätte mitmachen können, aber das geht auch nicht. Irgendein wichtiger Auftrag. Dabei hat Lukas sich so angestrengt, um alle Familienmitglieder unter einen Hut zu bekommen!

Fred

Fred Alswede war ein kleiner, korpulenter Mann, der aussah wie der Hausmeister einer Gesamtschule, der Kummer gewöhnt war. Immer Ärger mit aufsässigen Schülern, mit nachlässigen Lehrern und verständnislosen Eltern! Für alles wurde er verantwortlich gemacht, obwohl er am wenigsten verdiente. Wer etwas wollte, wandte sich an ihn, aber wenn es darauf ankam, war er nur der dumme Hausmeister auf der untersten Sprosse der Entscheidungsleiter. Und Dankbarkeit? Die bekam er nie! Jedenfalls stellte sich Fred Alswede das Leben eines Schulhausmeisters so vor. Diese Rolle hatte er mittlerweile derart tief verinnerlicht, dass es ihm manchmal schon vorkam, als hätte er sich tatsächlich für diesen Job entschieden. Er wirkte sehr glaubwürdig, das wusste er. In den meisten Fällen, die er zu erledigen hatte, war das ausgesprochen vorteilhaft.

In diesem besonderen Fall musste er sich jedoch etwas anderes überlegen. Wie sollte sich der Hausmeister einer Schule eine Weltreise leisten können? Vielleicht ein unverhofftes Erbe? Oder ein Lottogewinn? Er hatte sich noch nicht entschieden, als er die Abfertigungshalle betrat. Aber er merkte schnell, dass er es gut machen würde, egal, welche Ausrede er erfand, denn er brauchte sich nicht zu verstellen. Seine Gefühle waren garantiert genau richtig, er musste niemandem etwas vormachen. Er würde das große Schiff bestaunen wie jemand, der selten reiste oder noch nie über einen Campingplatz an der Ostsee hinausgekommen war, würde wie geblendet stehen bleiben, wenn er an Bord ging, und fühlte sich mit einem Mal wie ein kleiner Junge im Wunderland. Das würde man ihm ansehen, er war sicher. Tatsächlich hatte er ja noch nie ein Kreuzfahrtschiff betreten. Sein Staunen und die Freude waren also echt, das konnte nur gut sein. Er würde dabei bleiben, sich als Schulhausmeister vorzustellen, der im Lotto gewonnen und vier Monate unbezahlten Urlaub genommen hatte. Ein Leben lang gespart, immer bescheiden gelebt, da würde er sich das mal leisten. Ja, so musste es gehen.

Noch immer war er stolz darauf, dass er gewagt hatte, auf einer Balkonkabine zu bestehen. Sein Auftraggeber war steinreich, der würde dieses Extra aus der Portokasse bezahlen. Aber Fred hatte auch schon oft die Erfahrung machen müssen, dass die Leute immer geiziger wurden, je mehr Geld sie hatten. Das musste auch der Grund sein, warum die Wahl auf ihn gefallen war, obwohl er garantiert von niemandem empfohlen worden war und auch keinen exzellenten Ruf in der Branche genoss. Aber er hatte sich nichts anmerken lassen. Eine Weltreise! Die ließ er sich nicht entgehen. Ohne mit der Wimper zu zucken, hatte er von Mitarbeitern gesprochen, die alle anderen Aufträge während seiner Abwesenheit erledigen würden. Zuverlässige Leute, auf die er sich verlassen konnte, die selbstständiges Arbeiten gewöhnt waren. Dass seine ganze Firma nur aus seiner Person bestand, dass er sich nicht einmal eine Sekretärin leisten konnte, musste er ja niemandem auf die Nase binden. Viel Geld sprang bei dem Auftrag zwar nicht heraus, aber dafür unternahm er eine Weltreise auf einem Kreuzfahrtschiff auf Kosten seines Auftraggebers. Und wenn alles gut lief, würde er die Reise genießen können. Der Arbeitsaufwand würde überschaubar sein. Er konnte sich nicht erinnern, schon mal ein so großartiges Angebot bekommen zu haben. Als er alle Einzelheiten des Auftrags erfahren hatte, war ihm auch klar geworden, warum man sich für ihn entschieden hatte. Seine Tagessätze waren wesentlich niedriger als die der großen Kollegen in den bekannten Firmen. Und für diese Aufgabe musste man wahrlich nicht der Beste seiner Zunft sein. Er brauchte nur die Augen offen zu halten und gelegentlich Berichte zu schreiben. Wenn er Glück hatte, würde gar nichts passieren, was den Auftraggeber in Sorge versetzte. Und selbst wenn: Er hatte es nicht mit einem Kriminellen, sondern mit einem honorigen Geschäftsmann zu tun. Völlig ungefährlich war die Angelegenheit also auch noch. Total easy! Aber mit einer Innenkabine hatte er sich dennoch nicht abspeisen lassen wollen. Es war ihm verdammt schwergefallen, den Auftrag zu riskieren, indem er auf dieser Forderung beharrte. Aber es hatte sich gelohnt. Ein unbezahlter Luxusurlaub! Manchmal liebte er seinen Job. Von wegen Schulhausmeister!

Die sonstigen Zusagen von Ron Helbing waren allerdings schwammig gewesen. Natürlich, die Weltreise sei komplett gebucht worden, hatte es geheißen, selbstverständlich dürfe er bis Ende Februar an Bord bleiben, aber vermutlich wolle der Detektiv sein Büro nicht monatelang allein lassen, wenn der Auftrag gelöst sein sollte. Dafür habe er Verständnis, hatte Ron Helbing getönt und sich generös gegeben. Er würde es ohne Weiteres akzeptieren, wenn Fred Alswede von Bord gehen wolle, sobald er alles herausgefunden und geregelt hatte, was sein Auftraggeber wissen und erledigt haben wollte. Den Rest der Reise würde man dann stornieren können, Ron Helbing kannte da ein paar Tricks ...

Klar, der ganze Kerl bestand aus Tricks. Zu so einem Vermögen kam man nicht, wenn man von Grund auf ehrlich war. Aber da würde Fred Alswede nicht mitmachen, das hatte er sich fest vorgenommen. Er würde seine Beobachtungen wohldosiert durchgeben. Immer so, dass noch mehr möglich sein konnte, immer so, dass der Vater von Alexandra Helbing noch Schlimmeres erwarten konnte. Denn das hatte Ron Helbing klipp und klar gesagt: Er wollte alles wissen, einfach alles! Und wenn bis zum Ende der Weltreise nichts geschehen war, dann wollte er auch das erfahren, und zwar schriftlich.

Nur noch zwei junge Frauen vor ihm, dann würde man auch ihn zur Sicherheitskontrolle und anschließend zu der Treppe winken, die nach oben führte, vor Deck 5, wo alle Kreuzfahrer an Bord gehen sollten.

Er erschrak mit einem Mal und war heilfroh, dass sein Auftraggeber nicht sehen konnte, wie ungeschickt er sich anstellte. Natürlich hätte er gleich auf die beiden jungen Frauen aufmerksam werden müssen, die sich vorgedrängt hatten, um eher an Bord zu gelangen als er, der Hausmeister, dem man ansah, was für eine kleine Nummer er war. Er hatte es geschehen lassen, um nicht aufzufallen und ohne auf die Idee zu kommen, dass ihm soeben sein Job besonders einfach gemacht wurde. Aber wie hätte er auch darauf kommen können? Er suchte nach einer alleinreisenden Frau, nicht nach zwei Freundinnen.

»Madame Helbing?« Der junge Mann, der dafür zuständig war, die Reisenden mit ihren Bordkarten auszustatten, sprach eine der beiden freundlich an.

Der Name Helbing fuhr wie ein Blitz in Freds Gedanken. Sollte er das Glück haben, sie schon jetzt zu finden, ohne sie gesucht zu haben?

»Alexandra Helbing?«

Gut, dass die beiden Frauen nicht merkten, wie entgeistert er auf ihre Hinterköpfe starrte.

Die linke junge Frau, die angesprochen worden war, zeigte auf die rechte. »Das ist Alexandra Helbing.«

Sie waren beide groß und sehr schlank. Von hinten sahen sie aus, als wären sie auf dem Weg zu »Germanys Next Topmodel«. Beide trugen Blue Jeans, hatten sich Hoodies um die Hüften gebunden, die Linke einen weißen, die Rechte einen dunkelblauen. Und beide hatten sie lange glatte Haare, die Linke blonde, die der Rechten glänzten sogar noch ein bisschen heller. Aber bei ihr sah man auf den ersten Blick, dass sie gefärbt waren. Schon vor einigen Wochen vermutlich, denn der Haaransatz dunkelte bereits nach. Tatsächlich waren sie einander ziemlich ähnlich. Beide trugen auch auffällige Brillen, große, mit breiten schwarzen Rahmen. Solche Modelle sah man jetzt viele, diese Brillenmode war zurzeit modern, das war sogar Fred Alswede nicht entgangen.

Die jungen Frauen bekamen ihre Bordkarten ausgehändigt. »Ihre Panoramakabine ist schon fertig«, erfuhr die rechte der beiden. Dann wurde die Stimme des Reedereimitarbeiters bedauernd. »Ich bin aber nicht sicher, ob die Innenkabine auch schon bereit ist.«

»Macht nichts«, hörte Fred die linke der beiden Frauen sagen. »Ich gehe solange zu meiner Freundin in die Kabine.«

Freundin? Von einer Freundin war nie die Rede gewesen, da war Fred ganz sicher. Gut, dass er zufällig den Namen gehört hatte, sonst hätte er womöglich lange und völlig vergeblich nach einer alleinreisenden jungen Frau Ausschau gehalten. Wieso hatte der alte Helbing ihm nicht gesagt, dass seine Tochter mit einer Freundin reiste? Fred Alswede schüttelte ärgerlich den Kopf. Gutes Briefing war das A und O in seinem Gewerbe. Unverzeihlich, so eine schlampige Vorbereitung!

Fotos hatte er auch nicht erhalten. Der alte Helbing war der Meinung gewesen, dass Fred seine Tochter auch so finden würde. Anscheinend wollte er nichts aus der Hand geben, was später als Beweis dienen könnte. Er traute Fred zu, unvorsichtig mit so einem Foto umzugehen, es womöglich in einer Bar liegen zu lassen oder so auffällig aus der Tasche zu ziehen, dass jeder es sehen konnte? Unverschämtheit! Aber andererseits hatte er natürlich recht gehabt. Die Kabinennummer reichte vollkommen aus. Fred hatte beabsichtigt, sich auf die Lauer zu legen. Irgendwann hätte er sie reingehen oder rauskommen sehen. Aber das war nun gar nicht mehr nötig. Er kannte sie bereits und wusste, wie sie aussah. Die Sache lief wirklich viel besser, als er angenommen hatte.

Jonas

Jonas Liebermann stieg aus dem Taxi und dehnte sich ausgiebig. Dann sprang er hinzu, als der Taxifahrer sich anschickte, sein Gepäck aus dem Kofferraum zu holen.

»Lassen Sie nur, ich mache das schon.«

Der Taxifahrer, ein Tunesier, der schon so lange in Hamburg zu Hause war, dass er genauso vierschrötig wie ein Hafenarbeiter geworden war, staunte nicht schlecht. »Sie?«

Offenbar war er noch nie daran gehindert worden, sich mit schweren Koffern abzumühen. Auch seit er die sechzig überschritten hatte, war es nach wie vor selbstverständlich für ihn, dass er jungen, kräftigen, dynamischen Fahrgästen das Gepäck vor die Füße stellte. Dieser junge Kerl, der aussah, als käme er gerade vom Wellenreiten aus Portugal zurück, wollte ihm zeigen, dass er ein alter Mann war? So weit kam es noch! Er war der Fahrer, also war er dafür zuständig, das Gepäck aus dem Kofferraum zu heben. Das hatte er sich nicht einmal nehmen lassen, als er unter den Folgen eines akuten Bandscheibenvorfalls litt. Dieser blonde Sonnyboy wollte sich vermutlich um das Trinkgeld drücken?

Aber er hatte sich geirrt. Das Trinkgeld war zwar nicht üppig, aber angemessen, der Sonnyboy wollte auch nicht, dass der Fahrer ihm half, die Koffer in die Halle zu befördern, in der das Gepäck gesammelt und später zu den Kabinen gebracht wurde. Er kam mit seinen zwei riesigen Koffern, einem Rucksack und der Laptoptasche bestens zurecht. Und er gehörte zu den wenigen, die das Schiff nicht bestaunten. Zu häufig hatte er schon seinen Onkel auf der Brücke besuchen dürfen, hatte bereits als kleiner Junge ein bisschen durchs Fernglas sehen und das Funkgerät bedienen dürfen. Dennoch war er nicht weniger aufgeregt als die anderen Weltreisenden. Schließlich würde er als personifizierte Überraschung an Bord gehen! Hoffentlich löste er wirklich Freude und keinen Schrecken aus, der sich am Ende noch gesundheitsschädigend auswirkte. Und hoffentlich gelang die Überraschung wirklich. Sollte er vorher schon gesehen werden, würde die Überrumpelung nicht gelingen und der Spaß nur halb so gut werden.

Das Gepäck war schnell abgegeben, aber die Abfertigung dauerte eine Weile. Jonas trainierte, während er in der Schlange stand, unauffällig sein Sixpack und seine Oberschenkelmuskulatur, indem er sie anspannte und losließ, anspannte und losließ und somit das Gefühl hatte, die Zeit des Wartens nicht sinnlos vertan zu haben. Das hatte er sich angewöhnt, seit er beruflich so häufig zu warten hatte.

Schließlich war er mit allem ausgestattet, was er brauchte, die Bordkarte steckte in der Brusttasche seines Hemds, das Handgepäck wurde durchleuchtet, und er hatte die Wahl zwischen einer Treppe mit breiten Stufen, einem Aufzug und der Rolltreppe, die von den meisten Passagieren bevorzugt wurde. Er entschied sich selbstverständlich für die Treppe, er nutzte immer jede Möglichkeit, sich zu bewegen und körperlich zu ertüchtigen.

Eine Cheerleader-Gruppe empfing alle Passagiere, gab jedem einzelnen das Gefühl, ein besonderer Gast zu sein, und Jonas stellte fest, dass es auch bei ihm gelang. Er freute sich!

Kurz darauf schritt er über den Steg, der ins Schiff führte, dort atmete er auf. Geschafft! Er brauchte sich nicht in das Gedränge vor der Übersichtstafel zu schieben, er wusste, wohin er gehen musste. Er kannte sich auf diesem Schiff aus. Dass seine Kabine noch nicht bezugsfertig war, fand er nicht wichtig. Den Rucksack würde er irgendwo abstellen, und seine Laptoptasche störte ihn nicht weiter.

Bevor er sich zu seinem Ziel aufmachte, zog er sein Handy heraus und holte eine Nummer aus dem Speicher. »Jonas Liebermann«, meldete er sich. »Hat sich etwas geändert? Wissen Sie mittlerweile, wann es losgeht?« Er hörte sich die Antwort an, dann nickte er. »Okay, ich werde die Augen offen halten.«

Er verabschiedete sich, steckte sein Smartphone wieder in die Gesäßtasche seiner Jeans und ging an Deck. Dort stellte er sich an die Reling. Der Wind hatte aufgefrischt, aber dennoch war es nicht so kalt, wie es Ende Oktober durchaus hätte sein können. Die Natur hatte jedoch längst die Farben des Herbstes angelegt. Der Himmel war grau, an vielen Stellen sogar dunkelgrau, die Möwen, die über dem Hafengelände schwebten, waren ebenso grau, weiß schimmerten sie nur, wenn sie von der Sonne beschienen wurden. Auch das Wasser war von einem kalten Grau. Farbig waren lediglich die Container, die an einem anderen Kai verladen wurden. Ein durch und durch aschfahler Tag. Ein Hafen wie der von Hamburg war ja niemals bunt, heute aber war er besonders farblos.

Zwei Tage Zeit! Hier im Hamburger Hafen würde ein anderer ein Auge auf die zusteigenden Passagiere haben. Alles andere wäre zu auffällig. Aber niemand rechnete damit, dass es schon in Hamburg so weit sein könnte, derart einfach würde es nicht werden. Im ersten spanischen Hafen würde er dann sehr aufmerksam sein müssen. Bis dahin konnte er Privatmann sein, auf See würde nichts passieren.

Er nahm die Treppe, immer zwei Stufen auf einmal, um zum Deck 9 zu gelangen. Vor den Aufzügen standen ganze Trauben von Passagieren, die ihr Handgepäck nicht die Treppe hochtragen oder so schnell wie möglich in die nächste Bar wollten, um darauf zu warten, dass ihre Kabinen bezugsfertig waren. Dort hatten die Kellner garantiert schon mit Cocktails zu tun.

Auf Deck 9 war es ruhig, denn die Shops waren natürlich noch nicht geöffnet. Zwar drückten sich schon einige Einkaufslustige die Nasen an den Schaufenstern platt, aber die meisten wussten, dass die Läden erst außerhalb der Häfen, in der zollfreien Zone, geöffnet wurden. Jonas wurde auf eine junge Frau in seinem Alter aufmerksam. Sie hatte dunkle, gewellte Haare und schöne braune Augen, das fiel ihm in dem winzigen Moment auf, in dem ihr Blick auf ihn fiel, als sie ihm entgegenkam. Ihre Haut war gebräunt, als hätte sie bereits einen Urlaub hinter sich, aber vermutlich gehörte sie zu den Menschen, die nie blass waren.

Er nahm sich die Freiheit, stehen zu bleiben und sich nach ihr umzusehen. Er wollte ihre Figur betrachten, ihren Gang, die Art, wie sie sich bewegte. Schlank war sie, grazil und biegsam, ihre Bewegungen waren flink, sie schien temperamentvoll und quirlig zu sein. Obwohl sie ja ihren Urlaub antrat und vermutlich durch die Shoppingmeile schlenderte, um sich alles anzusehen, bewegte sie sich mit schnellen Schritten. Sie schien zu denen zu gehören, denen Langsamkeit nicht lag, auch das mochte er. Schwunglose oder gar phlegmatische Frauen, die träge und kraftlos wirkten, waren nicht sein Fall. Groß war sie, hatte lange Beine und eine schmale Taille. Sie trug einen rosa Pullover, der ihr gut stand, und hatte eine neongrüne Jacke um ihre Hüften geknotet. Es fiel ihm schwer, seine Augen von ihr zu lösen. Aber er würde sie sicherlich irgendwann wiedersehen. Zweitausend Passagiere bildeten zwar ein ganzes Dorf, aber wenn er mittags und abends die Restaurants durchstöberte, würde er sie früher oder später treffen. Und dann wollte er sie ansprechen, das nahm er sich fest vor. Obwohl er damit noch nie viel Erfolg gehabt hatte. Er war nicht gut im Flirten, das wusste er. Was er leider nicht wusste, war, was er eigentlich falsch machte. Wie sollte man sich verbessern, wenn man seine Fehler nicht kannte? Jonas wusste nur, dass er den Frauen auf den ersten Blick zwar gefiel, dem zweiten aber meist nicht standhielt. Er wusste, dass er gut aussah, dass er den Frauen auffiel, aber merkwürdigerweise hatte es mit der großen Liebe noch nicht geklappt.

Dabei ging er stramm auf die dreißig zu. Es konnte doch nicht wahr sein, dass er es nicht schaffte, eine hübsche Frau zu heiraten und Kinder zu kriegen!

Aber jetzt gab es erst mal Wichtigeres …

Er sah seine Mutter schon, bevor er an der Tür des Bordshops angekommen war. Eigentlich sah er nur ihr Hinterteil, aber dass sie es war, die auf dem unteren Brett eines Regals etwas suchte, wusste er ganz sicher. Er klopfte an die Eingangstür, aber es erfolgte keine Reaktion. Er klopfte lauter, doch der Oberkörper seiner Mutter ließ sich noch immer nicht blicken. Das Vibrieren, das mit einem Mal durch ihr Hinterteil fuhr, ließ vermuten, dass sie sich einer unlösbaren Aufgabe widmete, die jeden Muskel beanspruchte. Sie setzte ihre ganze Kraft ein, das tat sie immer, wenn sie mit Geschicklichkeit nicht weiterkam, ein Punkt, der bei ihr schnell erreicht war. Jonas war sicher, dass sie jetzt vor sich hin murmelte: »Und bist du nicht willig, so brauch ich Gewalt«, oder ihr dieser Satz zumindest durch den Kopf geisterte. Dann verschwand, was von ihr zu sehen gewesen war, verdächtig ruckartig, irgendetwas hatte nachgegeben, seine Mutter war offenbar bäuchlings vor dem Regal gelandet. Nur ihre Schuhsohlen waren noch zu sehen, die so lange herumzappelten, bis Jonas nervös wurde. Wie konnte er seiner Mutter helfen?

Aber dann erschien ihr Hinterteil erneut und schließlich auch der Rest seiner Mutter. Er sah, dass sie sich die Hände abklopfte, als wären sie entweder sehr schmutzig geworden oder als wäre ihr etwas gelungen. Er vermutete Letzteres, denn dass es auf dem Schiff, das heute im Hamburger Hafen gründlich gereinigt worden war, eine schmutzige Ecke gab, war undenkbar. Seine Mutter musste es geschafft haben, irgendeinen Missstand zu beheben. Eigentlich sehr unwahrscheinlich, weil alles, was sie während Jonas' Kindheit repariert hatte, in kürzester Zeit erneut kaputtgegangen war. Ihre Versuche, sich nach dem Tod seines Vaters handwerklich so geschickt anzustellen wie er, waren allesamt grandios gescheitert. Irgendwann war Jonas dann selbst in der Lage gewesen, das Erbe seines technisch begabten Vaters anzutreten und sich um kaputte Lampen, verstopfte Abflüsse und das Anbringen von Fußleisten zu kümmern.

Jonas begann zu winken, als sich seine Mutter von dem Werk, das ihr anscheinend gelungen war, wegdrehen und ihm zuwenden wollte, da ertönte in ihrem Rücken ein Riesengepolter, das sogar durch die geschlossene Tür zu hören war. Das Regal hinter ihr war in Schieflage geraten, und sämtliche Gesellschaftsspiele, die dort lagerten, rutschten auf den Boden, zunächst die von den unteren Regalbrettern, dann auch sämtliche Schlüssel- und Gepäckanhänger, Buddelschiffe, Grußkartenstapel und Modellbausätze vom oberen Brett. So viel zum Thema gelungene Reparatur!

Jonas erschrak mindestens genauso sehr wie seine Mutter. »Mama! Lass mich rein!«, rief er und war froh, dass gerade niemand in der Nähe war, der die Situation hätte missverstehen können und einen Offizier alarmierte, weil er eine Gefahrensituation vermutete.

Doch seine Mutter hörte ihn nicht. Sie war erneut herumgefahren und starrte auf das, was sich in ihrem Rücken ereignet hatte. Es musste schlimm aussehen.

»Mama!« Jonas pochte an die Glasscheibe.

Nun endlich war seine Stimme zu seiner Mutter durchgedrungen. In Zeitlupe wandte sie sich um, ungläubig, in der sicheren Erwartung, dass das Schicksal ihr einen Streich spielte. Er sah, dass ihre Lippen seinen Namen formten, dann kam sie auf die Eingangstür zugestürzt. »Jonas!« Nun konnte er sie hören. »Was machst du denn hier?«

Sie schoss auf die senkrecht angebrachten Griffe zu, mit denen die Tür aufzuschieben war, und rüttelte daran, erinnerte sich dann jedoch schlagartig, dass sich die Tür des Shops nur öffnen ließ, wenn sie zuvor aufgeschlossen wurde, rannte in den Kassenbereich, um dort nach dem Schlüssel zu suchen, schien ihn aber vor lauter Aufregung nicht auf Anhieb zu finden. Währenddessen sah sie immer wieder zu ihm, schüttelte den Kopf, um zu zeigen, dass sie nicht verstand, warum er auf dem Schiff war, raufte sich die Haare, weil sie den Schlüssel nicht fand, und brachte so viel durcheinander, dass Jonas fürchtete, die Alarmanlage könnte anspringen. Als sie endlich auf die Tür losrannte, mit dem Schlüssel in der Hand, sah sie aus wie jemand, der sich vor einer Katastrophe in Sicherheit bringen wollte. »Jonas!«

Er schaffte es gerade noch, den Laden zu betreten, da wurde er von seiner Mutter in die Arme gerissen, die ihn immer wieder fragte, was um Himmels willen er auf der *Soleil* mache, ohne ihm jedoch die Gelegenheit zum Antworten zu geben.

Irgendwann gelang es ihm, sich aus ihren Armen zu lösen. Er griff ihr mit beiden Händen in die Haare, um daraus so etwas wie eine Frisur zu formen, was seine Mutter geschehen ließ, ohne ihn abzuschütteln. Schon als kleiner Junge hatte er dafür gesorgt, dass ihr Erscheinungsbild weder seine Freunde noch seine Lehrer erschreckte. »Ich fahre nun doch mit, Mama! Ich weiß nicht, wie lange, aber … ich werde es dir in Ruhe erzählen. Du musst mir jedoch versprechen, kein Wort darüber verlauten zu lassen. Es ist topsecret!«

In diesem Augenblick hörte er ein Geräusch in seinem Rücken, drehte sich um und stellte fest, dass noch jemand eingetreten war. Eine junge Frau, die anscheinend glaubte, der Shop hätte geöffnet. Sie trug einen rosa Pulli und hatte eine neongrüne Jacke um die Hüften gebunden, hatte dunkle gewellte Haare und wunderschöne braune Augen.

Emily

Sie hatte es genau gesehen. Ihm selbst war offenbar nicht aufgefallen, dass sich in einer der Glasscheiben des Bordshops sein Bild spiegelte. So hatte sie erkennen können, dass er sich umdrehte, als sie vorübergegangen war. Und sein Gesicht hatte durchaus so ausgesehen, als hätte ihm das Bild, das sie abgab, gefallen. Emily dachte an ihre Mutter, die sie gewarnt hatte, und musste grinsen. Sie war noch nicht einmal richtig angekommen, da war ihr schon ein Mann begegnet, der genau ihr Typ war. Wie ein Sonnyboy sah er aus, temperamentvoll, schlaksig, unkonventionell. Die Jeans mit den durchlöcherten Knien war sehr cool, das Sweatshirt im Used-Look ebenfalls, und von den Boots wusste sie, dass sie richtig teuer waren. Er war also nicht zufällig so gekleidet, wie sie sich einen Mann vorstellte, der ihr gefallen könnte, sondern ganz bewusst. Sie mochte so was. Auch das blonde kurz geschnittene Haar, die Bräune, die auf längeren Aufenthalt im Freien, am Wasser, in den Bergen hindeutete, die von der Sonne gebleichten Augenbrauen. Anscheinend hatte er einen längeren Sommerurlaub als Surfer, Radfahrer oder Bergsteiger hinter sich. Ob er so wie sie übers Schiff schlenderte, um herauszufinden, was die *Soleil* während der nächsten vier Monate zu bieten hatte? Wenn sie ihm noch einmal begegnen wollte, würde sie sich vermutlich am Pool, auf dem Jogging-Parcours oder im Fitnessraum umsehen müssen.

Ihre Kabine lag auf Deck 7. Sie hatte sie nur kurz in Augenschein genommen, hatte ihr Gepäck hineingestellt, das vor der Tür auf sie wartete, und war wieder auf den Gang hinausgetreten.

Lange, sehr lange Gänge waren das, mit einem Teppichboden gepolstert, der wie ein Giraffenfell gemustert war. Alle Türen an diesem Gang waren gelb, es gab jeweils zwei Ausgänge, die ins Treppenhaus und vor die Aufzugsanlagen führten. Das ganze Innenleben des Schiffs wirkte fröhlich, nicht etwa elegant, als wäre es für vornehme Passagiere gebaut worden. Bunte Farben griffen ineinander, auch Farben, die auf den ersten Blick nicht miteinander harmonierten, Rot und Orange, Pink und Lila. Aber im großen Zusammenhang passten sie eben doch zusammen, es kam Emily so vor, als müsste ein Farbenspektakel sich nur weit genug ausstrecken, um etwas zu ergeben, das schön und stilvoll war. Sie fühlte sich auf Anhieb wohl.

Sie stieg aufs obere Deck, um von dort das Ablegen zu beobachten. Der Hafen lag düster und schmuddelig unter ihr. Auf der Backbordseite schaute sie über das Terminal-Gebäude und den dahinter liegenden Parkplatz hinweg, auf gestapelte Container und unzählige Maschinerien, die den Hafen in Gang hielten. Die Oktoberluft war schon kalt, erinnerte bereits an den November, aber der Wind war noch mild und machte den Aufenthalt an der frischen Luft erträglich. Emily freute sich darauf, dass der kommende Winter für sie weder Eis noch Schnee zu bieten haben würde. Die Reise ging zunächst gen Süden und dann nach Westen. Sie würde monatelang im Sommer leben, wenn es in Deutschland kalt und ungemütlich war, Regen, Schnee oder Glatteis den Alltag schwer machten. Sie sah auf die Uhr. Noch eine Stunde bis zum Auslaufen.

Mit Schrecken fiel ihr ein, dass sie etwas vergessen hatte. Ausgerechnet das, was man als Frau gern griffbereit hatte, man wusste ja nie. Wo mochte es Tampons geben? Im Bordshop? In der Parfümerie? Oder in dem Kiosk auf dem unteren Deck, wo man auch so profane Dinge wie Zahnpasta und Allzweckcreme bekam?

Sie beschloss, es im Bordshop zu versuchen und sich, wenn er geschlossen hatte, zu informieren, wann er geöffnet wurde. Sie ging zurück ins Innere des Schiffs und vertiefte sich in die Übersicht, die neben jedem Aufzug hing. Aha, Deck 9! Die Einkaufsmeile. Ein ziemlich pompöser Begriff für die paar Läden, die es dort gab, aber es war den Ausstattern tatsächlich gelungen, so etwas wie eine weitläufige Ladenstraße zu erschaffen, die größer wirkte, als sie war.

Sie stellte fest, dass der Bordshop geöffnet sein musste. Jedenfalls sah sie eine Verkäuferin im hinteren Teil des Ladens und einen Mann, von dem allerdings nicht viel zu erkennen war. Er machte sich an einem Regal zu schaffen. Vielleicht kein Kunde, sondern ein Handwerker? Die Tür war geöffnet, wie schön!

Erfreut trat sie ein und rief: »Guten Tag!«

Eine weibliche Stimme antwortete ihr aus der Ferne: »Noch geschlossen!«

»Die Tür ist aber offen«, gab Emily zurück.

»Oh!«, kam es erschrocken zurück. »Jonas! Hast du nicht hinter dir abgeschlossen?«

»Wieso ich?« Die männliche Stimme kam dumpf aus der Ecke hervor, wo nur zwei Beine zu sehen waren, denen Emily keinen weiteren Blick schenkte.

Eine Frau kam durch den Laden auf sie zu. Sie mochte Anfang sechzig sein, wirkte unscheinbar und reizlos, aber nur auf den ersten Blick. Auf den zweiten erkannte Emily schnell die blitzenden Augen, das freundliche Lächeln, die temperamentvollen Gesten. »Sorry, die Tür hätte nicht offen sein dürfen.« Sie wies auf das Schild neben der Eingangstür, wo alles vermerkt war, was der Passagier wissen musste, der einkaufen wollte. »Wir führen Duty-free-Waren, deswegen darf der Laden nur außerhalb des Hafens geöffnet sein.«

Emily verstand. »Macht ja nichts, dann komme ich eben heute Abend noch einmal vorbei. Nach dem Ablegen. Oder …« Sie zögerte und fragte dann in vertraulichem Ton: »Kann ich auch woanders Tampons kaufen?«

Die Verkäuferin veränderte sich mit einem Mal. Die professionelle Freundlichkeit fiel von ihr ab, sie wirkte von einem auf den anderen Augenblick irritiert, unsicher, geradezu verwirrt. Ihre Blicke flogen über Emilys rosa Pulli und die neongrüne Windjacke, als hätte ihre Kleidung Einfluss auf die folgende Entgegnung. Aus ihrer Professionalität wurde von jetzt auf gleich echte Herzlichkeit. »Unten, im Kiosk. Aber ob der schon geöffnet hat? Warten Sie ...« Sie lief in den Kassenbereich, hinter dem es ein Regal mit den nötigsten Hygieneartikeln gab, dezent in einer Ecke verborgen, ein Angebot, das zu den notwendigen Dingen des Lebens gehörte, nicht das, was den Urlaub schöner machte. »Das merkt ja keiner«, sagte sie, nahm ein Päckchen von einem Regalbrett und schob es Emily zu. »Es gibt Dinge, die sind wichtiger als Öffnungszeiten.« Emilys Bordkarte, die an Bord der *Soleil* als Zahlungsmittel galt, wehrte sie ab. »Kommen Sie später noch mal vorbei. Wenn wir auf See sind, wenn der Shop offiziell geöffnet ist. Nicht, dass nachher auf der Abrechnung zu erkennen ist, dass ich außerhalb der Öffnungszeiten etwas verkauft habe!«

Emily war ihr sehr dankbar. Was für eine nette Frau! Natürlich wollte sie ihr keine Scherereien machen. Und selbstredend würde sie später zurückkehren, um ihre Schulden zu bezahlen.

»Ich heiße Maria! Sicherlich werden wir uns noch näher kennenlernen. Vier Monate sind eine lange Zeit.«

Emily war tief berührt. Solche Menschen mochte sie. Kommunikativ, zugewandt, unkompliziert. Und obwohl die Tür immer noch geöffnet war und die Gefahr bestand, dass Passagiere hereinkamen, die noch nicht vom Kassensystem erfasst werden durften, lehnte Maria sich mit verschränkten Armen gegen den Kassentisch und fragte, als hätte sie alle Zeit der Welt: »Woher kommen Sie? Aus Hamburg? Gehen Sie etwa ganz allein auf Weltreise?«

Emily spielte mit der Tamponschachtel in ihrer Hand, während sie erzählte, dass sie aus Niebüll kam, dass ihre Mutter dort ein Reisebüro besaß, die Weltreise gewonnen, sie aber an ihre Tochter abgetreten hatte.

Dass der Mann, von dem Emily bisher nur zwei Beine gesehen hatte, zu ihnen trat, bemerkte sie erst, als er bereits neben ihnen stand. Sie starrte ihn entgeistert an. Das war ja der Typ, der ihr vor einer halben Stunde so angenehm aufgefallen war! Was machte der hier? Gehörte er zur Crew? Sie hatte ihre liebe Mühe, sich ihre Verwirrung nicht anmerken zu lassen. Ein Handwerker, der das Regal repariert hatte? Dann würde sie ihn nicht auf dem Sportdeck oder im Fitnessraum antreffen. So jemand war wahrscheinlich den ganzen Tag mit Arbeit beschäftigt. Schade eigentlich. Sie war hier jedenfalls völlig überflüssig, es wurde Zeit, dass sie ging, damit der Shop geschlossen werden konnte und kein weiterer Kunde sich außerhalb der Öffnungszeiten hierhinein verirrte.

Er sah sie an wie … mein Gott, Brad Pitt war nichts dagegen! Tatsächlich wirkte er wie von Amors Pfeil getroffen. Aber das war natürlich purer Unsinn. Auf so eine Idee konnte nur jemand kommen, der gern Liebesromane las, so wie sie, und immer besonders hingerissen war, wenn von der Liebe auf den ersten Blick die Rede war. Seit Emily fünfzehn geworden war, wollte sie daran glauben, dass es diese erdrutschartige Liebe gab, die von einer Sekunde auf die andere alles veränderte, obwohl es in ihrem alltäglichen Leben kein Beispiel gab, das zu dieser Zuversicht berechtigt hätte.

»Das ist mein Sohn«, sagte Maria. »Jonas!«

Dass sie noch immer die Schachtel mit den Tampons in der Hand hielt, bemerkte Emily erst, als sie ihr aus den Händen fiel und ausgerechnet vor Jonas' Füßen aufschlug.

Ehe sie reagieren konnte, bückte er sich, hob sie auf und streckte sie ihr hin. Entweder ohne sich anzuschauen, welchen Inhalt die Schachtel hatte, oder ohne einen Blick darauf zu werfen, weil er wusste, was darin war. Wie auch immer – Emily empfand diese Intimität, dass ihm nun bekannt war, was sie brauchte, wenn das einsetzte, was ihre Oma Unwohlsein und deren Mutter noch Menorrhö genannt hatte, alles andere als angenehm. Da half es nichts, dass sie sich zur Ordnung rief und sich altmodisch und verklemmt nannte. Du lieber Himmel! Die Zeiten waren doch wirklich vorbei, in denen sich eine Frau verschämt derartige Hygieneartikel gekauft hatte wie ein Mann ein Pornoheft, das unter der Ladentheke gehandelt wurde.

Sie nahm die Schachtel so gleichmütig wie möglich entgegen. »Nett, Sie kennenzulernen.«

Maria begleitete sie bis zur Tür. »Ich hoffe, Sie kommen bald mal wieder vorbei. Dann wird auch die Kaffeemaschine angeschlossen sein.«

Emily sagte freudig zu, dann fiel ihr ein, dass sie ihre Bordkarte nicht wieder an sich genommen hatte. »Oh, die brauche ich! Sonst komme ich nicht in meine Kabine!«

Maria lief los, wusste genau, wo die Bordkarte zu finden war, direkt neben der Kasse, und händigte sie Emily aus, nachdem sie sie ausgiebig betrachtet hatte. »Emily Krug? Was für ein schöner Name. Er passt zu Ihnen.«

Emily warf einen Blick zurück, als sie den Shop verließ, drehte sich aber schnell wieder um, als sie merkte, dass Jonas ihr nachsah. Er war also der Sohn der Bordshop-Verkäuferin. Die Reederei hielt es vermutlich für opportun, Familienangehörige von zuverlässigen Mitarbeitern einzustellen. Sie würde sich etwas überlegen müssen, damit sie ihn wiedersehen konnte. Vielleicht in ihrer Kabine etwas kaputt machen, damit er es repariere? Da würde ihr schon was einfallen. Denn wiedersehen wollte sie ihn auf jeden Fall, so viel stand fest.

Sie ging jetzt auf Deck 5, wo es zwar unter den Rettungsbooten nicht so romantisch war wie auf dem Oberdeck, wo sie aber vor dem leichten Nieselregen geschützt war, der jetzt einsetzte. Am liebsten wäre es ihr, Jonas stünde neben ihr. Dann würde sie davon reden, dass ihr sehr kalt sei, und er würde seinen Arm um sie legen, würde sie wärmen, und sie würde sich hineinkuscheln und ihm zu verstehen geben, dass sie bereit war, sich von ihm küssen zu lassen …

Aus diesem schönen Traum wurde sie durch den Streit eines Ehepaares aufgeschreckt, das bisher zwar erregt, aber nur im Flüsterton debattiert hatte. Sie wollte jetzt endlich zum Essen gehen, während er Wert darauf legte, so lange an Deck zu bleiben, bis die *Soleil* die offene See erreicht hatte. Sie aber wollte auf keinen Fall allein einen Speisesaal aufsuchen, obwohl er es ihr mehrmals nahelegte, weil schließlich noch gar nicht besprochen und beschlossen worden sei, in welchem Restaurant man essen wolle. Als er sie darauf hinwies, dass man sich übers Handy verständigen könne, wurde der Streit dann so laut, dass Emily unsanft aus ihren Gedanken gerissen wurde und sie beschloss, woanders an Jonas zu denken. Der weibliche Teil des Paares erinnerte mit immer schrillerer Stimme daran, dass man beschlossen habe, während der Weltreise so weit wie möglich auf den Gebrauch des Handys zu verzichten, der Mann bestand darauf, dass es in Ausnahmefällen möglich sein müsse, telefonisch zueinanderzufinden, woraufhin sie ihn nun wieder daran erinnerte, dass dieser Ausnahmefall nicht eintreten müsse, wenn er bereit sei, ihr schon jetzt zum Essen zu folgen, während er sich darüber aufregte, dass sie immer ihren Willen durchsetzen wolle und ihm nicht einmal für eine halbe Stunde den Blick auf sein geliebtes Hamburg gönnen könne, das er nun vier Monate nicht mehr sehen dürfe … Den Rest ersparte Emily sich. Wer von den beiden den Sieg in diesem Streit davontragen würde, interessierte sie nicht.

Sie ging ein paar Schritte zur Seite, als das Schiffshorn das Ablegen ankündigte. Kurz darauf ertönte im ganzen Schiff die Abschiedsmelodie »Muss i denn, muss i denn zum Städtele hinaus …«

Langsam, ganz langsam setzte sich die *Soleil* in Bewegung, zunächst kaum spürbar. Begleitet wurde sie von zwei Schleppern, die den Beginn der Weltreise mit blauen Laser-Streifen dekorierten. Sie bildeten ein Lichtertor, durch das die *Soleil* fuhr. Kapitän Jantzen erlaubte sich sogar eine Ehrenrunde durch den Hafen, fuhr an der Elbphilharmonie vorbei, wendete dann und hielt nun aufs Meer zu. Emily stand da wie erstarrt, konnte den Blick nicht von den Lichtern nehmen, von den winkenden Menschen am Ufer, die nur noch schemenhaft zu sehen waren. Als hätte sie erst jetzt begriffen, was ihr bevorstand. Eine Weltreise! Für manche ein Lebenstraum, auf den sie lange gespart hatten, während ihr die Reise in den Schoß gefallen war. Kurz versetzte ihr das schlechte Gewissen einen Stich, aber dann sagte Emily sich, dass es der Wunsch ihrer Mutter gewesen war und dass es nicht falsch gewesen sein konnte, ihr Angebot anzunehmen.

Die Menschen rechts und links von ihr verhielten sich ebenfalls sehr still. Nirgendwo wurde gelacht, auch nicht laut geredet. Der Moment war ein besonderer, den jeder als solchen empfand. Ein Aufbruch, wenn sie auch wussten, dass und wann sie zurückkehren würden. Eine Veränderung? Möglich war es, dass diese Weltreise zu neuen Erfahrungen führte, die wiederum andere Einsichten mit sich brachten. Vielleicht wusste sie Ende Februar, wenn das Schiff wieder in Hamburg anlegte, genau, wie ihre Zukunft aussehen sollte, was sie sich wünschte und was sie auf keinen Fall wollte. Das Ende der Weltreise schien mit einem Mal ein Ziel zu sein. Und die Reise selbst war der Weg zu diesem Ziel.

Sie blieb stehen, bis die Kälte sie zwang, wieder ins Innere des Schiffes zu gehen. Die Restaurants waren geöffnet, die Kellner empfingen alle Reisenden an diesem ersten Abend mit Applaus und guten Wünschen. Der gedankenschwere Moment war damit vorbei. Aber die Freude auf das, was kommen würde, blieb.

Alexandra

A Coruña, 30.10.

Sie trat auf den Balkon und stellte sich an die Reling. Noch immer war es kühl, wenn auch nicht mehr ganz so kalt wie in Hamburg. Aber beim Anlegen in A Coruña hatte sich die Sonne nicht gezeigt, das Wetter blieb wechselhaft. In der Biskaya war es sogar stürmisch gewesen, mit fünf Meter hohen Wellen. Das große Schiff hatte geschwankt, seine Passagiere waren wie sinnlos Betrunkene durch die Gänge gelaufen, die es nicht schafften, geradeaus zu gehen. Die Restaurants waren nur zur Hälfte besetzt gewesen, viele Passagiere litten unter Seekrankheit und waren in ihren Kabinen geblieben. Diejenigen, denen der Appetit nicht vergangen war, versuchten sich nun bei jeder Mahlzeit an dem Kunststück, den Teller vom Büfett unfallfrei zum Tisch zu bringen. Kein leichtes Unterfangen! Doch der Kapitän hatte soeben durchgegeben, dass es nun bald wärmer werden würde. Auf Gran Canaria, dem nächsten Ziel ihrer Weltreise, erwarteten sie Sonne und frühsommerliche Wärme. Lukas Jantzen hatte es versprochen.

Alexandra dachte an ihren Vater, der seine Tochter, mit tiefen Sorgenfalten auf der Stirn, höchstpersönlich zum Hamburger Hafen gefahren, ihr Gepäck dort abgegeben und sie vor dem Abfertigungsgebäude zurückgelassen hatte, dies mit noch tieferen Sorgenfalten. Eigentlich hatte auch ihr Verlobter zum Abschied dort erscheinen wollen, aber Alexandra hatte ihn so lange gebeten, darauf zu verzichten, dass er schließlich nachgegeben hatte. Das fehlte noch, dass er erkannt wurde und spätestens in Rio das ganze Schiff darüber Bescheid wusste, mit wem Alexandra Helbing verlobt war. Bislang noch heimlich! Das sollte unbedingt so bleiben, bis die Verlobungsanzeigen in den Druck gingen.

Alexandra war heilfroh gewesen, als sie in der Abfertigungshalle auf Nathalie traf, die dort im Bistro *Ahoi* saß, mit einer riesigen Sonnenbrille auf der Nase, sodass jeder erkennen konnte, dass sie nicht gesehen werden wollte. Alexandra lächelte prompt bei diesem Gedanken. Es war herrlich, auch in ihrem Alter noch eine allerbeste Freundin zu haben, die jederzeit bereit war, alles hinzuwerfen, wenn sie gebraucht wurde. Nathalie war erst zum Abfertigungsschalter gegangen, als Ron Helbing sich von seiner Tochter verabschiedet hatte und mit schweren Gedanken zum Ausgang gewankt war.

Nun stellte sie sich neben Alexandra an die Reling, ihre Fingerspitzen fuhren kurz über deren Unterarm. »Du willst das wirklich durchziehen? Überleg's dir noch mal.«

Aber Alexandra winkte ab. »Nein, es ist entschieden.«

»In Ordnung!« Prompt grinste Nathalie breit. »Nach dem Auslaufen werden wir mal schauen, welche alleinreisenden Männer an Bord sind.«

Alexandra grinste noch breiter. »Warum nicht auch ein paar verheiratete? Wenn schon, denn schon.« Sie kicherte ausgelassen. »Meinen Vater würde der Schlag treffen, wenn er das erführe.«

Nathalies Lächeln erstarb. »*Wenn* er es überhaupt erfährt.« Sie hatte die erste Silbe betont und wurde nun sehr ernst. »Es ist nicht gesagt, Alex, dass du mit deinem Verdacht richtig liegst. Bis jetzt gibt es keine Indizien dafür. Kann sein, dass du dir was einbildest.«

»Es wäre schön«, gab Alexandra leise zurück. »Aber ich kenne meinen Vater ...« Sie strich ihre langen Haare zurück, damit sie ihr nicht mehr ins Gesicht wehten, dann schien sie sich in den Blick auf den Hafen von A Coruña zu vertiefen, den sie in wenigen Minuten verlassen würden, betrachtete die Banco Pastor, als wäre sie an dem prunkvollen Gebäude interessiert. »Ich will es wissen.«

Wieder entstand jenes Schweigen zwischen ihnen, das nur möglich ist, wenn man sehr vertraut miteinander ist. Während der wenigen Tage, die ihre Reise nun andauerte, hatten sie oft geschwiegen, nebeneinanderstehend, mit Blick aufs Wasser, zum Horizont, in den Himmel. Als die spanische Küste in Sicht gekommen war und A Coruña sich aus dem Morgenlicht schälte, war etwas in Alexandra vorgegangen, das sie nicht erklären konnte, sich selbst nicht und Nathalie erst recht nicht. Kurz vor diesem ersten Anlegen in einem fremden Hafen war ihr der Abstand zu ihrem bisherigen Leben deutlich geworden. Sie war abgereist, tatsächlich! Sie hatte dafür gesorgt, dass viele Seemeilen sich zwischen ihr altes Leben und ein anderes, neues oder vorübergehendes schoben. Der kuppelförmige Berg, der am Horizont heranwuchs, bewies ihr, dass sie es gewagt hatte. Dann die Hügelkette, an der sie vorüberglitten, dunkel bewachsen, an ihren Füßen hoch aufspritzende Gischt, schneeweiß, manchmal mehrere Meter hoch. Und dann die Stadt A Coruña, weiße Häuser, die in der Sonne aufblitzten und dann unter den tiefhängenden Wolken wieder grau wurden. Ein erhabenes Gefühl, ganz anders, als sich einem Ort mit dem Flugzeug zu nähern. Eine Landung war mit diesem langsamen Daraufzufahren nicht vergleichbar.

Eigentlich hatten sie einen Ausflug machen wollen, beide hatten sich zu einer Fußwanderung durch die Altstadt von A Coruña angemeldet. Eine gute Gelegenheit, hatte Alexandra gefunden, sich die Mitreisenden anzusehen. Wenn es wirklich einen Ermittler an Bord gab, der auf die Tochter von Ron Helbing angesetzt war, dann würde er sich ihnen vermutlich anschließen, mit einiger Wahrscheinlichkeit sogar ganz zwanglos Kontakt mit ihnen aufnehmen. Doch aus dem Spaziergang war nichts geworden. Gerade als sie sich um ihren Reiseleiter versammelt hatten, brach ein Sturzregen herab, und ein heftiger Sturm setzte ein. Drei oder vier Passagiere blieben dabei, sie machten dem unglücklichen

Reiseleiter klar, dass sie bekommen wollten, wofür sie bezahlt hatten. Alle anderen waren ins Schiff zurück geflohen.

Alexandra starrte hinaus, ohne etwas zu sehen. Schließlich wandte sie sich ihrer Freundin zu, die sie ängstlich beobachtete, als wäre sie nicht sicher, was hinter Alexandras Stirn vorging, und als hätte sie Angst, es zu erfahren. »Es ist nicht nur das«, sagte sie. »Nicht nur diese letzte Gelegenheit, als unbekannte Frau tun zu können, was ich will.«

Nathalie nickte, als hätte sie dies befürchtet. »Du bist dir nicht sicher.«

Alexandra brauchte eine Weile, bis sie zu einer Antwort bereit war. »Ich muss in Ruhe nachdenken. Während dieser vier Monate bin ich ungestört. Mein Vater kann es nicht verstehen, Godric auch nicht. Sie haben es beide nur notgedrungen akzeptiert.«

»Aber es ist nicht dasselbe, was die beiden nicht verstehen?«

»Nein! Mein Vater glaubt, ich will es noch einmal so richtig krachen lassen. Godric fürchtet, dass ich mir meiner Liebe zu ihm nicht sicher bin.«

»Und wer hat recht?«

Alexandra zögerte, dann sagte sie: »Papa jedenfalls nicht. Ich muss herausfinden, wie viel Godric mir wirklich bedeutet. Er als Person, meine ich. Nicht das, was er verkörpert, was hinter ihm steht, was mein zukünftiges Leben ausmachen würde.« Und so leise, dass es kaum zu verstehen war, ergänzte sie: »Und das, was mein Vater sich so sehr wünscht.«

Nathalie seufzte tief auf und verdrehte die Augen. »Du hast keine Ahnung, wie viele Frauen gern mit dir tauschen würden.«

Alexandras Antwort kam heftig. »Das ist es ja! Alle sagen, ich müsste überglücklich sein, jeder redet mir ein, dass es nichts Schöneres geben könnte, als Lady Chiswick zu werden. Demnächst mit Kate und William verwandt, als Erste über sämtliche Eskapaden von Harry und Meghan informiert ...« Sie drehte der Aussicht den

Rücken zu und sah ihre Freundin verzweifelt an. »Kannst du nicht verstehen, dass ich irgendwann selbst nicht mehr wusste, was ich eigentlich will?«

Es war Nathalie anzusehen, dass sie am liebsten den Kopf geschüttelt hätte. Aber sie nickte, weil sie begriff, dass Alexandra es von ihr erwartete. »Ja, ja ...«

»Vier Monate weit weg von Godric und meinem Vater, das dürfte genügen. Ich habe Godric gesagt, dass ich mich nicht allzu oft bei ihm melden werde, dass ich ungestört sein will in diesen vier Monaten.«

Nun verdrehte Nathalie die Augen. »Verdammt, Alex! Du riskierst was! Ich würde mich nicht wundern, wenn Godric sich das nicht bieten ließe.«

Nun klang Alexandras Stimme mit einem Mal geradezu fröhlich. »Dann wüsste ich jedenfalls genau, was Sache ist. Er hätte mir die Entscheidung abgenommen.« Über ihr Gesicht legte sich erneut der Schleier, den sie vorgezogen hatte, seit sie die Weltreise gebucht hatte. »Aber er ist ja sehr verständnisvoll.« Sie betrachtete den Yachthafen auf der anderen Seite des Kais, als wollte sie die Segelboote zählen. »Godric sieht ein, dass es wichtig für mich ist, genau zu wissen, worauf ich mich einlasse. Sobald ich Ja gesagt habe, weiß alle Welt Bescheid. Und von da an wird mich die Yellow Press jagen.«

Nathalie schien sich Schlimmeres vorstellen zu können, trotzdem bestätigte sie ihre Freundin. »Aber unsere Mädelsabende behalten wir bei, okay? Vielleicht nicht mehr einmal die Woche, aber mindestens einmal im Monat. Oder ...?« Sie sah lange in Alexandras Gesicht und ergänzte dann deprimiert: »Also gut, einmal im Jahr. Jede Woche Bloody Mary, Geleefrüchte und *The Crown* bringt uns ja auch nicht weiter. Wir werden bald dreißig ...«

Maria

Das tut mir jetzt echt leid. Aber nein, ich kann es Ihnen wirklich nicht erzählen. Sorry. Jonas hat es mir unter dem Siegel der Verschwiegenheit anvertraut. Nur mir! Nicht einmal Lukas darf etwas davon erfahren. Also kann ich unmöglich darüber reden. Und ich solle mich ja nicht einmischen, das hat er mir auch noch eingeschärft. Nun, verschwiegen bin ich, keine Frage. Mich aus einer Sache rauszuhalten, die mich interessiert, das ist schon schwieriger. Denn leider hat Jonas mich keineswegs umfassend informiert. Ich kenne seinen Auftrag im Großen und Ganzen, ja, aber um welche Person es geht, weiß ich nicht. Noch nicht! Auch die Hintergründe habe ich noch nicht durchschaut. Aber das bekomme ich noch heraus. Oder ... nein, besser, ich kümmere mich gar nicht um das, was Jonas tut. Ich schau einfach nicht hin. Und ich soll ihn niemals fragen, hat er auch noch gesagt, wie der Stand der Dinge ist. Auf keinen Fall. Nicht einmal mit Barbara soll ich darüber reden, wenn sie in Buenos Aires an Bord kommt. Dabei ist Barbara Polizeibeamtin. Es ist doch verrückt, auf ihre Kenntnisse und Erfahrungen zu verzichten. Doch Jonas will es nicht anders. Na, warten wir mal ab! Wenn Barbara zusteigt und sein Fall noch nicht geklärt ist, wird er sich womöglich anders besinnen. Und dann werde ich es vermutlich auch erfahren. Kann aber natürlich auch sein, dass die Sache bis dahin längst erledigt ist. Doch ich hoffe natürlich, dass sich seine Ermittlungen länger hinziehen. Denn Jonas darf so lange auf dem Schiff bleiben, bis er den Fall gelöst hat. Er soll ruhig langsam machen. Das sieht sein Chef natürlich anders, aber der hat ja keine Ahnung, wie solche Ermittlungen auf einem Schiff ablaufen. Auf jeden Fall zäher und ruhiger. Hier kann niemand flüchten. Wer sich auf der *Soleil* aufhält, ist so sicher wie im Knast.

Von wegen Überraschung! Lukas glaubt wirklich, es wäre Jonas nur darum gegangen, mich zu überraschen. Nein, nein, er hatte die Weltreise absagen müssen, weil es natürlich nicht drin ist, vier Monate unbezahlten Urlaub zu nehmen. Welcher junge Mensch kann das schon? Man hat in diesem Alter berufliche Verpflichtungen und selten so viel auf der hohen Kante, dass man damit vier Monate finanziell klarkommt. Und die Kosten für die Weltreise noch dazugerechnet! Obwohl Lukas ja immer dafür sorgt, dass es für seine Familienangehörigen Sonderangebote gibt ...

Ach, ich freue mich so, dass Jonas mit an Bord ist! Wenn er auch nicht viel Zeit für seine Mutter haben wird. Egal! Hauptsache, er ist da. Und die anderen werden sich auch freuen. Wir sehen uns ja alle viel zu selten.

Für mich steht die Reise wirklich unter einem guten Stern. Dass ich Emily schon vor dem Ablegen kennengelernt habe, ist so ein glücklicher Zufall. Natürlich wäre es nicht schwierig gewesen, unauffällig mit ihr in Kontakt zu treten, aber so war das ja noch viel einfacher. Ich habe genau gemerkt, wie Jonas und Emily sich angesehen haben. Da war was zwischen den beiden, eine ganz besondere Anziehung. Das könnte mir bei meinen Plänen noch einen zusätzlichen Vorteil verschaffen.

Dumm nur, dass ich meinen Sohn genau kenne. Mit Frauen hat er noch nie Glück gehabt. Und das lag nie an den Frauen. Nein, Jonas hat eine Liebe nach der anderen vermasselt. Ihm fehlt das Fingerspitzengefühl, wenn es um Frauen geht. Er merkt nicht, wenn eine ein Kompliment hören will, sieht nicht, dass sie keine Lust hat, mit seinen Freunden Fußball zu gucken, und macht sich über ihre Freundinnen lustig. Ich glaube, ihm fehlt es an Einfühlungsvermögen. Ob das mein Erbteil ist? Meine Geschwister werfen mir das häufig vor, obwohl ich selbst ganz anderer Meinung bin. Ich finde durchaus, dass ich Feingefühl besitze. Nicht, wenn es um meine Frisur geht, aber sonst ...

Jonas jedoch kann sich nicht in die Situation einer Frau versetzen, die verliebt ist, die will, dass sie für ihn die Einzige ist, dass er an nichts anderes denkt als an sie. Natürlich weiß jeder, dass das Unsinn ist, sie genauso wie er, aber wann kapiert Jonas endlich die Regeln, die man kennen muss, um das Spiel mit der Liebe zu gewinnen? Mit Offenherzigkeit kommt man da nicht weit. Jedenfalls nicht immer. Und schon gar nicht am Anfang einer jungen Liebe.

»Muss i denn, muss i denn zum Städtele hinaus ...«

Die Abschiedsmelodie! Punkt acht Uhr! Wir verlassen A Coruña. Es ist schon dunkel, nach wie vor regnet es, und kalt ist es auch. Aber die Passagiere stehen trotzdem an Deck, um zu winken. Einige Leute, die sich vor dem Casino versammelt haben, winken zurück, überhaupt ist das Winken eine der Hauptbeschäftigungen auf einer Kreuzfahrt. Ich weiß nicht, warum die Leute so gerne winken. Das geht ja schon los, wenn sich auf einem Flüsschen zwei Paddelboote begegnen. Es wird gewunken. Leute, die sich im Vorübergehen niemals grüßen würden, die winken, wenn sie sich auf einem Fortbewegungsmittel befinden. Je größer und höher, desto exzessiver. Auf ein kleineres Schiff hinabzuwinken, hat etwas Hoheitsvolles, man kommt sich vor wie ein Royal oder mindestens wie ein Karnevalsprinz. Und umgekehrt scheint es als großer Erfolg verbucht zu werden, wenn man zu jemandem hinaufwinkt und dieser das Winken erwidert. Komisch eigentlich. Aber irgendwie auch schön ...

Doch es wird Zeit, dass ich mich losreiße. Der Bordshop wird geöffnet, sobald wir auf See sind. Nur außerhalb der Häfen, in der zollfreien Zone, dürfen wir zu Duty-free-Preisen verkaufen. Alles bereit? Ich überfliege die Geräte und mein Arbeitsmaterial. Die Kasse, der Scanner, das Einwickelpapier mit dem Logo der *Soleil*?

Ja, ich bin gut gerüstet. Besser als in Hamburg. Da war alles noch ein bisschen chaotisch. Barbara hatte mir gleich gesagt, ich solle mir vorher Gedanken machen. Hatte ich ja auch, es waren wohl nur nicht die richtigen Gedanken gewesen. Nachdem ich seit dem Auslaufen in Hamburg mehr gesucht als verkauft habe, weiß ich jetzt Bescheid, nun liegt alles bereit. Auf der Fähre Kiel/Oslo hat es auch nie Probleme gegeben. Das ändert sich nicht, nur weil das Schiff größer und das Angebot reichhaltiger ist. Hoffe ich jedenfalls …

Emily war die Erste, die eintrat. Sie hatte den Shop schon während des Seetages besucht, um die Tampons zu bezahlen, aber dann war jedes Mal viel los gewesen und ich hatte sie gebeten, später wiederzukommen. Ich wollte unbedingt genug Zeit haben, um ein wenig mit ihr zu plaudern, sie näher kennenzulernen.

»Ich habe noch Schulden, damit fühle ich mich nicht wohl«, sagte sie lächelnd und hielt mir ihre Bordkarte hin, damit der Betrag für die Tampons dort abgebucht werden konnte. »Diesmal lasse ich mich nicht abweisen.«

Was für eine reizende junge Frau! Ich musste Dorothee bei nächster Gelegenheit anrufen. Fürs Erste sollte ich mit Emily ins Gespräch kommen, etwas länger als in Hamburg, etwas ausgiebiger. Sie war diesmal zum genau richtigen Zeitpunkt erschienen. Die meisten Passagiere hielten sich noch an Deck auf und genossen das Winken und den Blick auf A Coruña.

Aber das änderte sich leider sehr schnell. Bevor ich mich mit Emily richtig in ein Gespräch vertiefen konnte, wurde der Bordshop gestürmt. In Hamburg, direkt nach dem Einchecken, waren die Leute noch nicht am Einkaufen interessiert gewesen. Da hatten sie noch nicht einmal gemerkt, was sie alles zu Hause vergessen hatten. Dann wollten sie nur möglichst schnell das Schiff kennenlernen, sich einen Überblick verschaffen, alles sehen, was es zu sehen gab.

Nach den ersten Seetagen wurde das anders, das war schon jetzt zu merken. Dann kam die erste Langeweile auf, man sah sich etwas genauer um. Der Bordshop wurde interessanter. Jetzt kamen auch die Leute, die gemerkt hatten, was sie einzupacken vergessen hatten. Nun wurden mir doch die Unterschiede zwischen einem Fährimbiss und dem Bordshop eines Kreuzfahrers klargemacht. Nach Haftcreme für Gebisse war ich vorher wirklich nie gefragt worden und nach Batterien für Hörgeräte auch nicht. Dem Gebissbesitzer war zu helfen, weil es unten im Kiosk Haftcreme gab, das wusste ich, dem Hörgerätebesitzer leider nicht. Der alte Herr tat mir zunächst leid, aber als er mir dann vorschimpfte, dass seine Frau schuld daran sei, die selbstredend dafür zuständig gewesen wäre, an die Batterien für seine Hörgeräte zu denken, schwand meine Sympathie. Er brachte kurz darauf auch für mich keine mehr auf, als ich ihn fragte, ob er denn im Gegenzug für das Haarspray seiner Gattin Sorge getragen habe. Ich fand meine Frage durchaus berechtigt, fühlte mich aber dennoch nicht wohl, als der alte Herr beleidigt den Bordshop verließ. Hoffentlich beschwerte er sich nicht über mich. Ich war doch fest entschlossen, meinem Bruder keine Schande zu machen!

Jonas

Mit Leon Jähnke war er schon in die Grundschule gegangen. Bereits früh hatte für Leon festgestanden, dass er Seemann, am besten Kapitän, werden wollte. Ein großes Ziel, das er im Laufe der Zeit zwangsläufig ein wenig anpassen musste. Aber er war dabei geblieben, dass er seine berufliche Zukunft auf einem Schiff sah. Und jedes Mal, wenn Jonas und seine Mutter Besuch von Kapitän Lukas Jantzen bekamen, hatte Leon auf der Matte gestanden, um mit Jonas' Onkel reden zu können, um zu hören, was er erlebt hatte, und sich erzählen zu lassen, wie der Alltag eines Kapitäns aussah.

Während ihrer Schulzeit waren Leon und Jonas gemeinsam durch dick und dünn gegangen, danach hatten sie sich ein wenig aus den Augen verloren, nur noch gelegentlich eine WhatsApp-Nachricht oder mal eine Mail geschrieben und manchmal telefoniert, aber von Jahr zu Jahr seltener. Umso mehr hatte es Jonas gefreut, als Leon sich an ihn wandte, weil er Rat brauchte. Tatsächlich hatte er seinen Traum wahr gemacht, er arbeitete auf einem Schiff, war Schiffsmechaniker geworden und hatte später noch eine Ausbildung zum nautischen Wachoffizier drangehängt. Nun suchte er eine Anstellung auf einem Schiff, möglichst auf einem Kreuzfahrer. Ob Jonas mal seinen Onkel fragen könnte? Oder ob er, Leon, sich an Lukas Jantzen wenden dürfte? Ob er ihn bitten könnte, ein gutes Wort bei der Reederei für ihn einzulegen?

Es klappte. Leon hatte es Lukas Jantzen zu verdanken, dass er von der Reederei eingestellt wurde, der die *Soleil* gehörte. Jonas und Leon hatten diesen Erfolg einen ganzen Abend und eine halbe

Nacht lang gefeiert. Leon war am Ziel seiner Wünsche angekommen. Nun hatte er nur noch einen beruflichen Höhepunkt vor Augen: als nautischer Offizier auf einem Kreuzfahrer zu arbeiten, der von Kapitän Jantzen geführt wurde. Diesen Wunsch hatte er Jonas anvertraut, als die beiden sich schon nur noch unter Schwierigkeiten artikulieren konnten. Mit schwerer Zunge hatte Leon gesagt: »Dein Onkel als Kapitän und ich als nautischer Offizier. Mehr will ich nicht.«

Jonas stand in der Galerie und betrachtete eines der vielen Bilder von Udo Lindenberg, der bekannt war für seine Liebe zur Kreuzfahrt und viele Bilder gemalt hatte, die Kreuzfahrtschiffe zum Thema hatten.

Er schrak zusammen, als ihm jemand von hinten auf die Schulter tippte, und fuhr herum. Mit offenem Munde starrte er seinen alten Freund an, der sich wie ein kleiner Junge diebisch freute, als Jonas ihn ansah, als hätte er einen Geist vor sich.

»Mensch, Leon!«, brachte Jonas mühsam hervor. Er beäugte seinen Jugendfreund, als sei er nicht sicher, dass er ihn wirklich vor sich sah. »Das ist ja nicht zu fassen! Du auf der *Soleil*?«

»Überraschung gelungen?« Der strohblonde junge Mann strahlte über das ganze Gesicht. »Und ich war schon so enttäuscht, als dein Onkel mir sagte, du könntest nicht mitkommen. Ich hatte mich doch so darauf gefreut, dich zu überraschen.« Zufrieden fügte er an: »Nun hat es also doch noch geklappt.«

Leon lockte Jonas zu der Tür, die hinter die Kulissen führte, dorthin, wo nur die Crew Zutritt hatte. »Komm, wir gehen in die Offiziersmesse, da können wir in Ruhe quatschen.«

Er merkte schnell, dass Jonas etwas vor ihm verbergen wollte, und sah ihn schon nach dem dritten Bier herausfordernd an. »Raus mit der Sprache! Ich soll dir glauben, dass du in einer Detektei arbeitest, die dich mal eben für vier Monate beurlaubt? Und dass du dir das finanziell leisten kannst, soll ich dir auch noch abnehmen?

Entweder bist du arbeitslos, hast irgendwo ein Ding gedreht oder ... du verschweigst mir was.«

Jonas gab sofort auf. Die Sache mit der Geheimhaltung war wirklich viel schwerer in die Tat umzusetzen, als er vorher gedacht hatte. Schon seiner Mutter hatte er zumindest andeutungsweise die Wahrheit sagen müssen, denn auf ihre Unterstützung konnte er nicht verzichten, wenn er seinem Beruf nachgehen musste, statt mit der Familie zusammen zu sein. Dann musste sie eine gute Ausrede parat haben, warum er sich um seinen Job kümmerte, statt mit der Familie gemeinsam zu essen. Mit Leon verhielt es sich anders. Ihn konnte er um Hilfe bitten, wenn er sie brauchte. Auch wenn sein Chef davon ausging, dass Jonas alles geheim hielt, was ihn an Bord der *Soleil* gebracht hatte. Aber Leon vertraute er blind. Was Jonas seinen Onkel nicht fragen konnte, würde Leon ihm ohne Weiteres erklären. Der alte Freund würde andererseits nie in den Verdacht kommen, mehr zu wissen, als Jonas eigentlich verraten durfte. Das sah natürlich ganz anders aus, wenn es um seine Verwandten ging. Selbstverständlich vertraute er seinem Onkel, aber er wusste auch, dass Kapitän Lukas Jantzen immer in erster Linie das Wohl seines Schiffs, seiner Crew und der Passagiere im Auge hatte. Im Zweifel würde er ihnen den Vorzug geben und Jonas' Auftrag hintanstellen, vergessen oder ihn notfalls sogar verraten, so geheim er auch war. Natürlich vertraute Jonas auch seiner Mutter. Sie liebte ihn und würde nichts tun, was seine Sicherheit oder seinen Job gefährdete. Dennoch war es anders, als Leon ins Vertrauen zu ziehen. Beide konnten sie zwar schweigen, aber während Maria versuchen würde, den Fall ihres Sohnes zu lösen, würde Leon sich um nichts kümmern, worum er nicht ausdrücklich gebeten wurde. Er war über jeden Zweifel erhaben. Niemand würde auf die Idee kommen, dass er etwas wissen könnte.

Jonas beugte sich vor, damit niemand in seiner Nähe seine Worte verstehen konnte. »Kannst du mir helfen, Leon?«

»Wenn du mir verrätst, warum du hier bist.«

»Das gehört dazu. Ich muss wissen, ob ein gewisser Vico Irion an Bord ist. Bis jetzt weiß ich nur eins: In Hamburg ist er nicht zugestiegen. In A Coruña habe ich die Augen offen gehalten, aber er ist mir nicht aufgefallen. Kannst du herausfinden, wann er an Bord erwartet wird? In welche Kabine er einziehen wird, müsste ich auch erfahren. Und ob diese Kabine für ihn frei gehalten wird. Wenn du den Namen nicht in den Passagierlisten findest, muss ich herausfinden, unter welchem Namen er eingecheckt hat.«

Leon verzog das Gesicht. »Ein bisschen viel auf einmal.« Er wehrte ab, bevor Jonas etwas einwenden konnte. »Ja, das kann ich rauskriegen, kein Problem. Aber erst mal will ich wissen, warum ich das tun soll ...«

Emily

Las Palmas / Gran Canaria, 2.11.

Die Lounge war ein besonders ruhiger Ort auf der *Soleil*. Tiefe Sofas standen vor der gläsernen Schräge, die den Blick auf den Bug freigab. Kleine Tische mit zwei oder drei Sesselchen waren jenen vorbehalten, die lesen, schreiben oder sich mit Gesellschaftsspielen die Zeit vertreiben wollten. Letzteres durfte allerdings nicht dazu führen, dass die Sieger eines Spiels lauthals ihre Freude äußerten oder die Verlierer ihrem Unmut freien Lauf ließen. In der Lounge sollte es leise zugehen, sie war gedacht als ein Ort der Ruhe und Entspannung, eine stille Insel im lauten Unterhaltungsgetriebe. Gerade wurde sie von Melodien umspült, die aus der angrenzenden Symphonie-Bar drangen, wo gerade ein verzweifelter Tanzlehrer versuchte, einer Gruppe von ungefähr zwanzig Passagieren Lambada beizubringen. Am Ende hatte er zwar keinen Lehrerfolg erzielt, aber dutzendfach zu hören bekommen, wie lustig der Kurs gewesen sei. Wer an Bord der *Soleil* im Entertainment arbeitete, musste damit zufrieden sein.

Emily war kurz in Versuchung gewesen, sich der Tanzgruppe anzuschließen, hatte es dann aber doch vorgezogen, sich ihrem Reisetagebuch zu widmen. Alles, was sie auf der Weltreise erlebte, wollte sie festhalten und später nicht nur ihrer Mutter zeigen, sondern viel, viel später auch ihren Nachkommen. Ein ambitionierter Plan, für den sie Ruhe brauchte. Nicht die Abgeschiedenheit ihrer Kabine, wo sie sich einsam fühlte, sondern einen Punkt der Ruhe, der in der Nähe von Unruhe umso stiller und abgelegener war. Es gab ja so viel zu schildern. Vor allem ihr erstes Zusammentreffen mit Jonas Liebermann …

Kritisch las sie, was sie bisher geschrieben hatte, und war drauf und dran, es mit einem dicken Strich auszulöschen. Viel zu gefühlvoll, viel zu optimistisch, viel zu verliebt. Wer das las, musste sie für ein junges Ding halten, das sich zum ersten Mal verknallt hatte. Das wollte sie nicht, schließlich war sie eine erwachsene Frau von Ende zwanzig. Da verlor man nicht mehr den Kopf, nur weil einem ein Mann gefiel. Da wog man ab und behielt seine Gefühle im Griff.

Aber dann ließ sie doch alles so stehen, wie sie es aufgeschrieben hatte. Wer wusste schon, wie die Sache ausgehen würde! Jonas' Namen konnte sie immer noch streichen, wenn sie wieder in Hamburg angekommen war. Dann würde die Weltreise zu Ende sein, aber ihre Geschichte mit Jonas? Die vielleicht noch nicht. Und wenn sie wirklich noch weiterginge, war es womöglich genau richtig, dass sie in aller Ausführlichkeit festgehalten hatte, wie alles begonnen hatte.

Der Tag auf Gran Canaria war schön gewesen, Emily überlegte, wie sie beginnen sollte. Mit der Busfahrt vom Hafen zum Opernhaus von Las Palmas? Mit dem Blick über den Strand, wo Wellenreiter sich vergnügten? Oder mit dem kleinen Fischerdorf Agaete, wo die Fähre nach Teneriffa ablegte? Sie zögerte, denn eigentlich beschäftigte sie etwas ganz anderes. Aber dass sie zwei etwa gleichaltrige Frauen kennengelernt hatte, war eigentlich viel zu banal für ein Reisetagebuch. Und dennoch ... sie hatte schon einige Reisebekanntschaften gemacht, aber alle schnell wieder vergessen. Diese beiden jedoch spukten ihr weiter im Kopf herum. Zwei Freundinnen, die vor ihr im Bus gesessen und häufig die Köpfe zusammengesteckt und getuschelt hatten. Sie waren sich auf den ersten Blick sehr ähnlich, beide mit langen, glatten Haaren, eine naturblond, die andere gefärbt, und beide mit großen dunklen Brillengestellen auf der Nase. Die tauschten sie kurz nach der Abfahrt gegen Sonnenbrillen aus, ebenfalls riesengroß und ebenfalls mit dunklen

Rahmen. Emily wollte sie gewiss nicht belauschen, kam aber nicht umhin, gelegentlich etwas aufzuschnappen. Die eine hieß Nathalie, sie nannte ihre Freundin Alex, vermutlich trug diese den Namen Alexandra. Das Gespräch der beiden spielte sich zwischen den beiden Rückenlehnen, also nur wenige Zentimeter vor Emilys Ohren ab, es war unmöglich, nichts davon mitzubekommen.

Emily merkte auf, als die eine die andere fragte, ob ihr Vater immer noch das Ferienhaus im Süden der Insel habe. »Wir sollten da mal zusammen Urlaub machen. Oder hätte dein Vater was dagegen, wenn du eine Freundin mitnimmst?«

»Bestimmt nicht. Aber das Haus liegt ziemlich abseits. Papa hat jetzt noch in ein Apartmenthaus in Las Palmas investiert. Ich könnte ihn fragen, wann da Wohnungen frei sind.«

Ein tiefes Seufzen war die Antwort. »Echt nicht schlecht, einen reichen Vater zu haben.«

Darauf hatte die andere nicht geantwortet, auch nicht, als sie von ihrer Freundin in die Seite geboxt wurde. »Schau mal, da drüben! Ein BEE-Lädchen! Dein Papa verdient also auch hier sein Geld. Alle Achtung! Kohle machen kann er.«

Der Bus legte seinen ersten Stopp am Opernhaus von Las Palmas ein, einem wuchtigen Bau, der sich über dem Meer erhob. Viele breite Stufen führten hinauf, der Blick über den Strand war atemberaubend. Und der kleine Steg, der angelegt worden war, um Touristen die Möglichkeit zu geben, sich hoch über den auslaufenden Wellen fotografieren zu lassen, war sehr beliebt. Fast jeder ließ sich von seinem Reisegefährten dort ablichten, auch Nathalie und Alexandra taten es.

Emily zögerte, dann sprach sie die beiden an. »Könntet ihr auch ein Foto von mir machen?« Sie hielt den beiden ihr Smartphone hin.

»Klar!« Alexandra ließ sich nicht zweimal bitten und knipste eine ganze Serie von Emily.

Danach folgten sie gemeinsam dem Reiseleiter, der sie auf die besondere Architektur des Opernhauses Teatro Pérez Galdós hinwies und ihnen die Namen der großen Sängerinnen und Sänger aufzählte, die dort schon auf der Bühne gestanden hatten.

Danach blieben sie zusammen, genossen Seite an Seite den Blick übers Meer, lachten gemeinsam über den kitschigen Weihnachtsbaum vor einem Einkaufscenter und erkundigten sich nach dem Wohnort der jeweils anderen. Eine beliebte Frage von Kreuzfahrern, um ins Gespräch zu kommen. Emily erfuhr, dass Alexandra und Nathalie beide aus Hamburg stammten und sich bei der Arbeit kennengelernt hatten. Beide verdienten sie ihr Geld in der Verwaltung der BEE-Lädchen.

Emily gefiel es, dass die Tochter des Besitzers nicht hervorhob, dass sie selbst keine normale Angestellte war. Nur weil sie die Gesprächsfetzen unfreiwillig mitbekommen hatte, fiel ihr auf, was die beiden unterschied: Sie waren ähnlich gekleidet, aber Alexandras Shirt war von Armani, während Nathalie ein No-Name-Produkt trug, und bei ihren Jeans war es ähnlich. Am Bund von Alexandras Jeans prangte der Name Valentino, an Nathalies Jeans ein Label, von dem Emily noch nie etwas gehört hatte. Aber diese Unterschiede fielen nur auf den zweiten Blick ins Gesicht und wären Emily vielleicht sogar ganz verborgen geblieben, wenn sie vorher nicht mitangehört hätte, dass Alexandras Vater ein steinreicher Mann war.

Dann aber kam die erste Irritation. Beim Aussteigen auf dem Busparkplatz von Agaete griff Alexandra vor Emilys Augen dem Reiseleiter an den Hosenschlitz, der erschrocken zusammenklappte, als hätte man ihm einen Hieb in die Magengegend versetzt.

»Nicht besonders prächtig«, sagte Alexandra, »aber wichtig ist ja, was man damit anzufangen weiß.«

Der Reiseleiter war sprachlos, Emily ebenfalls, nur Nathalie grinste. »So ist sie nun mal.«

Emily sah sich vorsichtig um, stellte aber fest, dass entweder niemand etwas mitbekommen hatte, oder diejenigen, die in der Nähe saßen, derart schockiert waren, dass ihnen die Worte fehlten und sie es vorzogen, so zu tun, als hätten sie nichts bemerkt.

In Agaete war es schon ganz selbstverständlich, dass sie zu dritt hinter dem nach wie vor schwer irritierten Reiseleiter herliefen und sich vom Finger Gottes erzählen ließen, einem hohen, schmalen Felsen, der während eines Tropensturms 2005 abgebrochen und vom Meer verschluckt worden war. Das beste Fischrestaurant hieß trotzdem nach wie vor »Dedo de dios«, und die Geschichte vom Finger Gottes stand noch immer in jedem Reiseführer.

Emily hielt sich nun an Nathalies Seite, mit ihrer Sympathie für Alexandra war es schlagartig vorbei. Wie konnte man sich nur derart danebenbenehmen? Der arme Reiseleiter tat ihr von Herzen leid, als er sich in Agaete immer wieder ängstlich umsah, um sicherzugehen, dass von Alexandra kein weiterer Angriff drohte. Sie selbst schien von keinerlei Zweifel geplagt. Und auch Nathalie scherte sich nicht um das unmögliche Betragen ihrer Freundin. Emily sah sogar, dass sich die beiden zuzwinkerten. Schade! Emily bedauerte, Zeugin dieser Entgleisung geworden zu sein. Gerade hatte sie gedacht, wie nett es war, einen Kontakt zu gleichaltrigen Passagieren aufzubauen, aber nun wünschte sie sich nur weit weg, um nicht in den Verdacht zu geraten, mit einer Frau befreundet zu sein, die sich derart unmöglich aufführte. Nathalie gefiel ihr nach wie vor, aber die war ja anscheinend nicht ohne ihre Freundin zu bekommen.

Während sie sich auf einer Mauer am Hafen niederließen, fragte Alexandra: »Hast du einen Freund?«

Emily zögerte, dachte an Jonas, zögerte noch einmal und schüttelte erst dann den Kopf.

Alexandra lachte. »Du bist also verliebt, und er hat noch nicht angebissen.«

Emily merkte, dass sie rot wurde. Nein, darüber wollte sie nicht reden. »Und ihr beiden?«, fragte sie stattdessen.

»Ich bin Single«, kam es von Nathalie.

»Ich bin verlobt«, antwortete Alexandra, aber das Lächeln, das diese Worte begleiten sollte, blieb aus. Emily fragte nicht weiter nach, dachte aber wieder an den reichen Vater und vermutete insgeheim, dass es mit der Liebe nicht einfacher wurde, wenn man zu den oberen Zehntausend gehörte. Womöglich war Alexandra mit einem Mann zusammen, der sich überlegte, ob er sich richtig entschieden hatte, als er sich mit ihr verlobte. In den Kreisen, in denen der Besitzer der BEE-Lädchen verkehrte, war man doch sicherlich um gute Manieren bemüht. Wie hätte der Verlobte reagiert, wenn er Zeuge dieser Entgleisung geworden wäre?

Und das war ja nicht einmal alles gewesen. Nachdem sie wieder in den Bus eingestiegen waren, hatte Alexandra einen Witz zum Besten gegeben, den der spanische Reiseleiter nicht verstand, weshalb er als Einziger lächelte, als Alexandra fertig war. Alle anderen Passagiere hatten mit heruntergeklappten Kinnladen dagesessen und Alexandra anschließend keines Blickes mehr gewürdigt. Emily war es wichtig gewesen, nicht mit den beiden zusammen auf das Schiff zurückzukehren, um nicht in den Verdacht zu kommen, mit ihnen befreundet zu sein. Mit dieser Alexandra konnte man sich ja nirgendwo blicken lassen!

Ihr Stift schwebte noch immer über der Seite, und schließlich verzichtete sie darauf, ihrem Reisetagebuch das Kennenlernen mit Nathalie und Alexandra anzuvertrauen. So was war ja vollkommen unwichtig. Ihre Taktlosigkeiten wollte sie sowieso nicht schriftlich festhalten, und der Witz war derart versaut gewesen, dass man ihn wirklich nicht aufschreiben, geschweige denn erzählen konnte. Nein, sie würde überhaupt nicht darüber reden, nicht einmal mit Maria.

Es war mittlerweile dunkel geworden, Las Palmas bestand nur noch aus einem dünnen Lichtermeer. Der Zeitpunkt des Ablegens war soeben verstrichen, aber der Kapitän hatte durchgegeben, dass 150 Passagiere fehlten, die von ihren Ausflügen noch nicht zurückgekehrt waren. Man musste auf sie warten, das Ablegen würde sich um zehn bis zwanzig Minuten verzögern.

Emily wurde aufmerksam. So viele Passagiere waren nicht rechtzeitig zurückgekehrt? Hoffentlich gehörten sie alle den Gruppen an, die von Mitarbeitern der *Soleil* organisiert und durchgeführt wurden. Auf solche Passagiere wurde natürlich gewartet, auf diejenigen, die auf eigene Faust unterwegs waren und durch irgendein Missgeschick nicht pünktlich zurückkehren konnten, nicht unbedingt.

Als endlich die Abschiedsmelodie ertönte, legte sie ihren Stift zur Seite und lehnte sich zurück. Sie hatte Jonas den ganzen Tag nicht gesehen. Welche Aufgabe er hatte, welchen Rang er auf der *Soleil* bekleidete, wofür er zuständig war, hatte sie noch nicht herausgefunden. Da sie beobachtet hatte, wie er ein Regal im Bordshop reparierte, ging sie davon aus, dass er eine Art Hausmeister war. Daraufhin war ihr am späten Nachmittag die Idee gekommen, eine Leuchtröhre zu lockern und zur Rezeption zu gehen, um den Schaden zu reklamieren. »Das Licht in meiner Kabine funktioniert nicht mehr.«

Aber der Handwerker, der erschien, war nicht Jonas gewesen. Er war ungefähr doppelt so alt, hieß Siegfried und war ansonsten das krasse Gegenteil von Jonas. Dick und kahlköpfig, unattraktiv und maulfaul. Auf die Frage nach einem Kollegen namens Jonas knurrte er etwas, was Emily nicht verstand. Sie fragte kein weiteres Mal nach. Und dass er sie behandelte wie eine dämliche Tussi, die nicht wusste, wie der Strom in eine Lampe kam, damit es hell wurde, nahm ihr den Mut, ein Gespräch über seine Kollegen zu beginnen und dabei unauffällig auf Jonas zu sprechen zu kommen. Es standen ihnen zwei Seetage bevor, bis sie die Kapverden erreichten. Sicherlich würde sie Gelegenheit bekommen, Jonas irgendwo zu begegnen. Notfalls würde sie sich im Bordshop einfinden. Maria Liebermann hatte sie eingeladen, sich jederzeit an ihrer Kaffeemaschine die Zeit zu vertreiben. Und es hatte ehrlich geklungen. Vermutlich hatte sie genauso wenig Ahnung, wo Jonas eingesetzt war, wie Emily, aber es konnte nicht schaden, zur Mutter eine herzliche Beziehung aufzubauen, wenn man am Sohn interessiert war.

Lukas

Von Las Palmas zu den Kapverden, 3.11.

Lukas Jantzen stand auf der Brücke und starrte aufs Meer, ohne etwas zu sehen. Gerade hatte er sein Handy zur Seite gelegt, nein, eher geworfen, sodass es beinahe zu Boden gefallen wäre. Lisa! Seine Nichte schaffte es immer wieder, ihn auf die Palme zu bringen. Da hatte er sich wohl zu früh gefreut. Als Lisa ihre Teilnahme an der Weltreise und damit am Familientreffen zugesagt hatte, war er so froh gewesen. Aber nun war sie schon wieder unsicher, ob sie sich wirklich den Erinnerungen an ihren Vater stellen wollte. Hätte sie sich das nicht früher überlegen können? Bevor eine Panorama-Kabine für sie reserviert wurde? Und ehe alle anderen erleichtert aufatmeten, weil jeder nun darauf hoffte, dass Lisa das Verschwinden ihres Vaters überwunden und aufgehört hatte, einen Schuldigen dafür zu suchen?

Nun aber hatte er wieder ihre vorwurfsvolle Stimme im Ohr gehabt. Oder glaubte er nur, ständig diese Vorwürfe zu hören? Vielleicht bildete er es sich ein. Eigentlich war Lisa ja schon immer so gewesen, selten fröhlich oder unbeschwert, immer mit einem Aber in der Miene und in der Stimme. Das Wetter war schön, aber … es konnte später doch noch Regen geben. Sie fühlten sich alle gut, aber … ein Herzinfarkt kam oft völlig unerwartet. Bei Lisa war nichts so gut, dass zu hoffen war, es würde so bleiben. Sie suchte immer nach dem Haar in der Suppe, und sie fand es. Wenn sie es sich oft auch nur einbildete. Nun ging es also ihrer Mutter angeblich schlechter. Lukas vermutete, dass Lisa ihr so lange eingeredet hatte, dass sie darunter leiden würde, wenn die Familie zusammen sein durfte und sie selbst davon ausgeschlossen war, dass Helene irgendwann genickt hatte. Seine Schwester hatte schon als junges Mädchen mit Depressionen zu kämpfen gehabt, und nach Alberts Verschwinden hatte sich ihr Zustand stark verschlechtert. Angeblich durfte sie sich niemals außerhalb der Reichweite medizinischer Betreuung begeben. Das jedenfalls behauptete Lisa. Lukas dagegen hielt es durchaus für möglich, dass Helene ein Tapetenwechsel guttun und es sie glücklich machen könnte, die Familie zu treffen, aus dem täglichen Einerlei herauszukommen und ihre Krankheit gelegentlich zu vergessen. Aber Lisa war natürlich anderer Meinung gewesen. Und die Ärzte hatten ebenfalls abgeraten, jedenfalls behauptete Lisa das. Nach ihrer Auskunft ging es Helene sogar seit Monaten so schlecht, dass ihre Tochter sich kürzlich entschlossen hatte, ein Sabbatjahr einzulegen, um lange bei ihrer Mutter bleiben zu können. Den Verdacht, den Lukas hegte, behielt er wohlweislich für sich. Tatsächlich hockte in einer Nische seines Herzens die Vermutung, dass Lisa schon lange nicht mehr mit ihrem Job zufrieden war. Dass sie gern den Lehrerberuf an den Nagel hängen würde, jedoch den Mut dazu nicht aufbrachte, sich aber eine Auszeit gönnte, die sie sich finanziell leisten konnte, weil sie kostenlos bei ihrer Mutter in Valparaíso wohnen konnte. Ein ganzes Jahr Urlaub, so nannte Lukas es, während Lisa nur davon sprach, für ihre Mutter ein großes Opfer zu bringen.

Er räusperte sich, als hätte er seine Gedanken doch laut geäußert, als säßen sie noch wie ein Kratzen im Hals und könnten weggehustet werden.

Dann merkte er, dass Roland Hengst ihn beobachtete. Er warf einen vielsagenden Blick zum Telefon. »Schlechte Nachrichten?«

Lukas machte eine wegwerfende Handbewegung. »Meine Nichte!«

»Die Tochter Ihres Schwagers, der vor fünf Jahren …?«

»Genau die.« Lukas seufzte tief. »Vielleicht kann sie doch nicht kommen. Ihrer Mutter geht es nicht gut. Angeblich leidet sie sehr darunter, dass die Familie sich auf der *Soleil* treffen will und sie nicht dabei sein kann.«

»Und Ihre Nichte glaubt, sie müsse deswegen auch verzichten?«

Lukas seufzte noch einmal. »Lisa leidet nun mal gern.« Er dachte kurz nach, dann beschloss er: »Ich muss in den Bordshop. Mal sehen, was Maria dazu sagt …«

Sie hatte zu tun. In einer der Umkleidekabinen schien sich ein weibliches Wesen sehr genau zu überlegen, welcher Badeanzug der richtige war. Eine Frauenstimme beklagte sich darüber, dass der Beinausschnitt zu hoch sei und die grässliche Beleuchtung in dieser Kabine jede Lust aufs Sonnenbaden zunichtemachte. »Meine Oberschenkel sehen aus wie Wellfleisch.«

Lukas musste grinsen. Wie erfrischend, wenn eine Frau so souverän mit ihrem Körper und ihrem Alter umging! Er wusste zur Genüge, dass Frauen, wenn sie ihre Jugend hinter sich gelassen hatten, über die unvermeidlichen Veränderungen nur im Flüsterton oder mit innerer Abwehr sprachen. Eine so offensive Betrachtung und Äußerung hatte er noch nie gehört. Wellfleisch! Diese Dame musste Humor haben. Ob Frauen nicht wussten, dass Humor für einen Mann viel attraktiver sein konnte als glatte Oberschenkel?

Er war neugierig geworden, blieb stehen, ohne bemerkt worden zu sein, und hörte zu. Beachtlich, wie gut seine Schwester mit den Bedenken der Kundin umging! »Was uns in unserem Alter körperlich fehlt, machen wir doch geistig locker wett.«

Guter Spruch! Er gefiel Lukas. Maria hatte ja so recht.

Und dann ergänzte sie sogar: »Ich bin allerdings noch ein gutes Stück älter als Sie. Über den Punkt des Zweifelns bin ich längst hinaus. Freuen Sie sich auf die nächsten zehn Jahre! Danach geht's Ihnen auch so.«

Der Sichtschutz wurde zur Seite geschoben, ein hübscher dunkler Lockenkopf erschien, der Rest des Körpers blieb hinter dem Vorhang verborgen. »Also gut, ich nehme den dunkelgrünen.«

Nun erschien auch ein Arm, der Maria den gewählten Badeanzug hinhielt. »Bei anderer Beleuchtung sieht er vermutlich besser aus.«

»Vor allem im Sonnenlicht«, bestätigte Maria, nahm den Badeanzug an sich, um damit zur Kasse zu gehen, und entdeckte bei dieser Gelegenheit ihren Bruder. »Lukas! Was machst du denn hier?«

Er sah ihr zu, wie sie den Badeanzug einpackte. Größe 42, das erkannte er mit einem schnellen Blick. »Lisa hat angerufen. Kann sein, dass sie doch nicht zusteigen wird.«

»Was?« Maria fuhr sich entgeistert durch die Haare, und Lukas musste an sich halten, um anschließend nicht in ihre Frisur zu greifen und dafür zu sorgen, dass seine Schwester nicht aussah, als wäre sie gerade eben aus dem Bett gestiegen. »Aber sie wollte doch ...«

»Angeblich geht es Helene schlechter.«

Lukas hörte Schritte hinter sich und trat zurück. Die Kundin, die sich für den dunkelgrünen Badeanzug entschieden hatte, trat zur Kasse. Lukas hatte sie schnell eingeschätzt, darin war er geübt: Ende vierzig, teuer gekleidet, gepflegt, aber nur wenig geschminkt. Sie gefiel ihm! Eine natürliche Schönheit. Und eine, die schon bewiesen hatte, dass sie zusätzlich mit Humor gesegnet war. Insgesamt eine geradezu unwiderstehliche Mischung.

Sie warf ihm nur einen flüchtigen Blick zu und schob Maria ihre Bordkarte hin. »Arbeiten Sie an der Symphonie-Bar? Hoffentlich haben Sie in A Coruña genug Cassis an Bord genommen. Ich habe nach dem Ablegen keinen Kir Royal bekommen.«

Lukas sah sie entgeistert an. »Wie bitte?«

»Ah ja, dachte ich mir schon. Der Kellner war zu faul, Cassis aus dem Vorrat zu holen. Der kleine Dicke mit der Knollennase. Den sollten Sie sich mal vornehmen.« Sie schenkte ihm einen zweiten Blick, diesmal einen durchdringenderen. »Sie sind doch in einer Vorgesetztenposition?« Ihre Augen wanderten mit einem vielsagenden Blick zu seinen Schulterklappen und den Sternen darauf.

»Das kann man wohl sagen«, erwiderte Maria, ehe Lukas reagieren konnte. Er war froh, dass sie darauf verzichtete, ihn als Kapitän der *Soleil* vorzustellen. Stattdessen reichte sie der Dame mit einem strahlenden Lächeln die Einkaufstüte mit dem aufgedruckten Label der *Soleil*. »Viel Spaß mit dem schicken Teil!«

Lukas sah der Frau hinterher und bemerkte, als er sich zurückdrehte, dass seine Schwester es registriert hatte. Aber sie sagte nichts dazu. »Was ist mit Helene?«

»Das Übliche. Lisa befürchtet, dass sie ihre Mutter nicht allein lassen kann.«

Maria seufzte tief. »Die arme Lisa opfert sich auf.«

Lukas wollte davon nichts hören. »Sie gefällt sich in dieser Rolle.« Er lächelte, um von Lisa, ihrer kranken Mutter und dem verschwundenen Vater abzulenken. »Schön, dass die Überraschung mit Jonas gelungen ist.«

Maria drohte ihm scherzhaft mit dem Zeigefinger. »Da hast du mich ja richtig an der Nase herumgeführt.«

Lukas strahlte. »War mir ein Vergnügen.« Sein Handy vibrierte, er zog es aus der Brusttasche und warf einen Blick darauf. »Ich muss auf die Brücke. Wenn Lisa dich auch noch anruft, sag mir bitte Bescheid. Und vor allem ... versuch, sie davon zu überzeugen, an Bord zu kommen. Du wirst schon die richtigen Worte finden.« Er machte ein paar Schritte auf die Tür zu, dann drehte er sich noch einmal um und fragte so beiläufig wie möglich: »Übrigens, wie heißt die Dame, die den grünen Badeanzug gekauft hat?«

»Vergiss sie«, erwiderte Maria. »Sie ist verheiratet.«

»Woher weißt du das?«

»Für so was habe ich einen Blick.«

Maria

Ich sah meinem Bruder nach, bis seine weiße Uniform um die Ecke verschwunden war. Das fehlte noch, dass er was mit einer Passagierin anfing! Ich hatte weiß Gott andere Pläne mit ihm. Dass er sich in eine Frau verguckte, die er vier Monate vor der Nase hätte, konnte alles zunichtemachen, was ich sorgsam eingefädelt hatte. Oh nein, mein Lieber, das würde ich nicht zulassen!

Ich ging zu dem Regal mit den Badeanzügen, wo durch den Besuch der Kundin einiges in Unordnung geraten war, und stapelte die Anzüge, die es nicht in die engere Wahl geschafft hatten, wieder sorgfältig aufeinander. Hinter mir entbrannte zwischen einem genervten Elternpaar und ihrem Vierjährigen eine Diskussion darüber, ob das Kind den Rest der Reise das ästhetische Empfinden seiner Mutter mit einer Spiderman-Badehose beleidigen durfte. Ich drehte mich nicht einmal um. In solche Debatten mischt man sich besser nicht ein.

Ich könnte lachen, wenn ich an Lukas' verblüfftes Gesicht dachte, als er für einen Steward gehalten wurde, der an der Bar arbeitete. Das war ihm garantiert noch nie passiert. Dann fiel mein Blick in einen Spiegel. Zufällig, keineswegs beabsichtigt, so, wie meine Schwester Barbara es mir dringend empfohlen hat. Wäre ich ihrem Rat gefolgt, hätte ich jede Gelegenheit genutzt, mein Äußeres zu kontrollieren, also ungefähr alle zwei bis drei Minuten. Wie lange mochte ich schon zum Gespött der Kunden geworden sein, weil auf meinem Kopf eine Haarspirale zur Decke wies? Das hatte ich nun davon, dass ich am Morgen Haarwachs benutzt und mich auf das Versprechen des Herstellers verlassen hatte, damit für eine Frisur zu sorgen, die sich bis zum Abend nicht mehr veränderte! Das stimmte vermutlich nur, wenn man von morgens bis abends mit hoch erhobenem Kopf an einem Schreibtisch saß und sich so wenig wie möglich bewegte. Mir fiel ein, dass mir nach Lukas' Besuch ein Stapel Einwickelpapier aus dem Regal gerutscht war, das ich auf Händen und Knien einsammeln musste. Dabei hatte sich wohl eine Haarsträhne irgendwo verfangen, die sich ohne das Haarwachs in den folgenden Minuten herabgesenkt und unauffällig wieder in mein Haupthaar gefügt hätte. Möglich, dass ich mir zwischendurch auch mal die Haare gerauft habe. Eine blöde Angewohnheit. Jedenfalls hat der Hersteller in diesem Fall sein Versprechen gehalten: Was einmal steht, bleibt stehen. Und ich hatte das Grinsen in den Gesichtern der Bordshop-Kunden für Freundlichkeit gehalten.

Während dem Vierjährigen Badehosen mit Micky Maus präsentiert wurden, weil seine Mama als Kind diese Comic-Figur geliebt hatte, erklärte der Vater ihm, warum Comic-Figuren immer nur vier Finger hatten, was den Jungen kein bisschen interessierte. Noch immer zog ich es vor, mich nicht einzumischen, sondern beschloss, bis meine Beratung gefragt war, an etwas anderes zu denken. Zum Beispiel an Lisa. Jonas freute sich darauf, seine Cousine wiederzusehen. Und nun sollte nichts daraus werden? Lukas tat mir leid, er hatte sich mit der Organisation des Familientreffens viel Mühe gegeben. Und er war so glücklich, als Lisa zugesagt hatte. Gerade sie war ihm so wichtig. Nur deswegen hatte er für das Familientreffen das Sabbatjahr gewählt, in dem Lisa Zeit haben würde, an der Weltreise teilzunehmen. Alles passte! Und jetzt sollten alle Hoffnungen, Lukas von seinem Schuldgefühl zu befreien und Lisa zum Loslassen ihrer Vorwürfe zu bewegen, in sich zusammenfallen?

Im Streit um die richtige Comic-Figur ging es längst nicht mehr um eine Frage des Geschmacks, sondern ums Grundsätzliche. Das Kind widmete sich mittlerweile den Stickeralben, während seine Mutter dem Vater vorhielt, ein unerträglicher Klugscheißer zu sein, und er sich damit verteidigte, dem Kind Bildung angedeihen lassen zu wollen. Sie, die Mutter, dächte ja nur an Banalitäten. Dass die Mutter sich nichts Banaleres vorstellen konnte als die Erklärung, warum Comicfiguren nur vier Finger haben, war quer durch den ganzen Laden zu hören. Besser also, ich hielt mich weiter im Hintergrund, um nicht zwischen die Fronten zu geraten.

Mein Kontakt zu meiner Schwester Helene war mehr als spärlich. Schon als Albert noch bei ihr war, hatten wir uns nur selten gesehen und immer nur an Geburtstagen oder kurz vor Weihnachten miteinander telefoniert. Und das auch nur pflichtschuldigst. Das konnte nicht daran liegen, dass wir verschiedene Mütter hatten. Barbara und ich waren auch Halbschwestern, aber wir verstanden uns trotzdem blendend. Ich hatte Helenes Mutter nie kennengelernt, aber wenn ich meinem Vater glauben durfte, ist sie eine schwierige Person gewesen. Immer unzufrieden und selten glücklich. Womöglich war Helene ein Abbild ihrer Mutter? Sie war schon als Jugendliche depressiv. Und möglicherweise hatte auch ihre Mutter unter Depressionen gelitten, die damals aber allenfalls als »Stimmungsschwankungen« bezeichnet wurden oder noch eher als schlechte Laune, für die man sich schämen sollte.

Als Helene heiratete, schien es so, als hätte sie die richtige Wahl getroffen. Albert war ein netter Kerl, den alle mochten. Wir hofften sogar, dass Helene als seine Ehefrau endlich zu einer Person würde, die das Leben anpackte und glücklich wurde. Aber weit gefehlt: Albert avancierte zum Geschäftsführer eines Hotels in Valparaíso, sie bezogen ein schickes Apartment im Hotel, das vom Personal sauber gehalten wurde, Helene bekam ein Kind, um das sie sich so hingebungsvoll kümmerte, dass an die Übernahme einer Aufgabe im Hotel nicht zu denken war. Albert hätte es gern gehabt, dass sie ihn in der Geschäftsführung unterstützte, aber Helene hatte es immer abgelehnt. Angeblich war sie mit Lisas Erziehung voll ausgelastet gewesen. Das behauptete sie auch noch, als das Mädchen eine internationale Ganztagsschule besuchte und es Helenes einzige Pflicht war, sie morgens dorthin zu fahren, abends wieder abzuholen und dafür zu sorgen, dass sie im Speisesaal des Hotels etwas zu essen bekam. Wie Helene damals ihre Tage verbracht hatte, war mir nach wie vor schleierhaft, und wenn sie mir am Telefon erzählte, sie habe so viel zu tun, sehnte ich nur den Augenblick herbei, in dem ich den Hörer auflegen konnte. Die Frage, womit sie sich den ganzen Tag beschäftigte, stellte ich schon lange nicht mehr.

Vor fünf Jahren begann die Weltreise dann auch damit, dass Helene in bunten Farben schilderte, wie wahnsinnig viel sie zu tun gehabt habe, als sie die Koffer für die ganze Familie hatte packen müssen. Nicht nur ihren eigenen! Nein, sie hatte sich sogar erboten, auch für Mann und Kind alles zusammenzupacken, was benötigt wurde. Was für eine Heldentat! Irgendwann haben wir einfach alle der Einfachheit halber so lange Bewunderung geheuchelt, bis sie endlich aufhörte, sich selbst in den Himmel zu heben, und zufrieden war.

Sie verstehen, warum ich nicht gern mit Helene telefoniere? Obwohl sie mir natürlich leidtut. Depressionen sind eine schreckliche Krankheit. Aber es fällt mir trotzdem schwer, damit umzugehen. Lukas sagt, ich sei dafür zu derb, psychische Probleme würden sich einfach nicht in mein seelisches Gesamtkonzept einfügen. Der Stallknecht eines Bauern habe ja auch kein Mitleid mit einer Kuh, die vom Schlachter abgeholt wird. Echt kein Kompliment für mich, aber ich fürchte, Lukas hat recht. Ich bin derb, physisch und psychisch. Obwohl mir eine Kuh, die zum Schlachten geführt wird, dennoch leidtut, ehrlich.

Helene hat insgesamt viel Glück gehabt, auch wenn sie das ganz anders sieht. Zum Beispiel darf sie in dem Hotelapartment wohnen bleiben, in dem sie schon mit Albert gelebt hat. Die Kette, zu der das Hotel in Valparaíso gehört, war mal im Besitz unseres Vaters. Als er sie verkaufte, weil er sich endlich zur Ruhe setzen wollte, machte er zur Bedingung, dass Helene und Lisa dort wohnen dürften, so lange sie wollten. Aber Helene und auch Lisa sind weit davon entfernt, diese Entscheidung zu honorieren oder dafür dankbar zu sein. Nein, Helene kann nicht nach Deutschland zurückkehren, weil ihr eine so lange Reise nicht zuzumuten ist, so argumentiert Helene. Und gerne setzt sie dann auch tapfer seufzend hinzu, dass sie dort bleiben wolle, wo Albert sie finden würde, sollte er jemals zurückkommen …

Hinter mir ist es ruhiger geworden. Der Vierjährige ist mitsamt seinen Eltern verschwunden, das Regal mit den Badehosen ist verwüstet, die Stickeralben sind alle an die falschen Plätze zurückgehängt worden. Die Arbeit im Bordshop kam mir mittlerweile symptomatisch vor: Ich war ständig um Ordnung bemüht, stündlich musste sie wiederhergestellt werden. Privat war es bei mir ähnlich, wenn ich auch die Einzige war, die das wusste. Dazu musste ich sehen, dass Jonas zum Ziel kam, wenn er auch nicht wollte, dass ich mich um seine Angelegenheit kümmerte. Und ich musste aufpassen, dass Lukas sich nicht in die Frau mit dem grünen Badeanzug verguckte, das hätte gerade noch gefehlt! Und dann war da vor allem die Angelegenheit mit Dorothee und Emily. Puh, es gab viel zu tun.

Vielleicht sollte ich mich erst mal um das Einfachste kümmern, um die Dame mit dem grünen Badeanzug. Ich schaute mir ihren Bezahlbeleg an. Kabinennummer 7201. Aha, eine Suite. Dann war sie vermutlich wirklich verheiratet. Welche alleinreisende Person buchte schon eine Suite! In mir wuchs die Hoffnung, dass Lukas bei ihr nicht zum Ziel kommen würde. Bei nächster Gelegenheit würde ich ihm gegenüber nochmals erwähnen, dass sie verheiratet sei, auch wenn ich es nicht so genau wusste. Und wenn ich die Chance bekam, würde ich dieser Frau verklickern, dass der Mann, den sie für einen Barkeeper gehalten hatte, nicht mehr zu haben ist. Auf die Wahrheit kam es in diesem Fall wirklich nicht an. Nur auf das Ergebnis! Aber wenn der Dame nicht einmal aufgefallen war, dass sie den Kapitän vor sich hatte, war sie vermutlich gar nicht an Lukas interessiert. Das könnte sich jedoch ändern, also musste ich auf der Hut sein. Wie hieß sie eigentlich? Um diesen schwachen Ausdruck des Zahlbelegs zu studieren, brauchte ich erst mal meine Lesebrille. Himmel, wo hatte ich die wieder hingelegt? Etwa zwischen die Spiderman-Badehosen? Oder in die Tüte mit dem dunkelgrünen Badeanzug? Das wäre mir zuzutrauen gewesen. Vor allem, wenn ich bedachte, wie sehr mich diese Frau beunruhigt und die Eltern des Vierjährigen mich nervös gemacht hatten. Ich suchte auf allen Regalböden, aber erst als ich mich zum untersten hinabbückte, sah ich, was da vor meiner Brust baumelte. Meine Brille! Befestigt an einer der Brillenketten, wie sie der Bordshop führte, eine schwarze Metallkette mit Silikonschlaufen, die wir auch als Neoprenbänder anboten und sogar mit Swarovskisteinen für die Dame, die es etwas auffälliger mochte. Das hatte ich nun von Barbaras Ermahnungen. Früher hatte ich mir die Lesebrille immer in die Haare geschoben, weil es mir egal war, wie meine Frisur aussah, wenn ich die Brille ein Dutzend Mal hin und her geschoben hatte. Barbara hatte mir geraten, es mit einer Brillenkette zu versuchen, damit meine Frisur wenigstens eine Chance bekam, sich zu halten.

So, nun konnte ich den Aufdruck des Bezahlbelegs lesen. Aha, Benita Meister! Diesen Namen würde ich mir merken. Wenn die irgendwann im Bordshop erschien, um bunte Socken zu kaufen, hatte ich was übersehen. So weit durfte es nicht kommen!

Fred

Von São Vicente/Kapverden nach Rio de Janeiro, 6.11.

Er würde wohl bald den ersten Bericht schreiben müssen. Eigentlich wäre es ihm lieb gewesen, es hätte sich nichts Außergewöhnliches ereignet, alles wäre so gelaufen, wie sein Auftraggeber es gehofft hatte, dann hätte Fred sich jeden Abend in der Bar volllaufen und sich dafür bezahlen lassen können. Paradiesische Zustände. Aber leider … die Sache schien nicht so einfach zu werden. Alexandra Helbing wollte wohl tatsächlich alle Befürchtungen ihres Vaters Wahrheit werden lassen. Lieber Himmel! So eine wollte eine englische Lady werden? Der strengen Queen würde sie ja nicht mehr unter die Augen treten müssen, aber Charles und Camilla wären garantiert auch *not amused*, wenn sie die junge Dame jetzt sehen könnten. Vom Earl of Chiswick und seiner stinkvornehmen Family ganz zu schweigen. Nur gut, dass der Earl nicht direkt zum engsten Kreis des Königshauses gehörte. Während der Krönung von Charles III. hatte er in einer der hinteren Reihen gesessen, ohne weibliche Begleitung natürlich. Fred mochte sich nicht vorstellen, wie die zukünftige Lady Chiswick an seiner Seite sich benehmen würde. Oder war das, was er hatte beobachten müssen, nur ein letztes Aufbäumen gewesen? Ein allerletzter Verstoß gegen sämtliche guten Sitten, bevor ausschließlich untadeliges Benehmen auf der Tagesordnung stand?

Er hatte Alexandra Helbing genau im Auge behalten, wie sein Auftraggeber es vorgegeben hatte. Als er feststellte, dass sie sich mit ihrer Freundin zum Deck 3 begab, wo auf Gran Canaria der Ausstieg war, hatte er nicht gezögert. Er sah, welchen Bus sie nahmen, und bat den Fahrer, noch kurzfristig zusteigen zu dürfen. Das war zum Glück kein Problem. Der Ausflug hatte nicht viele Interessenten angelockt, der Bus war bei Weitem nicht voll. Fred Alswede suchte sich einen Platz in der letzten Reihe, wo er sich, wenn möglich, immer niederließ. In der letzten Reihe saßen die Passagiere, die ohne Partner reisten, und die, die irgendwie übrig blieben. Außerdem die mit den langen Gliedern, weil es nirgendwo so viel Beinfreiheit gab wie in der Mitte der letzten Reihe, wo man die Füße in den Mittelgang schieben konnte. Das machte Fred Alswede, trotz seiner kurzen Beine. Er hatte ja die fünf Plätze für sich allein. Sehr bequem! Als Einziges störte ihn, dass es in den Norden der Insel ging, er hätte den Süden bevorzugt, wo es die schönen Sandstrände gab. Im Norden dagegen war die Landschaft karg, das Meer tückisch, und die Strände waren steinig. Nichts für Badegäste! Vielleicht hatte Alexandra Helbing diesen Ausflug gebucht, weil ihr die drei Stopps gefielen. Erst vor dem Opernhaus in Las Palmas, dann in dem Fischerdorf Agaete und am Ende an einer Finca. Sie hieß La Laja, dort wurde eine Weinverkostung angeboten, ein kleiner Imbiss und die Möglichkeit, jede Menge Mitbringsel zu erwerben. Außerdem konnte man viel über Kaffeeanbau erfahren.

Wie er erwartet hatte, sprach Alexandra dem kostenlosen Wein reichlich zu, ließ sich immer wieder nachschenken und verkündete laut und deutlich, dass alles, was nichts kostete, viel besser schmeckte. Schrecklich peinlich. Wie ihre Freundin das aushielt, war Fred Alswede ein Rätsel. Ebenso wie die Forderung Ron Helbings an ihn, bei Bedarf mäßigend auf seine Tochter einzuwirken und dafür zu sorgen, dass sie nicht unangenehm auffiel. Er musste sie doch gut genug kennen, um zu wissen, dass es unmöglich war, sie in ihre Schranken zu weisen. Wenn ihm das nicht gelang, sollte er wenigstens verhindern, dass sie fotografiert wurde. Fred Alswede sah sich unauffällig um. Nein, an Schnappschüssen war zum Glück niemand interessiert. Alle sahen nur indigniert zur Seite und versuchten, Alexandra zu ignorieren. Die junge Frau, die im Bus hinter den beiden gesessen hatte, war längst an einen anderen Tisch geflüchtet, wo über die unmögliche Frau getuschelt wurde, die sich derart krass danebenbenahm. Einigen war sie schon auf dem Schiff aufgefallen, die hatten jetzt viel zu erzählen. Fred Alswede hätte beinahe gegrinst. Die, die sich jetzt über Alexandra Helbing das Maul zerrissen, würden sich wundern, wenn die Hochzeitsfotos vom Earl of Chiswick und seiner deutschen Braut durch die Regenbogenpresse gingen. Ron Helbing würde es dann egal sein. Hauptsache, das Töchterchen war gut verheiratet und er selbst demnächst zu allen Festen im Königshaus zu Gast!

Auf den Kapverden hatten die beiden sich nicht blicken lassen. Offenbar brauchten auch so junge, kräftige, robuste Frauen in der Blüte ihrer Jahre mal eine Pause von Alkohol und Feierei. Fred Alswede wäre an Bord geblieben, wenn die beiden sich in Mindelo in einen Ausflugsbus gesetzt hätten. Eigentlich musste er ihnen gar nicht mehr hinterherlaufen. Er hatte jetzt schon genug Material. Aber andererseits wollte er sich später nicht nachsagen lassen, er hätte auf der faulen Haut gelegen, während er für Ron Helbing arbeitete. Also würde er Alexandra Helbing weiterhin folgen, wohin sie auch ging. Hoffentlich hatte sie für Rio keine Pläne, die Fred Alswede überforderten.

Er schüttelte unmerklich den Kopf. Es half nichts. Er musste dem verzweifelten Vater die Wahrheit sagen. Eigentlich war es ihm ja so erschienen, als wäre der Mann überfürsorglich und viel zu ängstlich. Aber mittlerweile war klar, dass Helbings Misstrauen berechtigt gewesen war. Und nun steckte der arme reiche Mann in Nöten. Seine Tochter einem englischen Adeligen als Braut zuzuführen, war vermutlich eins der wenigen Lebensziele, die Ron Helbing noch hatte, während ihm beruflich schon alles gelungen war, was sich ausmalen ließ. Nun noch das Töchterchen mit dem

Earl of Chiswick vermählen! Aber offenbar ahnte er, dass das Benehmen seiner Alexandra diesem ambitionierten Ziel noch im Wege stand ...

Die Konzertbar besuchte Alexandra Helbing am liebsten. Sie war relativ klein, war nicht Teil eines großen Raums, sondern ein abgeschlossener Bereich, dem lediglich die Tür fehlte. Wer vorbeiging, konnte einen Blick hineinwerfen, aber es war nicht möglich, draußen irgendwo zu sitzen und zu beobachten, was sich in der Bar tat.

Fred hatte sich so weit entfernt wie möglich niedergelassen. Nur so konnte er tun, als interessierte ihn nicht, was Alexandra Helbing trieb. Er ließ sich einen weiteren Gin bringen und war froh, dass sich niemand zu ihm setzte. So konnte er ganz ungestört beobachten, was sich tat, und natürlich mit der Kamera, die in seinem Kuli integriert war, unauffällig alles festhalten. Ron Helbing hatte zwar gesagt, an Fotos sei ihm nicht gelegen, aber Fred Alswede wollte auf Nummer sicher gehen. Helbing schien es wichtig zu sein, dass kein Bild seiner Tochter durchs Netz geisterte, wo es immer undichte Stellen gab und geheime Lücken, die von Neugierigen genutzt werden konnten. Schriftliches ließ sich dementieren, Fotografien nicht. Jedenfalls nicht ohne Weiteres. Trotzdem würde Fred Alswede alles im Bild festhalten, was er beobachtet hatte. Sicher war sicher.

Die Kleine ließ die langen Haare flattern, als sie ihren Kopf in den Nacken warf, und lachte glockenhell. Sie war die einzige Frau in einer äußerst fröhlichen Männerrunde. Die despektierlichen Blicke von den anderen kleinen Tischen der Konzertbar interessierten sie nicht. Die fünf Männer, offenbar Freunde seit Kindertagen, erst recht nicht. Wenn Fred richtig verstand, hatten sie sich schon im Sandkasten kennengelernt und einander nie aus den Augen verloren. Nun war endlich auch der fünfte von ihnen zum Scheidungsrichter gegangen, und alle waren sie frei für jedwede

Abenteuer. Das musste gefeiert werden! Jeder von ihnen war entschlossen, das Geld, das ihre Verflossenen als Unterhalt beanspruchten, lieber auf einer Weltreise zu verjuxen. Sie jubelten immer wieder bei der Vorstellung, wie dumm ihre Ex-Frauen aus der Wäsche gucken würden, wenn sie merkten, dass jedes Konto leer geräumt und das Geld anderweitig ausgegeben worden war. So was Lustiges aber auch!

Fred beobachtete schockiert, wie Alexandra es sich gefallen ließ, dass der große Blonde ihr in den Ausschnitt griff, während der Kleinste der Runde, der sonst vermutlich selten zum Zuge kam, beherzt seine Hand unter ihren Rock schob. Was auch geschah, Alexandra Helbing kicherte nur ausgelassen und kippte ein Glas Sekt nach dem anderen in sich hinein. Und das, nachdem sie mittags in der Finca La Laja schon reichlich Weiß- wie auch Rotwein genossen hatte.

Das ging so lange, bis ein Kellner erschien und die Gruppe dezent aufforderte, woanders weiterzufeiern, jedenfalls nicht mehr dort, wo andere Passagiere gestört werden konnten. Wenn Fred richtig verstand, machte er ihnen den Vorschlag, sich an Deck zu begeben, wo es mittlerweile menschenleer war, weil der Nachtwind auffrischte.

Fred überlegte nicht lange, ob er ihnen folgen sollte. Wozu? Er hatte viele Fotos und genügend Beweise, die er Ron Helbing schicken konnte. Aber ein wenig Zeit würde er sich damit noch lassen. Am Ende würde Helbing sonst auf die Idee kommen, seine Weltreise zu beenden, weil seine Dienste nicht mehr benötigt wurden! Nein, diese angenehme Arbeitsatmosphäre wollte Fred so lange genießen wie eben möglich. Noch nie hatte er sein Geld derart leicht und angenehm verdient wie auf der *Soleil*. Ein paar vage Andeutungen, knappe Schilderungen sollten fürs Erste genügen. Damit würde Helbing in Unruhe versetzt werden und für alles Weitere dankbar sein. So lange konnte Fred Alswede seine Weltreise genießen. Er freute sich schon auf Rio. Dort wollte er von Bord gehen und sich in der Stadt ein wenig umsehen. Alexandra Helbing würde vermutlich in ihrer Kabine bleiben und dort ihren Kater pflegen, der beachtlich sein müsste. An der Reise selbst schien ihr und ihrer Freundin wenig zu liegen. Von ihrer Motivation, auf diese Weltreise zu gehen, hatte Fred nur eine vage Vorstellung. Wenn ihr Vater recht hatte, wollte sie noch einmal so richtig die Sau rauslassen, das jedenfalls befürchtete der alte Helbing. Die offizielle Version, der ihr englischer Verlobter zugestimmt hatte, war aber wohl, dass sie Kraft tanken wollte für die großen Aufgaben, die ihr als Lady Chiswick bevorstanden. Vermutlich gab es auch noch eine inoffizielle Version, aber die interessierte Fred Alswede nicht.

Die Freundin von Alexandra Helbing saß nicht weit entfernt allein an ihrem Tischchen und spielte mit ihrem Smartphone. Nathalie hieß sie, daran konnte Fred sich erinnern. Ein Buch lag neben ihr, darin hatte sie gelesen, während Alexandra Helbing dafür sorgte, dass sie am nächsten Tag kein gedrucktes Wort mehr würde erkennen oder gar verstehen können. Merkwürdige Freundschaft! Beim Einchecken hatte er noch den Eindruck gehabt, dass die beiden sich sehr gut verstanden. Aber nun schien es so, als wären sie derart gegensätzlich, dass sie nicht einmal ihre Abende gemeinsam verbrachten. Nathalie beobachtete gelegentlich ihre Freundin und lächelte manchmal sogar, aber kein einziges Mal ließ sie erkennen, dass sie sich gern zu ihr gesellt hätte. Am nächsten Morgen würde sie vermutlich mutterseelenallein beim Frühstück sitzen, während ihre Freundin ihren Rausch ausschlief. In einer Kabine der teuersten Kategorie, während die arme Freundin sich mit einer Innenkabine begnügen musste.

In diesem Moment wurde er auf einen jungen Mann aufmerksam, der ihm schon am Tag zuvor aufgefallen war. Fred war diese Art vertraut, scheinbar gelangweilt durch die Gegend zu schlendern, aber die Augen überall zu haben, am besten hinter einer Sonnenbrille, und wenn das zu auffällig war, zum Beispiel in einer schummrigen Bar, hinter der rechten Hand, mit der er sich die gegelten Haare aufstellte. Immer wieder. Fred kannte das, schließlich machte er es genauso. Nur das mit den gegelten Haaren klappte bei ihm nicht mehr, aber dieses Auf-dem-Sprung-Sein, obwohl der Körper scheinbar entspannt war, der scharfe Blick aus Augen, die überall waren, obwohl sie scheinbar gelangweilt über alle Köpfe hinwegblickten, das war ihm genauso in Fleisch und Blut übergegangen. Fred Alswede erkannte einen Berufskollegen auf den ersten Blick. Und dieser blonde Kerl mit der supercoolen Ausstrahlung, die Fred auch für sein Leben gern gehabt hätte, war einer. Kam er ihm in die Quere? Hatte Helbing etwa zwei Spürhunde losgeschickt? Zuzutrauen war es ihm. Dann bekam am Ende derjenige eine fette Provision, der die Ergebnisse als Erster übermittelte? Oder er wollte einen gegen den anderen ausspielen? Womöglich hatte er sogar den Verdacht, dass sich einer von ihnen von Alexandra Helbing umgarnen ließ und die Fakten ihr zuliebe verfälschte! Aber für diese Rolle hätte nur der andere getaugt. Nicht Fred Alswede, der aussah wie ein Schulhausmeister. Also war er derjenige, der dem jungen Burschen auf die Finger gucken sollte. Er wäre nicht der Erste gewesen, der sich in ein Beschattungsopfer verliebte. Und umgekehrt kam es mindestens genauso häufig vor. Eine veränderte Form des Stockholmer Syndroms. In diesem Fall verliebte sich das Opfer zwar nicht in den Entführer, aber womöglich in den Beschatter. So was sollte es geben. Es konnte jedenfalls nicht falsch sein, diesem jungen Mann auf die Finger zu schauen. Fred Alswede wollte kein Risiko eingehen.

Alexandra

Sie trafen sich immer in der Panoramakabine. Die Innenkabine war ja wirklich nur zum Übernachten geeignet. Mit offenen Augen und wachem Geist konnte das Bild an der Außenwand, das ein Bullauge, die offene See und einen blauen Himmel zeigte, niemandem etwas vormachen. Ebenso wenig das Bild der Bordkamera, das in die Innenkabinen gespielt wurde, das außerdem für nächtliche Beleuchtung sorgte, falls man mal gezwungen war, das Bett außerplanmäßig zu verlassen. Aber das Gefühl des Eingeschlossenseins quälte dann sehr schnell.

Die Ausstattung der Innenkabine war jedoch nicht anders als die der teureren Kategorie, nur das Fenster fehlte. Die gestreiften Teppichböden, die hellgelben Wände, der dreiteilige Schrank mit der Spiegeltür in der Mitte, die kleine Schreibecke mit dem Regal darüber, in dem der Fernseher untergebracht war, das war überall gleich. Aber die Panoramakabine war größer, sie hatte kein Doppelbett, sondern zwei geräumige Kingsizebetten mit einem Nachttisch dazwischen und eine kleine Sitzgruppe am Fenster. Auf dem Balkon gab es eine Hängematte, darin aalte sich Nathalie, während Alexandra sich auf dem Deckchair fläzte, die Beine lang ausgestreckt. Die Sonne brannte vom Himmel, zum Glück befand sich ihr Balkon aber an diesem Nachmittag im Schatten.

»Mir ist da jemand aufgefallen«, sagte Alexandra.

Nathalie gähnte herzhaft, ohne die Hand vor den Mund zu nehmen. »Ein Mann?«

»Genau mein Typ.«

»Oh Gott! Wie der Surflehrer?«

Alexandra lachte. »Das ist zwei Jahre her. Den kannst du mir nicht mehr vorhalten.«

»Tu ich auch nicht. Aber ich weiß, auf welchen Typ Mann du abfährst.«

»Dir sollte aufgefallen sein, dass Godric anders aussieht.«

»Eben!« Nathalie lachte laut und wenig damenhaft, hielt sich aber gleich den Kopf, als hätte sie einen Kater, der vorsichtig behandelt werden musste. »Surfen kann er auch nicht, stimmt's?«

»Gott sei Dank. Ich wollte ja auch nie das Surfen lernen.«

»Schon klar. Du wolltest nur den Surflehrer, ohne Surfen.«

»Aber ich wollte keine ernsthafte Beziehung mit ihm. Ein Typ wie der Surflehrer ist nichts für die Dauer, schon gar nichts zum Heiraten.«

Nathalie wirkte mit einem Mal genervt. »Aber Godric?«

»Ich bin hier, um das herauszufinden.«

»Glaubst du wirklich, du bist anschließend schlauer, wenn du dich hier einem anderen an den Hals wirfst?«

»Das habe ich nicht vor.«

Nathalie nickte, als wollte sie ihrer Freundin etwas vorhalten, und unterließ es nur deshalb, weil es ihr sinnlos erschien. »Aber du denkst darüber nach, dir einen belanglosen Flirt zu gönnen. Sozusagen die letzte Gelegenheit! Jedenfalls dann, wenn du dich für Godric entscheidest.«

»Du sagst es. Völlig belanglos ...«

»Meinen Segen hast du. Er ist blond, braun gebrannt, mit durchtrainierter Figur und trägt coole Klamotten?«

»Exakt.«

»Dann tu dir keinen Zwang an. Flirt mit dem Typ Surflehrer und Heirat mit dem britischen Adeligen. Passt.«

»So gegensätzlich, wie du denkst, ist Godric gar nicht. Er mag auf den ersten Blick steif wirken, aber in Wirklichkeit ist er ziemlich locker. Und sehr verlässlich, ein guter Gesprächspartner, fürsorglich, ehrlich ...«

»Aber trotzdem brauchst du Zeit, um herauszufinden, ob er der Richtige ist.«

»Ja, weil er eben der Earl of Chiswick ist. Ich heirate nicht nur Godric, sondern einen Verwandten der königlichen Familie. Das darf man nicht außer Acht lassen.«

Nathalie sah aus, als hätte sie für diese Aussage kein Verständnis. »Das eine hat mit dem anderen nichts zu tun.« Aber sie winkte ab, weil sie wusste, dass diese Diskussion zu nichts führen würde. Sie hatten die Angelegenheit gefühlt schon tausendmal von allen Seiten beleuchtet. »Lassen wir das. Ich habe dir versprochen, dass ich mitmache, solange du willst. Ich finde, mir steht die Rolle der Alexandra Helbing sehr gut. Oder?«

»Nur, wenn du es nicht übertreibst. Die Sache mit dem armen Reiseleiter in Agaete ...«

»Ach was! Wenn schon, denn schon!« Natalies Miene wurde geschäftsmäßig. »Was ist das also für ein Typ, der dir aufgefallen ist? Wann und wo hast du ihn gesehen? Bist du schon mit ihm ins Gespräch gekommen? Mit ihm an der Bar verabredet? Kennst du seinen Namen? Weißt du, ob er allein an Bord ist? Hat er eine feste Freundin? Oder ist er etwa verheiratet?«

Alexandra lachte. »Du lieber Himmel! Ich weiß gar nichts von ihm. Nur, wie er aussieht, dass er sehr sympathisch ist und verdammt attraktiv.«

»Dann schnapp ihn dir.« Nathalie machte eine Bewegung, als wollte sie eine Fliege erbeuten, und wäre dabei beinahe aus der Hängematte gefallen. Erschrocken ruderte sie mit den Armen. »Huch, meine Feinmotorik ist noch nicht ganz auf der Höhe.«

»Du solltest nicht so viel trinken.«

»Habe ich mir auch schon gedacht. Vielleicht bestelle ich heute Abend mal alkoholfreien Sekt. Merkt ja niemand.«

»Und du musst auch nicht bis zum Äußersten gehen.«

»Was meinst du damit?«

»Einer der Typen von gestern Abend wollte garantiert mit dir in die Kiste.«

»Einer?« Nathalie lachte.

»So weit musst du es nicht treiben.«

»Natürlich muss ich nicht. Das tu ich nur, wenn ich will. Aber unter diesen Sandkastenfreunden von gestern war keiner dabei, den ich gewollt hätte.«

»Sehr beruhigend.«

»Hast du währenddessen die Augen offen gehalten? Ist dir was aufgefallen?«

Alexandra zögerte. »Da war so ein unauffälliger Typ in dem Bus auf Gran Canaria, Mitte fünfzig, graue Hose, grauer Pullover, überhaupt war alles an ihm grau.«

»Hat er dich beobachtet?«

»Manchmal schien es mir so, aber dann auch wieder nicht.« Sie sah nachdenklich vor sich hin, ohne zu merken, dass ihre Freundin sie aufmerksam beobachtete. Dann gab sie sich einen Ruck. »Wir haben ja noch Zeit.« Sie dehnte sich, lehnte sich zurück und legte die Hände in den Nacken. »Vier Monate!«

Nathalies Stimme klang jetzt gespielt streng. »Fräulein Helbing, demnächstige Lady Chiswick ... da geistert doch noch ein Gedanke in deinem Kopf herum! Das sehe ich trotz meiner zugegebenermaßen eingeschränkten Auffassungsgabe aufgrund übermäßigen Alkoholgenusses.«

Alexandra sah in den Himmel, als wollte sie vorgeben, Nathalies Worte nicht gehört zu haben, aber dann antwortete sie doch: »Der Surflehrer-Typ kam mir auch komisch vor. Der hatte so was ... wie soll ich sagen?«

Nathalie unterbrach sie nicht, starrte sie nur gespannt an, wusste, dass es besser war, die Gedankengänge ihrer Freundin nicht zu stören.

»So was Cooles, das mir aufgesetzt erschien. Verstehst du?«

»Kein Wort.«

»Ich glaube, der ist kein normaler Passagier.«

»Du meinst, das könnte der Detektiv sein, den dein Vater dir hinterhergeschickt hat?«

»Möglich wäre es.«

Nathalie sah mit einem Mal sehr nachdenklich aus. »Du hast ihn gesehen, aber er hat dich nicht beachtet?«

»Könnte man so sagen.«

»Ein Indiz. So ein Detektiv will natürlich auf Abstand bleiben.«

Alexandra Helbing gähnte herzhaft. »Papa ist raffiniert. Ich könnte mir auch durchaus vorstellen, dass er mir einen weiblichen Detektiv hinterherschickt.«

Nathalie brauchte eine Weile, bis sie das verstanden hatte. »Du denkst an diese ... wie hieß sie noch?«

»Emily.«

»Die war doch ganz nett.«

»Warum soll eine Detektivin nicht nett sein?«

»Hm, wir sollten sie im Auge behalten. Haben wir schon einen Ausflug für Rio gebucht?«

»Ich weiß gar nicht, ob ich in Rio von Bord gehen will. Dort war ich schon so oft ...«

Maria

von den Kapverden nach Recife, 7.11.

So eine Atlantiküberquerung hat es in sich. Ich war mal kurz mit einem Mann zusammen, der sich in den Kopf gesetzt hatte, mit seinem Segelboot den Atlantik zu überqueren. Und ich sollte mitkommen. Noch heute bin ich froh, dass ich mich darauf nicht eingelassen habe. Tatsächlich habe ich schon viele Fehler gemacht und bin manchmal auch nur haarscharf an einer Katastrophe vorbeigeschlittert, aber dieses Risiko war mir dann doch zu groß. Der Mann war toll, obwohl … dass ich mich an seinen Namen nicht erinnere, spricht vielleicht doch dafür, dass der Plan mit der Atlantiküberquerung das Attraktivste an ihm war. Ich bin ja, als ich jung war, gern und häufig auf Abenteurer hereingefallen. In alles Mögliche habe ich mich hineinziehen lassen, in eine Fahrt mit dem Jeep durch die Wüste zum Beispiel, in ein Leben in Neu-Delhi unter den Ärmsten der Armen, was ich immerhin eine Woche durchgehalten habe, und einen Sommer in Burundi, wo ich mich mit einem Mal ganz allein wiederfand, weil der Typ, dem ich dorthin gefolgt war, eines Morgens mitsamt meiner Barschaft verschwunden war. Aber ich schweife ab …

Für mich war die Atlantiküberquerung deshalb anstrengend, weil der Bordshop dann zwölf Stunden am Stück geöffnet bleiben musste. Zwar darf ich mir Personal vom Housekeeping ausleihen, damit ich meine Pausen einhalten kann, aber eine wirklich gute Lösung ist das nicht. Die Mädchen, die das gerne tun, können nicht mit der Kasse umgehen, und die Jungs, die das Kassensystem verstehen, haben keine Ahnung von den Artikeln, die im

Bordshop besonders häufig nachgefragt werden. Ich mache lieber alles selbst. Und außerdem bekomme ich an dieser Stelle jeden Passagier der *Soleil* öfter zu Gesicht als im Theater, an der Symphonie-Bar oder auf dem Pooldeck. In den Bordshop kommt jeder mal. Mit dem Vorsatz, meinem Bruder die falsche Frau auszureden, bin ich jedenfalls schon einen Schritt weitergekommen.

Wenn mir die Bordkarte hingehalten wird, damit ich sie scanne, schaue ich ja immer auf den Namen. Ich bin neugierig? Nein, sagen Sie das nicht! Ich habe Interesse an meinen Kunden, das ist es. Für mich haben sie nicht nur ein Gesicht, eine Kleidergröße oder irgendwelche Vorlieben, sondern auch einen Namen. Nun gut, ich gebe zu, manchmal ist es auch sehr nützlich, den Namen eines Kunden zu kennen. Nicht nur, weil man ansonsten nicht gemerkt hätte, dass man einen Promi vor sich hat. Aber das sage ich Ihnen gleich, so einfach ist das nicht. Einen Sänger oder Schauspieler sollte man schon am Gesicht erkennen. Die Namen auf ihren Bordkarten stimmen nämlich selten mit den Künstlernamen überein.

Wo bin ich stehen geblieben? Ach ja, bei meinem Bruder. Und bei Benita Meister. Bis jetzt ist mir noch nichts eingefallen, womit ich Lukas' Interesse an dieser Dame zum Erlöschen bringen könnte. Dass sie wirklich verheiratet war, wusste ich mittlerweile jedoch. Da war mir das Glück zu Hilfe gekommen. Carmen, das Mädchen aus dem Housekeeping, das mich während meiner Mittagspause im Bordshop vertreten hatte, hat es mir erzählt. Sie putzt in den Suiten und wusste zu berichten, dass in der Suite der Meisters ein Ehepaar wohnt. Eins, das getrennt schläft! Sie hat ihr Bett im Schlafzimmer, und er nächtigt auf dem Sofa im Wohnzimmer. Ein Paar mit Beziehungsproblemen? Das macht die Sache nicht besser. Andererseits wird der Ehemann es sich trotzdem nicht gefallen lassen, wenn der Kapitän ihm seine Frau ausspannen will. Oder? Meinen Sie nicht auch? Und dass Lukas viel besser aussieht als dieser Detlef Meister – wie beurteilen Sie das? Weckt das in dem Ehemann besonders heftige Aggressionen? Oder darf man davon ausgehen, dass Benita Meister sich nur geschmeichelt fühlt und nicht mehr als einen Flirt zulassen wird? Man weiß es nicht!

Eines allerdings war mir sofort klar, als ich die Bordkarte von Detlef Meister in Händen hielt: Diese Gelegenheit musste ich nutzen. Dazu sollte ich vielleicht etwas erklären, was Sie nicht unbedingt erwarten können. Auch ich war ja mal jung, wenn ich auch nie zu den flotten Fegern gehört habe, die an jedem Finger zehn Typen hatten. Ich war nie besonders hübsch, schick schon gar nicht, nicht mal besonders gepflegt. Mode war mir nie so wichtig, der allerletzte Schrei schon gar nicht. Trotzdem gab es viele Männer, die sich in mich verliebt haben. Wenn ich so nachzähle … ach nein, das ist dann doch zu prahlerisch. Jedenfalls war ich zwar einerseits ein Mauerblümchen, habe aber andererseits nie ein Schattendasein geführt. Barbara meint manchmal, meine große Klappe wirke auf manche Männer wie ein knapper Bikini auf andere. Und meine Risikofreude und die Bedenkenlosigkeit, mit der ich mich in ein Liebesabenteuer stürze, wäre wohl für den einen oder anderen das reinste Aphrodisiakum. Ich weiß nicht, ob sie recht hat, aber seit meiner letzten Ehe hat sich doch einiges verändert. Mir scheint, schöne Frauen behalten etwas von ihrer Attraktivität bis ins hohe Alter, während das, was mich anziehend gemacht hat, was immer es auch war, wohl verloren geht. Jedenfalls hatte ich in den letzten Jahren häufiger Gelegenheit, mich davon zu überzeugen, dass mein Liebreiz den Rest meiner Person beim Alterungsprozess überholt hat. Er ist praktisch schon tot. Ein Mitarbeiter des Ordnungsamtes ist schon seit Jahren nicht mehr bereit, mir das Falschparken durchgehen zu lassen, und wenn die Müllwerker ein Paket mitnehmen sollen, das nicht mehr in die Resttonne gepasst hat, muss jetzt schon ein Zehn-Euro-Schein her, wo früher ein Lächeln gereicht hatte. Und vor allem – die Männer lassen mir nicht mehr den Vortritt. Heute bin ich es, die stoppt, damit ein Mann ungehindert seinen Teller vom Büfett zum Tisch tragen kann.

Und wieder mal bin ich ins Schwafeln gekommen ... Was ich nur sagen wollte, war, dass ich versucht habe, einen Augenflirt mit Detlef Meister zu beginnen. Als wollte ich es noch mal wissen! Der war mindestens zehn Jahre jünger als ich, aber so was hat mich früher nicht geschreckt. Heute jedoch ... Um es kurz zu machen, es hat nicht funktioniert. Der Mann hat derart gleichgültig über mich hinweggesehen, dass ich mir wünschte, ich hätte es gar nicht erst versucht. Den Frust hätte ich mir echt ersparen können. Schade eigentlich. Wenn er mich auf ein Gläschen Wein eingeladen hätte, wäre ich ganz elegant auf seine Frau zu sprechen gekommen und hätte ihn darüber aufgeklärt, dass sie am Kapitän der *Soleil* interessiert war. So aber konnte ich nur ein paarmal mit armdicken Zaunpfählen winken, dass das Aftershave, das er gekauft hatte, auch dringend nötig sei, damit die Gattin sich an dem Duft des Ehemannes erfreue, während viele ihren Mann ja im wahrsten Sinne des Wortes nicht mehr riechen können ... Aber so dick konnten die Zaunpfähle gar nicht sein, dass der Mann etwas kapiert hätte. Andererseits ... manchmal muss man geduldig sein und abwarten. Es gibt Sätze, die bleiben vor der Tür der Wahrnehmungen stehen und passieren sie erst, wenn der Kontext stimmt. Es wäre also durchaus möglich, dass bei Detlef Meister, wenn er sich fragt, warum seine Frau sich so häufig ohne ihn auf dem Schiff herumtreibt, mein Satz ins Gedächtnis dringen und dort pfeilschnell die Ecke treffen könnte, wo die Eifersucht hockt. Es bleibt also noch Hoffnung. Sobald Lukas merkt, dass Detlef Meister ihm auf der Spur ist, hat sich das mit Benita erledigt, da bin ich ganz sicher.

Ich hatte mir viel vorgenommen, aber meine Erfolge sind nicht gerade beträchtlich. Dass Lukas sich in irgendeine Frau verliebt, ist eine Gefahr, die nicht gebannt sein wird, auch wenn er sich Benita Meister aus dem Kopf schlägt, das ist ein permanentes Risiko, denn Lukas ist nun mal ein Mann, auf den die Frauen fliegen. Ebenso besteht die Möglichkeit – das aber zum Glück! –, dass Jonas und Emily sich ineinander verlieben. Allerdings sind die beiden nun schon gut zwei Wochen gemeinsam an Bord, aber von einer Annäherung habe ich nichts bemerkt. Könnte ich da was übersehen haben? Jonas lässt sich ja nicht auf ein Gespräch mit mir ein, wenn es um das Thema Liebe geht. Egal, was ich ihn frage, die Antwort lautet, dass es mich nichts angeht. Dass er die Hilfe einer erfahrenen Frau nötig hat, will er natürlich nicht glauben. Er glaubt ja nicht mal, dass seine Mutter eine erfahrene Frau ist. Na, der hat vielleicht eine Ahnung …

Emily

Rio de Janeiro, 12.11.

Das Schiff näherte sich Rio mit geradezu feierlicher Langsamkeit. Die Luft war diesig, es war sehr warm, der Himmel nicht leuchtend blau, sondern von einem hauchdünnen Schleier überzogen. Als der Zuckerhut aus dem Dunst auftauchte, ging ein Raunen durch die Wartenden, die sich auf dem Oberdeck versammelt hatten, um dem Einlaufen der *Soleil* beizuwohnen. Ja, dies war eine Vorstellung, eine Präsentation, eine Darbietung, die man sich nicht einfach anschaute, man genoss sie. Auf Rio de Janeiro hatten sich alle gefreut, diese Stadt war der Inbegriff von Leichtigkeit, Lebensfreude, Farbenvielfalt, Extravaganz, aber auch Blendwerk und darüber hinaus Verelendung und Entbehrung. Rio hatte alles, was die Passagiere an Bord nicht hatten, nicht haben wollten oder aber heimlich ersehnten. Rio de Janeiro war ein Synonym für unerfüllte Wünsche und gleichzeitig für Zukunftsangst.

Es war ein Sonntag. Kapitän Jantzen hatte am Tag zuvor angekündigt, er werde dafür sorgen, dass das Schiff früher anlege als ursprünglich geplant. Die Formalitäten seien erfahrungsgemäß zeitraubend, er wolle, dass die Ausflugszeiten eingehalten würden und die Passagiere Rio lange genießen konnten. Und er wollte, dass alle viel Zeit hatten, um das Einlaufen in den Hafen von Rio zu fotografieren. Viele Fotos waren gleichzusetzen mit viel Vergnügen. Emily hatte irgendwann bewusst darauf verzichtet, ihr Smartphone ständig in der Tasche zu tragen. Ihre Erlebnisse sollten nicht klein und rechteckig, sondern riesengroß sein.

Aber die Passagiere waren dankbar für jedes Motiv, das sich

durch das langsame Einlaufen ergab und veränderte. Der Zuckerhut! Der Cristo Redentor im Dunst auf seinem einsamen Berg. Einsam? Wenn Emily an die vielen Ausflugsangebote dachte, die zu der Christusstatue hinaufführten, konnte das eigentlich nicht sein. Aber von Bord der *Soleil* aus schien dort oben nichts anderes Platz zu haben als diese segnende, behütende Figur.

Sie entschloss sich, das obere Deck zu verlassen und sich nach Deck 5 zu begeben. Oben stand man an vielen Stellen hinter mannshohen Glasscheiben, das gefiel Emily nicht. Sie lehnte sich gern über die Reling, um den Wind auf dem Gesicht spüren und dem Hafen entgegenwinken zu können. Außerdem drängelten sich die Passagiere mittlerweile auf dem Oberdeck, standen dicht zusammen, nahmen sich gegenseitig die Sicht, während sie den Zuckerhut und die Christusstatue bestaunten. Emily wollte sich diesen Besonderheiten in aller Ruhe widmen.

Den Sohn der Bordshopleiterin sah sie schon, als sie eine der schweren Türen geöffnet hatte, die hinaus aufs Deck führten. Er schien irgendeine Aufgabe erfüllen zu müssen. Bewegungslos stand er an der Reling und beobachtete die rot gestrichenen Abfertigungshallen sehr scharf. Als wäre er für die Sicherheit zuständig und müsste als Erster erkennen, wenn etwas schiefgehen könnte. Aber das war natürlich Unsinn. Für die Sicherheit war ausschließlich die Besatzung der Brücke verantwortlich, nicht irgendein Crewmitglied. Doch es schien seine Aufgabe zu sein, das Anlegen zu überwachen und die neuen Passagiere, die an Bord kamen, genau anzusehen. Das hatte sie schon auf Gran Canaria und auf den Kapverden beobachtet.

Sie betrachtete ihn eine Weile, ohne dass er es merkte. So anziehend sie ihn fand, so undurchschaubar kam er ihr gelegentlich vor. In anderen Häfen hatte sie ihn auch ein paarmal heimlich beobachten können. In Las Palmas hatte sie bemerkt, dass er sich hinter einen Stapel Sonnenliegen schob, die auf Deck 5 aufeinandergeschichtet worden waren, als wollte er nicht gesehen werden. Wer war es, der ihn nicht sehen sollte? Diejenigen, die das Schiff verließen, um sich Gran Canaria anzusehen? Oder diejenigen, die an Bord kamen? Das waren nicht viele. Die meisten Passagiere unternahmen die Weltreise von Hamburg bis Hamburg, vier Monate, 117 Tage, aber es gab auch die Möglichkeit, Teilstrecken zu buchen. So stiegen in Gran Canaria tatsächlich einige Neuankömmlinge zu. Zehn bis fünfzehn erwartungsfrohe Passagiere hatten auf dem sonnenüberfluteten Platz gestanden und zu dem Schiff hochgesehen. Jonas schien sie alle genau zu mustern. Und dann war er irgendwann zur Seite getreten und so plötzlich verschwunden, dass sie gar nicht mitbekommen hatte, wie die Tür ins Innere des Schiffs sich geöffnet und geschlossen hatte. In Mindelo und Recife war es ähnlich gewesen. Immer wieder beobachtete er die Passagiere, die neu an Bord kamen.

Damals wie heute hatte sie sich gefragt, was seine Aufgabe auf diesem Schiff war. Oft schien er nicht wirklich etwas zu tun zu haben, er stand dann nur da und betrachtete die Menschen um sich herum. Auch jetzt schaute er gebannt auf das, was im Hafen geschah, was sie dort erwartete. Als müsste er etwas verhindern, eine Gefahr von dem Schiff und seinen Passagieren abwenden oder dafür sorgen, dass der Frieden an Bord gewahrt wurde. Jonas Liebermann hatte den Blick unverwandt auf einen Punkt gerichtet. Dort, wo sich im Eingang einer Abfertigungshalle bereits eine Menschentraube bildete, die auf die *Soleil* zu warten schien.

Das Schiff drückte sich an die Kaimauer, die Hafenarbeiter waren mit den dicken Tauen zur Stelle und sorgten dafür, dass die *Soleil* dort blieb, wo sie angelegt hatte. Wie in jedem Hafen entstand auch hier die Emsigkeit, die jedes Mal einsetzte, wenn das Schiff dort angekommen war, wo es vor Anker gehen sollte.

Emily nahm ihren ganzen Mut zusammen und trat an Jonas' Seite. »Hey.«

Er fuhr überrascht zu ihr herum, dann glitt ein Lächeln über sein Gesicht. »Nett, dich wiederzusehen. Ich hatte mich schon gefragt, wo du abgeblieben bist.«

»Das Schiff ist groß.«

Er hatte schöne Augen, warmherzige Augen, in denen ein heiteres Licht glomm. Offenbar war er ein fröhlicher Mensch, jedenfalls sah er so aus, als lachte er gerne und häufig.

»Macht dir die Arbeit auf der *Soleil* Spaß?«

Er fuhr zusammen und starrte sie überrascht an, sogar ein wenig erschrocken, als fühlte er sich ertappt. »Arbeit? Wie meinst du das?« Das fragte er, als wäre er bei etwas erwischt worden.

Emily runzelte die Stirn. »Du hast doch neulich im Bordshop einiges reparieren müssen. Bist du im Housekeeping tätig? Oder heißt das auf einem Schiff anders?«

Nun lachte er. Erleichtert oder amüsiert? »Ach so ... also, ich bin eher ... so was wie ein Mädchen für alles.«

»Aha.« Emily gab sich interessiert, obwohl sie weniger an seinen Aufgaben als vielmehr an ihm selbst, an seinen Gedanken und Gefühlen interessiert war. Aber Männer hatten es ja gerne, wenn sie über ihre Arbeit wahrgenommen wurden. »Ist es üblich, dass die Reederei Familienmitglieder einstellt?«

Jonas bejahte hastig. »Ja, das wird gern gemacht. Die Bordshopleiterin ist meine Mutter, der Kapitän ist mein Onkel.« Nun wirkte er so, als wäre es ihm unangenehm, bekennen zu müssen, dass er seinen Job den familiären Beziehungen zu verdanken hatte, dass sie ihm den Weg geebnet hatten.

»Dann wirst du von Rio nichts zu sehen bekommen?«

Er betrachtete sie mit einem Lächeln, für das Emily nur eine Beschreibung fand: hinreißend! Mein Gott, was konnte der Mann lächeln! »Wohl nicht. Ich muss an Bord bleiben.«

Sein Lächeln vertiefte sich, aber Emily fiel keine Steigerungsform von hinreißend ein. Sie war überwältigt.

»Schade eigentlich«, sagte er. »Sonst hätte ich dich gefragt, für welche Besichtigungstour du dich entschieden hast, und hätte versucht, mich auch noch anzumelden.«

Sie hatte ihre liebe Mühe, ihn nicht merken zu lassen, dass sie auf sein Lächeln hereinfiel wie eine dumme Gans auf die Lockrufe des Schlachters, der ihr den Hals umdrehen würde. »Ich mache die Stadtrundfahrt. Am Ende geht's mit einer Gondel auf den Zuckerhut. Und morgen will ich mit der Zahnradbahn zur Christusstatue hoch.«

Jonas nickte lächelnd. »Und die Copacabana?«

»Vielleicht reicht die Zeit noch für einen Abstecher dorthin. Der Strand muss herrlich sein.«

»Ja, der schönste der Welt. Willst du baden?«

»Wäre nicht schlecht. Und ein bisschen shoppen. Ich habe gehört, dort gibt es viele Einkaufsmöglichkeiten.«

»Souvenirs? Für jemanden, der zu Hause auf dich wartet?«

Diese Frage gefiel Emily, zeigte sie doch, dass er sich unauffällig erkundigen wollte, ob es in Deutschland einen Mann gab, der zu ihr gehörte.

»Nein, ich dachte eher ... an ein paar hübsche Klamotten. Die Brasilianerinnen haben einen ausgefallenen Geschmack.«

»Da wirst du garantiert etwas Schönes finden.« Nun beugte er sich vor, um ihr tief in die Augen sehen zu können. »Zeigst du mir später, was du dir gekauft hast?«

In Emily zitterte alles, was in Schwingung geraten konnte. Magen, Darm, Zwerchfell und natürlich ihr Herz. Hoffentlich merkte er es nicht! Sie kicherte nervös, eine total blöde Reaktion, über die sie sich immer ärgerte, die sich aber jedes Mal verselbstständigte, wenn sie emotional aus der Ruhe geriet. »Schaun wir mal«, gab sie mühsam beherrscht zurück. »Vielleicht sehen wir uns ja, wenn ich zurückkomme.«

Nun wurde er plötzlich unruhig. Er warf einen Blick zu den

neuen Passagieren, von denen mittlerweile die ersten aufs Schiff kamen. Und er hatte es mit einem Mal eilig. »Heute Abend an der Symphonie-Bar? Nach dem Auslaufen?«

»Gut, meinetwegen.« Sie tat ihr Bestes, um gleichmütig zuzusagen und ihm nicht zu zeigen, wie entzückt sie war.

Wieder schaute er sich nervös um, dann ergänzte er: »Ich freue mich, Emily.«

Er beugte sich vor, kam ihr ganz kurz sehr nahe, ließ sie seinen Atem spüren, der über ihre Schläfe huschte, in einem Kuss, der keiner war, nur die Verheißung eines Kusses, der später noch kommen würde, auf den sie sich freuen durfte. Mit diesem Hauch auf ihrer Schläfe hatte er ihr einen Kuss versprochen, da war sie sicher.

Wie er ihren Namen ausgesprochen hatte! Als hätte seine Stimme Glasperlen aufgesammelt und zu ihrem Namen zusammengefügt. Dass er ihn sich überhaupt gemerkt hatte!

Er zwinkerte ihr zu, dann drehte er sich um. »Leider bin ich ja nicht zum Vergnügen hier. Ich muss was erledigen. Ciao, Emily.«

»Ach ja, das Mädchen für alles. Ciao, Jonas.« Sie sah ihm nach, wie er eilig auf eine der schweren Türen zuging, sie aufstieß und dafür sorgte, dass sie nicht wieder zufiel. Mit der nächsten Tür, zwei Schritte weiter, machte er es genauso. Die Schleuse zwischen den beiden Türen sorgte während der Fahrt dafür, dass der Wind draußen blieb. Danach war Jonas Liebermann verschwunden.

Sie merkte, dass sie weiche Knie bekommen hatte. »Puh!« Als brauchte sie eine große Erleichterung, stieß sie heftig die Luft aus, anschließend konnte sie wieder normal atmen. Ihr wurde klar, dass sie während des Gesprächs mit Jonas die meiste Zeit die Luft angehalten hatte. Vermutlich waren ihre Augen glotzend hervorgequollen, und ihr Mund hatte sich rhythmisch geöffnet wie bei einem Goldfisch im Wasserglas. Jonas! Sie hätte diesen Namen gern vor sich hin gemurmelt, stellte aber fest, dass sie von Passagieren umgeben war, die sie vorher gar nicht zur Kenntnis genommen hatte.

Jonas! Was für ein schöner Name! Sie musste unbedingt dafür sorgen, dass sie ihn häufiger traf, auch wenn er vermutlich schwer beschäftigt sein würde. Heute Abend an der Symphonie-Bar! Sie würde sich etwas Todschickes kaufen, das sie ihm dann zeigen, vielleicht sogar vorführen konnte. Etwas, das besonders, das total aufregend war. Natürlich durfte sie nicht den Eindruck erwecken, dass sie ihn verführen wollte, obwohl sie nichts lieber getan hätte. Nein, das Verführen überließ sie grundsätzlich dem Mann, da war sie altmodisch. Und natürlich durfte sie nicht mit einem Zaunpfahl winken. Also kein Negligé, keine aufregenden Dessous, um Himmels willen! Einen Mann wie Jonas würde sie mit solchen Einkäufen in die Flucht schlagen, da war sie sicher. Genauso selbstverständlich würde sie ihm kein Souvenir mitbringen. Viel zu deutlich! Nein, sie würde sich nach einem aufreizenden Shirt oder einem Minirock umsehen. Er würde sie am Abend darin bewundern dürfen, sie würden lange miteinander reden, vielleicht sogar den ganzen Abend zusammen verbringen, vorausgesetzt, er hatte Feierabend, und dann ...

Sie wollte ins Schiff zurückgehen, bevor die neuen Passagiere an Bord kamen, da wurde sie von hinten angesprochen. »Emily?«

Dass jemand hinter sie getreten war, hatte sie gar nicht bemerkt. »Nathalie! Wie geht's?«

Nathalie Teichler trug schneeweiße Shorts, dazu ein hellgelbes Shirt und goldene Sandaletten. Die langen, glatten Haare hatte sie am Hinterkopf aufgesteckt, die riesige Sonnenbrille trug ihr Label weithin sichtbar an einem der breiten Stege. Sie sandte einen vielsagenden Blick zur Tür, hinter der Jonas verschwunden war. »Nicht so gut wie dir, scheint mir. Du hast einen Verehrer an Bord.«

Emily lachte verlegen. »Quatsch! Das ist nur ... einer, der auf der *Soleil* arbeitet. Ich habe ihn gleich am ersten Tag im Bordshop kennengelernt.«

»Er gefällt dir, gib's zu.« Nathalie kicherte verständnisvoll, dann seufzte sie. »Ich wollte, ich würde auch jemanden zum Flirten finden. Urlaub und Flirt – das gehört doch irgendwie zusammen.«

Emily dachte an den gemeinsamen Ausflug zurück. Sie beugte sich vor und raunte vertraulich: »Dann solltest du dich nicht so oft in Gegenwart deiner Freundin blicken lassen. So, wie die sich benimmt ... da wird ja jeder nette Mann in die Flucht geschlagen.«

Nathalie grinste, und Emily wunderte sich, wie locker sie das Verhalten ihrer Freundin sah. »Ja, könnte sein. Ich werde mal mit ihr reden.«

Emily wandte sich ab. »Macht ihr einen Ausflug?«

»Ja, die Gondelfahrt auf den Zuckerhut.«

Emily wusste nicht, ob sie sich darüber freuen sollte. Wenn sie an Nathalies Freundin dachte, überfiel sie gleich wieder das Gefühl, das ihr auf Gran Canaria zu schaffen gemacht hatte. Fremdschämen war manchmal noch schlimmer, als selbst einen peinlichen Fehler begangen zu haben. Trotzdem sagte sie: »Prima! Dann sehen wir uns ja später.«

Nathalie hob leicht die Hand, ehe sie ging. »Viel Erfolg bei deinem Verehrer.«

Emily antwortete nicht darauf. Erfolg? Das hörte sich nach einem Geschäftsabschluss an, der einen guten Gewinn bringen würde. Ihre Gedanken waren ganz anders, sie spielten sich in Form von Worten und Sätzen im Kopf ab, aber vor allem als verwirrende Gefühle im Herzen und in der Magengegend. Es war, als stiegen von dort Glücksblasen auf, die im Kopf alle Buchstaben durcheinanderwirbelten.

Sie atmete tief durch, um sich zur Ruhe und zu klaren Gedanken zu zwingen. Es würde nicht leicht sein, ihn zufällig irgendwo zu treffen, auf dem Sonnendeck oder abends im Theater. Er war ja kein Passagier, der auf möglichst komfortable Weise die Welt sehen wollte, der Zeit totschlagen musste, der sich vergnügen wollte oder vier Monate Auszeit genommen hatte, um darüber nachzudenken, wie er seinem Leben eine neue Richtung geben konnte. Oder was es sonst noch für Gründe gab, eine Weltreise zu unternehmen. Nein, er musste arbeiten, er würde ständig zu tun und keine Zeit für einen Flirt haben. Möglich, dass der Kapitän, wenn er sein Onkel war, von ihm nicht so viel erwartete wie von anderen Crewmitgliedern, aber das konnte man nicht wissen. Emily rechnete damit, dass es schwierig werden würde. Nur gut, dass sie nichts anderes zu tun hatte, als diese Angelegenheit in Angriff zu nehmen. Sie würde sich am besten hinter seine Mutter klemmen. So was musste man generalstabsmäßig angehen. Sie hatte den Eindruck gehabt, dass zwischen der Bordshopleiterin und ihrem Sohn ein gutes Einvernehmen bestand. Das war wichtig. Andernfalls konnte der Schuss nach hinten losgehen. So aber hatte sie durchaus die Hoffnung, dass der Weg in Jonas' Herz über den Bordshop und seine Leiterin ging. Emily hatte ja bereits an seinem Herzen angeklopft und es war ihr aufgetan worden. Sie war guten Mutes, dass sie schon bald zum Eintritt aufgefordert werden würde. Sie musste es nur fertigbringen, ihm möglichst oft unter die Augen zu treten, damit er nicht vergaß, was er wollte oder wollen sollte: Emily Krug erobern.

Sie verließ das Deck durch dieselbe Tür, die Jonas und auch Nathalie genommen hatte, um in die Bibliothek zu gehen. Ihr Ausflug startete erst gegen Mittag, sie konnte sich auf ihren Balkon setzen, in den Anblick des Zuckerhuts vertiefen oder den Cristo anstarren, bis dessen Gesicht die Züge von Jonas Liebermann annahm. Aber vorher würde sie sich ein neues Buch besorgen, das sie auf ihren Nachttisch legen wollte, um vor dem Einschlafen etwas zu lesen zu haben. Zu ihrem Erstaunen war die Auswahl in der Schiffsbibliothek recht ansehnlich. Nur noch schnell in die Kabine und das Buch holen, das sie gleich am ersten Tag ausgeliehen hatte, damit sie es gegen ein anderes eintauschen konnte.

Mit »Der Gesang der Flusskrebse« kam sie aus der Kabine zurück, einem Buch, das ihr sehr gut gefallen hatte. Das würde sie jetzt zurückstellen und sich stattdessen »Die unendliche Geschichte« holen, die sie vor Jahren gelesen und unbedingt noch einmal genießen wollte. Danach würde es Zeit sein, sich auf die Besichtigungstour vorzubereiten, Sonnenbrille, Käppi, Wasserflasche einpacken. Ihr Bus gehörte zu denen, die erst spät starteten. Die anderen, die ins Hinterland von Rio fuhren, würden zuerst losfahren.

Die Bibliothek lag hinter der Symphonie-Bar. Dass sie, während sie am Tresen vorbeiging, auf Jonas aufmerksam wurde, lag an der jungen Frau, die ihr ins Auge fiel, eher als Jonas. Nathalie Teichler! Schon wieder! Diesmal verhielt sie sich merkwürdig. Offenbar wollte sie nicht gesehen werden. Nur damit war zu erklären, dass sie sich hinter einen dicken Mann duckte, der mit einem großen Glas Bier in der Hand an einem der Tischchen saß, sodass Emily sie beinahe nicht entdeckt hätte.

Warum versteckte sie sich? Emily stockte und wurde auf eine weiße Uniform aufmerksam, die einem Schiffsoffizier gehörte. Wollte Nathalie von ihm nicht gesehen werden? Oder belauschte sie gar dessen Gespräch? Er stand mit einem anderen Mann, der keine Uniform trug, nahe zusammen, als gäbe es etwas zu besprechen, das niemand mitanhören sollte. Er hielt sich so dicht vor ihm, dass er zunächst nicht zu erkennen war. Emily wäre unter anderen Umständen vermutlich an den beiden Männern vorbeigelaufen, verlangsamte nun aber ihren Schritt und blieb dann sogar stehen. Was war hier los? Sie machte einen weiteren Schritt und erkannte ihn dann. Jonas! Er redete lebhaft mit dem Offizier, die beiden lachten, steckten dann die Köpfe zusammen, als hätten sie ein Geheimnis. Sie waren vollkommen auf ihr Gespräch konzentriert, Jonas nahm weder Emily noch Nathalie wahr. Und der Schiffsoffizier blickte auch nicht um sich. Emily zog sich unauffällig zurück, lehnte sich auf die Theke der Bar, tat so, als wollte sie etwas bestellen. Ihre Augen wanderten zwischen Nathalie und den beiden Männern hin und her. Wen beobachtete sie? Jonas oder den anderen?

Diese Frage blieb unbeantwortet. Jonas schien es plötzlich eilig zu haben, der Schiffsoffizier hatte offenbar Verständnis dafür und schlug ihm leicht auf die Schulter. Emily hörte Abschiedsworte, dann machten sich beide davon. Der Offizier wandte sich an einen der Barkeeper, um etwas mit ihm zu besprechen, Jonas dagegen durchquerte die Bar und ging zum Ausgang. Nathalie ließ sich nun blicken und folgte ihm. Wie merkwürdig sich diese beiden Freundinnen doch verhielten! Alexandra benahm sich skandalös und Nathalie rätselhaft. Emilys spontane Reaktion war, dass sie mit beiden nichts zu tun haben wollte, ihre Neugier jedoch wollte herausfinden, was es mit ihnen auf sich hatte …

Maria

Auf der Fähre Kiel/Oslo gab es keine Wellnessabteilung. Natürlich nicht. Eigentlich habe ich mit Wellness auch gar nichts am Hut, mich macht bereits der Gedanke nervös, mich irgendwelchen pflegenden Händen hinzugeben und währenddessen nichts tun zu dürfen.

»Entspannen!« Schon diese Aufforderung sorgt bei mir für Unruhe. Völlig unmöglich, auf Zuruf die Glieder schwer werden zu lassen, die Augen zu schließen, nicht mit den Lidern zu zucken und den Fingern das Trommeln zu verbieten. Gehören Sie etwa zu denen, die dann bereitwillig alle viere von sich strecken und genussvoll die Augen schließen? Herzlichen Glückwunsch! Ich kann das nicht. Aber Barbara hat mir geraten, es zu versuchen. Angeblich fühlt man sich nach einer ausgedehnten Wellnessbehandlung wie neugeboren, mit ungeahnter Energie aufgeladen und total gelassen. So was kann auf keinen Fall schaden, und vielleicht tut es mir sogar gut. Obwohl ich durchaus daran zweifelte, als ich für mich einen Termin auf Deck 12 machte. Während das Schiff im Hafen liegt, ist in der Wellnessabteilung ja nicht viel los, ich bekam nicht nur einen Mitarbeiterrabatt, sondern einen zusätzlichen Nachlass, weil die Kosmetikerin nichts zu tun hatte und geradezu froh war, dass jemand eine Behandlung wünschte. Im zweiten Monat der Weltreise, so erzählte sie, würde sie dann Schwierigkeiten haben, alle Terminwünsche zu erfüllen. Angeblich lässt die Begeisterung an Besichtigungstouren dann nach. Irgendwann scheint es den Leuten zu genügen, den Ort, in dessen Hafen das Schiff angelegt hat, vom oberen Deck aus zu betrachten. Manchmal reicht es eben, zu sagen, dass man da gewesen ist, in Rio, Montevideo oder Kapstadt. Einige der Orte, von denen bekannt ist, dass ihr Besuch nicht ungefährlich war. Bei mir ist das anders. Ich würde gerne möglichst viele schöne Städte und Landschaften während der Weltreise kennenlernen, aber ich bin eben nicht privat, sondern als Leiterin des Bordshops unterwegs. Wenn der Shop geschlossen ist, habe ich trotzdem nicht automatisch frei. Das dachten Sie vielleicht, aber da haben Sie sich getäuscht.

In Rio allerdings kann ich mir ein paar ruhige Stunden an Bord genehmigen. Ich habe frei, kenne die Stadt, habe sogar mal eine Weile dort gelebt. Das war, nachdem die Liebe zu dem jungen Studienrat zerbrochen war, die mich meine Schulkarriere gekostet hat. Ihn allerdings auch. Als sich herausstellte, dass er mit einer Schülerin ein Verhältnis angefangen hatte, musste er gehen, ich habe nie herausbekommen, wohin. Und ich flog gleich hinterher von der Schule. Das waren noch andere Zeiten damals.

Nachdem ich der Schule verwiesen worden war, wollte mein Vater nur eins: die Sache vertuschen. Ich sollte deswegen in eine große Stadt gehen, mit dem Ziel, meine Bildung zu vervollständigen. Das jedenfalls wurde der Verwandtschaft, den Freunden und Nachbarn weisgemacht. Aber ich wollte weder in Paris noch in London meine Sprachkenntnisse vertiefen, mir fiel damals ausgerechnet Rio ein. Ich wusste doch, dass mein Vater mal ein Verhältnis mit einer Brasilianerin gehabt hatte. Er war damals noch verheiratet gewesen und ich die Einzige, die es zufällig herausbekommen hatte. Ohne es zu wollen! Ich brauchte Papa also gar nicht unter Druck zu setzen, er verstand sofort, wie er auf meinen Wunsch zu reagieren hatte. Ich bekam die Erlaubnis, ein Jahr in Rio zu leben. Die Sprachschule, in der ich angemeldet wurde, habe ich nicht oft von innen gesehen. Wohl aber das winzige Apartment eines gewissen Cesar. An den Dreckskerl will ich aber nicht erinnert werden.

Bei meinem Pech läuft mir der glatt in einer Millionenstadt über den Weg. Nein, dann lieber Wellness. Und vielleicht hat Barbara ja recht. Am Ende einer Wellnessbehandlung ist man nicht nur entspannter als vorher, sondern angeblich sogar schöner und von stärkerer Strahlkraft. Versuchen kann man es ja. Barbara hat wirklich oft recht …

In diesem Fall jedoch eindeutig nicht! Was hatte ich da gewählt? »Lotus-Wellness«! Für mich hatte sich das gut angehört. Lotusblüten sind wunderschön, da konnte eine Kosmetikanwendung, die so heißt, nicht schlecht sein. Aber eigentlich hatte ich damit gerechnet, von Düften umgeben zu sein, mit der Kosmetikerin während ihrer Arbeit ein bisschen plaudern zu können und mich ansonsten einfach nur wohlzufühlen. Weit gefehlt! Wellness ist Arbeit und Selbstüberwindung, das wusste ich bisher nicht. An Kommunikation war gar nicht zu denken. Erstens empfing mich nicht die Kosmetikerin, bei der ich den Termin ausgemacht hatte, sondern Jimin, die Koreanerin war und ein entsetzliches Deutsch sprach, sodass die Verständigung schwierig war. Zweitens war die Behandlung sowieso nicht auf Verständigung ausgelegt. Ich wurde auf den Bauch gedreht, mein Gesicht in ein Loch der Massageliege gedrückt und aufgefordert, mich zu entspannen. Wie soll man sich in einer solchen Lage entspannen? Meine Brüste wurden gequetscht, die Wangen so verzerrt, dass ich mir nicht vorstellen konnte, wie die anschließende Gesichtsmassage sie wieder entzerren sollte. Wenn ich die Augen öffnete, was mir eigentlich verboten war, sah ich die Fußspitzen von Jimin, die meinen Nacken bearbeitete, als wäre sie eine Waschfrau aus dem vorigen Jahrhundert, die die Wäsche ihrer Herrschaft über das Waschbrett walkte. Die in regelmäßigen Abständen ausgestoßene Aufforderung, mich gefälligst zu entspannen, wurde zu einem Befehl, der mich echt unter Druck setzte. Aber mein Vertrauen in Jimin war nicht so tief, wie sie das wohl voraussetzte. Offenbar war sie daran gewöhnt, dass die Menschen sich ihr klaglos hingaben, jedenfalls musste ich das so verstehen.

Ich versuchte es mit allen möglichen Tricks, dachte an die schönsten erotischen Momente meines Lebens, in denen ich mich bereitwillig hingegeben hatte, was mich aber letztlich mehr aufregte als entspannte, weil mir verdammt wenige einfielen. Dann versuchte ich, mich weit weg zu denken, in meine Kindheit, meine Ehe, meine ersten Tage mit Jonas und dann sogar die Zeit, in der ich in Moskau in einer Massagehölle arbeitete, wo es meine Aufgabe gewesen war, die Saunakunden mit Reisigruten zu peitschen und sie anschließend mit eiskaltem Wasser zu übergießen. Ja, ja, Sie haben richtig gehört. In Moskau ist vieles anders, auch die Wellness.

Nichts half. Meine Lider zuckten, meine Finger trommelten, meine Augen öffneten sich, ich war unfähig, Jimin einfach machen zu lassen, was sie für richtig hielt. Als sie behauptete, zu der Behandlung, die ich gewählt hatte, gehöre nun, dass ich mit einer Masse eingerieben und in Plastikfolie eingewickelt würde, versuchte ich es mit den Gedanken an meine Familie, also an die, die ich gern auf der *Soleil* treffen würde. Lukas, Barbara, die erst später dazukommen würde, Jonas, der zum Glück schon da war, Lisa, die ich noch nicht ganz abgeschrieben hatte …

Als ich bereits völlig wehrlos dalag, bestrich Jimin meine Gesichtshaut mit einer öligen Substanz, wie ich es früher bei meiner Mutter gesehen hatte, wenn sie die Weihnachtsgans bepinselte, damit sie schön knusprig wurde, dann verließ sie den Raum und teilte mir vorher mit, wenn ich sie richtig verstanden hatte, dass ich eine halbe Stunde zu verbringen hätte wie ein Rollbraten im Backofen.

»Entspannen!«

Völlig unmöglich! Das wurde mir schon nach wenigen Minuten klar. Im Gegenteil! Panik ergriff mich! Ich konnte mich nicht bewegen. Ich sollte mich auch nicht bewegen. Ich sollte mich ja entspannen! Ich wollte mich aber nicht entspannen. Ich wurde verrückt, wenn ich, in Folie eingewickelt, dem Ende der von Jimin bestimmten Zeitspanne entgegensehen sollte wie ein Folteropfer dem Ende seiner Qualen. Und dass mir feine Ölspuren in die Augenwinkel sickerten, trug auch nicht zu meinem Wohlbefinden bei. Obwohl genau das beabsichtigt und sogar versprochen worden war. Wohlbefinden!

Sonst habe ich ja immer ein probates Mittel, wenn ich auf etwas warten muss. Warten heißt ja bekanntlich, nichts tun, sich langweilen, Zeit totschlagen. Schrecklich! Um dem Warten einen Sinn zu geben, vertreibe ich mir die Zeit mit Beckenbodentraining. Sie wissen, was ich meine? Ich muss Ihnen das jetzt nicht erklären, oder? Ich kann Ihnen das empfehlen, Sie werden sich am Ende viel besser fühlen und sich nicht mehr so sehr über die verschwendete Zeit ärgern. Jonas hat mich auf die Idee gebracht, er füllt die Zeit des Wartens gern mit Muskeltraining aus. Anspannen, entspannen ... mit so einem Training kann man locker eine Viertelstunde überbrücken. Und das Beste: Niemand merkt es. Obwohl das in diesem Fall kein schlagendes Argument war, da ich ja allein dort lag. Sogar mutterseelenallein ... Trotzdem hatte ich nicht die Nerven für das Beckenbodentraining, ich war einfach zu unruhig.

Der Ärger über die Geldverschwendung machte mich nicht gerade konzilianter. Ich wickelte mich mit viel Mühe aus der Wurstpelle, in die Jimin mich gezwängt hatte, griff nach einem Papiertuch, um mir das Öl vom Gesicht zu wischen, schnäuzte trompetenstoßartig hinein, stöhnte deutlich hörbar und ein weiteres Mal noch lauter, sodass Jimin mich eigentlich bis zur Rezeption, wo die Wellnessuhr tickte, hören können musste. Aber nichts geschah. Ich war abgeschoben worden, vergessen im Tal der Verschönerung, ausgesetzt auf dem Gipfel der Entspannung, in der Kluft der Hautglättung verloren gegangen. Und ich hatte es verdient, das wurde mir schlagartig klar. Ich hatte versagt. Mal wieder würde mein Vater sich bestätigt sehen, wenn er jetzt in meiner

Nähe wäre. Wie oft hatte ich ihn seufzen hören: »Manchmal denke ich, du bist gar keine richtige Frau, Maria.«

Schuldbewusst ließ ich mich auf einem Hocker nieder und wartete darauf, dass Jimin erscheinen und mir verzeihen würde, weil ich die halbe Stunde als Rollbraten nicht durchgehalten hatte.

Sie verzieh mir nicht. Meine Entschuldigungen hörte sie sich nicht einmal an, sie strafte mich mit Verachtung. Was ich auch sagte, es rauschte unbeantwortet vorbei. Bis zum Ende der Weltreise würde ich kein weiteres Mal versuchen, unter ihren Händen Entspannung zu finden. Vielleicht schaffte Barbara es, für mich ein gutes Wort einzulegen, wenn sie an Bord gekommen war und mir vormachte, wie das mit dem Entspanntsein und dem Verschönerungsprozess funktionierte.

Ich war heilfroh, als ich die Wellnessabteilung verlassen durfte, und tat mein Bestes, um nicht darüber nachzudenken, dass ich viel Geld zum Fenster rausgeworfen hatte, trotz Mitarbeiter- und Sonderrabatt. Der Blick in den nächsten Spiegel, der sich mir bot, bewies mir, dass ich keineswegs schöner geworden war, dass ich auch nicht mehr Ruhe ausstrahlte als vorher und keineswegs so wirkte, als könnte mir das Leben nichts mehr anhaben. All das war mir verheißen worden, wenn ich mich der Behandlung namens »Lotus-Wellness« unterzog. Und ich konnte mich nicht mal beschweren, denn Jimin würde mir natürlich unter die Nase reiben, dass die Versprechungen nur deshalb nicht hatten gehalten werden können, weil ich ihre Anweisungen missachtet hatte.

Auf dem Schiff war es ruhig, sogar das Sonnendeck war beinahe leer. Nur wenige Passagiere lagen dort im Schatten, einige Kinder, die von ihren Eltern nicht auf die Ausflüge mitgenommen worden waren, kreischten im Whirlpool, neben dem ein Mitglied der Kinderbetreuung saß und aufpasste, dass nichts passierte. Wo mochte Jonas sein? Während der schrecklichen Kosmetikbehandlung hatte ich versucht, nicht an den Beruf meines Sohnes zu denken, das hätte meine Unruhe nur noch verstärkt. Ich machte mir Sorgen um Jonas, das musste ich nun zugeben. Das war auch der Grund für diese Wellnessbehandlung gewesen, ich begriff es erst jetzt. Die Körperpackung hatte mich von den Sorgen um Jonas befreien und mich auf andere Gedanken bringen sollen. Jetzt kam mir das völlig unlogisch vor. Warum sollte mich eine Packung aus Ziegenbutter, Pflanzenölen, Lehm, Heu, Heilkreide und Traubentrester Jonas' gefährlichen Beruf vergessen lassen? Ich würde mich mächtig zusammenreißen müssen, um Jonas' Erwartungen zu erfüllen. Nicht darüber reden, nicht nachfragen, mich um nichts kümmern! Nur darüber freuen, dass er an Bord ist!

Die ersten Passagiere kehrten zurück. Mit Einkaufstüten beladen, fußlahm und shopping- oder besichtigungserschöpft. Die Busse mit denen, die viel über Rio und seine Umgebung hatten erfahren wollen, würden erst später kommen. Es gab ja so viele Angebote. Mit der Zahnradbahn hoch zur Christusstatue, mit der Seilbahn auf den Zuckerhut, mit dem Helikopter über die Stadt, ein Blick hinter die Kulissen des Karnevals, ein Besuch der Copacabana, ein Spaziergang zum Museum der Zukunft … Rio de Janeiro steckte voller Sehenswürdigkeiten, und alle Passagiere waren verrückt darauf, so viel wie möglich von dieser berauschenden Stadt zu erfahren.

Jonas hatte mir zu verstehen gegeben, dass ich nicht nach ihm Ausschau halten sollte. Niemals! Angeblich gelang es mir ja nie, mein Mienenspiel im Zaum zu halten, sodass sein Beschattungsopfer mir nur ins Gesicht zu sehen brauchte, um zu wissen, wie der Hase lief. Und meine Einmischungen führten selten zu einem guten Ende, meinte er. Ich solle mich nur daran erinnern, was geschah, als ich versuchte, meinen Sohn zum Glück in seiner allerersten Liebe zu verhelfen … Du lieber Himmel! Hätte er nicht zugegeben, dass der gefälschte Liebesbrief von seiner Mutter geschrieben worden war, hätte das Mädchen vermutlich angebissen.

Natürlich stellte ich mich trotzdem an die Reling, um zu sehen, ob er von Bord gegangen war und nun zurückkehrte. Doch ich sah ihn nicht. Ihn auf dem Handy anzurufen, wagte ich nicht. Er würde mich sofort durchschauen, vermutlich würde er nicht einmal abnehmen, wenn er erkannte, dass seine Mutter seine Nummer gewählt hatte.

Ich soll nicht so neugierig sein? Ist das Ihr Ernst? Sie fallen mir in den Rücken? So was ist doch keine Neugier! Ich will nur darauf achten, dass meinem Jungen nichts zustößt. Sie wissen doch, Mutter bleibt man ein Leben lang, auch noch, wenn das Kind erwachsen ist. Geht Ihnen das nicht auch so? Ich mache mir Sorgen um Jonas, solange er seinen Auftrag noch nicht gelöst hat. Das müssen Sie doch verstehen.

Ich war eine Weile abgelenkt von der Street Art, die die Wände der Lagerhallen bedeckte, die sich hinter den Abfertigungshallen anschlossen. *Etnias*, das größte Graffito der Welt! Als ich in Rio lebte, gab es das noch nicht, es wurde erst 2016 anlässlich der Olympischen Spiele gemalt. Und innerhalb von drei Monaten, das muss man sich mal vorstellen. Eduardo Kobra und sein Team verewigten die Gesichter von Ureinwohnern der fünf Kontinente, die sich in den fünf olympischen Ringen vereinen sollen. *Etnias* soll für Frieden und Einheit unter den Menschen stehen. Und ich muss sagen ... je länger ich dieses riesige Wandgemälde betrachte, desto mehr geht diese Botschaft auf mich über. Ich sehe und bewundere sie nicht nur, ich spüre sie. Sollten Sie jemals nach Rio kommen, müssen Sie sich *Etnias* ansehen. Wenn Sie mit dem Schiff reisen, werden Sie zwangsläufig damit konfrontiert. Aber es kann ja auch sein, dass Sie mit dem Flugzeug oder dem Zug unterwegs sind. Dann lohnt es sich, dem Hafen von Rio einen Besuch abzustatten, dem in den letzten Jahren viel von der Hässlichkeit, die allen Häfen zu eigen ist, genommen wurde.

Das Warten fiel mir so schwer, dass ich beschloss, ein Telefonat zu führen, obwohl ich mir vorgenommen hatte, diese Nummer, die ich nun aus dem Speicher holte, nur sehr, sehr selten zu wählen. Wenn abgenommen wird, höre ich immer nur das Rauschen des Windes in der Leitung, vielleicht ein Räuspern oder ein fragendes Summen. Dann weiß ich, dass ich richtig verbunden bin.

»Bist du auf alles vorbereitet?«

Wieder dieses Summen, diesmal bestätigend.

»Du darfst keinen Fehler machen. Lisa würde ihn dir nicht verzeihen …«

Emily

Alexandra und Nathalie begrüßten sie wie alte Freundinnen. Das war Emily nicht recht, aber sie sah keine Möglichkeit, sich den beiden zu entziehen. Wie hätte sie das erklären sollen? Es gab nur die Chance, sich während der Besichtigungen von ihnen zu entfernen. Im Bus saßen sie jedoch erneut nah beieinander, diesmal hatten sich die beiden hinter ihr niedergelassen.

»Ich hätte auf dem Schiff bleiben sollen«, hörte sie. »Mir ist gar nicht gut.«

»Du hast zu viel getrunken.«

»Wo du recht hast, hast du recht.« Ein leises Kichern folgte diesem Satz. »Aber was soll ich machen ...«

Nun verdoppelte sich das Kichern, wurde zu einem ausgelassenen Gelächter.

Obwohl sie es eigentlich nicht wollte, lauschte sie auf das Gespräch der beiden. Während des Ausflugs auf Gran Canaria war sie unfreiwillig Zeugin geworden, jetzt wollte sie wissen, was die beiden zu bereden hatten. Alexandra war ihr suspekt wegen ihres schlechten Benehmens, Nathalie erst recht, weil sie offenbar etwas zu verbergen hatte. Sie mochte beide nicht, war aber andererseits auch fasziniert von der Beziehung der beiden zueinander. Je öfter sie Gesprächsfetzen mitbekam, desto deutlicher wurde es, dass ihre Freundschaft außergewöhnlich war. Eine Freundschaft, von der der Besitzer der BEE-Lädchen nichts wissen durfte, das wurde Emily langsam klar. Alexandra war die Tochter des Chefs, die das Geschäft von der Pike auf lernen sollte, Nathalie eine von unzähligen Angestellten, noch dazu auf der unteren Ebene, sie hatte keine leitende Stellung. Der alte Helbing, Alexandras Vater, schien solche Freundschaften nicht zu billigen, deswegen kannte er Nathalie nicht.

»Wann wirst du die Arbeit an den Nagel hängen?«, hörte sie Alexandra hinter sich fragen. Oder war das Nathalie? Ja, das konnte nur Nathalie sein. »Wenn die Verlobung bekannt wird?«

»Klar.«

Emily war verwirrt. Wer war nun eigentlich verlobt? Nathalie oder Alexandra? Die beiden waren in vielen Dingen sehr verschieden, sich äußerlich aber ziemlich ähnlich. Emily hatte manchmal Probleme, sie auseinanderzuhalten.

»Eine Lady Chiswick hat andere Verpflichtungen. Da ist eine Berufstätigkeit undenkbar.«

»Auch etwas, was dir Probleme macht?«

»Natürlich.«

Emily hörte nicht auf die Worte der Reiseleiterin, die, während der Bus an der Copacabana entlangfuhr, Erklärungen zum berühmtesten Strand der Welt gab und vor den vielen fliegenden Händlern warnte, die unterschiedlichste Waren feilboten, durchweg übertreuert. Sie ließ die Erläuterungen an sich vorüberziehen und versuchte, etwas von dem Getuschel in ihrem Rücken mitzubekommen. Alexandras Verlobter war also der Earl of Chiswick? Emily kannte den Namen aus der Regenbogenpresse. Ein gut aussehender Mann, der von sich reden gemacht hatte, als er eine Liebelei mit einem Musical-Star begann, einer Sängerin, die gerade mit ihrem neuen Stück Furore machte. Der Earl hatte ständig im Publikum gesessen, sich später aber, als er von der Presse immer wieder nach Heiratsplänen gefragt worden war, diskret zurückgezogen. Angeblich hatte er irgendwann sogar gesagt, eine Lady Chiswick könne nicht Abend für Abend auf der Bühne stehen und mit ihren körperlichen Reizen prahlen. Dieser Satz war dem Musical-Star wohl zu Ohren gekommen, jedenfalls hatte die Liaison daraufhin bald ihr Ende gefunden. Von der Sängerin war mittlerweile nicht mehr viel zu hören, der Earl jedoch war der Yellow Press seitdem immer mal wieder eine Meldung wert.

»Dabei wollte Papa aus mir immer seine Nachfolgerin machen. Aber jetzt verzichtet er gerne darauf.«

»Klar. Eine englische Lady macht sich noch besser.«

Emily konnte es nicht glauben. Der Earl hatte eine Frau zurückgewiesen, die einem Beruf nachging, der im englischen Königshaus als unseriös galt? Aber er akzeptierte eine Verlobte, die einem Mann in aller Öffentlichkeit an den Hosenschlitz griff und zweideutige Witze erzählte? Oder war es diesem englischen Adeligen nur ums Geld zu tun? Ging ihm das Vermögen aus? Brauchte er eine Finanzspritze von einem reichen Schwiegervater?

Sie waren am Fuß des Zuckerhuts angekommen, der Bus fuhr an den Straßenrand. Während die Reiseleiterin noch Informationen gab, standen die meisten bereits auf. Auch Emily erhob sich, warf einen Blick zurück und ließ sich wieder auf den Sitz fallen. Sie war völlig konfus. Das Gespräch der beiden hinter ihr hatte sie dermaßen verwirrt, dass sie das Gefühl hatte, ihre Gedanken erst mal ordnen zu müssen. Was sie mitbekommen hatte, passte nicht zu den Personen, die sie bisher kennengelernt hatte. Nathalie, die Ruhige, Besonnene, Tolerante, kleine Angestellte auf der untersten Stufe der Hierarchie, Alexandra, schnodderig, schamlos, rüpelhaft, Tochter des Chefs, Erbin der BEE-Werke, Verlobte eines englischen Grafen. Hatte sie beim Kennenlernen etwas falsch verstanden? Oder einfach die Stimmen falsch zugeordnet?

Sie erhob sich erst wieder, als die beiden Frauen schon im Gang standen. Während sie ihnen folgte, war sie mehr denn je entschlossen, sich nicht mehr mit den beiden abzugeben.

Aber sie entkam ihnen nicht. Während sie über die Straße gingen, um sich vor der Talstation der Seilbahn anzustellen, die zum

Zuckerhut hinaufführte, drängte sich Nathalie an ihre Seite. Oder war es Alexandra? Nein, als sie zu sprechen begann, wusste Emily wieder, wen sie neben sich hatte. Nathalie! Sie sah sich vorsichtig um. Alexandra war zurückgefallen, sie schien mit ihrem Kater zu kämpfen, der sie jetzt, während sie in der prallen Sonne standen, vermutlich besonders quälte.

Nathalie suchte das Gespräch mit Emily, das war deutlich. Warum? War es wirklich nur der Wunsch nach der Vertrautheit mit einer Gleichaltrigen? Die Suche nach einer netten Reisebekanntschaft? Oder war es etwas anderes? Etwas, das mit Jonas zu tun hatte? Das Bild Nathalies, die sich versteckt hatte, um Jonas und seinen Kollegen zu beobachten, ging Emily nicht aus dem Kopf.

Die Reiseleiterin verteilte die Tickets, sie hatte dafür gesorgt, dass ihre Gruppe an der langen Schlange der Wartenden vorbeigehen und die nächste Gondel besteigen durfte. Sie war groß, fasste etwa sechzig Leute, schlagartig wurde es heiß und schwül.

Emily hörte Alexandra hinter sich stöhnen, Nathalie verdrehte die Augen. »Hoffentlich wird ihr nicht schlecht.«

»Hat sie gestern zu viel getrunken?«

»Gestern? Sie trinkt immer zu viel.«

Wieder wunderte sich Emily über Nathalies Duldsamkeit. Die Freundschaft der beiden wurde ihr umso unverständlicher, als Nathalie jetzt so eindeutig den Kontakt zu ihr, Emily, suchte.

Die Fahrt auf den Zuckerhut bestand aus zwei Teilen. Den ersten Stopp gab es auf dem Gipfel des Morro da Urca. Nathalie hatte sich augenscheinlich nicht auf diese Besichtigung vorbereitet. Sie war der Meinung, bereits auf dem Gipfel des Zuckerhutes angekommen zu sein, bestaunte voller Begeisterung die Guanabara-Bucht und den herrlichen Sandstrand Praia Vermelha. Sie war verblüfft, als sie zur zweiten Station hinauffuhren, während Alexandra einfach hinter ihnen herstolperte, ohne sich dafür zu interessieren, was sie zu sehen bekamen.

»Jetzt erst geht es auf den Zuckerhut«, sagte Emily und schüttelte über Nathalies Erstaunen den Kopf.

Sie mussten die gleiche Prozedur noch einmal über sich ergehen lassen, diesmal dauerte es länger, bis sie endlich ihre Gondel besteigen konnten. Nass geschwitzt waren sie, als sie endlich der schwülwarmen Luft entkamen, die sich in der Gondel noch einmal verstärkt hatte. Aber dann wurden sie in eine wolkenlose Klarheit entlassen, von einem stürmischen Wind empfangen und konnten durchatmen. Emily blieb auf dem Rondell stehen, auf dem sie gelandet waren, schloss für ein paar Sekunden ihre Augen und gab sich dem Firmament, dem Luftkreis, der Verdichtung von Dunst und Sonne hin. Und dann dem Blick, der sich ihr bot. Ein gewaltiges Panorama! Auf idyllische Buchten, bewaldete Hügel, tiefblaues Meer, schneeweiße Strände, auf offenbar unbewohnte Inseln und auf die riesige Stadt Rio de Janeiro, die sich ihnen darbot wie frisch gewaschen, von der Sonne poliert, und auf die Pferderennbahn, die sich wie ein großes Geheimzeichen darstellte. Und dann der Blick auf den Cristo auf dem nächsten Berg, ein ganzes Stück höher als der Zuckerhut. Aber er schien auf gleicher Höhe zu ihnen herüberzublicken, nicht auf sie herab, ihnen zugewandt. Dieses Wahrzeichen war wohl wirklich ein Symbol der Wahrheit, ein Bildnis für alles, was Bestand haben wird, eine Metapher für jede Unwiderlegbarkeit, ein Vorbild, wenn auch eine Illusion trotz seiner greifbaren Realität.

Emily sah sich nicht nach Alexandra und Nathalie um, sie ging einfach weiter auf einen Aussichtspunkt zu, an dem sich bereits viele versammelt hatten, und versuchte, einen Platz am Geländer zu bekommen, um sich in den Ausblick vertiefen zu können. Sie merkte, dass Nathalie ihr gefolgt war, sie sah es nicht, aber sie spürte es. Und irgendwann wurde der Platz rechts neben ihr frei, Nathalie drängte sich an ihre Seite.

»Alex will im Schatten sitzen und auf uns warten«, sagte sie.

Emily antwortete nicht. Was ging sie Alexandra Helbing an, die ihre Weltreise anscheinend volltrunken zurücklegen wollte? Wenn sie wartete, dann auf ihre Freundin Nathalie, nicht auf Emily.

Sie wandte sich brüsk ab, hin zu einer Schräge, die in einem Bogen das Rondell erweiterte und dann wieder darauf zurückführte. In diesem Bogen wollten sich alle fotografieren lassen, hoch über Rio, scheinbar schwerelos, Teil einer Freiheit, die es nicht gab.

Nathalie folgte Emily. »Stell dich dorthin, ich fotografiere dich.« Sie streckte die Hand aus und ließ sich Emilys Handy geben.

Emily hätte gerne abgelehnt, wollte aber andererseits gerne dieses Foto haben. Der Gedanke, dass sie es Jonas zeigen würde, kam ihr gerade ungelegen. Trotzdem ließ sie sich darauf ein, lachte, als Nathalie sie aufforderte, und streckte die Arme aus, als wollte sie den Cristo kopieren. Dann fühlte sie sich verpflichtet, Nathalie das gleiche Angebot zu machen, tauschte mit ihr das Handy, fotografierte sie ihrerseits. Als sie den Steg zurückgingen, war leider, ohne dass sie es gewollt hatte, eine kleine Gemeinsamkeit zwischen ihnen entstanden.

Nathalie schien dasselbe zu spüren wie Emily, im Gegensatz zu ihr war sie aber darauf aus, diese oberflächliche Verbundenheit zu vertiefen. »Ich hole uns einen Kaffee«, sagte sie und zeigte zu einer der Holzbänke, die für Besucher aufgestellt worden waren, die Ruhe zum Betrachten wollten. Alexandra, die hier gesessen hatte, war nicht mehr zu sehen.

»Die ist auf dem Klo«, vermutete Nathalie.

Sie war schnell mit dem Kaffee zurück, drückte Emily einen Becher in die Hand und ließ sich neben ihr nieder. Eine Weile schwiegen sie, ließen den Wind gewähren, der sich in ihren Haaren austobte, beobachteten die Besucher, die ihre Handys hochhielten, um kein Motiv zu verpassen, und die Reiseleiter, die ihre Schilder präsentierten, um ihre Schäfchen zusammenzuhalten.

Dann sagte Nathalie: »Du hast jetzt doch einen Freund, stimmt's?«

Aha, daher wehte also der Wind! Emily gab sich ahnungslos. »Was meinst du?«

»Ich habe gesehen, wie du mit diesem … wie heißt er eigentlich?« Sie wartete eine Antwort nicht ab, die zu geben Emily auch nicht bereit war. »… mit diesem Typen geflirtet hast. Und er mit dir! Läuft da was zwischen euch?«

Emily reichte es nun. »Nur weil du mir einen Kaffee ausgegeben hast, muss ich dir nicht Rede und Antwort stehen!«

Nathalie sah nun erschrocken aus. »Sorry, so war das nicht gemeint.«

»Wie denn dann? Was willst du von ihm?«

»Gar nichts.«

»Dann hör auf, mich auszufragen. Ich kenne ihn auch nicht.«

»Du weißt nicht einmal, wie er heißt?«

»Nein«, log Emily.

»Und was er an Bord macht?«

»Nein!« Emily trank ihren Becher leer, stand auf und warf ihn in eine Abfalltonne. Dann stieg sie eine Treppe hinab, die zu den Toiletten führte. Dort stieß sie die Luft aus, als hätte sich etwas in ihr aufgestaut, das sie loswerden musste. Diese Nathalie konnte sie mal! Kreuzweise! Was bildete die sich ein? Wenn sie an Jonas interessiert war, dann würde Emily ihr ganz sicherlich nicht dabei helfen, sich ihn zu schnappen. Und was für eine Unverschämtheit überhaupt! Einerseits stellte sie fest, dass es einen Flirt zwischen Jonas und Emily gab, und andererseits wollte sie von ihr mehr über ihn erfahren? »Echt dreist«, murmelte sie und ging in den Toilettenraum, um sich die Hände zu waschen. Sich kaltes Wasser über die Handgelenke laufen zu lassen, half immer, egal wogegen.

Den Rest des Ausflugs konnte sie nicht mehr richtig genießen. Denn sie suchte nicht nach den schönsten Ausblicken und konzentrierte sich auch nicht aufs Fotografieren, sie hatte nur das Ziel, Alexandra und Nathalie aus dem Weg zu gehen. In die Gondel, die sie ins Tal zurückbrachte, drückte sie sich als Letzte, als sie sah, dass die beiden Freundinnen zuerst einstiegen, und im Bus, auf der Rückfahrt zum Schiff, suchte sie sich einen anderen Platz. Emily hoffte, dass die beiden nun kapiert hatten, dass sie nicht an ihnen interessiert war. Sie ließ sogar die Reisegruppe in die Abfertigungshalle gehen und blieb draußen stehen, nur für den Fall, dass Nathalie und Alexandra auf sie warteten, um zusammen mit ihr an Bord zu gehen.

Und dann kam ihr die Idee, eins der Taxis zu nehmen und sich in den Stadtteil Ipanema fahren zu lassen, wo es schöne Geschäfte geben sollte. Hatte sie sich nicht vorgenommen, sich etwas Hübsches zum Anziehen zu kaufen, das sie am Abend Jonas vorführen konnte? Kurzentschlossen ging sie in die große Garage zurück, in der die Ausflugsbusse abfuhren. Dort hatte sie viele Taxis gesehen, die anscheinend von dort in die City fuhren, wenn sie gerufen wurden. Einige der Fahrer lungerten zwischen der Garage und der Abfertigungshalle herum, zeigten Schilder mit dem Bild ihres Wagens und der Telefonnummer ihres Unternehmens. Emily ging auf einen zu, machte einen Fahrpreis aus und stieg ein …

Jonas

Er war dann doch von Bord gegangen, obwohl er Emily etwas anderes gesagt hatte. Hoffentlich sah sie ihn nicht! Wenn doch, würde er sich etwas einfallen lassen müssen. Die Story von der Großzügigkeit des Kapitäns, seines Onkels, der ihm freigegeben hatte, oder von der Bitte eines Kollegen, der mit ihm den Dienstplan getauscht hatte. Vielleicht hätte er ihr doch sagen sollen, dass er ein Weltreisender war wie Emily selbst? Aber es war ihm ganz recht gewesen, dass sie ihn für ein Crewmitglied hielt. Sosehr er an einem Flirt mit ihr interessiert war, so sicher war er jedoch, dass er nicht ständig Zeit für sie haben konnte. Wie sollte er ihr erklären, dass er nach dem Anlegen voll und ganz beansprucht sein würde, dass er im Hafen keine Zeit hätte, sich an den Pool zu legen, dass er aufpassen musste, wenn neue Passagiere an Bord kamen? Er konnte froh sein, dass er dann nicht mit der Wahrheit herausrücken musste. Völlig unmöglich! Sein Auftrag war absolute Geheimsache. Andererseits war es nicht schlecht, so viel Zeit wie möglich mit Emily zu verbringen. Wenn er sich oft mit ihr auf dem Pooldeck oder abends in einer der Bars blicken ließ, würde Vico Irion nicht auf die Idee kommen, dass er von ihm beschattet wurde. Ein Alleinreisender würde viel eher Verdacht erregen.

Aber was machte er sich Gedanken? Noch war Vico Irion nicht einmal an Bord. Er hatte die Weltreise gebucht, das war Jonas von seinem Chef versichert worden, aber auf der *Soleil* aufgetaucht war er bisher nicht. Jonas hatte es natürlich längst durchgegeben, aber sein Chef hatte gemeint, es sei typisch für Irion, sich anders zu verhalten, als jeder normale Mensch erwartete. Niemand hatte damit gerechnet, dass er in Hamburg die *Soleil* bestieg wie alle anderen Weltreisenden auch.

Der Chef hatte verlangt, dass Jonas herausbekam, ob die Kabine, die Vico Irion gebucht hatte, noch frei war, ob er erst später zusteigen würde. Oder stand auf der Passagierliste gar kein Vico Irion? Dann war der Hinweis, dem Jonas auf dem Schiff nachgehen sollte, ein Täuschungsmanöver gewesen. Oder Vico Irion war unter falschem Namen zugestiegen. Jonas sollte das gefälligst herausbekommen. Das sei doch einfach für ihn, hatte der Chef gemeint, als Neffe des Kapitäns!

Was der sich einbildete! Erstens wusste sein Onkel nicht, dass Jonas beruflich an Bord war, durfte es auch nicht wissen, zweitens hätte er ihm natürlich niemals Einblick in die Passagierlisten gewährt. Nur gut, dass Leon an Bord war. Dem war es tatsächlich möglich gewesen, sich zu erkundigen. Ja, Vico Irion hatte eine Balkonkabine gebucht. Für die ganze Reise von Hamburg zurück nach Hamburg. Er hatte es also nicht für nötig gehalten, seinen Namen zu ändern. Warum auch? Wenn er damit rechnete, dass ihm ein Verfolger auf den Fersen war, dann musste er sich möglichst unauffällig benehmen. Ein falscher Name wäre von vornherein verdächtig gewesen, dann hätte Vico Irion damit rechnen müssen, dass man ihm etwas Unsauberes unterstellte, dass er nicht erkannt werden, dass er einen möglichen Beschatter in die Irre führen wollte. Wenn er als braver Bürger gesehen werden wollte, musste er unter seinem Namen reisen.

Leider hatte Leon nicht herausbekommen, in welchem Hafen Vico Irion zusteigen würde. Jonas musste also auf der Hut sein. Es war sein Ehrgeiz, Vico Irion schon zu erkennen, bevor dieser die *Soleil* betrat, das würde alles vereinfachen.

Gut, dass er sich mit den Gedanken an Emily ablenken konnte. Aber Jonas war klar, dass schwierige Zeiten auf ihn zukamen. Er würde Fingerspitzengefühl beweisen müssen. Denn so wichtig ihm die berufliche Anerkennung auch war, der Erfolg im Kampf um Emilys Gunst war ihm keineswegs gleichgültig.

Den ersten Fehler hatte er sich schon geleistet. Natürlich hätte er Emily im Auge behalten müssen. Jetzt wusste er nicht, ob sie noch an Bord war oder sich schon zu ihrem Ausflug durch Rio aufgemacht hatte. Er hatte seine Augen überall gehabt, während er denen gefolgt war, die sich auf Rio freuten, zu Unternehmungen aufbrachen, sich von den Guides zu den Bussen führen ließen. Jonas schlenderte ihnen nach, sah genauso aus wie alle anderen, trug bequeme Schuhe, als hätte er einen anstrengenden Tag vor sich, einen Rucksack auf dem Rücken, als brauchte er Wasser und Proviant, ein Handy in der Gesäßtasche seiner Jeans, als wollte er viele Fotos machen. Aber er schloss sich keiner Gruppe an. Er folgte ihnen in die riesige Abfertigungshalle, wo es viele Verkaufsstände gab, die Kleidung, Schmuck und Souvenirs feilboten. Dort drückte er sich lange herum, kaufte an einem Stand, der Drogerieartikel für Passagiere anbot, die etwas zu Hause vergessen hatten, sogar ein Aftershave, ließ aber alle, die die Halle aus der anderen Richtung betraten, nicht aus den Augen. Es waren nicht viele. Zurzeit strömten die Passagiere der *Soleil* zu den Ausflugsbussen, noch waren keine zurückgekehrt, und Neuankömmlinge gab es auch nicht.

Die Zeit schlich dahin, Jonas überlegte, ob er wieder ins Schiff zurückkehren und dort wieder auf seinen Wachposten gehen sollte. Allerdings hatte er mittlerweile das Gefühl, in der Nähe der Gangway aufzufallen. Es gab bereits einige Kontrolleure, die ihn schief ansahen und sich zu fragen schienen, was dieser Mann ständig dort zu suchen hatte, wo Passagiere ein- und ausstiegen.

Er entschloss sich, die Halle zu verlassen und auf der Straße zu warten, wo sich ein paar Händler herumdrückten, die Hoffnungen in die Kauflust der Kreuzfahrer setzten. Taxifahrer, deren Wagen in der benachbarten Garage standen, suchten nach Fahrgästen. Jonas bummelte die Straße entlang, dann ärgerte er sich, als er die winzige Kneipe entdeckte. Warum hatte er die nicht eher gesehen? In dem Haus schräg gegenüber der Ankunftshalle, einem modern anmutenden Gebäude, das grau verputzt war und sich mit seinen vielen bunten Fensterläden von allen anderen Gebäuden unterschied, gab es im Erdgeschoss ein kleines Lokal. Eine Kneipe, in der ein paar Leute saßen, die im Hafen arbeiteten. Nicht besonders vertrauenerweckend auf den ersten Blick, aber als Jonas hineinging, war er verwundert über die positive Atmosphäre. Die Einrichtung war so modern wie das Gebäude von außen, nur die schwarz gestrichenen, zum Teil abgeblätterten Holzstühle passten nicht in das Ambiente, gaben ihm andererseits aber etwas Originelles. Er sah sich um, stellte fest, dass Kaffee angeboten wurde, und freute sich darauf, hier lange sitzen bleiben zu können, ohne aufzufallen. Er hatte einen guten Platz ergattert, konnte den Bereich vor dem Eingang der Abfertigungshalle übersehen. Zufrieden ließ er sich nieder, bestellte Kaffee und Wasser und griff vorsichtshalber nach einer Zeitung, wenn er auch kein Wort von den Schlagzeilen verstand. Aber er fühlte sich sicherer, wenn er auf den ersten Blick so wirkte, als wäre er jemand, der im Hafen arbeitete und hier seine Pause verbrachte. Es hielten sich ja zum Glück nicht nur Arbeiter hier auf, sondern auch Männer in Anzügen, die sich hier trafen. Frauen allerdings waren hier nicht eingekehrt, Jonas fiel also überhaupt nicht auf. Er konnte beobachten, wer sich der Halle näherte, konnte sehen, wenn Taxis kamen, wer ausstieg, wer Gepäck auslud und es in die Abfertigungshalle trug, wo es auf die *Soleil* gebracht wurde. Einige hatte er nun beobachten können, offensichtlich gab es eine Reihe von Passagieren, die ihre Weltreise erst in Rio starteten. Es war nicht ungewöhnlich, nur Teilstrecken von einer Kreuzfahrt zu buchen. Seine Tante Barbara hatte es ja auch so gemacht. Sie würde in Buenos Aires zusteigen. Jonas lehnte sich zufrieden zurück. Wer sich auf die *Soleil* zubewegte, ob zu Fuß oder mit einem Taxi, er würde ihn erkennen.

Er trank einen Espresso nach dem anderen, Mineralwasser dazu, griff immer wieder nach der Zeitung und hielt sie sich vors Gesicht. Aber natürlich so, dass er über den oberen Zeitungsrand hinwegschielen konnte und alles mitbekam, was sich in der Nähe der *Soleil* tat. Er wollte Vico Irion das Schiff besteigen sehen und nicht darauf angewiesen sein, sich in der Nähe seiner Kabine herumzudrücken, deren Nummer Leon ihm genannt hatte. Er wollte Bescheid wissen, von vornherein! Und Irion nicht aus den Augen lassen.

Das Lokal füllte sich, seine Beobachtungen wurden schwieriger. Als sich eine Gruppe von Hafenarbeitern direkt vor seiner Nase niederließ und ihm den Blick versperrte, zahlte er und erhob sich, nachdem er ein letztes Mal einen Blick auf das Foto geworfen hatte, das in seiner Hosentasche steckte. Er würde den Typen erkennen, da war er sicher! Ein alleinreisender Mann würde ohnehin auffallen. Unter den Weltreisenden, das hatte Jonas längst festgestellt, waren nur wenige Alleinreisende. Andererseits kam es gar nicht darauf an, ihn schon hier zu sehen, ihm zu folgen, ihm bis zu seiner Kabine nachzugehen. Er würde ihn an Bord auch finden. Trotzdem war es ihm lieber, jeden von Irions Schritten von Anfang an zu verfolgen. Sollte er nicht mit dem Taxi kommen, sondern von jemandem gebracht werden, dann wollte Jonas das wissen. Nein, das musste er wissen. Unbedingt! Denn daraus ließ sich schlussfolgern, ob er allein arbeitete oder Helfer hatte.

Die Stunden verrannen, er verschaffte sich ein wenig Bewegung, ging die Straße auf und ab, kehrte in die Abfertigungshalle zurück, wo es einen Automaten gab, der Snacks ausspuckte. Dann kehrten die ersten Busse zurück. Erschöpft, fußlahm, mit Einkaufstüten beladen stiegen die Ausflügler aus, die ihren Besuch in Rio zum Einkaufen genutzt hatten. Jonas grinste. Es war immer das Gleiche.

Zu den Mahlzeiten war man gerne wieder auf dem Schiff. Warum in Rio für ein Essen bezahlen, das es an Bord umsonst gab?

Jonas hätte ihn beinahe übersehen. Das lag daran, dass er abgelenkt wurde, und daran, dass sein Erscheinen anders ablief, als er erwartet hatte. Abgelenkt wurde er durch Emily, die aus einem Taxi sprang, schwungvoll, noch immer unternehmungslustig, obwohl einige Einkaufstüten an ihrer rechten Hand baumelten, die auf strapaziöses Shopping schließen ließen. Aber sie schwenkte die Tüten vergnügt, nachdem sie sich von dem Taxifahrer verabschiedet hatte, lächelte in den Himmel und schien glücklich zu sein.

Jonas wurde von einem Hauch Rührung gestreift. Er mochte Menschen, die sich an etwas Besonderem freuen konnten. Es gab viel zu viele, die immer nörgelten und nie mit dem zufrieden waren, was sie hatten. Wie Emilys dunkle Locken wippten, wie sie flogen, wenn ein Windstoß hineinfuhr! Ihre dunklen Augen hatte sie hinter einer großen Sonnenbrille versteckt, aber Jonas war sicher, dass sie strahlten.

Sie blieb stehen, als hätte sie etwas vergessen, sah ihrem Taxi nach, als wäre darin etwas liegen geblieben, dann stellte sie ihre Taschen ab und begann, darin zu wühlen. Es dauerte eine Weile, bis sie sich wieder aufrichtete, augenscheinlich zufrieden. Was sie kurz vermisst hatte, war anscheinend aufgetaucht. Jetzt zog sie zufrieden ihr Smartphone heraus, um von der *Soleil* ein Foto zu machen.

Das andere Taxi musste gleichzeitig mit ihrem gekommen sein. Der Fahrer sprang heraus und riss die Kofferraumklappe auf, noch ehe die Insassen Anstalten machten, die Türen zu öffnen. Die Koffer standen bereits neben dem Wagen, als an der Beifahrerseite ein Mann ausstieg, dann die hintere Tür aufging und die Beine einer Frau erschienen.

Emily stand in der Nähe des Taxis, war mit ihrem Handy beschäftigt, während der Mann, der neben dem Fahrer gesessen hatte, seine Taschen nach einem Trinkgeld durchsuchte. Er schimpfte, als fände er sein Portemonnaie nicht, die Frau ging zu ihm und schien ihn beruhigen zu wollen. Aber er wehrte sie unwirsch ab und drehte sich sogar von ihr weg, während er weitersuchte.

In diesen zwei, drei Sekunden, in denen der Typ sich von seiner Begleiterin ab- und damit Jonas zuwandte, erkannte er ihn. Beinahe hätte er das Foto ein weiteres Mal herausgezogen und es kontrolliert. Aber das war nicht nötig. Er war es, daran gab es keinen Zweifel. Aber wer war diese Frau? Beinahe hätte Jonas über den Mann hinweggesehen, weil er nicht mit einer weiblichen Begleitung gerechnet hatte! Vermutlich hielt der Typ es für unauffälliger, als Paar zu reisen. Eine Frau zu finden, die sich einen Trip rund um den Globus schenken ließ, war vermutlich kein Problem! Erst recht eine Frau wie diese! Selbst auf die Entfernung wirkte sie wie Lieschen Müller, die glaubte, bei einer Unternehmung, die viel Geld kostete, aussehen zu müssen wie eine elegante Lady. Und die Aufmachung, die sie für elegant hielt, war in Wirklichkeit die reinste Provokation. In dem Outfit hätte sie sich auch bei einem Escort-Service bewerben können. Der Rock zu kurz, die Bluse zu eng, die Absätze zu hoch, der Schmuck zu protzig. Vermutlich waren ihre Lippen aufgespritzt und der Busen vergrößert worden, aber das konnte Jonas auf die Entfernung nicht genau ausmachen.

Sie stöckelte um das Taxi herum, als wollte sie erreichen, dass der Fahrer nur Augen für sie und ihren verführerischen Körper hatte und dafür auf ein Trinkgeld gern verzichtete. Das tat er natürlich nicht, es war zum Glück auch nicht nötig. Vico Irion fand endlich sein Geld, stellte den Taxifahrer zufrieden, sogar hochzufrieden, wie es den Anschein hatte, und griff nach einem der beiden Rollkoffer, um ihn zum Eingang der Halle zu ziehen. Ein Kontrolleur stellte sich ihm entgegen, die Banderolen der Koffer wurden kontrolliert, danach wurde der Weg freigegeben. An dieser Stelle waren die Kontrollen noch oberflächlich. Das

Durchleuchten des Gepäcks, die Kontrolle der Reisepässe erfolgten erst später.

Die zwei jungen Kerle bemerkte Jonas viel zu spät. Er hatte sich voll und ganz auf den Mann konzentriert, der nun den Teleskopgriff des großen Rollkoffers herauszog und sein Handgepäck daran befestigte. Um seine Begleiterin, die mit Koffer, Handtasche und Beautycase kämpfte, kümmerte er sich nicht. Ihm fielen auch die beiden Männer nicht auf, während seine Begleiterin plötzlich einen langen Hals machte und sich nicht mehr bemühte, dem Mann zu folgen. Sie schien Verdacht geschöpft zu haben, ließ ihren Rollkoffer mit dem aufgesetzten Beautycase stehen und umfasste den Henkel ihrer Handtasche mit beiden Händen.

Emily wurde von dem Angriff völlig überrascht, genau wie Jonas selbst. Sie hielt noch immer ihr Smartphone in der Hand, wollte gerade nach den Taschen greifen, die sie abgesetzt hatte, kam aber nicht mehr dazu. Jonas stöhnte auf, als er sah, wie der größere der beiden Kerle auf Emily und die Taschen zusprang. Der kleinere, schmalere wollte seinem Kumpan zu Hilfe kommen, langte mit beiden Händen nach dem Smartphone … aber Emily drehte sich weg und versuchte, es zu schützen, den Angriff abzuwehren und gleichzeitig mit den Füßen ihre Taschen zu sichern. Der Kontrolleur, der in ein paar Meter Entfernung stand, war viel zu verblüfft, um zu reagieren, Vico Irion glotzte nur verständnislos, seine Begleiterin aber durchschaute auf der Stelle, was da geschehen sollte. Sie setzte ihre augenscheinlich schwere Handtasche wie einen Schleuderball ein. Den einen Kerl traf sie damit am Kopf, und als der andere sich daraufhin erschrocken umdrehte, prallte sie ihm die Tasche mitten ins Gesicht. Beide sackten zusammen, der Erste konnte verhindern, dass er zu Boden fiel, der andere jedoch landete auf den Knien und hielt sich das Gesicht.

Nun kam endlich Leben in den Kontrolleur. Er schnappte sich den am Boden Kauernden und rief Vico Irion etwas zu.

Vermutlich sollte der sich um den anderen Typen kümmern. Aber der dachte gar nicht daran. Er wehrte ab und machte mehrere Schritte zurück. Dadurch konnte der Kerl fliehen, und Jonas, der das Geschehen nicht vollständig im Blick hatte, hoffte nur, dass er ohne Emilys Eigentum weglief. Mittlerweile war er losgerannt, um zu helfen, wobei ihm aber schon nach wenigen Schritten klar wurde, dass das womöglich keine gute Idee war. Besser, er mischte sich nicht ein – sonst fiel er Irion am Ende noch auf. Außerdem war der flüchtige Kerl viel zu schnell, um ihn noch zu erwischen, und den anderen hatte der Kontrolleur bereits in den Schwitzkasten genommen. Über sein Walkie-Talkie-Gerät holte er einen Kollegen herbei, der bald darauf angelaufen kam. Der junge Übeltäter wurde von den beiden abgeführt, die Tür zur Abfertigungshalle geschlossen. Jonas zögerte. Wie sollte er sich verhalten? Er wäre gerne zu Emily gegangen, um ihr zu helfen, sie zu unterstützen, sie zu trösten und zu beruhigen. Aber der Blick auf Vico Irion hielt ihn zurück. Jonas verzog sich hinter einen Lieferwagen und beobachtete aus der Entfernung, was nun geschah. So wie es aussah, war Emily in guten Händen, die Frau kümmerte sich offenbar rührend um sie, sprach auf sie ein, nahm sie in den Arm und sorgte dafür, dass sie sich allmählich wieder aufrichtete, tief durchatmete und schließlich sogar lächelte. Emily schien den Schreck überwunden zu haben. Und Jonas konnte schließlich sogar erkennen, dass sie ihr Smartphone immer noch in der Hand hielt. Jetzt tastete sie ihre Jeanstaschen ab und zog ihre Geldbörse heraus. Allem Anschein nach hatten die beiden Halunken keinen Erfolg gehabt. Die Taschen mit den Einkäufen standen auch noch neben Emilys Füßen.

Jonas atmete tief durch. Erleichtert sagte er sich, dass er sich gar nicht einzumischen brauchte. Emily war heil davongekommen, sie hatte Hilfe gehabt, von einer Frau, die unerschrocken genug gewesen war, die beiden Angreifer zu verscheuchen. Verächtlich musterte Jonas den Mann, der nach wie vor Abstand hielt, sich nicht um Emily kümmerte und den Eindruck erweckte, als ginge ihn die Angelegenheit nichts an.

Nun kam jemand in der Uniform der Hafenbediensteten herangelaufen und nahm den Platz an der Kontrollstelle ein, der für kurze Zeit verwaist gewesen war. Er nahm die Bordkarte zur Hand, die Emily ihm hinhielt, als Vico Irion mit ungeduldigen Gesten verdeutlichte, dass er nun endlich weiterwollte.

Der Eingang zur Abfertigungshalle wurde wieder geöffnet, Jonas wollte Emily folgen, sie ging jedoch neben der Frau her, die ihr zur Seite gestanden hatte, und redete lebhaft mit ihr. Vermutlich war sie ihr sehr dankbar. Außerdem machte die Frau einen netten Eindruck, viel netter als ihr Begleiter. War Vico Irion ihr Ehemann? Oder war sie die Geliebte, eine gute Freundin, eine Lebensabschnittsgefährtin? Jonas tat es nun leid, dass er diese couragierte Person mit Attributen bedacht hatte, die ihr vermutlich nicht gerecht wurden. Zwar sah sie auch bei näherer Betrachtung immer noch aus wie ein Mädchen vom Lande, das sich für die Stadt fein gemacht hatte, ohne je etwas von Understatement gehört zu haben. Aber verhalten hatte sie sich sehr souverän.

Er folgte den dreien in großem Abstand, ließ Emily nicht aus den Augen, schloss aber nicht zu ihr auf und achtete darauf, dass sie ihn nicht sah. Sie wurde schnell abgefertigt, während das Durchleuchten des Gepäcks, das das Paar mit sich führte, länger dauerte. Emily wartete, bis beide ebenfalls abgefertigt waren, dann schloss sie sich ihnen auf dem Weg zur *Soleil* an. Sie nahm der Frau sogar ihr Beautycase ab, das schwer zu sein schien. Der Mann hielt zwei, drei Schritte Abstand zu den beiden Frauen, als wollte er mit ihnen nichts zu schaffen haben oder so tun, als kenne er sie gar nicht. Zwar sah Jonas die drei nur von hinten, aber er fand, dass der Mann sogar aus dieser Perspektive unsympathisch war, während die beiden Frauen nett, freundlich und anziehend wirkten. Emily sowieso, aber die andere auch. So geschmacklos sie auch gekleidet war, das spielte keine Rolle, wenn eine Frau derart hilfsbereit war. Trotzdem wusste Jonas noch nicht, was er davon halten sollte, dass Vico Irion in Begleitung einer Frau auf der *Soleil* erschienen war …

Maria

Ich war noch auf der Treppe nach unten, als mein Handy läutete. Hektisch sah ich aufs Display. Lukas! Seinen Anruf durfte ich nicht ignorieren oder gar wegdrücken. Er war schließlich nicht nur mein Bruder, sondern auch mein Vorgesetzter. Eigentlich musste ich froh sein, dass er mich nicht hatte sprechen wollen, während ich in Folie eingerollt auf der Wellnessliege meiner Befreiung harrte.

»Hallo, Brüderchen! Gibt's was Neues?«

»Das kann man wohl sagen«, gab Lukas zurück. »Wo bist du?«

»Auf Deck 3.«

»Warum?«

»Warum nicht?«

Diese dumme Gegenfrage hatte mich früher bei Jonas auf die Palme gebracht. Aber nun musste ich feststellen, dass sie wirklich vieles vereinfachte. Tatsächlich wiederholte Lukas seine Frage auch nicht, sondern sagte nur: »Ich komme runter, warte auf mich.«

Ich stand da und beobachtete diejenigen, die auf der Gangway erschienen. Jonas war nicht unter ihnen. Und Emily? Auch sie war noch nicht zu sehen.

Dafür erschien Lukas neben mir. Überrascht sah er mich an. »Du bist verändert. Was ist passiert?«

Ich blickte unsicher an mir herunter, dann merkte ich, dass Lukas nicht meine Kleidung, auch nicht meine Haare betrachtete, sondern mir ins Gesicht sah. Anscheinend ging es nicht um Flecken, offen stehende Blusenknöpfe, einen nachlässig geschlossenen Reißverschluss oder meine Zottelmähne, sondern um etwas, das sich an meinem Teint verändert hatte.

Unsicher tastete ich über meine Wangen. »Ich war in der Wellness-Abteilung.«

Lukas staunte. »Du siehst aber gar nicht entspannt aus. Eher ... im Gegenteil. Diese hektischen roten Flecken ...«

»Kein Wunder«, unterbrach ich ihn zornig. »Würdest du dich entspannen, wenn du in Folie eingewickelt, in den Schwitzkasten gepackt und vergessen wirst?«

»Das klingt ja schrecklich. Ich dachte, in der Wellness-Abteilung bekommt man Gesichtsmasken und Streicheleinheiten.«

»Männer! Du solltest dich da mal anmelden. Gefoltert wirst du dort. Die Gesichtsmaske habe ich zwar bekommen, aber nur, damit ich nach dem Ausdrücken meiner Nasenporen kein Schmerzensgeld verlange.«

Lukas begriff, dass dieses Thema brisant war. »Und was machst du hier? Hilfst du der Security?«

»Quatsch!« Nun konnte ich schon wieder lachen, vor allem, weil mir auf die Schnelle ein Grund einfiel, warum ich mich angeblich hier herumtrieb. »Ich bin noch immer dabei, das Schiff zu erforschen. Es dauert, bis man sich in diesem schwimmenden Dorf auskennt.«

Er runzelte die Stirn. »Allmählich solltest du es aber draufhaben.«

Hastig wechselte ich das Thema. »Erzähl! Geht's um Lisa?«

Lukas nickte. »Sie wird nun doch zusteigen.«

»Gott sei Dank!« Ich war sehr froh. Aber meine Erleichterung hielt nicht lange an. Ohne dass ich es verhindern konnte, schlug sie ruckzuck in Zorn um. Warum musste Lisa zunächst mit ihrer Absage für Aufregung sorgen? Warum hatte sie nicht warten können, bis klar geworden war, ob sie ihre Mutter allein lassen konnte oder nicht. Schade eigentlich, dass es mit der Entspannung durch die Wellnessbehandlung nicht geklappt hatte. Die hätte ich jetzt gut gebrauchen können. Aber leider musste ich konstatieren, dass ich sogar noch weniger entspannt als vorher war. »Hätte sie sich das nicht früher überlegen können?«

Lukas kannte mich und reagierte nicht auf meine Gereiztheit. Er verzog das Gesicht zu einem Ausdruck des Bedauerns, der vermutlich oft dafür gesorgt hat, dass die Frauen, mit denen er Schluss machte, nie auf Rache aus waren. »Sie hat es sich überlegt ... ihre Mutter hat nun doch Verständnis für ihren Wunsch ... Helene hofft darauf, beim nächsten Mal dabei sein zu können, aber sie kann immer noch nicht glauben, dass sie Albert niemals wiedersehen wird ...«

Ich habe das viel zu oft über mich ergehen lassen müssen, um noch zuhören zu können. Immer dasselbe! Helene ist unglücklich, Lisa opfert sich auf. In Wirklichkeit sorgt jede der beiden dafür, dass sie nicht zu kurz kommt, dass die eigenen Bedürfnisse nicht vergessen werden. Lisa hat sich vermutlich ausgerechnet, dass ihr Erscheinen auf der *Soleil* nicht ganz so spektakulär sein würde, wenn jeder damit gerechnet hatte. Dass sie ihre Teilnahme an der Weltreise und am Familientreffen zunächst abgesagt hatte, machte die Freude viel größer, dass sie nun doch dabei sein wollte. Darauf wird sie spekuliert haben. Wetten?

Ja, kann sein, dass ich ungerecht bin. Wenn es um Helene und Lisa geht, muss ich ständig mit mir kämpfen und darum ringen, dass ich halbwegs objektiv bleibe. Und eigentlich kommt es ja wirklich nur darauf an, dass Lisa dabei sein wird. Vor allem für Lukas, der so viel unternommen hat, um das zu ermöglichen.

»Auf Mauritius müssen wir dann alle gut auf sie aufpassen«, murmelte Lukas neben mir.

Klar, auf Mauritius war es geschehen, da war es zur traurigen Gewissheit geworden, dass Albert sich nicht mehr an Bord befand, da hatten wir der Tatsache ins Auge blicken müssen, dass ihm etwas zugestoßen war.

»Zum Glück wird Barbara bald bei uns sein«, murmelte Lukas. »Mit ihrer pragmatischen Art kann sie Lisas Spitzen am besten abfangen. Sie konnte das schon immer besonders gut.«

Ich versuchte Lukas abzulenken. »Ist dir Jonas begegnet?«

Er zuckte nur mit den Schultern. »Der wird sich Rio ansehen, ist doch klar.« Er musterte mich kurz, aber eindringlich und so, wie unser Vater es jetzt getan hätte, wenn er neben uns stünde. »Gut, dass du an Bord geblieben bist.«

»Warum?«, fragte ich so frech und aufsässig, als wäre Lukas mein Vater. »Damit ich Cesar keinen Besuch abstatte?«

»Du hast noch Kontakt …?« Lukas verschlug es die Sprache, aber im selben Moment schüttelte er auch schon den Kopf. »Du nimmst mich auf den Arm.«

»Stimmt«, grinste ich.

Nun lächelte auch Lukas. »Du machst dir Sorgen um Jonas, weil du selbst am besten weißt, was einem in Rio alles passieren kann.«

Nun lachte ich schallend. »Nicht an einem halben Tag. Für das, was ich erlebt habe, muss man ein halbes Jahr hier sein. Mindestens.«

Lukas schien beruhigt. »Dann gönn deinem Sohn also das Vergnügen.«

Er weiß ja nicht, dass Jonas beruflich hier ist, dass er einen Auftrag zu erledigen hat. Verdammt, ich würde gerne mit Lukas darüber reden. Seine Meinung war mir immer sehr wichtig. Auch Ihnen würde ich ja gerne erzählen, was mir so große Sorgen macht. Wenn ich auch keine Meinung zu hören bekommen kann, es würde mir schon helfen, meine Angst mit Ihnen zu teilen. Aber ich darf nicht. Echt nicht! Oder …? Nein, nein, ich habe es versprochen!

»Wenn wir ausgelaufen sind«, sagte Lukas, »treffen wir uns bei mir. Okay?«

»Wir drei? Jonas, du und ich?«

Lukas nickte lächelnd. »Wir haben schon lange nicht mehr in aller Ruhe schnacken können. Und wer weiß, wie die Stimmung sich verändert, wenn Lisa dabei ist.«

In diesem Moment kam mir eine Idee. Eine grandiose Idee. Leider hatte ich keine Zeit, darüber nachzudenken, ob die Idee wirklich so grandios war oder ob es sich eher um eine Schnapsidee handelte. Kennen Sie das? Es schießt Ihnen ein Gedanke durch den Kopf, den Sie zunächst für großartig halten, der sich am Ende aber als völlig verrückt herausstellt? Oder der so großartig wirkt, dass Sie ihm misstrauen und sich später schrecklich darüber ärgern, dass Sie zu lange gezögert und die Gelegenheit verpasst haben?

Ich entschloss mich, die grandiose Idee sofort in die Tat umzusetzen, beugte mich zu Lukas und flüsterte: »Jonas hat sich verliebt. Darf er das Mädchen mitbringen?«

Lukas grinste. »Klar! Wir können jemanden gebrauchen, der demnächst ein Gegengewicht zu Lisa bildet. Ist sie heiter und unkompliziert?«

»Auf jeden Fall!«

Weiter kam ich nicht, denn in diesem Moment segelte eine Dame auf Lukas zu. Ja, ich konnte es nicht anders ausdrücken. Sie sah wirklich so aus, als hätte sie die Segel gesetzt und den Befehl an ihre Großhirnrinde gegeben: Volle Kraft voraus!

Sie reffte ihre Segel erst zwei Meter vor Lukas. »Meine Güte! Ich muss mich bei Ihnen entschuldigen.«

Benita Meister! Mir blieb die Spucke weg. Ausgerechnet!

Auch Lukas war einen Moment sprachlos. Aber aus einem anderen Grund. Er hatte anscheinend Mühe, sich daran zu erinnern, wo er Benita Meister schon mal begegnet war.

Er wurde umgehend mit der Nase darauf gestoßen. »Wie konnte ich Sie bloß für einen Steward halten? Ich muss verrückt geworden sein! Gerade habe ich gehört, dass Sie der Kapitän sind. Du lieber Himmel, wie peinlich!«

So sympathisch ich sie gefunden hatte, als sie sich im Bordshop für den dunkelgrünen Badeanzug entschied, so wenig gefiel mir ihr Auftauchen jetzt. Lukas wandte sich auf der Stelle von mir ab, ihr zu und ließ sich von ihr einnehmen. Ich knirschte insgeheim mit den Zähnen. Die Dame hatte in der Hierarchie schon wieder etwas durcheinandergebracht. Da sie mich links liegen ließ, Lukas zwang, zwei, drei Schritte von mir weg zu machen, hielt sie mich wohl für die völlig unbedeutende Bordshop-Verkäuferin und ahnte nicht, dass ich erstens die Leiterin des Shops und zweitens sogar die Schwester des Kapitäns war. Dieser Angelegenheit musste ich mich schleunigst annehmen. Und zwar noch bevor etwas geschehen konnte, das meine Pläne durcheinanderwarf. Sollte ich den beiden folgen? Um so schnell wie möglich Schlimmeres zu verhindern? Aber wie?

Fred

Fred Alswede taten die Füße weh. Und ihm war schwindelig. Längere Wegstrecken zu Fuß waren ein Problem für ihn, aber dank eiserner Disziplin wurde er nicht so schnell schwach. Doch in einer schaukelnden Gondel an einem erschreckend dünnen Seil auf einen fürchterlich hohen Berg zu fahren, das war für ihn so ähnlich, als sollte James Bond sich von einem fliegenden Hubschrauber abseilen. Bei seiner Höhenangst klappte es mit der Disziplin leider nicht immer, aber diesmal hielt er durch, ohne aufzufallen. Es hätte gerade noch gefehlt, dass er durch einen Kollaps alle Passagiere in der Gondel auf sich aufmerksam gemacht hätte. Nein, er hatte es geschafft und durfte stolz auf sich sein.

Nicht nur darauf! Er hatte mit einem kleinen Bestechungsgeld sogar herausgefunden, mit welcher Tour Alexandra und ihre Freundin Rio besichtigen wollten. Und er war zufrieden damit, dass die Tour mit drei Bussen gefahren wurde und er es geschafft hatte, nicht mit den beiden im selben Bus zu sitzen. Er durfte Alexandra nicht auffallen. Der alte Helbing hatte ja keine Ahnung, wie schwierig es war, jemanden zu beschatten, am besten rund um die Uhr, und trotzdem keine Aufmerksamkeit auf sich zu ziehen. Das ahnte ja keiner, der sich mit Detektivarbeit nicht auskannte. Was die meisten Leute wussten, hatten sie ja im Fernsehen gelernt, und da funktionierte immer alles wie geschmiert. Kein Wunder, wenn nicht die Wirklichkeit, sondern ein Drehbuchautor den Fall in Szene setzte.

Nach dem Verlassen des Busses war er immer in der Nähe von

Alexandra Helbing geblieben, und zwar, ohne dass sie es gemerkt hatte, da war er sicher. Besonders schwierig war das allerdings nicht, denn überall gab es Gedränge, Geschiebe, Menschenansammlungen, nirgendwo war man allein. Allerdings hatte er nichts aufgeschnappt, was eine Meldung an Ron Helbing wert gewesen wäre. Dessen Tochter benahm sich an diesem Tag zurückhaltend, vermutlich, weil sie noch unter einem schweren Kater litt. Sie leistete sich keinen Fauxpas und unternahm diesen Ausflug vermutlich nur ihrer Freundin zuliebe oder weil er nun einmal gebucht war und sie ihn nicht verfallen lassen wollte. Jedenfalls machte sie einen eher gelangweilten als interessierten Eindruck. Ganz anders ihre Freundin. Die hörte sich jede Erklärung des Reiseleiters an und vertiefte sich schließlich in eine Unterhaltung mit einer anderen Passagierin. Insgesamt war der Ausflug eine Enttäuschung, überflüssig, ohne Wert für seine Arbeit. Und dafür hatte er seine Höhenangst überwinden müssen! Der Ausblick vom Zuckerhut war es wert, das musste er zugeben, aber so recht konnte er ihn dennoch nicht genießen, weil er die Angst vor der Rückfahrt in der engen, schwankenden Gondel nicht loswurde.

Am Ende war er froh, als er wieder in dem Bus saß, machte ein Nickerchen, während sie an der Copacabana vorbeifuhren, war aber trotzdem total erschöpft, als sie ins Hafengebiet einbogen und schließlich ausstiegen. Schrecklich, diese Schwüle, der Benzingestank in dieser großen Garage! Als sie herauskamen, wurde es nicht viel besser. Grelle Sonne empfing sie, brütende Hitze und diese lähmende, feuchtwarme, gewitterschwere Luft. Er war völlig fertig.

Nicht im Mindesten erschöpft schien Alexandra Helbing, als er sie mit ihrer Freundin aus dem Bus steigen sah, der nach seinem in die Garage gefahren war. Die beiden wirkten nicht so, als müssten sie ihre letzten Kräfte mobilisieren. Wenn er daran dachte, wie viel Alexandra Helbing am Vorabend getrunken hatte und mit welch schwerer Schlagseite sie in Richtung Panoramakabine gewankt war, konnte er sowieso nicht begreifen, dass sie die Anstrengungen dieser Besichtigung auf sich genommen hatte. Wahnsinn, wie widerstandsfähig junge Menschen in diesem Alter waren! Fred Alswede seufzte heimlich. Er war eigentlich sicher gewesen, dass er an diesem Tag auf der *Soleil* würde bleiben können, um Alexandra Helbing im Auge zu behalten. Aber nein! Sie war, ohne mit der Wimper zu zucken, von Bord gegangen, unternehmungslustig wie immer. Das hätte er selbst nicht mal in der Blüte seiner Jahre gepackt.

Er stolperte der Reisegruppe hinterher und konnte an nichts anderes als an seine klimatisierte Kabine denken. Als sie die Straße überquerten, blickte er nach rechts und links, wie es sich für einen gewissenhaften Verkehrsteilnehmer gehörte, und sah aus dem Augenwinkel etwas, was ihn stocken ließ. An der Hausecke entdeckte er eine unscheinbare kleine Kneipe, die ihm vorher gar nicht aufgefallen war. Tiefe Fenster gaben den Blick auf ein paar Stühle und zwei Tische frei, und an einem dieser Tische saß ... sein junger Kollege. So nannte er ihn, seit er ihn in der Bar beobachtet hatte. Dass er ihn in einer Kneipe sitzen und Kaffee trinken sah, war ihm ein weiterer Beweis. Welcher Passagier der *Soleil* kehrte in einer Hafenspelunke ein, wenn er an Bord des Kreuzfahrtschiffes den Kaffee umsonst und in wesentlich gepflegterer Atmosphäre bekam? Das musste einen Grund haben. Und zwar einen, den Fred Alswede herausbekommen wollte. Er wurde einfach das Gefühl nicht los, dass ihn etwas mit diesem jungen Mann verband.

Kurz vor dem ersten Kontrollpunkt bog er unvermittelt nach links ab, folgte der Straße ein Stück und wechselte die Seite, als er von der Kneipe aus nicht mehr gesehen werden konnte. Dann ging er langsam zurück, die Ausflügler, die auf die Abfertigungshalle zugingen, fest im Blick. Aber niemand beachtete ihn, auch Alexandra Helbing nicht.

Fred Alswede entschloss sich, ebenfalls in dieser Kneipe einen

Kaffee zu trinken. Er fixierte den jungen Mann, als er eintrat, und stellte zufrieden fest, dass dieser nicht den Blick hob und sein Eintreten nicht bemerkte. Fred ergatterte einen hohen Hocker an einem Stehtisch in der Nähe der Theke und beobachtete ihn. Wenn es vorher noch Unsicherheiten gegeben hatte, so waren sie nun dahin. Von den Artikeln in der Zeitung, die er vor seine Nase hielt, hatte der Junge noch nichts gelesen. Seine Augen blickten die ganze Zeit über den oberen Rand des Zeitungsblattes. Wen beobachtete er? Alexandra Helbing? Schon möglich. Dann hatte er sie nun durch die Kontrolle gehen sehen, konnte beruhigt sein und seinen Beobachtungsposten aufgeben. Und genau das tat er in diesem Augenblick, legte einen Geldschein neben seine Tasse und erhob sich.

Fred dachte fieberhaft nach. Wenn Ron Helbing wirklich zwei Detektive losgeschickt hatte, um einen gegen den anderen auszuspielen, dann wäre es gut, dem armen Vater so schnell wie möglich die Wahrheit zu offenbaren. Der Erste sein – darauf konnte es jetzt ankommen! Sonst musste er sich später den Vorwurf gefallen lassen, dass er reichlich lange für die Observierung benötigt hatte, während sein junger Kollege schnell mit dem Ergebnis seiner Arbeit hatte aufwarten können. Seine Reputation würde dadurch schweren Schaden nehmen. Wäre Helbing mit ihm zufrieden, würde er ihn vielleicht weiterempfehlen, und die Detektei Alswede konnte endlich mit Gewinn arbeiten. Mit großem Gewinn. Andererseits ...

Fred kam mit seinen Überlegungen nicht weiter, denn an dem Kontrollpunkt am Hafeneingang schien etwas los zu sein. Auch sein junger Kollege bemerkte es. Er verließ überstürzt das Café, aber nicht, um einzugreifen, sondern nur, um die Sache zu beobachten. Fred sah, dass er sich hinter einem Lieferwagen postierte, sodass er nicht gesehen werden konnte, weder von dem Kontrolleur noch von der jungen Frau, die angegriffen worden war, und auch nicht von der, die ihr beigesprungen war. Fred wurde wieder unsicher. Hatte er sich doch geirrt? War dieser Berufskollege gar nicht hinter Alexandra Helbing her, sondern hinter der jungen Frau, die beinahe das Opfer eines Angriffs geworden wäre? Oder dem Mann, der in ihrer Begleitung war? Oder hinter der Frau, die diese Attacke vereitelt hatte? Nein, Fred schüttelte insgeheim den Kopf. Das Paar konnte er abhaken, diese beiden wollten jetzt erst auf der *Soleil* einchecken. Fred hatte den Kollegen jedoch schon kurz nach dem Ablegen in Hamburg bemerkt. Und die junge Frau, die gerade von zwei finsteren Burschen angegriffen worden war, hatte auf dem Zuckerhut ein langes Gespräch mit Alexandra Helbing geführt. Konnte das Zufall sein?

Er trank den Espresso, der ihm serviert worden war, in einem Zug aus, dann machte er es so wie der andere, legte einen Geldschein neben die Tasse, verzichtete auf das Wechselgeld, stand auf und trat ebenfalls auf die Straße.

Am Kontrollpunkt war nun wieder Ordnung eingekehrt. Einer der beiden Ganoven war festgehalten worden und wurde abgeführt, ein anderer Hafenmitarbeiter machte mit der Kontrolle weiter. Die junge Frau, die attackiert worden war, ließ sich von ihrer Retterin trösten und beruhigen, während deren Begleiter sich nach wie vor nicht einmischte. Aber als die beiden Frauen sich auf den Weg zur Gangway machten, folgte er ihnen. Der Blonde machte sich nun auch auf den Weg, ging ihnen in großem Abstand nach und sorgte dafür, dass sich dieser Abstand nicht verringerte.

Als die Frau, die beinahe zum Opfer des Überfalls geworden war, lange in ihren Taschen herumsuchte, vermutlich, um die Bordkarte zu finden, blieb er stehen, mindestens dreißig Meter hinter ihr, und ließ es zu, dass eine ganze Busladung von Passagieren sich vor ihn drängte. Vorsichtshalber würde Fred am Abend einen ausführlicheren Bericht an Ron Helbing schicken. Er tastete nach seinem Kuli mit der integrierten Kamera. Er steckte noch in der Innentasche seiner Jacke. Wenn er ihn mit seinem Laptop verband, würde er die Fotos an seinen Auftraggeber schicken können. Helbing hatte zwar keine Fotos haben wollen, weil sie in falsche Hände geraten konnten, aber in diesem Fall wäre es vielleicht doch besser, ihm hieb- und stichfeste Beweise vorzulegen. Dumm nur, dass Alswede dann vielleicht im nächsten Hafen aussteigen und zurückfliegen musste. Aber ... durfte Helbing das überhaupt verlangen? Die Vereinbarung lautete, dass er während der Weltreise über seine Tochter wachte. Und Fred wusste, dass seine Kabine für die gesamte Reisedauer gebucht war, bis das Schiff Ende Februar wieder in Hamburg anlegen würde. Aber er wusste auch, dass Ron Helbing ein gewiefter Geschäftsmann war. Der würde einen Weg finden, billig aus der Sache herauszukommen, wenn er es für richtig hielt. Eine Abmachung mit der Reederei, eine Abfindung für den Detektiv – und schon wäre er draußen. Diese Aussicht gefiel Fred Alswede gar nicht. Vielleicht sollte er mal versuchen, mit diesem jungen Kollegen ins Gespräch zu kommen. Womöglich war ihm etwas zu entlocken, das Fred den Beweis lieferte. Dieser Kerl konnte ja nicht ahnen, dass er von Fred Alswede durchschaut worden war, er würde vielleicht etwas rauslassen, was ihn verriet ...

Emily

Ablegen in Rio, 13.11.

Emily war verdutzt. Noch eine Stunde später war sie verdutzt. Davon hatte sie ja noch nie gehört! Das Käpt'ns Dinner kannte sie natürlich. Wer hatte sich nicht schon an der schönsten Szene am Schluss jeder Traumschiff-Folge gefreut, wenn die Stewards mit wunderkerzenbestückten Torten einmarschierten? Und sie glaubte auch, schon mal vernommen zu haben, dass es eine besondere Ehre war, an den Kapitänstisch gebeten zu werden. Aber in seine Suite? Davon hatte auch ihre Mutter nie gesprochen, und die kannte sich schließlich aus. Als Reisebürobesitzerin hatte sie natürlich schon Kreuzfahrten unternommen. Vom Käpt'ns Dinner hatte sie ihrer Tochter erzählt, aber davon, dass man in die Suite des Kapitäns eingeladen werden konnte, war nie die Rede gewesen. Wäre nicht die Schwester des Kapitäns dabei, hätte man glatt auf die Idee kommen können, es stecke etwas Anrüchiges dahinter. Doch das konnte ja nicht sein, wenn die Bordshopleiterin auch anwesend war.

Trotzdem hatte Emily gezögert und erst zugesagt, als Maria Liebermann in einem Nebensatz erwähnte, dass ihr Sohn Jonas ebenfalls unter den Gästen sein würde. Dass Emily mit ihm in der Symphonie-Bar verabredet war, ließ sie unerwähnt. So wie die Sache aussah, brauchte sie Jonas nicht einmal abzusagen. Ihr Treffen würde eben in der Suite seines Onkels stattfinden. Sicherlich würde diese Audienz nicht lange dauern, dann konnten sie gemeinsam in die Symphonie-Bar gehen, oder, wenn Jonas frei hatte, in die Neverend-Bar, in der bis zum Morgengrauen getanzt wurde.

Als sie sich an Deck begab, um beim Auslaufen zuzusehen, kam ihr die Einladung des Kapitäns jedoch erneut äußerst merkwürdig vor. Maria Liebermann und ihr Sohn waren Verwandte, das war etwas ganz anderes. Sie jedoch, Emily Krug, war eine von über zweitausend Passagieren. Warum gerade sie?

Obwohl gerade erst zwanzig Uhr, war es schon stockdunkel. In diesen Bereichen der Erde wurde es früh und sehr schnell dunkel, die Phase der Dämmerung währte nur kurz. Emily beugte sich über die Reling, um erkennen zu können, ob Jonas dort zu sehen war, wo die Gangways nun eingezogen wurden. Die Beleuchtung war gut, sie konnte alles erkennen, was sich dort abspielte. Die Stimme des Kapitäns war kurz zuvor über Lautsprecher zu hören gewesen, er hatte verkündet, dass alle Passagiere wieder an Bord seien, man könne auslaufen. Kurz darauf ertönte: »Muss i denn, muss i denn ...«

Langsam, sehr langsam drückte sich das Schiff vom Kai ab, bewegte sich mit behäbiger Sicherheit von der Anlegestelle fort, sorgte im Wasser des Hafenbeckens für viel Aufruhr und Wirbel, während auf den oberen Decks alle die Ruhe, das Erhabene, den stillen Abschied genossen. Kein aufheulender Motor, kein Gasgeben, auf dem Wasser war der Aufbruch beschaulich, geradezu träumerisch. Emily fühlte, wie alles in ihr still wurde. Jedes Wort wäre in diesem Augenblick zu viel gewesen, vielleicht sogar jeder Gedanke und jede Frage. Die Stadt Rio de Janeiro wich allmählich zurück, das Lichtermeer verschwamm, die vielen einzelnen Punkte wurden mehr und mehr zu einem warmgelben Ozean, in dem sich ein Lichttropfen nicht mehr vom anderen unterscheiden ließ. Rio, seine Bewohner, die Häuser, Straßen und Bäume wurden zu einem Standbild, das seine Bewegung nur im Flimmern und Zucken der Beleuchtung zeigte. Und dann die beiden Wahrzeichen der Stadt, der Zuckerhut und der Cristo, völlig regungslos, ohne Leben, ohne die Unruhe des Tages. Die obere Talstation des Zuckerhuts war hell erleuchtet, ihr Licht war das Einzige, was den Gipfel zeigte, während die Umrisse des Berges Teil der Dunkelheit geworden waren. Und auf der anderen Seite, auf dem Corcovado, die Christusstatue, nur schwach beleuchtet, ein hellgrauer Schein, der nicht mehr als seine Konturen preisgab, wobei die Figur des Erlösers aber dennoch so eindringlich war wie am Tag.

Emily blickte auf ihre Armbanduhr. Es war noch Zeit. Das Schiff musste erst auf Kurs sein, ehe der Kapitän für eine Weile seine Privatsphäre genießen konnte. Emilys Gedanken gingen wieder zu der Bordshopleiterin. Maria Liebermann war schon eine außergewöhnliche Person. Emily dachte an das Zwinkern in ihren Augen, als sie ihr verraten hatte, dass auch Jonas in die Suite des Kapitäns kommen würde. Hatte sie etwas von der besonderen Anziehung zwischen Emily und Jonas bemerkt, als sie sich im Bordshop zum ersten Mal begegnet waren? Hatte sie womöglich deswegen dafür gesorgt, dass Emily in die Suite des Kapitäns eingeladen worden war? Oder gar Jonas selbst? Hatte er seine Mutter gebeten? In Emilys Körpermitte breitete sich ein wohliges, warmes Gefühl aus. Beide Möglichkeiten gefielen ihr außerordentlich. Dass Maria Liebermann es unterstützen würde, wenn Emily und Jonas zueinanderfanden, war einfach wunderbar. Und dass Jonas selbst daran gelegen war, ihre Bekanntschaft zu vertiefen, war so gut wie sicher. Ihr fiel wieder ein, wie er sie angesehen hatte, mit diesem Schalk im Blick, diesem Ausdruck in den Augen, der streicheln konnte, aber auch ein bisschen kitzeln, heimlich zwicken konnte und dann doch wieder zärtlich war. Aber prompt fiel ihr auch wieder Nathalie Teichler ein, die ihn von einem Versteck aus beobachtet hatte. Was mochte das zu bedeuten haben? Oder war sie an dem Crewmitglied interessiert gewesen, mit dem Jonas gesprochen hatte? Emily glaubte es nicht. Schließlich hatte Nathalie sie ganz unverblümt auf Jonas angesprochen. Sie wusste genau, dass sie diese Frau in den nächsten vier Monaten im Auge behalten musste.

Die *Soleil* hatte nun zwei Seetage vor sich, hielt auf Uruguay zu und würde in Montevideo anlegen. Danach würde es weitergehen nach Argentinien. Buenos Aires! Emily spürte wieder das Kribbeln in der Magengegend, das ihr bekannt war, seit sie wusste, dass sie diese Weltreise würde antreten dürfen. Und nun noch die Einladung des Kapitäns ...

Bei diesen Aussichten konnte sie glatt vergessen, dass sie beinahe Opfer eines Raubüberfalls geworden war. Tatsächlich waren Schreck und Angst schnell in den Hintergrund getreten, als Maria Liebermann mit der Einladung des Kapitäns herausgerückt war. Zusammen mit Jonas, seiner Mutter und seinem Onkel würde sie einen Drink zu sich nehmen, vielleicht auch Canapés knabbern und plaudern, als gehörte sie zur Familie! In ihr euphorisches Gefühl stieß völlig unerwartet und gegen ihren Willen erneut ein spitzes Misstrauen, eine Frage, auf die sie keine Antwort wusste, ein vages Unbehagen, das sie jedoch schnell abschüttelte. Nein, nein, es würde sich herausstellen, was es mit dieser Einladung auf sich hatte, dann wusste sie Bescheid und konnte später mit Jonas darüber reden, wie er die Sache beurteilte. Denn danach würden sie ja noch gemeinsam an die Bar gehen, so war es verabredet. Jonas würde ihr erklären können, warum Emily Krug die Ehre hatte, in die Suite des Kapitäns gebeten zu werden, sie würde es verstehen, und die Angelegenheit wäre damit erledigt.

Emily stieß sich von der Reling ab und schlenderte übers Oberdeck. Noch immer standen viele Passagiere an der Reling und sahen zu, wie der Zuckerhut im Dunst verschwand und der Cristo immer konturloser wurde. Andere betrachteten auf der anderen Seite des Schiffs das Meer, sahen lieber zum Horizont als zurück, obwohl er unsichtbar war und niemand sagen konnte, wo das Meer aufhörte und der Himmel begann.

Zu ihnen gehörte auch Liane Reich. Emily erkannte sie sofort. Sie war die Einzige, die auf hohen Hacken übers Deck stöckelte –

angezogen wie eine Frau, die den Anforderungen einer feinen Gesellschaft genügen wollte, von denen sie jedoch nur eine nebulöse Vorstellung hatte. Während denen, die neben ihr standen, die Haare ins Gesicht flatterten, bewegte sich auf Lianes Kopf gar nichts. Ihr Haarsprayverbrauch musste beträchtlich sein.

Emily fiel auf, dass sie nach rechts und links blickte, in die Gesichter der anderen, und anschließend die gleiche Miene aufsetzte wie sie, selbstvergessen, die Augen halb geschlossen, dem nächsten Ziel hingegeben, voller Erinnerungen an das vergangene. Viele Paare drängten sich aneinander, einer griff nach dem Arm des anderen, lehnte sich an ihn, wollte das Schöne mit dem Partner teilen. Prompt griff auch Liane Reich nach dem Arm des Mannes, der neben ihr stand, und es gelang ihr tatsächlich, seine starre, kerzengerade Haltung zu lockern und ihn ein wenig nachgiebiger zu machen, sodass sie sich an ihn schmiegen konnte.

Dann wurde sie auf Emily aufmerksam und löste sich von ihm. »Wie geht's Ihnen? Haben Sie den Schock überwunden?«

Emily trat lächelnd auf sie zu. »Nochmals vielen Dank. Toll, wie Sie die Kerle schachmatt gesetzt haben.«

»Das ist meine Spezialität«, behauptete Liane Reich, und das spontane Lachen, das ihr Begleiter ausstieß, zeigte, wie kurios ihre Aussage war.

»Mein Lebensgefährte«, stellte Liane vor. »Vico Irion.«

Emily reichte ihm die Hand. Dieser kleine, stämmige Mann, der sich sehr aufrecht hielt, weil er damit vielleicht ein oder zwei Zentimeter wettmachte, gefiel ihr nicht besonders. Er hatte ihr auch schon im Hafen von Rio nicht gefallen. Und das lag nicht nur daran, dass er sich feige zurückgehalten hatte, während Liane Mut bewiesen und Emily verteidigt hatte. Er wirkte wie ein Drückeberger, von denen es früher in jeder Schule, jeder Klasse einige gegeben hatte. Große Klappe, wenn der Lehrer nicht in Hörweite war, aber kleinlaut, wenn es darauf ankam, zu einer Meinung zu stehen, mit der man sich unbeliebt machen konnte, und immer in der allerletzten Reihe, wenn es darum ging, etwas für die Gemeinschaft zu tun.

Er sagte nichts, rang sich nur ein Grinsen ab, das wohl höflich sein sollte, und wandte sich dann an Liane. »Ich gehe in die Kabine. Koffer auspacken.«

»Ich komme gleich nach, Mausi«, zwitscherte sie ihm hinterher. Und dann, als er außer Hörweite war, fügte sie vertraulich an: »Lange warten darf ich nicht. Vico stopft sonst alles in ein Fach, und ich muss die Sachen hinterher bügeln. Dreimal hat er mich gefragt, ob ich an das Reisebügeleisen gedacht habe.«

»So was ist an Bord verboten«, sagte Emily.

»Jetzt weiß ich das auch. Beim Durchleuchten unserer Koffer ist das Ding gleich aufgefallen. Und ich musste es abgeben.« Liane sah verwirrt aus. »Warum eigentlich? Das habe ich nicht verstanden.«

»Ein Brand ist das Schlimmste, was auf einem Schiff geschehen kann. Wenn das Feuer außer Kontrolle gerät, führt das zu einer Katastrophe.«

»Aha!« Liane Reich wirkte, als hätte man ihr den Satz des Pythagoras erklärt und sie müsste so tun, als hätte sie ihn verstanden. »Sie kennen sich aus mit der Seefahrt?«

Emily hätte ihr am liebsten gesagt, dass man sich nicht auskennen müsste, um zu dieser simplen Erkenntnis zu gelangen. Aber sie schüttelte nur den Kopf und wechselte das Thema. Das Essen an Bord war schließlich für jeden interessant, und von den Freizeitangeboten konnte Liane Reich nicht genug erfahren. Wenn sie auch noch nie was von Shuffleboard gehört hatte, am Inneren des Fitnessraums nicht interessiert war und eigentlich nur die Roulettetische spannend fand. »Glauben Sie, ich könnte gewinnen?«

»Warum nicht?«

»Vico sagt, ich wäre sogar für ein Glücksspiel zu doof.« Sie blickte Emily an, als könnte an der unverschämten Behauptung dieses Mannes wirklich etwas dran sein. »Manchmal verstehe ich die Spielregeln nicht auf Anhieb.«

Emily runzelte die Stirn. Was für ein Idiot! Sie musste schwer an sich halten, um nicht der Versuchung zu erliegen, ihre Meinung zu diesem Mann zu äußern. »Warum sind Sie erst in Rio zugestiegen?«, versuchte sie abzulenken.

»Vico hatte dort zu tun. Eigentlich wollten wir mit dem Flieger von Rio nach Hamburg zurück, um dann dort an Bord zu gehen. Aber Vico und seine Geschäfte ...« Sie brach hilflos ab.

»Sind Sie mit ihm verheiratet?«

»Nein, er will nicht heiraten.«

»Seien Sie froh«, gab Emily zurück und biss sich auf die Lippen. Liane Reich zu erklären, sie sei für einen Stinkstiefel wie ihren Lebensgefährten viel zu nett, wäre wohl ziemlich übergriffig. Und wie konnte sie sich ein Urteil darüber erlauben? »Ich meine ... warum heiraten? Die Zeiten haben sich geändert. Heute braucht eine Frau keinen Ehemann mehr. Wir sind doch emanzipiert!«

»Sie vielleicht«, gab Liane Reich zurück. »Ich habe nichts gelernt. Wenn Vico mir einen Heiratsantrag machte, würde ich nicht ablehnen.«

»Lieben Sie ihn denn?«

Liane wich aus. »Meine Mutter wurde von meinem Vater oft verprügelt, das hat Vico noch nie getan.«

»Sie meinen, das reicht für eine glückliche Ehe?«

»Das mit der Liebe ... das hört doch sowieso irgendwann auf. Ich kenne keine Frau, die ihren Mann nach zehn Jahren Ehe noch liebt. Da kann man genauso gut gleich ohne Liebe anfangen. Das Ergebnis ist dasselbe. Aber das Geld, das ein Mann verdient, damit seine Frau es nett hat, das bleibt.« Zögernd setzte sie hinzu: »Meistens jedenfalls.«

Emily war konsterniert. »So sehen Sie das?«

Liane versuchte, sich zu rechtfertigen. »Vico hat durchaus gute

Seiten. Zum Beispiel sorgt er penibel für guten Körpergeruch. Er kommt immer frisch geduscht zu mir ins Bett. Das macht vieles leichter.« Dann fiel ihr ein, dass sie ihrem Lebensgefährten ja so bald wie möglich hatte folgen wollen. »Jetzt muss ich aber wirklich schauen, ob er mit dem Kofferauspacken zurechtkommt. Wir sehen uns!«

Emily blickte ihr nach und fragte sich, was das für eine merkwürdige Beziehung zwischen Liane Reich und diesem Vico Irion war. Er so barsch und klar abgrenzend mit seinen verschränkten Armen vor der Brust, sie so unbedarft und treuherzig, sie wusste vermutlich nicht einmal, in welchen Ländern die Häfen lagen, die das Schiff anlaufen würde. Vico Irion dagegen wirkte sehr zielbewusst und entschlossen und sah so aus, als wüsste er genau, was er wollte. Vermutlich wusste er auch sehr genau, was Liane wollen sollte.

Alexandra

Von Rio de Janeiro nach Montevideo, 16.11.

Alexandra und Nathalie trafen sich an der Potpourri-Bar. Es war noch nicht voll, die meisten standen nach wie vor an Deck und sahen zu, wie Zuckerhut und Cristo aus dem Blickfeld verschwanden. Bald würde das Abendprogramm beginnen. Ein Jongleur war angekündigt worden, der angeblich weltbekannt war und seine Zuschauer regelmäßig zu Beifallsstürmen hinriss. Keine von beiden, weder Alexandra noch Nathalie, war daran interessiert.

»Ich habe den Typen belauscht«, sagte Alexandra mit dumpfer Stimme. »Noch bevor wir zu unserer Tour aufgebrochen sind.«

Nathalie sah sie überrascht an. »Den Surflehrer?«

»Nein, den Mann, der aussieht wie ein Surflehrer, der aber keiner ist.«

»Ach ja. Und?«

»Ich frage mich, was er eigentlich auf der *Soleil* will.«

»Eine Weltreise machen? So wie wir?«

»Das glaube ich nicht. Der hat hier einen Job.«

Nathalie, die gerade ein Sektglas zum Munde führen wollte, stockte und stellte das Glas zurück. »Du meinst, er gehört zur Crew?«

»Er hat mit jemandem gesprochen, der zur Crew gehört. Die beiden schienen sich gut zu kennen. Leider konnte ich nicht alles hören, aber es kam mir nicht so vor, als sprächen da zwei Kollegen miteinander. Obwohl es auch um den Kapitän ging ...«

»Welchen Job sollte er sonst machen?«

Es blieb eine Weile still zwischen ihnen, aus der Symphonie-Bar war Klavierspiel zu hören, in der Nähe, an einem der Bartische, lachte eine Frau kreischend auf. Dann sagte Alexandra: »Er könnte der Privatdetektiv sein, den mein Vater mir nachgeschickt hat. Ich hatte ja gleich diese Idee. Und je länger ich ihn beobachte, desto sicherer werde ich.«

»Mir ist nichts aufgefallen. Ich müsste es doch auch gemerkt haben, wenn er uns im Auge hätte.«

»Ein guter Beschatter fällt seinem Opfer eben nicht auf.«

»Hm.« Nathalie nahm nun einen Schluck Sekt, dann noch einen, und schließlich leerte sie das ganze Glas in einem Zug. »Dieser kleine Dicke, der allein unterwegs ist, kam mir verdächtig vor. Aber der ist es nicht.«

»Woher willst du das wissen?«

»Ich habe es mitbekommen, als er angequatscht wurde. Der ist Schulhausmeister, stell dir so was vor. Hat im Lotto gewonnen und sich vier Monate unbezahlten Urlaub gegönnt. Klasse, oder?«

Ihre Freundin nickte nachdenklich, sah aber so aus, als hätte sie gar nicht richtig zugehört. »Ich muss irgendwie an den Kerl rankommen.«

»An den Hausmeister?«

»Quatsch! An den anderen natürlich. Eigentlich kann das gar nicht so schwer sein. Er sieht gut aus, er passt im Alter zu mir, es muss doch zu schaffen sein, einen Flirt mit ihm anzufangen, damit ich Bescheid weiß.«

»Wenn du das nicht hinkriegst, ist er schwul.«

»Oder verheiratet.«

»Sieht er verheiratet aus?«

»Im Gegenteil.«

»Na also! Leg los! Wenn das nicht klappt, siehst du schon aus wie Lady Chiswick.« Nathalie grinste.

Aber Alexandra lachte nicht mit. »Du hast doch mitbekommen,

dass ich nicht die Einzige bin, die sich für ihn interessiert. Diese Emily scheint ihm wichtig zu sein.«

»Mit der kannst du es aufnehmen.«

»Will ich das?«

»Bei der Beantwortung dieser Frage kann ich dir allerdings nicht helfen.«

Alexandra sah nachdenklich vor sich hin. »Sie scheint gemerkt zu haben, dass ich an ihm interessiert bin.«

Aus dem Theater war die Stimme der Entertainment-Managerin zu hören, die euphorisch den Jongleur ankündigte und die Zuschauer aufforderte, ihn mit einem Riesenapplaus zu begrüßen. Gehorsam wurde geklatscht, gejubelt und sogar getrampelt. Das Schiff nahm Fahrt auf, die Lichter von Rio waren nicht mehr zu sehen, die Schwärze des Ozeans hüllte sie ein.

Alexandra ließ den Blick durch die Bar wandern. »Er ist nicht hier.«

»Wir könnten in die Neverend-Bar gehen. Wenn er allein reist, muss er dort auftauchen. Was soll er sonst machen?«

»Ein gutes Buch lesen?«

»Wenn er so einer ist, kannst du ihn vergessen.«

Emily

Sie wurde aus ihren Gedanken gerissen, als Jonas hinter sie trat, den sie nicht bemerkt hatte. »Du hast schon gehört, dass aus unserer Verabredung in der Symphonie-Bar nichts wird?«

Erschrocken fuhr sie herum, dann lachte sie ihn an. »Aber dafür treffen wir uns bei deinem Onkel!«

Jonas lächelte, als wollte er sich für seine Mutter entschuldigen. »Ich glaube, Mama will uns verkuppeln.«

Emily lachte laut auf. Dass er es so deutlich sagen würde, hatte sie nicht erwartet. Vor allem hatte sie nicht damit gerechnet, dass es ihm nichts auszumachen schien. »Macht sie das öfter?«

Jonas schüttelte den Kopf. »Bisher noch nie. Aber an dir scheint sie einen Narren gefressen zu haben.« Er sah sie an, als hätte er vollstes Verständnis für die Gefühle seiner Mutter.

Emily durchrieselte ein sternenstaubleichtes Glücksgefühl. »Ich an ihr aber auch.«

Er beugte sich zu ihrem Ohr. »Und wie ist es mit mir?«

Emily verweigerte eine Antwort, lachte nur übermütig.

»Ich habe an dir jedenfalls auch einen Narren gefressen«, flüsterte Jonas ihr zu. »Obwohl das nicht der richtige Ausdruck ist.«

»Und wie wäre der richtige?«

Jonas griff nach ihrem Arm und zog sie mit sich. Zu einer Stelle, wo sie allein sein konnten, ganz vorn am Bug. Wenn es auch nicht so war wie auf der Titanic, nicht so wie mit Kate Winslet und Leonardo di Caprio, nicht so ein schmal zulaufender Bug, in den nur sie beide passten, wenn sie auch nicht allein waren, so dachten sie doch beide an diese Filmszene und an die Gefühle, die wohl auf jeden Kinobesucher übergesprungen waren. Und Jonas schob sich hinter Emily und umschlang sie mit beiden Armen.

Emily wurde schwindelig. »Du erwartest jetzt aber nicht, dass ich die Arme ausbreite?«

Sie hörte Jonas' Lachen an ihrem linken Ohr. »Keine Sorge. Obwohl es mir schon gefallen würde …«

Sie spürte seine Zunge an ihrem Ohrläppchen, und ein Kitzel rieselte über ihren Rücken. »Du bist süß, Emily Krug«, hörte sie ihn flüstern.

Sie blieben eine Weile so stehen, schwiegen beide, Emily voller Erwartung auf das, was nun geschehen würde. Die anderen Passagiere störten sie nicht, dass links und rechts neben ihnen andere an die Reling traten, war nicht wichtig. Sie stand da und wartete, auf einen Kuss, ein Streicheln, ein weiteres Wort … aber mit einem Mal spürte sie, dass Jonas' Körperhaltung sich veränderte, dass er nicht mehr anschmiegsam war, sondern wenige Zentimeter von ihr abrückte. Sein Körper sagte ihr, dass er abgelenkt wurde.

Sie drehte sich um, löste sich aus seinen Armen und sah ihn fragend an. »Was denkst du gerade?«

Sie hasste diese Frage. Ihr fiel ein, dass sie einmal einen Freund gehabt hatte, der sie gern stellte, vornehmlich im Bett, wenn er wohl hören wollte, was für ein grandioser Liebhaber er sei. Die Frage war ihr dennoch herausgerutscht, und sie wartete ängstlich auf Jonas' Antwort, hätte ihre Frage am liebsten zurückgeholt.

Die Antwort kam völlig unerwartet. »Du hast da gerade mit einer Frau geredet. Kennst du sie näher?«

Emily sah ihn verblüfft an. Er hatte mit ihr allein sein wollen, um ihr diese Frage zu stellen? »Warum interessiert dich das?«

Jonas reagierte nervös. »Was weißt du von ihr? Was hat sie dir erzählt?«

»Gar nichts!« Emily machte einen Schritt zur Seite, bemühte sich um Abstand. Was waren das für Fragen?

Ihr fiel auf, dass er die Augen zusammenkniff, als wollte er etwas beobachten, was schwer zu erkennen war. Sie wollte sich umdrehen, um zu sehen, wen er im Visier hatte, aber er griff nach ihren Schultern und verhinderte es. Dennoch hatte Emily einen kurzen Blick auf den Lebensgefährten von Liane Reich werfen können, der nicht weit von ihnen entfernt an der Reling stand. Ob Liane ebenfalls in der Nähe war, konnte sie nicht feststellen.

»Wie hast du sie kennengelernt?«, fragte Jonas nun.

Verwirrt erzählte sie ihm, was sie bei ihrer Rückkehr aufs Schiff erlebt und wie Liane Reich ihr beigestanden hatte. »Ich habe ihr einiges zu verdanken.«

Jonas fragte sie nicht nach Einzelheiten, sondern reagierte, als wüsste er längst alles, was ihr widerfahren war, fragte nicht nach, erkundigte sich nicht, ob sie verletzt worden sei, oder wie sie sich fühlte nach diesem schrecklichen Erlebnis. »Und ihr Mann?«

»Ihr Lebensgefährte«, korrigierte Emily ganz automatisch und gekränkt, weil Jonas sich mehr für Liane Reich als für den Überfall zu interessieren schien. Während sie ihm alle Einzelheiten schilderte, war sein Blick nicht auf ihr Gesicht gerichtet, nein, seine Augen irrten umher, als ginge es ihm darum, seine Umgebung zu beobachten. Er war merkwürdig angespannt. Als könnte er sich nicht voll und ganz auf ihr Gespräch konzentrieren. Oder als wollte er es nicht.

Er schien zu merken, dass ihr seine Reaktion nicht gefiel, und riss sich zusammen. »Es ist dir hoffentlich nichts passiert?«

So wollte Emily das nicht stehen lassen. »Das war ein gehöriger Schreck. Ich war fix und fertig …«

»Das kann ich mir denken«, unterbrach er sie. »Muss schlimm gewesen sein …«

Aber wieder fand sie sein Mitgefühl nicht besonders überzeugend. »Schon gut.«

»Machen die beiden die komplette Weltreise?«, fragte er nun. »Oder sind sie nur für eine Teilstrecke an Bord?«

Emily sah ihn erstaunt an. »Das geht?«

»Ja, von Hamburg nach San Antonio zum Beispiel. Oder von San Antonio nach Mauritius. Beliebt ist auch die letzte Etappe von Sydney nach Hamburg.«

»Warum interessiert es dich, für welche Reise sich Liane entschieden hat?«

»Liane? So heißt die Frau?«

Nun hatte Emily genug. Sie sollte sich von Jonas ausfragen lassen? Er hatte sie in diese verträumte Situation gelockt, um ihr Fragen zu stellen, die nichts mit ihnen beiden zu tun hatten? Von dem kurzen Moment der Romantik zwischen ihnen war keine Spur übrig geblieben. Sie war nicht mehr Kate Winslet und er nicht mehr Leonardo di Caprio. Sie fühlte sich nur noch übertölpelt, und aus ihm war ein skrupelloser Kerl geworden, der sie benutzt hatte. Was wollte er wirklich von ihr? Hatte er sich etwa in Liane Reich verguckt? Dann hatte sie ihn völlig falsch eingeschätzt. Dass ihm so ein aufgebrezeltes Dummchen wie Liane Reich gefiel, hatte sie sich wirklich nicht vorstellen können. Insgeheim entschuldigte sie sich bei Liane, die so nett war, so hilfsbereit, so liebenswürdig und menschlich. Aber dass sie nicht gerade mit großen Geistesgaben gesegnet war, ließ sich auf den ersten Blick erkennen, und dass Jonas ihre Betonfrisur, die Stilettos und ihre aufgetakelten Klamotten gefielen, brachte Emilys ganzes Weltbild ins Wanken.

Sie beschloss, seine Fragen nicht gehört zu haben, und wandte sich ab. »Wir sehen uns dann in der Suite des Kapitäns!«

Sie übersah seine Hand, die sich nach ihr ausstreckte, als wollte er sie zurückhalten, und überhörte sein »Emily, warte …«, sondern ging stattdessen mit großen Schritten zu der Doppeltür vor der Aufzugsanlage, die sich augenblicklich öffnete ...

Dass er nicht auf der Stelle hinter ihr hereilte, nicht mit zwei, drei Sätzen neben ihr war, um sie zurückzuhalten, gab ihr den Rest. Er ließ sie einfach gehen? Nachdem er im Bug der *Soleil* so verliebt getan hatte? Das war die Höhe!

Die letzten Meter zur Tür rannte sie, lief dann aber nicht zu den Aufzügen. Wenn sie dort lange warten musste, würde er sie, wenn er es sich anders überlegte, doch noch stellen können, und so einfach wollte sie es ihm nicht machen. Sie ging weiter zur nächsten Tür, die auf die höchste Ebene des Theaters führte, wo es zum Spa ging, zur Kosmetik und zum Friseur. Auch sie öffnete sich automatisch, Emily huschte hinter einen großen Aufsteller, der für andere Reisen der *Soleil* warb, und wartete, ob sich etwas tat. Würde er sie wirklich einfach so gehen lassen? Ihr nicht folgen und versuchen, sie zurückzuhalten? Emily mochte es kaum glauben.

Doch tatsächlich öffnete sich die Doppeltür kurz darauf erneut, Emily konnte Jonas' Füße erkennen. Er blieb stehen, machte einen Schritt weiter, aber nur einen, sodass sich die Tür hinter ihm schloss, und schien sich umzusehen. Emily schob vorsichtig ihren Kopf vor, bis sie ihn sehen konnte. Er zögerte, schien nicht zu wissen, wohin er sich wenden und ob er überhaupt weiterhin nach Emily Ausschau halten sollte. Gespannt beobachtete sie, was er tun würde.

In diesem Moment erschien Nathalie Teichler im Eingang des Spa-Bereichs. Emily fuhr zusammen. Was wollte die denn hier? Nathalie stutzte, trat einen Schritt zurück, dann kam sie wieder hervor. Mit angehaltenem Atem sah Emily, wie sie entschlossen ihre langen blonden Haare zurückwarf und sich dann ihr Tablet vor die Nase hielt, mit dem sie vermutlich während des Ablegens Fotos geschossen hatte. Sie schien nur Augen für ihre rechte Hand zu haben, machte damit die typischen Wischbewegungen und lief schließlich ungebremst in Jonas' Seite, als hätte sie nicht gesehen, dass jemand vor ihr stand.

Emily hörte ein erschrockenes »Huch!« von ihr und Jonas »Hoppla!« rufen, dann sah sie, wie Nathalie schwankte und Jonas zugriff, um zu verhindern, dass sie stürzte. Was für eine Kanaille! Diesen Zusammenstoß hatte sie eindeutig provoziert. Zähneknirschend beobachtete Emily, wie Jonas sie umfing, als fürchtete er, dass der Schreck sie noch nachträglich von den Füßen holen könnte, wie sie sich an ihn lehnte, als trügen sie ihre Beine nicht mehr, wie sie das Gesicht verzog, als hätte sie sich verletzt, und sich schließlich an den Knöchel griff. Was hatte sie vor? Und wieso merkte Jonas nicht, dass er das Opfer einer Inszenierung geworden war? Nun legte er doch tatsächlich fürsorglich einen Arm um ihre Schultern und führte sie zurück durch die Tür, die sich öffnete, und redete auf sie ein. Gehörte er etwa zu den Männern, die wahllos alles beflirteten, was weiblich war und Busen und Hintern hatte? Dass er sich von einer Frau einfangen ließ, die es augenscheinlich auf ihn abgesehen hatte, und sich andererseits nach einer erkundigte, die Emily an eine ihrer Barbie-Puppen erinnerte, war nicht zu fassen! Und das alles, nachdem er ihr schöne Augen gemacht hatte! Emily wartete nur so lange, bis die beiden nicht mehr zu sehen waren, dann lief sie davon. Sie brauchte jetzt eine stille Ecke, in der sie ungestört Dampf ablassen konnte.

Maria

Ich kam mir wahnsinnig clever vor. In Montevideo würde ich Dorothee anrufen müssen. Unbedingt! Sie würde mich für meine Pfiffigkeit bewundern, da war ich mir sicher. Sie halten mich jetzt für prahlerisch? Aber bedenken Sie doch mal, wie schnell es mir gelungen ist, Emily zu finden. Ich habe sie gar nicht gefunden? Okay, sie ist zu mir gekommen, das stimmt. Und dass es zwischen Jonas und Emily geschnackelt hat, ist ebenfalls nicht mein Verdienst. Stimmt auch! Aber dass ich es gemerkt und mir diese Tatsache zunutze gemacht habe, darf ich ja wohl auf meine Fahnen schreiben. Oder? Jedenfalls habe ich alles bestens eingefädelt, was mir vor der Abreise noch sehr kompliziert erschienen war. Ich hatte alles mit Dorothee abgesprochen, hatte ihr versichert, dass ich mein Bestes tun würde, hatte sogar großkotzig behauptet, so was wäre eine meiner leichtesten Übungen … aber in Wirklichkeit war mir von vornherein klar gewesen, dass sich die Sache schwierig gestalten könnte. Und nun das! Wenn mir auch gerade aufgegangen ist, dass ich verdammt viel Glück gehabt habe, möchte ich trotzdem, dass Sie mich für clever halten und finden, dass ich das super hingekriegt habe. Also, bitte!

Emily wusste, wo ich auf sie wartete, denn natürlich kann nicht jeder, der will, in die Privaträume des Kapitäns vordringen. Es gibt viele Türen mit der Aufschrift »Crew only«, für die man einen Schlüssel braucht, den nur Crewmitglieder haben. Ich hatte mich mit Emily in der Galerie getroffen, wo es eine solche Tür gab, die direkt hinter die Kulissen des Schiffs führte, ins Treppenhaus, zu den Bereichen, die die Passagiere nie kennenlernen. Ich habe natürlich einen Schlüssel, schließlich gehöre ich als Bordshopleiterin auch zur Crew. Meine Kabine liegt natürlich auch nicht dort, wo die Passagiere residieren, ich schlafe in einer winzigen Kabine unterhalb der Wasserlinie, ohne Fenster natürlich. Aber immerhin hat Lukas darauf geachtet, dass ich sie allein bewohnen darf. Wäre ich nicht seine Schwester, hätte ich sie mit einer Kollegin teilen müssen. Dafür war ich ihm sehr dankbar.

Ich war eine Viertelstunde vorher da, weil ich Emily nicht der Unsicherheit aussetzen wollte, ob sie zum richtigen Zeitpunkt am richtigen Ort war. Ich kenne dieses hässliche Gefühl. Eigentlich neige ich ja dazu, immer ein paar Minuten zu spät zu kommen, weil ich im allerletzten Moment noch meine Brille, den Hausschlüssel oder den Regenschirm suchen muss. Aber wenn mir etwas wichtig ist, verfalle ich oft ins Gegenteil. Dann bin ich glatt eine Stunde zu früh an Ort und Stelle. Was dann kommt, ist immer schrecklich: Kontrolle der Uhrzeit, nervöses Hin- und Herlaufen, der Verdacht, dass man sich in Tag und Uhrzeit geirrt hat, dann die Gewissheit, dass man alles falsch verstanden hat, und schließlich die Erkenntnis, dass der andere sich verspätet.

Heute stand ich auch da und wartete, aber zumindest war ich sicher, dass ich mich nicht im Tag geirrt hatte. Und ich hatte nicht lange Gelegenheit, meinen Beckenboden zu trainieren, denn Emily war pünktlich, sogar überpünktlich. Süß sah sie aus in dem knallroten Minirock und dem kunterbunten Shirt. Obwohl sie nicht so fröhlich und unbeschwert war, wie ich sie bisher kennengelernt hatte.

Doch sie freute sich über mein Kompliment. »Beides ist neu! Heute in Rio gekauft!«

Für einen Augenblick wirkte sie heiterer, jedoch verschloss sich ihre Miene schon bald wieder. War sie etwa nervös, weil sie einem Familienangehörigen von Jonas vorgestellt werden sollte? Schon möglich. Ob sie die hübschen Sachen für Jonas gekauft hatte?

Diese Fragen stellte ich mir natürlich nur ganz insgeheim. Niemals hätte ich sie ausgesprochen.

Lukas war noch auf der Brücke, als Roland Hengst, der Staff-Kapitän, uns in dessen Suite führte. Mir fiel auf, dass Emily sich erstaunt umsah. Während die Crewmitglieder in winzigen Kajüten wohnten, die sie sich noch dazu mit anderen teilen mussten, gab es für den Kapitän und seinen Stellvertreter, für den Chief Engineer und den Club- sowie den Hoteldirektor eine Crewkabine mit Wohnzimmer, die etwa fünfzig Quadratmeter groß war. Diese Kabinen, die Kammern genannt wurden, befanden sich auch nicht unterhalb der Wasserlinie, sondern auf dem Deck der Brücke. Die Suite des Kapitäns besaß überdies einen Balkon, war also identisch mit den Suiten für die Passagiere.

Ich sorgte dafür, dass Emily neben mir auf dem Sofa Platz nahm, und bedeutete dem Steward, der eilfertig eintrat, dass ich selbst den Wein eingießen und die Häppchen servieren würde, die schon bereitstanden.

»Mein Sohn ist noch nicht da?«, fragte ich Roland Hengst.

Der Staff-Kapitän zuckte nur mit den Schultern. »Er wird schon kommen.«

Wer jedoch als Nächstes auftauchte, war nicht Jonas, sondern Benita Meister. Können Sie sich meine Verblüffung vorstellen, als der Steward sie hereinführte? Wie hatte Lukas das denn wieder gedeichselt? Da hatte er also ihre Entschuldigung, weil sie ihn für ein simples Crewmitglied gehalten hatte, gleich in eine Einladung umgemünzt. Verdammt!

Ich tat mein Bestes, an Benita Meister etwas Unsympathisches zu finden, aber dummerweise gelang es mir nicht. Gern hätte ich sie auch unvorteilhaft frisiert genannt, überschminkt oder unpassend gekleidet, aber leider traf auch das nicht zu. Sie sah großartig aus und wirkte so nett wie in meinem Bordshop, als sie sich für den dunkelgrünen Badeanzug entschieden hatte.

Emily schien es genauso zu gehen. Sie verlor das Bedrückte, Niedergeschlagene und lachte amüsiert, als Benita Meister erzählte, dass sie den Kapitän für einen Barkeeper gehalten hatte.

In diesem Augenblick kam Jonas herein. Ich erlaubte mir einen scharfen Blick, weil er es nicht geschafft hatte, pünktlich zu sein, aber er nahm ihn nicht zur Kenntnis. Er hatte nur Augen für Emily. Benita Meister wurde von ihm lediglich flüchtig begrüßt.

Doch es verstärkte sich mein Eindruck, dass sich etwas verändert hatte, dass Emily ihre Unbeschwertheit verloren und das Strahlende komplett abgelegt hatte. Jonas wollte sich zu ihr aufs Sofa setzen, doch sie verschob ihren Körper in die Mitte, machte sich so breit wie möglich, sodass weder links noch rechts von ihr ausreichend Platz für eine weitere Person war. Jonas hätte sich an ihre Seite quetschen müssen, aber das wollte er offenbar nicht. Und vermutlich hatte er schnell begriffen, dass er das auch nicht sollte. Er verstand Emilys Körpersprache, spürte die Zurückweisung und zog einen kleinen Sessel heran, den er neben das Sofa stellte, woraufhin sich Emily in die Ecke drückte, die am weitesten von ihm entfernt war. Was war geschehen? Hatten die beiden sich gestritten? Himmel, hatte Jonas es schon verbockt? Und dann auch noch Benita Meister! Ich sah meine Felle davonschwimmen.

Mitten in den Wirrwarr meiner Gedanken platzte Lukas. »Entschuldigung, ich habe mich verspätet. Das Lotsenboot ...«

Er begrüßte uns laut und gut gelaunt, mich mit einem Klaps auf den Rücken, Jonas mit männlich-herbem Fäuste-Aneinanderstoßen, Emily äußerst freundlich, wenn auch onkelhaft, und Benita Meister so, wie ich es befürchtet hatte, mit sprühendem Charme. Noch während er zu Emily sagte: »Oh, Jonas' neue Freundin, herzlich willkommen«, hatte er schon den Blick in Benitas Augen versenkt und hielt ihre rechte Hand deutlich länger als nötig. Emily starrte ihn an und schien nicht gemerkt zu haben, dass er sie »Jonas' neue Freundin« genannt hatte, während mein Sohn mir einen fragenden Blick zuwarf, den ich zurückgab, als könnte ich kein Wässerchen trüben. Er sollte mir bloß nicht mit lästigen Fragen kommen! Wenn doch, würde ich ihn in die Mangel nehmen, weil er es augenscheinlich geschafft hatte, das zarte emotionale Pflänzchen, das gleich am ersten Tag zwischen ihm und Emily erblüht war, zu zertrampeln. Es war offensichtlich. Emily sah Jonas nicht an, beantwortete seine Fragen nur knapp, und er gab schon auf, nachdem er sich erkundigt hatte, ob sie hübsche Klamotten in Rio gefunden habe. Eine an sich kluge Frage, die jede Frau gerne beantwortete, aber Emily bejahte nur kurz, und das war's. Diese eine Silbe! Sie wies nicht einmal darauf hin, dass sie diese neuen Klamotten trug, sodass mein Sohn die Gelegenheit bekommen hätte, sie zu bewundern. Und was tat Jonas? Er nickte, lehnte sich zurück und schaute an die Decke. Lieber Himmel! Na, der würde was erleben, wenn ich ihn allein in die Finger bekam.

Die ganze Sache lief total aus dem Ruder. Lukas kümmerte sich hauptsächlich um Benita Meister und hatte kaum einen Blick für Emily. Ein paar belanglose Fragen, ob es ihr an Bord gefalle, auf welchem Deck ihre Kabine liege und ob sie sich darauf freue, dem deutschen Herbst und Winter zu entfliehen, mehr brachte er nicht zuwege. Er schien sie nett zu finden, lächelte sie freundlich an, bedachte mich gelegentlich mit einem flüchtigen Wort, Jonas mit einer kumpelhaften Äußerung, wandte sich dann aber schnell und deutlich öfter Benita Meister zu, gab ihren Antworten auf seine Fragen und ihren Meinungen wesentlich größere Bedeutung.

Irgendwann reichte es mir. In einer kleinen Pause, in der Lukas Getränke nachschenkte, fragte ich Benita Meister, warum ihr Mann nicht mitgekommen sei: »Er ist doch hoffentlich nicht krank?«

Lukas sollte jetzt endlich wissen, dass sie verheiratet war, falls er davon bisher keine Ahnung hatte. Ich kannte seine Prinzipien. Eins davon war, nie etwas mit einer verheirateten Frau anzufangen. Wenn er jetzt durch mich erfuhr, dass Benita Meister nicht allein in ihrer Suite wohnte, würde er hoffentlich aufhören, sich von ihr umgarnen zu lassen.

Benita sah mich erstaunt und, wie ich fand, ein wenig misstrauisch an. »Sie kennen meinen Mann?«

»Natürlich nur flüchtig«, wich ich aus, rieb mir jedoch schon heimlich die Hände. »Aber ...«

Leider fiel mir keine halbwegs sinnvolle Ergänzung ein. Also ließ ich das Aber bedeutungsvoll in der Luft schweben und hoffte, dass mich jemand mit einer geistreichen Bemerkung der peinlichen Situation enthob.

Emily schaffte das tatsächlich. »Als Bordshopleiterin hat man anscheinend schon nach ein paar Tagen alle wichtigsten Passagiere kennengelernt.«

Das war eine besonders pfiffige Antwort, obwohl Emily nicht ahnen konnte, wie sehr sie mir damit half. Denn nun hatte Benita Meister auch begreifen müssen, dass sie mit mir nicht irgendeine Verkäuferin vor sich hatte, sondern die Leiterin des bedeutendsten Ladens auf dem Schiff. Jetzt wurde es noch Zeit, dass sie auch über unsere verwandtschaftlichen Beziehungen aufgeklärt wurde.

Es klappte. »Ah, Sie arbeiten in leitender Stellung? Deswegen hat der Kapitän Sie auch eingeladen?«

»Vor allem, weil ich seine Schwester bin«, antwortete ich und lachte Lukas an.

Niemand redete mehr von Benita Meisters Mann, als Lukas ergänzte, dass auch Jonas ein Verwandter sei. »Mein Neffe! Dass er auch an Bord ist, freut mich besonders«, ergänzte Lukas. »Zunächst hatte er nämlich absagen müssen. Aber nun hat es doch noch geklappt.« Munter erzählte er von dem Familientreffen, das auf dieser Weltreise stattfinden sollte, und mir fiel auf, dass Benita Meister immer wieder Blicke zu Emily warf. Es war klar, welche Frage bald folgen würden: »Und Sie? Wie sind Sie mit dem Kapitän verwandt?«

Emily wurde verlegen. »Gar nicht.« Ich sah ihr an, dass sie sich fragte, was sie hier eigentlich machte.

»Sie ist die Freundin meines Neffen«, erklärte Lukas, und Emily lief rot an, während Jonas den Mund aufmachte, als wollte er etwas geraderücken.

Erschrocken wurde ich wieder an den spontanen Gedanken erinnert, der mir auf Deck 4 gekommen war, von dem ich nicht genau gewusst hatte, ob er eine tolle Idee oder eine Schnapsidee gewesen war. Momentan neigte ich eher der letzten Erklärung zu. Zum Glück funktionierte mein Denkapparat aber noch gut genug, um mich daran zu erinnern, dass Benita Meister viel zu einfach aus meiner Frage herausgekommen war. Hatte Lukas überhaupt geschnallt, dass es einen Ehemann gab, der vermutlich nicht begeistert sein würde, wenn er wüsste, dass der Kapitän der *Soleil* seiner Frau schöne Augen machte? Ich war mit einem Mal ganz sicher, dass Benita Meister nicht damit gerechnet hatte, in Lukas' Suite einige seiner Verwandten anzutreffen. Nein, sie hatte damit gerechnet, Lukas allein vorzufinden, vermutlich hatte sie auch damit gerechnet, in seinem Bett zu landen. Ich bin sicher! Sie auch?

»Hat Ihrem Mann der grüne Badeanzug gefallen?«, fragte ich, ehe Jonas etwas sagen konnte, und setzte jene Miene auf, mit der ich bei meinem Vater stets viel erreicht hatte, die mein Mann jedoch immer schnell durchschaut hatte.

»Er hat ihn noch nicht gesehen«, gab Benita Meister kühl zurück.

Der Blick, den sie meinem Bruder zuwarf, gab mir zu denken. Hatten die beiden, als Lukas auf Deck 4 von Benita Meister überfallen worden war, die Gelegenheit zu einem längeren Gespräch gehabt? Wusste er schon mehr, als ich erfahren, sogar mehr, als ich vermutet hatte? Wieso hatte ich einerseits genau ins Schwarze getroffen, aber andererseits damit keinen Erfolg? Wie war es möglich, dass es Lukas in diesem Fall gleichgültig zu sein schien, dass die Frau, mit der er flirtete, verheiratet war?

Ehrlich, ich will hier nicht moralisieren, das können Sie mir glauben. Im Grunde ist es mir egal, in wen Lukas sich verliebt und auch ob eine Frau dafür alle Bedenken über Bord wirft. Wirklich! Aber doch nicht in diesem speziellen Fall! Zu dem Ziel dieser Familienweltreise passt das überhaupt nicht. Zu meinem ganz persönlichen Ziel! Verdammt! Benita Meister ist heute einfach im Weg. Sie darf nicht dafür sorgen, dass Lukas nur noch sie im Kopf hat. Auf keinen Fall! Er hat sich nicht einmal mit Emily unterhalten. Nett begrüßt hatte er sie, das war's auch schon. Jonas' Freundin, diese Information hat ihm gereicht. Ich möchte aber, dass er das Mädchen reizend findet. Das kann doch nicht so schwer sein, so bezaubernd, wie sie ist!

Jonas

Montevideo, 16.11.

Jonas schlief lange an diesem Morgen. Seetag! Was sollte schon passieren? Vico Irion würde an Bord nichts tun, was für seinen Beschatter interessant war. Wirklich spannend würde es immer erst werden, wenn das Schiff in einem Hafen anlegte. Dann musste Jonas fit und zur Stelle sein. Heute würden sie in Montevideo anlegen, und er durfte Vico Irion nicht aus den Augen lassen. Sobald das Schiff für den Landgang geöffnet war, musste er sich dort aufhalten, wo die Passagiere von Bord gingen. Und dann musste er ihm folgen. Das würde nicht einfach sein, weil er sich auf nichts einstellen, nichts planen konnte. Er wusste nicht, was Irion vorhatte, und würde immer spontan reagieren müssen.

Er räkelte sich, schob sich ein Kissen in den Nacken und sah hinaus. Eine riesige Wasserfläche breitete sich vor seinem Fenster aus. Ruhige See, kein anderes Schiff in Sicht. Der Himmel war von einem hellen Grau, die Sonne noch hinter einem Schleier verborgen, der Dunst, der schon am Vortag über dem Meer gelegen hatte, wollte sich noch nicht auflösen. Die Maschinen stampften regelmäßig, es würde ein langweiliger Tag werden. Obwohl ... er durfte Vico Irion nie ganz aus den Augen lassen. Wenn der an Bord irgendwelche Kontakte aufnahm, konnte das von Bedeutung sein. Niemand wusste etwas von Komplizen, aber möglich war alles.

Jonas erhob sich lustlos, ging ins Bad und duschte ausgiebig. Besonders leistungsfähig fühlte er sich danach immer noch nicht. Warum nicht? Während er sich anzog, ließ er die Frage zu, die er direkt nach dem Aufwachen noch weggewischt hatte. Es war der

Gedanke an Emily, der ihn bedrückte. Warum hatte sie sich während des Besuchs bei seinem Onkel so seltsam verhalten? Sie hatte ihn kaum eines Blickes gewürdigt, und zur Neverend-Bar war sie auch nicht gekommen. Zwei Stunden hatte er dort auf sie gewartet, aber umsonst. Was hatte er falsch gemacht? Es war so schön gewesen, als sie hintereinander im Bug der *Soleil* gestanden hatten. So romantisch. Doch dann hatte sie plötzlich diesen abweisenden Blick aufgesetzt und ihn stehen lassen. Einfach so. Ihre Gespräche waren doch sehr harmonisch gewesen, er war stolz auf sich gewesen, weil er es geschafft hatte, sie ganz unauffällig nach der Begleiterin von Vico Irion zu fragen. Trotzdem hatte sie reagiert, als wäre sie eifersüchtig auf diese Liane Reich. Jonas stieß ein Lachen aus, während er sich die Haare gelte. Auf diese Tussi würde sie doch nicht eifersüchtig sein? Gleich rief er sich zur Ordnung. Nein, keine Tussi, das war gemein. Sie hatte Emily gerettet, das hatte er ja beobachten können. Sehr mutig und ohne zu zögern. Nein, er wollte wirklich nicht schlecht von ihr denken.

Aber warum war Emily dann plötzlich verschwunden? Er hatte sie nicht suchen können, weil diese hübsche Blonde ihn mit Beschlag belegte. Ein apartes Persönchen! Hoffentlich hatte Emily nicht mitbekommen, dass er mit ihr an die Bar gegangen war. Aber was hätte er machen sollen? Sie waren zusammengestoßen, sie hatte sich den linken Fuß verknackst, er hatte ihr helfen müssen und dafür gesorgt, dass sie auf einem Barhocker Platz nahm und vom Barkeeper ein Stück Eis zum Kühlen des Fußes bekam, damit er nicht anschwoll. Und dann hatte es sich so ergeben, dass sie zusammen einen Cocktail getrunken hatten. Nein, nein, das konnte Emily nicht mitbekommen haben, da war sie schon längst verschwunden gewesen. Warum aber hatte sie ihm mit einem Mal die kalte Schulter gezeigt? Er würde wohl nach dem Frühstücken seine Mutter besuchen müssen. Sie würde ihm vielleicht sagen können, was los war. Sie wusste ja immer, wie andere Frauen tickten.

Und sie hatte schon häufig behauptet, er könne nicht mit Frauen umgehen, er wisse nicht, was eine Frau brauche. Obwohl ... Jonas zögerte erneut, bevor er die Kabinentür hinter sich ins Schloss zog. War Mamma in diesem Fall wirklich die richtige Ansprechpartnerin? Sie wollte ihn mit Emily verkuppeln, das war mehr als deutlich erkennbar. Unvoreingenommen war sie also nicht. Eigentlich verstand er auch gar nicht, warum sie diese Schwäche für Emily hatte. Ja, sie war ein nettes Mädchen, sehr hübsch außerdem, aber davon gab es viele. Warum es seiner Mutter ausgerechnet um Emily Krug ging, war ihm nicht ganz klar. Ganz anders, wenn er an seine eigenen Beweggründe dachte! Warum er sich in sie verguckt hatte, wusste er ganz genau. Da waren ihre blitzenden Augen, ihr heiteres Wesen, das Lächeln, das so lieb, offen und ungekünstelt war. Aber lag er da überhaupt richtig? Dass sie ihn ohne erkennbaren Grund einfach stehen gelassen hatte, bewies eher, dass sie überhaupt nicht lieb war. Und dass sie ihn in der Suite seines Onkels geschnitten hatte, war ebenfalls alles andere als nett gewesen. Vor allem völlig unverständlich! Womöglich war sie launisch und unberechenbar?

»Werde einer aus den Frauen schlau!«, stöhnte er, ehe er sich auf den Weg zum Frühstücksbüfett machte. Hoffentlich traf er Emily nicht. Sie hielt ihn ja für ein Crewmitglied und würde sich wundern, wenn sie ihn im Café *Pinocchio* sah. Nur gut, dass er dank seiner Verwandtschaft mit dem Kapitän immer erklären konnte, weshalb er sich Sonderrechte herausnehmen konnte.

In Momenten wie diesem freute er sich auf seine Tante Barbara. Mit ihrer praktischen Art war sie oft eine Hilfe, wenn es um Liebesdinge ging. Von Romantik hielt sie nichts, da war sie ganz anders als seine Mutter, viel handfester, viel pragmatischer. Sie war einmal verheiratet gewesen und hatte nach dem Tod ihres Mannes verkündet, dass sie es nicht noch einmal mit einer Ehe versuchen würde. Ihre Tochter Ramona war aus dem Gröbsten raus, Tante Barbara sah keinen Grund, sich noch einmal an einen Mann zu binden, ihren Lebensunterhalt konnte sie schließlich ganz allein verdienen. Sie beschloss, als Witwe ihre eigenen Ziele zu verwirklichen, ging als Polizistin nach Argentinien und kümmerte sich nicht um die erschrockenen zurückbleibenden Familienmitglieder, die nicht verstehen konnten, dass sie das sichere Deutschland verließ, um demnächst im unsicheren Südamerika zu leben. Abenteuerlust im reifen Alter? Dafür hatten nur wenige Verständnis. Jonas hatte sogar gehört, dass Barbara nicht wieder in Deutschland zurückerwartet wurde, sie würde wohl auch nach ihrer Pensionierung in Argentinien bleiben, denn sie lebte dort mit einem Mann zusammen, der ebenfalls Polizist war. Warum sie die Möglichkeit hatte, fast vier Monate auf Weltreise zu gehen, wusste Jonas nicht. Aber sie würde ihm in Bezug auf Emily raten können, da war er sicher.

Er grinste in sich hinein, während er die Treppen hintersprang, wo er ziemlich allein war, weil die meisten Passagiere die Aufzüge bevorzugten. Er war ziemlich erschrocken, als Emily die Vermutung geäußert hatte, er sei kein Passagier, sondern zum Arbeiten auf der *Soleil*. Im ersten Augenblick hatte er angenommen, sie hätte ihn durchschaut, sie wüsste von seinem Auftrag. Das fehlte noch! Dann aber war er froh gewesen, dass sie ihn nicht für einen Passagier hielt, der ständig Zeit hatte, mit dem man sich zur Karaoke-Show verabreden konnte oder der den Tag mit ihr auf dem Pooldeck verbrachte. Wie hätte er ihr dann erklären sollen, dass er gelegentlich etwas anderes zu tun hatte? Nein, nein, alles war gut so, wie es war. Er musste unbedingt dafür sorgen, dass Emily bei ihrer Auffassung blieb, Jonas Liebermann, der Neffe des Kapitäns, gehöre zur Crew.

Eigentlich wollte er im Café *Pinocchio* sein Frühstück einnehmen, aber dann sah er, dass Vico Irion mit seiner Lebensgefährtin das *Bella Vita* ansteuerte. Also änderte Jonas seine Pläne und ging am *Pinocchio* vorbei. Es konnte nicht falsch sein, den Kerl im Auge zu behalten. Aber natürlich musste er auch darauf achten, dass Vico Irion das nicht auffiel.

Er hatte Glück. In der Nähe des Tisches, den Vico Irion sich aussuchte, war ein anderer frei. Vielleicht konnte er auf diese Weise sogar ein Gespräch belauschen, das aufschlussreich war. Liane Reich wollte eigentlich am Fenster sitzen, aber ihr Begleiter machte ihr mit einer herrischen Handbewegung deutlich, dass er keine Lust hatte, nach einem Platz zu suchen, der ihr genehm war. Jonas rechnete damit, dass sie aufbegehren oder zumindest ihre Enttäuschung zeigen würde. Aber sie nickte nur und fügte sich. Das musste eine Frau anscheinend schnell lernen, wenn sie sich zu einer Lebensgemeinschaft mit Vico Irion entschloss. Jonas verabschiedete sich von der Hoffnung, etwas zu hören zu bekommen, was wichtig für ihn sein könnte. Mit Liane Reich würde Vico Irion nicht darüber reden, wie er sein Problem lösen konnte.

Sie wurde dazu ausersehen, den Tisch frei zu halten und sich breitzumachen, damit kein anderer auf die Idee kam, einen Stuhl an diesem Tisch zu beanspruchen.

»Ist gut, Mausi.«

Währenddessen ging Vico Irion zum Büfett und kehrte nach einer Weile mit Rührei, Bratwürsten und Schinken zurück. Das Brötchen, das nicht mehr auf den Teller gepasst hatte, hielt er in der linken Hand. Schnaufend ließ er sich nieder, dann erst durfte Liane sich bedienen. Klaglos ordnete sie sich unter, blieb fröhlich, wartete lächelnd, freute sich, wenn sie zum Büfett gehen konnte, bedauerte nicht, dass sie nie den Vortritt bekam. Sie schien eine liebenswerte Person zu sein, die Vico Irion überhaupt nicht verdient hatte. Und garantiert hatte sie keine Ahnung, warum er diese Weltreise angetreten hatte und warum sie ihn begleiten durfte. Während sie ihr Frühstück genoss – und sie genoss es mit einer geradezu kindlichen Freude –, hielt Vico ihr einen Vortrag über Montevideo, und sie hörte ihm andächtig zu. Oder vielmehr … sie tat so, als interessiere sie sich sehr für alles, was er ihr auseinandersetzte. Jonas war sicher, dass sie nur mit halbem Ohr hinhörte. Wenn überhaupt!

Er selbst kümmerte sich um sein Müsli, das er zu Hause selten mit frischem Obst zu sich nahm und nie mit Cerealien in so großer Auswahl. Frisch gepresster Orangensaft stand bei ihm auch nie auf dem Frühstücksplan, und er genoss diesen Start in den Tag. Herrlich! Ob ihm nach vier Monaten diese Art zu speisen in Fleisch und Blut übergegangen war? Dann würde es schwierig werden, wieder zu seinem Fertigmüsli, den Trockenfrüchten und dem Saft aus dem Tetrapack zurückzukehren. Aber er schüttelte diesen Gedanken ab und beschloss, das Jetzt zu genießen und nicht an die karge Zukunft zu denken.

In diesem Augenblick fiel ihm die junge Frau auf, die den großen Raum betrat und sich suchend umsah. Er duckte sich, obwohl er keine Chance hatte, sich zu verstecken, wenn sie ihn entdeckte. Warum auch? Er schüttelte den Kopf und richtete sich zu seiner vollen Sitzgröße auf. Sie durfte ruhig auf ihn aufmerksam werden. Das Problem war nur … er konnte sich nicht an ihren Namen erinnern. Frauen mochten das nicht, das wusste er. Eine Anja kennenlernen und sie später mit Tanja anreden, das war schon unangenehm. Aus Soraya eine Liselotte zu machen, war noch schlimmer. Hatte sie ihm ihren Namen überhaupt genannt? Er konnte sich nicht erinnern. Nicht einmal das! Sie waren ja auch nicht lange zusammen gewesen. Nach der Kollision waren sie in die Symphonie-Bar gegangen, er hatte sich um ihren Fuß gekümmert, sie war ihm dankbar gewesen und hatte ihm einen Cocktail spendiert. An die folgende Unterhaltung konnte Jonas sich kaum erinnern. Sie hatte ihn einiges gefragt, und er hatte ihre Fragen beantwortet. »Woher kommen Sie? Machen Sie die komplette Weltreise? Haben Sie eine berufliche Auszeit genommen?« Er hatte alles so vage wie möglich beantwortet und selbst überhaupt keine Fragen gestellt.

Wenn sie Feingefühl besaß, dann musste sie gemerkt haben, dass er kein Interesse an ihr hatte. Aber man wusste ja nie. Besser, er ließ es nicht auf ein weiteres Zusammentreffen ankommen. Und er wusste auch, warum. Er wollte nicht, dass Emily einen falschen Eindruck bekam. Bei seinem Pech würde sie gerade dann neben ihm auftauchen, wenn er sich auf etwas einließ, was er eigentlich gar nicht wollte, nur weil er unfähig war, es abzuwehren. Jonas konnte sich nicht rühmen, viel Glück bei Frauen zu haben. Irgendwas ging immer schief. Seine Mutter hatte schon häufig die Hände über dem Kopf zusammengeschlagen und ihn einen Dummkopf in Sachen Liebe und Romantik genannt. Angeblich fehlte ihm das Fingerspitzengefühl, wenn es um Frauen ging. Jonas hatte es irgendwann hingenommen, sich nicht mehr gewehrt, weil er keinerlei Beweise dafür vorlegen konnte, dass seine Mutter falsch lag. Er hatte außer seinem angenehmen Äußeren offenbar nichts zu bieten. Wie häufig hatte sie schon gejammert, wozu sie einen attraktiven Sohn habe, wenn er mit seinen optischen Qualitäten nichts anzufangen wisse! Jonas hatte längst klein beigegeben. Obwohl ... Mama hätte dabei sein sollen, als er mit Emily die Titanic-Szene nachgestellt hatte. Vielleicht wäre sie beeindruckt gewesen. Andererseits ... erfolgreich war er damit auch nicht gewesen. Irgendwas machte er immer falsch.

Er atmete auf, als die junge Frau hinter der nächsten Trennwand verschwand. Er würde also nur darauf achten müssen, ihr nicht am Büfett zu begegnen. Der Tisch, an dem sie frühstücken wollte, stand jedenfalls weit von seinem entfernt. Gott sei Dank!

Fred

Fred Alswede war hochzufrieden. Tatsächlich war es ihm gelungen, so pünktlich aufzustehen, dass er zur selben Zeit wie Alexandra Helbing zum Frühstücken gehen konnte. Sie nahm die erste Mahlzeit des Tages immer im *Bella Vita* ein, dort traf sie sich dann mit ihrer Freundin Nathalie, die in der Innenkabine wohnte. Beide waren sie Frühaufsteherinnen, die, wenn sie zum Frühstücken gingen, schon ihre Joggingrunden auf Deck absolviert hatten. Fred Alswede wurde beim Gedanken daran schwindelig, und er bekam Kopfschmerzen, wenn er sich vorstellte, er müsste schon in aller Frühe zehntausend Schritte tun, nachdem er sich am Abend zuvor zehn Gläser Sekt hinter die Binde gegossen und womöglich noch leidenschaftlichen Sex gehabt hatte. Alexandra Helbing war nach wie vor erstaunlich trinkfest und überdies topfit. Und wie am ersten Abend fand sie auch an den nächsten Tagen erst weit nach Mitternacht ins Bett. Fred Alswede vermutete, dass sie dann nicht immer allein war. Die Beschattung einer solchen Person forderte einem Detektiv alles ab. Denn natürlich ging Fred auch immer dann erst schlafen, wenn Alexandra Helbing in Richtung ihrer Kabine gestolpert war, und stand auf, wenn er sie auf dem Joggingparcours vermutete. Wahnsinn, was diese junge Frau für eine Bombenkondition hatte! Ihm verursachte schon die Beobachtung aller Aktivitäten Muskelkater und Erschöpfungszustände. Und er war sicher, dass er dieses Vergnügungspensum auch in jungen Jahren nicht bewältigt hätte! Vielleicht mussten einem Menschen dafür viele langweilige Lebensjahre bevorstehen, zum Beispiel als Lady im englischen Hochadel, um das aushalten zu wollen.

Eigentlich hatte er ja gedacht, dass er sich morgens länger Zeit lassen könnte. Was sollte schon in den ersten Morgenstunden passieren, das für Ron Helbing interessant sein könnte? Aber erstaunlicherweise war gerade heute Freds versteckte Kamera schon auf dem Oberdeck zum Einsatz gekommen. Der Typ, der mit Alexandra an Deck seine Runden gedreht hatte, war kurz mit ihr hinter der Poolbar verschwunden, die so früh noch geschlossen war. Fred hatte genau gesehen, was die rechte Hand des Mannes in Alexandra Helbings Sporthose gemacht hatte. Im Grunde hatte er längst genug Material. Am nächsten Tag würde er ausschlafen. Und dann musste er sich gut überlegen, was er tun sollte. Und vor allem, wann! Die südamerikanischen Häfen wollte er auf jeden Fall noch mitnehmen, bevor er Ron Helbing offenbarte, was sein Töchterchen so trieb. Das hatte er sich genau überlegt. Der Rückflug war teuer. Garantiert würde Ron Helbing sich ausrechnen, dass er dann genauso gut ihre Vereinbarung einhalten und den Detektiv weiter an Bord lassen konnte. Jedenfalls dann, wenn er es nicht durchsetzen konnte, dass ihm die Kosten für den Rest der Reise erstattet wurden. Der alte Helbing war Geschäftsmann. Wenn der sich nicht an einen bestehenden Vertrag halten wollte, musste für ihn einiges dabei herausspringen. Fred war guten Mutes, dass er die Weltreise bis zum Ende mitmachen durfte, auch wenn er Ron Helbing schon nach den ersten Tagen der Reise reinen Wein einschenken musste. Wenn da nur nicht dieser Kollege gewesen wäre ...

Weiter kam er mit seinen Gedanken nicht. Er hatte sich gerade einen Teller genommen, war am Büfett vorbeigeschritten, blicklos an dem gesunden Angebot wie Müsli, Cerealien, frischem Obst und Smoothies, doch mit großem Interesse, wenn es um Eierspeisen, gebratenen Speck und gegrillte Würstchen ging. Er blieb in der Nähe der Saftbar stehen, überlegte, ob ein Orangensaft vorab vernünftig sei, um für ausreichende Vitaminzufuhr zu sorgen, da wurde er von der Seite angerempelt. Anscheinend war jemand, der sich gerade am Tomatensaft bedient hatte, durch sanfte Schlingerbewegungen des Schiffs ins Straucheln geraten und, mit dem Glas voran, auf Fred Alswede zugestolpert. Der Tomatensaft schwappte in hohem Bogen aus dem Glas auf Freds frisches Hemd und auf sein einziges Sakko, das er jeden Morgen zum Frühstücken und jeden Abend in der Bar trug. Als er sich von seinem Schrecken erholt hatte und an sich hinabblickte, stellte er fest, dass er aussah, als wäre er in eine üble Schlägerei geraten, die mit schweren Verletzungen geendet hatte. Er war über und über rot besudelt.

Eine der Küchenhilfen sprang mit vielen Servietten herbei, eine Passagierin, offenbar eine vielfache Mutter, die mit solchen Missgeschicken vertraut war, bemühte sich um ihn, aber er sah am Ende nicht viel besser aus als zuvor.

Der Mann, dem er das Fiasko zu verdanken hatte, tänzelte aufgeregt um ihn herum. »Sorry!«, rief er und das auch noch schrecklich laut, sodass alle, die am Büfett standen, ihre Teller sinken ließen und auf ihn aufmerksam wurden. »Wie leid mir das tut! Ich kann mich gar nicht genug entschuldigen!«

Fred Alswede fand irgendwann aus seiner Erstarrung, stellte den Teller vorsichtig zurück, auf dem sich bis jetzt lediglich ein Löffel Rührei und eine gebratene Speckscheibe befanden, und fragte sich, ob er das Jackett gleich hier ausziehen oder besser so, wie er war, in die Kabine gehen sollte, um sich umzukleiden.

Diese Entscheidung wurde ihm abgenommen. Der Mann, dessen Ungeschicklichkeit er zum Opfer gefallen war, hatte sein Glas mit dem kleinen Rest Tomatensaft einem Kellner in die Hand gedrückt und versuchte nun, Fred aus seinem Sakko zu schälen. Er schien seine Umgebung unbedingt darauf aufmerksam machen zu wollen, dass er jemand war, der alles tat, um einen Fehler wiedergutzumachen. Fred Alswede hätte ihm am liebsten den

Mund zugehalten. »Lassen Sie mich Ihnen helfen. Selbstverständlich übernehme ich die Reinigungskosten. Nein, nein, keine Widerrede.« Der Typ hatte die Jacke von hinten am Kragen gepackt und versuchte nun, sie Fred von den Schultern zu ziehen. »Lieber Himmel, ich habe Ihnen den ganzen Urlaubstag verdorben. Das ist ja schrecklich! Es wird dauern, bis die Jacke gereinigt worden ist. Wenn so was an Bord überhaupt möglich ist! Selbstverständlich übernehme ich auch die Kosten für eine neue Jacke. Wir gehen gleich zusammen in den Bordshop, und Sie suchen sich auf meine Kosten ein neues Jackett aus.«

Fred Alswede versuchte abzuwehren, bemühte sich darum, das Getue um seine Person einzudämmen, damit sich der dumme Zwischenfall nicht zur Staatsaffäre auswuchs, auf die sämtliche Gäste des *Bella Vita* aufmerksam wurden, resignierte dann aber irgendwann, weil ihm klar wurde, dass aus der Diskretion nichts mehr werden konnte. Auch Alexandra Helbing und ihre Freundin sahen mittlerweile zu ihm herüber. In diesem kurzen Augenblick war genau das geschehen, was jeder Detektiv unbedingt vermeiden wollte: Er, der bisher völlig unauffällige Mitreisende, an den sich niemand erinnerte, der ihn einmal gesehen hatte, war nun allerseits bemerkt worden. Wer auch immer diesen Zwischenfall beobachtet hatte, würde sich später daran erinnern, würde jedes Mal, wenn er Fred Alswede sah, daran denken, wie er mit Tomatensaft besudelt am Büfett des *Bella Vita* gestanden hatte. Verdammt!

Fred Alswede war außer sich vor Zorn und hatte große Mühe, sich nichts anmerken zu lassen. Wenn Alexandra Helbing ihn bisher nie zur Kenntnis genommen hatte, wovon er sicher ausgegangen war, war es damit nun vorbei. Wenn er die nächsten Abende in derselben Bar in ihrer Nähe verbrächte, würde er ihr auffallen. Was für ein Ärger! Fred ging es jetzt nur noch darum, dass dieses dumme Vorkommnis gar nicht erst ins Langzeitgedächtnis der Zeugen rutschte, sondern in deren Kurzzeitgedächtnis blieb, von wo es hoffentlich bald ganz ins Reich des Vergessens hinabsickern würde. Er musste die Angelegenheit leise und verstohlen zu Ende bringen, deshalb murmelte er zu allen Vorschlägen ein leises »Ja, ja«, ließ zu, dass der Mann die Flecken auf seinem Jackett inspizierte und es dann zusammenfaltete, nickte, als der Typ ankündigte, er würde das gute Stück dem Servicepersonal übergeben, damit es schleunigst gereinigt werden könnte. Fred nickte auch noch, als der andere darauf bestand, gemeinsam mit ihm in den Bordshop zu gehen, sobald er geöffnet war, um für Fred Alswede ein neues Jackett zu kaufen. »Sie tun mir einen Gefallen«, versicherte er und zog ein so ehrliches Gesicht, dass Fred Alswede es ihm glauben musste. »Ich kann sonst diesen herrlichen Seetag nicht genießen.«

Fred Alswede hätte zu allem Ja und Amen gesagt, was der Typ wollte. Hauptsache, er gab endlich Ruhe und hörte auf, sich dermaßen auffällig zu verhalten.

Nun lief er sogar zum Ausgang des *Bella Vita*, wo immer ein Crewmitglied stand, das darüber wachte, dass alle Gäste vor dem Betreten des Restaurants ihre Hände desinfizierten. Fred Alswede hastete hinter ihm her und schaffte es zum Glück noch, sich sein Jackett zurückzuholen, ehe der Steward damit in Richtung Reinigung verschwinden konnte.

»Meine Bordkarte! Sie steckt in der Tasche. Und in der Innentasche habe ich meinen Kuli …«

Der Mann war wirklich unangenehm hilfsbereit, geradezu aufdringlich in seinem Bemühen, seinen Fehler wiedergutzumachen, und widerwärtig in seiner Übergriffigkeit. Grinsend hielt er Fred Alswede seine Bordkarte und den Kuli hin. »Selbstverständlich habe ich daran schon gedacht. Ich lasse doch nicht zu, dass der Inhalt Ihres Jacketts in der Reinigungstrommel landet.«

Der Kerl hatte die Frechheit besessen, in seine Jackentasche zu greifen? Das wurde ja immer schlimmer. Was erlaubte der sich?

Unwirsch nahm Fred ihm die Karte und seinen Kuli ab, verstaute beides in den Brusttaschen seines Hemdes und sah bedrückt seinem Jackett hinterher, das in den Händen des Stewards entschwand, als befürchtete er, es nie wiederzusehen.

Der schreckliche Mann, den er in diesem Augenblick verabscheute wie keinen anderen, strahlte ihn an und bat ihn, zu ihm an den Tisch zu kommen. »Wenn wir gefrühstückt haben, gehen wir zusammen in den Bordshop. Meine Lebensgefährtin wird uns begleiten, sie hat, wenn es um Mode geht, einen sicheren Geschmack.«

Fred Alswede brachte es nicht fertig, sich den Fängen dieses Mannes zu entziehen, obwohl er ihn mittlerweile nur noch impertinent und zum Kotzen fand. Wie ein Schwein zur Schlachtbank folgte er ihm, und das nur, weil jede Weigerung zu weiteren auffälligen Aktionen geführt hätte.

»Übrigens … mein Name ist Vico Irion.«

Maria

Von Montevideo nach Buenos Aires, 16.11.

Der Tag in Montevideo war kurz gewesen, schon um 18 Uhr legten wir wieder ab, also hieß es bereits eine halbe Stunde vorher: Alle Mann an Bord. Ich hatte meine liebe Mühe gehabt, in Montevideo zu erledigen, was nötig war. Ich mag es gar nicht zugeben, denn Barbara hat mir mehr als einmal gesagt: »Du musst dir eine Ersatzbrille anschaffen. Was ist, wenn deine einzige Brille auf der Weltreise kaputtgeht?«

Ich habe dann jedes Mal behauptet, mir sei noch nie eine Brille kaputtgegangen, was nicht stimmte, und ich hielte es für ausgeschlossen, dass so etwas ausgerechnet auf dieser Reise passieren sollte. Aber dann geschah es doch. Ich hatte die Brille geputzt, danach vergessen, sie an meiner Brillenkette zu befestigen, sondern sie einfach in die Haare geschoben, was ich nach Barbaras Meinung niemals machen sollte, damit aus meiner Frisur kein Zottelkopf wurde, und mich dann schwungvoll gebückt. Die Brille landete mit einem hässlichen Geräusch auf der Erde, und als ich sie aufhob, fiel das rechte Glas heraus. Ich versuchte, es wieder hineinzudrücken, um dann so tun zu können, als wäre nichts gewesen, aber das funktionierte leider nicht. Das Gelenk, mit dem der rechte Bügel am Brillengestell befestigt worden war, hatte seine Schraube verloren. Oder vielmehr ... sein Schräubchen. Das Ding war so winzig, dass ich es nicht wiederfinden konnte, obwohl ich mir alle Mühe gab, auf Knien durch den Kassenbereich rutschte, jeden Zentimeter des Bodens abtastete und damit erst aufhörte, als ein Passagier neben mir erschien und mich höflich fragte, ob er mir helfen könne. Das konnte er natürlich nicht, aber immerhin kam er mir mit dem Vorschlag, da könne nur ein Optiker helfen. Na, darauf wäre ich am Ende sogar selbst gekommen.

Den Rest des Tages lief ich also schwer sehbehindert durch den Bordshop, konnte kein Preisschild erkennen, über die Beimischung von synthetischen Fasern nichts sagen und nicht herausfinden, für welches Alter ein Spielzeug geeignet war. Alles, was ich konnte, war, den Zeigefinger auf die Stelle zu legen, wo die Information stand, und sie dem Kunden hinzuhalten. Das war natürlich keine Dauerlösung. Ich musste meine Brille unbedingt reparieren lassen. Und zwar noch hier, in Montevideo, denn Barbara sollte mir nicht vorhalten können, sie hätte es doch gleich gesagt ...

In der Parfümerie gegenüber dem Bordshop gab es modische Sonnenbrillen und auch ein paar Lesehilfen, damit kam ich fürs Erste über die Runden. Aber als wir angelegt hatten, wartete ich nur so lange, bis die Inhaber der Geschäfte in Montevideo ihre Gitter hochzogen. Dann zog ich los. Der Hafen liegt am Rand der Bucht von Montevideo, die historische Altstadt öffnet sich, sobald man das Hafengelände verlässt. Ich war vor Jahren schon mal in Montevideo, und zwar, als ich mich mit Cesar gestritten, Rio Hals über Kopf verlassen und ihm weisgemacht hatte, ich sähe meine Zukunft in Uruguay. Das war natürlich Unsinn. Cesar hatte mich nach zwei Wochen aufgespürt und holte mich zurück nach Rio. Aber in diesen vierzehn Tagen habe ich viel von Montevideo gesehen. Ich wusste jetzt, dass ich mich links halten musste, um zum größten Platz Montevideos zu gelangen, zur Plaza Independencia. Ein wunderbarer Ort, eine Insel im Verkehrsgewimmel, von Palmen eingerahmt, beherrscht von einem Standbild des Freiheitskämpfers und Nationalhelden General Artigas. Aber es gab keinen einzigen Optiker. Die Geschäfte ringsum verkauften alles Mögliche, aber keine Brillen. Doch in der Altstadt, der Ciudad Vieja, wurde ich fündig. Ein Optiker, nett und alt wie

Methusalem, aber schlitzohrig wie ein Jungspund, machte großen Wirbel um diese Kleinigkeit, nahm sich viel Zeit und damit das Recht heraus, mir für diese unbedeutende Serviceleistung zwanzig Dollar abzuknöpfen. Ich nahm mir dafür ein ähnliches Recht heraus und beschimpfte ihn als Halsabschneider, allerdings erst, nachdem er mir die reparierte Brille ausgehändigt hatte. Damit waren wir dann beide zufrieden und schieden freundlich voneinander. Ich genehmigte mir noch eine kleine Besichtigungstour mit dem Taxi, ließ mich zum Rathaus fahren und zum Fabini-Park, wo damals Cesar mit einem Mal vor mir stand und behauptete, er liebe mich und wolle mich heiraten. Seine Liebe nahm ich gerne an, seinen Heiratsantrag nicht. Darüber bin ich heute noch froh.

Das Taxi setzte mich zwischen Altstadt und Hafen ab, ich ging mit neuem Schwung auf die *Soleil* zu, im Bewusstsein, dass ich in »meinem« Bordshop wieder alles würde haarscharf erkennen können. Etwas allerdings erkannte ich schon jetzt und ebenso haarscharf: eine Frau, die an der Straßenecke stand und auf etwas oder auf jemanden zu warten schien. Sie war groß und üppig, hatte dunkle, gelockte Haare und trug einen hellgrünen Kaftan, der mit roten Blumen bedruckt war, über einer schmalen weißen Hose. Das Auffälligste waren die langen Ohrhänger, die bis auf ihre Schultern reichten. Benita Meister! Auf wen wartete sie?

Ich bin sicher, dass Sie auf der Stelle denselben Gedanken gehabt hätten wie ich. Sie wartete auf Lukas. Das Schiff lag im Hafen, und der Kapitän durfte seine Freizeit genießen. Auf der anderen Straßenseite reihten sich zahlreiche parkende Autos, in deren Schutz ich mich bewegen konnte, ohne von Benita Meister bemerkt zu werden. Ich brauchte nur ein paarmal auf und ab zu gehen, da sah ich, dass sie auf jemanden aufmerksam wurde. Lukas? Ich wartete gespannt, beobachtete, wie Benita Meister ein kleines Lächeln aufsetzte und ihren Oberkörper aufrichtete. Ein Mann in weißer Uniform kam auf sie zu, begrüßte sie mit einer kurzen

Umarmung und zog sie dann mit sich. Doch in dieser weißen Uniform steckte nicht mein Bruder.

Ich folgte den beiden unauffällig in großem Abstand. Sie überquerten die Rambla de Agosto und gingen in die Piedras zum Mercado del Puerto, der alten Markthalle, die längst keine mehr war. Die Marktstände gab es nicht mehr, stattdessen hatten sich vor dem Gebäude Souvenirverkäufer breitgemacht. Benita Meister und der junge Mann schlenderten von einem zum anderen, ohne etwas zu betrachten, ohne etwas zu sehen, und redeten leise miteinander.

Ich traute mich näher heran, kaufte sogar, als sie stehen blieben und ich nicht zu ihnen aufschließen wollte, ein Paar Ohrhänger, obwohl sie mir nicht gefielen, und nutzte die Zeit, die die Verkäuferin brauchte, um das Wechselgeld zusammenzusuchen, mir die Uniform genauer anzusehen. Nein, das war kein Offizier der *Soleil*, es musste sich um ein Crewmitglied handeln, das im Servicebereich arbeitete. Ich prägte mir seine Figur ein, er war groß und stämmig, die Frisur, die dringend einen neuen Schnitt brauchte, den goldenen Ring im linken Ohrläppchen. Was hatte Benita Meister mit diesem jungen Kerl zu schaffen? Betrog sie ihren Mann nicht nur mit dem Kapitän der *Soleil*, sondern gleichzeitig mit jedem anderen, der sich anbot? Nein, das konnte ich nicht glauben. Die beiden schien zwar ein Geheimnis zu verbinden, doch amouröser Natur war es wohl eher nicht. Ihre Gesichter blieben sehr ernst, während sie leise miteinander sprachen, keiner der beiden lächelte auch nur ein einziges Mal. Sie waren sehr konzentriert, ließen sich von anderen Passanten anrempeln und drängen, ohne es zu bemerken, standen ihrerseits anderen im Weg, ohne darauf aufmerksam zu werden.

Schließlich kamen sie offenbar zu einem Schluss. Ja, so wirkte es auf mich. Sie hatten etwas diskutiert, von allen Seiten beleuchtet, intensiv beraten und wussten nun, was zu tun war. Der junge Mann nickte heftig, dann lächelte er kurz. Auch Benita Meister lächelte nun, aber sehr wehmütig und freudlos. Sie versetzte ihm einen Klaps auf den Oberarm, dann drehte er sich um und ging zum Schiff zurück. Benita wanderte noch eine Weile von Stand zu Stand, ohne Interesse, ohne Kaufabsichten, dann wandte auch sie sich wieder dem Hafen zu und schlenderte auf die *Soleil* zu.

Ich hatte am Abend noch lange darüber nachgedacht, war aber aus der Sache nicht schlau geworden. Allerdings nahm ich mir vor, auf der *Soleil* nach diesem jungen Mann Ausschau zu halten. Vielleicht ließ sich dieses Treffen erklären, wenn ich wusste, wo er arbeitete, wofür er zuständig war. Womöglich war es wichtig.

Und nun war ein neuer Tag angebrochen. Den musste ich unbedingt sinnvoll nutzen, ehe wir in San Antonio einliefen und Lisa zustieg. Danach würde alles noch komplizierter. Wetten? Was gestern schiefgelaufen war, musste ich heute unbedingt geraderücken. Das bedeutete, ich würde Jonas den Kopf waschen, musste Emily klarmachen, dass mein Sohn eigentlich ein super Typ ist, egal, was er sich gestern geleistet hatte, ich musste Lukas ins Gewissen reden, dass er als Kapitän kein Techtelmechtel mit einer verheirateten Passagierin beginnen konnte, musste Benita Meister zeigen, was ich davon hielt, dass sie bereit war, ihren Ehemann zu betrügen, und diesen, wenn alles vergeblich sein sollte, mit einem zarten Hinweis auf die Bühne des Dramas holen. Das dürfte alles nicht leicht werden. Schon deswegen, weil ich den ganzen Tag im Bordshop bleiben musste und darauf angewiesen war, dass diejenigen, die ich zur Räson bringen wollte, bei mir hereinschauten. Jonas hatte auf meine WhatsApp-Nachricht, dass er sich gefälligst im Shop einfinden sollte, bisher noch nicht reagiert. War ja klar! Er wollte sich nicht von seiner Mutter sagen lassen, wie er mit der Frau umzugehen hatte, in die er verliebt war. Vermutlich wusste er nicht einmal, was er falsch gemacht hatte. Wundern würde es mich nicht.

Nur gut, dass Babara heute zusteigen wird. Sie ist eine Frau, die stets weiß, wo es langgeht. Immerhin ist sie Polizistin, sie kann schnell Entscheidungen treffen, hat auch immer den Mut, sie umzusetzen, und lässt sich nicht durch übermäßige Emotionalität den klaren Blick vernebeln. Wenn sie an Bord ist, wird alles leichter, da bin ich mir sicher. Vielleicht kann ich es sogar wagen, mit ihr über Jonas' Auftrag zu reden? Sie ist verschwiegen. Und sie hat womöglich eine Idee, wie wir Jonas unterstützen könnten. Garantiert fällt ihr auch etwas ein, um herauszufinden, wem mein Sohn eigentlich auf der Spur ist. Bei der Geschichte mit Benita Meister könnte sie mir vielleicht auch behilflich sein. Aber da muss ich wieder vorsichtig sein. Ich habe Dorothee versprochen, nichts verlauten zu lassen von unseren Plänen. Puh, diese ganze Geheimniskrämerei ist wirklich anstrengend! Und manchmal fürchte ich, dass ich den Überblick verliere.

Aber wie auch immer, ich freue mich auf Barbara. Mein Gott, ich habe sie so lange nicht mehr gesehen. Fünf Jahre! Es reicht einfach nicht, sich regelmäßig und sogar häufig zu schreiben, gelegentlich braucht man den Blick ins Gesicht der anderen und die Umarmung. Finden Sie nicht auch? Und man muss die Stimme der anderen hören, nicht nur am Telefon. Aber jetzt werden wir das alles eine lange Zeit genießen können. Herrlich!

Ich ordnete einen Stapel T-Shirts neu, der in Schieflage geraten war. Sämtlich Rundhals-Shirts mit kurzem Ärmel, aber dem Namen eines Labels auf der linken Brust, mit dem man den Neid jeder Geschlechtsgenossin erregte. Es kostete 250 Euro, völlig verrückt! Trotzdem war der Stapel nur noch halb so hoch wie am Tag des Auslaufens in Hamburg. Benita Meister hat gestern eins in Dunkelblau gekauft. Leider wusste ich da noch nicht, dass sie von Lukas auch mit eingeladen worden war, und habe ahnungslos ein Loblied auf ihre Oberweite gesungen, die in diesem Shirt besonders gut zur Geltung kam. Hätte ich geahnt, dass sie es am Abend in Lukas' Suite tragen würde, hätte ich ihr das billigste Teil angedreht, durch das sich jede Speckfalte drückte. Ja, Sie haben richtig gehört: Was ich anfangs noch wohlproportioniert genannt habe, werde ich so lange Speckfalte nennen, bis Benita Meister von meinem Bruder abgelassen hat. Aber gleich kam mir wieder der junge Mann in den Sinn, mit dem sie sich getroffen hatte. Ich wurde den Verdacht nicht los, dass ich einem Geheimnis auf der Spur war.

Die Frühstückszeit neigte sich dem Ende zu, mein Bordshop wurde von denen frequentiert, die sich auf dem Weg in die Kabine noch schnell Sonnencreme, einen Haarreif oder eine Kette für die Sonnenbrille kaufen wollten, um sie auf dem Pooldeck nicht zu verlieren.

Sollten Sie auch Interesse haben – ich könnte Ihnen *Love Madeira* empfehlen, weiße Perlen, verziert mit winzigen Federn, bunten Anhängern, Love-Crystals-Schiebern und Rivoli-Kegelsteinen. Aber ich schweife ab ...

Die drei Personen, die den Bordshop betraten, gingen ohne zu zögern in den hinteren Bereich, wo die Herrenmode untergebracht war. Ich bin der Ansicht, dass ich eine gute Menschenkenntnis habe und meine Kunden schnell einordnen kann, wenngleich meine Schwester Barbara anderer Meinung ist, sie behauptet nämlich, ich sei selten objektiv, sondern ließe mich bei der Beurteilung meiner Mitmenschen von Emotionen leiten und durch Nebensächlichkeiten ablenken. Kann sein! In diesem Fall hatte ich ohnehin Schwierigkeiten. Zwei Männer und eine Frau, sehr ungewöhnlich! Die Männer wie sie unterschiedlicher nicht sein konnten, und die Frau so grell geschminkt und aufgerüscht, als hätte sie noch nie was von Seegang und Seenotrettungsübungen gehört. Klein waren beide Männer, weder dick noch schlank, dennoch hatten sie eine ganz unterschiedliche Ausstrahlung. Der eine, wohl der Partner der Frau, war ein Angeber, prahlerisch, breitbrüstig, wirkte größer, als er war, und sprach viel zu laut. Der andere, noch ein bisschen kleiner, bewegte sich ohnehin geduckt, ihm war es wohl peinlich, im Mittelpunkt dieses Geschehens zu stehen, er sah so aus, als hätte er lange versucht, es zu verhindern. Wie ich erfuhr, war er mit Tomatensaft besudelt und von dem Verursacher genötigt worden, dessen Wiedergutmachung anzunehmen. Es schien ihm nicht zu gefallen. Und das, obwohl er nicht so aussah, als könnte er ein neues Jackett mal eben aus der Portokasse bezahlen. Wie er sich diese Weltreise leisten konnte, bekam ich schnell heraus, während ich ihm die Ärmel einer Jacke absteckte, die in die engere Wahl gekommen war. Er war Schulhausmeister, hatte im Lotto gewonnen und sich eine Auszeit von einem halben Jahr genommen. Toll! Das gefiel mir.

Was mir weniger gefiel, war seine Figur, die für Konfektionsware nicht gerade geschaffen war. Einer wie er brauchte eigentlich einen Maßschneider, aber ich war sicher, dass er so einen noch nie zu Gesicht bekommen hatte. Wenn das Jackett am Bauch passte, waren die Schultern zu breit, und wenn das Teil dort oben gut saß, bekam er die Knöpfe nicht zu. Am schlimmsten aber war es mit den Ärmeln. Sie waren bei jedem Modell zu lang. Meinen Vorschlag, sie hochzukrempeln, weil das ohnehin leger und ein wenig nonchalant wirkte, wies er entsetzt zurück. Nein, so was wollte er nicht. Das war ihm anscheinend zu revolutionär.

Also gab es nur eins: »Ich muss Ihre Ärmel kürzen.«

Er sah mich hoffnungsvoll an. »Können Sie das erledigen?«

In diesem Moment bemerkte ich, dass Jonas sich in den Shop drückte. Er schenkte weder mir noch meinen Kunden einen Blick, ging vom Puzzle-Angebot zu den Schwimmbrillen und gab dann schließlich vor, sich für Schlüsselanhänger zu interessieren. Dabei blieb er in Hörweite, das fiel mir natürlich gleich auf. Hatten diese Leute oder einer der drei etwas mit Jonas' Auftrag zu tun? Dieser Gedanke kam mir sofort. Die Frau, die so gar nicht auf dieses Schiff passte? Ihr Partner, der sich großzügig und generös gab? Oder der Schulhausmeister, der so harmlos wirkte, dass er ein sehr guter Schauspieler sein musste, wenn er in Wirklichkeit ein Krimineller war? Prompt sah ich mir die drei mit anderen Augen an. Wenn ich mit meinem Verdacht recht hatte, würde Jonas vermutlich daran gelegen sein, dass ich mich länger mit diesen Kunden beschäftigte?

»Klar, das mache ich«, sagte ich zu, ohne zu wissen, worauf ich mich da einließ. So was konnte schließlich nicht so schwer sein. Oder? Kennen Sie sich mit so was aus? Würden Sie mir Tipps geben, wenn ich mir zu viel vorgenommen habe?

Misstrauisch schaute ich mir das Innenleben des Sakkoärmels an und wurde unsicher. Wie bekam ich das hin, dass das Innere des Ärmels nach meiner Näharbeit noch genauso perfekt aussah wie jetzt? Ich wusste es nicht. Aber mir fiel etwas ein, womit ich immerhin professionell wirken konnte. Eine frühere Nachbarin, die sich als Änderungsschneiderin etwas dazu verdiente, hatte mir mal erklärt, wie man die Länge des Ärmels richtig ausmisst.

»Bei ausgestrecktem Arm muss er über das Handgelenk bis zur Handwurzel reichen«, gab ich von mir und merkte, dass ich überzeugend wirkte. Den Gedanken, dass ich bisher nie mit gelungenen Handarbeiten aufgefallen war, schob ich beiseite. Meinem Mann hatte ich früher gelegentlich die Strümpfe gestopft, bis er mich irgendwann bat, die Löcher wieder hineinzuschneiden, weil ihn die Stopfwolle und die Knoten, die mir hineingeraten waren, drückten. Dass ich auf diesem Gebiet begabt war, konnte ich also nicht behaupten. Man hätte nur meine Handarbeitslehrerin zu fragen brauchen, die mir eine düstere Zukunft als durch und durch unfähige Familienmutter prophezeit hatte. Aber so einen Ärmel ein Stück zu kürzen, das konnte doch nicht so schwer sein! »Das kriege ich hin. Kein Problem.«

Dass Jonas unruhig herüberblickte, fiel mir auf, aber darum kümmerte ich mich nicht. Ich machte das schließlich vor allem für ihn. Ich wusste, dass er jemanden observieren musste. Aber ich wusste nicht, wen und erst recht nicht, warum. Er hatte mir seine Aufgabe nur notgedrungen verraten, weil ich ohnehin schnell durchschaut hätte, dass Jonas nicht privat an Bord war. Und er hatte sich gesagt, dass ich ihm andernfalls womöglich in seine Ermittlungen hineinpfuschte, um etwas herauszufinden. Also war es ihm weniger gefährlich erschienen, mich zu informieren. Um wen es ging, hatte ich allerdings nicht erfahren. Jedenfalls um eine dieser drei Personen, das sah ich meinem Sohn an. Wie er unbeteiligt tat, aber dennoch seine Aufmerksamkeit nicht auf die Artikel richtete, die er zur Hand nahm, sondern auf das, was in der Nähe der Kasse geschah! Ein bisschen ärgerte ich mich sogar. Was hatte er eigentlich in seiner Ausbildung gelernt? Auf jemanden, der völlig ahnungslos war, mochte er überzeugend wirken, aber wer ihn kritisch betrachtete, würde schnell merken, dass Jonas kein Kunde war, der sich für Kühlschrankmagneten oder kuschelige Kapitänsbären interessierte. Er würde noch einiges lernen müssen. Es konnte also nicht falsch sein, wenn ich diese drei Kunden nicht so schnell wieder freigab, sondern sie nötigte, mindestens noch einmal zu mir zu kommen.

Der Schulhausmeister wollte fragen, was die Änderung kostete, aber der andere ließ ihn nicht zu Wort kommen. »Die Kosten für die Änderung übernehme ich natürlich auch.« Er zog seine Partnerin heran, die sich während des Absteckens in Richtung des Haarschmucks davongemacht hatte. »Die Jacke steht ihm gut, oder?«

Sie kam pflichtschuldigst herbei, besah sich den Hausmeister von allen Seiten und bestätigte dann, dass die Jacke prima aussehe und hervorragend sitze. Beides stimmte ganz und gar nicht, sie hatte also keine Ahnung von guter Garderobe. Geschmack hatte sie auch nicht, das sah man auf den ersten Blick. Sogar ich! Obwohl Barbara mir schon mehr als einmal unverblümt gesagt hatte, dass auch ich keinen habe. Ich schaffe es leider nicht, das zu ändern, doch immerhin erkenne ich jemanden, der ebenfalls Schwierigkeiten hat, sich so zu kleiden, dass er nicht unangenehm auffällt. Aber natürlich hielt ich den Mund. Und als sie mich zum Haarschmuck winkte, folgte ich ihr sofort, nach wie vor ohne auf Jonas' Anwesenheit zu reagieren.

Die Frau, die von ihrem Partner oder Ehemann Liane genannt wurde, hatte Interesse an einer auffälligen Haarklammer, hielt es aber auch für möglich, dass ein breites Haarband sie schmücken könnte. »Ich brauche etwas, um das Haar aus dem Gesicht zu nehmen, damit auch die Stirn braun wird. Und es soll dafür sorgen, dass meine Haarfarbe nicht ausbleicht.«

Für das erste Problem empfahl ich ihr unsere Haarklammer »Meran« aus hochwertigem Celluloseacetat, das aussah wie Elfenbein, ein Wort, das erwartungsgemäß ein Lichtlein in ihren Augen anzündete. Elfenbein bedeutete so viel wie »teuer« und »besonders«! Dass dafür ein Elefant sterben musste, hatte sie garantiert noch nie gehört. »Für helles und dunkles Haar gleichermaßen geeignet.« Ehe sie fragen konnte, ob die Spange für 12,98 € aus echtem Elfenbein bestand, präsentierte ich ihr breite Stirnbänder, elastisch im Ethno-Look, handbestickt aus Leinen oder ein Knotenhaarband, das sie zum Turban schlingen konnte.

Liane griff sich vorsichtig ins Haar, stellte fest, dass dort alles dank einer Unmenge Haarspray am richtigen Ort saß, und beschloss, dass es so bleiben müsse. »Können Sie die Sachen für mich probieren?«, fragte sie mit einem kurzen Blick auf meine Frisur, die vermutlich schon länger keine mehr war, ohne dass ich es bemerkt hatte. Natürlich hatte ich seit dem Arbeitsbeginn nicht mehr in den Spiegel gesehen, obwohl ich mir doch fest vorgenommen hatte, es nie wieder zu vergessen.

Also schob ich mir die Haarklammer auf den Hinterkopf und ließ Liane darüber nachdenken, wie sie in ihren Haaren wirken könnte, und zog dann ein Stirnband über den Kopf, mit dem ich den Haaransatz nach hinten schob.

Liane schien unsicher zu sein und sich zu fragen, ob dieser

Haarschmuck auch auf ihrem Kopf so aussehen könnte wie in meinen Haaren. Zögernd griff sie nach einem Fascinator, der schon für den Silvesterball bereitlag, und bat mich, auch diesen einmal für sie zu probieren. Diesmal verzichtete ich ganz bewusst auf einen Blick in den Spiegel, weil ich gar nicht wissen wollte, wie dieses Vintage-Glamour-Modell mit Vogelkäfig-Schleier und Boa-Federn auf meinem Kopf aussah. Ich wunderte mich jedenfalls kein bisschen, dass die Kundin sich für keines der Modelle entscheiden konnte, und tat so, als glaubte ich ihr, als sie mir versicherte, sich die Sache noch einmal überlegen zu wollen und eventuell später darauf zurückzukommen.

Ich verabschiedete die drei mit freundlichen Worten, dann zog ich mich mit dem Jackett, auf das die Wahl gefallen war, hinter die Kasse zurück. Als ich noch einmal kurz aufblickte, sah ich, dass der Schulhausmeister nur zögerlich den Shop verließ. Er warf einen langen Blick zurück, der meinem Sohn zu gelten schien.

Jonas nahm die Verfolgung nicht auf, sondern kam zu mir. »Glaubst du wirklich, dass du das kannst?«

Er griff nach dem Fascinator, den ich noch auf dem Kopf trug, was ich glatt vergessen hatte. Dann zog er mir auch das Haarband herunter und mit ihm die Haarklammer. Kopfschüttelnd betrachtete er mich. »Hast du einen Kamm griffbereit?«

Ich machte mir keine Gedanken darüber, wie ich mit Haarband, Fascinator und Haarklammer ausgesehen haben mochte, verstand nun aber, warum zwei junge Mädchen bei meinem Anblick albern gekichert hatten. »Ja, ja …«

»Du musst dich kämmen«, mahnte Jonas.

»Ja, ja.« Ich fuhr mir mit den Fingerspitzen durch die Haare und hoffte, das würde fürs Erste reichen. »Ich muss mir überlegen, wie man so einen Ärmel kürzt.«

Ein Teil meines Mutes verließ mich bereits. War das wirklich so leicht, wie es mir vorgekommen war? Mich beschlichen Zweifel.

Aber natürlich äußerte ich sie nicht. Dazu war es eindeutig zu spät.
»Wird schon klappen.«
»Gibt es nicht jemanden, der das für dich übernehmen könnte?«, fragte Jonas.

Darauf antwortete ich nicht. Jonas sollte nur nicht so tun, als interessierte er sich wirklich für diese Ärmel! Selbstverständlich durchschaute ich ihn! Es ging ihm nur darum, dass ich nicht erfuhr, mit welcher Person sein Auftrag verknüpft war. Aber er sollte ruhig wissen, dass er mir nichts vormachen konnte.

Leise und mit Grabesstimme fragte ich: »Wer von den dreien ist es?«

Jonas' Antwort folgte viel zu schnell. »Ich weiß nicht, wovon du redest.«

Natürlich glaubte ich ihm kein Wort. »Ich habe gemerkt, dass du nicht zufällig hier reingekommen bist. Also ... wer ist es?«

Jonas ärgerte sich. Denn natürlich soll ein Detektiv sich so unauffällig verhalten, dass niemand auf die Idee verfällt, er könnte eine Zielperson observieren.

»Wenn es der ist, für den das Jackett bestimmt ist, dann hat er durchschaut, warum du an Bord bist.«

Jonas lachte verächtlich. »Du und dein angeblicher Spürsinn!« Um mir zu beweisen, dass ich mich geirrt hatte, hängte er den Haarschmuck zurück an den Ständer und schlenderte weiter durch den Shop, als hätte er von Anfang an nichts anderes vorgehabt.

Ich war trotzdem zufrieden. Nun wusste ich also, auf wen Jonas es abgesehen hatte. Auf den Schulhausmeister, der natürlich keiner war. Den würde ich mir in den nächsten Tagen genauer ansehen. Dass Jonas genau das vermeiden wollte, war mir klar. Er hatte mich zwar in seinen Auftrag eingeweiht, mir aber Einzelheiten zu der Person verweigert, um die es ging.

Ich ließ mir nichts anmerken, zeigte ihm, dass ich an nichts anderes als an die Kürzung der Ärmel dachte, und zog meine Stirn in

Falten, als dächte ich nach. Gehöre ich nicht zu denen, die sich mit einer guten Idee aus einer Sache herausmanövrieren können? Oder die fähig sind, zumindest eine lästige Angelegenheit zu ihrem Vorteil zu nutzen? Emily hatte mir ihre Handynummer gegeben, als wir uns vor der Tür verabredet hatten, hinter der sich der Weg zur Kapitänssuite fortsetzte. Es spielte keine Rolle, ob sie wirklich in der Lage war, einen Sakkoärmel zu kürzen, Hauptsache, ich hatte einen Grund, sie anzurufen und sie zu mir zu bitten. Dann würde ich hoffentlich einen Punkt auf meiner To-do-Liste abarbeiten können: Emily von den Qualitäten meines Sohnes überzeugen. Vielleicht würde ich aus ihr herausbekommen, was Jonas sich geleistet hatte, dass sie ihn in Lukas' Suite wie Luft behandelt hatte.

Emily

Sie legte das Buch zur Seite, stand auf, packte ihre Utensilien in den kleinen Stoffbeutel, den sie an die Armlehne der Liege gehängt hatte, und machte sich auf den Weg. Nicht schnurstracks, das war ihr trotz ihrer Neugier nicht möglich. Sobald ihr Blick aufs Meer fiel, auf den Horizont, auf den Himmel darüber, auf ein anderes Schiff, das in weiter Ferne seine Bahn zog, musste sie einfach stehen bleiben, sich an die Reling lehnen und eine Weile hinausschauen, dem Spiel der Wellen zusehen, dem Funkeln der Sonne auf dem Wasser, und die Augen schließen und ihr Gesicht dem Wind hinhalten.

Auf dem Pooldeck herrschte eine träge Stimmung. In den drei Pools aalten sich ein paar Passagiere, schwammen nicht, bewegten sich nur träge im Wasser, der Whirlpool war leer. Die meisten Liegen waren besetzt, viele schliefen oder dösten, einige lasen, nur wenige unterhielten sich. Lediglich an der Poolbar ging es lebhaft zu. Sie lag im Schatten, kühle Drinks sorgten für gute Stimmung.

Emily löste sich von der Reling und machte sich auf den Weg zum Bordshop. Was mochte Maria Liebermann von ihr wollen? Vielleicht konnte sie ihr verraten, was in Jonas gefahren war? Emily merkte, dass sie gern mit der Mutter über ihren Sohn reden würde. Sie sehnte sich nach einer Erklärung, die Jonas' Verhalten in einem anderen Licht erscheinen ließ. Vielleicht hatte sie ja etwas missverstanden oder überinterpretiert?

Sie nahm den Aufzug vom zwölften Deck zum neunten und dachte währenddessen gründlich nach. So, als ginge sie zu einem

Bewerbungsgespräch und wollte sich alles Wichtige einprägen, das ihren zukünftigen Arbeitgeber für sie einnehmen sollte. Dieser romantische Moment am Bug des Schiffes – und dann Jonas' plötzliches Abrücken und die Fragen nach Liane Reich. Anschließend die langhaarige Blondine, von der er sich hatte übertölpeln lassen, was sie zwar sofort durchschaut hatte, Jonas aber womöglich noch immer nicht klar war. Was hatte es mit Nathalie Teichler auf sich? Sie führte etwas im Schilde, und Jonas merkte es nicht. Aber was? Ging es nur darum, dass er ihr gefiel? Emily wurde den Verdacht nicht los, dass etwas ganz anderes dahintersteckte.

Der Kapitän wollte gerade das Theater durchqueren, an seiner Seite zwei Offiziere, hinter sich die Entertainment-Managerin, aber er wurde von Passagieren aufgehalten, die unbedingt ein Selfie mit ihm haben wollten. Lukas Jantzen machte gute Miene zum lästigen Spiel und grinste in jedes Handy, das ihm vors Gesicht gehalten wurde. Dabei fiel sein Blick auf Emily, die stehen geblieben war, um sich anzusehen, wie er vereinnahmt wurde und Mühe hatte, seinen Weg fortzusetzen. Offenbar wurde sie für ihn zur Retterin aus der prominenten Not. Dank ihrer Anwesenheit fand er einen guten Grund, sich von den zudringlichen Passagieren zu lösen. »Sorry, ich muss mal eben etwas besprechen …«

Er kam auf Emily zu und begrüßte sie. »Gut, dass ich Sie treffe. Es wird Zeit, dass ich mich bei Ihnen entschuldige.« Er lockte sie mit einer Geste weiter von den Passagieren weg. »Jonas hat Sie vorgestellt und ich bin gar nicht dazu gekommen, mich mit Ihnen zu unterhalten. Es war irgendwie … gleich zwei Damen, die ich noch nicht kannte … und ich musste ja auch bald auf die Brücke zurück …«

Emily verkniff sich ein Grinsen. Klar, die andere Dame hatte ihm gezeigt, dass sie an dem Kapitän interessiert war, und ihm selbst war es darum gegangen, ihr ebenfalls zu signalisieren, dass er einem Flirt nicht abgeneigt war. Da war die Freundin seines Neffen ins Hintertreffen geraten.

»Sie müssen mir unbedingt erzählen, woher Sie kommen, was Sie machen ...« Er lächelte sie herzlich an, und Emily schoss der Gedanke durch den Kopf, dass dieser Mann leichtes Spiel bei Frauen hatte. Dennoch kam ihr nicht der Gedanke, er könnte trotz des Altersunterschiedes an ihr als Frau interessiert sein. »Das war unhöflich von mir.«

»Kein Problem«, murmelte Emily. »Es war toll, dass ich gestern dabei sein durfte.«

»Sicherlich hat Jonas Ihnen erzählt, dass in Buenos Aires meine Schwester Barbara zusteigen wird?« Er wartete nicht auf eine Bestätigung, es schien für ihn selbstverständlich zu sein, dass sie informiert war. »Wir wollen dann in der Offiziersmesse zusammensitzen. Ich werde Jonas sagen, dass er Sie unbedingt wieder mitbringen soll. Einverstanden? Sie sind herzlich eingeladen. Und natürlich auch, wenn meine Nichte Lisa an Bord gekommen ist. Sie dürfte etwa in Ihrem Alter sein. Und dann müssen Sie mir mehr von sich erzählen.«

Emily merkte, dass sie rot wurde. Sollte sie dem Kapitän sagen, dass er sich täuschte? Dass sie nicht Jonas' Freundin war? Dass es sogar so aussah, als sollte sie es nie werden?

Lukas Jantzen warf einen Blick um sich, als wollte er nach jemandem Ausschau halten. »Wo ist mein Neffe überhaupt? Ich dachte, er liegt mit Ihnen zusammen auf dem Pooldeck in der Sonne und gibt mit seinen Bizeps an.« Er wartete nicht auf Emilys Entgegnung, zu ihrem Glück, denn ihr wäre keine eingefallen. »Haben Sie sich erst an Bord kennengelernt? Oder sind Sie der Grund, dass er einen Weg gefunden hat, die Weltreise doch mitzumachen? Sie wissen ja, zunächst hatte er abgesagt.«

»Wir sind uns auf der *Soleil* zum ersten Mal begegnet«, antwortete Emily hastig.

Lukas nickte beeindruckt. »Dann hat er ja keine Zeit verloren, mein lieber Neffe.« Er lachte auf und wandte sich zum Gehen.

»Ich freue mich jedenfalls …« Er sprach den Satz nicht zu Ende, winkte kurz und ging mit großen Schritten davon, auf die Entertainment-Managerin zu, die auf ihn gewartet hatte, während die beiden Offiziere sich verdrückt hatten.

Emily zwang sich dazu, ebenfalls ihren Weg fortzusetzen, obwohl sie sich am liebsten in eine Ecke verkrochen und über die ganze Angelegenheit nachgedacht hätte. Sie war nicht Jonas' Freundin. Hätte sie das nicht klar und deutlich äußern müssen? Warum hatte sie geschwiegen, einfältig gelächelt und den attraktiven Kapitän angestarrt, als himmelte sie ihn an? Daran war er vermutlich gewöhnt. Die weiße Uniform, der gut aussehende Mann, seine Position auf diesem Schiff, der Herrscher über eine große Crew und mehr als zweitausend Passagiere … so was gefiel jeder Frau. Was sollte sie tun? Klar und deutlich zu verstehen geben, dass es unmöglich war, zur Familie des Kapitäns zu gehören? Oder abwarten und ein wenig darauf hoffen, dass sie es tatsächlich werden konnte? »Egal!« Sie gab sich einen Ruck und steuerte auf den Shop zu. Jetzt erst mal mit Maria Liebermann reden. Emily wollte nun wissen, warum sie angerufen hatte.

Barbara

Buenos Aires, 17.11.

Sie warf keinen Blick zurück. Nein, sie hatte sich entschieden, und nun wollte sie nur noch nach vorn sehen. Lukas würde große Augen machen, wenn er ihr Gepäck zu Gesicht bekam. Er konnte nicht ahnen, dass sie alles mitgenommen hatte, was nicht niet- und nagelfest war. Die Wohnung, in der sie in Lanús, einem Vorort von Buenos Aires, gelebt hatte, gehörte mitsamt der Einrichtung Santino, sie konnte leichten Herzens alles aufgeben, weil es ihr ohnehin nicht zustand. Anfänglich war sie nicht glücklich damit gewesen, dass er sie überredete, in seine Wohnung zu ziehen, wo ein knappes Jahr vorher noch seine Frau mit ihm gelebt hatte, nun aber erwies es sich als einfacher, Buenos Aires den Rücken zu kehren, weil sie nichts zurücklassen musste, was allein ihr gehört hatte.

Barbara konnte sogar heimlich lächeln, als der Hafen von Buenos Aires in Sicht kam. Lukas und Maria würden sich wundern, dass nicht eine deutsche Polizeibeamtin auf der *Soleil* auftauchen würde, sondern eine pensionierte deutsche Polizeibeamtin. Im Rahmen eines Austauschprogramms war sie damals für ein paar Jahre der Stadtpolizei von Buenos Aires zugewiesen worden. Eine Kooperation von Polizeiorganisationen hatte dafür gesorgt, dass deutsche Polizeibeamte in Buenos Aires dabei helfen konnten, eine erfolgreich arbeitende, bürgernahe und die Menschenrechte achtende Stadtpolizei aufzubauen. Das Projekt galt noch nicht als abgeschlossen, aber Barbara hatte nun ihre Pensionierung durchgesetzt und würde ab jetzt andere die Arbeit erledigen lassen. Santino hatte sie sogar bei dieser Idee unterstützt. Da war er allerdings noch in dem Glauben gewesen, Barbara würde bei ihm in Buenos Aires bleiben …

Der Taxifahrer stöhnte schon, als er ausstieg, und stöhnte noch lauter, als er die Heckklappe des Großraumtaxis öffnete und sich ansah, was er nun alles herausheben musste. Bei der Abfahrt hatte ein Nachbar geholfen, während Santino am frühen Morgen zum Dienst gefahren war, ohne seine Hilfe anzubieten, sogar, ohne sie ein letztes Mal zu umarmen.

Barbara bemaß das Trinkgeld so großzügig, dass der Fahrer bereit war, ihre Koffer zum Schiff zu befördern, wo sie vom Personal der *Soleil* in Empfang genommen wurden. Auch danach warf sie keinen Blick zurück. Mit energischen Schritten ging sie zum Eingang des Abfertigungsgebäudes und war froh, dass es dort keine Warteschlange gab, dass sie zügig eintreten und auf einen Mitarbeiter der Reederei zugehen konnte, der die Hand nach ihren Reiseunterlagen ausstreckte.

Als alle Formalitäten erledigt waren, spürte sie, dass etwas von ihr abfiel, jene Teile der Vergangenheit, die ihr in den letzten Monaten zur Last geworden waren. Eigentlich war doch von vornherein klar gewesen, dass sie eines Tages nach Deutschland zurückkehren würde. Aber Santino hatte das nicht geglaubt, obwohl sie ihm nie versprochen hatte, dass sie bleiben würde. Einmal, ganz kurz nur, hatte sie ihm vorgeschlagen, mit ihr zu kommen oder ihr später nach Deutschland zu folgen, wenn er selbst den Polizeidienst quittieren konnte, aber dieses Ansinnen hatte er natürlich strikt zurückgewiesen. Und Barbara hatte es eingesehen. Santino hatte nie woanders als in Buenos Aires gelebt, sprach kein Deutsch, verstand nur wenig Englisch und war ein Mensch, der außerstande war, sich an etwas Neues zu gewöhnen. Sie hatte diesen Vorschlag auch nur gemacht, um ihm zu zeigen, dass es immer mehrere Möglichkeiten gab, mindestens zwei. Dass sie in den Jahren, die sie in Buenos Aires verbracht hatte, nicht zur Argentinierin geworden war, hätte er eigentlich wissen müssen. Aber Santino war aus allen Wolken gefallen, als sie noch an dem Tag, an dem sie ihre Pensionsurkunde erhielt, davon sprach, nun in ihre Heimat zurückzukehren. So, wie es ja von Anfang an geplant war ...

Die letzten Wochen waren schwierig gewesen, aber jetzt merkte Barbara, dass eine Last von ihren Schultern fiel. Diese Last hieß nicht Argentinien, nicht Buenos Aires, nicht ihre Arbeit als Polizeibeamtin, sie hieß Santino. Nach einer schönen und glückvollen Zeit war er tatsächlich in den letzten Wochen zu etwas geworden, was ihr zu schwer wurde, zu bedrückend, zu mühevoll. Und mit jedem Gedanken und jedem Schritt, der sie ihrer Heimat und ihrer Familie näher brachte, fühlte sie sich leichter. Nach einem bedrückenden Abschied, der eigentlich gar keiner gewesen war, nur ein Herabsetzen des Vergangenen, ein Verunglimpfen der Gefühle, die ihnen mal so viel bedeutet hatten, ein Verletzen-Wollen und ein Berauben der Würde, war es vorbei gewesen. Nein, der Abschied war eine Trennung gewesen, ein Losreißen, ein Wegstoßen. Schade, wirklich schade, nach einer so schönen Zeit.

Sie zögerte, ehe sie den ersten Fuß auf die *Soleil* setzte. So, als wollte sie sich ein letztes Mal überlegen, ob sie das Richtige tat oder ob es besser wäre, umzukehren und wieder bei Santino einzuziehen. Aber dieser Gedanke war es nicht, der sie zögern ließ. Es war vielmehr der Wunsch, diesen Schritt sehr bewusst zu tun, geradezu feierlich, weil er die Überwindung der letzten Kluft war, ein paar Zentimeter nur, ein kleiner Schritt, aber für Barbara Junkersdorf ein sehr großer, der alles entscheidende. Die nächsten zwei, drei Schritte folgten schnell, dann blieb sie stehen und stellte sich an die Reling, obwohl ein Steward an der nächsten Tür stand und auf sie wartete. Aber nach diesem Schritt brauchte sie eine kurze Pause, ein Atemschöpfen, ein Kräftesammeln. Groß und schlank stand sie da, hoch aufgerichtet, stützte sich nicht auf die Reling, legte nur sanft ihre Hände darauf, schmal mit langen Fingern und perfekt manikürten Nägeln. Ihre grauen Haare hatte sie streng zurückgekämmt, mit einem Mittelscheitel, wie Santino es am liebsten mochte, im Nacken mit einer Spange zusammengehalten. An ihren Ohren bewegten sich lange, dünne Goldspiralen, ihr Makeup war an diesem Tag kräftiger ausgefallen als sonst. Es war ihr am Morgen bewusst gewesen, dass sie sich eine Rüstung aufmalte, als sie einen besonders dicken Lidstrich zog, die Wimpern dreimal tuschte und so viel Rouge auftrug, bis ihre Blässe verschwunden war. Dieses Make-up hatte ihr geholfen. Vielleicht hätte sie nicht so aufrecht dastehen können, wenn sie darauf verzichtet hätte. Barbara Junkersdorf war schon immer der Meinung gewesen, dass es für jede Haltung ein Mittel gab. Auch ihre Kleidung hatte sie mit Bedacht gewählt, schon Tage vorher ihren grauen Hosenanzug bereitgelegt, das teuerste Kleidungsstück, das sie sich je geleistet hatte, die helle Bluse, die sie dazu trug, hatte sie sogar extra für diesen Anlass gekauft. Ihr Erscheinungsbild sollte über jeden Zweifel erhaben sein. Wenn sie so aussah, als wüsste sie genau, was sie tat, dann würde es so sein, dann wusste sie genau, was sie tat, dann war sie stark und unangreifbar. Mit einer selbstbewussten Geste rückte sie das bunte Tuch zurecht, das sie in den Ausschnitt der Bluse gebunden hatte, und lächelte. Mit großen Schritten, trotz der hohen Absätze, die schrecklich unbequem waren, betrat sie die *Soleil*. Ihr nächster Lebensabschnitt hatte in diesem Augenblick begonnen.

Lukas

Das Einlaufen in Buenos Aires war immer etwas Besonderes. Jedenfalls für Kapitän Jantzen. Diese Stadt bedeutete ihm etwas, vielleicht, weil seine Schwester Barbara dort lebte, vielleicht auch nur, weil die Silhouette, auf die er sein Schiff zusteuerte, besonders war. Nicht außergewöhnlicher als andere Großstädte, aber sehr ausdrücklich. Jedes Mal, wenn Buenos Aires in Sicht kam, war der Himmel heller gewesen, hatte sich dennoch sanft über die hohe Skyline gelegt, die Sonnenspitzen, die die aufsteigende Sonne zwischen den hohen Gebäuden hervorblitzen ließ, waren nie grell gewesen, sondern immer mild und leicht erdnussfarben.

Lukas Jantzen wusste, dass diese Stadt nicht auf alle so wirkte wie auf ihn. Seine Passagiere mochten sogar ernüchtert sein, als sie sahen, wo das Schiff anlegte. Der Hafen stand voller Container, die verladen wurden, kein schöner Anblick für jene, die ihre Kabinen an der Backbordseite hatten. Im Hafen durfte niemand zu Fuß unterwegs sein, Shuttlebusse fuhren unermüdlich zwischen Schiff und Hafenausgang hin und her. Erst dahinter würde der Zauber von Buenos Aires zu erkennen sein. Vielleicht war auch der nur für ihn sichtbar. Wenn er hier anlegte, dachte er eben immer daran, wie er mit der einzigen Frau, die er jemals geliebt hatte, hier gewesen war. Sie hatten sogar in Erwägung gezogen, nach Buenos Aires zu ziehen. Aber das war kurz vor dem Ende ihrer Beziehung gewesen ...

Er sah auf die Uhr. Schon mehrmals hatte er die Nummer von Barbaras Mobiltelefon gewählt, aber nie eine Verbindung bekommen. Was war geschehen? Hatte sie es sich etwa anders überlegt? Aber diese Frage schob er sogleich beiseite. Nein, dann hätte Barbara ihn benachrichtigt. Und sie wusste, wann die *Soleil* ablegen musste. Natürlich konnte er, wenn es nicht anders ging, eine kurze Wartezeit verantworten, aber er musste mindestens wissen, warum. Lieber Himmel, Barbara war eine praktische Frau. Sie brauchte keinen ganzen Tag, um einen Koffer zu packen! Nervös lief er hin und her, malte sich Gründe dafür aus, warum sie so spät erschien, und ärgerte sich, dass er die Handynummer ihres Lebensgefährten nicht kannte. Es hatte nie einen eigenen Kontakt zwischen ihm und Santino gegeben. Lukas hatte ihn nur zweimal gesehen, als er in Buenos Aires angelegt und bei dieser Gelegenheit seine Schwester besucht hatte.

Die Busse kehrten mittlerweile von den Besichtigungsfahrten zurück, die meisten Passagiere waren schon wieder an Bord, müde und voller Eindrücke, wie immer. Sie hatten sich durch die Prachtstraßen der Stadt oder aufs Land zu den Gauchos mit ihren Folklore-Shows fahren lassen, Lukas konnte beobachten, wie sie sich kraftlos von den Bussen zur Gangway schleppten.

Er freute sich auf Barbara, wenn jetzt auch seine Nervosität überwog. Sie war die Älteste der vier Geschwister, aus der ersten Ehe ihres gemeinsamen Vaters hervorgegangen, die nur ein Jahr gehalten hatte. Barbara war nach der Scheidung bei ihrer Mutter geblieben, hatte aber einen guten Kontakt zum Vater gehalten, sodass sie oft ein Teil der Familie gewesen war, die der alte Jantzen mit seiner zweiten Frau, der Mutter von Maria und Lukas, gegründet hatte. Auch nach seiner nächsten Scheidung und während seiner dritten Ehe war das so geblieben. Dort waren seine drei Kinder aus den vorangegangenen Ehen immer gern gesehen gewesen und hatten die Möglichkeit bekommen, als Geschwister aufzuwachsen, obwohl sie kein gemeinsames Zuhause hatten.

Lukas Jantzen hatte nie viel Verständnis für die kurzen Ehen seines Vaters aufgebracht, vielleicht war er selbst deshalb so vorsichtig und hatte sich nie entscheiden können. Oft hatte er sich gefragt, wie jemand in der Liebe so flatterhaft und unstet sein konnte wie sein Vater, hatte ihm aber zugutegehalten, dass er nach jeder Scheidung darauf bedacht gewesen war, die Familie nicht auseinanderbrechen zu lassen. Dazu hatten auch die geschiedenen Ehefrauen gehört. Einmal hatten sie sogar alle miteinander Weihnachten gefeiert, Robert Jantzen mit seiner aktuellen Ehefrau und seinen beiden geschiedenen, dazu alle vier Kinder. Lukas erinnerte sich gerne daran. Es war ein ausgelassenes, lautes, vergnügtes Fest gewesen. Eigentlich hatte es wiederholt werden sollen, aber dazu war es nicht gekommen. Lukas wusste nicht genau, warum. Vermutlich war seinem Vater die dritte Scheidung dazwischengekommen.

Seit Barbara in Argentinien wohnte, war der Kontakt zwischen den Geschwistern keineswegs eingeschlafen, aber zu persönlichen Treffen war es nicht mehr gekommen. Seit der Familienkreuzfahrt vor fünf Jahren hatten sie sich nicht mehr gesehen. Auch damals war Barbara in Buenos Aries zugestiegen, und bis Mauritius hatten sie es alle genossen, möglichst viel Zeit miteinander zu verbringen, in Lukas' Suite oder in der Offiziersmesse, auf dem Pooldeck, in einer der Bars, beim Essen und Trinken. Sogar Helene war manchmal aus sich herausgegangen, hatte ihre Kopfschmerzen vergessen und gelegentlich auch ihre vielen Medikamente. Lukas seufzte tief auf. Die herrliche Zeit hatte leider nicht bis zum Ende der Reise angedauert. Auf Mauritius war Albert verschwunden, danach war nichts mehr so gewesen wie vorher ...

Barbara hatte ihr Bestes getan, Lisa von dem Gedanken abzubringen, dass Lukas als Kapitän für das Verschwinden ihres Vaters verantwortlich war. Gelungen war es ihr nicht. Aber sie hatte es immerhin geschafft, Lisa davon abzuhalten, die örtliche Polizei aufzurütteln und sämtliche Passagiere zu beunruhigen, indem sie von Mord und Totschlag sprach, und zwar laut und vernehmlich und immer wieder. Außerdem hatte Barbara es fertiggebracht, Lisa davon zu überzeugen, dass ihr Vater durch ein Unglück, eine Unachtsamkeit, vielleicht sogar durch Leichtsinn ums Leben gekommen und nicht von einem brutalen Mörder über die Reling gestoßen worden war. Helene hatte sich währenddessen in die Krankenabteilung begeben, wo sie geblieben war, bis das Schiff in Hamburg anlegte und ihr Flieger nach Chile ging. Schon direkt nach dem Verschwinden ihres Ehemannes hatte sie sich zurückgezogen und vor den Problemen versteckt. Dabei war es geblieben.

Lukas fragte sich, ob Lisa, mit dem Abstand von fünf Jahren, endlich einsah, dass der Kapitän eines riesigen Kreuzfahrtschiffes nicht viel unternehmen konnte, wenn es einen Mann-über-Bord-Alarm gab. Schon allein, weil der Bremsweg eines derart großen Schiffes mehrere Kilometer betrug. Da es in diesem Fall aber gar keinen Mann-über-Bord-Alarm gegeben hatte, konnte auch keine Hilfe geleistet werden. Es war vollkommen unklar, wann und wo Albert über Bord gegangen war. Nur eins stand fest: Er war verschwunden, als sie auf Mauritius angelegt hatten und Helene feststellte, dass ihr Mann nicht mehr neben ihr lag und allem Anschein nach sein Bett nicht einmal benutzt hatte. Also war er augenscheinlich irgendwann in der Nacht, vielleicht sogar schon am späten Abend, verschwunden. Und nachdem das ganze Schiff nach ihm abgesucht worden war, blieb nur die Möglichkeit, dass er über Bord gegangen war. Barbara hatte vor fünf Jahren bewiesen, dass sie als Polizeibeamtin eine Menge gelernt hatte, wenn es um Krisenmanagement und psychologische Betreuung ging. Das würde Lukas ihr nie vergessen.

Er gab Roland Hengst, seinem Staff-Kapitän, einen Wink und verließ die Brücke. Barbara würde anrufen, wenn sie am Kai angekommen war. Das konnte noch dauern. Dennoch hatte er das Bedürfnis, für sie bereit zu sein. Er wollte sie persönlich begrüßen, wenn sie an Bord kam, wollte ihr selbst die Kabine zeigen, wollte dafür sorgen, dass Maria und Jonas an seiner Seite waren und Barbara mit ihm zusammen auf der *Soleil* willkommen hießen.

Sein Handy klingelte, während er die Treppe hinabstieg, Maria war am anderen Ende. Obwohl er ihr versprochen hatte, sofort Bescheid zu sagen, wenn Barbara das Schiff betreten hatte, rief sie immer wieder an.

»Nein, sie ist noch nicht da«, blaffte er ins Telefon, schämte sich dann gleich für seinen rüden Ton und fügte versöhnlich hinzu: »Ich habe dir doch versprochen, dass ich es dir sofort sage. Im Ankunftsterminal wird man mir Bescheid geben, wenn sie auftaucht. Dann können wir sie gemeinsam an Bord begrüßen.«

»Jonas hat auch schon mehrmals nachgefragt«, stöhnte Maria. »Emily möchte ebenfalls dabei sein, wenn Barbara erscheint.«

Lukas verkniff sich die Frage, warum ihr das so wichtig war. Eigentlich war ihm überhaupt nicht klar, warum diese junge Frau stets dabei sein sollte, wenn es nach Maria ging. Jonas kannte sie doch noch gar nicht lange, aber Maria tat so, als wollte sie seine Verlobte in die Familie einführen. Diese Emily Krug war eine nette junge Frau, sie gefiel ihm durchaus, aber Marias Motivation war ihm überhaupt nicht klar. Doch er durfte nichts sagen. Er hatte sie ja selber eingeladen, sich dem Familientreffen zuzugesellen. Wenn es ihm da auch nur darum gegangen war, sich von den lästigen Passagieren loszueisen ...

Sein Handy klingelte erneut, kaum dass er aufgelegt hatte. Und als er die Nummer erkannte, fühlte er Überdruss in sich aufsteigen. Benita! Er mochte es nicht, wenn sie ihn auf der Brücke anrief, er ärgerte sich darüber, dass er ihr überhaupt seine Handynummer gegeben hatte. Das war ein Fehler gewesen. Wenn eine Frau ihn vereinnahmen wollte, reagierte Lukas Jantzen oft gereizt. Und dass Benita ihn eine Stunde vor dem Ablegen bei der Arbeit störte, war eindeutig übergriffig. Sie musste ihn auf der Brücke wähnen, und auf der Brücke konnte man einen Kapitän nicht mit privaten Angelegenheiten behelligen! Oder wollte sie etwa, wie diese Emily Krug, auch zur Familie gehören? Dabei sein, wenn sie das Eintreffen seiner ältesten Schwester feierten? Das ging zu weit.

Er beschloss, das Klingeln zu ignorieren, und ging weiter, mit dem Smartphone in der Hand. Auf den fragenden Blick eines Offiziers, der ihm entgegenkam, sagte er nur grinsend: »Nicht wichtig«, und lief weiter. Als kurz darauf sein Smartphone erneut klingelte und ihm gesagt wurde, dass seine Schwester endlich in der Abfertigungshalle eingetroffen sei, hatte er Benita schon wieder vergessen ...

Emily

Emily wollte allein sein. Sich zurückziehen, in sich selbst verkriechen, die Tür abschließen und niemandem öffnen, das hätte sie zu Hause getan. Die Klingel ignorieren, Badewasser einlaufen und das Telefon läuten lassen, aber das ging auf dem Schiff natürlich nicht. Sie hätte sich zwar in ihrer Kabine verstecken können, aber der Zimmerservice konnte erscheinen, Maria könnte sie anrufen, vielleicht sogar Jonas, möglicherweise auch Nathalie Teichler, die während der Fahrt durch Rio so dahingesagt hatte, man solle sich mal auf einen Drink treffen. Zu Maria in den Bordshop konnte sie später auch noch gehen, das lief ihr nicht davon. Nein, Emily ging es nicht darum, keine Menschen zu sehen und zu hören, sondern nur solche, mit denen sie nichts verband, mit denen sie nicht reden, denen sie nicht antworten musste, unter denen sie sich unsichtbar machen konnte.

Also runter vom Schiff! Sie informierte sich über die Ausflüge, bei denen noch Plätze frei waren. »Die Highlights von Buenos Aires«, »Mit dem Fahrrad durch die Stadt«, »Spaziergang durch Buenos Aires«, »Die wichtigsten Sehenswürdigkeiten …« Nein, das wollte sie alles nicht, kein Teil einer Gruppe sein, die sich gegenseitig fotografierte, sich auf bemerkenswerte Baudenkmäler hinwies, von vergangenen Reisen berichtete. Ihre Aufmerksamkeit fiel auf ein anderes Ausflugsziel: das Tigre-Delta, ein paar Kilometer von Buenos Aires entfernt. Mit dem Bus würde es dorthin gehen, mit einem Schiff sollte es durchquert werden. Das war das Richtige für sie. Sie brauchte Abstand, Zeit zum

Nachdenken, vielleicht auch Zeit, um mal an etwas anderes zu denken als an Jonas Liebermann.

Sie war froh, dass der Bus nicht voll besetzt war, so konnte sie auf den Nachbarsitz ihre Tasche stellen und damit zeigen, dass sie keinen Wert auf Gesellschaft legte. Als an einer Kirche ein Stopp eingelegt wurde, ging sie mit hinaus, fotografierte die Fassade und den Turm von außen und innen den Altar, stieg wieder ein und freute sich, dass niemand versucht hatte, sie in ein Gespräch zu ziehen. Anscheinend vermittelte sie ihrer Umgebung, dass sie an Bekanntschaften nicht interessiert war. Gut so!

Die Fahrt durch die Vororte von Buenos Aires war langweilig, die hübschen Häuser, auf die die Reiseleiterin wies, ähnelten denen in deutschen Großstädten. Nach einer guten Stunde waren sie endlich in Tigre angekommen, einer Stadt am nordwestlichen Rand von Buenos Aires. Die Reiseleiterin gab eine Geschichte zum Besten, die außer ihr niemand lustig fand: Die Argentinier kannten früher nur eine Wildkatze, das war der Jaguar. Alles andere nannten sie Tiger, auch den Panther, der in Argentinien verbreitet war, während es hier nie Tiger gegeben hatte. So war der Ortsname entstanden, die Reiseleiterin kicherte anhaltend, einige Businsassen grinsten aus Höflichkeit, dann kamen sie an eine Station, die touristisch aufbereitet war. Souvenirläden, Dönerbuden, Getränkestände. Es gab sechs oder sieben Anlegestellen, an Muelle No. 4 lag das Boot, das von der Ausflugs-Crew der *Soleil* gechartert worden war. Außer »Sorry« und »Danke« hatte Emily noch kein Wort gesprochen, als sie sich auf dem Oberdeck niederließ, wo nur wenige Platz nahmen, da Regen angekündigt war, der schon in den schweren Wolken über ihnen hing. Emily machte sich auf einer Bank breit, legte links ihre Jacke und rechts ihre Tasche hin und sorgte so dafür, dass ihr niemand zu nahe kam.

Sie schloss die Augen und hielt ihr Gesicht dem Himmel entgegen, obwohl von dort kein einziger Sonnenstrahl kam. Von unten drang die ausdruckslose Stimme der Reiseleiterin. »Sumpfiges Land ... schlängelnde Wasserwege ... der Rio Paraná, der in den Rio de la Plata mündet ...«

Der Wind strich über ihr Gesicht, sie stellte fest, dass alles, was sich mit wehenden Haaren betrachten ließ, automatisch einen Weichzeichner erhielt, die Konturen vom Wind verweht und alle scharfen Missverhältnisse damit nachgiebiger, biegsamer und insgesamt anziehender wurden. Die Häuser am Ufer, die wegen der Hochwassergefahr allesamt auf Stelzen standen, sahen gar nicht mehr so verfallen aus, wie sie teilweise waren, die Schilder »Vende« wiesen nicht mehr darauf hin, dass viele Häuser von ihren Besitzern abgestoßen wurden, die Bootsstege und die Boote, die dort vertäut lagen, würden vielleicht durch ein paar Reparaturen und neue Anstriche wieder ansehnlich.

Emily betrachtete das alles, ohne es zu sehen. Ihre Gedanken waren weit weg, nicht in Buenos Aires, wo Jonas auf der *Soleil* vielleicht nach ihr Ausschau hielt, sie waren nach Niebüll gewandert, in das Reisebüro ihrer Mutter. Emily hatte sie nicht häufig angerufen, viel seltener, als es ihr Vorsatz gewesen war und als sie versprochen hatte. Warum eigentlich? Weil sie nicht von Jonas erzählen wollte? Weil sie wusste, dass ihre Mutter sie dann warnen und ihr vorhalten würde, dass eine Urlaubsliebe selten Bestand hatte und dass sie ihn noch nicht lange genug kannte, um von Liebe zu reden ... Sie hatte ja recht. Jetzt war Emily froh, dass ihre Mutter nichts von Jonas wusste. Sie würde ihre Tochter wie ein kleines Mädchen behandeln, das nichts von der Liebe verstand. Dabei war Emily schon Ende zwanzig. Aber so war ihre Mutter eben. Offenbar traute sie ihr ja auch nicht zu, das Reisebüro für vier Monate allein zu führen. Sonst hätte ihre Mutter die Weltreise unternommen und sie nicht ihrer Tochter überlassen. Emily hatte das schon verstanden, war zwar ein wenig gekränkt gewesen, hatte sich aber letztlich gern dazu überreden lassen, die Reise anzutreten. Am Tag bevor sie nach Hamburg fuhr, hatte ihre Mutter dann noch häufig und sehr demonstrativ gehustet, sodass Emily darauf bestanden hatte, den Zug zu nehmen, statt sich von ihrer Mutter nach Steinwerder kutschieren zu lassen. Sie sollte nun sehen, wie sie mit ihrer Entscheidung klarkam. Angeblich war sie zu krank für die Reise, dann war sie auch zu krank, um ihre Tochter zum Schiff zu bringen. Das sollte eine kleine spitze Rache sein, aber ihre Mutter hatte sich sehr schnell darauf eingelassen, sodass die Heimzahlung dann doch weich und nachgiebig ausgefallen war. Dennoch wurde Emily, während sie die maroden Wochenendhäuser an sich vorüberziehen ließ, wieder bewusst, dass sich etwas verändert hatte, seit die Nachricht eingetroffen war, dass ihre Mutter eine Weltreise gewonnen hatte.

Emily hätte gerne mit ihrem Vater darüber gesprochen. Er war immer ihr Ratgeber gewesen, egal, ob es um schulische Dinge ging, um Freundschaften, um Entscheidungen, die ihre Mutter immer spontan traf, nach den Regeln, die schon ihre Großmutter aufgestellt hatte. Ihr Vater hatte immer nachgefragt und überlegt, ehe er ihr geraten hatte. Ob das daran lag, dass er nicht ihr leiblicher Vater gewesen war? Er hatte sie großgezogen, sie konnte sich nicht an die Zeit erinnern, in der er nicht ihr Vater gewesen war, aber womöglich ergab sich dadurch doch eine winzige Distanz, die zu einem Freiraum führte, in dem nicht nur emotional, sondern auch überlegt entschieden wurde. Ihre Mutter hatte ihr erklärt, dass Emilys leiblicher Vater ein Mann gewesen war, dessen Namen sie nicht gekannt hatte, in den sie nur eine Nacht lang verliebt gewesen war. Ein One-Night-Stand! Dass ihre kühle Mutter, die niemals den Kopf verlor, auf so etwas hereingefallen war, konnte Emily auch heute oft nicht glauben. Tatsächlich hatte sie es manchmal für möglich gehalten, dass ihre Mutter sie belog. Aber da ihr auch der Vater versichert hatte, dass es sich so zugetragen haben musste, dass auch er nicht mehr wusste als das, was Emily erzählt worden war, hatte sie die Geschichte glauben können. Ihr Vater hatte sie nie belogen.

Das Schiff drehte auf, überholte ein kleineres Motorboot, fuhr dann aber wieder langsamer und bog links in einen schmaleren Flussarm ein. Die Häuser wurden größer, solider, gepflegter, die Gärten waren liebevoll angelegt, die Bootsstege stabil. Kinder saßen dort und winkten ihnen zu, sprangen ins Wasser und taten so, als wollten sie dem Schiff schwimmend folgen.

Ein Junge kam dem Schiff sogar ziemlich nah. Er war blond, etwa dreizehn Jahre alt, braun gebrannt, mit lachenden Augen. Wie Jonas! Nun hatte sie mindestens vierzig Minuten nicht an ihn gedacht, aber schon lag sein Name wieder auf ihren Lippen. Jonas! Was hatte es mit diesen Widersprüchlichkeiten auf sich? Warum konnte er in einem Augenblick zärtlich und aufmerksam sein und im nächsten gleichgültig und sogar abweisend? Was hatte es damit auf sich? Lag es tatsächlich daran, dass er, wie seine Mutter sagte, mit Frauen einfach nicht umgehen konnte? Nein, diese Begründung reichte Emily nicht. Schon deswegen nicht, weil sie das Gefühl nicht loswurde, dass etwas hinter Jonas' Verhalten steckte, was sie nicht durchschaute. Im Grunde durchschaute sie auch das Verhalten seiner Mutter nicht. Natürlich war es schmeichelhaft, von Maria Liebermann so deutlich gezeigt zu bekommen, dass sie Emily mochte. Aber … war das nachzufühlen? War es verständlich, dass Emily dazugebeten wurde, wenn die Familie des Kapitäns sich traf? Emily hätte gerne eine andere Antwort gefunden, aber auch diesmal verneinte sie diese Frage. Wie schon ein paarmal vorher. Als Jonas' Freundin war sie bezeichnet worden, kaum dass sie ihn kennengelernt hatte. Maria Liebermann hatte es zum ersten Mal gesagt, nicht Jonas. Und jetzt? Der Kapitän hatte sie auch so genannt, aber in Wirklichkeit war es vermutlich längst vorbei. Wie sollte sie reagieren, wenn sie erneut so behandelt wurde, als gehörte sie zur Familie?

Emily fand keine Antwort darauf. Als das Schiff wieder an die Anlegestelle stieß und sich alle erhoben, hoffte sie, dass Marias Schwester, die heute an Bord der *Soleil* erwartet wurde, Klarheit in die Sache brachte. Wie zu hören gewesen war, handelte es sich ja bei Barbara Junkersdorf um eine sehr handfeste, lebenserfahrene Frau, die womöglich nicht so emotional reagierte und handelte wie Maria Liebermann.

Jonas

Von Buenos Aires nach Puerto Madryn, 19.11.

Jonas ärgerte sich. Gut, dass sein Chef nicht gehört hatte, welchen Verdacht seine Mutter geäußert hatte. Er war ein mieser Detektiv, wenn er so leicht zu durchschauen war! Während er einen Briefbeschwerer, der mit dem Bild der *Soleil* geschmückt war, anhob, sagte er sich zwar, dass seine Mutter sicherlich nichts bemerkt hätte, wenn sie nicht schon in seinen Auftrag eingeweiht gewesen wäre, aber er ärgerte sich trotzdem. Sollte er sich wirklich auffällig verhalten haben, dann war das Vico Irion unter Umständen auch nicht entgangen. Verdammt! Er musste wirklich aufpassen. Das A und O seiner Beschattung war, dass Irion nichts davon mitbekam. Er musste sich sicher fühlen. Unbedingt! Sonst würde Jonas es nicht schaffen, ihm zu folgen und ihn zu überführen, wenn es so weit war und darauf ankam.

Er betrachtete den Briefbeschwerer, als wäre er tatsächlich an einem Kauf interessiert, nahm ihn aber in Wirklichkeit kaum zur Kenntnis. Er wollte nur in Ruhe nachdenken und seiner Mutter suggerieren, dass er ausschließlich wegen eines Souvenirs in den Shop gekommen war. Vollkommen überflüssig, das wusste er eigentlich. Sie hatte ihn durchschaut, da konnte er ein Dutzend Briefbeschwerer als Mitbringsel für seine Fußballfreunde kaufen, sie würde trotzdem die richtigen Schlüsse ziehen.

Aus den Augenwinkeln sah er, dass drei Damen, offenbar Freundinnen, den Shop betraten, wild entschlossen, den Rest der Reise im Partnerlook zu verbringen. Sie wollten die gleichen T-Shirts haben, alle mit demselben Aufdruck »Live, Laugh, Love«! Warum ihnen das so wichtig war, verstand Jonas nicht, aber es war ihm auch völlig egal. Vermutlich sollte so das Motto ihrer Reise lauten, und von Punkt zwei machten sie bereits ausführlich Gebrauch. Das Gekicher war derart schrill, als sie sich mithilfe der Shopleiterin die passenden Größen heraussuchten, dass Jonas schon allein deshalb schleunigst das Weite suchen wollte. Natürlich auch, damit er seiner Mutter entwischte und sich somit keine weiteren Ermahnungen anhören musste.

Er war jedoch noch nicht einmal zu dem Ständer mit den Sonnenbrillen gekommen, der am Eingang stand, da trat Emily ein. Jonas blieb wie angewurzelt stehen. Es war zu spät, sich wieder zurückzuziehen, unmöglich, unerkannt zu verschwinden. Und er sah es in Emilys Gesicht: Auch sie hätte gerne auf dem Absatz kehrtgemacht, ohne mit ihm reden zu müssen. Warum? Wieder stach diese Frage auf ihn ein. Was hatte er ihr bloß getan?

Plötzlich war der Wunsch, sich Emily zu entziehen, wie weggeblasen. Er trat einen Schritt auf sie zu und griff nach ihrem Arm. »Ich möchte mit dir reden.«

Ein Kreischen aus der T-Shirt-Ecke ließ sie zusammenzucken. Jonas warf einen kurzen Blick zurück, sah, wie die drei Frauen sich gegenseitig betrachteten und jede das rosa T-Shirt, das auch die beiden anderen trugen, zum Schreien komisch fand. Zu seinem Leidwesen sah er auch, dass die flinken Augen seiner Mutter Emily entdeckt hatten, obwohl sie dem Eingang eigentlich den Rücken zukehrte.

»Emily!«

Sie war noch nicht dazu gekommen, auf Jonas' Wunsch zu reagieren, da wurde sie schon von seiner Mutter vereinnahmt.

»Danke, dass du meinen Hilferuf erhört hast. Ich hoffe, du kannst mir beistehen.«

Sie sah Jonas an wie ein lästiges Insekt, das nur deshalb am Leben bleiben durfte, weil es im Bordsortiment keine Fliegenklatschen gab. »Ich brauche Emilys Hilfe.«

Er blieb eisern stehen. »Wobei?«

»Du hast doch gesehen, dass hier eben jemand ein Jackett gekauft hat?« Diesen Satz sprach sie in anzüglichem Ton aus, als sollte er auf keinen Fall vergessen, wie unzufrieden seine Mutter mit den Fähigkeiten ihres Sohnes als Privatermittler war.

»Was hat Emily damit zu tun?«

Seine Mutter antwortete nicht, griff nach Emilys Arm und zog sie mit sich hinter die Kasse. Dort lag das Jackett, dessen rechten Ärmel mehrere Stecknadeln zierten.

Die drei Frauen hatten sich mittlerweile zum Glück für ihre T-Shirts entschieden und kamen kichernd näher, um zu bezahlen. Jonas wurde von einem spontanen Zorn gepackt. Warum konnte er nicht in Ruhe mit Emily reden? Warum mischte sich immer jemand ein? Warum konnte er nicht nach ihrem Arm greifen, sie mit sich ziehen und noch einmal mit ihr zum Bug des Schiffes gehen? Aber nein! Sie wurde von seiner Mutter mit Beschlag belegt, die anfänglich so getan hatte, als wäre ihr an seiner Beziehung zu Emily gelegen. Jonas knirschte mit den Zähnen, aber natürlich merkte es niemand. Er konnte ja angeblich nicht mit Frauen umgehen, das hatte er oft von seiner Mutter gehört, und das würde sie ihm garantiert wieder an den Kopf werfen, wenn er jetzt mit Emily allein sein wollte. Er war wütend auf die ganze Welt, von jetzt auf gleich. Wütend auf Emily, auf seine Mutter sowieso, auf dieses blöde Schiff, auf seinen Chef, auf Vico Irion am allermeisten, aber auch auf diese albernen Frauen, die nun gerade das Pech hatten, zu Blitzableitern für Jonas' Wut zu werden.

»Sie sehen schrecklich aus in diesen rosa Dingern«, sagte er laut und deutlich und weidete sich an dem Entsetzen seiner Mutter. Das hatte sie nun davon! »Wie frisch geferkelt. Tragen Sie die bitte nicht zum Abendessen, da vergeht einem ja der Appetit.«

Das nun folgende Schweigen war, wenn es eine Farbe bekommen hätte, tiefschwarz, kohlpechrabenschwarz, trauerrandschwarz.

Sollte es zu Körperteilen werden, dann zu einem offen stehenden Mund und hervorquellenden Augen. Sogar die sanfte Klaviermusik, die von morgens bis abends im Hintergrund dudelte, um das Shoppingerlebnis abzurunden, schwieg in diesem Moment, als wäre der Stereoanlage vor Schreck der Stecker rausgefallen. Als die Musik wieder einsetzte, hatte seine Mutter ihre Sprache wiedergefunden, empörte sich so lange, so schrill und so gründlich, dass die drei Damen trotzdem bei ihrer Kaufabsicht blieben, entrüstete sich über die Unhöflichkeit der heutigen jungen Männer und verleugnete ihren Sohn schamlos, indem sie ihn siezte und ihm sogar damit drohte, ihn beim Kapitän anzuschwärzen. Mit wütender Stimme malte sie ihm aus, was ihm bevorstünde, wenn dieser von seiner Unverschämtheit erführe. »Der Käpt'n hat die Macht, jemanden festzusetzen! Das ist Ihnen offenbar nicht klar!«

Die jüngste der drei Damen flüsterte: »Vielleicht sollten wir uns für eine andere Farbe entscheiden.«

Aber die beiden anderen wollten davon nichts hören. Jonas las es in ihren Gesichtern: Sich von einem Rüpel den Spaß verderben lassen? So weit kommt's noch! Sie warfen die Köpfe in den Nacken, streckten die Nasen in die Luft, wollten ihm weismachen, dass seine Bemerkung sie nicht im Geringsten tangierte, und eine der drei raunte Maria zu: »Lassen Sie ihn reden. Der hat doch keine Ahnung von Mode!«

Und seine Mutter? Die behandelte ihn wie damals, als er sich erdreistet hatte, die Beine seiner Lehrerin, die mit Vorliebe sehr kurze Röcke trug, mit den Holzbeinen zu vergleichen, auf denen das schwere Buffet seiner alten Tante stand. Dummerweise kannte die Lehrerin die Wohnung der alten Tante, sodass seine Mutter ihr nicht weismachen konnte, es handele sich um zierliche Chippendale-Möbel mit anmutig geschwungenen Beinen. Nein, es war um wuchtiges Mobiliar mit klobigen Beinen gegangen, und Maria Liebermann hatte sich damals schrecklich über ihren Sohn aufgeregt, mehrmals bei der Lehrerin vorgesprochen, bis diese irgendwann vorgab, an einen Irrtum zu glauben, um endlich von den Besuchen der schuldgeplagten Mutter verschont zu bleiben. Seitdem traute ihm seine Mutter keine Komplimente mehr zu und wiegelte seine Bemühungen auf diesem Gebiet oft schon ab, ehe er so richtig zum Zuge gekommen war.

»Hallo!«, ertönte da eine Stimme aus dem Hintergrund des Ladens. »Was kosten die weißen Polohemden?«

»Die von Boss oder von Schießer?«, rief seine Mutter zurück, die gerade die drei Damen zum Ausgang begleitet hatte, als wollte sie ihnen Schutz und Geleit anbieten, damit sie nicht noch einmal von einem Rüpel wie Jonas belästigt wurden.

Die Antwort war schlecht zu verstehen, sodass sie sich genötigt sah, Jonas und Emily allein zu lassen und in die Herrenabteilung zu laufen.

Emily hatte sich schon das Jackett vorgenommen, saß auf einem Stuhl und beugte sich darüber, als wollte sie Jonas nicht in die Augen sehen.

Er zog einen zweiten Hocker heran und schob ihn vor sie hin. »Was ist los, Emily? Was habe ich falsch gemacht?« Als sie nicht antwortete, ergänzte er: »Meine Mutter sagt, ich könnte nicht mit Frauen umgehen. Stimmt das?«

Und da ... da fuhr ihr Kopf in die Höhe, sie riss die Augen auf, Jonas fuhr schon erschrocken zurück, ehe sie etwas sagen konnte ... aber dann lachte sie, lachte so laut und unbeherrscht, dass er genauso erschrak, als hätte sie ihm Vorhaltungen entgegengeschleudert. Ja, sie lachte tatsächlich. Aus vollem Herzen. »Da hat sie wirklich recht«, prustete sie und lachte so hemmungslos und ungestüm, dass er zwar weniger ängstlich, aber nicht minder ratlos war. Und dann lachte sie sogar derart ungezügelt, dass sie sich in den Finger stach und ein dicker roter Blutstropfen auf das Ärmelfutter fiel.

Prompt war es vorbei mit dem Gelächter. »Oh nein!« Emily sprang auf, stülpte das Futter nach unten, damit das Blut nicht in den Stoff eindrang, sondern abtropfte. Aber leider auf Jonas' Jeans, was ihm jedoch nicht das Geringste ausmachte.

»Oh nein!«

Sie stürzte nach vorn, warf sich über seine Oberschenkel, tippte mit dem Zeigefinger den Blutstropfen auf, der natürlich längst in die Jeans eingezogen war, dann fiel ihr ein, dass das Jackett viel wichtiger war, das einem Kunden gehörte, der für die Änderung würde bezahlen müssen, und riss es wieder an sich, als könnte sie es vor einer Welt voller gefährlicher Nähnadeln beschützen.

»Das Futter ist hin«, stöhnte Emily.

»Das sieht man doch nicht, wenn man das Jackett anzieht«, meinte Jonas.

Aber wieder mal hatte er die falschen Worte erwischt. Warum versuchte er überhaupt immer wieder, eine Frau zu besänftigen, nett zu ihr zu sein, sie zu trösten und dafür zu sorgen, dass sie wieder lächelte? Es klappte ja doch nicht.

Emily reagierte keineswegs getröstet, sondern zornig. »Er wird sich natürlich die Änderungsarbeit ansehen. Er will doch wissen, wofür er zahlt.«

Das ließ sich wohl nicht von der Hand weisen. »Vielleicht kannst du das so hindrehen, dass der Fleck nicht mehr zu sehen ist?«

Erstaunlicherweise fand diese Anregung ihren Beifall. Als seine Mutter zur Kasse kam, im Schlepptau einen Kunden, der sich für ein weißes Poloshirt entschieden hatte, schien es nicht mehr ganz unmöglich zu sein, einen Blutstropfen verschwinden zu lassen. In irgendeiner Naht, einer Falte, einem Abnäher, Jonas hatte keine Ahnung. Er wollte nur, dass Emily wieder lachte, so wie kurz vorher. Das gelang zwar nicht, aber immerhin sah sie ihn nicht mehr so zornig an wie in der Suite seines Onkels.

Als das weiße Poloshirt verpackt war, widmete sich seine Mutter wieder dem Jackett auf Emilys Schoß. Ihren Sohn ignorierte sie, sah eiskalt über ihn hinweg. »Meinst du, du kannst das?«

Emily zögerte. »Ich habe so was schon mal gemacht, aber ... es ist nicht einfach.«

»Versuch's bitte«, flehte Maria Liebermann. »Besser als ich kannst du es auf jeden Fall.«

»Warum hast du die Änderung überhaupt angenommen?«, fragte Jonas zurück.

Maria warf ihrem Sohn einen vernichtenden Blick zu und antwortete nicht. Er ließ sich nicht anmerken, dass er verstand. Sie hatte die Änderung zugesagt, damit der Schulhausmeister und der Mann, der ihm ein neues Jackett gekauft hatte, ihre Kunden blieben. Denn wenn sie Kunden des Bordshops waren, würde Jonas sich ihnen unauffällig nähern können. Oder vielmehr ... seine Mutter würde sich ihnen nähern können, ohne dass Verdacht geschöpft wurde. Die Erleichterung, die Jonas kurz entspannt hatte, wurde schnell wieder zur Beunruhigung. Wenn seine Mutter sich einmischte, gab es immer zwei Möglichkeiten: Alles wurde gut, oder alles ging total den Bach runter. Letzteres wäre in diesem Fall besonders schlimm. Denn wenn diese Geschichte aufflog, bestand Lebensgefahr. Nicht nur für ihn.

Alexandra

Sie saßen an der Poolbar. Alexandra trug eine weiße Hose, dazu einen dicken gelben Pullover, an den Füßen hochhackige Stiefeletten in derselben Farbe wie ihr Pullover. Die Haare hatte sie hochgesteckt, die riesige Sonnenbrille über den Haaransatz geschoben. Ihre Freundin Nathalie hatte sich eine Strickjacke übergeworfen, darunter trug sie einen dunklen Jogginganzug. Die eine hatte sich einen Espresso servieren lassen, die andere einen Cocktail, allerdings einen alkoholfreien. Es war kälter geworden, die Hitze Brasiliens und auch das milde Klima von Uruguay waren vorbei. Es war kühl in Südargentinien.

Puerto Madryn lag vor ihnen, Alexandra hatte einen Reiseführer vor der Nase und versuchte, ihre Freundin Nathalie zu einem Ausflug zu motivieren. »Whale-Watching, Strandspaziergang, Rundfahrt durch den Valdés-Nationalpark. Wir könnten auch See-Elefanten und zahme Magellan-Pinguine sehen. Wenn wir Glück haben, bekommen wir auch Schwertwale zu Gesicht.« Sie legte den Reiseführer zur Seite. »Also, ich möchte unbedingt Wale sehen.«

Nathalie brummte etwas Unverständliches, was sowohl Zustimmung als auch Ablehnung bedeuten konnte. »Ich muss mich erst mal erholen.«

Alexandra legte den Reiseführer zur Seite und betrachtete ihre Freundin mitfühlend. »Hast du langsam die Nase voll von den Exzessen am Abend?«

»Es wäre nicht schlecht, wenn ich zu meinem gewohnten Lebensstil zurückfinden könnte. Die Sache wird allmählich anstrengend.

Ich hatte mir den Rollentausch echt nicht so aufreibend vorgestellt.«

»Es kann nicht mehr lange dauern.«

»Heißt das, der Fisch zappelt an deiner Angel?«

Alexandra seufzte. »Leider nicht. Anscheinend habe ich ihn überhaupt nicht beeindruckt. Dabei habe ich mir solche Mühe gegeben. Aber er hat mir tatsächlich nur den Fuß gekühlt.«

»Kein verfängliches Gespräch? Keine Komplimente? Nicht einmal für deine schönen schmalen Füße? Kein einziges zweideutiges Angebot?«

»Nichts. Heute Vormittag habe ich ihn im Bordshop beobachtet. Er saß vor Emily, die in Rio mit uns den Ausflug gemacht hat, und hat ihr beim Nähen zugeguckt.«

»Was? Ein Detektiv, der einer Schneiderin beim Nähen zusieht?«

»Sie ist keine Schneiderin, sondern Weltreisende wie du und ich.«

»So wie du und ich ist hier niemand.«

»Da hast du auch wieder recht.« Alexandra lachte, aber sie wurde schnell wieder ernst. »Er ist aber außerdem der Sohn der Bordshopleiterin.«

»Woher weißt du das?«

»Ich habe es gehört. Und die filmreife Szene gestern im Bug des Schiffes ... das war eine Riesenshow. Ich weiß nicht genau, für wen, aber echt kam mir das nicht vor.«

»Du meinst, die Titanic-Szene?«

»Kate Winslet war Emily, die heute Vormittag im Shop saß und einen Ärmel kürzte.«

Nathalie grinste schief. »Nachdem er ihr den Faden eingefädelt hat?«

»Wahrscheinlich wieder eine Show. Vielleicht für mich? Damit ich nicht merke, dass er auf mich angesetzt ist? Gestern hat das Schmierentheater nur so lange gedauert, bis er auf irgendwas aufmerksam wurde. Ich weiß aber nicht, auf was. Ich war es nicht. Du auch nicht.«

»Also ist er doch nicht auf dich angesetzt?«

Alexandra wurde unsicher. »Kann sein, dass ich mich täusche. Ich weiß es einfach nicht.«

»Du hättest doch längst Nachricht von deinem Vater. Vielleicht irrst du dich, und er ist kein Detektiv.«

Alexandra grinste. »Vermutlich hast du recht. Andererseits ...« Sie wurde wieder ernst. »Auf See ist das Mobilfunknetz nicht stabil. Möglich, dass der Detektiv, wenn er doch einer ist, bis Rio noch keine Fotos senden konnte.«

»Es würde auch ein schriftlicher Bericht reichen.«

»Das glaube ich nicht. Papa weiß, dass er einen Riesenkrach mit mir bekommt. Das Risiko wird er nur eingehen, wenn er ganz sicher ist. Er braucht keine Indizien, er braucht handfeste Beweise.«

»Dann warten wir noch, bis wir in Chile anlegen. Wenn er dich im Hafen von San Antonio nicht anruft und zur Schnecke macht, dann hast du dich getäuscht. Der schnuckelige Typ ist kein Detektiv, und dein Vater hat dir niemanden hinterhergeschickt.«

Alexandra nickte, stand auf und trat an die Reling. Das Meer war dunkel und ruhig, kein weiteres Schiff war zu sehen.

Nathalie starrte eine Weile in ihren Rücken, bis sie ergänzte: »Dann kannst du dich voll und ganz auf seine Eroberung konzentrieren. Dieser Typ ist doch genau richtig für eine schöne Erinnerung, von der du träumen kannst, wenn du Lady Chiswick geworden bist.«

Alexandra drehte sich um und sah Nathalie an, als hätte sie nicht nur eine Idee gehabt, sondern auch den Entschluss gefasst, diese in die Tat umzusetzen. »Wenn er nicht in seiner Kabine ist, finden wir ihn. Und dann spielen wir ihm eine Szene vor, von der mein Vater erfahren muss.« Das letzte Wort klang wie ein Schuss. »Damit wäre er dann überführt.«

Nathalie reagierte ohne jede Begeisterung. »Wozu das Ganze? Wir müssen ihn nicht überführen. Ob er ein Detektiv ist oder ein anderer, spielt keine Rolle.« Mit einem Mal hellten sich ihre Gesichtszüge auf, aus Überdruss wurden Gewissheit und Belustigung. »Ach so, ich verstehe! Du willst es unbedingt wissen. Wenn er mit deinem Vater unter einer Decke steckt, kannst du ihn vergessen. Wenn nicht, kann er die schöne Erinnerung werden. Oder vielleicht sogar ... noch mehr?«

»Nein!« Alexandras rechter Fuß rutschte aus der Sandalette. Sie knickte um und ließ sich auf den Sessel zurückfallen. »Außerdem wirfst du mal wieder einiges durcheinander.«

Nathalies Kinnlade fiel herab. »Ach ja, ich hab vergessen ...« Sie brach ab, schaute in den Himmel und richtete dann erneut den Blick auf ihre Freundin. »Das geht ja gar nicht.«

Alexandra grinste. »Du sagst es. Ich habe mich ihm vorgestellt.«

»Wie hat er auf den Namen reagiert?«

»Gar nicht.«

»Dann ... ist er doch kein Detektiv.«

»Oder ein besonders raffinierter.«

»Du meinst, er hat uns durchschaut?«

Vom Pool drangen Kreischen und Gelächter herüber. Jemand war ins Wasser geworfen worden, der sich nun bitter beschwerte.

»Wie kriegen wir das raus?«

Maria

Was bin ich doch für ein Glückspilz! Oder richtig gewieft und superclever? Ich überlasse Ihnen die Einschätzung, ich will auch gar nicht wissen, zu welcher Sie kommen. Jedenfalls war meine Idee, Emily zu Hilfe zu holen, genau richtig. Sie wäre sogar gut gewesen, wenn Emily keine Ahnung gehabt hätte, wie man einen Sakkoärmel kürzt, dann wäre sie doch immerhin im Shop gewesen, und Jonas hätte die Chance bekommen, seine Fehler auszubügeln, wie immer sie ausgesehen haben. Nur gut, dass es völlig unauffällig war, mich gelegentlich in die Nähe der beiden zu begeben, um Emily über die Schulter zu schauen, sie für ihr Geschick zu bewundern und so zu tun, als bekäme ich nichts von dem mit, was sie miteinander besprachen. Viel war es leider nicht, weil sie flüsterten und sich immer unterbrachen, wenn ich mich näherte. Warum sie über einen Film redeten, war mir schleierhaft. »Titanic« war doch schon über zwanzig Jahre alt – und lief der überhaupt noch im Kino? Was Emily und Jonas sprachen, hörte sich jedenfalls so an, als hätten sie ihn zusammen gesehen. Im Bordkino? Aber danach hatte mein Sohn es anscheinend vergeigt. Er war von einer anderen abgelenkt worden, wenn ich das richtig verstand. Ich konnte es nicht glauben! Er war aus dem Kino gerannt, um einer anderen nachzulaufen? So dumm kann doch nicht mal mein Sohn sein. Oder habe ich da was missverstanden? Als ich in der Nähe war, nah genug, um das meiste zu verstehen, weil ich in einem Fach für Taucherbrillen und Schwimmflossen für Ordnung sorgen musste, meinte ich zu verstehen, dass Jonas sich verteidigte. Ein Vorgesetzter sei in der Tür erschienen, ob Emily das etwa nicht aufgefallen sei? Dieser habe ihm gewinkt, er solle sofort kommen. Und wenn ein Sicherheitsoffizier was von einem wolle, dann müsse man auf der Stelle reagieren, da habe er keine Chance.

Deprimiert ging ich zu den Rätselheften und Taschenbüchern und stapelte sie sorgfältig aufeinander. Jonas belog Emily also, er hielt daran fest, dass er zur Crew gehörte. Das war so weit in Ordnung, weil er sich damit einen gewissen Freiraum verschaffte, den er natürlich gelegentlich brauchte, wenn er als Detektiv unterwegs war und deshalb keine Zeit hatte, mit Emily die Abendshow zu genießen oder mit ihr an Deck zu liegen und sich zu sonnen, und natürlich keine Chance bestand, ihr die Wahrheit zu sagen. Das war mir schnell klar geworden, das hatte ich unterstützt. Aber einen Wink von einem Sicherheitsoffizier hatte er garantiert nicht bekommen. Und das wiederum bedeutete, dass Emily recht hatte. Er war einer anderen hinterhergestiegen. Oder ...? Mir fielen sämtliche Bücher der Autoren von A bis D herunter, von Margaret Atwood bis Roald Dahl. Als ich sie aufsammelte, war mir klar geworden, dass Emily ihn zu Unrecht beschuldigt hatte. Jonas hatte eine schnelle Entscheidung treffen müssen, weil sein eigentlicher Beruf es erforderte. So musste es gewesen sein. Dumm nur, dass er es nicht fertiggebracht hatte, Emily einen guten Grund zu nennen. Ein Detektiv musste eben manchmal sofort handeln. Auf der Stelle! Aber er musste natürlich auch eine gute Ausrede parat haben, falls er auffiel.

Zwei wichtige Punkte auf meiner To-do-Liste konnte ich jedenfalls abhaken: Emily sah Jonas wieder an wie in der Stunde ihres Kennenlernens, und ich brauchte Jonas nicht mehr den Kopf zu waschen, weil ich sicher war, dass er nicht anders hätte handeln können. Fehlte also nur noch die Standpauke, die ich für Lukas vorbereitet hatte, und eine kleine, aber gemeine Attacke gegen Benita Meister. Das würde ich auch noch hinkriegen.

Fred

Als die Sonne untergegangen war, wurde es kühl an Deck. Der Wind kam mit kurzen, kräftigen Stößen, zwischen denen sich immer wieder Flauten auftaten. Ein ständiger Wechsel zwischen kalt und lau. Die Luft erinnerte nicht mehr an die Hitze in Brasilien, allerdings auch nicht an das Wetter, das zurzeit in Deutschland herrschte. Fred Alswede wanderte über das Oberdeck, genoss es, diese Nacht unter freiem Himmel zu verbringen, und beschloss ein weiteres Mal, auf die Fortsetzung dieses wunderbaren Abenteuers nicht so schnell zu verzichten. Komisch, als er an Bord ging, hatte er keinen Zweifel gehabt, dass Helbing sich fair verhalten würde, aber seit er vermutete und immer sicherer wurde, dass ein zweiter Detektiv auf dem Schiff war, machte ihm die Sorge um ein frühzeitiges Ende der schönen Kreuzfahrt zu schaffen. Fred Alswede wurde wehmütig. Diese Sorge vergällte ihm die Reise zu einem guten Teil. Er lehnte sich an die Reling und hielt sein Gesicht mit geschlossenen Augen dem Wind hin. Morgen früh würden sie in Puerto Madryn anlegen. Danach wollte er mit der Wahrheit herausrücken und Ron Helbing schonungslos berichten, was er beobachtet hatte, und ihm vielleicht sogar die Fotos von seiner Tochter schicken. Sie würden in Deutschland keine Freude hervorrufen. Bis jetzt hatte sich der Vater der zukünftigen Lady Chiswick noch mit den zarten Andeutungen des Detektivs begnügt. Fred Alswede hatte damit gerechnet, dass sein E-Mail-Postfach voll sein würde, als sie in Buenos Aires eingelaufen waren, wo er es checken konnte. Aber tatsächlich hatte er nur eine sehr sachliche

Mail von Ron Helbing vorgefunden, die er ebenso sachlich beantwortet hatte. Noch einmal hatte er die Fotos, die er bereits besaß, zurückgehalten. Es war vereinbart, dass Fred die Spesen nicht in die Höhe treiben sollte, indem er aufs WLAN des Schiffes zurückgriff, wenn es nicht nötig war. Verrückt, wie geizig besonders reiche Menschen sein konnten! Ron Helbing wusste, wie teuer die Kommunikation an Bord war, wenn das Schiff sich auf See befand. Fred würde also erst in seinen E-Mail-Account gucken müssen, wenn die *Soleil* im Hafen lag.

Er hörte eine Tür gehen und dann Schritte, die sich zunächst näherten, sich dann aber wieder entfernten. Fred Alswede drehte sich nicht um, wollte demjenigen, der nun ebenfalls an Deck gekommen war, nicht zeigen, dass er ihn bemerkt hatte. Man wusste ja nie. Es konnte jemand sein, der mit seinem Auftrag zu tun hatte, Alexandra Helbing oder ihre Freundin Nathalie, der andere Detektiv womöglich oder dieser schreckliche Vico Irion, der die Schuld daran trug, dass es mit Fred Alswedes Unauffälligkeit vorbei war. Wie er diesen Kerl hasste! Als die Schritte sich entfernten, drehte er sich langsam um. Er schien wieder allein zu sein. Im ersten Augenblick sah er jedenfalls nichts, die andere Person schien sich nach Backbord begeben zu haben. Der Himmel war schwarz, das Wasser ebenfalls, nur die Nachtbeleuchtung an Deck gab ein wenig Licht. Fred sah einen Schatten, der sich hin und her bewegte. Obwohl er nicht glaubte, dass etwas geschah, was mit seinem Auftrag zu tun hatte, machte er ein paar vorsichtige Schritte auf den Schatten zu. Es war, als treibe er ihn vor sich her, er bewegte sich im selben Tempo weg, in dem Fred sich ihm näherte.

Nun sah er, dass es eine Frau war, und kurz darauf hörte er ihre Stimme. »Ich bin's, Maria.«

Im selben Moment blieb sie stehen. Es war, als könnte sie sich nicht gleichzeitig zu dem, was sie sagte, bewegen. Auch Fred blieb stehen. »Lisa wird kommen, es steht jetzt fest.«

Er erkannte die Leiterin des Bordshops. Mit wem mochte sie telefonieren? Mit jemandem, der an Bord war, oder mit einer Person irgendwo an Land? In Deutschland? Das würde ein kleines Vermögen kosten.

»Ich weiß ja, dass du um diese Zeit aufstehst.«

Fred runzelte die Stirn und überlegte. Ein Ort, an dem die Nacht bereits vorbei war? Früher oder später Morgen? Ihm fiel auf die Schnelle nicht ein, welches Land das sein könnte.

»Bereite also alles vor. Wie wir es besprochen haben.« Der Ton ihrer Stimme wurde nun eindringlicher. »Du musst es tun. Es ist deine einzige Chance.«

Sie beendete das Gespräch schnell, geradezu hastig, so als wäre am anderen Ende das Telefonat abgebrochen worden. Dann blieb sie stehen und betrachtete ihr Smartphone so lange, bis das Display erlosch.

Fred Alswede wollte sich gerade wieder zurückziehen, als sie erneut etwas in das Gerät eintippte und es dann ans Ohr hielt. Diesmal schien sie auf eine Mailbox zu sprechen.

»Ich bin's, Maria. Du schläfst jetzt natürlich, aber es reicht, wenn du meine Nachricht morgen früh abhörst. Alles ist okay, die Sache läuft, das wollte ich dir nur sagen. Schlaf gut.«

Fred drehte sich um und ging zur Reling zurück. Kurz darauf hörte er wieder Schritte, die Tür wurde geöffnet und fiel laut ins Schloss. Aber das Wohltuende der Einsamkeit, das Fred vor dem Erscheinen der Bordshopleiterin genossen hatte, wollte sich nicht wieder einstellen. Obwohl er gesehen und gehört hatte, dass er nun wieder allein war, fühlte er sich dennoch bedrängt. Von der Wucht des Alleinseins? Von der Schwärze des Meeres, von dem sternenlosen Himmel? Er versuchte, sich auf die fernen Lichter zu konzentrieren, aber das half ihm nicht. Irgendetwas war anders geworden.

Er stieß sich von der Reling ab und sah sich um, als könnte er jemanden entdecken, der ihm einen Teil seiner Einsamkeit stehlen wollte. Aber nein, er war allein, niemand in seiner Nähe. Langsam ging er auf die Tür zu, durch die Maria Liebermann gekommen und wieder verschwunden war. Sie führte in den Spa-Bereich, davor war die Theke, wo die Handtücher für die Liegen ausgegeben wurden. Ihm war, als hätte er dahinter eine Bewegung ausgemacht. Ein Tier? Beinahe hätte Fred über sich selbst gelacht. An Bord eines Kreuzfahrtschiffes gab es keine Tiere. Zwar waren sie mittlerweile dem Land nahe genug, sodass die ersten Tölpel sie erreichen konnten, aber natürlich nicht in der Nacht. Wenn die Sonne aufging und der Hafen in Sicht kam, würden sie herbeifliegen, auch die Möwen. Vielleicht hatte die *Soleil*, wenn der Morgen anbrach, auch schon angelegt.

Fred drehte sich um und schlenderte in die andere Richtung davon. So, als hielte er es dennoch für möglich, dass es hinter der Bar etwas gab, mit dem er sich auseinandersetzen musste, wenn er es identifizierte. Das wollte er nicht. Jetzt nicht. Er wollte diese Nacht genießen, ganz allein. Ihm war nicht klar gewesen, dass er seit Jahren so oft allein war, dass ihm die ständige Anwesenheit anderer Menschen mittlerweile Probleme bereitete. Das Alleinsein in der Kabine reichte nicht. Er brauchte mal eine Stunde, in der er nur mit dem Wind, dem Meer, den Geräuschen des Schiffes allein sein konnte.

Er lehnte sich an die Reling und legte die Stirn an die Glaswand, die den größten Teil des Pooldecks umgab. Wenn sich etwas in seinem Rücken abspielte, wollte er es nicht sehen und möglichst auch nicht hören.

Wiederum wurde er von dem Gedanken bedrängt, dass er den falschen Beruf ergriffen hatte. Als Detektiv musste er sich viel zu oft in die Gesellschaft von Menschen begeben, noch dazu von Menschen, die ihm nicht gefielen. Die Bordshopleiterin gehörte zu den wenigen, die er mochte. So eine Frau könnte er als Assistentin gebrauchen. Vielleicht schaffte er es ja, wenn dieser Auftrag zu Ron Helbings Zufriedenheit über die Bühne gegangen war, weitere Aufträge zu akquirieren, und konnte sich dann eine Bürohilfe leisten. Wenn Helbing mit ihm zufrieden war und ihn weiterempfahl, war das nicht ganz unmöglich, und vielleicht ergab sich dann sogar die Gelegenheit, die Bordshopleiterin zu fragen, ob sie sich beruflich verändern wolle. Nur ... was war mit dem Kollegen, der ebenfalls an Bord war? Fred Alswede war nach wie vor davon überzeugt, dass dieser junge Mann ein Ermittler war, so wie er selbst. Er war ihm am Abend in die Neverend-Bar gefolgt. Ein spontaner Entschluss, weil er gesehen hatte, dass auch die Freundin von Alexandra Helbing dort den Abend verbringen wollte. Ihm war es sogar so vorgekommen, als folgte Nathalie Teichler dem Mann. Hatte sie Verdacht geschöpft? Wollte sie ihrer Freundin helfen? Fred wollte es wissen, obwohl er am liebsten sofort wieder kehrtgemacht hätte, als er die Bar betrat. Schrecklich, dieser Lärm dort, das Wummern der Bässe, das Zucken des Discolichts! Erstaunlich, dass die Erbauer dieses Schiffs es geschafft hatten, den Lärm, der aus den geöffneten Türen der Bar schallte, nicht zu den Kabinen dringen zu lassen.

Fred Alswede war in der Nähe des Eingangs stehen geblieben, er fiel ja nur unangenehm auf. Niemanden in seinem Alter gab es dort. Alle, die auf der Tanzfläche herumsprangen, hätten seine Kinder sein können. Der Kollege, so nannte er ihn mittlerweile in seinen Gedanken, war mit der jungen Frau dort, die in Rio beinahe zum Opfer eines Überfalls geworden war. In diesem Moment fiel Fred wieder ein, dass es die Lebensgefährtin von Vico Irion gewesen war, die die junge Frau verteidigt hatte. Irion selbst hatte tatenlos zugesehen, und sein Ermittlerkollege hatte auch nicht eingegriffen. Er hatte die Angelegenheit, genau wie Fred, aus gebührendem Abstand beobachtet und war später an Bord gegangen, ohne die junge Frau anzusprechen. Da hatte er sie anscheinend noch nicht gekannt, was sich nun geändert hatte. Während sie sich im Bordshop um die

Änderung von Freds neuem Sakko kümmerte, hatte der junge Kerl gebaggert, was das Zeug hielt. Jeden Wunsch hatte er ihr von den Augen ablesen wollen. Ständig hatte er seine Nase in ihren Locken gehabt, seine Lippen in der Nähe ihres Mundes, seine Augen tief in ihren. Dass die beiden unter seiner Beobachtung standen, hatten sie gar nicht wahrgenommen. Nicht nur er, Fred Alswede, hatte sich die Sache aus angemessener Entfernung angesehen, auch die Freundin von Alexandra Helbing hatte die beiden im Blick gehabt. Und vor ein paar Stunden war sie ihnen in die Neverend-Bar gefolgt. Alexandra Helbing war nicht zu sehen gewesen, aber Nathalie Teichler hatte sich an einen Tisch in der Nähe der Tanzfläche gedrückt und genau verfolgt, was zwischen Freds Kollegen und der jungen Frau mit den dunklen Locken geschah. Hatte sie gemerkt, dass ihre Freundin beschattet wurde? Dann konnte Fred Alswede zufrieden mit sich sein. Denn er war nicht durchschaut worden, während der junge Typ es offenbar übertrieben hatte, zu interessiert gewesen war, zu aufdringlich, zu engagiert.

Daraufhin hatte Fred sich ins Freie begeben müssen, um zu überlegen, was diese Tatsache für ihn bedeutete. Würde Ron Helbing erfahren, dass einer der beiden Detektive aufgefallen war? Dann hatte er selbst gute Karten. Er hatte dezent ermittelt, vorsichtig, unbemerkt. Das konnte seine Chance sein. Wenn Alexandra Helbing in Buenos Aires ihren Vater anrief und ihm Vorwürfe machte, dann würde von Fred Alswede keine Rede sein. Diesen Umstand musste er nutzen. Unbedingt! Vielleicht war es sogar besonders raffiniert, wenn er dem Vater der lasterhaften Alexandra zu verstehen gab, dass er dessen doppeltes Spiel durchschaut hatte. Er, Fred Alswede, hatte gemerkt, dass Ron Helbing nicht nur ihn, sondern gleichzeitig noch einen Konkurrenten auf die *Soleil* geschickt hatte. Und dessen Deckung war aufgeflogen. Wenn Alexandra Helbing gemerkt hatte, dass ihr Vater ihr einen Aufpasser nachgeschickt hatte, dann würde Freds Name jedenfalls nicht fallen.

Obwohl ... jetzt, in dieser Stunde, in der er sich aus der Enge des Schiffes und der Nähe der vielen Passagieren gelöst hatte, wurde er wieder unsicher. Mit einem Mal hielt er es für möglich, dass er sich getäuscht hatte und der andere nicht darauf aus war, Alexandra Helbing zu überführen, sondern die andere für sich zu gewinnen. Manche Männer ließen sich eine Menge einfallen, wenn sie einer Frau imponieren wollten. Fred Alswede spürte, dass sich seine Mundwinkel hoben. Er grinste, obwohl es ihm andererseits zu denken gab, dass er möglicherweise einen Detektiv nicht mehr von einem verliebten Gockel unterscheiden konnte. Kein gutes Zeichen. Er hatte sich einfach zu weit aus einem normalen Leben entfernt, hatte keine gesellschaftlichen Kontakte mehr, Freunde sowieso nicht, Angehörige auch nicht, und von Liebe wagte er nicht einmal zu träumen. Vielleicht konnte ein Mann wie er andere Menschen gar nicht mehr richtig einschätzen.

Er zuckte zusammen. Was war das? Wieder ein Geräusch, auch diesmal in der Nähe der Theke. Zwei, drei Schritte machte er darauf zu, dann wandte er sich ab und drehte dem Geräusch den Rücken zu. So machte er das oft. Die Ohren wurden schärfer, wenn die Augen ausgeschlossen wurden. Außerdem erreichte man, dass sich ein möglicher Angreifer in Sicherheit wiegte. Ein Überfall erfolgte, wenn man ihm den Rücken zuwandte, bedingungsloser, leichtfertiger, unbesonnener. Am besten war es, sich erst im letzten Moment umzudrehen, sich dem Widersacher urplötzlich von vorn zu präsentieren, dann war es möglich, dessen Schreck auszunutzen. Man musste nur den richtigen Augenblick abpassen.

Aber leider wartete Fred Alswede zu lange. Er erfuhr nicht mehr, wer ihm in den Rücken sprang, und konnte dem Schlag nicht mehr ausweichen, der ihn zu Boden streckte. Den schlimmsten Schmerz, den er sich vorstellen konnte, ertrug er nur eine Sekunde, dann schwanden ihm die Sinne ...

Emily

Die Nacht war schon auf dem Weg zum frühen Morgen. Auf dem Schiff herrschte absolute Stille. Sogar die Motoren schwiegen, dass Schiff bewegte sich nicht mehr fort, es schwankte nur noch, kleine Wellen schwappten heran, ein leichter Wind säuselte, das war alles.

»Wir werden erst morgen früh in den Hafen einlaufen«, sagte Jonas. »Die Liegegebühr ist nicht von Pappe.«

Emily schlug die Arme um ihren Oberkörper. Es war kalt geworden, von Tag zu Tag ein wenig kälter. Die Hitze Brasiliens lag lange hinter ihnen, sie würden bald winterliche Kleidung auspacken müssen.

Die Hafenstadt Puerto Madryn war fast lichterlos. Nur die weit ins Meer hineinragende Luis-Piedra-Buena-Pier, an dem die *Soleil* anlegen würde, war beleuchtet. In der Stadt gab es ein paar Straßenlaternen, die heute jedoch alle dunkel dastanden. Auch die Kabinen auf der *Soleil* waren ohne Licht, nur in einer Suite brannte eine Lampe. Die Neverend-Bar hatte ihrem Namen keine Ehre machen wollen, die Tür war irgendwann geschlossen worden, die wenigen, die bis dahin durchgehalten hatten, verzogen sich in ihre Kabinen. Jonas und Emily waren die Letzten gewesen.

Jonas hatte sie zu den Aufzügen gezogen. »Zu dir?«, hatte er ihr ins Ohr geflüstert, als hätte er Angst, jemand könnte es mithören.

»An Deck«, hatte Emily ebenso leise geantwortet, die sich zwar auch nicht von ihm trennen mochte, sich aber, bevor ihr der Alkohol die Sinne vernebeln konnte, vorgenommen hatte, es langsam angehen zu lassen. Sie hatten sich gerade erst ausgesprochen, hatten gerade erst geklärt, warum Emily so verärgert gewesen war, Jonas hatte gerade erst sein merkwürdiges Verhalten vom Vortag begründen können. Und seine Fragerei nach Liane Reich hatte er gar nicht rechtfertigen können. Angeblich war sie ihm aufgefallen, weil sie sich von den anderen Reisenden unterschied, mehr nicht. Und zu der Sache mit der blonden jungen Frau konnte er gar nichts sagen. Oder wollte er nicht?

»Es ist kalt«, sagte er.

»Macht nichts, wir wärmen uns gegenseitig.«

Damit fing er auf der Stelle an, damit sie eine Ahnung davon bekommen konnte, wie gut er sie warm halten würde.

Dennoch war das Misstrauen in Emily nach wie vor wach, es wurde von ihrer Verliebtheit sacht geschaukelt, damit es einschlief, das Leichtsinnige des Abends, der Alkohol, die Musik, der Tanz wirkten wie Baldrian auf ihren Argwohn. Sie wusste, dass sie sich vermutlich am nächsten Morgen eine dumme Gans nennen würde, aber sie ließ sich trotzdem von Jonas küssen, sich berühren, sich Verrücktheiten ins Ohr flüstern.

Irgendwann aber siegten die Nacht, der Sternenhimmel, der Mond, die Stille des Ganzen, in der sie winzig wurden, ohne sich jedoch zu verlieren. Sie lehnten sich an die Reling und starrten auf die Stelle, wo das Meer zum Teil der Nacht wurde.

»Deine Tante ist echt nett«, sagte Emily.

Jonas lachte leise. »Hast du dir ihre Koffer angesehen? Keiner wusste, dass sie nicht wieder nach Argentinien zurückwill. Sie wird in Hamburg aussteigen und in irgendeine Wohnung ziehen, die sie sich in Argentinien im Internet ausgesucht hat.«

»Man sieht ihr an, dass sie vor nichts Angst hat.«

»Das lernt man wohl, wenn man in Buenos Aires als Polizistin arbeitet. Tante Barbara ist mit allen Wassern gewaschen. Die nimmt es mit jedem Ganoven auf.«

Emily lachte beim Gedanken an Barbara Junkersdorf, die in

Buenos Aires an Bord gekommen war wie jemand, der ein Schiff geentert hatte und davon ausging, dass der Kapitän sich ergab.

Das hatte er natürlich getan. Ohne jede Gegenwehr hatte er sich von seiner Schwester in die Arme reißen lassen, er hatte sie fest an sich gedrückt und sogar versucht, sie ein wenig hochzuheben. Möglicherweise hatte er das früher oft getan, aber da war er entweder kräftiger gewesen oder sie ein paar Kilos leichter. Jedenfalls hatte Barbara nicht einmal ihre Zehen vom Boden gehoben, hatte ihrem Bruder lachend den Rücken geklopft, ihm einen Kuss auf die rechte Wange verpasst, der sich anhörte wie die Luftküsse von Heidi Klum – »mua, mua« –, und hatte sich dann Maria gegriffen, die schon angstvoll aufstöhnte, bevor sie in einer gewaltigen Umarmung nach Luft rang und an ihr Herz griff, als sie daraus entlassen wurde.

Danach wurde Emily vorgestellt, bei der Barbara es zum Glück bei einem festen Händedruck beließ. »Das ist Jonas' Freundin«, erklärte Maria ihrer Schwester. »Er selbst wird dich später begrüßen.«

»Er hat eine Stellvertreterin geschickt?« Barbara schien kein Problem damit zu haben, während Lukas Jantzen unzufrieden vor sich hin grummelte, weil Jonas nicht gekommen war. Was konnte der Junge Wichtigeres zu tun haben? Diese Frage hörte nur Emily, die direkt neben ihm stand, sie war demnach die Einzige, die sich wunderte, dass der Kapitän nicht einsehen konnte, dass ein Mitglied seiner Crew seiner Arbeit nachging, statt sein Privatleben vorzuziehen.

Emily hatte zunächst abgewehrt, als Maria ihr den Vorschlag machte, sich dem Empfangskomitee zuzugesellen, das auf Barbaras Erscheinen an Bord wartete. Wieder einmal hatte sie sich gefragt, warum Jonas' Mutter sie immer wieder in das Familienleben der Jantzens einbezog, und hatte sich sogar gesträubt, als sie merkte, dass auch der Kapitän nicht damit einverstanden zu sein schien, dass Emily wie ein Familienmitglied behandelt wurde. Jonas' Freundin! Lieber Himmel, bisher war sie nichts weiter als ein Urlaubsflirt. Warum nur behandelte Maria Liebermann sie wie eine zukünftige Schwiegertochter? Emily fühlte sich einerseits geschmeichelt, dass Jonas' Mutter sie mochte, aber andererseits verhinderte die Frage nach dem Warum, die ständig in ihrem Inneren zu hören war, dass sie es genoss. Und nun sogar das Missfallen des Kapitäns, das aber anscheinend nur ihr auffiel! Sie hatte sich vorgenommen, mit Jonas darüber zu reden. Doch er hatte ja keine Zeit. Immer, wenn sie irgendwo anlegten, verschwand er, weil er etwas zu tun hatte, weil der Sicherheitsoffizier ihn brauchte. Er hatte nicht einmal versprechen können, seine Tante noch vor dem Ablegen zu begrüßen.

»Ich bin nicht zu meinem Vergnügen auf der *Soleil*«, hatte er zu Emily gesagt.

Nun stellte sie mit einem Mal fest, dass ihr Körper während der Gedanken an den Tag seine Nachgiebigkeit verloren hatte, dass sie sich nicht mehr an Jonas schmiegte und dass er es bemerkte.

»Ist was?«, fragte er leise.

Sie schüttelte ihre Gedanken ab, griff nach seiner Hand und machte ein paar Schritte auf die Tür zu, die ins Innere des Schiffes führte. »Wir sollten schlafen gehen. Wann beginnt morgen früh dein Dienst?«

Aber Jonas' Antwort erreichte sie nicht. Denn sie stockte mit einem Mal, blieb abrupt stehen und hob vorsichtig einen Fuß hoch. »Was ist das?«

Sie beugte sich hinab, und Jonas tat es ihr gleich. »Tomatensoße?«

»Unsinn! Wer sollte denn hier mit Tomatensoße gekleckert haben?« Emily zog einen Schuh aus und betrachtete die Sohle, so gut es im Dämmerlicht möglich war. »Das könnte Blut sein.«

Jonas lachte. »Das ist genauso unwahrscheinlich wie Tomatensoße. Vielleicht Cassis?« Er zeigte zu der kleinen Theke. »Womöglich ist hier heute Kir Royal zubereitet worden.«

»Das ist die Poolbar, an der Handtücher und Auflagen für die Liegen ausgegeben werden.«

Jonas zuckte mit den Schultern. »Am Abend wird sie vielleicht umfunktioniert?«

Da Emily nichts Besseres einfiel, zog sie ihre Sandale wieder an, machte ein paar Schritte, sah hinter sich und stellte fest, dass sie eine rote Spur hinterließ. »Ich muss die Schuhe abwaschen. Wenn das Cassis ist, dann hat hier jemand eine halbe Flasche ausgekippt.« Sie schüttelte missbilligend den Kopf. »Und dann den Boden nicht wischen? Unmöglich!«

»Auf Deck wird morgen früh geputzt.«

»Trotzdem. So was geht nicht.«

»Sei nicht so streng mit dem Personal. Morgen wird alles sauber sein.«

»Du solltest das melden. Oder fällt das nicht in deinen Aufgabenbereich?« Emily zog beide Sandalen aus und ging barfuß weiter, ins Schiff hinein, wo es mucksmäuschenstill war, zur Treppe, die sie leichtfüßig hinabspringen wollte, bis sie merkte, dass sie dafür wohl zu viele Cocktails getrunken hatte. Jonas dagegen legte sich bäuchlings aufs Treppengeländer und rutschte hinab. Dass er unsicher auf den Füßen landete, versuchte er mit einer ausholenden Armbewegung zu verbergen.

An ihrer Kabinentür gab Emily, bevor sie sie öffnete, Jonas einen Kuss. »Du musst ins Bett. Ich kann ausschlafen, du nicht.«

Er griff nach ihr, zog sie in seine Arme, ließ seinen Körper darum betteln, bei ihr bleiben zu dürfen, wagte aber nicht, seine Stimme zur Unterstützung heranzuziehen.

Emily löste sich sanft von ihm. »Wir haben noch viel Zeit. Ich möchte nichts überstürzen.«

Jonas seufzte. »Also gut.« Er nahm ihr die Schlüsselkarte ab, öffnete das Schloss für sie und machte sich augenscheinlich noch immer Hoffnungen, dass er Emily übertölpeln und ihr in die Kabine folgen könnte.

Aber sie durchschaute ihn. »Gute Nacht.«

Nachdem sie die Tür hinter sich geschlossen hatte, begab sie sich sofort ins Bad und nahm sich ihre Schuhsohlen vor. So etwas ging einfacher, wenn man es sofort erledigte. Am nächsten Morgen würde der rote Saft eingetrocknet und viel schwieriger zu entfernen sein.

Eine Viertelstunde später lag sie im Bett, davor standen ihre Sandalen mit blitzsauberen Sohlen. Sie blickte auf das sich wiegende, schwankende Bild vor ihrem Balkon, auf die Schwärze hinter der sanften Beleuchtung des Schiffes, lächelte leicht, schloss die Augen und war schon eingeschlafen, noch ehe der Gedanke an Jonas' Hände, an seine Lippen und seine Stimme sie in einen Traum entführen konnte …

Barbara

Wenn Barbara eins bei der Polizei von Buenos Aires gelernt hatte, war das, andere zu durchschauen, sogar noch bevor sie verdächtigt wurden. Dann ließ sie sich durch keine noch so imponierende südamerikanische Leidenschaftlichkeit vom Gegenteil überzeugen. Der Deutschen, so hieß es in Buenos Aires, konnte man nichts vormachen, wenn sie von der Schuld eines Ganoven überzeugt war. Nicht einmal, wenn die ganze Sippe inklusive der schwerkranken Großmutter, der verwitweten Tante und mehrerer unmündiger Kinder in ihrem Büro erschien und um Gnade flehte. Wenn sie das Geld in ihren Taschen verheißungsvoll klimpern ließen, das irgendein weitläufiger Onkel von seinem Ersparten abgezweigt hatte, erst recht nicht. Das hatte sich so schnell herumgesprochen, dass einige Kriminelle es erst gar nicht versuchten. Eine erstaunliche Konsequenz, völlig untypisch für die Klientel der argentinischen Polizei. Aber da die strenge deutsche Polizistin, die die meisten Argentinier um mindestens einen halben Kopf überragte, schon bald dafür bekannt wurde, geradezu unleidlich zu werden, wenn man ihr mit Familientragödien oder unmoralischen Angeboten kam, versuchten alle, die auf frischer Tat ertappt worden waren, es mit Demut, schnellen Geständnissen, Bitten und Versprechen, die sie nicht einhalten würden. Barbara Junkersdorf ließ sich nicht beeinflussen und schon gar nicht bestechen.

So brauchte sie auch nur die beiden Seetage, die auf das Ablegen in Buenos Aires folgten, um herauszufinden, dass es mit Jonas etwas auf sich hatte, was die anderen nicht erfahren sollten, dass

Maria etwas vor dem Rest der Familie verbarg, dass Lukas ein Techtelmechtel angefangen hatte, das er unter der Decke halten wollte, und dass die junge Frau, die als Jonas' Freundin bezeichnet wurde, ein ums andere Mal in die Familienrunde gezerrt wurde, obwohl sie sich dort nicht immer wohlfühlte. Aber aus einem Grund, den Barbara unbedingt erfahren wollte, lockte ihre Schwester Maria diese Emily Krug immer wieder dazu, wenn die Familie des Kapitäns sich irgendwo versammelte. Barbara war alarmiert. Wenn sie sich auch sagte, dass die Zeit des Ermittelns für sie vorbei war, dass sie ihren Dienst quittiert hatte und es sich leisten konnte, diese Reise zu genießen, ohne sich schwere Gedanken zu machen, kam sie doch nicht umhin, genau das zu tun. Sie war sich sehr sicher: Auf dieser Familienweltreise wurde getrickst und geschummelt. Und wenn sie sich auch ein paar Stunden lang vorredete, dass sie das nichts anging, musste sie schon am Ende des ersten Seetages erkennen, dass sie das nicht hinbekommen würde. Sie wollte wissen, was los war.

Als Erste nahm sie sich Maria vor. Die Voraussetzungen waren günstig, der Bordshop hatte geöffnet, die Anzahl der Kunden hielt sich in Grenzen, Maria freute sich, mit ihrer Schwester plaudern zu können, und stellte die Kaffeemaschine in der gemütlichen Ecke hinter der Kasse an.

Barbara hielt nicht lange hinter dem Berg. »Was ist mit Jonas los? Du kannst mir nicht erzählen, dass er vier Monate unbezahlten Urlaub genommen hat. Er arbeitet doch noch gar nicht lange für diese große Detektei. Wenn die ihn vier Monate entbehren können, stimmt etwas nicht. Und wie hat er die Reise bezahlt?«

Maria fuhr sich durch die Haare, obwohl Barbara ihr noch am Morgen geraten hatte, darauf zu verzichten, weil ihre Frisur anschließend an einen tausendfach benutzten Handfeger erinnerte.

»Komisch, Lukas hat das ohne Weiteres geglaubt …«

»Männer!« Barbara machte eine verächtliche Handbewegung.

»Santino hätte sich das auch erzählen lassen, ohne etwas zu merken.«

Maria nutzte die Gelegenheit, um schleunigst auf den Lebensgefährten ihrer Schwester zu sprechen zu kommen, der diesen Status verloren hatte, wie Barbara gleich am ersten Abend feierlich verkündet hatte. Dass sie in Argentinien ihre Zelte abgebrochen und sich von Santino getrennt hatte, war ein Thema, das noch in Sydney für Gesprächsstoff sorgen würde.

Aber Marias Pläne gingen nicht auf. Barbara kam, nachdem ihr Leben in Argentinien umfangreich erörtert, ihre Zukunft in Deutschland ebenfalls von allen Seiten beleuchtet worden war und Maria zwischendurch eine Schwimmbrille, zwei Taschenbücher, mehrere Rätselhefte, Frauenmagazine und Hygieneartikel verkauft hatte, auf das Thema zurück, von dem Maria glaubte, dass sie es erfolgreich umschifft hatte.

»Lukas hat auch noch nicht mitbekommen, dass Jonas manchmal so tut, als gehörte er zur Crew?« Barbara kniff kurz die Augen zusammen und betrachtete Marias verwirrtes Gesicht. »Jonas ist beruflich an Bord. Stimmt's?«

Maria begann zu stottern. »Ich weiß nichts Genaues. Nur ...« Sie ließ sich auf einen Hocker plumpsen und sagte kläglich: »Ich darf es nicht verraten. Das musste ich Jonas versprechen. Und ich weiß auch nur ... nein, das darf ich dir nicht sagen. Niemandem!«

»Schon klar.« Barbara winkte ab. »Ich will dich nicht in Versuchung führen. Aber wenn ich Jonas irgendwie helfen kann ... Sag ihm, dass er sich an mich wenden darf, wenn er Unterstützung braucht.«

Maria atmete auf. »Danke. Ich bin sicher, dass er deine Hilfe irgendwann gut gebrauchen kann.« Sie beugte sich vor und flüsterte, obwohl niemand in der Nähe war, der sie hören konnte. »Um ganz ehrlich zu sein ... besonders clever stellt er sich nicht an.«

Barbara nickte, als hätte sie nichts anderes erwartet. »Und Lukas?

Was ist das für eine Geschichte mit dieser Benita Meister? Er fängt doch sonst nie etwas mit einer verheirateten Frau an.«

Maria seufzte tief. »Er lässt nicht mit sich reden.«

»Du hast es schon versucht?«

Maria nickte unglücklich. »Das Merkwürdige ist, dass er gar nicht besonders verliebt zu sein scheint. Sie ist eindeutig nur ein kleines Abenteuer für ihn. Dass er dafür das Risiko eingeht, einen gehörnten Ehemann gegen sich aufzubringen, verstehe ich nicht.«

»Was weißt du von diesen Meisters?«

»Nicht viel. Ein kinderloses Ehepaar, wie mir scheint. Er war schon ein paarmal hier im Shop, auch mit seiner Frau zusammen ... ganz unauffällig.«

»Und er merkt nicht, dass seine Frau was mit dem Kapitän angefangen hat?«

Maria zuckte unglücklich mit den Achseln. »Ich verstehe es auch nicht.«

Barbara bewegte ihre Hände und ließ die Fingergelenke knacken, als wollte sie sichergehen, dass ihre Fäuste notfalls noch funktionierten. »Und nun zu dieser Emily Krug ...«

Maria

Emily kam wie gerufen. Kaum hatte Barbara ihren Namen ausgesprochen, erschien sie neben uns. In hellgrünen Shorts, einem geblümten Shirt und silbernen Sandaletten. Ihre Haare hielt sie mit einem Reif aus dem Gesicht, sie sah wie immer zum Anbeißen aus.

»Hat Herr Alswede schon nach seinem Sakko gefragt?«

Ich schlug mir an die Stirn. »Richtig! Er wollte es heute abholen.«

Ich holte das Sakko herbei, das ich an eine Stange in dem winzigen Zwischenraum gehängt hatte, der für Kunden nicht einsehbar war.

»Ich bin fast fertig«, sagte Emily, ließ sich nieder und nahm das Sakko auf den Schoß.

Barbara heuchelte Interesse. Ich kenne sie, ich weiß, wann sie wirklich interessiert ist und wann sie nur so tut, um daraus ein Gespräch zu entwickeln. »So was können Sie?«, fragte sie Emily. »Sakkoärmel kürzen, das ist schwierig. Ich weiß das von einer Änderungsschneiderin in Buenos Aires.«

Emily schenkte ihr ein bezauberndes Lächeln. »Wenn es nicht Maria gewesen wäre, die mich darum gebeten hat, hätte ich es abgelehnt.«

Babara schien sich zu freuen, dass sie so schnell bei dem Thema gelandet war, das ihr offenbar am Herzen lag. »Ihr versteht euch gut, scheint mir.«

Ich freute mich, als Emily eifrig bejahte, und hielt natürlich mit meiner Sympathie für sie auch nicht hinterm Berg. »Endlich hat Jonas eine nette Freundin.«

Ich tätschelte Emilys Schulter, während sie nach einer Wendeöffnung im Ärmelfutter suchte, um das Futter von links an den Ärmelsaum zu nähen. Barbara bewunderte ihre Geschicklichkeit und kam, während Emily die Wendeöffnung mit Nadel und Faden schloss, auf ihre Familie zu sprechen. Tatsächlich sehr unauffällig, so was kann meine Schwester. Emily plauderte dann auch munter drauflos, erzählte von ihrer Mutter, die ein Reisebüro besaß, und reagierte auf die Frage nach ihrem Vater mit einem Achselzucken. »Meinen leiblichen Vater kenne ich nicht. Mein Papa war Henning Krug. Er hat meine Mutter geheiratet, als ich noch sehr klein war, und mich adoptiert. Leider ist er vor zwei Jahren gestorben. Herzinfarkt! Völlig unerwartet.«

Barbara drückte ihr Bedauern aus, kam auf einen früheren Kollegen zu sprechen, der ebenfalls unerwartet an einem Herzinfarkt gestorben war, und dann fiel ihr ein, dass dieser Kollege eine Cousine in Niebüll gehabt hatte, wo Emily mit ihrer Mutter lebte.

»Hat die nicht in einem Reisebüro gearbeitet?«, überlegte Barbara scheinheilig. »Richtig, es war ein Reisebüro, das von einer Frau geleitet wurde. Frauke Krug? Oder ... Judith Krug?«

»Meine Mutter heißt Dorothee«, antwortete Emily, schüttelte den Ärmel aus und kontrollierte, ob die untere Kante sauber aussah. »Jetzt muss ich nur noch die Knöpfe annähen. Dann kann Herr Alswede kommen.«

Ich warf Barbara einen Blick zu, den sie frech erwiderte. In ihren Augen stand »Aha!«.

Verdammt, nun wusste sie also Bescheid. Ich stand auf, ging zur Kasse und schob dort ein paar Listen hin und her, bis ich mich beruhigt hatte. Barbara würde nichts verraten, sagte ich mir, sie hatte jetzt vermutlich alle Zusammenhänge begriffen, aber ich konnte mich darauf verlassen, dass sie schweigen würde.

Dass sie mit einem Mal ausgesprochen gut gelaunt war, bewies mir, dass ich mich nicht getäuscht hatte. Barbara erzählte Emily ein paar lustige Begebenheiten aus Jonas' Kindheit und schilderte mit warmen Worten, die mir ans Herz gingen, dass Jonas einen guten Charakter habe, ein liebevoller und zuverlässiger Mensch sei. Damit hatte ich noch einen Beweis: Barbara hatte mich zwar durchschaut, aber sie wollte mir sagen, dass ich mir keine Sorgen zu machen brauchte. Sie würde alle meine Pläne unterstützen …

Puerto Madryn, 20.11.

Ich wunderte mich, dass Barbara es ablehnte, an einem der Ausflüge teilzunehmen, die angeboten wurden: die Seelöwen und Kormorane von Punta Loma, Whale Watching auf der Halbinsel Valdés, das Pinguin-Reservat von Puerto Madryn …

»Ich bin keine Touristin«, erklärte sie mir. »Ich bin auf dem Weg nach Hause. Das ist etwas ganz anderes.«

Ich verstand sie sofort. Zwar gab ich kurz zu bedenken, dass man auch auf einem Heimweg Wale, Seelöwen und Pinguine betrachten dürfe, aber Barbara wollte davon nichts wissen. »Ich mag diese Besichtigungen nicht. Ich habe noch nie gerne etwas besichtigt. Ich will es betrachten, weil es da ist, aber ich will nicht hingehen, um es zu besichtigen.«

Wir saßen beim Frühstück. Ich hatte in der Kantine auf die erste Mahlzeit des Tages verzichtet und mich Barbara angeschlossen, als sie das *Bella Vita* betrat, um dort zu frühstücken. Das war anderen Crewmitgliedern nicht erlaubt, aber ich nahm mir als Schwester des Kapitäns einfach dieses Recht heraus. Ich hatte sogar eine Hose angezogen, die frisch aus der Reinigung kam und garantiert keine Flecken aufwies, und meine Haare gewaschen und sie aufwendig in Form geföhnt, statt sie einfach trocknen zu lassen, wie ich das sonst machte. Die weiße Bluse, die ich trug, war ebenfalls über jeden Zweifel erhaben.

»Freust du dich auf zu Hause?«, fragte ich Barbara, während ich mein Brötchen aufschnitt.

»Zu Hause«, wiederholte sie nachdenklich. Dann nickte sie, als hätte sie festgestellt, dass Deutschland noch immer ihr Zuhause war. »Ich bin gespannt auf die Wohnung. Hoffentlich ist sie so hübsch, wie sie im Internet aussieht.«

»Früher hast du von deinem Zuhause gesprochen, wenn du nach einem Besuch in Deutschland nach Buenos Aires zurückkehrtest.«

»Früher habe ich das auch so empfunden.« Barbara verrührte ihre Cerealien zu einem gesunden Müsli und betrachtete nachdenklich die Nüsse, von denen sie zu viele genommen hatte. »Aber das ist jetzt vorbei.« Beherzt nahm sie die Nüsse in Angriff.

»Und Santino?«

»Das ist auch vorbei.« Barbara war in der Familie bekannt für radikale Entschlüsse, deswegen wunderte mich gar nichts. »Du hast in deinem Leben auch immer eine Sache beendet, wenn sie vorbei war.«

Das stimmte einerseits. Andererseits war aber auch manche Liebe und die eine oder andere berufliche Herausforderung von der anderen Seite beendet worden. Doch daran wollte ich jetzt nicht denken. »Du hast recht.«

Ehepartner, die beieinanderblieben, obwohl sie sich nicht mehr leiden konnten, waren mir nie ein Vorbild gewesen. Auch nicht diejenigen, die sich gleichgültig geworden waren, nicht einmal die, die sich noch mochten, aber nicht mehr liebten und dennoch nicht an Trennung dachten. Da waren Barbara und ich uns gleich. Das Schlimmste war für mich – und ich wusste, dass es Barbara genauso ging –, wenn sich einer dem Willen des anderen beugen musste. So leben, wie der andere es wollte, etwas unterlassen, was dem anderen nicht gefiel, Wünsche unterdrücken, die nicht die Wünsche des anderen waren.

Als Barbara auf Jonas zu sprechen kam, wurde ich nervös. Ich merkte, dass ich, wenn wir dieses Gespräch fortsetzten, bald in Versuchung geraten würde, Barbara mehr zu erzählen, als es meinem Sohn recht gewesen wäre. Also drängte ich zum Aufbruch, nachdem wir das Frühstück beendet hatten. Barbara wollte sich Puerto Madryn ansehen, wollte den herrlichen Strand genießen, an der Wasserkante entlanggehen und ihr Gesicht der Sonne entgegenhalten. »Und irgendwo einen Campari Orange trinken. Bestimmt finden wir ein Bistro mit Blick aufs Meer.«

Die Ausflugsbusse waren mittlerweile alle gestartet. Die lange Pier, an deren Ende die *Soleil* lag, war leer. Nur einige Passagiere, die keinen Ausflug mitmachten, wanderten sie entlang. Wir schlossen uns an und wandten uns am Ende wie alle anderen nach links, der Strandpromenade zu, die so lang war, dass sich ihr Ende nicht erkennen ließ. Das Wetter war herrlich. Ein wolkenloser blauer Himmel wölbte sich über uns, die Sonne brannte, war aber nicht so unerträglich heiß wie im Hochsommer. In Puerto Madryn war im November keine Saison, der breite, dreißig Kilometer lange Strand war beinahe menschenleer, nur am Ufersaum liefen ein paar Spaziergänger entlang. Ein Hund kümmerte sich nicht um die Pfiffe seines Herrchens und raste mit fliegenden Ohren derart begeistert den Strand entlang, als hätte er sein ganzes bisheriges Leben an einer Leine verbracht. Zwischen der Avenida Julio Argentino Roca, einer breiten, aber nur mäßig befahrenen Straße, und der Strandpromenade waren viele Stände aufgebaut, wo Perlenschmuck, hölzerne Gebrauchsgegenstände, Muschelketten und Handgestricktes angeboten wurden. Dazwischen gab es Spielgeräte und Klettergerüste für Kinder, auch ein Karussell und hier und da Statuen örtlicher Helden, die außer in Puerto Madryn niemand kannte.

Barbara hatte den Vorsatz gehabt, erst umzukehren, wenn wir fünftausend Schritte hinter uns gebracht hatten. Ihre neue Armbanduhr, die solche Messungen anstellte, war ihr ganzer Stolz. Am

Abend zuvor war sie völlig unvermittelt aufgesprungen, von einem Fenster zum anderen gelaufen und hatte sich dann wieder hingesetzt. Ich vermutete einen Wadenkrampf, aber sie erklärte mir, ihre Uhr habe sie darauf aufmerksam gemacht, dass es nötig sei, sich mal wieder zu bewegen. Als Barbara mir beim ersten Mal voller Stolz die Uhr gezeigt und mir erklärt hatte, was man alles von ihr erwarten durfte, war ich durchaus interessiert gewesen und überlegte mir schon, mir ebenfalls so eine zuzulegen. Aber diese Meinung änderte ich schnell.

Eine Armbanduhr, die mir vorschreibt, wie lange ich bequem im Sessel sitzen darf? Ohne mich! Haben Sie etwa so was? Schauen Sie auch ständig auf Ihre Uhr, wenn Sie wissen wollen, ob Ihr Blutdruck weder zu hoch noch zu niedrig ist, wie gut Sie geschlafen und ob Sie ausreichend getrunken haben? Barbara, die sich sonst von niemandem etwas diktieren lässt, gibt sofort klein bei, wenn ihre Uhr sie auf ein Versäumnis hinweist. Ich kann darüber nur den Kopf schütteln. So ein Gerät kommt mir jedenfalls nicht ans Handgelenk. Es reicht, dass ich einen Arbeitsplan habe, an den ich mich halten muss.

Als Barbaras Uhr uns endlich gestattete, den Rückweg anzutreten, war ich, wenn ich ehrlich bin, schon ziemlich fußmüde. Zehntausend Schritte hatten wir gemacht, als wir wieder am Ausgangspunkt angekommen waren. Eine Menge, man glaubt das gar nicht! Barbara ging es ähnlich wie mir, wenn sie es auch nicht zugab. Aber ihr Blick ging genauso sehnsüchtig zur *Soleil* wie meiner.

Ich wollte gerade vorschlagen, den Campari Orange, den sie sich gewünscht hatte, auf dem Pooldeck an der Bar zu trinken, da sah ich die Frau, die die Pier entlangkam. Ich erkannte sie sofort.

»Benita Meister! Das ist sie!«

Sie zögerte am Ende der Pier nicht, überlegte nicht, ob sie am Strand entlanggehen, auf der Uferpromenade flanieren oder sich in dem Angebot der Verkaufsstände umsehen sollte, sondern überquerte zügig die breite Avenida und steuerte auf ein Bistro zu. Es hieß *Bonafide*, lag direkt neben dem Hotel *Pirén* und hatte eine Terrasse, auf der vier Tische standen. An einen von ihnen setzte sich Benita Meister.

»Glaubst du, dass sie da allein bleiben wird?«, raunte ich Barbara zu.

»Nie im Leben«, kam es zurück. »Die ist verabredet. Wetten?«

Mit wem sie verabredet war, wussten wir beide. Entsprechend setzten wir düstere Mienen auf und starrten rachedurstig vor uns hin.

»Warum trifft Lukas sich hier mit ihr?«, fragte Barbara. »Warum nicht in seiner Suite?«

»Vielleicht, weil er mit ihr Schluss machen will?«, hoffte ich. »So was macht man besser in der Öffentlichkeit, wenn es ohne Drama abgehen soll.«

Barbara griff nach meinem Arm. »Dann lass uns aufs Schiff gehen. Vielleicht erzählt er uns später, dass die Affäre mit Benita Meister Geschichte ist.«

Aber ich hegte diesbezüglich keine Hoffnung. »Lukas hat noch nie über seine Beziehungen gesprochen.«

Barbara begriff, dass ich auf Nummer sicher gehen wollte. Und sie selbst schien auch mit eigenen Augen sehen zu wollen, was sich zwischen den beiden abspielte.

Wir setzten uns auf eine Mauer am Rand der Strandpromenade und ließen die Beine baumeln. Links von uns die Avenida, auf der nach wie vor nicht viel los war, dahinter das *Bonafide*, vor dem Benita Meister saß, und vor uns die lange Pier.

Ich hatte Benita Meister fest im Blick, ohne dass sie uns bemerkte. Sie strich ihre Haare glatt, die ihr der Seewind verwirbelt hatte. Natürlich sah sie trotzdem sehr attraktiv aus. Die große Sonnenbrille stand ihr gut, die kurzärmelige Bluse ließ wohlgeformte Oberarme sehen, um die ich sie beneidete, von ihrem Dekolleté ganz zu schweigen. Wieder hatte sie sich für Dunkelgrün entschieden, eine Farbe, die ihr wirklich gut stand. Die Jeans war für meinen Geschmack reichlich eng, vermutlich hatte sie schon mal besser gesessen, aber das Essen auf der *Soleil* war nun mal gut und reichlich. Und dass Benita Meister keinen Wert darauf legte, dem gängigen Schönheitsbild zu entsprechen, also gertenschlank daherzukommen und zu zeigen, dass sie sportlich gestählt war, wusste ich ja schon. Dummerweise wusste ich auch, dass Lukas so was gefiel.

In diesem Augenblick zeigte sich eine männliche Gestalt auf der Pier. Sie fiel uns sofort auf, denn dort waren kaum Personen unterwegs. Am Anfang der Pier standen Kontrolleure, die nur diejenigen in die Nähe der *Soleil* ließen, die eine Bordkarte vorweisen konnten. Der Mann war groß und schlank, hatte dunkle Haare, trug eine Kappe mit großem Schirm und eine Sonnenbrille. Es war nicht Lukas Jantzen, der auf das *Bonafide* zuhielt.

»Den kenne ich«, zischte ich Barbara zu.

»Wer ist das?«

Nein, ich kannte ihn eigentlich nicht, aber ich hatte ihn schon einmal gesehen. In Montevideo, als ich ebenfalls vermutet hatte, dass Benita sich mit meinem Bruder treffen wollte, hatte sie in der Nähe des Schiffs auf ihn gewartet …

Lukas

Lukas bückte sich und zog unauffällig seine Socken hoch. Es waren seine Lieblingssocken, zartgelb mit Efeuranken, deswegen hatte er sie schon oft getragen. Nun war das Gummi ausgeleiert, und die rechte Socke rutschte ihm nach längerem Tragen in die Schuhe und dort unter die Fußsohle. Unangenehm! Es half nichts. Die musste er am Abend entsorgen, wenn sie ihm auch noch so gut gefielen.

Roland Hengst trat zu ihm. »Deine Schwester möchte dich sprechen.«

»Maria?«

Sein Stellvertreter nickte. »Angeblich ist es dringend.«

»Du kannst sie auf die Brücke lassen.«

Kurz darauf erschien Maria hinter ihm. »Ich muss mit dir reden, Lukas.«

Er machte sie darauf aufmerksam, dass ihre Jacke schief zugeknöpft war, aber sie wehrte ab und kümmerte sich nicht darum. So knapp wie möglich und so ausführlich wie nötig erzählte sie ihm, dass sie sich Sorgen um einen Passagier mache. »Fred Alswede! Er wollte vor vier Tagen sein geändertes Jackett abholen, aber er ist noch nicht erschienen.«

Lukas zuckte mit den Schultern. »Er wird es vergessen haben.«

Maria nickte. »Kann sein, aber ich habe kein gutes Gefühl. Ich war schon zweimal an seiner Kabinentür, einmal hing das Schild ›*Bitte nicht stören*‹ an der Klinke, am nächsten Tag war es weg. Aber niemand hat ihn seitdem gesehen.«

Lukas betrachtete seine Schwester ungehalten. »Ein Alleinreisender?«

Maria nickte. »Niemand würde ihn als vermisst melden, wenn ihm was zugestoßen ist. Ich war schon beim Schiffsarzt, aber dort hat er auch nicht vorgesprochen. Krank ist er also nicht.«

»Auf dem Schiff sind mehr als zweitausend Leute. Der kann den ganzen Tag an Deck herumlaufen, ohne dass er jemandem auffällt. Oder ... er sitzt auf seinem Balkon und liest.« Er selbst dachte daran, wie gern er stundenlang auf dem Balkon eines fahrenden Schiffes in der Sonne sitzen und lesen würde.

»Ich habe mit Alon gesprochen. Der ist für seine Kabine zuständig.«

Lukas musste seinen Ärger herunterschlucken. Da hatte Maria eindeutig ihre Kompetenzen überschritten. Gerade wollte er sie zurechtweisen, da fuhr sie fort: »Ich denke dabei auch an Lisa. Wenn sie an Bord kommt, sollten wir keine Probleme wegen eines verschwundenen Passagiers haben.«

Nun erschrak Lukas. »Um Gottes willen!«

»Alon sagt, in der Kabine habe sich nichts verändert. Als das Schild an der Tür hing, hat er die Kabine natürlich nicht betreten, aber am nächsten Tag hat er das Bett gemacht, frische Handtücher aufgehängt und geputzt. Seitdem ist alles so geblieben, wie er es hinterlassen hat.«

»Als sei die Kabine nicht mehr betreten worden?«

»Alon ist nicht auf diese Idee gekommen, aber als ich ihn fragte, hat er es bestätigt. Ja, die Kabine sieht so aus, als habe sie in den letzten Tagen niemand mehr benutzt.«

Lukas wurde zornig. »Das hätte Alon melden müssen.«

»Er dachte, Alswede könnte eine Frau kennengelernt haben und die Nächte in einer anderen Kabine verbringen.« Sie schüttelte nachdrücklich den Kopf. »Aber der Alswede ist nun wirklich kein Typ für so was.«

Lukas erkundigte sich nicht, was für ein Typ ein Mann sein musste, der die Nächte mit einer Frau verbrachte, die er gerade erst kennengelernt hatte. Er dachte an Lisa und war wie Maria der Ansicht, dass diese Angelegenheit geklärt werden musste, bevor seine Nichte zustieg. Es wäre für sie ein gefundenes Fressen, wenn erneut ein Passagier von Bord verschwand und der Kapitän auch diesmal keine Möglichkeit hatte, etwas zu unternehmen.

Lukas griff nach seinem Mikrofon. Kurz darauf war überall auf dem ganzen Schiff zu hören: »Der Passagier aus Kabine 6271 möge sich bitte umgehend im Bordshop melden. Ich wiederhole ...« Anschließend sah er Maria zufrieden an. »Mehr kann ich nicht tun.«

»Und was, wenn er sich nicht meldet?«

»Dann ...« Lukas dachte nach, schließlich zuckte er unglücklich mit den Schultern. »Dann sehen wir weiter.«

Er wandte sich den nautischen Geräten zu, um seiner Schwester zu zeigen, dass die Sache für ihn damit erledigt war. »Besser, du gehst in den Bordshop. Falls Fred Alswede dort auftaucht.«

Aber natürlich ließ Maria sich nicht so leicht abwimmeln. Er hätte es sich denken können. »Du hast doch einen Generalschlüssel.«

Lukas fuhr herum. »Ich soll in die Kabine eines Passagiers eindringen?«

»Die Leute vom Housekeeping betreten sie auch. Das ist kein Eindringen.«

»Das Housekeeping hat die Aufgabe, die Kabine zu reinigen.«

»Und deine Aufgabe ist es, über das Wohl deiner Passagiere zu wachen.«

Lukas merkte, dass es schwierig sein würde, Maria zu der Einsicht zu bringen, dass zwischen echter Sorge und unerwünschter Einmischung nur ein schmaler Grat verlief. »Wenn ihm wirklich was passiert ist ...«

Er wagte nicht weiterzusprechen, Maria tat es für ihn: »... dann ist es zu spät, das stimmt. Aber willst du wirklich warten, bis wir wieder in Hamburg sind, ehe dir auffällt, dass ein Mann nicht mehr an Bord ist, den niemand vermisst hat? Wie willst du das seiner Familie erklären?«

»Du übertreibst«, knurrte Lukas.

»Die Angehörigen werden dich später fragen, wann der Passagier vermisst wurde. Wie willst du ihnen erklären, warum du nichts unternommen hast?«

Lukas stöhnte auf. »Also gut ...« Er bückte sich wieder und zog die rechte Socke hoch, die ihm bei den unruhigen Schritten, mit denen er vor Maria hin und her gelaufen war, erneut in den Schuh gerutscht war. »Wenn er sich in den nächsten zwei Stunden nicht meldet, werde ich was unternehmen.«

»Was?«

Er knöpfte ihre Strickjacke auf, die oben ein freies Knopfloch und unten einen überflüssigen Knopf aufwies, und schloss alles wieder so, wie es sein musste. »Mir wird schon was einfallen.«

Natürlich sah er, dass Maria nicht zufrieden war, aber es blieb ihr nichts anderes übrig, als die Brücke wieder zu verlassen und an ihren Arbeitsplatz zurückzukehren. Grinsend folgte er ihr mit den Augen, bis Roland Hengst sie hinausbegleitet hatte. Er wusste, dass es Maria lieb gewesen wäre, er hätte auf der Stelle Maßnahmen ergriffen und ihr dazu die Möglichkeit gegeben, sich bei der Suche nach Fred Alswede einzubringen. Das fehlte noch! Maria steckte zwar immer voller Ideen, die meist sogar sehr gut waren, wenn Lukas ehrlich blieb, dennoch wollte er auf keinen Fall, dass sie etwas tat, das andere Passagiere aufschreckte. Wenn sie recht hatte und dieser Fred Alswede wirklich verschwunden war, musste er, der Kapitän, vor allem dafür sorgen, dass niemand davon erfuhr. Das war seine vordringliche Aufgabe in einem solchen Fall. Die Reederei musste die Möglichkeit haben, diese Angelegenheit diskret und unauffällig zu behandeln.

Lukas fragte sich, ob Maria nicht nur mit ihm, sondern auch mit anderen über ihren Verdacht gesprochen hatte. Er ärgerte sich. Das hätte er sie fragen sollen! Es würde ihn nicht wundern, wenn auch Barbara schon informiert wäre. Andererseits ... vielleicht war es sogar eine gute Idee, Barbara hinzuzuziehen. Sie als frühere Polizeibeamtin hatte womöglich einen professionellen Vorschlag, wie er schnell herausbekommen konnte, ob Fred Alswede verschwunden war, ob er die Nächte in einer anderen Kabine verbrachte, tagsüber arglos übers Deck spazierte oder ... tatsächlich über Bord gegangen sein konnte.

Lukas rief Roland Hengst an seinen Arbeitsplatz, verließ die Brücke und lief die Treppe hinunter. Vielleicht sollte er auch Jonas mit ins Boot nehmen? Als Privatdetektiv konnte er auch als Fachmann gelten. Wenn die zwei Stunden vorbei waren, die er Fred Alswede geben wollte, um sich im Bordshop zu melden, würde er mit Barbara und Jonas reden. Bis dahin musste er die beiden gefunden haben. Wo mochten sie unterwegs sein? Hoffentlich hatten sie ihre Handys dabei.

Er wählte Barbaras Handynummer, während er die Galerie durchquerte. Hier war es ruhig, die Galeristin saß über einem Katalog, ein einziger älterer Herr vertiefte sich in die Gemälde von James Rizzi.

Barbara meldete sich schon nach dem zweiten Klingeln. Ihre Stimme klang fröhlich und entspannt. Wieder wunderte sich Lukas, mit welcher Entschiedenheit und Klarheit Barbara ihr Leben erneut umgestaltet hatte. Wie sie nach Argentinien gegangen war, so verließ sie das Land nun, aber nicht nur das Land, sondern auch den Mann, mit dem sie dort gelebt hatte. Sie bedaure, so hatte sie gesagt, dass die Beziehung mit Santino beendet sei, aber es sei notwendig gewesen, da er nicht bereit gewesen sei, sein Leben zu ändern. Sie aber hatte gewusst, dass ihre Zeit in Buenos Aires zu Ende war.

»Ich muss mit dir reden, Barbara.«

»Ich bin am Roulettetisch«, kam es zurück. »Gut, dass du anrufst, dann werde ich meine Pechsträhne umgehend beenden.«

»Ich komme. Bestell schon mal Espresso.«

Barbara saß an der Bar, vor sich zwei kleine Tassen, aus denen es dampfte. Lukas blieb kurz stehen und betrachtete seine Schwester eine Weile, ohne dass sie es bemerkte. Ja, sie hatte sich verändert. Damals, als sie sich entschloss, nach Argentinien zu gehen, war sie ihm wie verwandelt vorgekommen, und jetzt saß da wieder die Barbara von früher. Doch es war nicht so, dass sie sich zurückentwickelt hatte, wieder so geworden war wie vorher, nein, es war eine Dimension dazugekommen. Damals hatte in ihrer Entscheidung auch eine gehörige Portion Verzweiflung gesteckt. Barbaras Mann war gestorben, die Tochter, frisch verheiratet, mit ihrem Mann nach Kanada gezogen, innerhalb weniger Monate war ihre Familie auseinandergebrochen. Als ihre Tochter schwanger wurde, wegen einer drohenden Fehlgeburt monatelang liegen musste und Barbara, wenn sie ihre Familie suchte, nur auf den Friedhof gehen oder ein langes Telefongespräch führen konnte, hatte sie schnell eingesehen, dass sie etwas ändern musste. Das Alte war nicht mehr da, also musste etwas Neues her! Von ihren Geschwistern, Freunden und Kollegen war sie entgeistert angestarrt worden, als sie verkündete, nach Argentinien gehen zu wollen …

Lukas legte ihr von hinten eine Hand in den Nacken. »Blendend siehst du aus.«

Sie lächelte, ohne sich umzudrehen. »Es trifft sich gut, dass du mich sprechen willst«, sagte sie, als er neben ihr auf einen Barhocker gerutscht war. »Ich wollte dich auch gerne etwas fragen. Ohne Zeugen …«

Er sah sie mit hochgezogenen Brauen an. »Schieß los!«

»Ich bin mit einer Frau ins Gespräch gekommen.« Barbara legte die Unterarme auf die Theke und beugte sich vor. »Oder vielmehr ... ich bin von ihr angesprochen worden, wenn sie auch versucht hat, mir weiszumachen, dass unser Zusammentreffen ganz zufällig war.« Jetzt sah sie Lukas an. »Sie ist verdächtig schnell auf dich zu sprechen gekommen.«

Lukas wusste im selben Moment, von wem sie sprach. Trotzdem fragte er: »Hat sie sich vorgestellt?«

»Meister! Ich glaube ... Anita.«

»Benita.«

»Ja, Benita. Du kennst sie?«

»Ja.«

»Sehr gut?«

Lukas zögerte, als überlegte er, welche Antwort die richtige war. Aber noch ehe er sie finden konnte, sagte Barbara: »Sie ist verheiratet. Hast du keine Angst, dass ihr Ehemann dir Schwierigkeiten machen könnte?«

Lukas stürzte seinen Espresso hinunter. »Ich fange niemals etwas mit einer verheirateten Frau an. Aber in diesem Fall ... die Ehe der Meisters besteht nur noch auf dem Papier. Wenn sie wieder in Hamburg sind, werden sie einen Scheidungsanwalt aufsuchen. Diese Reise war schon lange gebucht, als das Zusammenleben noch einigermaßen funktionierte. Die beiden wollten die Reise nicht stornieren, sie gehen sich aus dem Weg, so gut sie können, die Suite ist zum Glück groß genug.«

Barbara nickte, als hätte sie etwas Ähnliches erwartet. Doch ihre nächsten Worte klangen anders. »Sie hat versucht, mich auszufragen. Sehr geschickt, aber ich habe es trotzdem gemerkt.«

»Was wollte sie wissen?« Lukas war nicht sonderlich interessiert, er konnte sich denken, wonach Benita gefragt hatte. Nach den Frauen, die es vor ihr gegeben hatte, nach seiner Beziehungsfähigkeit, nach seinem Wunsch oder der Abneigung, sich zu binden, nach einer Frau, die an Land auf ihn wartete ...

Aber Barbara überraschte ihn. »Etwas über Jonas.«

Lukas bestellte noch zwei Espressi. »Warum interessiert sie sich für Jonas?«

»Das frage ich dich. Woher kennt sie ihn überhaupt?«

Lukas berichtete kurz von dem Treffen in seiner Suite, an dem neben Benita auch Maria, Jonas und Emily teilgenommen hatten.

»Emily auch?«, murmelte Barbara.

»Sie ist Jonas' Freundin.« Lukas starrte in seine Tasse, wartete, dass Barbara weitersprach, und fragte schließlich, als sie schwieg: »Was wollte sie über Jonas wissen?«

»Es interessiert sie sehr«, begann Barbara bedächtig, »welchen Rang er auf dem Schiff einnimmt, was seine Position in der Crew ist.«

Nun war Lukas überrascht. »Wie kommt sie darauf, dass Jonas zur Crew gehört?«

»Sie hält ihn für einen Sicherheitsoffizier in Zivil. Angeblich fasst Jonas in jedem Hafen die aussteigenden Passagiere sehr genau ins Auge. Das ist ihr aufgefallen.«

Lukas brauchte nicht lange nachzudenken. »Dummes Zeug!«, gab er ärgerlich zurück und nahm sich vor, den Abstand zu Benita Meister in den nächsten Tagen zu vergrößern. Er konnte es nicht leiden, wenn Frauen schon nach einer kurzen Zeit der intimen Beziehung in sein Privatleben eindringen wollten. Frauen waren ja selten an einer unverbindlichen, zeitlich befristeten Beziehung interessiert, darin unterschieden sie sich von den Männern. »Wie kommt sie dazu, meinen Neffen zu beobachten?«

»Interessant ist ja auch«, antwortete Barbara, »warum sie nicht dich, sondern mich nach Jonas fragt.«

Barbara

Sie blieb noch eine Weile an der Bar sitzen, nachdem Lukas auf die Brücke zurückgegangen war, schob die Espressotassen zur Seite und orderte jetzt einen Campari Orange. Den hatte sie in Buenos Aires nie getrunken, Santino mochte keinen Campari. Mit ihm zusammen hatte sie Fernet und Cola gemischt oder die typischen argentinischen Dulce-de-leche-Liköre getrunken, die meist aus Karamellcreme hergestellt wurden. Und wenn es kein Alkohol sein sollte, dann gab es Mate-Tee. Beides hätte Barbara nicht bestellt, auch wenn es an Bord der *Soleil* zu haben gewesen wäre. Sie hatte sich in den Jahren, in denen sie mit Santino in Argentinien gelebt hatte, komplett seinen Gewohnheiten angeschlossen. Warum eigentlich? Plötzlich hatte sie den Eindruck, dass sie dieses Fernet-Cola-Gemisch nie hatte leiden können, den Likör auch nicht und Mate-Tee sowieso nicht. Barbara beschloss, von jetzt an wieder das zu trinken, was sie früher bevorzugt hatte: Bier, Wein oder Campari Orange.

Sollte sie auch damit aufhören, zu ermitteln und hinter ein Geheimnis zu kommen? Sie gehörte nicht mehr zur Polizei, weder zu deutschen noch zur argentinischen, aber anscheinend war es leichter, Trinkgewohnheiten aufzugeben als etwas, das bisher das ganze Leben ausgemacht hatte. Eigentlich selbstverständlich. Sie war immer gern Polizistin gewesen. Als ihr Mann noch lebte und ihre Tochter klein war, hatte sie der Familie den Vorzug gegeben, sich dann aber, als das Kind eingeschult worden war, mit Elan in die Polizeiarbeit gestürzt und war schnell in der Hierarchie aufgestiegen. Und dann die Arbeit in Buenos Aires! Ja, es war ihr wohl nicht so leicht möglich, von einem Verdacht zu hören und nicht zu versuchen, die Sache zu durchschauen …

Sie hatte sofort zugesagt, als Lukas sie bat, sich in der Kabine des Passagiers umzusehen, der möglicherweise verschwunden war. Nach Lukas' Durchsage hatte Fred Alswede sich nicht im Bordshop gemeldet. Er war nicht von Bord gegangen, hatte sich in Puerto Madryn zu keiner Besichtigungstour angemeldet. Er musste also an Bord sein … oder er war tatsächlich verschwunden. Wenn Ersteres zutraf, würden sie ihn finden, was viel leichter war, wenn der größte Teil der Passagiere auf Landausflügen unterwegs war. Und wenn sie ihn nicht fanden, war an Marias Verdacht vielleicht wirklich etwas dran.

Barbara hatte Lukas gebeten, auch Jonas einzuweihen. Vier Augen sahen bekanntlich mehr als zwei. Sie war jetzt schon gespannt darauf, wie sich die Arbeit eines Privatermittlers von der einer Polizistin unterschied. Bei der Polizei waren »Schnüffler« selten beliebt, deswegen war Barbara auch nicht begeistert gewesen, als sie hörte, für welchen Beruf Jonas sich entschieden hatte. Aber er schien die Sache mit Ernst und Eifer anzugehen, wozu die Tatsache, dass er sich vier Monate Auszeit für eine Weltreise nahm, überhaupt nicht passte. Barbara war geradezu erleichtert gewesen, als sie erfuhr, dass Jonas nicht privat an Bord war, sondern einem Auftrag nachging. Sie wusste nur nicht, welchem. Aber das ließ sich vielleicht herausfinden, wenn sie mit ihrem Neffen zusammen ermittelte, was mit Fred Alswede geschehen war.

Alexandra

Sie hielt ihre Freundin zurück, als sie auf die Gangway zugingen, die ins Schiff führte. Vor dem Pavillon, unter dem jemand stand, der kontrollierte, ob alle, die zusteigen wollten, einen Bordpass der *Soleil* besaßen, hatte sich eine Schlange gebildet. Links neben dem Pavillon bewegte sich ein junger Mann hin und her, als hätte er Langeweile, als wollte er Luft schnappen, als brauchte er für ein paar Minuten statt der Schiffsplanken festen Boden unter den Füßen. Oder … als wartete er auf jemanden.

»Da ist er. Er hält Ausschau nach mir. Wetten?«

Nathalie machte einen langen Hals. »Hat der Kerl denn immer noch nicht genug Material?«

»Das frage ich mich auch. Nach dem gestrigen Abend müsste doch nun wirklich alles klar sein. Der Abend war so was von peinlich. Lady Chiswick, die ›Hung Up‹ singt und sich große Mühe gibt, sich so lasziv zu bewegen wie Madonna! Und das vor ein paar Hundert Leuten, die auf den Bänken tanzten.«

»Merkwürdig, dass dein Vater nicht davon gesprochen hat. Er muss doch Panik bekommen haben.«

»Aber er war komisch am Telefon. Irgendwie anders. So nervös …« Alexandra sah nachdenklich vor sich hin. »Vielleicht hat er aber auch Probleme in der Firma.«

»Und Godric?«

»Der war wie immer. Wenn ich ihn anrufe, interessiert ihn nur, ob ich ihn noch liebe und an den Heiratsplänen festhalte.«

»Hat er Kontakt mit deinem Vater?«

»Nur sporadisch.« Alexandra stieß Nathalie mit dem Ellbogen an. »Der Detektiv ist weg.«

»Abgehauen? Weil er uns gesehen hat?«

»Es kommt mir schon seit Tagen so vor, als ginge er mir aus dem Weg. Es ist mir nicht noch einmal gelungen, ihn anzusprechen und in ein Gespräch zu verwickeln.«

»Ein weiterer Beweis. Ein Detektiv sollte sich natürlich auf Abstand halten.«

»Oder es geht ihm um Emily. Ich glaube, er ist ziemlich verliebt in sie.«

Nathalie sah ihre Freundin missbilligend an. »Wie kann das sein, dass du es nicht geschafft hast, ihn für dich zu interessieren? Ich glaube, du hast schon was von einer Lady Chiswick. Welcher Mann fängt schon was mit einer stocksteifen englischen Lady an?«

Alexandra wehrte diese Worte mit einer ärgerlichen Geste ab. »Dieser Detektiv interessiert mich als Mann überhaupt nicht.«

Nathalie lachte lauter auf, als nötig war. »Das kannst du mir nicht erzählen. Wetten, dass die Sache mit Godric sich schnell erledigt hätte, wenn der Surflehrer-Typ anbeißen würde?«

»Red keinen Unsinn! Außerdem ist er kein Surflehrer, sondern ein Detektiv, der mich beschattet.«

»Das ist bis jetzt pure Vermutung. Immer noch!«

»Aber dass er von mir nichts will, ist so gut wie sicher.«

Emily

Sie hatte keine Lust, von Bord zu gehen, obwohl sie andererseits das Bedürfnis verspürte, dieses Schiff, seine Passagiere, die Crew und vor allem die Familie des Kapitäns hinter sich zu lassen. Sosehr sie Maria mochte, manchmal hatte sie den Eindruck, dass etwas in ihr vorging, was nicht zum Rest ihres Wesens passte. Etwas Geheimnisvolles, etwas, das niemand durchschauen sollte und konnte. In solchen Momenten war Maria ihr fremd, dann, wenn sie ein Gespräch mit ihrem Handy hastig beendete, als sollte niemand wissen, mit wem sie redete, oder mit ihrer Schwester tuschelte und ihre Stimmlage und Lautstärke veränderte, sobald Emily dazukam.

Und Jonas? Er wurde seiner Mutter immer ähnlicher. Auch ihn umgab ein Rätsel, das Emily nicht lösen konnte. Es gab Momente, da gelang es ihr, seinen Gefühlen zu glauben, da konnte sie darauf vertrauen, dass er in sie verliebt war, dann aber zeigte er ihr wieder die kalte Schulter und nahm alles wichtiger als Emily Krug. Klar, er musste seinen Job erledigen, das verstand sie ja. Eigentlich war sie sogar erstaunt, wie viel Freizeit er hatte. Oder nahm er sie sich einfach? Der Kapitän war schließlich sein Onkel. Mit diesem Job, den er manchmal »Mädchen für alles« und dann wieder »Teil des Sicherheitsteams« nannte, schien es ihm nicht besonders ernst zu sein.

»Der Sicherheitsoffizier und seine Leute tragen eine Uniform«, hatte sie ihm einmal entgegengehalten.

Aber Jonas war nicht um eine Antwort verlegen gewesen. »Klar, wenn deutlich werden soll, dass sie zur Security gehören. Ich bin dafür da, eine Gefährdung zu erkennen, ohne preiszugeben, dass ich ein Auge auf die Sicherheit habe.«

Das klang einleuchtend, trotzdem blieb Emilys Argwohn wach. Obwohl sie immer wieder beobachten konnte, dass Jonas beim An- und Ablegen stets dort war, wo die Passagiere von Bord gingen und wieder zustiegen, waren ihr seine Aufgaben zu unklar, zu nebulös. An einem Seetag aalte er sich manchmal am Pool, ohne dass jemand einen Auftrag für ihn hatte, dann aber sprang er auf, als hätte er ein Sicherheitsrisiko entdeckt, und war dann für längere Zeit verschwunden. Eine Erklärung dafür gab er ihr nie. Dass sie auf der Suche nach ihm verdächtig oft auf Nathalie Teichler stieß, sagte sie ihm natürlich nicht. Das fehlte noch, dass er Emily für eifersüchtig hielt und befürchtete, dass sie mit Besitzansprüchen kam. So was mochte kein Mann, das wusste Emily genau. Aber sie behielt Nathalie im Auge. Dass diese sich häufig in Jonas' Nähe aufhielt, war kein Zufall.

In diesem Augenblick war weder von Jonas noch von Nathalie etwas zu sehen. Emily schlenderte durch das Theater und setzte sich in eine Zuschauerreihe, um den Proben auf der Bühne zuzusehen. Drei Artisten machten sich warm und holten sich währenddessen Ratschläge von einem Choreografen. Einer der Offiziere, den Emily kannte, erschien am Rand der Bühne und sprach einen der Beleuchter an, der daraufhin den Scheinwerfer, an dem er hantiert hatte, zur Seite legte und zum Bühnenrand kam. Die beiden jungen Männer redeten miteinander, der Offizier, von dem Emily wusste, dass er Leon hieß, gestikulierte temperamentvoll, schien dem Beleuchter etwas erklären zu wollen, der zunächst verständnislos dreinschaute, aber schließlich zu verstehen schien. Er zeigte gestisch, dass er begriffen hatte, was von ihm verlangt wurde, ging zu dem Scheinwerfer zurück und richtete ihn anders aus.

Emily sorgte dafür, dass sie Leons Weg kreuzte, als er sich abwandte. Jonas hatte sie einander vorgestellt, sie hatten gleich auf das Sie verzichtet und sich mit Du angeredet. Emily mochte den flachsblonden jungen Mann, der einerseits so sorglos wirkte, andererseits aber dennoch stets pflichtbewusst und aufmerksam war. Obwohl er ein durchaus ansehnlicher junger Mann war, wirkte er dennoch nicht besonders attraktiv. Nicht einmal in der schicken weißen Uniform. Dazu war seine Erscheinung einfach zu bieder. Um als attraktiv gelten zu können, fehlte ihm die Leichtigkeit.

»Hey, Leon.«

»Emily!« Er lachte sie an. »Willst du nicht zu den Seelöwen? Oder Wale angucken?«

»Ich werde mich in die Lounge setzen und ein neues Buch beginnen. Fürs Sonnendeck ist es ja zu kalt.« Sie machte ein paar Schritte neben ihm her, als wäre es Zufall, dass sie dieselbe Richtung einschlug wie er. »Hast du Jonas gesehen?«

Leon blieb stehen. »Nein. Ich weiß nicht, wo er ist.«

»Was ist denn heute seine Aufgabe? Immer noch die Sicherheit?«

Sie merkte genau, dass Leon unsicher wurde. Warum? »Ich weiß nicht. Jonas ist ja ... hat ja ... also sein Aufgabenbereich ist nicht so klar umrissen.«

»Mädchen für alles.«

Leon lachte erleichtert auf. »Genau!« Er tippte sich an den Rand seiner Mütze und machte sich davon. Sehr eilig, fand Emily, und fast, als flüchtete er vor ihr.

Sie sah ihm nach. Da war es schon wieder, dieses Gefühl, dass etwas nicht in Ordnung war. Leon war ein Freund von Jonas, die beiden waren schon zusammen zur Schule gegangen, das wusste sie. Was mochte es zu bedeuten haben, dass dieser alte Freund, der vermutlich Jonas' Vertrauter war, sich so merkwürdig verhielt? Die Antwort lag auf der Hand: Er wusste etwas, das Emily nicht erfahren sollte. Jonas hatte ihr erzählt, dass sie beide sich sogar eine Kammer teilten. Natürlich im Unterdeck, wo kein Passagier hinkam. Wusste Leon vielleicht, dass Jonas gelegentlich ein Mädchen in seine Koje holte? Nathalie Teichler? Deckte er ihn? Oder war es gar nicht erlaubt, eine Passagierin in den Crewbereich zu lassen?

Vielleicht bildete sie sich das auch alles nur ein? So verliebt sie auch in Jonas war, die Zweifel ließen ihr keine Ruhe. Das war auch der Grund, warum sie sich noch nicht damit einverstanden erklärt hatte, ihn in ihre Kabine mitzunehmen. Sie sehnte sich nach ihm, nach seinem Körper, seiner Haut, seiner Liebe … und dennoch hatte sie Angst, am nächsten Morgen enttäuscht zu sein. Dann würde er vielleicht nicht mehr neben ihr liegen, und sie erfuhr nicht, warum er gegangen war, während sie schlief. Tatsächlich war es vor allem diese Angst, dass sie sich nie würde auf Jonas verlassen können, die sie zurückhielt. Maria hatte es ihr ja schon gesagt: Jonas konnte nicht gut mit Frauen umgehen. Heute fragte Emily sich, ob sie Jonas' Mutter da eigentlich richtig verstanden hatte. Sie hatte gelacht, aber vielleicht war das gar kein Scherz gewesen. Womöglich hatte Maria gar nicht sagen wollen, dass Jonas einer Frau nie Blumen mitbrachte, dass es ihm nicht einfiel, Komplimente zu machen, dass er einfach nicht wusste, worauf es beim Flirten und erst recht in der Liebe ankam. Vielleicht hatte sie genau das gemeint, worunter Emily jetzt litt. Jonas war kein zuverlässiger, aufrichtiger, geradliniger Mensch. Wenn man nach ihm greifen wollte, flutschte er einem durch die Finger wie ein Stück nasse Seife. Mit so einem wollte sie nicht schlafen, danach würden alle Enttäuschungen noch viel schwerer wiegen. Besser, sie hielt ihn auf Abstand.

Sie ging zur komplett verglasten Backbordseite und blickte hinaus. Wie hatte sie sich in einen Mann wie Jonas verlieben können? Wie konnte er sie immer wieder bitten, ihn in ihrer Kabine übernachten zu lassen, wenn er so unfair mit ihr umging? War sie denn nur ein Spielball für ihn? Eine Frau, der man irgendwelche Märchen erzählen konnte, die sie in ihrer Verliebtheit glauben würde? Nein, nicht mit Emily Krug!

Nun fiel ihr auch wieder ein, dass er nicht damit herausrückte, wo seine Kajüte lag. Neben der seiner Mutter oder auf demselben Deck wie die seines Onkels? Emily hatte noch nie beobachten können, dass er eine Tür öffnete, auf der »Crew only« stand, und dort verschwand, wo nur die Crew sich aufhalten durfte. Nein, er lief immer in irgendeinen Gang, weil er angeblich, bevor er seine Kajüte aufsuchte, noch etwas zu überprüfen hatte, was der Sicherheit diente.

»Ich schlafe mit Leon zusammen.« Das war das Einzige gewesen, was Emily erfahren hatte.

Eigentlich war es ja vollkommen gleichgültig, wo Jonas schlief, aber dass Emily das Gefühl hatte, er mache ein Geheimnis daraus, setzte ihr zu.

Sie ging an die Bar und bestellte einen Espresso. Aufs Pooldeck wollte sie noch nicht, sie wäre sich wie ein Fremdkörper vorgekommen zwischen all der Urlaubsträgheit, dem ausgelassenen Kreischen der Kinder und der Feuchtfröhlichkeit an der Poolbar. Sie fühlte sich hier im Theatrium wohler, in diesem riesigen Raum, der außerhalb der Vorführungen oft nur eine Durchgangshalle war, neben der Emsigkeit der Bühnenarbeiter und den Passagieren, die sich in die Lesesessel zurückgezogen hatten, weil sie der Sonne überdrüssig geworden, aber noch nicht bereit für die Stille und Abgeschiedenheit der Lounge waren.

Der Kellner hinter der Bar lehnte sich an den Zapfhahn und schien ein Gespräch mit ihr beginnen zu wollen. Aber Emily wandte sich ab und machte deutlich, dass ihr nicht nach einer Plauderei zumute war.

Aus der Vinothek tauchte mit einem Mal eine weiße Uniform auf, die sich auf den ersten Blick nicht von den anderen unterschied und dennoch auf den zweiten Blick anders war, ohne dass man die Sterne auf den Schulterklappen zählen musste. Die Uniform des Kapitäns saß perfekt, bei Lukas Jantzen wölbte sich nie der Bauch über den Gürtel, und er erschien selten allein. Meist befand sich jemand in seiner Begleitung, mit dem der Kapitän etwas zu besprechen hatte. In diesem Fall war es der Staff-Kapitän, der noch kurz mit Lukas Jantzen redete, dann aber zügig weiterging, während der Kapitän stehen blieb und sein Handy hervorzog. Seine Augen wanderten durchs Theater, während er auf das Freizeichen lauschte, so als suchte er jemanden, den er in der Nähe vermutete. Gleichzeitig achtete er darauf, nicht in einen Blickwechsel mit einem Passagier zu geraten, der dann auf ihn zutreten und ihn mit überflüssigen Fragen belästigen könnte. Er schüttelte den Kopf, nahm das Handy vom Ohr und wählte eine andere Nummer.

Emily nutzte diese Gelegenheit, in der sie sich unbeobachtet fühlte, ihn zu betrachten. Schon erstaunlich, wie sehr sich Lukas Jantzen von seinen beiden Schwestern unterschied. In seinen Augen, seiner Figur, seiner Erscheinung fand sich nichts von Marias sorgloser Gleichgültigkeit und auch nichts von Barbaras Autorität und Schärfe. Obwohl Lukas Jantzen in seiner Uniform durchaus auch etwas Saloppes ausstrahlte, was vermutlich an seinen bunten Socken lag, und man ihm gleichzeitig ansah, dass er über einen Machtbereich gebot, hatte bei ihm die Natur einen Weichzeichner angesetzt. Das Saloppe wirkte bei ihm nicht so nachlässig wie bei Maria und sein Prestige nicht so kantig wie bei Barbara. Er blieb immer konziliant und freundlich und schaffte es, sowohl locker und leger als auch tonangebend zu wirken. Vielleicht war es die kräftige Nase, schief und mit einem Höcker darauf, die ihn nicht nur attraktiv, sondern vor allem männlich wirken ließ.

Emily war so in seinen Anblick versunken, dass sie regelrecht erschrak, als er plötzlich auf sie zukam. Sie hatte nicht bemerkt, dass er auf sie aufmerksam geworden war.

Er lachte, in seinen braunen Augen funkelte es. »Warum schauen Sie so böse?«, fragte er. »Ist Ihnen eine Laus über die Leber gelaufen?«

Emily merkte, dass sie rot wurde. Verlegen schüttelte sie den

Kopf. »Alles okay.« Sie versuchte zu lächeln, aber es gelang ihr nicht besonders gut.

Lukas Jantzen merkte es, zog es aber vor, nicht weiterzufragen. »Ich suche meine beiden Schwestern und auch Jonas. Keiner von ihnen geht ans Handy. Können Sie mir helfen? Wo Jonas ist, wissen Sie sicherlich.«

»Ich habe keine Ahnung«, antwortete Emily brüsk, der bei der Erwähnung von Jonas' Namen die Stimmung sank, nachdem sie sich bei der Betrachtung des Kapitäns geringfügig gehoben hatte. »Vielleicht schauen Sie einfach mal in seinen Dienstplan.«

»Was für einen Dienstplan meinen Sie?«

»Heißt das auf einem Schiff anders?« Obwohl sie sich sagte, dass Lukas Jantzen nichts dafür konnte, dass sie von Jonas enttäuscht war, konnte sie nicht anders, als ihn insgeheim für dessen undurchsichtiges Verhalten verantwortlich zu machen. Schließlich war er Jonas' Onkel und zudem sein Chef! »Roadmap? Tagesordnung? Terminübersicht? Oder gibt es für ein ›Mädchen für alles‹ keinen Dienstplan?«

Nun betrachtete der Kapitän sie so aufmerksam, als machte er sich Gedanken über ihre psychische Verfassung. »Ich verstehe überhaupt nicht, wovon Sie reden.«

Emily spürte, dass ihr Aggressionspegel stieg. »Schon klar, dass Sie als Kapitän sich nicht mit derartigen Banalitäten abgeben. Aber sicherlich werden Sie herausfinden, wo der Dienstplan aufbewahrt wird, wenn Sie einen Ihrer Untergebenen fragen.«

Jetzt krauste er die Stirn. »Untergebene? Was ist das denn für ein Wort? Klingt ja ziemlich steinzeitlich.«

»Arbeitskräfte, Angestellte, Mitarbeiter, Bedienstete, Gehaltsempfänger, Knechte, Sklaven? Oder vielleicht Vasallen? Das klingt noch steinzeitlicher.«

Er sah so aus, als läge ihm eine Frage auf der Zunge, die er jedoch herunterschluckte. »Was ist los mit Ihnen?«

»Mit mir?«, fauchte sie. »Gar nichts! Nur dass ich nicht dafür zuständig bin, Ihnen zu erklären, wo Ihre Crewmitglieder sich herumtreiben.«

»Jonas ist kein Crewmitglied.« Er sah sie intensiv an, mit seinen braunen Augen, in denen echtes Interesse stand. Dann schließlich sagte er: »Aber ich finde es interessant, dass Jonas Ihnen offensichtlich erzählt hat, er gehöre zur Crew.« Er wandte sich ab, stockte und drehte sich noch einmal zurück. »Sie sollten mal in aller Ruhe mit ihm reden. Zwischen Ihnen besteht augenscheinlich Klärungsbedarf.«

Emily starrte ihm mit offenem Mund hinterher, unfähig, etwas zu sagen oder ihm gar nachzulaufen und sich bestätigen zu lassen, was sie soeben von ihm gehört hatte. »Klärungsbedarf?«, flüsterte sie.

Nein, sie brauchte keine Klärung. Ihr war längst alles klar. Jonas konnte ihr gestohlen bleiben, so weit war alles klar für sie. Anscheinend hatte er sie von Anfang an belogen. Und jetzt interessierte es sie nicht einmal mehr, warum.

Sie rutschte vom Barhocker, lief los, ohne zu wissen, wohin sie wollte, den Kopf gesenkt, den Blick auf das Muster des Teppichbodens geheftet – und wurde von einem erschrockenen Ausruf gestoppt. Beinahe wäre sie mit Maria kollidiert, die wie aus dem Boden gewachsen vor ihr erschien, zusammen mit Barbara und Jonas. Die drei waren offenbar gerade aus einem der Aufzüge getreten.

»Wir suchen meinen Bruder!«, rief Maria. »Hast du ihn gesehen? Er soll hier irgendwo sein.«

Emily antwortete nicht, starrte Maria an, blickte dann in Barbaras Gesicht, auf dem sich Besorgnis abzeichnete, und ließ ihre Augen schließlich zu Jonas wandern.

Der grinste, als machte er sich über sie lustig. »Die Rede ist von dem Kapitän der *Soleil*.« Es hörte sich an, als hielte er es für möglich, dass sie zu verpeilt war, um Marias Frage zu verstehen.

Das war zu viel! Emily trat einen Schritt zurück, weil ihr mit einem Mal so war, als könnte sie sich auf Jonas stürzen und ihn verprügeln. »Du kannst mich mal!«, stieß sie hervor. »Kreuzweise!« Als sie sich umdrehte, zuckte ihr Blick über die Gesichter von Maria und Barbara. »Ihr alle!«

Maria

Wenn Dorothee das wüsste! Im nächsten Hafen werde ich nur dann mit ihr telefonieren, wenn hier alles wieder im Lot ist. Wie soll ich ihr das erklären? Sie würde mich fragen, was mit ihrer Tochter geschehen war, es müsse ja einen Grund geben, warum Emily derart die Fassung verlor. Dorothee würde die Schuld natürlich bei mir suchen. Wo auch sonst? Selbst wenn ich ihr gestand, dass es Jonas gewesen war, der die junge Liebe an die Wand gefahren hatte, würde ich als seine Mutter den Schwarzen Peter zugeschoben bekommen. Und das zu Recht!

Wir hatten Emily verblüfft nachgeschaut, als sie davonrauschte, ich mit offenem Mund, Jonas völlig verdattert und Barbara mit diesem wissenden Blick, als durchschaue sie etwas. Wenn ja, dann war sie die Einzige.

»Was war das denn?«, fragte Jonas mit großen unschuldigen Augen.

»Das könntest du erfahren, wenn du ihr nachläufst und sie fragst«, fuhr ich ihn an.

Aber Jonas dachte nicht daran. War ja klar. Er wusch seine Hände mal wieder in Unschuld, war angeblich immer nur liebenswürdig zu Emily gewesen und hatte nicht die geringste Ahnung, was in sie gefahren sein könnte. So war das schon immer. Wenn ein Mädchen mit ihm Schluss machte, begriff Jonas selten, dass die Schuld bei ihm gelegen hatte. Und nun schon wieder! Ausgerechnet mit Emily! Wie hatte er die Sache diesmal verbockt?

»Keine Ahnung«, antwortete Jonas. »Sie zickt ständig rum.«

Aber ich wusste, dass er längst nicht so abgebrüht war, wie er tat. Emilys Worte hatten ihn getroffen, und er dachte ernsthaft darüber nach, was er falsch gemacht haben könnte. Das war ja schon mal was!

Barbara sagte nachdenklich: »Da scheint etwas Bedeutsames dahinterzustecken.« Sie wies auf einen Punkt hinter meinem Rücken. »Lukas kommt. Vielleicht weiß er was.«

»Da seid ihr ja endlich!« Lukas sah einen nach dem anderen ungehalten an. »Warum geht keiner von euch ans Handy?«

Ich tastete meine Strickjacke ab, in deren Tasche mein Handy eigentlich stecken sollte, Barbara schüttelte nur den Kopf, sie hatte gleich nach dem Betreten der *Soleil* festgestellt, dass ständige Erreichbarkeit eine Unart sei, Jonas bekam allerdings ein schlechtes Gewissen. Dass ein Privatdetektiv, der beruflich unterwegs war, ans Telefon zu gehen hatte, war ja wohl klar.

Lukas fasste seinen Neffen fest ins Auge. »Von meinen Crewmitgliedern erwarte ich eigentlich, dass sie jederzeit für ihren Kapitän erreichbar sind.«

Jonas lief rot an, was einem gewieften Detektiv eigentlich auch nicht passieren sollte, Barbara grinste, und ich bekam Schnappatmung. Wie hatte Lukas das erfahren? Im selben Moment fiel es mir ein. Von Emily! In der nächsten Sekunde später begriff ich, warum sie so wütend gewesen war.

»Tut mir leid«, stotterte Jonas. »Mein Auftrag ist streng geheim.«

»Du bist also beruflich an Bord?« Lukas schien nicht zu wissen, wie er das finden sollte.

»Es war ein Wink des Himmels. Ich kann auf der *Soleil* recherchieren, ohne dass es jemand merkt. Ich bin ja offiziell privat an Bord.« Er bekam nun wieder Oberwasser. »Neffe des Kapitäns, Sohn der Bordshopleiterin. Mein Chef hat sich vor Begeisterung gar nicht wieder eingekriegt. Es ist ein wichtiger Auftrag. Den habe ich nur deshalb bekommen.«

»Und warum musste deine Freundin belogen werden?«, fragte Lukas.

»Weil sie natürlich nichts erfahren darf. Andererseits muss ich meiner Arbeit nachgehen. Ich beschatte einen Passagier. Wenn der von Bord geht, muss ich ihm nach. Wie sollte ich das Emily erklären, ohne ihr etwas von dem Auftrag zu verraten?«

»Was ist das für ein Auftrag?«, fragte Lukas streng.

Jonas wand sich. »Der ist geheim.«

Lukas drehte sich so schnell zu mir um, dass es mir nicht gelang, meine Miene auf die Situation einzustellen. Er durchschaute mich dummerweise sofort. »Du wusstest davon?«

»Nicht wirklich«, begann ich zu stottern. »Nur so viel, dass ich Jonas unterstützen konnte. Ich habe keine Ahnung, um welchen Passagier es geht. Und über den Grund weiß ich sowieso nichts.«

Lukas machte uns mit einer schroffen Kopfbewegung klar, dass wir ihm zu folgen hatten. »Ihr kommt mit, alle drei. Ich will wissen, was los ist. Und zwar in allen Einzelheiten«, fügte er mit erhobener Stimme an.

Barbara und ich wissen, wann es sinnvoll ist, Lukas nicht zu widersprechen. Er ist der liebste Bruder weit und breit, aber wenn er uns gegenüber diesen Ton anschlägt, ist Vorsicht geboten. Das weiß auch Jonas. Keiner von uns antwortete etwas, alle nickten wir nur und folgten Lukas auf dem Fuß. Barbara und ich natürlich vor allem, weil nun die Chance bestand, dass wir genau erfuhren, was es mit Jonas' Auftrag auf sich hatte. In allen spannenden Einzelheiten!

Jonas

Auf dem Weg nach Ushuaia, 21.11.

Nachdem das Schiff in Puerto Madryn abgelegt hatte, ließ Emily sich nicht blicken. Jonas hielt überall nach ihr Ausschau, in der Bibliothek, in der Lounge, zu den Mahlzeiten in sämtlichen Restaurants, aber nirgendwo fand er sie. Natürlich hielt er sich auch häufig in der Nähe ihrer Kabinentür auf, aber kein einziges Mal öffnete sie sich und Emily trat heraus. An Deck brauchte er sie nicht zu suchen. Das Wetter schlug um, die See wurde rau, die Dünung immer gewaltiger. Und es wurde kühler, beinahe winterlich kalt. Vermutlich war Emily seekrank und lag im Bett. Bei diesem Gedanken fühlte Jonas sich nicht wohl. Brauchte sie ihn womöglich? Musste er sich um sie kümmern? Wenn er sie jetzt sich selbst überließ, würde er keine Pluspunkte bei ihr sammeln, so viel stand fest. Aber er traute sich nicht, er würde ja doch wieder nur das Falsche sagen. Leider war seine Mutter in diesem Fall nicht bereit, ihn aktiv zu unterstützen. Sie hatte nur zugesagt, ein gutes Wort für ihn einzulegen, falls Emily im Bordshop auftauchen würde. Aber auch dort ließ sie sich nicht blicken. Was sollte er tun? Seine Tante war der Meinung, er solle einfach abwarten, bis Emily aus ihrer selbst gewählten Einsamkeit herauskäme und wieder unter Menschen gehen wollte.

»Und wenn sie seekrank ist? Wenn es ihr schlecht geht?«

»Dann wird sie sich an den Schiffsarzt wenden«, antwortete Barbara. »An einer Seekrankheit stirbt man nicht.«

Tante Barbara und ihr Pragmatismus! So war sie schon immer gewesen, und diese Art hatte ihr in Argentinien bei ihrer Arbeit sehr geholfen. Aber hier? In diesem Fall hätte er gerne etwas mehr emotionalen Beistand von ihr bekommen.

»Du kannst natürlich auch bei ihr anklopfen«, meinte sie noch.

Aber das traute Jonas sich nicht. Vermutlich würde er dann doch wieder genau das Gegenteil dessen tun, was Emily erwartete, und am Ende wäre dann alles noch schlimmer als vorher. Die Chance, ihr zu erklären, warum er gelegentlich verschwand, ohne ihr zu sagen, was er vorhatte, würde er dann womöglich gar nicht mehr bekommen.

»Emily muss jetzt auch alles erfahren«, meinte Barbara, die zu wissen schien, was in seinem Kopf vorging. »Wenn dir etwas an ihr liegt, musst du sie ebenfalls ins Vertrauen ziehen.«

»Dann kann ich ja gleich übers Bordportal von meinem Auftrag berichten. An Bord der *Soleil* weiß dann sowieso jeder Zweite Bescheid.«

»Du übertreibst.«

Natürlich vertraute er Emily. Ja, Jonas war sicher, dass sie schweigen würde, wenn er sie darum bat. Aber wenn er sich irrte? Seinem Onkel, seiner Mutter und seiner Tante konnte er unbedingt vertrauen, Leon ebenso. Aber wie genau kannte er Emily eigentlich? War sie wirklich eine Frau, die ein Geheimnis bewahren konnte? Dass sein geheimer Auftrag nun gleich mehreren Personen bekannt war, machte Jonas zu schaffen. Nachdem sein Onkel mit ihnen in die Offiziersmesse gegangen war und dort verlangt hatte, dass Jonas mit der vollen Wahrheit herausrückte, traute er sich kaum noch, an seinen Chef zu denken. Wenn der wüsste! Seine Mutter war mittlerweile nicht mehr nur oberflächlich informiert, sondern in allen Einzelheiten, seine Tante ebenfalls, der Kapitän der *Soleil* nun auch. Und wenn er Emily nicht verlieren wollte, musste er auch sie einweihen. Hoffentlich ging das gut. Und hoffentlich hatte er Emily nicht schon verloren!

Wenn Vico Irion Verdacht schöpfte, waren sie schlagartig alle in Lebensgefahr. Absolute Verschwiegenheit aller Eingeweihten war also das A und O. Auf Jonas' Brust lastete ein ungeheurer Druck. Wenn einem seiner Angehörigen oder einem völlig unbeteiligten Passagier etwas zustieß, dann würde er seines Lebens nicht mehr froh werden können. Vico Irion war ein Bankräuber, der zwei Millionen Euro erbeutet hatte. Angeblich hatte er sie auf der Flucht verloren, was ihm niemand widerlegen konnte. Die Versicherung war also gezwungen gewesen, der Bank diesen Schaden zu ersetzen. Aber schon bevor Vico Irion seine Haftstrafe angetreten hatte, war der Verdacht entstanden, dass er das Geld irgendwo versteckt hatte, um es sich zu holen, wenn er aus dem Knast entlassen wurde. Er würde im Gefängnis sitzen und sich darauf freuen, demnächst ein reicher Mann zu sein und irgendwo, wo zwei Millionen deutlich mehr wert waren als in Deutschland, ein neues Leben anzufangen. Nun war er entlassen worden, wegen »guter Führung« sogar vorzeitig, und hatte eine Weltreise gebucht. Die Versicherung war auf der Stelle alarmiert gewesen und hatte sich an eine große Detektei gewandt …

Lukas mischte sich nun ein. »Er kennt Emily Krug noch nicht lange«, gab er zu bedenken. »Wenn sie etwas ausplaudert, könnte das für Jonas böse enden.« Er blickte um sich, als wollte er überprüfen, dass sich wirklich niemand in Hörweite aufhielt. Zum Glück war die Kantine der Crew praktisch leer. Nur am anderen Ende, weit entfernt, hockten zwei Offiziere, die leise miteinander debattierten.

Jonas' Mutter warf sich mit Verve in die Diskussion. »Aber wenn Emily nichts erfährt, wird es mit der Liebe zwischen den beiden böse enden.«

»Liebe!«, stieß Lukas hervor, und es klang geradezu verächtlich. »Die beiden kennen sich doch erst seit ein paar Wochen.«

»Sie sind füreinander bestimmt«, behauptete Maria, erntete einen bösen Blick von ihrem Sohn, einen genervten von ihrer Schwester und verständnisloses Kopfschütteln von ihrem Bruder.

»Du mit deiner Groschenroman-Romantik«, knurrte Lukas, dann sah er seinen Neffen ernst an. »Du bestimmst selbst, was du Emily verraten willst. Es geht um deinen Job, um deinen Auftrag. Überleg dir gut, was dir wichtiger ist, deine Arbeit oder das Mädchen, in das du verliebt bist.«

Marias Stimme troff vor Spott. »Ja, hör auf deinen Onkel, Jonas. Er kennt sich in der Liebe aus. Wenn du dir an ihm ein Beispiel nimmst, bringst du es nie zu einer Ehefrau. Vielleicht willst du das ja, dann hör auf Lukas.«

Der Kapitän warf seiner Schwester einen vernichtenden Blick zu, dann beendete er die Diskussion. »Wir sollten uns jetzt um diesen Fred Alswede kümmern. Allmählich mache ich mir auch Sorgen. Er wurde nirgendwo gesehen, in seiner Kabine ist seit Tagen alles unberührt, und auf meinen Aufruf hat er nicht reagiert.« Er sah Jonas und Barbara an wie Sherlock Holmes einst Dr. Watson. »Ich möchte wissen, was Alswede für ein Mann ist. Wenn er suizidgefährdet ist, findet ihr vielleicht etwas, was darauf hindeutet. Oder wurde er bedroht? Gibt es jemanden, der gefährlich für ihn geworden war? Es könnte Aufzeichnungen geben. Was war er von Beruf? Vielleicht findet ihr Hinweise, womit er sein Geld verdient hat.«

»Er war Schulhausmeister«, sagte Maria, deren Laune sich rapide verschlechtert hatte, während Lukas seine Rede ausschließlich an Barbara und Jonas gerichtet hatte. Sie schien darüber nachzudenken, wie sie es schaffen könnte, sich an der Suchaktion zu beteiligen, ohne den Bordshop zu vernachlässigen.

Ihre Befürchtungen wurden bestätigt, Lukas beachtete ihren Einwand nicht. »Ich habe mir seine Buchungsunterlagen angesehen. Im Anmeldeformular für die Reise hat er niemanden angegeben, der verständigt werden soll, falls ihm etwas zustößt. Das ist ungewöhnlich. Es sieht so aus, als hätte er keine Angehörigen.«

Barbara machte einen Schritt zurück, als wollte sie keine Sekunde verlieren. »Also los! Wir schauen uns die Kabine an, vielleicht sind wir danach schlauer.« Sie gab Jonas einen Wink und stieß Lukas in die Seite. »Du gehst voran. Du hast den Generalschlüssel.«

»Und ich?«, fragte Maria.

»Du gehst in den Bordshop.« Lukas warf einen Blick auf seine Armbanduhr. »In zehn Minuten musst du öffnen.«

Jonas strich seiner Mutter über den Arm, bevor er ging. Er wusste, wie sehr sie jetzt litt. Sie liebte alles, was in den Bereich Abenteuer einzuordnen war, und dazu zählte bei ihr schon das, was nicht alltäglich war. Nach ein paar Schritten drehte er sich zu ihr um. »Führt der Bordshop auch Strumpfhosen?«

»Natürlich«, gab sie verdrießlich zurück.

»Dann zieh dir eine neue an. Deine hat eine Laufmasche.«

Er sah, dass sie zornig an sich hinabblickte und noch zorniger wurde, als sie feststellen musste, dass Jonas recht hatte. Er beschleunigte seinen Schritt, Lukas und Barbara stiegen bereits die Treppe hoch. Sein Onkel vermied ja immer die Enge eines Aufzugs.

Auf Deck 6 bogen sie in einen Gang ein, der Backbord verlief. Schon vor der zehnten Kabinentür blieb Lukas stehen und zückte seinen Generalschlüssel. Er sah nach rechts und links, schien froh zu sein, dass niemand in der Nähe war, der sie hätte beobachten können. Das Housekeeping war auf der Steuerbordseite beschäftigt oder längst mit der Arbeit fertig.

Fred Alswedes Kabine besaß einen Balkon und ein breites Doppelbett, auf dem Bettzeug für eine einzige Person lag, ordentlich zusammengelegt und glatt gestrichen. Auf dem Schreibtisch lagen einige Papiere, eine Packung Hustenbonbons und zwei Anti-Stress-Bälle, die Fred Alswede anscheinend schon oft geknetet hatte. Lukas öffnete die Schranktür, hinter der sich der Zimmersafe befand. Ohne ein Wort zu sagen, zog er einen Schlüssel heraus, der dazu diente, den Safe zu öffnen, ohne dass man die Tastenkombination kannte, denn die legte jeder Passagier selbst fest.

Es kam schließlich oft genug vor, dass ein Safe auf diese Weise geöffnet werden musste, weil ein Passagier seine Nummer vergessen oder nicht daran gedacht hatte, den Safe bei seiner Abreise offen zu hinterlassen.

Lukas öffnete den Safe, warf aber keinen Blick hinein, als wollte er seine Hände in Unschuld waschen. »Ich komme in einer halben Stunde zurück«, sagte er und verließ die Kabine.

Barbara

Barbara wurde schlagartig an das Hausboot erinnert, das sie einmal im San-Fernando-Yacht-Club durchsucht hatte, ungefähr zwanzig Kilometer von Buenos Aires entfernt. Ein Drogenboss war dort vermutet worden, getarnt als Vermieter von Hausbooten, die bei europäischen Touristen großen Anklang fanden. In dem Zimmersafe, der auch dort eingebaut gewesen war, hatte sich ein Sprengsatz befunden, wohlweislich angebracht für Polizisten, die dem Drogenboss auf die Spur kommen wollten. Ein Polizeibeamter, das war dem Drogenboss klar gewesen, würde natürlich den Safe gewaltsam öffnen, weil er dort wichtige Beweismittel vermutete. Dass Barbara diese Durchsuchung überlebt hatte, lag einzig daran, dass sie in genau dem Augenblick, als ihr Kollege den Safe aufbrach, auf den Balkon des Hausboots getreten war, weil sie sich die Umgebung ansehen und sich überlegen wollte, ob so ein Urlaub auf einem Hausboot auch etwas für sie und Santino sein konnte. Die Druckwelle hatte sie ins Hafenbecken geschleudert und ihr für einen Moment sogar die Besinnung geraubt. Aber zum Glück war sie rechtzeitig zu Bewusstsein gekommen und hatte sich an Land retten können. Ihr unglücklicher Kollege war später in einem Sarg aus dem Hafen getragen worden, während sie selbst nur trockene Kleidung benötigte, die ihr von einer englischen Touristin überlassen wurde. Obwohl die leichte Angst, die sich in ihrem Nacken festkrallte, leicht abzuschütteln war, musste sie sich dennoch überwinden, in den Safe zu greifen. Die Hilflosigkeit von damals, die Überrumpelung, der Anschlag, der so unerwartet gekommen war, dass ihr Kollege ihm nicht hatte ausweichen können, hatte ihr lange den Mut genommen, den sie für ihren Beruf brauchte. Sie dachte, es wäre überwunden, aber in diesen Sekunden war sie doch wieder da, die Angst vor etwas Unerwartetem.

Jonas stand am Schreibtisch und ging die Papiere durch, die dort lagen. »Nichts Besonderes«, murmelte er. »Ein paar Zeitungen, die Police einer Auslandsreisekrankenversicherung, Sudokuhefte ...«

»Hier!«, unterbrach Barbara ihn. Sie hatte Fred Alswedes Brieftasche entdeckt und besah sich ihren Inhalt. »Schau dir das an: Der Typ war kein Schulhausmeister, sondern ein Kollege von dir.«

Jonas nahm ungläubig die Visitenkarte, die seine Tante ihm hinhielt. »Privatermittler? Das gibt's doch nicht.« Er las die Adresse, die Telefon- und Faxnummer, die Mail-Adresse, als gäbe ihm das nähere Auskünfte. Dann ließ er die Karte sinken. »Wem war der Kerl auf der Spur?«

Barbara antwortete nicht, weil sie damit beschäftigt war, alles aus dem Safe zu holen, was sich dort fand. Schließlich sagte sie: »Demjenigen, der ihn später über die Reling gekippt hat, schätze ich.«

Jonas hatte ihr nicht zugehört. »Hat die Versicherung etwa zwei Detektive engagiert? Trauen die uns nicht? Wollen die auf Nummer sicher gehen? Bekommt am Ende der eine fette Provision, der Vico Irion überführt?«

Aber Barbara schüttelte den Kopf. »Nein, das war kein Konkurrent. Fred Alswede hatte einen anderen Auftrag ...«

Sie las den Brief zu Ende, den sie auseinandergefaltet hatte, und reichte ihn Jonas. »Der war beauftragt, eine gewisse Alexandra Helbing zu observieren.«

Jonas sah sie überrascht an. »Die kenne ich. Oder vielmehr ... bin ich mal mit ihrer Freundin zusammengestoßen und wir haben daraufhin zusammen einen Drink genommen.«

»Tatsächlich?« Barbara war erstaunt. »Alexandra Helbing ist also nicht allein an Bord? Hast du mal mit ihr gesprochen?«

Jonas schüttelte den Kopf. »Nein, nur mit Nathalie Teichler.«

»Welche ist die Hübschere?« Barbara grinste.

»Beide sind sehr attraktiv.« Jonas überlegte eine Weile. »Emily kennt die beiden etwas besser. Sie hat mit ihnen eine Tour durch Rio gemacht.« Er dachte kurz nach, schien zu überlegen, was Emily ihm von diesem Ausflug erzählt hatte, und fügte dann unsicher an: »Ich glaube, sie mochte Alexandra Helbing nicht. Oder war das Nathalie? Keine Ahnung ...«

Dann vertiefte er sich in das Schreiben, das Barbara bereits überflogen hatte. Sie konnte die Vereinbarung, die dort schriftlich festgehalten worden war, schon im Kern zusammenfassen: »Fred Alswede sollte auf Alexandra Helbing aufpassen, jede Auffälligkeit dokumentieren und nach Möglichkeit verhindern, dass sie sich schlecht benimmt und dabei vielleicht auch noch fotografiert wird. Der Vater ist in Sorge, dass sich sein Töchterchen nicht ladylike verhält und aus dieser Heirat nichts wird, wenn ihr Verlobter davon Wind bekommt.« Barbara pfiff durch die Zähne. »Und das ist kein Geringerer als der Earl of Chiswick. Am liebsten wäre es Ron Helbing natürlich, wenn gar nichts Auffälliges geschähe oder der Privatdetektiv es verhindern könnte.«

»Wie sollte er das schaffen, wenn niemand weiß, dass er auf dem Schiff ist, um Alexandra Helbing zu observieren?« Jonas staunte die Zeilen an, die er gelesen hatte. »Die soll demnächst eine englische Lady sein? Eher könnte ich mir vorstellen, dass sie eine Karriere als Callgirl anstrebt. Die tanzt jeden Abend auf dem Tisch, säuft wie ein Loch und vernascht alles, was bei drei nicht auf dem Baum ist. Oder vielmehr ... auf dem Schornstein der *Soleil*.«

Barbara schob die Balkontür auf und trat hinaus. Die Weite des Meeres tat sich vor ihr auf, ein wolkenverhangener Himmel, ein Horizont, der im Dunst verschwand. Kein weiteres Schiff, nur die *Soleil*, die ihre Bahn zog. »Was ist das für ein Vater, der seiner Tochter einen Schnüffler hinterherschickt?«

»Ein steinreicher, wenn du mich fragst. Einer, der mit seiner Kohle das altehrwürdige Schloss eines englischen Grafen renovieren kann. Dafür wird seine Tochter dann eine waschechte Lady.«

»Ron Helbing«, überlegte Barbara. »Mir sagt der Name nichts. Anscheinend war ich zu lange nicht in Deutschland.«

Aber Jonas war genauso ratlos. »Ich google den mal.« Er trat zu ihr und stellte sich neben sie ans Geländer. Schon bald sagte er: »Aha! Ron Helbing, Gründer und Leiter der BEE-Werke ...«

»Was machen die?«, warf Barbara ein.

»Die verkaufen Discountware in riesigen Mengen. Helbing wurde 1951 geboren, sein Vater besaß ein kleines Textilkaufhaus. Seine Mutter, eine Engländerin, machte daraus ein einträgliches Unternehmen. Sie war die treibende Kraft in der Familie, eine Frau mit Ehrgeiz, den sie auf ihren Sohn übertrug. Er hatte die Idee, Mode zu sehr niedrigen Preisen anzubieten, damit hatte er großen Erfolg. Er eröffnete eine Filiale nach der anderen, es gibt kaum eine Stadt ohne BEE-Laden, im Volksmund ›Bienen-Lädchen‹.«

»Ach so!« Die kannte auch Barbara.

»Helbings Frau starb leider früh, die einzige Tochter Alexandra ist Helbings ganzer Stolz. Sie besuchte ein englisches Internat, das Englische war ihrem Vater eben in die Wiege gelegt worden. Sein großer, wenn auch wohl zunächst heimlicher Wunsch war es immer, Alexandra in den englischen Adel zu verheiraten. Als sich der Earl of Chiswick in sie verliebte, war er am Ziel seiner Wünsche.«

Jonas ließ sein Smartphone sinken. »Wenn der Vater Fotos sehen wollte, brauchte Alswede eine Kamera, vermutlich eine versteckte Kamera oder zumindest ein Smartphone.«

Barbara nickte. »Nichts in dieser Art ist im Safe.« Sie betrachtete Jonas eingehend. »Wie machen Detektive das? Was nimmst du, wenn du jemanden heimlich fotografieren willst? Dein Smartphone?«

Jonas wehrte ab. »Das ist in den meisten Fällen zu auffällig. Ich habe einen Kuli mit integrierter Kamera. Viele meiner Kollegen haben so was. Das merkt keiner.«

»Vielleicht hatte Alswede auch so einen Kuli«, überlegte Barbara. »In seiner Jackentasche. Zusammen mit seinem Smartphone. Und beides ...«

»... liegt jetzt zusammen mit ihm auf dem Grund des Meeres?« Jonas schüttelte sich. »Wer macht denn so was?«

»Derjenige, der einen Vorteil davon hat.«

Jonas sah seine Tante nachdenklich an. »Alexandra Helbing?«

»Sie könnte gemerkt haben, dass man sie observiert.«

»Und dann geht sie hin und wirft den Detektiv über die Reling?« Jonas konnte sich das genauso wenig vorstellen wie seine Tante. »Die ist schlank, sportlich zwar, aber nicht athletisch. Das schafft die nicht.«

»Sie müsste ihn vorher schachmatt setzen«, überlegte Barbara. »Vielleicht mit K.-o.-Tropfen.«

Aber Jonas mochte es nicht glauben. »Ein Mord? Wegen ein paar kompromittierender Fotos? Da wäre es doch einfacher, ihm die Kamera zu klauen.«

Sie starrten eine Weile vor sich hin, dann fragte Barbara: »Aber wer, außer dieser Alexandra Helbing, könnte sonst noch Interesse daran haben, Fred Alswede aus dem Weg zu räumen?«

»Vielleicht hat sein Tod gar nichts mit seinem Auftrag zu tun?«

»Vielleicht ist er auch gar nicht tot?«

Jonas wurde nervös, drehte sich um und ging in die Kabine zurück. »Für diesen Fall sollten wir alles wieder so herrichten, wie wir es vorgefunden haben.«

Barbara faltete den Brief wieder zusammen, steckte ihn jedoch ein. »Den behalten wir. Am Ende lässt der Täter ihn verschwinden, wenn er ihn findet.«

»Du meinst ...?«

»Natürlich meine ich«, antwortete Barbara schnell. »Wer Fred

Alswede auf dem Gewissen hat, war vermutlich hier in seiner Kabine und hat sie durchsucht. Seine Kabinenkarte muss er ja bei sich gehabt haben.«

»Aber an den Safe kam er oder sie nicht«, konstatierte Jonas. »Wenn die Kabine durchsucht worden ist, hat die Mörderin oder der Mörder vielleicht etwas Bestimmtes gesucht und vermutlich auch gefunden. Der Inhalt des Safes war also nicht von Bedeutung. Dass Alswede Detektiv war, muss Alexandra Helbing gewusst haben, und dass er im Auftrag ihres Vaters ermittelte, auch.«

»Du bleibst dabei, dass sie die Täterin ist?«

»Ich kann mir nichts anderes vorstellen.«

»Vielleicht«, begann Barbara nachdenklich, »ging es nur um Geld. Jemand wollte in seine Kabine, ihn bestehlen und …«

»Unsinn!«, fuhr Jonas dazwischen. »An Bord geht niemand mit Bargeld um. Die Chance, einen großen Betrag in einer Kabine zu finden, ist sehr gering.«

»Stimmt«, gab Barbara zu. »Das kann es nicht sein.«

»Nein, nein, es muss Alexandra Helbing gewesen sein. Etwas anderes ist nicht denkbar.«

»Und was nun?«

»Wir müssen es ihr nachweisen.«

»Wir sind nicht die Polizei.«

Jonas zögerte. »Lass uns mit Lukas reden. Es ist seine Entscheidung, ob die Polizei verständigt wird oder nicht.«

»Welche Polizei überhaupt?«, fragte Barbara. »Wer ist dafür zuständig?«

Jonas flüsterte nun, als wollte er seine Worte eigentlich gar nicht hören lassen. »Das ist problematisch. Lukas hat es uns vor fünf Jahren erklärt, als Onkel Albert von Bord verschwand. Befindet sich ein Schiff mehr als zwölf Seemeilen vom Festland entfernt, fährt es offiziell in internationalen Gewässern. Dann herrscht das Flaggenrecht.«

Davon hatte auch Barbara schon gehört. »Also ist die Polizei des Landes zuständig, unter dessen Flagge das Schiff unterwegs ist. In unserem Fall ... die Polizei von Malta?«

Jonas nickte. »Das kannst du also vergessen. Bei einem Verbrechen kommt keine neutrale Instanz von außen an Bord.«

»Wenn es denn ein Verbrechen war, dem Fred Alswede zum Opfer gefallen ist.«

»Das herauszufinden, dafür ist der Kapitän zuständig.«

»Er kann Straftäter festsetzen und im nächsten Hafen den örtlichen Behörden übergeben.«

»Alexandra Helbing?«

Barbara lachte abfällig. »Wir haben lediglich einen Verdacht, weil sie ein Motiv hätte. Aber ein schwaches, wenn du mich fragst.«

»Es ist ja nicht einmal sicher, dass Fred Alswede wirklich etwas zugestoßen ist.«

Lukas

Lukas Jantzen fühlte sich bedrängt. Ein Zustand, den er hasste. Insbesondere, wenn er ihn nicht einfach abschütteln konnte. Und das war eben schwierig, wenn das Bedrängende von einer Frau ausging. Denn Lukas war jemand, dem Höflichkeit wichtig war, erst recht Höflichkeit gegenüber Frauen. Selbst in den allerschlimmsten Momenten seiner Beziehungen, wenn sie zu Ende gingen und er derjenige sein musste, der diese Tatsache aussprach, war er um Höflichkeit bemüht gewesen. Manchmal war er damit sogar so weit gegangen, dass der Frau, mit der er gerade Schluss machte, gar nicht klar wurde, dass es bereits um das Ende ging und nicht um ein Problem, das sich lösen ließ.

Benita Meister stand in der Galerie vor einer Collage, in die sich das Gesicht von Brigitte Bardot gefügt hatte. Scheinbar so, als wollte sie das Bild auf sich wirken lassen. Sie hatten sich angewöhnt, sich dort zu treffen, weil der Kapitän auf diese Weise den anderen Passagieren den Rücken zudrehen konnte, ohne dass es auffiel. Dass der Galerist sich seinen Teil dachte, interessierte ihn nicht.

»Ich kann dich nicht ungesehen mit in meine Suite nehmen«, sagte er, nachdem er eine Weile neben ihr gestanden und ebenfalls das Bild angestarrt hatte. Damit setzte er ein Gespräch fort, das Benita ein paar Stunden vorher am Telefon begonnen hatte.

»Meinetwegen darf mich jeder sehen«, antwortete sie kokett.

Lukas war ihr dankbar, dass sie nicht darauf hinwies, wie gut es ihm schon einmal gelungen war, sie an seinen Offizieren vorbeizuschleusen. »Es ist bekannt, dass du verheiratet bist.«

»Ich habe dir doch erklärt, wie es um meine Ehe bestellt ist.«

»Davon weiß aber sonst niemand.«

Ihre Körpersprache wurde eindeutiger, sie war ganz klar auf Verführung aus. »Das ist dir wichtig?«

»Das muss mir wichtig sein.«

»Ach ja, der Kommandant der *Soleil*. Moralisch unangreifbar, mindestens so wie der Bundeskanzler.«

»Es könnte sein, dass dein Mann trotzdem nicht einverstanden ist und mir Schwierigkeiten macht.«

»Er hat nichts dagegen. Habe ich dir doch schon gesagt. Wir haben nichts mehr miteinander zu tun, reden kaum noch, gehen uns aus dem Weg. Hätten wir die Suite nicht schon lange gebucht, wäre die Reise abgesagt worden. Aber so … Diese Weltreise stand schon seit Jahren fest, als wir sie planten, war unsere Ehe noch … ganz gut. Wie Ehen nach zehn Jahren eben so sind.«

Lukas warf einen Blick auf seine Armbanduhr, ohne dass ihn die Uhrzeit interessierte. »Ich muss los …«

Gleich wurde ihre Miene ungehalten. Und ehe sie etwas erwidern konnte, entgegnete er schon: »Ich bin hier nicht zum Vergnügen, ich arbeite hier. Vielleicht solltest du dich besser unter den männlichen Passagieren umsehen.«

Sie schaffte es, im Nu ihre jeweilige Befindlichkeit aus ihrem Gesicht zu wischen. Auch jetzt wurde ihre Miene schnell sehr weich, bittend, entgegenkommend. »Diese Bemerkung war sehr unfreundlich, Lukas, aber ich weiß ja, dass du das nicht so meinst. Sag mir einfach Bescheid, wenn du mal wieder Lust hast, mich zu treffen.«

Sie berührte seinen Arm, ganz kurz, federleicht, dann drehte sie sich um und ging. So langsam, dass er keine Mühe haben würde, sie einzuholen. Aber er blieb dennoch stehen und begann bereits zu überlegen, wie er es hinbekommen könnte, das schöne Erlebnis mit Benita zu wiederholen. Und zwar, ohne dass er es mit dem verletzten Selbstwertgefühl eines betrogenen Ehemannes oder mit dem Getuschel seiner Mannschaft zu tun bekam. Konnte er Benita glauben, dass ihre Ehe nur noch auf dem Papier bestand? Als Kapitän eines großen Kreuzfahrtschiffes konnte er es sich einfach nicht erlauben, sich in einer verfänglichen Situation erwischen zu lassen. Er würde sich etwas einfallen lassen müssen ...

In Momenten wie diesem brauchte er Maria. Das Herz seiner Schwester war in einen Beutel aus Pragmatismus eingenäht. Sie war durchaus ein gefühlvoller Mensch, ließ sich aber nicht von Gefühlen leiten oder auch nur verunsichern. Gefühle waren da, so wie Stoffwechsel, Herz und Kreislauf, aber um die kümmerte man sich ja auch nur, wenn sie Probleme machten. So handhabte Maria das auch mit den Gefühlen. Wenn sie wehtaten, mussten sie behandelt werden, wenn man sie nicht spürte, war alles in Ordnung. Und gelegentlich ein kleiner Aussetzer, eine falsche Befindlichkeit im emotionalen Haushalt war nichts, was einen sorgen sollte. Da hätte man ja viel zu tun!

Er durchquerte das Theatrium, in dem nicht viel los war, anscheinend gab es einige interessante Workshops oder Spiele, die Interesse fanden. Deswegen fielen ihm auch die beiden jungen Frauen auf, die in der Nähe des Roulettetisches saßen und sich leise unterhielten. Sie steckten sogar die Köpfe zusammen, als wollten sie nicht gehört werden, was völlig überflüssig war, denn es hielt sich niemand in ihrer Nähe auf. Verärgert runzelte er die Stirn. Noch ein Grund, mit Maria zu reden! Wo war Jonas? Er hatte versprochen, mit Alexandra Helbing zu reden, sie in ein Gespräch über ihren Vater und ihren Verlobten zu verwickeln und herauszubekommen, ob sie etwas über Fred Alswede wusste. Und nun saß Alexandra Helbing hier mit ihrer Freundin, geradezu geschaffen für einen unauffälligen Small Talk – und wo war Jonas? Weit und breit nicht zu sehen. Ob der Junge sich wirklich den richtigen Beruf ausgesucht hatte? Lukas war sich da nicht so sicher.

Maria hatte im Bordshop gut zu tun. Sie bemerkte sein Eintreten nicht einmal und nahm auch nicht zur Kenntnis, dass er sich in die Ecke hinter der Kasse verdrückte, die der Bordshopleiterin so etwas wie einen Rückzugsort garantierte. Dort standen die Kaffeemaschine, ein Bügelbrett und Bügeleisen, ein Ständer für geänderte oder zurückgehängte Kleidungsstücke. Und ein Hocker! Nicht besonders gemütlich, aber Lukas ließ sich darauf nieder und war zufrieden. Lächelnd beobachtete er seine Schwester, die sich engagiert in jede Beratung stürzte, bei jedem Artikel das Herkunftsland kannte und genau Bescheid wusste, wenn es um Pflege und Haltbarkeit ging. Maria war wirklich die geborene Bordshopleiterin. Wäre da nur nicht ihr eigenes Erscheinungsbild! Sie hatte sich Mühe gegeben, das sah man. Hatte es mit Rouge versucht, was zur Folge hatte, dass zwei kreisrunde rote Flecken auf ihren Wangen prangten, als hätte ihr jemand links und rechts Ohrfeigen verpasst, auch mit Wimperntusche, die leider auf ihre Augenringe gebröselt war, und mit Lippenstift, der an ihren Vorderzähnen haftete. Von ihrer Frisur ganz zu schweigen. Wie oft mochte sie heute die Brille auf den Kopf geschoben und wieder heruntergezogen haben oder unter einem Ständer nach einem verloren gegangenen Preisschild gesucht haben?

Lukas erhob sich und beschloss, sich einen Kaffee zu gönnen, bis seine Schwester dem Herrn, der sie schon länger mit Beschlag belegte, eine Handtasche für dessen Gattin verkauft hatte, die sie zum Hochzeitstag bekommen sollte. Das Geräusch der mahlenden Kaffeebohnen schreckte sie auf, und sie kam hinter die Kasse gelaufen, um nachzusehen, ob sich ein Unbefugter an ihrer Kaffeemaschine zu schaffen machte.

»Lukas! Was tust du denn hier?«

Lukas wartete, bis der Kaffee durchgelaufen war, dann suchte er nach Zucker, der sich schließlich in der Schublade mit dem Kassenbuch und den Blanko-Etiketten fand. »Wo ist Jonas?«

Maria ging zum Flüsterton über. »Das weißt du doch. Er sollte Alexandra Helbing ...«

Lukas unterbrach sie. »Die sitzt mit ihrer Freundin mitten im Theater, aber von Jonas keine Spur!«

Maria erschrak. »Aber er wollte doch ...« Prompt warf sie sich für Jonas in die Bresche. »Das muss einen Grund haben. Vielleicht musste er ... na, du weißt schon ... folgen. Oder ...« Ihre Miene hellte sich auf. »Warum hast du sie denn nicht angesprochen?«

Lukas schüttelte den Kopf. »Das ist nicht dein Ernst! Wie sollte ich das erklären? Nett, Sie zu sehen, erzählen Sie mir doch mal was von Ihrem Vater und Ihrem Verlobten?«

»Hast du es schon auf Jonas' Handy versucht?«

»Er geht nicht ran.«

»Dann steckt er mitten in dem Fall. Dann ist er an etwas so Brisantem dran, dass er nicht ans Handy gehen kann. Vielleicht hat er es sogar abgestellt, damit ihn das Klingeln nicht verrät. Oder zumindest den Klingelton abgestellt.«

Lukas stürzte den Kaffee herunter und erhob sich. »Wenn du ihn siehst, sag ihm, er soll sich bei mir melden.«

Er wollte seiner Schwester nicht auf die Nase binden, was er glaubte: dass Jonas einfach nie ein smarter Privatdetektiv werden würde, mit allen Wassern gewaschen, furchtlos, angstfrei, risikobereit, gewitzt. Lukas blieb kurz stehen und musste grinsen. Hatte er jetzt etwas gedacht, das durch den Kopf eines kleinen Jungen gehen durfte, aber nicht mehr durch den eines erwachsenen Mannes? Schon möglich. Trotzdem ... er würde sich genau anschauen, wie Jonas arbeitete. Barbara jedenfalls traute er in Sachen Ermittlungen wesentlich mehr zu als seinem Neffen. Machte es überhaupt Sinn, darauf zu warten, dass Jonas etwas herausfand? Eigentlich änderte das nichts daran, dass er, der Kapitän, die Reederei verständigen musste. So bald wie möglich ...

Emily

Emily schloss die Augen und genoss, was mit ihrem Körper geschah. Wie er weich, empfindlich und schließlich aufnahmewillig wurde und dann nur noch entspannt und von paradiesischer Ruhe erfüllt war.

Jonas beugte sich über sie, küsste ihren Mund und ließ sich dann sehr viel Zeit, auch alles andere mit den Lippen zu würdigen, was ihm bewundernswürdig erschien. Das brauchte seine Zeit. Als er schließlich die Decke über ihre beiden Körper zog und sich an Emily schmiegte, flüsterte sie: »Hättest du mir doch früher die Wahrheit gesagt!«

Jonas' Gesichtsausdruck wurde prompt unglücklich. »Das durfte ich nicht. Es macht mir ohnehin zu schaffen, dass nun so viele wissen, warum ich an Bord bin. Meine Mutter, Leon, mein Onkel, meine Tante und nun auch du ... Niemandem sollte ich etwas verraten, niemandem! Und nun wissen fünf weitere Personen Bescheid. Wenn das mein Chef erfährt ...«

Emily versuchte, ihn zu beruhigen. »Dem ist vor allem daran gelegen, Vico Irion das Geld abzujagen. Wenn dir das gelingt, wird es ihn nicht interessieren, wie du das geschafft hast.«

Jonas löste sich von Emily, legte sich auf den Rücken und starrte zur Decke. »Ich muss mitkriegen, wenn Irion das Schiff verlässt. Und dann muss ich ihm hinterher.«

»Du allein?«

»Natürlich.«

»Könnte das nicht gefährlich werden?«

»Wenn er das Geld aufs Schiff bringt, wird es ein Leichtes sein, es ihm abzunehmen. Das ist dann ungefährlich. Aber er wird es nur tun, wenn er sich unbeobachtet fühlt.«

»Und wenn er das Geld woanders hinbringt?«

»Wenn er irgendwo auf der Welt einen Komplizen hat, wo er es zwischenlagern kann, habe ich keine Chance. Aber ... das ist unwahrscheinlich.«

»Hast du eigentlich eine Waffe?«

Jonas seufzte auf. »Mit einer Pistole im Gepäck wäre ich nicht auf die *Soleil* gekommen.«

»Ist denn wirklich klar, dass Vico Irion das Geld aus dem Bankraub irgendwo versteckt hat? Vielleicht stimmt es ja, was er beim Prozess behauptet hat, dass er das Geld auf der Flucht verloren hat.«

»Genau weiß das keiner. Aber der Verdacht liegt nahe, dass er vor Gericht gelogen hat. Dass er diese Weltreise angetreten hat, ist ein weiteres Indiz.« Jonas setzte sich auf und schob sich ein Kissen in den Nacken. »Er gibt sich als harmloser Tourist aus, mit einer netten Frau an seiner Seite ... die ideale Fassade, um dahinter den Coup seines Lebens zu Ende zu bringen. Er hat acht Jahre gesessen. Wenn er verraten hätte, wo die Beute versteckt ist, wäre er wahrscheinlich mit weniger davongekommen. In den Jahren im Knast hat er garantiert an nichts anderes gedacht, als demnächst ein reicher Mann zu sein.«

»Zwei Millionen ... damit kann man eine Menge anfangen.«

»In einigen Ländern der Welt noch mehr als in Deutschland.«

»Er muss einen Helfershelfer gehabt haben, bei dem er das Geld deponiert hat.«

»Möglich. Aber diesem Menschen müsste er voll vertrauen. Das ist in diesen Kreisen selten. Vielleicht hat er das Geld irgendwo versteckt und muss es sich nur holen. Auf einem Friedhof aus einem Grab buddeln zum Beispiel.«

Emily schüttelte sich. »Wenn Vico Irion von Bord geht, musst du also hinterher.«

Jonas nickte, nicht besonders zufrieden oder gar dynamisch. Die Aussicht schien ihm nicht zu behagen. »Es könnte schwierig sein, ihn nicht aus den Augen zu verlieren. Andererseits darf er auf keinen Fall merken, dass er verfolgt wird.«

»Hat er eine Ahnung, dass die Versicherung, die damals für den Schaden aufkommen musste, einen Detektiv engagiert hat?«

Jonas zuckte mit den Schultern. »Möglich ist es.«

»Dann wird er sehr gut aufpassen. Ob er dich in Verdacht hat?«

Jonas wirkte bedrückt. »Ich glaube nicht. Aber es ist gut, dass Lukas nun Bescheid weiß. Wenn Vico Irion von Bord gegangen ist und ich ihn aus den Augen verlieren sollte, kann er seinen Zimmersafe öffnen. Wie er es in der Kabine von Fred Alswede gemacht hat.«

»Darf er das?«

»Natürlich nicht. Aber ich hoffe, er wird es trotzdem tun.«

»Und wenn Vico Irion das Geld woanders versteckt?«

»Wenn er es mit an Bord nimmt, wird er es im Safe unterbringen. Wo sonst? Da ist es normalerweise sicher. Er kann nicht ahnen, dass der Kapitän eingeweiht ist. Oder jemand von der Crew, der an diesen Schlüssel kommen könnte. Selbst dann nicht, wenn er glauben muss, dass ich der Detektiv bin, den die Versicherung ihm nachgeschickt hat. Er darf natürlich nicht erfahren, dass ich der Neffe des Kapitäns bin.«

Emily rutschte so dicht wie möglich an Jonas' Seite und starrte aus dem Fenster auf die weite Wasserfläche, auf der sich kein weiteres Schiff zeigte, keine Bewegung außer dem gleichbleibenden Wiegen und Wogen. »Ich habe da eine Idee«, sagte sie leise. So leise, als wagte sie kaum, es auszusprechen.

Maria

Ushuaia, 23.11.

Ich hatte Jonas am Vorabend nicht gesehen. Obwohl das ganze Schiff auf den Beinen war, niemand mehr an der Bar saß, sich in den Lounge-Sesseln lümmelte oder sich gar in der Kabine aufhielt. Kap Hoorn war in Sicht! Lukas hatte erst vor zwei Tagen beschlossen, den Umweg zu fahren und damit den Passagieren die Möglichkeit zu geben, einen Blick auf den berüchtigten Felsen zu werfen. An der südlichsten Stelle, dort, wo Atlantik und Pazifik aufeinandertreffen, haben viele Seefahrer ihr Leben lassen müssen. Kap Hoorn, das ist ein Synonym für Gefahr. Die Wetterbedingungen sind oft brutal, Kälte, Nässe, plötzliche Wetterumschwünge machen diese Landspitze zu einer der unwirtlichsten Ecken der sieben Meere. Wind, Strömung, schnell aufziehende Stürme haben viele Kapitäne in Gefahr gebracht, die versucht haben, mit ihrem Schiff das Kap zu umrunden. Mehr als achthundert Schiffe sanken dort, mindestens zehntausend Seeleute kamen am Kap Hoorn ums Leben. Wir hatten Glück, es gab noch keine Minusgrade, dennoch war es bitterkalt. Nicht zu glauben, dass wir noch vor zehn Tagen in Rio unter vierzig Grad Hitze gestöhnt hatten. Nun drängten wir uns auf dem Oberdeck zusammen, es gab niemanden, der richtig ausgerüstet war, dicke Jacken, Mützen und Handschuhe hatten nur wenige mitgenommen. Trotzdem wollten es alle sehen, das Kap Hoorn. Und als die Küche einen großen Topf mit Glühwein heraufbrachte, wurde es besser. Wohlige Schauer rieselten über unsere Rücken, als wir an die Geschichte von Kapitän William Bligh mit seiner *Bounty* und der Meuterei auf eben diesem Schiff dachten, an die *Susanna*, die fast hundert Tage brauchte, bis sie mit nur noch acht völlig entkräfteten Seeleuten das Kap passiert hatte. Barbara kannte sie alle, erzählte sie mit dumpfer Stimme und schmückte sie mit vielen schaurigen Einzelheiten aus. Jonas und Emily hatte ich nicht zu Gesicht bekommen, mir aber nichts dabei gedacht. Vermutlich war es beiden zu kalt auf dem Oberdeck, sie standen vielleicht auf Deck 5, wo man vor dem Wind geschützt war.

Aber nun war Jonas noch immer nicht zu sehen. Die *Soleil* hielt auf den Hafen von Ushuaia zu, aber wo war mein Sohn? Ich wusste schon bald nicht mehr, wie oft ich Jonas' Handynummer gewählt hatte. Er nahm nicht ab, auch diesmal nicht. Dabei musste er doch darauf vorbereitet sein, sich die Aussteigenden anzusehen, festzustellen, ob Vico Irion von Bord gehen wollte, und ihm zu folgen, wenn das endlich der Fall sein würde. Wie sollte er seinem Chef erklären, dass er telefonisch nicht zu erreichen war? Oder ging er lediglich dann ans Handy, wenn ein Anruf aus der Detektei kam? Ignorierte er ihn, wenn er sah, dass seine Mutter ihn sprechen wollte? Das war der Gipfel!

Können Sie nachempfinden, wie empört ich war? Sie kochte sogar über, meine Empörung. Unter dem Deckel, der normalerweise fest auf meiner Ungeduld und Hitzköpfigkeit liegt, zischte es hervor, mein Zorn dampfte, stieß Wölkchen aus und ließ den Deckel beben. Es konnte nicht mehr lange dauern, dann würde meine Wut überschäumen und ich für nichts mehr garantieren können. Dabei half ich Jonas doch, wo ich konnte – bei seinem Auftrag und bei seinen Bemühungen um Emily. Wie konnte er da meine Anrufe missachten? Haben Sie dafür eine Erklärung? Besser, Sie nicken nicht, sondern ziehen nur fassungslos die Augenbrauen hoch. Leute, die Verständnis für das Verhalten meines Sohnes aufbringen, kann ich gerade nicht gebrauchen.

Als er endlich abhob, in einem Moment, als ich gar nicht mehr damit rechnete, war ich keineswegs schlagartig besänftigt, verzichtete aber darauf, meinen Sohn anzuschreien. Eine wahre Meisterleistung! Das lag an seiner verhuschten Stimme, den abgehackten Wörtern und den verdächtigen Nebengeräuschen, die ich vermutlich nicht vernommen und erst recht nicht richtig eingeordnet hätte, wenn nur meine Vorwürfe die Leitung gefüllt hätten. Diese Stimme kannte ich doch! So hatte er sich schon als großer Junge gemeldet, wenn ich ihn aus dem Schlaf geklingelt hatte, obwohl er längst in der Schule, bei der Arbeit, beim Sport oder Musikunterricht sein sollte. Und wenn seine Stimme derart schwankte, mal lauter, mal leiser, mal nah am Hörer, mal Zentimeter davon entfernt, dann war sein Körper in Bewegung, dann rannte er oder ... er zog sich an, und zwar hastig und eilig, weil er etwas Wichtiges verschlafen hatte.

»Jonas! Hast du mal wieder verpennt?«

Seine Antwort war nicht nur einsilbig, nein, es war eigentlich gar keine. Nur ein kurzes Aufstöhnen, ein Drucksen, ein Ja oder Nein, nicht voneinander zu unterscheiden.

»Wo bist du?«

»Wo soll ich schon sein?«

Schon blubberte es unter meinem Deckel wieder, und heißer Zornesdampf trat aus. »Antworte mir nicht mit Gegenfragen! Du weißt, dass ich das nicht leiden kann.«

»Und ich kann es nicht leiden«, blaffte Jonas, »wenn du mich mit Fragen nervst.«

Das war die Höhe! »Hast du vergessen, dass du mit Alexandra Helbing reden solltest? Lukas hat sie mit ihrer Freundin im Theater gesehen. Eine ideale Gelegenheit, sie anzuquatschen. Aber du ...« Ich schnappte nach Luft, die mir gerade knapp geworden war ... da hörte ich etwas, das ich nicht erwartet hatte, aber auf der Stelle richtig interpretierte. Ein Tuscheln, sehr leise, weil es nicht gehört werden sollte, das Rascheln von Bettzeug, das Tappen von Schritten und das Knarren einer Tür. Vermutlich der Badezimmertür.

Ich war so sicher, dass ich gleich mit der Tür ins Haus fiel: »Wer ist bei dir?«

»In meiner Koje?« Ich hörte förmlich, dass Jonas grinste. »Crewmitglieder dürfen doch nicht einfach eine Frau mit ins Bett nehmen.«

»Jonas!« Nun veräppelte er mich sogar? »Ist dir irgendein Mädchen wichtiger als dein Auftrag?«

»Irgendeins nicht.«

»Und was ist mit Alexandra Helbing? Lukas wollte, dass du mit ihr redest.«

»Mama, lass mich jetzt in Ruhe.«

»Wir legen gleich an. Und du ...«

»Ich werde rechtzeitig da sein, um zu sehen, wer von Bord geht. Und nun lege ich auf, Mama.«

Er tat es wirklich. Unerhört! Aber wenn er glaubte, er hätte mich total im Unklaren gelassen, dann war er auf dem falschen Dampfer. Ich war zwar keine Privatdetektivin, war aber mindestens so schlau im Kombinieren wie mein Sohn. Vielleicht sogar um einiges gewiefter. Jonas musste noch lernen, dass schon Kleinigkeiten verräterisch sein können. Zum Beispiel das Räuspern einer Stimme, die man kennt ...

Ich donnerte meine Kabinentür ins Schloss und hastete die Treppen hoch. Während ich den Crewbereich verließ, warf ich einen Blick durchs Fenster, Land war bereits in Sicht. Aber ich hielt mich nicht auf, sondern stand Sekunden später vor der Aufzugsanlage, vor der ausnahmsweise keine Passagiertraube wartete. Diesmal wollte ich nicht die Treppen nehmen, vor allem, weil gerade ein Lift anhielt, dessen Türen sich öffneten. Ich sprang hinein, drückte auf die Taste sieben und lehnte mich schwer atmend an die Wand des Aufzugs. Das wollte ich jetzt wissen! Einen eindeutigen Beweis wollte ich haben.

Drei Decks höher stieg ich genauso eilig aus, zögerte kurz, ob ich den Backbord- oder Steuerbordgang nehmen sollte, und entschied mich schließlich für Letzteren. Ganz sicher war ich mir leider nicht, das machte mich unruhig. Aber es half nichts, ich musste eine Entscheidung treffen und alles auf eine Karte setzen. Entweder ich gewann und wusste von da an Bescheid, oder ich war anschließend nicht schlauer als vorher.

Das Einzige, was ich kannte, war die Nummer des Decks. Deck 7, das hatte Emily gelegentlich erwähnt. Ich lief zügig an den unzähligen Türen vorbei, einen endlos scheinenden Gang entlang. An einem Ende tauchte ein Paar mit einem Kinderwagen auf, ansonsten war niemand zu sehen. Wenn Jonas in diesem Moment auf der anderen Seite des Schiffs aus einer Kabine huschte und die Treppen hinuntersprang, hatte ich mich vergeblich abgehetzt. Aber es konnte ja sein, dass …

In meinem Rücken klappte eine Tür. Die Kabinentüren auf einem Kreuzfahrtschiff saugen sich nicht sanft ins Schloss, sie verursachen ein helles, unerwartetes Geräusch. Ich blieb wie angewurzelt stehen und blickte mich vorsichtig um. Tatsächlich! Jonas! Zum Glück lief er in die entgegengesetzte Richtung, mit großen, nicht eiligen oder gar fluchtartigen, sondern leichtblütighurtigen Schritten. Ich blieb stehen, bis er verschwunden war, abgebogen ins Treppenhaus oder zu den Aufzugsanlagen, die er jedoch links liegen lassen würde. Ich wusste nicht, ob ich grinsen sollte oder mütterliche Sorge angebracht war. Ich entschied mich fürs Erste. Emily war ihm also wichtiger gewesen als Alexandra Helbing. Recht so! Die Liebe musste immer wichtiger sein als alles andere. Nur wenn ich an Jonas' berufliche Zukunft dachte, an seinen Auftrag, seinen Chef, seine Aufstiegschancen, dann wurde ich unruhig. Natürlich hätte er dem Job den Vorzug geben müssen. Andererseits konnte ich ihn verstehen. Und vor allem war ich glücklich, dass mein Plan nun doch aufging, nachdem ich schon hatte befürchten müssen, dass er grandios gescheitert war. Jonas und Emily! Im nächsten Hafen musste ich unbedingt Dorothee anrufen …

Beschwingt stieg ich die Treppen hinab, viel zu aufgebläht von Freude, um mich in die Enge eines Aufzugs zu zwängen. Auf Deck 5 wurde mir sogar das Treppenhaus zu eng, zu drangvoll. Überschwang ist an der frischen Luft viel leichter zu verkraften, am besten bekommt man ihn in den Griff, wenn man einem Ziel entgegengeht, ohne sich selbst bewegen zu müssen, wenn man also im Bug eines Schiffes steht und den Blick auf den Hafen richtet, den dieses Schiff ansteuert. Ich war nicht die Einzige, die dem Hafen von Ushuaia entgegensah. So müssen früher die Auswanderer die Freiheitsstatue vor New York betrachtet haben. Als etwas Neues, etwas Ungewisses, einen Anfang von etwas, das bis zu diesem Augenblick nur der Reiseführer kennt. Dieses Gefühl macht sich in jedem breit, der einem Hafen entgegensieht. Und jeder Ort mit einem Hafen hat schließlich etwas Besonderes. In diesem Fall handelte es sich um den südlichsten Ort Südamerikas, der sogar »das Ende der Welt« genannt wird. Ein Ausgangspunkt für viele Antarktis-Reisende!

Es war kalt geworden. Die brasilianische Hitze lag erst eine Woche hinter uns, jetzt jedoch bewegte sich die Temperatur im einstelligen Bereich. Wenn die Sonne durchkam, was gelegentlich der Fall war, sprang einen die Wärme an, aber sobald sich eine Wolke davorschob, war es wieder kühl. Die Luft, auch die Farben waren kalt geworden. Ushuaia war eine farblose Stadt, wie mir schien, was allerdings auch an den schneebedeckten Bergen liegen mochte, die den Ort umgaben. Eine Stadt vor einem Gebirge mit weißen Spitzen präsentiert sich ganz anders als eine Stadt am Meer oder eine, hinter der sich eine grüne Ebene erstreckt.

Das Paar, das in meiner Nähe an der Reling stand, schien etwas Gemeinsames anzusteuern, übereinstimmende Gedanken zu haben, dieselben Wünsche oder Pläne. Sie waren von gleicher Größe, konnten ihre Wangen aneinanderlegen, ohne dass sich einer recken oder der andere sich hinabbeugen musste, und hielten sich umfangen. Nicht so, als müssten sie sich gegenseitig Halt geben, eher so, als wollten sie das Gemeinsame genießen und sich versprechen, es zu bewahren. Ihr Anblick rührte mich, diese Vertrautheit musste jedem, der in der Liebe schon gescheitert war, so wie ich, die Hoffnung auf einen weiteren Versuch geben.

Doch dann, nur eine kleine Veränderung der Körperhaltung, ein Wenden des Kopfes, ein Offenbaren des Profils, und ich erkannte sie. Benita Meister! Und der Mann an ihrer Seite? Ihr Ehemann, keine Frage. Wie war es möglich, dass eine Frau, die sich hier so innig mit ihrem Mann präsentierte, gleichzeitig meinem Bruder schöne Augen machte? Dem Kapitän dieses Schiffes, der in diesem Augenblick natürlich auf der Brücke beschäftigt war und nicht dieselbe Beobachtung machen konnte wie ich?

Ich will nicht spießig sein, werfen Sie mir das bitte nicht vor. Aber sicherlich finden Sie auch, dass Lukas davon erfahren sollte? Natürlich! Das muss er wissen. Dieser Mann, der nun gerade seiner Frau einen Kuss auf die Schläfe hauchte, würde es sich nicht gefallen lassen, dass der Kapitän der *Soleil* die Hände nach seiner Frau ausstreckte. Ja, ich gebe zu, ich will einfach nicht, dass Lukas sich in irgendeine Frau verliebt, das passt nicht in meine Pläne, aber in diesem Fall bin ich außerdem besorgt, dass er berufliche Schwierigkeiten bekommen könnte. Die Reederei wird nicht dulden, dass einer ihrer Kapitäne in Verruf gerät. Du meine Güte! Habe ich es nicht gleich gesagt? Es wird nicht leicht, die Augen überall zu haben und dafür zu sorgen, dass sich alles nach meinen Wünschen entwickelt ...

Barbara

Ushuaia, 26.11.

Barbara war nicht einverstanden mit der Entscheidung, aber dennoch voller Hochachtung, dass sie gefällt worden war. Emily Krug war entweder sehr verliebt in Jonas oder sehr mutig. Womöglich sogar beides. Besonders abenteuerlustig hatte sie auf Barbara eigentlich nicht gewirkt, wohl aber wie eine Frau, die einen einmal gefassten Entschluss in die Tat umsetzte und sich nicht beirren ließ, wenn der Weg einmal eingeschlagen worden war.

Die Begründung hatte Barbara auf der Stelle eingeleuchtet. »Emily meint«, hatte Jonas erläutert, »dass Vico Irion vielleicht testen will, ob jemand hinter ihm her ist. An eine Frau denkt er dabei garantiert nicht. Über sie wird er glatt hinwegsehen.«

»Er kennt sie womöglich«, gab Barbara zu bedenken, »hat sie schon mal gesehen oder wird ihr demnächst auf dem Schiff über den Weg laufen. Er könnte sich nach ihr erkundigen...«

Jonas unterbrach sie eifrig, offensichtlich froh, dass er sich diese Gedanken auch schon gemacht hatte. »Dann wird er feststellen, dass Emily ein unbeschriebenes Blatt ist. Wenn er mich dagegen checkt, könnte er herausbekommen, dass ich privater Ermittler bin. Emily ist genau richtig für diesen Job.«

Da war sich Barbara zwar nicht ganz so sicher wie ihr Neffe, aber sie sagte nichts dazu, um Jonas und vor allem Emily nicht zu verunsichern. Die Idee, dass nicht Jonas dem Millionendieb auf den Fersen blieb, sondern eine unauffällige Person wie Emily, die ihrerseits von Jonas und dieser wiederum von Barbara beschattet wurde, gefiel ihr. Sie mussten nur aufpassen, dass Emily nicht in

Gefahr geriet. Und Jonas durfte nicht mitkriegen, dass seine Tante sich in dieses Abenteuer einmischte, das hätte ihn gekränkt. Sie durfte ihm nur gute Ratschläge erteilen. Dass Vico Irion mit einem kleinen Rucksack in den Frühstücksraum gekommen war, hatte Barbara sofort alarmiert. Sie hatte auch bemerkt, dass er einen Reiseführer dabeihatte, in dem er gelangweilt blätterte. Alles sah danach aus, als wäre heute endlich der Tag, einer der Tage, an dem Jonas hoffen durfte, zu seinem Ziel zu kommen.

»Du darfst immer nur Emily im Auge haben«, ermahnte sie ihn, »die wiederum nur Vico Irion. Und du, Jonas, musst darauf achten, dass du Irion nicht siehst und er dich somit auch nicht. Immer nur auf Emily achten, nur ihr folgen, damit folgst du automatisch Vico Irion, ohne dass er es merkt. Am besten, ohne dass er dich ein einziges Mal sieht.«

Barbara hatte auf ihre Fußspitzen gesprochen, sehr konzentriert, wie es ihre Art war. Jetzt blickte sie auf, ihre Augen trafen sich mit Lukas'. Sie stellte fest, dass er dasselbe dachte wie sie. Unmerklich nickte Barbara ihrem Bruder zu, und er nickte ebenso unmerklich zurück. Sie hatten beide denselben Gedanken gehabt. Ja, Barbara war entschlossen, diesen Gedanken in die Tat umzusetzen. Gut, dass Lukas auch dieser Meinung war. Man konnte Jonas mit dieser Aufgabe nicht allein lassen.

Sie saßen in Lukas' Suite, das Schiff hatte an der Steuerbordseite angelegt. Sie blickten backbord hinaus auf die Beagle-Bucht, auf die vielen Segelboote, die dort vor Anker lagen, obwohl Barbara sich eine Segeltour bei dem Wetter, das in Ushuaia vorherrschte, lieber nicht vorstellen mochte. Im Hintergrund die schneebedeckten Berge, davor düstere Wälder, farblose flache Hügelketten. Eine Stadt, in der man fror, schon, wenn man sie durch ein Fenster betrachtete.

Nun wandte Lukas sich an Jonas. »Gibt es einen Ort, der wahrscheinlich ist? Hat Vico Irion auf seiner Flucht irgendwo einen Schlupfwinkel gehabt, wo er das Geld deponiert haben könnte?«

Jonas schüttelte den Kopf. »Auch die Polizei weiß nicht, wo Irion sich rumgetrieben hat, bevor er gefasst wurde. Das ist ebenfalls ein Indiz, dass er das Geld irgendwo versteckt hat. Er verrät seine Fluchtroute nicht, weil daraus abzulesen wäre, wo die Millionen sein könnten. Zunächst hatte er sich nach New York abgesetzt, das ist das Einzige, was sich nachweisen lässt. Danach ist er angeblich in ganz Nordamerika unterwegs gewesen. Mit gestohlenen Autos oder getrampt.«

»Wo wurde er aufgegriffen?«, fragte Barbara.

»In Australien«, gab Jonas zurück. »In der Nähe von Melbourne. Wie er dahin gekommen ist, weiß er angeblich selbst nicht mehr. Er hat behauptet, er wäre lange als blinder Passagier auf irgendwelchen Frachtern unterwegs gewesen.«

»Kann man ihm das glauben?«, fragte Lukas.

»Nein.« Da war Jonas ganz sicher. »Er wollte nur seine Spur verwischen. Die Polizei sollte keinen Hinweis darauf bekommen, wo die Beute geblieben sein könnte.«

Er stand auf und ging zur Balkontür, als wollte er sie öffnen und heraustreten. Aber ehe er auch nur zum Türriegel greifen konnte, machte Barbara ihm klar, dass er das bleiben lassen sollte.

Jonas verstand und kehrte zu der Sitzgruppe zurück. »Es gibt nur einen einzigen Hinweis. Angeblich ist er auf Mauritius gesehen worden. Aber sicher ist das nicht. Dem Zeugen, der das behauptet hat, ist nicht zu trauen.«

»Ausgerechnet Mauritius«, stöhnte Lukas.

Wenn von Mauritius die Rede war, ging immer ein Ruck durch die Familie. Die Erinnerung an die schrecklichen Tage auf Mauritius würde wohl immer wach bleiben. Alberts Verschwinden, Helenes schwere Depression, Lisas Entsetzen, das ständig zwischen Hysterie und Trauer schwankte … Tage, von denen niemand gerne sprach, die aber jeder noch im Herzen trug. Die Insel, auf der Albert verschwand …

Barbara schaffte es als Erste, sich von diesem Gedanken loszureißen. »Hatte Irion keine Komplizen? Hat er das Ding ganz allein durchgezogen?«

Jonas hob die Schultern und ließ sie ausdrucksvoll wieder fallen. »Die Polizei hatte Wayne Howland in Verdacht. Ein Gangster der Spitzenklasse. Jahrelang wurde er von Scotland Yard gesucht, aber als man ihn gefasst hatte, war ihm nichts nachzuweisen. Sie mussten ihn wieder laufen lassen. Seitdem wird er verdächtigt, mehrere Morde begangen oder zumindest in Auftrag gegeben zu haben. In einem Fall soll es sogar Beweise geben, aber was nützt es, wenn sich der Kerl nicht erwischen lässt?«

»Ein Engländer?«, fragte Barbara, der mit einem Mal einfiel, dass sie von diesem Typen auch schon gehört hatte.

Jonas schüttelte den Kopf. »Amerikaner aus Texas.«

»Und mit dem hat Vico Irion gemeinsame Sache gemacht?« Barbara wurde der Hals eng.

»Ein bloßer Verdacht«, wehrte Jonas ab. »Mein Chef hat ihn in die Welt gesetzt. Ich glaube, er will, dass einer seiner Leute ihn zur Strecke bringt. Auf ihn ist ein hohes Kopfgeld ausgesetzt. Außerdem würde es der Reputation unserer Detektei guttun. Wer Howland fängt, ist ein Detektiv der Extraklasse.«

Maria machte einen sehr besorgten Eindruck. »Du wirst doch nicht etwa auf den Gedanken verfallen ...«

Jonas ließ sie nicht zu Ende sprechen. »Unsinn, Mama! Bin ich verrückt?«

Maria war nur wenig beruhigt, auch Barbaras besänftigender Blick schien ihre Sorge nicht zu vertreiben. Am liebsten hätte Barbara ihrer Schwester mit klaren Worten zu verstehen gegeben, dass ihr Junge für so was ein viel zu kleines Licht war, aber das wollte sie natürlich nicht. Stattdessen richtete sie ihren Blick wieder auf Ushuaia und tat so, als vertiefte sie sich in den Anblick.

Jonas' Handy läutete. Das Tempo, in dem er sich erhob und vor lauter Eifer beinahe über einen Hocker gefallen wäre, sagte allen, wer am anderen Ende war: sein Chef. Nun kümmerte er sich nicht mehr darum, dass Barbara und Maria es im Wohnraum warm haben wollten. Er schlug unbeherrscht den Griff nach unten, riss die Schiebetür auf und war auch schon auf den Balkon getreten. Die Tür schloss er und glaubte nun, außer Hörweite zu sein, was eigentlich auch richtig war. Da aber im selben Moment alle schlagartig verstummten, konnten sie Jonas' Worte dennoch gut verstehen. Und das, obwohl er ihnen den Rücken zukehrte.

»Wir laufen im Hafen von Ushuaia ein«, hörten sie ihn sagen, was Lukas an seine Pflichten erinnerte.

Er stand auf und ging zu der Tür, die auf den Gang führte. »Ich muss auf die Brücke.«

»Natürlich werde ich achtgeben«, sprach Jonas ins Telefon, und Barbara kam es so vor, als kniffe er die Gesäßbacken zusammen. »Bis jetzt ist er noch kein einziges Mal von Bord gegangen.«

Er lauschte in das Smartphone, nervös von Emily und seiner Mutter beobachtet. Emily schien Angst vor allem zu haben, was Jonas zu hören bekommen mochte, und Maria würde am liebsten ebenfalls auf den Balkon gehen, ihrem Sprössling das Smartphone aus der Hand nehmen und das Gespräch an Jonas' Stelle weiterführen. Das sah Barbara ihr an.

»Nein, bisher alles ganz unauffällig.«

Barbara betrachtete ihre Fingernägel und beschloss, einen Termin bei der Maniküre zu machen. Da hatten Frauen es einfacher. Wenn sie ihre Nägel kritisch beäugten, war das immer unauffälliger, als würde ein Mann dasselbe tun. Bei einem Mann war dann sofort klar, dass er verlegen war und sich der Situation am liebsten entziehen würde, bei einer Frau fiel das niemandem auf. Barbara zupfte an der Nagelhaut ihres rechten Zeigefingers herum und nickte, als wäre sie mit ihrem Zustand zufrieden. In Wirklichkeit zeigte sie aber nur sich selbst, dass sie mit Jonas' Worten einverstanden war.

Es war gut, nicht zu erwähnen, dass Vico Irion mit einem Mann Bekanntschaft geschlossen hatte, der von Bord verschwunden war. Barbara war nicht einmal sicher, ob Jonas dieser Umstand irgendwie zu denken gab. Maria hatte ihre Schwester selbstverständlich sofort darauf hingewiesen, und die beiden waren zu dem Ergebnis gekommen, dass Vico Irion möglicherweise rein zufällig ausgerechnet Fred Alswedes Jackett ruiniert hatte, aber auch viele andere Szenarien vorstellbar waren. Einen Zusammenhang konnte Barbara zwar bisher nicht erkennen, dennoch durfte man solche Fakten nicht außer Acht lassen.

Jonas beendete das Gespräch, nachdem er mehrfach versichert hatte, dass ihm auf keinen Fall entgehen könne, was Vico Irion vorhabe. Dann kam er zu Emily, Barbara und seiner Mutter zurück – und merkte gleich, dass er belauscht worden war. Er kehrte nicht in ein Gespräch zurück, sondern in aufmerksames Schweigen.

»Mein Chef meint, ich soll herausbekommen, ob Irion sich für einen der Ausflüge angemeldet hat. Als käme ich nicht selbst auf so was! Leon hat das für mich gecheckt. Kein einziger Ausflug, zu dem Irion sich angemeldet hat! Ist doch wohl logisch. Natürlich wird er auf eigene Faust von Bord gehen. Zeugen sind ja das Letzte, was er gebrauchen kann.« Er nahm Platz, trank einen Schluck Kaffee, blickte wieder auf und sah nervös aus dem Fenster. Dann betrachtete er Emily und stellte fest, dass sie genauso nervös war. »Es ist nicht gesagt, dass er hier aussteigen will. Kann sein, dass wir bis Südafrika warten müssen.«

»Kann auch sein«, meinte Maria, »dass er sich wie ein ganz normaler Weltreisender die Welt ansehen wird. Es wundert mich, dass er noch nie zu einer Besichtigung aufgebrochen ist. Damit verhielte er sich doch am unauffälligsten.«

»Das würde dann bedeuten, er kommt gar nicht auf die Idee, dass er beschattet wird«, entgegnete Jonas hoffnungsvoll. »Er hat gar nicht das Gefühl, sich unauffällig verhalten zu müssen.«

Barbara blickte auf die Uhr. Beinahe halb zehn. Das Schiff war wirklich ausgesprochen pünktlich. »Wir werden sehen. Jedenfalls kannst du froh sein, Jonas, dass du mit dieser Aufgabe nicht mehr allein dastehst. Wie hättest du das bewältigen sollen? Stell dir vor, der Kerl wäre in jedem Hafen von Bord gegangen und du hättest ihm jedes Mal folgen müssen. Dann wärst du ihm bald aufgefallen.«

Jonas wollte protestieren, behaupten, er wäre Spezialist in unauffälliger Verfolgung, unterließ es dann aber, weil ihm wohl klar wurde, dass seine Tante ihn womöglich auslachen würde.

Barbara merkte, dass Emily ihm einen auffordernden Blick zuwarf. Jonas schien die Absicht zu haben, ihn zu übersehen, schaute weg, in eine andere Richtung, schaffte es dann aber nicht, sich dem Drängen in Emilys Blick zu entziehen.

»Ach, übrigens ...«, begann er drucksend. »Emily ist da was eingefallen.«

Er redete so umständlich und verlegen von der Nacht auf Deck, wo er mit Emily ein paar schöne Stunden verlebt hatte, dass Barbara sich hundert Jahre zurückversetzt fühlte. Jonas benahm sich wie ein junger Mann, der der Unkeuschheit anheimgefallen war und nun tapfer zu seinen frivolen Gedanken stehen und die Frau seiner erotischen Träume heiraten wollte. Sie musste sich ein Grinsen verkneifen. Was mochten Jonas und Emily erlebt haben?

»Wir haben etwas Rotes neben der Poolbar entdeckt«, sprach Jonas nun weiter, leise und äußerst kleinlaut. »Emily ist reingetreten. Wir dachten ...«

Barbara fuhr auf. »Blut?«

»Wir dachten, es könnte Cassis sein. Vielleicht waren am Abend dort Cocktails gemixt worden ...«

Barbara lehnte sich nicht zurück, nein, sie warf sich gegen die Rückenlehne ihres Stuhls, nachdem sie sich, während Jonas geredet hatte, vorgebeugt und ihre Ellenbogen auf die Oberschenkel gestützt hatte. »Blut!«, wiederholte sie mit dumpfer Stimme. »In dieser Nacht könnte also Fred Alswede ums Leben gekommen sein. Ermordet!«

Jonas nickte eingeschüchtert, und Barbara musste schwer an sich halten, um ihm nicht vorzuhalten, dass er als Detektiv völlig versagt hatte. Wenn er in jener Nacht nicht gleich auf die Idee gekommen war, an Deck könnte sich ein Gewaltverbrechen zugetragen haben, nun gut. Aber spätestens, als Alswedes Verschwinden offenkundig wurde, hätte er sich doch daran erinnern müssen! Aus Jonas würde niemals ein erfolgreicher Detektiv, das wurde Barbara deutlicher denn je klar.

»Ich habe die Sohlen meiner Schuhe gründlich gesäubert«, sagte Emily, als hätte sie Angst, dass jemand die Blutspuren darauf analysieren wollte.

»Egal!« Barbara machte eine wegwerfende Handbewegung. »Dass es sich nicht um Cassis gehandelt hat, ist so gut wie sicher.« Sie sah ihre Schwester Maria an, die sich erstaunlicherweise jeder Äußerung zu diesem Vorkommnis enthalten hatte, und stellte fest, dass diese das Gleiche dachte wie sie: Jonas brauchte Hilfe, wenn er diesen Fall erfolgreich über die Bühne bringen wollte. Ohne Unterstützung würde er das nicht schaffen. Dass Maria schwieg und darauf verzichtete, sich für ihren Sohn stark zu machen, zeigte Barbara, wie deprimiert sie war. Verzweifelt fuhr sie sich durch die Haare, bis diese in alle Richtungen zu Berge standen, schaffte es jedoch, kein Wort zu der Angelegenheit zu sagen. Natürlich wollte sie Jonas nicht frank und frei einen Idioten nennen, ihn aber gleichzeitig auch nicht verteidigen und dafür sorgen, dass alle Beteiligten Verständnis für ihn hatten. Aus Mutterliebe und Pragmatismus ließ sich nur schwer eine homogene Verbindung machen.

Die Frühstücksräume leerten sich, die ersten Passagiere durchquerten mit Rucksäcken das Theater, im Hafen reihte sich die

Flotte der Ausflugsbusse auf. Jonas erhob sich, als wollte er vor weiteren Vorwürfen flüchten, und Emily tat es ihm gleich. Auch Barbara stand auf und ging den beiden nach, ohne diese Tatsache zu kommentieren. Sie tat so, als wäre es purer Zufall, dass sie dieselbe Richtung einschlug. Maria blieb an ihrer Seite, mit derselben gleichgültigen Miene wie Barbara. Reiner Zufall, dass sie sich anschauen wollten, wer das Schiff verließ! Und wie gut, dass es an der Ausstiegsstelle den Kiosk gab, an dem man sich mit Snacks, Hygieneartikeln, Zahnpasta und Sonnenmilch eindecken konnte. Dort fiel man nie auf.

Eine Schlange von mindestens fünfzig Personen hatte sich dort bereits gebildet, die die ersten Busse besteigen wollten, die in den Nationalpark fuhren. Die weiteren Busse starteten im Halbstundentakt, damit die Ausflügler nicht alle auf einmal von Bord drängten. Es würde noch mindestens eine halbe Stunde dauern, wenn nicht länger, bis die Gangway freigegeben wurde, aber es war ja immer das Gleiche. Die meisten Passagiere hatten es eilig, von Bord zu kommen, selbst wenn sie dann lange im Bus sitzen und warten mussten.

Maria war die Erste, die Liane Reich entdeckte. Sie fuhr herum, sodass sie Vico Irions Freundin den Rücken kehrte und diese nicht merkte, wie erschrocken sie war. »Verdammt!«

Barbara hatte keine Ahnung, was in ihre Schwester gefahren war, wurde aber schleunigst informiert. »Er schickt seine Freundin.«

Sie hoben sich auf die Zehenspitzen, reckten die Hälse und entdeckten Jonas und Emily schließlich am Ende des Decks, wo sie vorgaben, in ein intensives Gespräch vertieft zu sein, dabei aber alle aussteigenden Passagiere im Visier hatten. Maria zog ihr Handy aus der Tasche ihrer Strickjacke und holte Jonas' Nummer aus dem Speicher. Sekunden später wusste er Bescheid und reihte sich, direkt hinter Emily, in die Schlange der Wartenden ein.

Mit den Worten »Ich werde Irion im Blick behalten«, hatte Maria das Telefonat beendet und auf den roten Knopf gedrückt, ehe Jonas sie warnen oder von ihren Plänen abbringen konnte.

Barbara sah nachdenklich aus. »Wenn er dieses Dummchen losschickt, dann ist sie eingeweiht. Das macht die Sache nicht leichter.«

»Oder doch?«, überlegte Maria. »Ein Dummchen, wie du sagst. So eine macht Fehler.«

Barbara griff hart nach dem Arm ihrer Schwester. »Es genügt nicht, dass du Irion nicht aus den Augen verlierst, du musst es irgendwie fertigbringen, dass er auf dem Schiff bleibt. Er darf nicht von Bord gehen.«

Maria nickte, als wäre ihr das längst klar. »Er wird seine Freundin im Auge behalten, um zu sehen, ob ihr jemand folgt.«

»Genau! Und dann weiß er, dass ein Detektiv hinter ihm her ist, und er weiß sogar, wer es ist. In diesem Fall geht unser Plan nicht auf. Er wird sowohl Emily als auch Jonas entdecken. Und dann sind beide in Gefahr.« Barbara dachte fieberhaft nach, dann fasste sie einen Entschluss. »Lauf auf die Brücke, und bitte Lukas darum, eine Durchsage zu machen. Vico Irion muss auf dem Schiff bleiben.«

»Wie soll ich das anstellen?«

»Lass dir was einfallen.«

»Und du?«

»Ich mache das, was ich von vornherein wollte.« Sie vermied es, Maria deutlich zu sagen, dass sie Jonas die Observierung von Liane Reich nicht zutraute, aber sie begriff schnell, dass Maria sie auch ohne Worte verstand. Und den Rest verstand sie ebenfalls. Genauso schnell! Marias flinke Auffassungsgabe war schon immer ihr größtes Potenzial gewesen. Und das Beste war, dass man es ihr nicht ansah, weshalb sie oft unterschätzt und dadurch für ihre Gegner gefährlich wurde, ohne dass diese es merkten.

Barbara sah Maria nach, wie sie sich hastig durch die Wartenden schob, den Reißverschluss ihres Rockes nicht richtig geschlossen.

Barbara wäre ihr am liebsten gefolgt, um ihr, bevor sie verschwand, den hellen Blusenzipfel, der sich durch den offenen Reißverschluss schob, in den Rock zu stecken, aber das ging natürlich nicht. Sie drehte sich zurück und blickte sich unauffällig um. Vico Irion war noch nicht zu sehen …

Lukas

Lukas zog seine Socken hoch, himmelblau mit gelben Quietscheenten, die auch wieder nicht gut saßen. Ständig rutschten sie ihm in die Schuhe. Er blickte auf, und die Falten auf seiner Stirn vertieften sich, als seine Schwester die Brücke betrat. Nein, sie betrat sie nicht, sie stürmte die Brücke. Etwas, was er gar nicht leiden konnte und eigentlich nur dann akzeptierte, wenn ein SOS-Ruf abgesetzt werden musste.

»Du musst sofort eine Durchsage machen, Lukas!«

Auf so was reagierte er immer gleich, schon als Junge hatte er geantwortet, wenn Maria ihn bedrängte: »Ich muss gar nichts.« Er wies voraus. »Nur dieses Schiff sicher in den Hafen bringen. Wie du siehst, ist es so gut wie geschafft.«

»Darum geht es.« Maria war so kurzatmig, dass er sich nun doch fragte, ob etwas passiert war, das sein sofortiges Handeln notwendig machte. Hatte Lisa sich etwa gemeldet?

In rasendem Tempo informierte Maria ihren Bruder darüber, was ihrer Meinung nach zu geschehen hatte. »Vico Irion darf nicht von Bord gehen«, schloss sie. »Er wird sonst merken, wer Liane Reich folgt. Und dann sind Emily und Jonas beide in Gefahr.«

Lukas stand auf, schüttelte beide Beine aus, bis seine Uniformhose glatt auf die Schuhe fiel, dann sagte er: »Ich kann keinen Passagier zwingen, an Bord zu bleiben. Wie soll ich das begründen?«

»Barbara sagt, du sollst eine Durchsage machen.«

»Was für eine Durchsage?«

»Irgendwas ... der Passagier aus Kabine 7312 wird dringend gebeten ... so was in der Art.« Marias Augen hetzten zur Uhr und dann durch den Raum. Auf Leons neugierigem Gesicht blieben sie haften. »Du musst es nicht selbst machen. Gib Leon das Mikrofon.«

Lukas fuhr zu seinem nautischen Wachoffizier herum. »Leon?«

Maria nickte. »Du gehst raus, und Leon nimmt das Mikrofon. Glaub mir, Lukas, es muss sein. Emily und Jonas sind in Gefahr! Das kannst du nicht wollen.«

Nein, das wollte Lukas natürlich nicht. Er wollte aber auch keine Entscheidung treffen, die er als Onkel treffen musste, als Kapitän aber nicht treffen durfte. Ergeben wandte er sich um und ging zu seinem Staff-Kapitän, der so tat, als hätte er nichts mitbekommen. »Macht, was ihr wollt.«

Aus dem Augenwinkel sah er, dass Leon sich nicht lange bitten ließ. Eine kurze Einweisung von Maria genügte, und er wusste, was er zu tun hatte. Lukas begann ein intensives Gespräch mit Roland Hengst, um nicht hören zu müssen, was kurz darauf im ganzen Schiff zu vernehmen war ...

»Eine Durchsage des Kapitäns ...«

»Nein!«

Maria sprang mit einem Mal vor und riss Leon das Mikrofon wieder aus der Hand. Lukas fuhr erschrocken herum, Roland Hengst schaltete geistesgegenwärtig die Anlage stumm.

Leon sah Maria regelrecht verängstigt an, Roland Hengst verständnislos, Lukas wütend. »Was soll denn das nun wieder?«

Maria griff sich mit beiden Händen in die Haare und wühlte so lange darin herum, bis sie aussah wie Struwwelpeter nach einer Explosion. »Ich habe etwas vergessen. Ein Denkfehler! Mein Gott, diese Hektik! Ich hatte ja gar keine Zeit, um nachzudenken!« Sie starrte Lukas an, als müsste er nun auch begriffen haben, worum es ihr ging.

Aber Lukas stöhnte nur: »Nun red schon ...«

»Liane Reich ist auch ein Passagier von Kabine 7312. Sie darf die Durchsage nicht hören. Sie würde sich angesprochen fühlen und nicht losfahren. Wenn sie mitbekommt, dass Vico Irion aufgehalten wird, erst recht nicht.«

»Puh!« Lukas ließ sich auf einen Hocker fallen, fuhr aber gleich wieder erschrocken in die Höhe, als seine Schwester die nächste Idee heraussprudelte. »Wir müssen es so machen, dass Liane nichts davon mitbekommt.« Sie zerrte an Leons Uniformärmel, der ihr nur ungern folgte, seinem Chef einen hilfesuchenden Blick zuwarf, aber vergeblich darauf wartete, dass aus Marias Flehen ein Befehl des Kapitäns wurde.

»Du musst zu Irion gehen, Leon, und ihm sagen, dass er auf die Brücke kommen soll. Wir brauchen ...« Sie zögerte nur kurz. »Der Kapitän braucht seine Aussage, weil ein Passagier verschwunden ist.« Sie wurde nun sicherer, ihre Worte liefen immer schneller. »Er kennt Fred Alswede, also soll er als Zeuge aussagen. Das geht nur, während die *Soleil* im Hafen liegt, weil ...« Sie zögerte nicht lange, sondern fuhr schon wieder entschlossen fort: »... weil die Polizei an Bord kommen muss. Das ist doch verständlich. Oder? Das wird er glauben müssen.«

Lukas wagte nicht zu nicken, Roland Hengst und Leon bewegten ihre Köpfe ebenfalls keinen Zentimeter. Aber Leon war schließlich bereit, sich von der Mutter seines Freundes zu Tür schieben, drängen und schließlich sogar schubsen zu lassen. Lukas schluckte, als er den verzweifelten Blick des jungen Mannes sah, und rang sich ein zustimmendes Drucksen ab. Sie hatten ja keine Zeit zum Diskutieren. Die Entscheidung musste jetzt getroffen werden, selbst wenn sie falsch war. Aber es ging schließlich um das Leben und die Sicherheit von Emily und Jonas. Und jedes Zögern konnte fatale Folgen haben. Lukas sah es ein: Er durfte jetzt nicht darauf beharren, sich die Angelegenheit erst mal in Ruhe überlegen zu wollen ...

Maria

Ich rannte so schnell ich konnte, aber Leon war natürlich trotzdem viel flotter als ich. Er schien nun eingesehen zu haben, worum es ging, womöglich durchschaute er sogar die großen Zusammenhänge. Ich wusste ja gar nicht so genau, wie weit er von Jonas eingeweiht worden war. Jedenfalls kümmerte er sich nicht darum, ob ich hinter ihm herkam, sondern sorgte dafür, dass er nicht aufgehalten wurde und sich ihm nichts in den Weg stellte.

Ich tat mein Bestes, um ihm zu folgen. Runter von der Brücke, hinein ins Treppenhaus und am Aufzug vorbei, den ich vor lauter Eile zu besteigen vergaß. Ob Leon ihn genommen hatte? Ich wusste es nicht. Ich sah ihn nicht und hörte auch seine Schritte nicht mehr. Egal, nur weiter! Aus dem Crewbereich heraus, auf die teppichbodenbelegten Gänge und wieder die Treppe, weil vor den Aufzügen viele Passagiere warteten, die sich auf Ausflüge begeben wollten. Die letzte Treppe sprang ich sogar. Ja, Sie haben richtig gehört. Aber bewundernde Zurufe sind fehl am Platze. Denn ich habe mir dabei den Fuß verknackst, sodass ich den Rest des Weges humpeln musste. Wie ich bei meinem Sprung ausgesehen habe, will ich mir lieber gar nicht vorstellen. Vermutlich wie ein Mehlsack, der von einem betrunkenen Müller fallen gelassen wird. Es ist eben ein Fehler, das Alter zu vergessen, nur weil man für ein paar Augenblicke an nichts als an den Sohn und nicht mehr an die körperlichen Realitäten denkt. Aber immerhin kam ich früh genug bei den Wartenden an, noch bevor die Gangway ans Schiff geschoben wurde.

Und dann fiel mein Blick auf Vico Irion. Er stand etwas abseits, hielt sich kerzengerade, als wollte er über seine geringe Körpergröße hinwegtäuschen, versuchte, seine kleine Statur durch zur Schau gestellte Überlegenheit wettzumachen. Seine Augen gingen immer wieder zu Liane Reich, die unter den ersten Wartenden war, als wollte er ihre Aufmerksamkeit erregen. Tatsächlich wandte sie sich irgendwann um, wechselte einen Blick mit ihm, aus dem ich leider nichts herauslesen konnte, und drehte sich dann zurück, um sich anzusehen, wie die Hafenarbeiter die Gangway heranholten.

Ich machte Leon auf Vico Irion aufmerksam. »Du musst ihn ansprechen. Ich trage keine Uniform. Und er weiß ja, dass ich die Bordshopleiterin bin und keinerlei Befugnisse habe.«

Leon antwortete nicht, nickte nur und ließ keine Zeit verstreichen. Die Miene, die er aufsetzte, als er auf Vico Irion zutrat, war genau richtig. »Herr Irion?«, hörte ich ihn fragen. »Kabine 7312?«

Die Gangway wurde freigegeben, der Zeitpunkt war perfekt. Liane Reich warf keinen Blick hinter sich, als sie dem Kontrolleur ihre Kabinenkarte hinhielt, um sich auszuloggen.

Irion reagierte nervös. »Was wollen Sie?« Er sah Leon an, als wollte er ihm ein Trinkgeld in die Hand drücken, damit er in Ruhe gelassen wurde.

Ich begab mich unauffällig in Hörweite und studierte intensiv die Sonnenschutzprodukte des Kiosks, als könnte ich mich nicht für die Höhe des Lichtschutzfaktors entscheiden. »Ich muss Sie bitten, mir auf die Brücke zu folgen. Es gibt ein Problem.«

Irions Stimme wurde schrill. »Das geht nicht. Ich habe einen Ausflug gebucht.«

»Tut mir leid«, entgegnete Leon, der ganz ruhig blieb. »Es muss wirklich sein.«

»Aber ... mein Ausflug ...«

»Welchen Ausflug haben Sie gebucht?«

»Den nach ... ich weiß nicht mehr ... ich glaube ... zu der Pinguin-Kolonie. Worum geht es überhaupt?«

Leon machte einen Schritt auf mich zu. Ich spürte es und wandte mich zu ihm um. »Sind Sie so nett, dem Busfahrer zu sagen, dass es zu einer Verzögerung kommt? Der Passagier wird später zusteigen.«

»Selbstverständlich, gern.« Ich rannte hinaus und schaffte es, den Kontrolleuren klarzumachen, dass sie mich durchlassen mussten, ohne mich aufzuhalten. »Bin gleich zurück!« Zum Glück kannten sie mich und hatten keinen Zweifel daran, dass ich in wenigen Minuten wieder auftauchen würde.

Ich lief zu dem Bus, der zu der Pinguin-Kolonie fuhr, und riss die Fahrertür auf. Bereits zwei Minuten später wusste ich, was ich hatte wissen wollen, und rannte zufrieden zurück. Vico Irion hatte uns also belogen. Warum? Na, das war ja wohl klar.

Als ich zurückkehrte, hörte er sich mit unbewegtem Gesichtsausdruck an, was Leon ihm erklärte. Er wirkte jetzt ziemlich friedfertig. »Ja, stimmt, den kenne ich. Aber ...« Er bemerkte mich, und sein Blick wurde unstet, seine Stimme schwankte.

»Der Bus muss leider ohne Sie fahren«, erklärte ich. »Aber selbstverständlich bekommen Sie die Kosten für den Ausflug erstattet.«

»Bitte verstehen Sie«, fuhr Leon fort. »Wir müssen davon ausgehen, dass Herr Alswede verschwunden ist. Über Bord gegangen vermutlich. Ein Unfall oder Suizid ... wir wissen es nicht.«

»Ich weiß es genauso wenig«, stieß Irion hervor.

»Aber Sie sind der Einzige, der Kontakt zu ihm hatte. Jedenfalls, soviel wir wissen. Sie waren mit Herrn Alswede im Bordshop, haben ihm ein Sakko gekauft, weil Sie sein altes bekleckert haben ...«

»Danach habe ich ihn nicht wiedergesehen.«

»Aber er hat das Sakko, das geändert werden musste, nie abgeholt. Dadurch sind wir auf sein Verschwinden aufmerksam geworden.«

»Ich kann Ihnen nichts dazu sagen. Lassen Sie mich jetzt in Ruhe. Ich will von Bord.«

»Das geht leider nicht.« Leon verlor nach wie vor nichts von seiner Ruhe. »Sie müssen das verstehen ... der Kapitän muss die Polizei verständigen. Das geht nicht auf hoher See, ist ja klar, das geht nur hier, im Hafen.«

Ich war stolz auf mich, als ich hörte, was Leon erklärte. Das klang doch wirklich ganz logisch. Jemand, der sich nicht genau auskannte, musste das glauben. Dass die örtliche Polizei keinerlei Interesse an dem Verschwinden eines Passagiers von einem Kreuzfahrtschiff hatte, wusste Irion sicherlich nicht. Erst recht würde er keine Ahnung davon haben, dass die örtliche Polizei in einem solchen Fall keinerlei Befugnisse besaß. Natürlich hatte Lukas sie auch nicht verständigt.

Von draußen drang Motorenlärm herein, die ersten Busse starteten, die Taxis fuhren an. Vico Irion wurde sichtlich nervös. Vielleicht hoffte er noch darauf, ein Taxi zu erwischen, das dem Bus mit seiner Freundin folgen konnte. Ein wenig mussten wir ihn noch hinhalten.

»Darf ich Sie bitten, mir zu folgen?«, fragte Leon sehr höflich. »Der Kapitän erwartet Sie.«

Hoffentlich spielte Lukas mit! Er brauchte eigentlich nur zu bestätigen, was Leon bereits erklärt hatte, musste dann aber erklären können, warum die örtliche Polizei doch nicht an Bord war. Vielleicht sollte ich mir schon mal überlegen, wie das am besten zu bewerkstelligen war.

Ich blieb zurück und sandte Lukas eine SMS: Er kommt mit Leon zu dir. Sag ihm, die Polizei verspätet sich, du müsstest die Befragung erst mal allein durchführen.

Danach steckte ich mein Handy aufatmend zurück. Es war alles erledigt. Emily würde Liane Reich in einem Taxi folgen, Jonas wiederum würde Emily folgen, und Barbara ... Wo war eigentlich

Barbara? Schon klar, sie hatte sich klammheimlich abgesetzt, um Jonas zu folgen. Ich war unendlich beruhigt, dass sie auf meinen Jungen aufpassen würde. Wenn alles nach Plan lief, würde Jonas heute den Fall lösen und seinem Chef eine Erfolgsmeldung schicken können. Vorausgesetzt natürlich, man konnte Liane Reich die Millionen abnehmen. Danach würde es nur noch darum gehen, wie lange Jonas an Bord bleiben durfte. Ein bisschen Urlaub würde ihm guttun. Mit mir und mit Emily …

Da fiel mir wieder ein, dass ich mit Dorothee telefonieren wollte. Dies war eine gute Gelegenheit. Ich wählte ihre Nummer, doch es ging nur die Mailbox dran. Ich verzichtete darauf, eine Nachricht zu hinterlassen. Was ich zu berichten hatte, passte unmöglich in eine Mailboxbotschaft.

Alexandra

Immer wieder schön, wenn das Schiff sich aufs Land zubewegte, wenn das Ufer heranwuchs, die Umrisse klarer wurden, erst nur Berge, Hügel und Felsen, dann Häuser, Straßen und Autos zu erkennen waren. Und schließlich Menschen, die im Hafengelände auf das Schiff warteten, Hafenarbeiter, die es vertäuen wollten, neue Passagiere und Zuschauer, die ihm neugierig entgegensahen. Am Himmel ballten sich immer wieder Wolkenberge zusammen, manchmal sogar dunkel, dann wieder schneeweiß, weil die dunklen Wolken so schnell weitergezogen waren. Alexandra versank in diesem Bild, fand so viel darin, was sie mit ihrem Leben gemein hatten, dachte an die dunklen Wolkenberge vor ihrer Zukunft, aber auch an die schneeweißen, die die dunklen verdrängten. Godric! Wie fühlte es sich an, diesen Namen zu denken? Alexandra überlegte nicht lange. Gut fühlte es sich an, sehr gut. Godric war ein Mann, der über jeden Zweifel erhaben war, ein zuverlässiger Mann, der wusste, was er wollte, aber nur wollte, was ihm geschenkt wurde. Er war kein Eroberer, kein Verführer.

Nathalie stieß ihre Freundin in die Seite. »Er geht auch von Bord.«

»Wer?« Alexandra sah sich suchend um.

»Dein Surflehrer«, gab Nathalie zurück.

»Er ist kein …«, begann Alexandra, dann verstummte sie. Es war ja richtig, dass Nathalie hier, wo die Passagiere dicht an dicht standen, nicht von einem Detektiv sprach. Ein Wort, das sofort und überall Aufmerksamkeit erregte.

Sie hatte ihn im Nu entdeckt. »Emily auch«, flüsterte sie Nathalie zu. »Sie steht ganz vorn.«

»Sieht so aus, als wollten die beiden nicht gemeinsam auf Besichtigungstour gehen.«

»Ob einer von denen mit uns in den Nationalpark fährt?«

Sie trugen beide Trekking-Kleidung, feste Schuhe, wasserdichte Jacken, Mützen und Schals. Der Wind hatte aufgefrischt, nur gelegentlich blitzte die Sonne durch die Wolken.

Sie passierten die Kontrollstelle am Ausgang des Schiffs, wo sie sich mit ihren Kabinenkarten ausloggten, traten über die kurze Gangway und grinsten dem Bordfotografen in die Linse, der immer mit seiner Kamera bereitstand, wenn die Passagiere das Schiff verließen. Auf der anderen Seite der Pier lag ein norwegisches Kreuzfahrtschiff, das in die Antarktis wollte. Dazwischen standen die Ausflugsbusse, alle mit den Kennziffern der Ausflüge versehen. Neben den offenen Türen warteten die Guides darauf, die Ausflügler einzuchecken.

Alexandra blieb stehen, bevor sie den Bus erreicht hatten, für den sie gebucht waren. Sie ließ sich nicht von Nathalie drängen, die einsteigen wollte, sondern sah denen hinterher, die zu Fuß das Hafengelände verließen. Entweder weil sie einen Spaziergang durch die Stadt unternehmen wollten, deren Zentrum nicht weit entfernt war, oder weil sie vor der Hafenausfahrt in ein Taxi steigen würden. Emily war unter ihnen, Jonas folgte in großem Abstand.

Alexandra zog Nathalie hinter sich her. »Der Bus kann warten. Ich will wissen, was die beiden machen.«

Nathalie wehrte sich heldenhaft, gab dann aber klein bei. Doch während sie zur Hafeneinfahrt liefen, machte sie ihrer Freundin Vorhaltungen, wies sie darauf hin, dass sie mit dem Earl of Chiswick verlobt war, dass es nicht richtig war, einem Mann hinterherzulaufen, der optisch genau ihr Typ war, und dass es überhaupt nicht angehe, ihrer Freundin weismachen zu wollen, sie sei gar nicht an ihm interessiert, sondern wolle nur wissen, ob er ein Detektiv sei, den ihr Vater auf sie angesetzt hatte.

Alexandra ließ die Tirade wortlos über sich ergehen, nickte sogar gelegentlich und schüttelte kein einziges Mal den Kopf. Sie ging im selben Schritttempo wie Emily und Jonas und blieb erst stehen, als sie das Hafengelände verlassen hatten. Gegenüber, in einem höher gelegenen Haus, befand sich das Touristenbüro mit integrierter Poststelle, wohin sich viele begaben, die unbedingt einen Poststempel vom südlichsten Postamt der Welt haben wollten. Davor, auf der Avenida Maipú, drängte sich der Verkehr, weil eine Fahrspur von den Autos beansprucht wurde, die dort auf die Passagiere warteten, die Ushuaia auf eigene Faust erkunden wollten. Es waren viele, die diese Art der Besichtigung vorzogen, auch deshalb, weil sie preiswerter war als die organisierten Bustouren. Mehrere Taxis waren bereits besetzt und starteten, Emily bestieg das nächste.

»Allein?«, fragte Alexandra ungläubig und sah sich nach Jonas um.

»Sieht so aus«, antwortete Nathalie schulterzuckend. »Komm, lass uns zurückgehen, der Busfahrer wird bestimmt schon ungeduldig.«

Aber Alexandra blieb wie angewurzelt stehen. »Er steigt auch in ein Taxi. In ein anderes.«

Nathalie wusste, von wem sie sprach. »Na und? Was geht uns das an?«

»Warum fahren die beiden nicht zusammen?« Alexandra griff nach Nathalies Arm und zog sie mit sich, weg von dem Bus, hin zum nächsten Taxi, dessen Fahrer ihnen hoffnungsfroh entgegensah. »Komm!«

»Was soll das?« Nathalie versuchte vergeblich, sich aus Alexandras Griff zu befreien. »Unser Bus …«

»Ich will wissen, was da los ist«, sagte Alexandra und gab dem Taxifahrer einen Wink, der ihnen eilfertig die Türen aufriss. In holprigem Spanisch gab sie ihm zu verstehen, dass ihnen nicht an einer Besichtigungstour gelegen sei, dass es vielmehr um die Verfolgung von zwei Taxis gehe.

Der Taxifahrer traute zunächst Alexandras Sprachkenntnissen nicht, wurde dann aber von Abenteuerlust gepackt und teilte den beiden Damen mit, dass sie ihn in diesem Fall mit dem Vornamen ansprechen durften. Thiago, wie er hieß, ließ sich die Kennzeichen der beiden Wagen sagen, die sich bereits in den Verkehr einfädelten, dann gab er Gas.

Alexandra hatte auf dem Beifahrersitz Platz genommen, Nathalie saß hinter ihr. Sie beugte sich nach vorn und tippte sich an die Stirn, da sie ohne die geringsten Sprachkenntnisse dennoch alles verstanden hatte. »Du spinnst!« Dass ihr die Sache dennoch großen Spaß machte, war aber durchaus zu erkennen.

»Verstehst du das?« Alexandra wies auf das vor ihnen fahrende Taxi, in dem Jonas saß. Der Fahrer hatte sich gerade entschlossen, die Wagen vor ihm zu überholen, scherte jedoch urplötzlich wieder ein. Es war von hinten zu erkennen, wie sich der Fahrer aufregte, wie er gestikulierte und mehrmals das Steuer verriss. Sein Fahrgast schien darauf bestanden zu haben, dass er auf das Überholen verzichtete, für einen Südamerikaner ein absolutes Unding, der selbstverständlich das Letzte aus seinem Wagen herausholte, sich so schnell wie möglich vorwärtsbewegte und jede Lücke im Verkehr für seine Zwecke nutzte. »Er will nicht aufschließen.«

Nathalie verstand sofort. »Emily soll nicht merken, dass sie verfolgt wird.«

»Warum verfolgt er sie?«

Es wurde für eine Weile still im Auto, wenn man mal von Thiagos unzufriedenem Gebrumm absah, den Alexandra angewiesen hatte, auf den Gebrauch der Hupe so weit wie möglich zu verzichten und sich auch ansonsten unauffällig zu verhalten. Die Straße führte steil bergauf, es ging in eins der Straßenviertel, in denen Arbeitslosigkeit und Armut herrschten. Von den Häusern rechts und links waren viele unbewohnt und verfallen. Als sie die Haupteinkaufsstraße, die Avenida San Martín, überquert hatten, wurde es noch schlimmer. Die Nebenstraßen rechts und links waren gesäumt von Wellblech- und Holzhäuschen, ob sie bewohnt waren, ließ sich manchmal gar nicht erkennen. Ushuaia machte seinem Namen – das Ende der Welt – Ehre, eine windgepeitschte Stadt, der Ausgangspunkt für Antarktisexpeditionen. Die Menschen auf den Straßen steckten überwiegend in praktischer Wetterkleidung, anscheinend Expeditions-Touristen, die Aufregenderes vorhatten als die Passagiere der *Soleil*, die die Welt bei gutem Essen und bester Versorgung bereisten.

Alexandra fragte nachdenklich: »Kann es sein, dass wir uns geirrt haben? Vielleicht hat mein Vater mir einen weiblichen Detektiv nachgeschickt.«

»Emily?«

Alexandra nickte. »Und Jonas will herausbekommen, was sie vorhat.«

»Was hat sie denn vor? Wenn sie dich beobachten soll, dann ist sie auf einer falschen Spur.«

»Aber es muss einen Grund dafür geben, dass er ihr folgt.« Sie hob den Zeigefinger. »Heimlich!«

Nathalie ließ sich in den Sitz zurücksinken. »Du kommst einfach nicht los von diesem Kerl. Wenn Godric das wüsste …«

»Ich will nur in Erfahrung bringen …«

»Erzähl mir nichts, Alex«, unterbrach Natalie sie. »Du willst alles über diesen Jonas wissen. Alles! Ob er Privatdetektiv ist oder nicht, spielt keine Rolle. Ob dein Vater ihn dir nachgeschickt hat, ist dir auch wumpe.« Sie beugte sich erneut vor. »Warum meldet sich dein Vater nicht? Wann hast du das letzte Mal mit ihm telefoniert?«

Alexandra musste länger nachdenken. »Keine Ahnung«, antwortete sie dann. »Ich bin sauer auf ihn.«

Das Taxi bog scharf rechts ab, die schmale Straße war von Autowracks gesäumt, die vor Häusern standen, die notdürftig auf den Winter vorbereitet wurden.

»Es ist doch noch gar nicht raus«, setzte Nathalie wieder an, »dass er dir einen Schnüffler nachgeschickt hat. Du kannst dich auch irren.«

»Vielleicht werde ich es nie erfahren. Er weiß, welchen Ärger er mit mir bekommen wird, wenn er es zugeben müsste. Kann durchaus sein, dass er schweigen wird, zu Hause immer wieder den Bericht des Detektivs liest und Angst hat, dass auch Godric erfährt, wie schlecht ich mich benehme. Es geht ihm ja ausschließlich darum: Niemand darf erfahren, was ich auf der *Soleil* treibe. Das ist Papas größte Angst. Er hat von Anfang an den Verdacht gehabt, dass ich auf dem Schiff ein letztes Mal die Sau rauslassen will und mich damit um meine Zukunftschancen bringe. Eine Katastrophe! Es könnte mich jemand erkennen, Fotos von mir schießen, die könnten in der Presse auftauchen...«

»... und anschließend bliebe Godric gar nichts anderes übrig, als die Hochzeit mit dir abzublasen.«

»Papa hätte es verdient«, sagte Alexandra, lehnte sich erneut zurück, verschränkte die Arme vor der Brust und sah hinaus. »Vielleicht hat er aber auch Fotos geschickt bekommen.«

Nathalie stöhnte auf, als müsste sie jetzt etwas sagen, das sie schon mehrfach von sich gegeben hatte. »Dann weiß er Bescheid, aber er weiß auch, dass er einen Riesenkrach mit dir bekommen wird. Wenn er es nicht erfährt, weiß er es zwar nicht, aber das Ergebnis wäre dasselbe.«

»Du kennst meinen Vater eben nicht. Der muss immer die Lage im Griff haben.«

Das Taxi, in dem Emily saß, fuhr nun langsamer. Der Fahrer, neben dem Jonas hockte, achtete darauf, dass sich zwischen den beiden Wagen immer mindestens zwei weitere Autos befanden. Thiago erhielt den Auftrag, es genauso zu machen, und wurde von Kilometer zu Kilometer unleidlicher. Dass er nicht hupend, mit kreischenden Reifen und unter Lebensgefahr die Verfolgung aufnehmen durfte, machte ihm den ganzen schönen Auftrag kaputt. Um seine beiden Fahrgäste dafür zu bestrafen, drehte er das Radio auf und sang so laut und falsch mit, als wollte er unbedingt ganz Ushuaia auf seinen Frust aufmerksam machen.

Mittlerweile waren sie in Bereiche der Stadt vorgedrungen, die man als Armenviertel bezeichnen konnte. Das Taxi mit Emily auf dem Beifahrersitz fuhr mit einem Mal sehr langsam und wurde schließlich an den Straßenrand gelenkt. Prompt legte der Fahrer des Wagens, in dem Jonas saß, eine Vollbremsung hin und blieb etwa hundert Meter dahinter stehen.

»Stopp!«, rief Alexandra, was Thiago derart erschreckte, dass er dem Befehl tatsächlich nachkam.

Alexandra zeigte auf eine Einfahrt, die auf ein verwildertes Grundstück führte. »Da hinein. Wir brauchen Sichtschutz.«

Jetzt war Nathalie auf dem Rücksitz eindeutig im Vorteil. Von dort aus konnte sie erkennen, was sich tat, während Alexandra und auch Thiago ins Grüne sahen. »Emily steigt nicht aus, Jonas auch nicht.«

»Was soll das?«, fragte Alexandra aufgeregt.

»Da ist noch ein Taxi. Das hat vor einem Haus gehalten. Eine Frau steigt aus und geht zur Tür. Die Frau ... die habe ich schon mal gesehen.«

»Wer ist das?«

»Ihren Namen kenne ich nicht. Das Taxi bleibt stehen, scheint auf sie warten zu wollen. Sie wird also nicht lange bleiben.«

»Und was hat Emily damit zu tun?«

Nathalie antwortete nicht. Dass sie nicht wissen konnte, was Emily plante, wusste Alexandra sowieso.

»Was soll das?«, frage Alexandra schließlich aufgebracht.

Nathalie verzog das Gesicht. »Darf ich dich noch einmal daran erinnern, dass uns das nichts angeht?«

Jonas

Jonas achtete nicht auf die Fragen des Taxifahrers, die er sowieso nicht verstand, zog sein Handy aus der Tasche und holte Emilys Nummer aus dem Speicher. Seine Hände bebten, er merkte, dass der Fahrer es mit Sorge zur Kenntnis nahm. Offenbar kam der nun zum ersten Mal auf die Idee, dass er in eine Sache reingezogen worden war, die für ihn schlecht ausgehen konnte. Er tastete mit der linken Hand zum Türöffner, als wollte er notfalls aus dem Wagen springen und sein Taxi im Stich lassen.

Endlich meldete Emily sich. »Abwarten!«, stieß Jonas hervor, ehe sie etwas sagen konnte. »Bleib im Wagen! Folge ihr auf keinen Fall! Das ist zu gefährlich! In dem Haus sitzt wahrscheinlich ein Mittäter von Irion.«

Emilys Stimme klang ängstlich. »Wenn sie das Geld herausgeholt hat ... was dann?«

»Steht ihr Taxi noch vor dem Haus?«

»Mit laufendem Motor. Anscheinend will sie nicht lange bleiben.«

»Klar, die schnappt sich die Millionen, und dann nichts wie weg.«

Jonas warf dem Taxifahrer einen misstrauischen Blick zu und hoffte, dass er mit seiner Annahme, dieser verstünde kein Deutsch, richtig lag. »Warte, bis sie wieder rauskommt. Und dann musst du ihr erneut folgen.«

»Aber du wirst dann auch wieder hinter mir sein?«

»Natürlich. Ich nehme an, dass sie direkt zum Schiff zurückfährt. Das wird sie jedenfalls garantiert dann tun, wenn sie sicher ist, dass ihr niemand folgt. Da Vico keine Gelegenheit gehabt hat, sie zu verständigen, muss sie davon ausgehen, dass er in ihrer Nähe ist und sie gewarnt hätte, wenn ihm ein Verfolger aufgefallen wäre.«

Er seufzte und ärgerte sich im selben Moment darüber. Auf keinen Fall durfte er Emily ängstigen. »Meine Tante und meine Mutter werden dafür sorgen, dass Vico Irion keine Gelegenheit haben wird, sich in die Sache einzumischen.«

Ein junger Mann in schwarzer Kleidung, abgerissen, schmutzig, näherte sich dem Taxi. Er hatte ein sehr schmales Gesicht, trug eine verspiegelte Sonnenbrille, seine schwarzen lockigen Haare sahen aus, als wären sie lange nicht gekämmt worden. Der Taxifahrer sorgte dafür, dass alle Autotüren verriegelt waren. In diesem Augenblick fuhr ein klappriger alter Lieferwagen die Straße hoch, in mörderischem Tempo, rammte beinahe ein entgegenkommendes Fahrzeug und schlitterte gefährlich nah an einem Mopedfahrer vorbei. Zum Glück fing er sich im letzten Augenblick wieder, gab noch einmal kräftig Gas und trat dann mit aller Macht auf seine Bremsen, die so laut quietschten, dass Jonas damit rechnete, anschließend das Krachen eines Zusammenstoßes zu vernehmen. Aber es blieb still. Anscheinend war der Wagen zum Stehen gekommen, womöglich gehörte der Fahrer zu denjenigen, die immer gern Gas gaben, bevor sie anhalten wollten, weil dadurch das Bremsen erheblich spektakulärer ausfiel.

»Jetzt hält da noch ein Wagen«, flüsterte Emily. »Eine Frau steigt aus. Sie geht ... ja, sie geht auch in das Haus.«

Lukas

Lukas fühlte sich nicht wohl. Dieser Anruf fiel ihm schwer, die Erinnerung an das, was vor fünf Jahren geschehen war, machte alles noch schlimmer. Dabei hatte er bisher Glück gehabt. Es gab andere Kapitäne, die schon mehrmals miterleben mussten, dass ein Passagier von Bord verschwand. Eine Schreckensvision. Auf einem Schiff unter Lukas' Führung war es bisher nur zweimal vorgekommen. Einmal war es ein junger Mann gewesen, der Selbstmord begangen und einen Abschiedsbrief hinterlassen hatte, und vor fünf Jahren Albert, der Mann seiner Halbschwester Helene. Aber nun auch Fred Alswede ...

Wenn sich herausstellte, dass der Passagier als suizidgefährdet gegolten hatte, dass seine Angehörigen schon länger befürchten mussten, er könnte sich etwas antun, wenn also Fremdverschulden mit großer Wahrscheinlichkeit ausgeschlossen werden konnte und ebenso ein Unfall, der womöglich mit der Ausstattung des Schiffes in Zusammenhang gebracht und damit der Reederei angelastet werden konnte – dann nahm Lukas das menschlich zwar sehr mit, aber immerhin musste er beruflich keine Konsequenzen befürchten.

Auch in diesem Fall hieß es prompt: »Kann es Selbstmord gewesen sein?«

»Ich weiß es nicht«, antwortete Lukas. »Es gibt keine Angehörigen, die ich fragen kann.«

»Wann ist er verschwunden?«

»Das ist nicht genau bekannt. Er ist Alleinreisender. Das Housekeeping ist zunächst davon ausgegangen, dass er in einer anderen

Kabine übernachtet hat. Bei einer Frau, die er auf dem Schiff kennengelernt hat. Anscheinend kommt das öfter vor, als mir bekannt war.«

»Er wurde nicht als vermisst gemeldet?«

»Wie gesagt – er reist allein.«

»Was wissen Sie über den Mann?«

Lukas zögerte. Er hatte sich, bevor er die Nummer der Reederei wählte, genau überlegt, was er preisgeben wollte. War es von Bedeutung, dass Fred Alswede als Detektiv gearbeitet hatte? Dass er aus beruflichen Gründen an Bord gewesen war? Dass er eine junge Frau beschatten und an skandalösem Verhalten hindern sollte, weil sie demnächst eine englische Lady sein würde? Dass ihr Vater dahintersteckte, der zu den vermögendsten Geschäftsleuten Deutschlands gehörte?

»Wenig bis gar nichts.«

Nein, er wollte nicht preisgeben, dass er in den Kabinentresor geschaut hatte, um etwas über Fred Alswede herauszubekommen. Er hatte keine Ahnung, wie der Reeder darauf reagieren würde. Aber er konnte sich denken, was geschehen würde, wenn sich herausstellte, dass Prominente in diesem Vermisstenfall ihre Hände im Spiel hatten. Ron Helbing und der Earl of Chiswick! Lieber Himmel! Mit der Verwandtschaft der englischen Königsfamilie wollte Lukas sich nun wirklich nicht anlegen. Und was passieren würde, wenn das in der Reederei bekannt würde, mochte er sich kaum ausmalen. Panik würde ausbrechen. Alle Bemühungen, die Angelegenheit zu vertuschen, würden gigantische Ausmaße annehmen, die im Ergebnis alles noch schlimmer machten, die Presse würde verrücktspielen, wenn etwas durchsickerte, Helbing oder der Earl würden mit Anzeigen und Schadensersatzforderungen drohen, die ein ganzes Schifffahrtsunternehmen an den Rand des Konkurses drängen könnten. Besser, niemand erfuhr etwas.

»Er war ganz unauffällig.«

Niemand konnte wissen, welche Frage Lukas schwer belastete. Wie lange würde Ron Helbing stillhalten, bis er Alarm schlug, weil der Detektiv, den er beauftragt hatte, nicht mehr lieferte? Aus dem Brief war hervorgegangen, dass seine Tochter nichts von dieser Observation wusste und wissen durfte. Also würde Helbing vorsichtig sein. Vielleicht hatte auch der Earl keine Ahnung, dass seine Verlobte überwacht wurde, und sollte womöglich auch nichts davon erfahren. Schließlich war im englischen Adel schon der Verdacht, eine junge Frau könne sich schlecht benehmen, ein Ausschlusskriterium.

»Dann kochen wir die Sache auf kleiner Flamme. Negative Berichterstattung sollten wir unbedingt verhindern. Es kann uns sowieso keiner was: Die Sicherheit unserer Passagiere hat für uns oberste Priorität, das weiß jeder. Die *Soleil* gehört zu den sichersten Kreuzfahrtschiffen, die auf hoher See unterwegs sind. Kein Passagier, der sich vernünftig verhält, kann versehentlich über die Reling fallen, das wissen wir alle.«

»Natürlich«, murmelte Lukas.

»Oder gibt es Anzeichen dafür, dass wir es mit einem Verbrechen zu tun haben?«

Lukas schwieg, dann tat er so, als müsste er sich räuspern, schließlich hustete er sogar ausgiebig, aber dann sagte er mit fester Stimme: »Nein, keine.«

»Na, also! Ruhe bewahren! Mehr können wir nicht tun. Dem Mann ist nicht mehr zu helfen. Man hätte ihm auch nicht mehr helfen können, wenn sein Verschwinden früher bemerkt worden wäre.«

Lukas beendete das Gespräch und seufzte tief auf. Nun hatte er sich entschieden! Als er die Nummer gewählt hatte, war er noch nicht hundertprozentig sicher gewesen, ob er alles preisgeben sollte, was er über Fred Alswede wusste, oder nur einen

Teil oder womöglich gar nichts. Nun waren die Weichen gestellt, und er fühlte sich wohl damit. Nicht noch einmal wollte er das Verschwinden eines Menschen mit seiner Familie in Zusammenhang gebracht wissen. Jonas brauchte den Schutz seines Onkels. Was immer sich zurzeit auf der *Soleil* anbahnte, die Angehörigen der Familie Jantzen durften nicht darunter zu leiden haben.

Die Tür öffnete sich, und Leon streckte den Kopf herein. Der intensive Blick, mit dem er Lukas bedachte, sprach Bände. Leon brauchte keine Bitte auszusprechen, die die anderen Offiziere der Brücke misstrauisch gemacht hätte. Lukas wusste, was Leon von ihm wollte.

»Ich komme«, sagte er schnell. Und auf dem Gang fragte er leise: »Wo ist er?«

Leon nickte zum Eingang der Offiziersmesse. »Ich habe dafür gesorgt, dass er unter Beobachtung steht. Er glaubt, dass er eine Aussage machen muss, dass die Polizei an Bord kommt, um ihn über Fred Alswede zu befragen.«

»Wie lange muss das dauern?« Lukas dachte an Jonas und Emily, die freie Fahrt haben sollten.

»Unwichtig«, entgegnete Leon. »Irion hat den Anschluss längst verloren. Er hat sich auch damit abgefunden und ist ganz handzahm. Ich glaube, er will jetzt nur noch erreichen, dass er nicht unangenehm auffällt.«

Diesen Eindruck hatte Lukas ebenfalls, als er auf Vico Irion zuging. Er bemühte sich um eine besonders zuvorkommende Begrüßung. »Es tut mir leid, Herr Irion, dass wir Ihnen den Ausflug kaputt gemacht haben. Sie bekommen die Kosten natürlich ersetzt.«

Vico Irion machte eine großzügige Handbewegung, als käme es darauf nicht an. »Man hilft ja gern.«

Lukas bat ihn, wieder Platz zu nehmen, und setzte sich zu ihm. Leon blieb in der Nähe und beschäftigte sich mit den Speiseplänen.

»Die Polizei lässt auf sich warten«, sagte Lukas. »Ich schlage vor, Sie erzählen mir, was Sie über Fred Alswede wissen, und ich gebe Ihre Aussage weiter, sobald die örtliche Polizei an Bord kommt. Ich will Sie auf keinen Fall länger als nötig belästigen. Halten Sie sich bitte einfach zur Verfügung, solange wir im Hafen von Ushuaia liegen. Wenn die Beamten noch persönlich mit Ihnen reden wollen, lasse ich Sie rufen.«

Vico Irion straffte seinen Oberkörper und nahm das Kinn hoch. Seine Aussage war kurz und knapp. Er hatte Fred Alswede versehentlich Tomatensaft über das Jackett gegossen, und da er ein anständiger Mann sei und wisse, was sich gehört, habe er ihm das Angebot gemacht, das Jackett zu ersetzen. »Es kam mir so vor, als hätte er nur das eine.«

Mehr wusste er nicht über Fred Alswede, betonte er, danach hatte er ihn nie wiedergesehen.

Lukas bedankte sich für seine Aussage, versprach, sie so weiterzugeben, und bat Vico Irion nochmals, sich zur Verfügung zu halten, damit man ihn notfalls noch persönlich befragen könne. Dieser sicherte zu, sich in seiner Kabine aufzuhalten, wo er jederzeit erreichbar wäre.

In bestem Einvernehmen trennten sich die beiden voneinander, Leon sorgte dafür, dass Vico Irion aus dem Crewbereich herausgeführt wurde. Und auch er bemühte sich um Höflichkeit und bedankte sich mehrmals dafür, dass Vico Irion sich so kooperativ gezeigt hatte.

Lukas wartete, bis Leon zurückkehrte. »Hast du was von Jonas gehört?«

Leon schüttelte den Kopf. »Er wird sich melden, wenn er wieder auf dem Schiff ist.«

Eigentlich hätte Lukas noch gerne nach Barbara gefragt, aber Leon würde ihm keine Auskunft geben können. Lukas hatte schon mehrmals Barbaras Handynummer gewählt, war aber immer auf ihrer Mailbox gelandet. Was hatte sie vor? Wo hielt sie sich auf? Wenn er mit seinem Verdacht richtig lag, würde er sich beruhigt zurücklehnen können. Hoffentlich hatte sie sich tatsächlich eingemischt ...

Barbara

Barbara duckte sich, als das Taxi mit Liane Reich die Straße herunterkam, und nahm die Hände vors Gesicht, als der Wagen folgte, in dem sie Emily neben dem Fahrer erkannte. Sie warf einen Blick auf ihre Uhr, die sie darauf hinwies, dass ihr Blutdruck in bedenkliche Höhen geschnellt war. Ärgerlich schob sie den T-Shirt-Ärmel darüber. Solche Hinweise konnte sie momentan nicht gebrauchen. Nicht auf ihren Blutdruck kam es an, sondern darauf, dass der Coup anscheinend gelaufen war. Liane hatte darauf vertraut, dass Vico Irion ihr Schutz gab und gleichzeitig dafür sorgte, dass der Detektiv erkannt wurde, der dann vermutlich nicht zum Schiff zurückkehren, sondern mit eingeschlagenem Schädel in einem Straßengraben landen würde. Dass Vico Irion die ganze Zeit nicht in ihrer Nähe gewesen war, hatte Liane Reich augenscheinlich nicht bemerkt. Klar, er hatte ihr sicherlich eingebläut, sich ja niemals nach ihm umzusehen, damit der Detektiv ihn nicht bemerkte. Was für ein Glück, dass Irion daran gehindert worden war, seiner Freundin hinterherzufahren! Ob Marias Plan aufgegangen war? Ob Lukas es schaffte, Irion so lange festzuhalten, dass er keine Chance mehr hatte, Liane zu folgen? Aber Barbara war optimistisch. Eine halbe Stunde würde schon reichen, dann hatte Vico Irion den Anschluss verloren, dann würde er nicht mehr herausfinden können, wer Liane Reich verfolgte, wie der Detektiv hieß, der ihm auf den Fersen war. Und er würde nicht sicher sein können, dass es überhaupt einen Detektiv gab.

Sie sah, dass Jonas aus dem Taxi stieg, dessen Fahrer sich offenbar darauf einließ, auf ihn zu warten. Barbara wäre am liebsten aus dem Wagen gesprungen, um ihn zurückzuhalten. Was wollte er noch hier? Liane Reich war weg, mit zwei Millionen in ihrer Handtasche, Emily war ihr auf der Spur, würde sie bis zum Schiff verfolgen, warum also fuhr Jonas nicht auch zur *Soleil* zurück? Wollte er hier den Helden spielen?

Ihr aktueller Stresslevel stieg, das merkte sie, ohne auf ihre Uhr zu sehen, die vermutlich einen Wert kurz unter dem Maximum anzeigte. Wie es um ihre Atemfrequenz beschaffen war, konnte sie sich denken, als sie sah, wie Jonas sich auf das Haus zubewegte und ohne zu zögern dahinter verschwand. Immerhin – das hatte er gut gemacht. Sehr unauffällig, in genau dem richtigen Tempo, ohne sich sichernd umzublicken, ohne zu zögern. Aber was wollte er in diesem Haus? Diese Frage war leicht zu beantworten: Er wollte sich nicht damit zufriedengeben, die geraubten Millionen zurückzuholen, er wollte auch noch die Komplizen von Vico Irion identifizieren. Womöglich wollte er sie höchstpersönlich der Polizei ausliefern? Dieser Idiot! Alleingänge dieser Art waren viel zu gefährlich. Offenbar wäre es doch besser gewesen, wenn sie ihm verraten hätte, dass sie ihm folgen und ihn mit diesem Auftrag nicht allein lassen würde.

Ihrem Taxifahrer kam die Angelegenheit anscheinend verdächtig vor. Immer wieder fragte er, was sie vorhabe, warum er nicht weiterfahren und sie zurückbringen dürfe. Aber Barbara winkte jedes Mal ab. Er musste warten! Basta! Warum, das konnte ihm egal sein, sie würde ihn ja dafür bezahlen! Unauffällig sah sie auf ihre Uhr. Du lieber Himmel, sie hatte zu wenig getrunken! Als wenn das jetzt wichtig wäre! Was dachte sich ihre Uhr, sie in einer solchen Situation an so was zu erinnern? Mit ihrem Aktivitätsstatus war sie aber immerhin zufrieden. Ja, das hätte Barbara sich denken können. Und ein Glas Wasser würde sie hinunterstürzen, sobald es möglich war.

Mit jeder Minute wurde sie unruhiger. Wo blieb Jonas? Wollte er wirklich das Risiko eingehen, in dem Haus nach Mittätern zu suchen? Barbara spürte, wie Angst ihren Nacken hochkroch. Reichte es Jonas nicht, die zwei Millionen zu bekommen? Warum musste er auch noch versuchen, die Komplizen von Vico Irion dingfest zu machen? Das war doch viel zu gefährlich. Und das war auch nicht Bestandteil seines Auftrags. Ermittler, die sich zu viel zutrauten, waren ihrer Meinung nach genauso unfähig wie die, denen im richtigen Augenblick der Mut fehlte.

Sie fasste einen Entschluss. »Warten Sie hier!«, forderte sie den Taxifahrer auf, der sich aber erst darauf einließ, als sie die bisherige Fahrt zuzüglich eines großzügigen Trinkgeldes bezahlte. »Es wird nicht lange dauern.«

Das hoffte sie jedenfalls. Sie bemühte sich darum, sich wie eine Touristin zu bewegen, die sich verlaufen hatte. Immer wieder blieb sie stehen, sah sich um, als suche sie den richtigen Weg, blickte jedes Mal nur kurz und flüchtig zu dem Haus, aus dem Liane Reich gekommen war. Dann fiel ihr der alte Lieferwagen auf, der vor dem Eingang stand. War der nicht vor wenigen Minuten die Straße hochgekommen? Eine junge Frau hatte hinter dem Steuer gesessen, das hatte Barbara registriert. Und sie war halsbrecherisch gefahren, was Barbara aber nur am Rande wahrgenommen hatte. So was war in Ländern mit dehnbaren Verkehrsvorschriften üblich, das wusste sie.

Als sie sicher sein konnte, dass sie niemandem aufgefallen war, huschte sie hinter den Zaun eines Hauses, das völlig verfallen und offensichtlich unbewohnt war. Nur ein Teil des Zauns stand noch aufrecht, an anderen Stellen lag er am Boden. Aber dieser Teil, hinter dem ein verwilderter Busch um sein Leben kämpfte, bot ihr genug Sichtschutz. Barbara konnte sich in Ruhe umsehen und die Lage sondieren. Der alte Lieferwagen stand noch immer vor dem Haus, das Taxi, in dem Jonas gekommen war, in der Nähe, aber weit genug entfernt, um nicht aufzufallen, wenn jemand in diesem Haus aus dem Fenster schauen würde. Hoffentlich hatte der Taxifahrer sie nicht beobachtet und holte die Polizei! Aber da war sie relativ unbesorgt. Wenn der Fahrer Verdacht schöpfte, würde er abhauen und sich jeden Ärger mit der Polizei ersparen.

Wo war Jonas? Warum fuhr er nicht zum Hafen, ließ sich von Emily bestätigen, dass Liane ohne Zwischenstopp zurückgefahren war und die *Soleil* betreten hatte, und sorgte dann dafür, dass die zwei Millionen, die Vico Irion siegessicher in seinem Zimmersafe verstaut haben würde, sichergestellt wurden?

Sie hörte, wie ein Motor gestartet wurde, und sah, dass ihr Taxifahrer die Geduld verloren hatte. Er wendete und fuhr mit quietschenden Reifen davon. Barbara brummte ärgerlich. Wie sollte sie hier an ein Taxi kommen, das sie zum Hafen brachte? Straßenschilder gab es nicht, Hausnummern auch nicht, sie wusste nicht einmal, wie der Stadtteil hieß, in dem sie gelandet war. Aber das war ihr geringstes Problem. Sie würde eben mit Jonas zusammen zum Hafen fahren, dessen Taxi wartete ja immer noch. Sie musste ihren Neffen nur finden. Unbedingt! Hoffentlich war ihm nichts zugestoßen! Hatte er sich erwischen lassen? Von Leuten, die mit Vico Irion gemeinsame Sache gemacht hatten? Dann war sein Leben keinen Pfifferling mehr wert.

»Dieser Idiot!«, zischte Barbara. Sie würde wirklich dafür sorgen müssen, dass Jonas einen anderen Beruf ergriff. Als Detektiv würde er keine Karriere machen, vermutlich nicht einmal alt werden.

Sie beobachtete die Straße, während sie auf Jonas wartete. Es waren nur wenige Passanten unterwegs, keine Touristen, nur Leute, die hier wohnten und arbeiteten. Keiner von denen, die die Straße heraufkamen oder hinabgingen, kümmerte sich um andere. Zwei alte Männer, die auf ihre Füße blickten und Mühe hatten, voranzukommen, eine alte Frau, die schwer an ihrer Tasche schleppte und den Männern einen Blick zuwarf, als wollte sie die beiden auffordern, ihr zu helfen. Aber sie resignierte schnell. Die zwei Alten nahmen sie nicht einmal zur Kenntnis. Mehrere Mopeds knatterten heran, rasten rücksichtslos vorüber. Meistens saßen junge Kerle darauf, die sich an der Geschwindigkeit berauschten, oft aber auch ganze Familien, die auf diese Weise von einem Ort zum anderen gebracht wurden. Der Vater fuhr, zwischen seinen Beinen stand das älteste Kind, die Mutter saß hinten, ein Kleinkind auf dem Schoß, ein Baby auf den Rücken gebunden. Barbara mochte kaum hinsehen, als das Moped durch ein Schlagloch fuhr und das Vorderrad bedenklich vom Boden abhob. Dann wieder ein motorisiertes Zweirad, das Waren transportierte, die überall gestapelt und festgebunden waren, wo es möglich war. Der Fahrer hockte auf einer Kiste, die er sich untergeschoben hatte, weil sie sonst keinen Platz mehr auf dem Moped gehabt hatte.

Danach entstand ein Moment der Ruhe. Barbara überlegte nicht lange, sondern beschloss, ihn zu nutzen. Mit raschen Schritten kam sie hinter dem Zaun hervor und ging zu dem Haus, hinter dem Jonas verschwunden war, dem Haus, in das Liane Reich gegangen und wo auch die junge Frau aus dem alten Lieferwagen verschwunden war. Wie viele Leute mochten sich noch dort aufhalten?

Barbara zögerte erst, als sie an der Seite des Hauses angelangt war und einen Sichtschutz gefunden hatte. Eine große Tonne, aus der es verdächtig stank. Sie wagte sich nicht auszumalen, was darin entsorgt worden war, sondern schaffte es, ihren Geruchssinn abzuschalten, das hatte sie in Buenos Aires gelernt. Ebenso keine Fragen zuzulassen, die nichts als Ekel zur Antwort haben würden.

Gerade wollte sie sich einen Schritt aus der Deckung herauswagen, da hörte sie ein Geräusch, das ihr Blut in den Adern gefrieren ließ. Ein Schrei, leise nur, heiser, mehr ein lautes Stöhnen, ein überraschter Ausruf. Aber sie war sicher, dass er von Jonas kam. Und dann lautes Geklapper, als wäre jemand gegen eine Blechtonne gestürzt, die nun wegrollte. Ein Dröhnen, Holpern und Klappern, das sich nicht lange entfernte, sondern bald an etwas anderes stieß und liegen blieb. Ihre Uhr vibrierte, als ließe sich ihre Atemfrequenz nicht mehr messen und als sei ihr Stresslevel dabei, die Uhr zu sprengen. Dann hörte Barbara Schritte, hastige, eilige, scharrende Schritte, leise Stimmen, ein schleifendes Geräusch und das Klappen einer Tür. Danach herrschte Stille ...

Jonas

Jonas zauderte. Eigentlich war seine Mission erfüllt, Liane Reich hatte das Geld geholt, Vico Irion hatte nicht erfahren, wer ihr gefolgt war, und Emily sorgte jetzt dafür, dass Liane schnurstracks zum Schiff zurückkehrte oder vielmehr … sie behielt sie scharf im Auge und würde später beschwören können, dass Liane unterwegs kein einziges Mal gestoppt und keinen Zwischenhalt eingelegt hatte. Dann würde er morgen mit Hilfe seines Onkels den Zimmersafe von Vico Irion öffnen, die zwei Millionen herausholen und seinem Chef den Erfolg melden. Im Grunde war es verdammt einfach gewesen, verdächtig einfach geradezu. Dass er viel Beistand gehabt hatte, versuchte er zu verdrängen. Viel angenehmer fühlte es sich an, auf die eigene Cleverness stolz zu sein. Und letztlich war es ja auch eine Art von Schlauheit, die richtigen Leute ins Boot zu holen, wenn man auf Unterstützung angewiesen war. Jonas war durch und durch zufrieden mit sich selbst. Ein äußerst angenehmes Gefühl! Wer so leicht, so schnell und geradezu unverfroren einen Auftrag erfüllte, der würde es auch schaffen, die näheren Umstände der Tat und die Identität sämtlicher Komplizen der Tat, die er soeben aufgedeckt hatte, offenzulegen. Dass er Emily versprochen hatte, sich in ihrer Nähe zu halten, ihr zum Schiff zu folgen, während sie wiederum Liane Reich auf den Fersen blieb, hatte er schnell beiseitegeschoben.

Durch seinen Kopf geisterte der Name Wayne Howland. Sein Chef war davon überzeugt, dass dieser Gangster hinter dem Überfall steckte, dass Vico Irion einer aus Howlands »Bruderschaft«

war, wie er selbst seine Leute nannte. Wayne Howland war ein merkwürdiger Vogel. Seine Freunde, seine Komplizen, alle Männer, mit denen er verbunden war, nannte er seine Brüder. Und alle zusammen waren seine Bruderschaft, die er regierte. Sie waren groß im Rauschgiftgeschäft, ihre Haupteinnahmequelle, handelten aber darüber hinaus mit allem, was Geld brachte. Wer zu der Bruderschaft gehörte, konnte sicher sein, dass sich jemand fand, der ihm ein Alibi verschaffte oder ihn notfalls aus dem Knast holte, wenn es nicht gelungen war. Wer allerdings bei einer polizeilichen Vernehmung einknickte und Wayne Howland verriet, dem musste klar sein, dass er sein Leben verwirkt hatte. Da halfen kein falscher Name und keine Tarnadresse, der Chef der Bruderschaft fand ihn und sorgte dafür, dass er nie wieder etwas verriet.

Jonas fand, dass ihm hier eine Chance auf dem Silbertablett serviert wurde. Wenn sein Chef recht hatte und Wayne Howland der Kopf hinter dem Überfall war, den Vico Irion begangen hatte, dann konnte Jonas auf dieser Weltreise zum Meisterdetektiv aufsteigen. Die Umstände passten zu Wayne Howland. Er hielt sich häufig in dieser Gegend auf – es hieß, er habe in Ushuaia Frau und Kind –, und er betrog niemals einen seiner Brüder. Wer Geld erbeutet hatte, bekam es später ausgehändigt, abzüglich einer Provision natürlich. Wayne verwahrte es für ihn, das war so was wie Ehrensache.

Jonas lauschte, dann machte er einen weiteren Schritt und blickte vorsichtig um die Hausecke. Er sah ein kleines umzäuntes Viereck, das voller Gerümpel stand. Darin pickten zwei verzweifelte Hühner, die mager und zerrupft aussahen, kaputtes Spielzeug lag herum, ein verrosteter Grill, der schon lange kein Fleisch mehr gesehen hatte, stand in der Nähe einer Tür, die schief in den Angeln hing. Die Fenster waren geschlossen, von innen drangen keine Stimmen heraus. Es schien, als hielte sich niemand in dem Haus auf.

Aber das konnte nicht sein. Die junge Frau in dem alten Lieferwagen musste anwesend sein und irgendjemand, der Liane Reich die zwei Millionen übergeben hatte. Wayne Howland? Jonas konnte sich mit einem Mal nicht mehr vorstellen, dass sich der Chef der Bruderschaft in dieser Bruchbude aufhielt, womöglich sogar hier wohnte. Andererseits ... dass er nur einmal, damals in Genf, aufgespürt und verhaftet werden konnte, sprach dafür, dass er sich mittlerweile in keiner Umgebung aufhielt, in der man ihn vermuten würde und die zu ihm und seinem Vermögen passte.

Jonas zog den Kopf wieder zurück und lehnte sich an die Hauswand. Nein, Wayne Howland selbst würde er hier nicht antreffen. Was für eine unsinnige Idee! Allenfalls einen seiner Handlanger, die er Brüder nannte. Und was sollte Jonas tun, wenn er Howland wirklich hier fand? Er hatte nicht einmal eine Waffe bei sich. Aber das war eigentlich auch gut so. Ohne Waffe konnte er Wayne Howland nicht gegenübertreten, das würde selbst sein Chef einsehen. Doch er würde die Chance haben, ihn anzurufen und ihm mitzuteilen, dass er wisse, wo Wayne Howland sich aufhalte, und nun auch sicher sein könne, dass er der eigentliche Drahtzieher des Überfalls gewesen war. Das war doch schon was! Oder ...?

Jonas überlegte nur kurz, dann ging ihm auf, dass er damit keinen Menschen beeindrucken würde, seinen Chef schon gar nicht. Wem half seine Beobachtung? Niemandem! Es würde nicht möglich sein, Wayne Howland unschädlich zu machen. Sein Chef hatte keine Möglichkeit dazu, und die örtliche Polizei war vermutlich von ihm geschmiert und würde so lange damit warten, dieses Häuschen zu stürmen, bis sie sicher sein konnte, dass Wayne Howland über alle Berge war. Was hatte er sich nur dabei gedacht? Mit einem Mal fühlte Jonas sich schlecht, wie ein kleiner Junge, der etwas wagen wollte, was sich kein Gleichaltriger traute, weil alle anderen eingesehen hatten, dass man sich dabei das Bein brach, eine Gehirnerschütterung holte oder zu Hause schrecklichen Ärger bekam.

Keine echte Mutprobe, sondern eher ein Beweis für absolute Gedankenlosigkeit. Seine Mutter hatte früher oft versucht, ihm diesen Unterschied klarzumachen, aber leider erfolglos. Er hatte sich immer wieder in Abenteuer gestürzt, die nur schlecht ausgehen konnten und für die er niemals Bewunderung, sondern meist nur Mitleid erntete. Und außerdem hatte er Emily verraten!

Vorsichtig zog er sich zurück, so geräuschlos wie möglich machte er einen Rückwärtsschritt nach dem anderen, bis er das Gefühl hatte, in Sicherheit oder jedenfalls an einem Punkt zu sein, an dem er würde behaupten können, er hätte sich in der Adresse geirrt. Okay, keine gute Ausrede, sollte sich Wayne Howland wirklich in diesem Haus aufhalten, aber sie könnte funktionieren, wenn dort jemand wohnte, der nur ein Handlanger von Vico Irion war. Nur? Jonas wurde mulmig. Auch solche Komplizen konnten brutal sein, wenn sie den Eindruck hatten, jemand wollte sie ausspionieren. An Komplizen aus der berüchtigten Bruderschaft mochte Jonas gar nicht mehr denken. Wie war er nur auf den bescheuerten Gedanken verfallen, hier nach Wayne Howland Ausschau zu halten? Wer immer in diesem Haus wohnte, lebte oder sich kurz hier aufhielt, dem sollte man sich besser nicht nähern. Erst recht nicht, wenn man unbewaffnet war ...

Der Eindruck, dass er nicht allein war, entstand kurz bevor er sich in Sicherheit wähnte. Den Schuppen auf der rechten Seite hatte er überhaupt nicht zur Kenntnis genommen, war ganz auf das Haus, seine Eingänge und Fenster konzentriert gewesen. So konnte er das Geräusch nicht rechtzeitig einordnen, nahm die Bewegung nicht wahr und begriff erst, dass der Schuppen eine Tür hatte, als sie aufsprang. Zwei, nein, vier Arme rissen Jonas hinein und stießen ihn brutal zu Boden. Der Fußtritt, den man ihm in die Seite verpasste, nahm ihm für einen Augenblick die Besinnung. Dann beschloss Jonas, sich tot oder zumindest bewusstlos zu stellen.

Die Stimme, die er hörte, klang tief und bedrohlich. Wayne Howlands Stimme? Eine andere Stimme schrie etwas, was sich wie ein Befehl anhörte. Oder gehörte sie dem Chef der Bruderschaft? Verstehen konnte Jonas kein Wort, die drei sprachen Spanisch. Was wollten sie von ihm? Er stöhnte und drehte sich auf den Bauch, als hätte er heftige Schmerzen und könnte sie nur so ertragen. In Wirklichkeit begab er sich in eine Position, aus der er schnell aufspringen und fliehen konnte, falls er die Gelegenheit dazu bekommen sollte. Vorsichtig öffnete er die Augen und erblickte einen schmutzigen gefliesten Boden, direkt vor seinen Augen krabbelte ein Insekt auf ihn zu und verschwand in seinem Hemdsärmel. Jonas schaffte es mit heldenhafter Überwindung, das Krabbeltier nicht herauszuschütteln. Dann hörte er Schritte, das Gemurmel von zwei Stimmen, das er nicht verstand, eine Tür, die sich behutsam schloss, und einen Schlüssel, der herumgedreht wurde ...

Barbara

Barbara hatte genug gehört. Sie wusste, dass sie jetzt handeln musste. Jonas schwebte in akuter Gefahr, womöglich sogar in Lebensgefahr. Wo war er geblieben? Sie hatte vernommen, dass eine Tür aufgerissen worden war, Jonas war also ins Haus geholt worden. Um dort gefilzt, ausgefragt und gefoltert zu werden, bis er zugab, warum er draußen herumgeschlichen war? Barbara spürte, dass ihre Beine zitterten. Sie musste ihren Neffen da rausholen. Unbedingt! Irgendwie! Nur ... wie?

Erst mal musste sie herausfinden, wo er war und was mit ihm geschah. Sie schlich hinters Haus, wo niemand war, und tastete sich an der Hauswand entlang zu einem der kleinen Fenster. Es war erstaunlicherweise blitzblank geputzt, obwohl der Rest des Hauses und vor allem der Garten verwahrlost waren. Hier schien jemand zu wohnen, dem es nicht oder nicht mehr gleichgültig war, wie sein Zuhause aussah, der sich aber nur noch um das Wesentliche kümmern konnte. Das Wesentliche waren saubere Fenster, eine aufgeräumte Küche mit einem alten Herd, einem noch älteren Küchenschrank und einem großen Tisch. Darum standen mehrere grobe Holzstühle, als versammelte sich dort zu den Mahlzeiten eine große Familie.

Barbara trat dichter an das Fenster heran, nachdem sie sich ein weiteres Mal vergewissert hatte, dass niemand hinter ihr im Garten auftauchte, der sie fragen könnte, was sie hier wollte. Sie konnte nur hoffen, dass sich in der Küche niemand aufhielt, der sie bemerkte. Nun erkannte sie zwei Menschen in der Küche, die ihr beide den Rücken zudrehten. Leider nicht Jonas, aber zum Glück auch kein finster aussehender Krimineller, der sich überlegte, wie er Jonas am schnellsten und leichtesten um die Ecke bringen und wo er seine Leiche entsorgen sollte. Nein, an dem Tisch saß eine alte Frau, die weinte. Das erkannte Barbara, weil ihre Schultern zuckten und sie immer wieder ein Taschentuch hervorzog und sich über das Gesicht wischte. Neben ihr saß ein Mädchen, das ihre Hand hielt und auf sie einsprach, wobei ihre Worte die alte Frau jedoch nicht zu erreichen schienen.

Als die junge Frau aufstand, sah Barbara, dass es sich um diejenige handelte, die mit dem alten Lieferwagen gekommen war. Sie ging zum Herd, auf dem eine metallene Kanne stand, nahm einen Becher von einem Regalbrett und goss etwas hinein, das wie Kaffee aussah. Barbara zog sich zurück, damit sie nicht entdeckt wurde. Sie hatte jetzt nur noch die alte Frau im Blick und das, was vor ihr auf dem Tisch lag. Es war erst jetzt zu sehen, weil es vorher von dem Mädchen verdeckt worden war. Viele Lebensmittel erkannte Barbara, Pakete mit Nudeln und Reis, Kaffee und Tee, unterschiedliche Konserven mit Obst und Gemüse, Gläser mit Marinaden, Tüten mit Mehl und Zucker und noch unzählige Döschen und Päckchen, deren Inhalt Barbara nicht identifizieren konnte. Die alte Frau saß vor den Herrlichkeiten, als wüsste sie nicht, wie sie in dieses Schlaraffenland gekommen war. Mit zitternden Händen nahm sie jetzt sogar etwas hoch, das wie ein dickes Geldbündel aussah. Sie drückte es an ihr Herz. Barbara hörte sie rufen: »Una maravilla!«

Sie hatte es verstanden, die alte Frau glaubte, es sei ein Wunder geschehen.

Barbara trat nun zur Seite, sie hatte genug gesehen. Verstehen konnte sie allerdings nichts. Was sich dort abspielte, war ihr ein Buch mit sieben Siegeln. Vorsichtig tappte sie weiter in das Grundstück hinein, aber die anderen Fenster führten allesamt in düstere

Räume, in denen nichts zu erkennen war. Sie blieb eine Weile stehen, lehnte sich mit dem Rücken an die Hauswand und dachte nach. Was ging hier vor? Wo war Jonas? Was konnte sie tun, um ihn zu befreien?

Sie hörte eine Tür knarren, dann Schritte und erneut das Geräusch einer sich öffnenden Tür. Sie fiel ins Schloss, aber die Stille, die folgte, hielt nicht lange an. Kurz darauf dröhnten zwei Männerstimmen durch das dünne Fensterglas, zwei Frauenstimmen antworteten, eine alte und eine junge. Barbara schlich zurück zu dem Fenster, hinter dem die Küche lag. Zwei kräftige Kerle waren in die Küche gekommen, standen hinter dem Tisch, nahmen etwas hoch und ließen es verächtlich wieder fallen. Ihre Hautfarbe war dunkler als die der jungen Frau, beide waren ungewöhnlich groß, die langen Haare hingen ihnen ins Gesicht.

Einer von ihnen ging auf die junge Frau zu, die sich vorsichtig zur Tür bewegte, als wollte sie fliehen. Barbara verstand, was der Mann sagte. Sie solle bleiben, Flucht sei zwecklos, er habe diesen Kerl kaltgemacht, der würde nicht noch einmal versuchen, sie zu verführen.

Er griff nach ihr, das Mädchen wand sich in seinen Händen, bat verzweifelt, sie in Ruhe zu lassen, und wehrte alle Vorwürfe ab. Sie schien die Schwester dieser Kerle zu sein. Die Enkelin der alten Frau? Waren auch die Männer ihre Enkel?

»Ich habe keinen Freund!«, schrie das Mädchen plötzlich los, so laut, dass Barbara sie gut verstehen konnte. »Erst recht keinen reichen mit weißer Haut! Und schon gar keinen, der mit einem Schiff um die Welt fährt.«

Der Größere der beiden versetzte ihr eine schallende Ohrfeige. »Seit du auf der *Soleil* arbeitest, sehen wir dich nur noch alle paar Monate!«

Die alte Frau mischte sich ein. »Lass sie in Ruhe. Wenn Juana nicht auf dem Schiff arbeiten könnte, wären wir noch ärmer dran.

Und ich habe mich so gefreut, dass sie uns besuchen konnte. Es ist so ein Glück, dass die *Soleil* hier anlegt.«

In diesem Augenblick hörte Barbara das Geräusch einer Klinke. Sie fuhr herum, ihre Augen hetzten durch den Garten. Woher kam das Geräusch? Es wurde ihr schnell klar. Der Schuppen in der Nähe des Eingangs besaß eine Tür, in der ein Schlüssel steckte. Barbara konnte ihn genau erkennen. War Jonas dort eingesperrt? Versuchte er, sich zu befreien?

Nun wurde Barbara leichtsinnig. Sie achtete nicht mehr darauf, ob sie beobachtet wurde, dachte nicht mehr an Deckung. Sie lief zu der Tür und drehte den Schlüssel um. Im selben Moment schwang sie auf, die Klinke schlug Barbara in den Magen, sie wurde an die Wand des Schuppens gedrängt. Die hölzerne Tür war alt, die Fugen zwischen den Brettern, aus denen sie bestand, waren im Laufe der Zeit breit geworden. Barbara konnte Jonas' T-Shirt erkennen. Er verharrte kurz in der offenen Tür, schien sich zu wundern, dass niemand davorstand, der ihn an der Flucht hindern wollte, und fragte sich offenbar nicht einmal, wer den Schlüssel umgedreht hatte. Oder glaubte er, sein Rütteln an der Klinke hätte die Tür geöffnet? Vermutlich war er viel zu panisch für einen vernünftigen Gedanken. Er stieß die Tür, die wieder zufallen wollte, weit auf, sodass sie Barbara gegen die Stirn schlug, und begann zu laufen. Er rannte, so schnell er konnte, und Barbara unternahm keinen Versuch, ihn aufzuhalten. Sollte er sich nur in Sicherheit bringen! Es würde ihn motivieren, wenn er sich sagen konnte, dass er es geschafft hatte, ganz allein für seine Befreiung zu sorgen.

Barbara wartete nicht lange, dann machte sie ein paar schnelle Schritte, um auch auf die Straße zu kommen, ehe die beiden Kerle sie hier erwischten. Dort blieb sie wie eine gelangweilte Passantin stehen und tat so, als sähe sie sich die Gegend an. Ein großes Kreuzfahrtschiff lag im Hafen, da liefen immer viele Reisende durch den Ort, die hier nicht hinpassten. Jonas hetzte indessen kopflos davon, schien vergessen zu haben, wo das Taxi stand, das auf ihn wartete, wollte nur weg, so schnell wie möglich ... da schob sich mit einem Mal ein Wagen aus einer Einfahrt. Ein Taxi, das direkt vor Jonas' Füßen stehen blieb. Eine der rückwärtigen Türen öffnete sich, Jonas wurde am Arm gepackt und hineingezogen. Die Hand einer Frau war es gewesen, das hatte Barbara gesehen.

Der Taxifahrer, der auf Jonas gewartet hatte, startete wütend den Motor. Er fühlte sich betrogen und wollte gerade seinen Frust und seine Wut am Gaspedal auslassen, da sah er Barbara auf sich zugelaufen kommen. Er stieg auf die Bremse, dass sie aufkreischte, und fing an, kaum dass Barbara auf den Beifahrersitz gesprungen war, über unzuverlässige Fahrgäste zu schimpfen und seine eigene Gutmütigkeit zu verfluchen.

Aber Barbara ließ ihn nicht zu Wort kommen. »Zum Hafen, bitte! Zur *Soleil*!«

Maria

Lukas hat mich gebeten, ein Auge auf die zurückkehrenden Ausflügler zu haben. Als müsste er mich darum bitten! Natürlich habe ich mich nicht von Deck 5 wegbewegt, um nur ja nicht die Rückkehr von Jonas, Emily, Liane Reich und Barbara zu verpassen. Unter allen Umständen wollte ich Zeugin sein, wenn sie wieder an Bord kamen. Als Erste musste Liane Reich zur *Soleil* zurückkehren. Ihr konnte nicht daran gelegen sein, sich länger als nötig in einem Haus aufzuhalten, in dem Schwerkriminelle saßen, die womöglich die zwei Millionen für sich behalten wollten und nur darauf warteten, dass ein Dummchen wie Liane Reich daherkam und glaubte, unbehelligt mit einer Tasche voller Geld wieder von dannen ziehen zu dürfen. Dass sie überhaupt den Mut aufgebracht hatte, sich von Vico Irion zum Kurier machen zu lassen! Ob mir das auch passiert wäre? In einem ehrlichen Moment hätte ich vielleicht zugegeben, dass mich ein Mann auch derart hätte ausnutzen können. Zum Glück ging dieser Moment schnell vorüber. Nein, ich war nicht bereit, es zuzugeben. Frauen sind ja manchmal so was von dumm, wenn sie glauben, einen Mann zu lieben, und sich verpflichtet fühlen, alles für ihn zu tun. Ja, mir war so was mehrmals passiert. Nun habe ich es also doch eingestanden ...

Vielleicht wusste Liane Reich gar nicht, womit sie beauftragt worden war? Das würde ich Vico Irion glatt zutrauen, dass er sie im Unklaren gelassen, sich selbst aus der Schusslinie genommen und dafür gesorgt hatte, dass ihm nichts zustoßen konnte. Wenn sie dann mit der Kohle zurückkam, würde er so tun, als hätte sie ihm einen kleinen Gefallen getan, ein Andenken seiner Großmutter oder die Memoiren eines Unterweltbosses mitgebracht. Und wenn sie nicht zurückkehrte ... tja, dann hatte sie eben Pech gehabt. Dass sie sich von ihm zur Mitwisserin hatte machen lassen, konnte ich einfach nicht glauben.

Ich musste mich eine Weile an die Reling lehnen, um mich zur Ruhe zu zwingen und die Panik wegzuatmen. Ich schaffte es nicht einmal, mich auf meinen Beckenboden zu konzentrieren. Nein, er blieb in diesem Fall untrainiert, dafür fehlte mir einfach die Ruhe. Es machte mich verrückt, auf etwas zu warten und nicht dafür sorgen zu können, dass alles ein bisschen schneller ging. Wenn nach Liane Reich auch Emily, Jonas und Barbara heil wieder auf der *Soleil* angekommen waren, würde ich drei Kreuze machen und bei nächster Gelegenheit in irgendeiner Kirche eine Kerze anzünden. Hoffentlich war alles gutgegangen. Und wenn alles planmäßig verlaufen war, dann hatte Jonas hoffentlich nichts davon mitbekommen, dass seine Tante ihm gefolgt war. Ich war ja so froh darüber, dass Barbara meinen Jungen nicht allein lassen wollte. Aber ob Jonas das auch so sah? Möglich, dass er ihre Fürsorge für Bevormundung hielt. Aber Barbara würde schon aufpassen, dass er sie nicht bemerkte.

Dorothees Anruf kam mir ganz gut zupass, weil er mich von meiner Unruhe ablenkte. Sie hatte im Internet nachgesehen. Es gibt ja heutzutage Apps, die es einem ermöglichen, einem Schiff zu folgen und immer zu wissen, wo es sich gerade aufhält, auf hoher See oder in einem sicheren Hafen. Also wusste sie auch, dass die *Soleil* zurzeit im Hafen von Ushuaia vor Anker lag und die Wahrscheinlichkeit groß war, dass sie mich telefonisch erreichen konnte. Wahnsinn, diese modernen Errungenschaften!

Andererseits konnte ich ihr natürlich auf keinen Fall die Wahrheit gestehen. Wenn sie wüsste, dass ihre Tochter auf Verbrecherjagd war, würde sie mir bittere Vorwürfe machen. Sie verließ sich ja darauf, dass Emily bei mir in besten Händen war. Dass es ihr gutging, hoffte ich selbst inständig und schaffte es, Dorothee glaubhaft zu versichern, dass Emily die Reise genoss und sich ihre Liebe zu Jonas entwickelte.

Dorothee lachte leise. »Ich kann es mir kaum vorstellen. So was Verrücktes!«

»Das ist nicht verrückt, da ist eine höhere Macht im Spiel«, behauptete ich. »Solche Zufälle gibt es nicht.«

»Weißt du schon, wie das alles … welches Ende das nehmen soll?«

Nein, das wusste ich beileibe nicht. Aber darüber sollte sich Dorothee keine Sorgen machen. »Ich kriege das schon hin.«

Dass Lukas am Ende von Deck 5 auftauchte, kam mir sehr gelegen, für intensive Fragen war ich wirklich nicht in der richtigen Stimmung. »Ich muss Schluss machen. Lukas ist im Anmarsch.«

Er grüßte ein paar Passagiere, die gerade die Gangway hochkamen, fußmüde und erschöpft, dann hielt er direkt auf mich zu. »Gibt's was Neues?«, fragte er im Flüsterton.

»Dann hätte ich dir doch längst Bescheid gegeben.«

In diesem Moment tauchte am Ende der Pier eine Frau auf, die sofort auffiel. Die Hafenarbeiter grinsten vielsagend, die Worte, die sie sich zuwarfen, hätten Liane Reich vermutlich nicht gefallen. Aber sie verstand sie nicht, sonnte sich in der Aufmerksamkeit der Männer und schien nicht auf die Idee zu kommen, dass man sie mit abschätzigen Worten bedachte. Sie zupfte ihren kurzen Rock zurecht, schob ihre Brüste in den Ausschnitt zurück und stöckelte auf die Gangway zu, ihre Handtasche fest unter den rechten Arm geklemmt, in der linken einen großen Korb, der leer zu sein schien. Sie schwenkte ihn fröhlich.

Ich betrachtete sie nachdenklich. Hatte sie den Korb auch bei sich gehabt, als sie von Bord ging? Gerade wollte ich Lukas darauf aufmerksam machen, da schien schon das nächste Taxi vorgefahren zu sein. Während Liane Reich mit einem kurzen Gruß an uns vorbeiging, beobachteten Lukas und ich, wie Emily sich näherte. Auch sie machte einen vergnügten Eindruck, ähnlich wie Liane Reich. Mein Sorgenpegel sank. Anscheinend war alles gutgegangen. Jetzt musste nur noch Jonas heil zurückkehren, dann war sein Auftrag erledigt. Und natürlich Barbara, aber um die musste man keine Angst haben. Ich freute mich schon auf den Abend. Denn natürlich würde Lukas so bald wie möglich veranlassen, dass das Geld aus dem Zimmersafe geholt wurde, damit Jonas seinen Chef anrufen konnte. Wie Vico Irion auf das Verschwinden seiner Millionen reagieren würde, hatte ich mir allerdings noch nicht ausgemalt. Kurz hatte ich mit Barbara darüber gesprochen. Aber sie war der Ansicht, dass Irion nichts anderes übrig bleiben würde, als sich mit dem Verlust abzufinden. Wie sollte er wissen, dass der Kapitän der *Soleil* eingeweiht war und dieser die Möglichkeit hatte, einen Zimmersafe zu öffnen, auch wenn er abgeschlossen war? Irion würde nicht offiziell reklamieren können, dass ihm so viel Geld fehlte, und er würde auch niemanden verdächtigen können.

Emily lief strahlend auf uns zu. Wir fragten sie mit unseren Blicken, und sie bejahte, indem sie schweigend nickte und mir sogar zuzwinkerte. Lukas griff nach ihrem Arm und zog sie mit sich. Ich hörte, wie er leise sagte: »Kommen Sie. Das müssen Sie mir genauer erzählen.«

Ein Passagier nach dem anderen, die Ushuaia auf eigene Faust erkundet hatten, kam die lange Pier entlang. Bei jedem schaute ich auf, aber nie war Jonas dabei. War doch noch etwas schiefgegangen? Jonas hatte stets in Emilys Nähe bleiben, ihr bald folgen und sicherstellen wollen, dass sie immer unter seinem Schutz stand. Warum kam er nicht? Was hatte ihn aufgehalten?

Nach einer knappen Stunde war ich mit den Nerven am Ende. Auch Barbara ließ sich nicht blicken. Was war geschehen? Irgendetwas musste schiefgegangen sein. Und ich stand ganz allein auf

Deck 5, ohne Lukas, ohne Emily, ohne irgendjemanden, dem ich etwas vorjammern konnte, der mich beruhigte und mir sagte, dass schon alles nicht so schlimm werden würde … da endlich erschien ein Taxi, das erstaunlicherweise die Erlaubnis erhalten hatte, direkt bis zum Schiff zu fahren. Schon im nächsten Augenblick wusste ich, warum. Denn Jonas stieg aus, schwankend, humpelnd, völlig derangiert. Vor seine untere Gesichtshälfte hielt er ein Taschentuch, das voller dunkler Flecke war. Blut? So wie er aussah, musste jeder Hafen-Kontrolleur Mitleid bekommen haben.

Ich erschrak fürchterlich und musste schwer an mich halten, um nicht die Gangway hinunterzulaufen und ihm entgegenzustürzen. Jonas war offensichtlich in eine Schlägerei geraten. Mit wem hatte er sich geprügelt? Etwa mit den Komplizen von Vico Irion? Und was hatten die beiden jungen Frauen damit zu tun, die mit ihm zusammen ausgestiegen waren? Hatten sie Jonas irgendwo aufgelesen? Hatten sie ihn aus einer Zwangslage befreit? Waren sie ihm zu Hilfe gekommen, als er nicht mehr weiterwusste?

Können Sie sich vorstellen, wie sehr ich mich zusammenreißen musste? Wenn Sie selbst Kinder haben, dann wissen Sie, was in einer Mutter vorgeht, deren Kind mit aufgeplatzter Lippe auf sie zukommt. Natürlich will sie sich um ihr Kind kümmern, es trösten, umsorgen, alles tun, damit es ihm bald besser geht. Und vor allem will sie wissen, wie das passieren konnte! Dabei spielt es überhaupt keine Rolle, ob es sich um ein Kindergartenkind, einen Teenager oder einen erwachsenen Sohn handelt. Kind ist Kind! Und Mutter ist Mutter!

Aber Jonas war ja nicht allein, ich musste mich also beherrschen. Vermutlich wäre es ihm nicht einmal dann recht gewesen, wenn ich das getan hätte, was ich tu, seit er laufen kann, wenn er ohne Begleitung gewesen wäre. Er warf mir vom Fuß der Gangway aus, während er dort seine Bordkarte präsentierte, einen warnenden Blick zu, den ich sofort verstand. So schwer es mir auch fiel, ich zog mich zurück und tat so, als hätte ich Jonas nie gesehen. Die beiden Frauen erkannte ich nun, sie waren ebenfalls Passagiere der *Soleil*, während ich ihnen nachblickte, fiel mir ein, dass ich sie schon einmal im Bordshop gesehen hatte. Zwei Freundinnen, wenn ich mich recht erinnerte. Eine, die über viel Geld verfügte und nicht aufs Preisschild schielte, als sie sich diesen Kaschmirpulli kaufte, die andere, die vorsichtig einkaufte und jedes Teil mindestens dreimal zur Hand nahm, ehe sie sich entschied.

Ich folgte den dreien unauffällig zum Aufzug, beobachtete von hinten, wie sanft Jonas in die Aufzugskabine geschoben und wie fürsorglich er behandelt wurde. Sie wissen ja, ich bin eine erfahrene Frau. Was Jonas hier zuteilwurde, ging weit über normale Hilfsbereitschaft hinaus. Da lauerte ein echtes Interesse im Hintergrund, das merkte ich sofort. Sollte da etwa noch ein weiteres Problem auftauchen, um das ich mich kümmern musste? Dass Jonas nichts von dem wahrnahm, was meine Intuition sofort auflodern ließ, war ja klar. Auch dieses Problem, wenn es denn zu einem würde, musste ich wohl aus der Welt schaffen. Es war immer dasselbe, alles blieb an mir hängen ...

Lukas

Lukas bot Emily einen Platz an. Sie fühlte sich in der Situation nicht wohl, mit dem Kapitän allein in seiner Suite. Schon während sie die Treppen hochgestiegen waren, hatte sie die verwunderten Blicke der Crewmitglieder gespürt und sich fehl am Platz gefühlt. Sie hatte hinter den Kulissen der *Soleil* nichts zu suchen. Hoffentlich würde sie nicht lange mit Lukas Jantzen allein bleiben müssen. Aber da hatte sie keine Sorge. Maria würde garantiert bald hier erscheinen, sie würde nur so lange warten, bis auch Jonas zurückgekehrt war. Das konnte nicht lange dauern. Die Sache war ja reibungslos über die Bühne gegangen.

Emily erzählte dem Kapitän, dass sie es genau so gemacht hatte, wie seine Schwester es empfohlen hatte. »Es lief alles wie geplant. Nur dass eine junge Frau in einem alten Lieferwagen vorfuhr und auch in das Haus hineinlief, hatte niemand erwartet. Sie schien dort zu wohnen.«

Lukas Jantzen runzelte die Stirn, dann kam er zu dem Schluss, dass Emily Krug recht hatte. Das war wohl wirklich ohne Bedeutung. »Liane Reich ist also in das Haus gegangen, nach einer gewissen Zeit wieder herausgekommen …«

»… und mit dem Taxi wieder zum Hafen zurückgefahren«, vervollständigte Emily den Satz. »Ich bin ihr hinterher, wie verabredet. Sie hat nirgendwo angehalten, das Geld muss also in ihrer Tasche sein.« Sie blickte auf ihre Armbanduhr. »Jonas hat mir versprochen, mir bald zu folgen. Er muss jeden Augenblick erscheinen.«

Lukas lehnte sich zufrieden zurück. »Dann müssen wir nur sicherstellen, dass Vico Irion und Liane Reich beide für eine Weile nicht in ihre Kabine gehen ...« Er hatte schon darüber nachgedacht, wie er gewährleisten konnte, dass keiner der beiden sie überraschte, wenn sie den Zimmersafe öffneten. Die Mahlzeiten waren zwar eine geeignete Zeit, aber nicht sicher genug. Es war immer möglich, dass jemand während des Essens aufstand, um etwas aus der Kabine zu holen. »Ich werde die beiden zu mir bitten und mich ganz offiziell bei ihnen bedanken, weil sie bei der Aufklärung des Falls Fred Alswede geholfen haben. Die örtliche Polizei lässt ihnen danken, werde ich behaupten, und ich bin ausersehen, diesen Dank auszurichten. Währenddessen kann Leon Jähnke das Geld holen ...«

Lukas schenkte Kaffee nach, bot Emily von dem Gebäck an, das der Steward gebracht hatte, sah erst heimlich, dann ganz offen auf die Uhr und fragte schließlich: »Warum dauert das so lange?«

Emily war mittlerweile sehr unruhig. »Ich verstehe das nicht. Er hatte mir versprochen ...« Sie unterbrach sich und schüttelte den Kopf. So, als hätte Jonas schon öfter ihre Erwartungen nicht erfüllt.

Lukas betrachtete sie unauffällig. Eine hübsche junge Frau, sehr sympathisch, intelligent und ... einfach nett. Seine Schwester hatte schon oft darüber geklagt, dass Jonas es nicht fertigbrachte, eine feste Freundin länger als ein halbes Jahr an sich zu binden. Hoffentlich gelang es ihm bei Emily Krug. Die junge Frau gefiel ihm.

Trotzdem hatte er nun Schwierigkeiten, das Gespräch in Gang zu halten. Er merkte, dass er zu alt war, um gleiche Interessen ansprechen zu können, er gehörte einer anderen Generation an. Zum Glück machte sie es ihm leicht. Als er fragte, wie sie sich an Bord die Zeit vertrieb, erzählte sie ihm ausgiebig von dem Volleyball-Turnier auf dem Sportdeck und dem Kochkurs, den sie beim Küchenchef der *Soleil* gebucht hatte. Er lachte, als sie ihm schilderte, dass eine Animateurin sie inständig gebeten hatte, Mitglied des Strick- und Häkelclubs zu werden, weil sie unbedingt erreichen wollte, dass sich ihnen auch Frauen unter siebzig zugesellten, nachdem sie das bei Männern schon vergeblich versucht hatte. Aber Emily war dazu nicht bereit gewesen, was Lukas gut verstehen konnte. Sie hatte eine witzige Art, andere Menschen zu beschreiben, immer wohlwollend, auch wenn sie sich ein wenig über sie lustig machte. Das gefiel Lukas. Und als er mit ihr über seine Familie gesprochen hatte, seine Geschwister und Halbgeschwister, seinen Vater und dessen Ehefrauen, war mit einem Mal viel Zeit vergangen, ohne dass er es recht bemerkt hatte. Erschrocken stellten sie fest, dass Jonas noch immer nicht zurückgekommen war.

Lukas griff nach seinem Handy, um die Nummer seiner Schwester Maria zu wählen. Aber er unterbrach sich, weil es an der Tür klopfte. Sie wurde aufgerissen, noch ehe er »Herein!« rufen konnte. Maria platzte in den Raum, wie es ihre Art war, dynamisch, schwungvoll, zu allem entschlossen. Lukas war damit vertraut, über Marias energiegeladenes Auftreten erschrak er schon lange nicht mehr. Was ihn jedoch geradezu entsetzte, war Jonas' Zustand.

Er sprang auf und lief auf seinen Neffen zu. »Um Himmels willen! Was ist geschehen?«

Emily stand im Nu neben ihm und griff nach Jonas' Händen. Ihre Reaktion war ähnlich, auch sie wollte unbedingt wissen, was ihm zugestoßen war, während Maria ein ums andere Mal wiederholte, dass Jonas noch nicht fähig sei, seine Erlebnisse zu schildern. Er selbst schien diesem Ansturm von Fragen kaum gewachsen zu sein. Emily schenkte er ein kleines Lächeln, dann ließ er sich aufs Sofa fallen, registrierte dankbar, dass Emily sich neben ihm niederließ, und schien nun wieder zu Kräften zu kommen. Lukas orderte frischen Kaffee für Jonas, und als er die Tasse zum Mund führte, zitterten seine Hände nicht mehr.

Barbara

Barbara war am Hafeneingang stehen geblieben, nachdem der Taxifahrer sie abgesetzt hatte. Sie wollte warten. So lange, bis sie glauben musste, dass sie sich geirrt hatte. Aber je länger sie nachdachte, desto sicherer wurde sie. Die junge Frau war ihr gleich bekannt vorgekommen, schon im ersten Augenblick. Aber da war sie noch von Angst und Sorge abgelenkt gewesen, hatte sich nur auf die unmittelbare Gefahr konzentrieren können. Der Gedanke, dass sie diese junge Frau schon einmal gesehen hatte, war ihr erst während der Taxifahrt zum Hafen gekommen.

Sie machte ein paar Schritte nach links und rechts, besah sich die Holzhütten, die die Anbieter aufgebaut hatten, die Touren ins Umland anboten, und erklärte denen, die mit der Anpreisung ihrer Leistungen werbend an sie herantraten, ein ums andere Mal, dass sie nicht hier war, um über eine Fahrt in den Nationalpark oder gar in die Antarktis nachzudenken. Schließlich überquerte sie die Straße, als ihr das Warten zu lang wurde, um einen Blick ins Touristikbüro zu werfen. Aber eintreten wollte sie nicht, weil sie dann womöglich die Rückkehr des alten Lieferwagens verpasst hätte. In dem Büro drängten sich unzählige Touristen, die meisten waren Passagiere der *Soleil*, um sich einen Poststempel abzuholen, der ihre Ansichtskarten zieren und beweisen sollte, dass sie am Ende der Welt aufgegeben worden waren. Das Touristikbüro übernahm hier auch die Aufgaben der Post.

Barbara drehte sich schon bald wieder um und stieg langsam die Stufen zur Straße hinab, da sah sie den Lieferwagen. Der Fahrer preschte so rücksichtslos über die Kreuzung, als wäre er in größter Eile. Das war natürlich Unsinn, die *Soleil* würde ja erst am nächsten Morgen ablegen, die Nacht würde sie im Hafen von Ushuaia vor Anker liegen. Barbara vermutete, dass es eher das aufbrausende Temperament des Fahrers war, das sich den direkten Weg zum Gaspedal gebahnt hatte. Da saß jemand am Steuer, der wütend war, so wütend, dass sich sein Zorn sogar gegen die Verkehrsregeln, gegen sämtliche Straßenschilder und gegen alle anderen Verkehrsteilnehmer richtete. Aber vor allem gegen die junge Frau, die neben ihm saß. Er bremste so scharf vor dem Hafeneingang, dass sie nach vorne geschleudert wurde und sich nur mit Mühe abstützen und wieder aufrichten konnte. Sie sagte etwas Wütendes zu dem Fahrer, der warf eine barsche Antwort zurück, dann stieg sie aus, knallte die Tür ins Schloss und ging auf den Kontrollpunkt des Hafeneingangs zu, ohne sich noch einmal umzublicken. Der Mann blieb einige Augenblicke wie versteinert hinter dem Steuer sitzen und entschloss sich dann derart plötzlich zum Anfahren, dass der Fahrer eines Wagens, der auf der Suche nach einem Parkplatz langsam an ihm vorbeifuhr, nur im letzten Augenblick stoppen konnte.

Barbara lief über die Straße und hatte im Nu zu der jungen Frau aufgeschlossen, noch bevor der Uniformierte auf sie zutreten und nach ihrer Bordkarte fragen konnte.

»Darf ich Sie kurz sprechen?«

Die junge Frau hatte bereits die Bordkarte aus der Tasche gezogen, mit der sie sich als Mitglied der Crew ausweisen konnte. Barbara war es gelungen, einen Blick darauf zu werfen.

»Juana?«

Sie fuhr herum, als hätte sie sich erschreckt. Die Angst schien ihr noch immer in den Knochen zu stecken, die Angst vor ihrem Bruder, die Angst vor aller Welt. »Qué es?«

Barbara beantwortete ihre Frage in spanischer Sprache. Während sie beide dem Kontrolleur ihre Legitimationen vorwiesen, betraten sie nebeneinander das Hafengelände. Barbara bemühte sich um einen lockeren Tonfall, erwähnte, dass sie die junge Frau zufällig gesehen und sich gefragt habe, ob sie etwa in Ushuaia wohne.

Juana entspannte sich merklich. Und sie wechselte nun ins Deutsche, vermutlich aus Höflichkeit, weil sie wusste, dass auf der *Soleil* ausschließlich deutsche Passagiere eingecheckt hatten. »Nein, ich wohne nicht hier, aber meine Großmutter.« Äußerst bereitwillig berichtete Juana, während sie an Barbaras Seite den Pier entlangging, dass ihre Mutter aus Ushuaia stammte, jahrelang mit zwei Söhnen im Haus ihrer Mutter gewohnt hatte und dann von einem philippinischen Seemann in seine Heimat mitgenommen worden war. »Ich bin in Manila geboren.«

Juana war begeistert gewesen, als sich die Gelegenheit bot, auf einem Kreuzfahrtschiff anzuheuern und die Welt zu bereisen. Dass die *Soleil* in Ushuaia anlegte, der Stadt, in der ihre Großmutter und die Halbbrüder noch immer lebten, hatte sie glücklich gemacht. Schon früh hatte sie die Erlaubnis eingeholt, diesen Tag bei ihrer Großmutter verbringen zu dürfen. Natürlich hatte sie Geschenke mitgebracht, aber Juanas finanzielle Möglichkeiten waren begrenzt, viel war es nicht gewesen, was sie der Oma hatte geben können, trotz dieser guten Arbeit, bei der viel mehr zu verdienen war als in Manila. Aber das meiste erhielt ja Monat für Monat Juanas Mutter, die es dringend brauchte.

Juana bekam nun feuchte Augen. »Ich habe der Frau davon erzählt. Eine sehr, sehr nette Frau.«

Barbara begann langsam zu ahnen, was passiert war. »Frau Reich?«

Juana kicherte. »Ja, sie reich. Aber sie heißt auch so. Sie hat gesagt, Juana, ich dir helfen.«

Barbara war tatsächlich gerührt, als Juana ihr erzählte, was geschehen war. Ihre Großmutter hatte von Liane Reich nicht nur viele Lebensmittel bekommen, sondern auch einen Batzen Bargeld, den sie vorher an der Rezeption eingetauscht hatte. Etwas Derartiges war Juana noch nie geschehen. Schon oft war sie von Passagieren auf ihr Leben außerhalb der *Soleil* angesprochen worden, hatte erzählen dürfen, wie sie in Manila lebte, hatte auch Mitgefühl geerntet, weil sie monatelang fern von ihrer Familie leben musste, aber niemals war es bisher vorgekommen, dass jemand so zupackend, so energisch und resolut geholfen hatte. Nur Liane Reich. »Sehr, sehr gute Frau.«

»Warum sind Sie nicht noch eine Weile bei Ihrer Großmutter geblieben?«, fragte Barbara und konnte Juana nicht in die Augen sehen, weil sie sich so schäbig vorkam. Ja, sie wollte wissen, warum Juanas Brüder ihren Neffen zusammengeschlagen hatten. »Wir legen erst morgen früh ab. Sie hätten sogar bei ihr schlafen können.«

Juana sah jetzt bedrückt aus. »Nein, schlafen geht nicht. Kein Bett für mich. Aber ... meine Brüder ... nein, halbe Brüder ...« Sie stockte und sah Barbara hilfesuchend an. »Sagt man so?«

»Halbbrüder, ja. Sie haben einen anderen Vater als Sie?«

Juana nickte. »Anderer Vater in Ushuaia. Aber kümmert sich nicht um Oma. Aber Brüder kümmern gut. Nur ... sie wollen nicht, dass ich weißen reichen Mann heirate. Ich soll Mann aus Ushuaia heiraten oder aus Manila.«

»Gibt es denn einen reichen weißen Mann, den Sie heiraten wollen?«

Über Juanas Gesicht ging ein herzerwärmendes Lächeln. »Ja, weißer Mann, aber nicht reich. Arbeitet auch auf der *Soleil*. Ist Friseur.«

Alexandra

Alexandra Helbing ging ihrer Freundin voraus, ohne ein Wort zu sagen, mit so großen, energischen Schritten, dass Nathalie kaum hinterherkam. In der Kabine ging sie zur Balkontür, ließ sie aber geschlossen, weil es kalt geworden war, so kalt, wie man sich das »Ende der Welt« vorstellte, so der Beiname der Stadt Ushuaia. Sie legte ihre Stirn kurz an die Glasscheibe, als brauchte sie Kühlung, dann drehte sie sich um, ohne ihre Jacke auszuziehen. »Hast du eine Erklärung dafür?«

Nathalie verdrehte die Augen und setzte zum Sprechen an, kam aber nicht weit.

»Sag mir aber nicht wieder, dass uns das nichts angeht.«

Nathalie klappte den Mund zu, offenbar hatte sie genau das sagen wollen.

»Wer mag ihn so zugerichtet haben?«

»Er hat dir auf diese Frage nicht geantwortet.« Nathalie ließ sich auf die Bettkante sinken. »Woher soll ich wissen, was passiert ist?«

»Ich verstehe das nicht. Emily fährt zurück zum Hafen, und er …«

»Da war noch ein anderes Taxi, das habe ich dir doch gesagt. Die Frau ist Passagierin auf der *Soleil*. Die war auch in dem Haus. Als Erste, aber nicht lange.«

Alexandra wurde nachdenklich. »Du meinst, es geht um sie?«

»Möglich wäre es.«

»Dann wäre Emily dieser Frau gefolgt?«

»Mir kam das durchaus so vor.«

»Und warum sagt Jonas uns das nicht? Er hätte uns durchaus antworten können. Die aufgeplatzte Lippe hat er nur vorgeschoben, um nicht reden zu müssen.«

»Vielleicht konnte er wirklich nicht sprechen.«

»Unsinn! Wenn er gewollt hätte ...«

»Es ist seine Sache, ob er uns erklären will, was geschehen ist.«

»Wir haben ihn schließlich gerettet. Da kann man doch erwarten ...«

»Blödsinn«, fiel Nathalie ihr ins Wort. »Er wäre auch ohne uns zum Hafen gekommen. Jedenfalls kannst du daraus nicht das Recht ableiten, umfassend informiert zu werden.«

»Eigentlich hätten wir ihn zur Polizei bringen müssen. Ein Gewaltdelikt ...«

»Dann wäre er aus dem fahrenden Wagen gesprungen.«

Alexandra machte einen Schritt auf ihre Freundin zu. »Aha! Du glaubst also auch, dass da etwas Illegales im Busch ist.«

»Ich habe keine Ahnung. Aber mir kommt es so vor, als hätte das Ganze etwas mit der ersten Frau zu tun, die dort ankam.«

»Das würde bedeuten, dass Emily ihr gefolgt ist. Warum?«

»Und Jonas ist Emily gefolgt.« Ironisch fügte sie hinzu: »Warum?«

»Jonas ist nicht angegriffen worden, weil jemand an sein Geld wollte.«

Nathalie reagierte nun genervt. »Ja, aber es ist mir egal, warum.«

»Mir nicht.«

»Klar. Weil dir der ganze Kerl nicht egal ist.«

»Wir sollten herausbekommen, wer in dem Haus wohnt.«

Nun sprang Nathalie auf, riss sich ihre Jacke herunter und feuerte sie aufs Bett. »Du hast doch nicht mehr alle Latten am Zaun! Was geht uns das alles an?«

»Ich will es wissen.«

»Ohne mich.«

»Ich kann doch nicht alleine dorthin fahren.«

»Du sollst gar nicht dort hinfahren. Was versprichst du dir davon?«

»Ich will herausbekommen, was Jonas in diesem Haus wollte. Und warum Emily in ihrem Taxi sitzen geblieben ist.«

Nathalie stöhnte auf, erhob sich und ging zu ihrer Freundin. »Alex, du bist ja wie vernarrt. Dieser Jonas hat vielleicht Dreck am Stecken, ist vielleicht in Drogengeschäfte verwickelt oder hat eine Freundin in diesem Haus, die Emily aufspüren will … Alles das geht uns nichts an. Und es wird dich nicht glücklich machen, wenn du es erfährst. Warum kapierst du das nicht?«

Alexandra nickte. »Ja, ja. Aber …«

»Kein Aber!« Nathalie griff nach Alexandras Schulter und schüttelte sie leicht. »Schluss jetzt!«

»Wir hätten die ganze Nacht Zeit. Die *Soleil* legt erst morgen früh gegen neun Uhr ab.«

»Nein! Wir gehen heute Abend in die Bar, diesmal zusammen. Wir könnten auch das Spezialitätenrestaurant besuchen, das *Peer Gynt*. Du lädst mich ein, denn was dort verzehrt wird, ist nicht im Preis der Kreuzfahrt enthalten. Weißt du ja.«

Alexandra grinste leicht. »Dort muss man sich aber manierlich benehmen.«

»Mal was anderes!«, kam es zurück, kurz darauf knallte die Kabinentür ins Schloss, und Alexandra blieb allein zurück.

Emily

Von Ushuaia zur Gletscherpassage, 25./26.11.

Ushuaia lag hinter ihnen, als die Stimme von Kapitän Lukas Jantzen durch die Lautsprecher nicht nur an die öffentlichen Plätze des Schiffs drang, sondern auch in die Kabinen. Das geschah nur, wenn er etwas zu vermelden hatte, was alle Passagiere hören mussten, auch die, die gerade schliefen oder einfach nur ihre Ruhe haben wollten.

»Liebe Gäste, hier spricht Ihr Kapitän! Leider müssen wir gegen Abend mit einem Sturm rechnen. Wir erwarten elf Beaufort und eine Wellenhöhe von fünf bis sieben Metern. Der Sturm wird sich am Spätnachmittag erheben, so steht uns also eine unruhige Nacht bevor. Aus diesem Grund habe ich beschlossen, auf das Anlegen in Punta Arenas zu verzichten. Ich könnte in diesem Hafen nicht für unsere Sicherheit garantieren. Das Schlimmste wäre, wenn wir aufgrund der schwierigen Wetterlage frühzeitig ablegen müssten, sogar dann, wenn noch nicht alle Passagiere zurück an Bord sind. Das will ich natürlich nicht riskieren. So werden wir an Punta Arenas vorbeifahren und auf die Gletscher-Passage zuhalten. Das hat einen Vorteil: Wir werden mehr Zeit haben, den Amalia-Gletscher und auch den Pius-Gletscher zu betrachten …«

Emily hatte sich gerade mit ihrem Reisetagebuch in der Lounge niedergelassen, sie hörte nur mit halbem Ohr hin. In ihrem Kopf, in ihren Gedanken und auch in ihrem Herzen drehte sich alles nur um die Erkenntnis, dass sie sich in Jonas getäuscht hatte. Alles andere hatte in ihr keinen Platz. Jonas hatte ihr versprochen, sie zu beschützen, und er hatte es nicht getan. Dabei spielte es überhaupt keine Rolle, dass alles gutgegangen war. Sie hatte ihm geholfen, und er hatte ihr diesen Einsatz schlecht vergolten. Hätte man ihn in diesem Haus nicht zusammengeschlagen, wäre ihr vielleicht nie klar geworden, dass er sie im Stich gelassen hatte. So aber hatte er nicht verheimlichen können, was er getan hatte, es gab nichts zu leugnen. Er hatte sie hinter Liane Reich herfahren lassen, ohne ihr zu folgen, obwohl er es fest versprochen hatte! Er war ein Mann, auf den sie sich nicht verlassen konnte. Sein Auftrag war ihm wichtiger gewesen als sie und ihre Sicherheit.

Emily war den Tränen nahe. Das Gefühl, hier nicht herzugehören, breitete sich immer weiter in ihr aus. Dieses Schiff war nicht der rechte Platz für sie. Ihre Mutter wäre hier richtig gewesen. Sie hätte vermutlich sofort durchschaut, dass sie ausgenutzt werden sollte. Dass sie selbst Jonas vorgeschlagen hatte, Liane Reich zu verfolgen, vergaß sie dabei. Sie wollte nichts Positives denken, nicht von Jonas und auch nicht von den anderen Mitgliedern der Familie Jantzen. Maria stand natürlich auf der Seite ihres Sohnes, ihre Schwester Barbara konnte Emily überhaupt nicht einschätzen, der Kapitän hatte nur sein Schiff und die ihm anvertrauten Passagiere im Kopf. Nein, Emily würde sich von nun an zurückhalten, wollte nichts mehr von der Familie Jantzen wissen. Zurzeit gab es nur einen Menschen, zu dem sie sich hingezogen fühlte: Liane Reich. Alle anderen schienen sie auszunutzen, zu belügen und zu betrügen.

Sie sah, dass Liane an der Glastür der Lounge vorbeiging und den Eingang des Casinos ansteuerte. Emily stand auf und folgte ihr. Sie trat zu Liane, als diese gerade Anstalten traf, es sich vor einem Spielautomaten bequem zu machen. Emily setzte sich neben sie. »Lange nicht gesehen.«

Liane, die gerade nach einem der vielen Hebel des Automaten greifen wollte, drehte sich um. »Ich war unterwegs.«

»Welchen Ausflug hatten Sie gebucht?«

»Gar keinen. Vico will das nicht. Er sagt, die Ausflüge sind viel zu teuer. Und das stimmt auch.«

»Sie waren auf eigene Faust unterwegs? Allein?«

»Ja, in Ushuaia! Wenn man einen guten Taxifahrer hat, kann man genauso viel über Land und Leute erfahren. Aber wesentlich preiswerter.«

»Wo hat er Sie hingefahren? In den Nationalpark? Zur Pinguin-Kolonie? Oder haben Sie irgendwo eine Königskrabbe serviert bekommen?«

Liane schüttelte sich. »Ich habe gehört, dass Königskrabben die Spezialität von Ushuaia sind. Aber so was würde ich niemals essen. Ich habe die armen Tiere in einem Becken in einem Lokal gesehen.« Sie schüttelte sich noch heftiger. »Diese bedauernswerten Kreaturen! Bewegen sich im trüben Wasser und warten nur darauf, umgebracht und vertilgt zu werden. Nein, die würden mir niemals schmecken.« Sie gab es auf, sich an dem Spielautomaten zu versuchen, und wandte sich Emily nun voll und ganz zu. »Vico scheint die Weltreise in seiner Kabine machen zu wollen. Er hat keine Lust, an Land zu gehen. Aber für eine Königskrabbe hätte er es vielleicht getan.«

Emily fühlte sich durch und durch bestätigt. »Ich würde die auch nicht essen. Also waren Sie nur in der Stadt unterwegs.«

»Ja, eine Stadtrundfahrt.«

Emily lächelte und beendete das Thema. Liane Reich sprach nicht über das, was sie getan hatte. Wie sympathisch! Barbara hatte es zufällig von Juana, dem Zimmermädchen, gehört und ihr erzählt, aber Liane gehörte offensichtlich nicht zu den Menschen, die sich mit ihrer Gutherzigkeit und Großzügigkeit brüsteten.

Nun wollte Liane sich doch dem Glücksspiel widmen, drehte sich wieder um und forderte Emily auf, sich an den nächsten Automaten zu setzen. Aber die winkte ab. »Nein, das ist nichts für mich.«

Sie verabschiedete sich von Liane und warf noch einen Blick zurück, als sie den Casinobereich verließ. Wenn Liane sich doch nur weniger auffällig anziehen und zurechtmachen würde! So, wie sie aussah, würde sie niemand ernst nehmen. Und dass sie sich nun mit etwas so Geistlosem wie einem Spielautomaten beschäftigte, schien den ersten Eindruck zu bestätigen. Es wusste ja keiner, dass sie jemand war, der der Großmutter eines Zimmermädchens selbstlos half und kein Wort darüber verlor.

Von Jonas kam eine SMS, aber Emily antwortete nicht darauf. An ihrer Kabinentür steckte ein Briefchen von ihm, aber sie warf nur einen kurzen Blick darauf und ließ es dann in den Papierkorb fallen. Er wollte sich entschuldigen? Als wenn das so einfach wäre! Sah er nicht selbst, dass es um etwas viel Größeres, um etwas Grundsätzliches ging? Sie hatte das Vertrauen zu ihm verloren. Und wie sollte eine Liebe ohne Vertrauen funktionieren?

Sie öffnete nicht die Tür, als es klopfte, und sie sorgte dafür, dass sie bei der nächsten Mahlzeit an einem großen runden Tisch in einer fröhlichen Runde saß. Dass Jonas sie gesucht hatte, war ihr klar, als er in ihrer Nähe auftauchte. Aber sie gab vor, ihn nicht zu sehen, und war froh, als er sich wieder zurückzog. Nein, so leicht würde sie es ihm nicht machen! Ein paar schöne Worte und Beteuerungen, ein Kuss und am Ende die nächste Nacht in ihrem Bett? Emily wusste, dass sie dann Gefahr lief, schwach zu werden. Und genau das war der Grund, warum sie dafür sorgte, keinen Kontakt mit Jonas zu haben. Sie brauchte Zeit. Entweder Zeit, um zu dem Schluss zu gelangen, dass sie ihn trotzdem liebte, oder genügend Zeit, um ihn sich aus dem Herzen zu reißen …

Der Sturm brach wie vorhergesagt am späten Nachmittag los, entwickelte sich aber nicht so stark, wie der Kapitän befürchtet hatte. Zwar wurden sogar zwölf Beaufort Windstärke gemessen, aber der Wellengang war wesentlich niedriger, nur etwa vier Meter hoch. Das machte einem so großen Schiff wie der *Soleil* nicht viel aus. Emily verbrachte jedenfalls eine ruhige Nacht, wenn man mal davon absah, dass sie schlecht träumte, dass ihr Jonas' Bild vor Augen stand, sobald sie erwachte, und sie sich am nächsten Morgen kein bisschen ausgeruht fühlte. Sie stand früh auf und begab sich an Deck, noch bevor sie unter die Dusche stieg. Der Kapitän hatte angekündigt, man werde den Amalia-Gletscher zwischen sechs und acht Uhr erreichen. Den wollte sie sich ansehen.

Und nicht nur sie – trotz der frühen Morgenstunde war das halbe Schiff auf den Beinen. Alle wirkten, als wären sie so, wie sie aus dem Bett gestiegen waren, in warme Kleidung geschlüpft, um sich die Vorbeifahrt an dem Gletscher nicht entgehen zu lassen. Ein Schauspiel, das Emily eine Weile von ihrer Trauer ablenkte. Wie klein kam sie sich vor im Angesicht dieses gewaltigen weißen Wunders! Und wie winzig wurden ihre Probleme in diesem Augenblick. Lange blieb sie stehen, auf die Reling gestützt, und starrte auf dieses überragende Naturereignis, ohne ein einziges Foto zu schießen, während die anderen Passagiere anscheinend nur deswegen an Deck gekommen waren. Sie ließ das Ganze auf sich wirken, ohne es zu benennen, zu kommentieren oder in irgendeine Relation zu setzen. Sie suchte nicht nach einer Verbindung mit ihrem Leben, sie stand nur da und spürte, wie diese Größe, dieses Riesenmaß ihren Kummer auf eine erträgliche Bedeutung reduzierte.

Sie schrak zusammen, als sie von hinten angesprochen wurde. »Schön, oder?«

Sie drehte sich um und blickte einer jungen Frau ins Gesicht, deren Name ihr nicht auf Anhieb einfiel.

»Nathalie!«, sagte diese und lachte. »Schon vergessen?«

»Sorry, ich war in Gedanken.«

Nathalie! Die Frau, die sich an Jonas rangemacht hatte. Die Frau, die ein merkwürdiges Interesse an dem Mann hatte, den Emily liebte. Sie erschrak bei diesem Gedanken. Liebte sie ihn wirklich immer noch?

»Wir könnten mal einen Cappuccino zusammen trinken. Meine Freundin würde sich auch freuen.«

»Klar, gerne.«

Ja, sie liebte ihn immer noch. Was auch immer er tat, Jonas saß fest in ihrem Herzen, hatte sich dort so breitgemacht, dass nichts anderes mehr hineinpasste. Nicht einmal die Eifersucht, deren Stiche sie jedes Mal verspürte, wenn sie Nathalie Teichler und ihre Freundin sah.

»Alex sitzt in der Symphonie-Bar. Komm mit, ich lade dich auf einen Cappuccino ein.«

Emily wollte nicht, fand aber auf die Schnelle keine Begründung, die einigermaßen höflich gewesen wäre. Also folgte sie Nathalie und zog ein Gesicht, als freute sie sich auf einen gemütlichen Mädels-Plausch. In Wirklichkeit loderte die Flamme des Misstrauens in ihr. Was wollten die beiden von ihr? Etwas über Jonas in Erfahrung bringen? Hoffentlich nicht. Und hoffentlich verzichtete Alexandra diesmal darauf, einem Kellner an den Hosenschlitz zu greifen oder einem anderen Passagier zweideutige Angebote zu machen.

Sie begrüßte Emily freundlich. »Wie wär's mit einem Cocktail?«

Aber Emily lehnte ab. »Nathalie und ich haben uns bereits auf einen Cappuccino geeinigt.« Sie beschloss, aufs Ganze zu gehen. »Außerdem weiß ich nicht, wie du auf Alkohol reagierst.«

Alexandra lachte. »Damit ich munter werde, brauche ich mehr als einen Cocktail.«

»Vielleicht solltest du lieber auf Alkohol verzichten.«

Nun grinste Alexandra breit. »Damit ich mich nicht danebenbenehme?« Sie winkte ab. »Keine Sorge, ich kann auch ganz seriös sein.« Und vielsagend fügte sie hinzu: »Vorausgesetzt, ich will.« Gönnerhaft schloss sie: »Heute will ich.«

Die Unterhaltung plätscherte dahin. Emily hatte trotzdem das Gefühl, immer wieder thematische Klippen umrunden zu müssen. Ein ums andere Mal kamen Alexandra und Nathalie auf Ushuaia zu sprechen, auf die Ausflugsmöglichkeiten, die die *Soleil* organisiert hatte, und die Touren, die am Hafen angeboten worden waren. Jedes Mal wechselte Emily dann das Thema, weil es ihr schien, als wollte eine der beiden wissen, für welche Tour sie sich entschieden hatte. Und wenn sie dann behauptete, sie hätte eine Tour in den Nationalpark unternommen, wäre ihr womöglich nachgewiesen worden, dass sie in der City geblieben war, weil entweder Alexandra oder Nathalie sie gesehen hatten. Vermutlich sogar in der Nähe des Hauses, in dem Jonas ein Vermögen von zwei Millionen vermutet hatte. Wenn sie dann zustimmend nickte, würden die beiden sie fragen, was sie dort zu suchen gehabt habe. Und dann würden sie sich ihren Teil denken, weil Jonas aus demselben Haus schwer angeschlagen geflüchtet war. Und plötzlich fiel Emily ein, was Maria ihr erzählt hatte. Jonas war von zwei jungen Frauen aufgegriffen worden, als er verletzt aus der Scheune von Juanas Großmutter gestürzt war. Waren es etwa diese beiden gewesen, die Jonas aus den Fängen von Juanas garstigen Brüdern gerettet hatten? Dann waren ihre Fragen nichts als Fangfragen, dann wollten sie offenbar von Emily etwas erfahren, das Jonas nicht preisgegeben hatte.

Mit einem Mal veränderte sich Nathalies Gesichtsausdruck. Sie sah an Emily vorbei, schien jemanden zu entdecken, über dessen Erscheinen sie sich freute. Emily drehte sich um, eigentlich ohne das geringste Interesse, zuckte dann aber zusammen. Jonas! Er starrte sie an, schien erst auf den zweiten Blick zu registrieren, dass sie nicht allein dort saß und er von jemandem herangewinkt wurde, den er nicht sehen wollte. Er wollte zu Emily, soviel stand fest. Das mussten sich auch Alexandra und Nathalie klarmachen.

Aber beide wollten das offenbar nicht sehen. »Hey!«, rief Alexandra so laut, dass Jonas nicht heimlich verschwinden und später behaupten konnte, er hätte sie nicht bemerkt. »Komm zu uns! Wir bestellen dir auch einen Cappuccino.«

Jonas trat näher, ungern, zögerlich, widerstrebend. Seine Oberlippe war noch geschwollen, aber die Wunde verheilte bereits, die blaue Verfärbung unter dem rechten Auge war allerdings noch deutlich zu erkennen.

»Jetzt kannst du uns endlich erklären, was eigentlich passiert ist«, sagte Alexandra, noch ehe Jonas sich niedergelassen hatte. »Vorgestern hast du ja kein Wort herausgebracht.«

Emily stand auf. »Ciao.«

Nathalie wollte sie zurückhalten. »Warum willst du schon gehen?«

Emily fand, dass sie nicht darauf antworten musste. Sollte Jonas den beiden doch eine Geschichte erzählen, ihnen irgendwie erklären, was er in diesem Haus gesucht hatte, warum er dort überfallen worden war. Sie jedenfalls wollte sich nicht darüber ausfragen lassen, warum sie mit einem Taxi dorthin gefahren und später zurückgekehrt war, ohne überhaupt ausgestiegen zu sein. Dass Alexandra und Nathalie das ganze Geschehen beobachtet hatten, war ihr inzwischen aufgegangen. Und am liebsten hätte sie die beiden gefragt, ob sie zufällig in der Nähe gewesen seien. Aber diese Chance war jetzt vertan. Doch als sie die Symphonie-Bar verließ, war sie sich bereits sicher, dass die beiden Freundinnen keineswegs zufällig am Haus von Juanas Großmutter aufgetaucht waren. Aber wem waren sie gefolgt? Jonas? Oder ihr selbst? Möglich auch, dass sie Liane Reich gefolgt waren. Aber ... warum?

Jonas

Jonas sah Emily nach, ohne sich Gedanken darüber zu machen, dass man ihm seine Gefühle an der Nasenspitze ansah. Alexandra und Nathalie warfen sich Blicke zu, der eine voller Verzweiflung, der andere voller »Ich hab's dir doch gesagt«.

Alexandra hatte sich schnell wieder im Griff. »Nun sag schon, was war das gestern? Wer hat dich verprügelt? Und warum? Und warum bist du nicht zur Polizei gegangen und hast die Kerle angezeigt?«

Jonas sah sie an, als hätte sie Chinesisch mit ihm gesprochen. »Warum wart ihr eigentlich in der Nähe?«

Diese Frage hatte Alexandra nicht erwartet. Sie begann herumzudrucksen, ohne von ihrer Freundin Beistand zu bekommen. »Ja, also ... wir hatten uns ein Taxi genommen, um uns den Ort anzusehen ... der Fahrer meinte ... na ja, und da sahen wir dich in dem Taxi ...«

Keine der beiden hatte damit gerechnet, dass Jonas so flott eins und eins zusammenzählen würde. »In dem Taxi? Dann müsst ihr ja gewartet haben, bis ich aus dem Haus herauskam.« Er schien sich nun Gedanken zu machen, die Alexandra nicht gefielen. »Was wollt ihr von mir?«

Nun lief Alexandra tatsächlich rot an, während Nathalie sich so tief in ihren Sessel drückte, als wollte sie am liebsten nicht gesehen werden. »Wie kommst du denn darauf, dass wir ...«

Jonas ließ sie nicht ausreden. »Ich habe das gleich gemerkt.«

Alexandra sah ihn an, als glaubte sie ihm kein Wort. »Du hast gleich gemerkt, dass wir dich durchschaut haben? Du bist also wirklich Privatdetektiv?«

Jonas war derart verblüfft, dass er etwas tun musste, um sein Erschrecken zu verbergen. Das war seine Art, mit Reaktionen umzugehen, die er nicht zeigen wollte. Er griff nach Emilys Cappuccinotasse und trank sie langsam leer. Zum Glück war sie noch beinahe voll. Dann stellte er sie vorsichtig zurück, sehr langsam und bedächtig. »Wie kommst du darauf?«

»Du kannst es ruhig zugeben. Ich weiß sogar, wie dein Auftrag lautet.«

Jonas wurde es flau im Magen. Was lief hier ab? Hielt Alexandra Helbing ihn etwa für den Detektiv, den ihr Vater engagiert hatte, um sie zu überwachen? Für den armen Kerl, der vermutlich am Grund des Meeres lag? »Was soll ich zugeben?«, fragte er so unbekümmert wie möglich zurück. »Natürlich bin ich kein Detektiv, ich arbeite auf der *Soleil*. Wie kommst du nur darauf? Und wie sollte mein Auftrag lauten?« Er lachte sehr laut und, wie ihm selbst klar wurde, ziemlich verkrampft. »Jetzt bin ich aber gespannt.«

Alexandra stand auf und sah ihn von oben herab an. »Ich werde meinem Vater sagen, dass er am falschen Ende gespart hat. So was passiert ihm häufig. In großen Dingen spendabel und in kleinen geizig. Er hätte wirklich eine große Detektei beauftragen können. Die hätten einen Ermittler geschickt, der seine Arbeit versteht.«

Sie gab ihrer Freundin einen Wink, die dasaß wie zur Salzsäule erstarrt. Erschrocken sprang Nathalie nun auf und folgte Alexandra, die schon den Ausgang der Bar erreicht hatte.

Jonas blieb mit offenem Mund zurück und fragte sich, was eigentlich los war. Er brauchte eine ganze Weile, genauer gesagt, einen großen Brandy, bis er zu der Ansicht gelangte, dass Alexandra Helbings Verdacht ihm vielleicht ganz nützlich sein konnte. Sollte Vico Irion ebenfalls dahinterkommen, dass er Privatdetektiv war, würde er ihm vielleicht weismachen können, dass er auf Alexandra

Helbing angesetzt war. Er bestellte sich noch einen Brandy, danach war er immer noch nicht ganz sicher, ob ihm ein Denkfehler unterlaufen war. Bevor er einen dritten Brandy ordern konnte, stand er auf und ging zum Ausgang. Es wäre nicht schlecht, wenn er jetzt mit seiner Tante reden könnte. Aber die würde sich über ihn lustig machen, weil seine Tarnung so einfach und schnell aufgeflogen war. Besser, er hielt den Mund. Barbara fühlte er sich nicht gewachsen. Und überhaupt sollte doch sein oberstes Ziel sein, Emily zurückzugewinnen. Wie hatte er sich nur dazu verleiten lassen können, in das Haus zurückzugehen, statt das Versprechen zu halten, das er Emily gegeben hatte? Wie dämlich war er gewesen! Und das ohne jedes Ergebnis. Die zwei Millionen waren immer noch nicht aufgetaucht, Vico Irion musste immer noch beschattet werden, die ganze Mühe war umsonst gewesen. Wegen der Großmutter eines Zimmermädchens hatte er sich zum Deppen gemacht!

Alexandra

Puerto Montt, 29.11.

Ihre Freundin Nathalie wurde von Tag zu Tag unleidlicher. Nicht nur, dass sie sich ständig bei Alexandra beschwerte, weil mit ihr angeblich zurzeit nicht zu reden war, das Wetter war ebenfalls nicht dazu angetan, ihre Laune zu heben. Während der Gletscher-Passage hatte jeder die Kälte akzeptiert, auch Nathalie. Jetzt aber, im Hinblick auf die zu erwartende Sonne in Santiago de Chile, wollte sie nicht mehr frieren. Täglich nörgelte sie herum. Alexandra hatte ihr in Aussicht gestellt, dass Puerto Chacabuco ein hübsches Städtchen sein könnte, aber diese Hoffnung hatte sich leider schnell zerschlagen. Über dem kleinen Ort hatten tiefe dunkelgraue Wolken gehangen, die Lagergebäude und Fabrikhallen am Hafen hatten alles andere als einladend ausgesehen. Puerto Chacabuco besaß nur knapp zweitausend Einwohner, Chancen auf ein Ortszentrum mit Eiscafé oder gar eine Shopping-Mall konnte Nathalie sich auf keinen Fall ausrechnen. Puerto Chacabuco war vor allem für die Wanderer auf der *Soleil* interessant, die den Naturpark durchstreifen wollten. Einige waren aufgebrochen, um sich die Presidente-Ibáñez-Brücke anzusehen, die angeblich Ähnlichkeit mit der Golden Gate Bridge von San Francisco haben sollte, oder die Cascade de la Vierge, den Wasserfall neben einer Felsgrotte, die der Heiligen Jungfrau Maria geweiht worden war. Nichts, was Nathalie interessierte, da konnte Alexandra ihr noch so gut zureden. Sie selbst hatte offengelassen, was sie in Chacabuco plante, sie wollte sich erst darüber schlau machen, was Liane Reich zu unternehmen gedachte.

Das hatte sie bald herausgefunden, zum Glück war Liane Reich ja sehr mitteilsam und auf besonders naive Weise daran interessiert, aller Welt zu erzählen, was sie Schönes vorhatte. Dazu brauchte man nur zwei Minuten neben ihr am Büfett zu stehen und eine direkte Frage zu stellen, schon wusste man Bescheid. In die Sauna wollte sie! Und Alexandra wurde nicht einmal rot, als sie behauptete, das hätte sie für diesen kalten Tag ebenfalls geplant. »Genau das Richtige!«

Nathalie allerdings hatte abgewinkt. »Ohne mich.«

Sie gab sich keine Mühe, ihre Schadenfreude zu verbergen, als Alexandra verärgert aus dem Spa-Bereich zurückkam. Der Lebensgefährte von Liane Reich war dabei gewesen, ein unangenehmer Kerl, fand Alexandra, der nackt noch unangenehmer war als bekleidet und der ständig darauf achtete, dass Liane den Mund hielt. Es war also nichts aus ihr herauszubekommen gewesen.

Am Tag darauf, in Puerto Montt, lief es ähnlich. Liane fasste den Entschluss, den Ort zu besuchen und sich dort etwas Hübsches zu kaufen. Puerto Montt war ja wesentlich größer als Puerto Chacabuco und hatte eine vielversprechende Innenstadt. Sie freute sich, als Alexandra sich ihr anschließen wollte, aber auch diesmal konnte Alexandra nicht mit Liane allein sein. Vico Irion war auch mit von der Partie, wofür Liane mit einer Begründung aufwartete, die Alexandra fassungslos machte: »Ich habe doch gesagt, dass ich mir was Hübsches kaufen will. Vico hat immer Angst, dass ich zu viel Geld ausgebe.« Sie kicherte ausgelassen. »Das passiert mir manchmal.«

Diesmal kam Nathalie auch mit. Nicht, weil Puerto Montt sie interessierte, erst recht nicht, weil ihr an einem Zusammensein mit Liane gelegen war, das wusste Alexandra, sondern wohl eher deshalb, weil sie verhindern wollte, dass ihre Freundin etwas Unüberlegtes tat. In Ushuaia hatte Nathalie mit Müh und Not verhindern können, dass Alexandra in der Nacht zu dem Haus fuhr, in dem

Liane Reich verschwunden gewesen war, und nun wollte sie kein Risiko mehr eingehen. Aber wieder ergab sich keine Möglichkeit für Alexandra, Liane in ein Gespräch zu verwickeln, in dem sie etwas verriet, was den Blick auf Jonas klarer machte. Vico Irion torpedierte jede Unterhaltung.

Alexandra wollte einfach genau wissen, was Jonas mit Liane Reich zu tun hatte. »Du hast doch gesehen«, sagte sie zu Nathalie, »wie er auf meine Behauptung reagiert hat, dass er Privatdetektiv sei. Er ist total verlegen geworden.«

»Aber er hat es bestritten«, gab Nathalie zu bedenken.

»Natürlich bestreitet er das, kein Privatdetektiv redet offen über einen Auftrag. Aber ich habe gesehen, wie erschrocken er war, als ich ihm auf den Kopf zugesagt habe, dass er Privatdetektiv ist.«

Ja, das hatte auch Nathalie gesehen. Sie aber war auch hier der Ansicht, dass es sie nichts anging. Auf Alexandra Helbing war Jonas offenbar nicht angesetzt worden, ihr Vater konnte nicht der Auftraggeber sein. Und wenn etwa ein gehörnter Ehemann dahintersteckte, der im Begriff stand, seine Frau Liane an einen Mann wie Vico Irion zu verlieren, dann war das etwas, was sie nicht zu interessieren hatte. »Das geht uns nichts an!«

Wie oft hatte Nathalie diesen Satz schon von sich gegeben! Immer wieder! Aber Alexandra blieb dabei, dass sie alles von Jonas wissen wollte. Alles!

»Warum?« Nathalies Frage war überflüssig, sie wusste, warum. »Wenn du scharf auf den Kerl bist, Alex, dann mach mit Godric Schluss. Er kann nicht der Richtige sein, wenn du dermaßen auf einen anderen Mann abfährst.«

Aber natürlich wies Alexandra auch diesmal weit von sich, dass ihr Interesse an Jonas so geartet war, wie Nathalie vermutete.

»Mit dir ist einfach nicht zu reden«, stöhnte Nathalie.

Vico Irion machte keinen Hehl daraus, dass ihm die Begleitung von Alexandra und Nathalie nicht behagte, aber Liane parierte seinen vorwurfsvollen Blick nicht anders als Alexandras neugierige Fragen, sie verstand ihn nicht und lachte seinen Vorwurf einfach weg.

Auch in diesem Hafen wurde getendert. Zahlreiche Passagiere standen auf Deck 3, um in die Tenderboote zu steigen, die sie an Land bringen sollten. Alle waren ungeduldig, viele sogar genervt, weil es lange dauerte, weil die Boote zu schnell voll waren und das nächste noch nicht in Sicht oder weil sich jemand vordrängelte.

Mit einem Mal entdeckte Alexandra jemanden, der den drei anderen nicht aufgefallen war: Jonas! Er hielt sich abseits, sorgte dafür, dass andere sich vor ihn schoben, und duckte sich sogar manchmal weg. Aber sie hatte ihn trotzdem gesehen. Und irgendwann fiel er auch Nathalie auf. Sie drehte sich zu Alexandra um, hob fragend die Augenbrauen in die Höhe und wandte sich wieder ab, als Alexandra leicht nickte.

Was wollte er hier? Auf diese Frage fand Alexandra ganz leicht eine Antwort. Er war hinter Liane her. Sie hatte sich geirrt, er konnte es nicht auf sie selbst abgesehen haben, es musste anders sein. Was ihm in dem Haus in Ushuaia nicht gelungen war, wollte er hier nachholen. Aber was konnte das sein? Fotos für einen gehörnten Ehemann? Nein, unmöglich. Vico Irion war in Ushuaia an Bord geblieben, dass es in dem Haus einen weiteren Liebhaber gab, hielt Alexandra für ausgeschlossen. Oder war Jonas für die Polizei im Einsatz? War Liane eine Straftäterin, der man auf die Schliche kommen wollte? Beinahe hätte Alexandra gelacht. Völlig unmöglich. Liane Reich tat versehentlich etwas Falsches, vielleicht sogar oft, aber niemals mit krimineller Absicht.

Das nächste Tenderboot legte an, Jonas schaffte es, darin noch einen Platz zu finden, und starrte eisern geradeaus, ohne einen Blick zurückzuwerfen, als es ablegte. Zehn Minuten später hielt schon das nächste Boot, diesmal stiegen Liane und ihr Freund mit Alexandra und Nathalie ein. Es war kalt auf dem Wasser, und die

Fahrt dauerte immerhin eine Viertelstunde. Als sie im Hafen von Puerto Montt anlangten, waren sie durchgefroren. Die Pier war sehr steil, sie hatten Mühe hinaufzukommen, und bereuten, nicht dem Rat des Kapitäns gefolgt zu sein. Dieser hatte am Morgen durchgegeben, dass es am Nachmittag viel einfacher sein würde, an Land zu gehen, weil das Wasser dann höher stünde. Vico Irion hatte seine liebe Mühe, von Bord zu kommen, Liane vor allem deswegen, weil sie mal wieder Stöckelschuhe trug, die denkbar ungeeignet für diesen Ausflug waren.

Aber schließlich standen sie sicher an Land, rieben sich die Hände warm und wagten es, die Kapuzen von ihren Köpfen zu ziehen. Alexandra sah sich um. Die Insassen des Tenderbootes, das vor ihnen gestartet war, hatten sich bereits in Bewegung gesetzt. Jonas jedoch war in ihrer Nähe geblieben. Wieder verständigte Alexandra sich durch einen Blick mit Nathalie. Beide dachten dasselbe: Jonas würde ihnen folgen.

Kurz darauf hatten sie den Beweis. Er war sehr vorsichtig, hielt häufig an, um etwas zu betrachten, fiel zurück und holte wieder auf, aber er blieb immer in Sichtweite. Wenn sie sich zu ihm umsahen, griff er jedes Mal nach seinem Handy. Ein Tourist, der sein Smartphone zückt, fällt ja wirklich nicht auf, das tun sämtliche Touristen alle paar Minuten überall dort, wo es etwas zu besichtigen und zu fotografieren gibt.

Zum Fischmarkt wollte Liane auf keinen Fall, obwohl ihr Freund diesen Vorschlag machte, aber der Kunsthandwerkermarkt direkt daneben interessierte sie sehr. Alexandra und Nathalie pflichteten ihr bei, während Vico Irion die Augen verdrehte. »Denk aber bitte daran, dass in unsere Koffer nicht mehr viel reinpasst«, sagte er zu Liane.

Diese ließ sich zunächst nicht zurückhalten. Sie hob gläserne Vasen hoch und musste sich von ihrem Lebensgefährten fragen lassen, ob sie von allen guten Geistern verlassen sei. »Die sind doch kaputt, wenn wir zu Hause ankommen.« Die bemalten Steine akzeptierte er auch nicht – »Viel zu schwer!« –, die gestrickten Tücher fand er geschmacklos. Schließlich blieb Liane an einem Stand stehen, der Holzschmuck anbot. Liane hielt mit leuchtenden Augen eine Kette nach der anderen in die Höhe, die alle aus Holzperlen gefertigt worden waren. »Für meine Mama und meine Schwestern! Und natürlich für mich.«

Vico Irion tuschelte ihr etwas zu und entfernte sich hastig. Liane lachte ihm hinterher. »Mein Mausi muss Pipi, immer im falschen Augenblick. Er hat eine schwache Blase. Oder was mit der Prostata. Ich habe ihm schon ein paarmal gesagt, er soll endlich zum Uro… also, zu so einem Männer-Arzt gehen. Hoffentlich gibt es hier überhaupt ein Klo.«

Alexandra sah Vico nach, der aber im Nu im Gedränge vor den Ständen verschwunden war. Liane hängte sich derweil sämtliche Ketten, die sie ausgesucht hatte, um den Hals und schien zu überlegen, ob sie für ihre Angehörigen etwas anderes kaufen sollte. »Sieht todschick aus, oder?«

Aber Alexandra riet ihr ab. »Das wirkt überladen.«

»Ja, kann sein.« Liane suchte weiter in dem Holzperlenketten-Angebot herum, und Nathalie trat bereits von einem Bein aufs andere, ging dann weiter zum nächsten Stand, kehrte wieder zurück, stellte fest, dass Liane sich immer noch nicht entschieden hatte, verdrehte die Augen und trat an den übernächsten Stand.

Alexandra wurde irgendwann klar, dass Liane kein Geld dabeihatte, dass sie darauf wartete, dass ihr Freund zurückkam und ihr Geld gab, damit sie die Ketten kaufen konnte. Sie fragte sich, wie das in Ushuaia gewesen war. Hatte Liane ihr eigenes Geld genommen, um Juanas Großmutter zu beschenken? Oder war Vico Irion großzügig gewesen? Hatte Liane nur heute zufällig ihr Portemonnaie nicht dabei, oder war sie von ihrem Lebensgefährten finanziell abhängig?

Alexandra hatte noch keine Antwort gefunden, als am Ende des Marktes plötzlich Tumult ausbrach. Laute Stimmen waren zu hören, und mit einem Mal stand Nathalie wieder neben ihr. »Da hat jemand geschrien.«

Diesmal war es Alexandra, die sagte: »Das geht uns nichts an«, weil es schien, als wollte Nathalie losstürmen, um zu sehen, was dort geschehen war. »Da sind schon genug Leute, die sich kümmern.«

Liane wurde mit einem Mal nervös. »Wo ist Mausi?«

»Er wollte doch ... Er musste doch ...« Alexandra fragte sich plötzlich, wie lange Vico Irion eigentlich schon weg war.

Liane legte die Ketten zurück und lief zur großen Enttäuschung des Verkäufers auf die Menschentraube zu, die sich am Ende des Marktes gebildet hatte. Stimmen schwirrten durcheinander, jemand rief nach der Polizei, ein anderer erkundigte sich nach dem Notruf, aber niemand schien sich wirklich entschließen zu können, die Polizei zu verständigen.

Liane drängte sich durch die Neugierigen, schien sich von Schritt zu Schritt sicherer zu sein, dass ihrem Lebensgefährten etwas zugestoßen sein musste, zwängte sich in den schmalen Gang zwischen zwei Ständen, indem sie andere rigoros zur Seite stieß. Alexandra blieb hinter ihr, sorgte dafür, dass sich die Lücken, die Liane erzwang, nicht wieder schlossen, und stand neben ihr, als Liane erkannte, wer dort auf der Erde lag. Sie schrie auf, und Alexandra schob sich an ihre Seite. Wie erstarrt blieb sie stehen. Zu ihren Füßen lag tatsächlich Vico Irion. Bäuchlings, mit dem Gesicht im Schmutz ...

Emily

Emily brauchte Zahnpasta. Eigentlich kein Problem, nach dem Auslaufen am Abend waren die Shops schon bald geöffnet worden, kaum dass der Hafen von Puerto Montt hinter ihnen lag. Aber Emily wollte Maria nicht begegnen. Womöglich war auch das kein Problem, denn im Bordshop gab es zwar Zahnpasta, aber nur in geringer Auswahl, während die Parfümerie sogar die Marke führte, die Emily bevorzugte. Also war es keine Sache, sich dort umzusehen. Allerdings ... die beiden Eingangstüren lagen einander direkt gegenüber, sodass es schwierig sein konnte, die Parfümerie zu betreten, ohne von Maria gesehen zu werden. Emily wollte nicht mit ihr reden, nicht über Jonas sprechen, wollte sich keine Erklärungen anhören und sich nicht dazu nötigen lassen, Verständnis für ihn aufzubringen. Die Familie Jantzen war ihr egal, vollkommen piepegal! Mehr noch, sie mochte die Jantzens nicht, keinen von ihnen! Aber die Zahnpasta brauchte sie nun mal ...

Sie betrat die Shoppingmeile, den Blick fest auf die Schaufenster der Parfümerie gerichtet, ohne die Auslagen des Bordshops zu beachten. Doch das Manöver misslang. Sie war nur noch zwei Schritte von der geöffneten Tür der Parfümerie entfernt, als sie Marias Schrei hörte: »Emily!«

Darauf nicht zu reagieren, wäre schrecklich unhöflich gewesen, so zu tun, als hätte sie ihn nicht vernommen, total unglaubhaft. Also drehte Emily sich um, obwohl sie das eigentlich gar nicht wollte. Sie sah Maria an der Kasse stehen und aufgeregt winken.

Die Kundin, die sich gerade etwas von ihr einpacken ließ, blickte sich irritiert um.

Emily war peinlich berührt. Schrecklich, wie auffällig sich Maria immer benahm! Kaum zu glauben, dass sie die Schwester des Kapitäns war, der immer so distinguiert daherkam. Ganz zu schweigen von ihrer Schwester Barbara, die stets eine Distanz zu den Dingen wahrte, die sie umgaben, und auch zu den Menschen. Andererseits ... während sie auf Maria zuging, gestand sie sich ein, dass es gerade das war, was ihr gefiel. Diese offene Emotionalität, diese klare Lebenshaltung. Und natürlich die Tatsache, dass sie Jonas' Mutter war!

Als ihr diese Erkenntnis durch den Kopf schoss, hätte sie am liebsten wieder kehrtgemacht. Aber es war zu spät. Maria verabschiedete die Kundin hastig und zog Emily hinter die Kasse, in die Ecke, die vom Verkaufsraum aus nicht einzusehen war. Dort stand der Kaffeeautomat, den Maria jetzt mit flinken Fingern bediente, ohne Emily zu fragen, ob sie überhaupt Kaffee wollte. Emily begriff sofort, dass etwas geschehen sein musste, das Maria aus der Fassung gebracht hatte, sonst käme sie nicht auf die Idee, am Abend noch Kaffee zu kochen. Und schlagartig wollte sie wissen, worum es ging ...

»Stell dir vor«, begann Maria verheißungsvoll und mit tuschelnder Stimme, sodass Emily gar nicht anders konnte, als sich gespannt vorzubeugen.

Leider wurde sie mehrfach unterbrochen, natürlich immer an den spannendsten Stellen, aber schließlich war Maria am dramatischen Höhepunkt ihrer Geschichte angekommen und erzählte, dass Vico Irion auf dem Kunsthandwerkermarkt von Puerto Montt niedergeschlagen und schwer verletzt worden war. »Einer der Standbesitzer hat Schlimmeres verhüten können. Irion stand vor einem Mast und pinkelte ... du weißt ja, dass ein Mann in dieser Situation vollkommen wehrlos ist ... da bekam er von hinten eins übergebraten. Er prallte nach vorn, gegen den Mast, und fiel dann bäuchlings in den Dreck. Der Standbesitzer hat einen Mann gesehen, der angeblich Anstalten machte, auf Irion draufzuspringen, vermutlich, um ihm das Rückgrat zu brechen. Aber er hat von ihm abgelassen, als er merkte, dass jemand dazugekommen war, der ihn später hätte identifizieren können.«

Emily war erschüttert. »Und Jonas?«

»Der hat sich natürlich rausgehalten. Es wäre total falsch gewesen, sich einzumischen.«

»Wo ist Irion jetzt?«

»An Bord! Als er wieder zu sich kam, hat er darauf bestanden, auf die *Soleil* gebracht zu werden. Der Schiffsarzt hat ihn noch in der Mangel.«

»Und die Polizei? Hat die den Täter festnehmen können?«

Maria machte eine wegwerfende Handbewegung. »Polizei! In Chile? Da will keiner was mit der Polizei zu tun haben. Jeder hat nach ihr geschrien, aber keiner hat sein Handy ans Ohr genommen und die Notrufnummer gewählt. Am Ende war es Irion selbst, der es verhindert hat. Er wolle keine Polizei, soll er gesagt haben, das brächte doch nichts. Und dieser Ansicht waren alle anderen auch. Der Angreifer war natürlich längst über alle Berge. Und der Standbesitzer konnte ihn kaum beschreiben. Groß, schlank, dunkel gekleidet ... das war's auch schon.«

Emily versank in dumpfes Brüten. Schließlich fragte sie: »Hat das was mit Jonas' Fall zu tun? War das jemand, der Vico Irion ausschalten wollte, um selbst an das Geld zu kommen?«

Maria hatte diese Frage natürlich auch schon erwogen. Und Jonas ebenfalls. Das stellte sich schnell heraus. Denn er stand mit einem Mal in der Kaffee-Ecke und schien mitbekommen zu haben, was Maria berichtete. Vorwurfsvoll sah er seine Mutter an. »Du hast mich nicht mal zur Kenntnis genommen. Jeder andere hätte eintreten und hören können, was du erzählst. Wenn du schon über die Angelegenheit redest, dann bitte etwas dezenter.«

»Dezent?« Maria sprach das Wort aus, als hätte sie es noch nie gehört und wollte es sich erklären lassen.

Emily musste lächeln. »Wie geht es Vico Irion?«

Jonas erwiderte ihr Lächeln, sehr lange, sehr zärtlich, sodass es sich von ihrem Gespräch löste und nur zufällig seine Worte begleitete. »Ich glaube, ich werde in den nächsten Wochen viel Freizeit haben. In welchem Hafen wir auch anlegen, bis Vico Irion von Bord gehen kann, wird es noch dauern. Du könntest mal seine Freundin danach fragen, wenn du sie siehst.«

»Ich?« Sie stieß sich selbst mit dem rechten Zeigefinger vor die Brust. So war das also! Das Lächeln, das er ihr geschenkt hatte, war wieder nur berechnend gewesen. Sie war für ihn jemand, der ihm helfen konnte! Mehr nicht!

Zornig stand sie auf. »Wie komme ich dazu ...?«

Er drückte sie wieder auf den Stuhl zurück. »Natürlich musst du das nicht, wenn du nicht willst.«

Emily merkte, dass Maria sich zurückzog. Es war niemand in den Laden gekommen, sie wollte also keinen Kunden begrüßen. Maria schien zu hoffen, dass sich zwischen Jonas und Emily etwas anbahnte, bei dem sie nicht stören sollte. Von wegen! Dabei würde sie nicht mitspielen.

Jonas sank vor ihr auf die Knie. »Emily, bitte verzeih mir. Ich weiß, dass ich einen großen Fehler gemacht habe, der eigentlich unverzeihlich ist. Aber ich bitte dich trotzdem ...«

Emily sprang auf und sah zu, wie Jonas sich erschrocken wieder aufrappelte. »Lass uns ruhig bei deinem Job bleiben. Für alles andere brauche ich ein bisschen länger.«

Nun war das Erschrecken an ihr. Hatte sie ihm Hoffnungen gemacht? Konnte er ihre Worte so auffassen, dass er nur Geduld haben und warten musste?

Wie ein begossener Pudel stand er nun vor ihr und sah zu Boden. »Okay.«

»Wie schätzt du diesen Überfall auf Irion ein?« Emily war stolz auf sich, dass sie es schaffte, so kühl und rational zu reagieren. »Zufall? Wollte da nur einer an sein Portemonnaie?«

Jonas schaute immer noch auf seine Füße, während er den Kopf schüttelte. »Das glaube ich nicht.«

»Also jemand, der weiß, warum er diese Weltreise angetreten hat? Jemand, der ihm zuvorkommen will?«

Nun nickte Jonas und wagte es endlich aufzublicken. »Deswegen wollte Irion auf keinen Fall die Polizei hinzuziehen und auch auf gar keinen Fall ins Krankenhaus.«

»Er will die Sache unter der Decke halten und muss auf dem Schiff bleiben, bis es den Hafen anläuft, in dem die zwei Millionen auf ihn warten.«

Nun erschien Maria wieder neben ihnen. Sie hatte sich tatsächlich nur so weit zurückgezogen, dass die beiden sich allein fühlen konnten, war aber in Hörweite geblieben. Emily hatte nichts anderes erwartet. »Die Frage ist nur«, sagte sie, »ob derjenige, der ihn zusammengeschlagen hat, in Puerto Montt geblieben oder mit dem nächsten Tenderboot aufs Schiff zurückgekehrt ist.«

»Dann ist Vico Irion weiter in Gefahr«, sagte Emily.

»So wie Fred Alswede?«, fragte Maria.

Aber Jonas schüttelte den Kopf. »Der Kerl wird nicht ohne Grund in Puerto Montt zugeschlagen haben. Dort kann es praktisch jeder gewesen sein, auf dem Schiff nur einer der Passagiere.«

»Wie hat Liane Reich reagiert?«, fragte Emily.

»Die hat Zeter und Mordio geschrien. Zum Glück hat Nathalie sich um sie gekümmert.«

»Nathalie war auch dabei?« Emilys Stimme klang schärfer, als sie wollte.

Jonas zuckte mit den Schultern. »Dafür kann ich nichts.«

Ehe Emily zu einer anderen Ansicht kommen konnte, warf Maria schnell ein: »Lisa wird in San Antonio an Bord kommen. Du weißt ja, Emily, meine Nichte, Jonas' Cousine. Du wirst doch hoffentlich auch dabei sein, wenn wir sie begrüßen?«

Maria

San Antonio, 1.12.

Ich mache mir solche Vorwürfe! Ehrlich. Aber ich kann mich einfach nicht richtig auf Lisa freuen. Dabei ist sie doch meine Nichte. Doch ich merke, dass es Lukas und Barbara ähnlich geht. Wo Lisa erscheint, ist es mit der Heiterkeit meist schnell vorbei, in ihrer Gegenwart kann man einfach nicht unbeschwert sein. Sie trägt die Last der Welt auf ihren Schultern und verachtet jeden, der das Leben schön findet. »Oberflächlich«, lautet dann ihr vernichtendes Urteil. Wer lacht, ist oberflächlich, wo es doch so viel Leid auf der Welt gibt, wer scherzt, ebenso, weil er offenbar nicht erkennt, wie schlimm es um die Welt bestellt ist, und Menschen, die auf Probleme mit der lapidaren Entgegnung reagieren, dass sich schon alles irgendwie finden werde, sind das Alleroberflächlichste, was Lisa sich vorstellen kann. Schließlich ist die Welt voller Probleme, und wo kämen wir denn hin, wenn niemand sich um sie kümmerte und alle nur darauf hofften, dass sich alles von selbst regeln würde!

Dabei sieht Lisa auf den ersten Blick keineswegs so aus, als wäre sie stark genug für die Probleme der Welt. Sie ist klein und zierlich, das Erbteil ihrer Mutter, wirkt blass und verzagt, ihre Mundwinkel zittern häufig, als kämpfe sie mit den Tränen. Aber wenn sie irgendwo ein Unrecht wittert, wird sie zu einem rhetorischen Herkules. Sie weiß immer, was getan werden muss und wer dafür zuständig ist. Und da meistens nichts getan wird und sich niemand zuständig fühlt, ist Lisa immer und bis oben hin mit Empörung angefüllt.

Sie würde mit einem Shuttlebus kommen. Im Hafen von San

Antonio war es nicht gestattet, sich zu Fuß zu bewegen. Zwischen dem Terminal und der *Soleil* war ständig ein Shuttlebus unterwegs, der die Passagiere zum Schiff hin- und zurückbrachte. Lisa hatte eine WhatsApp-Nachricht geschickt, als sie im Hotel in Valparaíso startete. Wir konnten uns also ausrechnen, dass sie in eineinhalb Stunden am Hafen ankommen würde.

Wir hatten das Schiff verlassen und warteten vor der Gangway. Vor uns unzählige Container, aufeinander- und nebeneinandergestapelt, viele vor der *Soleil,* die hier beladen wurde. Vor der großen Luke, durch die der neue Proviant geschoben wurde, standen acht große Container. Nun kam auch noch ein Tankwagen, der das Schiff mit neuem Treibstoff versorgte.

»Hoffentlich ist sie pünktlich«, stöhnte Barbara, die genauso schlecht warten konnte wie ich.

Die Sonne stand hoch über San Antonio, der Himmel hatte zwar kein leuchtendes Blau angenommen, war von einem diesigen Grau überzogen, stellte sich dem Sonnenlicht jedoch nicht in den Weg. Es wurde wärmer, wenn es auch in den Küstenorten am Pazifik nie so warm wurde wie im Hinterland. Das verhinderte eine Meeresströmung, die kaltes Wasser aus der Antarktis nach Norden brachte. Lukas hatte es uns erklärt. Nun wussten wir, warum es in Santiago de Chile fast dreißig Grad warm war, in San Antonio dagegen nur siebzehn Grad. Eine Temperatur, die wir dennoch genossen, weil Lukas uns ebenfalls erzählt hatte, dass der Wetterbericht von Schneefällen in ganz Deutschland berichtet hatte. Sogar der Strand auf Sylt war verschneit.

Ich erklärte Barbara, wie ich es schaffte, längere Wartezeiten zu überstehen, aber sie hatte noch nie was von Beckenbodengymnastik gehört, und auf die Schnelle konnte ich ihr nicht beibringen, die entsprechenden Körperteile anzuspannen, und ihr auch nicht erklären, worauf es dabei wirklich ankam. »Lass uns später darüber reden.«

Monströse Kranwagen, so hoch wie die *Soleil*, bewegten sich vor unseren Augen auf im Boden eingelassenen Schienen, sie holten einen Container nach dem anderen dorthin, wo sie verladen oder entladen werden sollten. Gabelstapler warteten darauf, sie dann an ihren endgültigen Bestimmungsort zu bringen. Überall Lärm und laute, polternde, dröhnende und piepende Betriebsamkeit! Barbara blickte auf ihre Uhr und fing mit einem Mal an, vor mir hin und her zu gehen. »Lieber Himmel, ich habe heute erst viertausend Schritte gemacht.« Mir kam das viel vor, aber ich wusste mittlerweile, dass Barbara täglich mindestens achttausend Schritte machen musste, um gesund und leistungsfähig zu bleiben. Das behauptete jedenfalls ihre Uhr. Ein schreckliches Instrument.

Sie starrte das Ziffernblatt an und tippte mit dem rechten Zeigefinger darauf. »Was? Noch keine Treppe? Habe ich wirklich immer den Aufzug genommen? Lieber Himmel, das muss ich ändern.«

Wieder fuhr ein Shuttlebus vor, ein zweiter gleich hinterher. Und darin saß Lisa. Sie stieg als eine der Ersten aus und ließ sich ihre Koffer reichen, die der Fahrer eilfertig aus dem Laderaum holte. Dann erst drehte sie sich um, ließ ihren Blick bis auf das obere Deck der *Soleil* wandern und entdeckte schließlich Barbara und mich, die wir vor der Gangway auf sie warteten.

Als sie auf mich zukam, stieß ich Barbara in die Seite. »Jetzt lächeln«, zischte ich ihr zu, »und einfach nicht damit aufhören!«

Tatsächlich schien es zunächst zu funktionieren. Lisa freute sich über unseren Empfang direkt hinter der Gangway, deutete unsere Herzlichkeit, die wir damit zum Ausdruck bringen wollten, richtig und lächelte so strahlend, dass sie mir viel hübscher vorkam, als ich sie in Erinnerung hatte. Das musste daran liegen, dass sie sonst selten so strahlte.

»Tante Maria! Tante Barbara!«

Lisa lehnte es ab, uns nur beim Vornamen zu nennen. Sie hatte es sogar geschafft, dass auch Jonas meine Geschwister mit Onkel und Tante anredete. Auch so etwas, das typisch für Lisa war. Eisern und unerbittlich wurde sie, wenn sie etwas durchsetzen wollte, und am Ende taten viele Menschen oft etwas, das nur eine Einzige wollte: Lisa.

»Mama lässt euch grüßen.«

Eigentlich hatten Barbara und ich die Absicht gehabt, nach Valparaíso zu fahren und Lisa im Hotel abzuholen. Wir waren seit Jahren zum ersten Mal wieder in der Nähe von Helene, da wäre es uns lieblos vorgekommen, ihr bei dieser Gelegenheit keinen Besuch abzustatten. Aber als wir Lisa diesen Plan am Telefon unterbreiteten, war sie keineswegs so erfreut gewesen, wie wir angenommen hatten. Sie teilte uns mit, dass ihrer Mutter eine emotionale Überanstrengung nicht zuzumuten sei. Man könnte nicht wissen, wie sie auf so eine familiäre Konfrontation reagierte. Am Ende würde es ihren Nerven schaden, sie könnte einen Zusammenbruch erleiden, sodass Lisa dann am Ende auf ihre Teilnahme an dem Familientreffen auf der *Soleil* verzichten müsste.

Das wollten wir natürlich auf keinen Fall riskieren und gaben uns einsichtig. Obwohl Barbara und ich uns heimlich, als niemand hinhörte, gegenseitig gestanden, dass wir nicht daran glaubten, dass ein Wiedersehen mit uns eine so verheerende Wirkung auf Helene haben könnte. Andererseits gestanden wir uns außerdem, dass wir mit dieser bequemen Lösung besser dran waren.

Am Abend saßen wir gemütlich beisammen. Lisa lernte nun auch Emily kennen, von der sie sehr offen und freundlich begrüßt wurde.

Aber natürlich konnte Lisa sich nicht über die junge Liebe zwischen Emily und meinem Sohn freuen. Sie zog indigniert die Augenbrauen hoch, was sie beherrschte wie keine Zweite. »Erst eine so kurze Bekanntschaft? Und dann noch auf einer Reise, also in einer Lebenssituation, die sich vom Alltag total unterscheidet! Das kann nicht gutgehen.« Lisa war sich mal wieder vollkommen sicher. »Ihr solltet euch keine großen Hoffnungen machen. Erst im täglichen Einerlei werdet ihr merken, ob ihr zusammenpasst.«

Natürlich hatte sie recht, aber Sie können sich vorstellen, dass ich das nicht hören wollte. Leider fehlten mir die geeigneten Argumente, die ich Lisa hätte entgegenhalten können, denn Emily und Jonas wirkten zurzeit wirklich nicht wie ein harmonisches Paar. Emily wollte meinem Sohn einfach nicht verzeihen, dass er sein Wort gebrochen hatte. Er hatte ihr in Ushuaia versprochen, sie auf der Rückfahrt nicht aus den Augen zu lassen, und hatte es dann trotzdem vorgezogen, zurückzukehren und in das Haus einzudringen, in dem er Vico Irions Komplizen vermutete. Ich war schon drauf und dran, Lisa darüber aufzuklären, aber Jonas warf mir einen warnenden Blick zu, und ich klappte meinen Mund wieder zu. Nein, Lisa sollte nicht auch noch von seinem Auftrag erfahren. Jonas litt schon genug darunter, dass mittlerweile so viele Bescheid wussten. Ich hätte ihm entgegenhalten können, dass es nur eine Frage der Zeit war, bis Lisa alles durchschauen würde, aber ich wollte nicht diejenige sein, die etwas verriet. Das sollte Jonas selbst tun.

Aber er schien schon zu bereuen, dass er für Lisa seine Pflichten vernachlässigte. Wenn Vico Irion auch außer Gefecht gesetzt war, könnte es immerhin sein, dass er seine Lebensgefährtin damit beauftragte, die zwei Millionen zu holen, wenn er selbst dazu nicht in der Lage war. Zum Glück war Leon bereit gewesen, sich an Jonas' Stelle in der Nähe des Ausgangs aufzuhalten, um nicht zu verpassen, wenn Liane Reich das Schiff verlassen sollte. Jonas glaubte zwar nicht daran, aber sicher konnte man nicht sein. Womöglich hatte der Überfall auf Irion etwas mit der Beute zu tun, die er zurückhaben wollte, dann war das ein Hinweis darauf, dass sie in Puerto Montt versteckt war. Dann war ihm jemand in die Quere gekommen, der die zwei Millionen für sich behalten wollte. Vico Irion wäre dann um seine Beute betrogen worden. Wie würde er darauf reagieren? Welche Konsequenzen würde das haben? Hätte er sich trotz der Warnung noch einmal auf den Weg gemacht? Oder hätte er Liane Reich losgeschickt? Weder das eine noch das andere war geschehen. Jonas hatte natürlich genau aufgepasst. Vico Irion war vom Schiffsarzt in seine Kabine gebracht worden, und Liane Reich war bei ihm geblieben. Entweder war die Beute durch den Überfall verloren, oder die Sache hatte nichts mit den zwei Millionen zu tun. Jonas musste also damit rechnen, dass San Antonio der Ort war, für den Irion die Weltreise auf sich nahm. Die *Soleil* würde die ganze Nacht im Hafen liegen, es war durchaus möglich, dass Irion geplant hatte, sich im Schutz der Dunkelheit auf den Weg zu machen. Und da er dazu nun selbst nicht in der Lage war, konnte nur Liane ihm diese Aufgabe abnehmen. Zum Glück hatte Leon versprochen, sie aufzuhalten, wenn sie an den Kontrollpunkt treten würde, um auszuchecken. Ein technisches Problem, ein Computerabsturz ... und Liane Reich würde sich ein paar Minuten gedulden müssen, bis sie mitten in der Nacht die *Soleil* verlassen konnte. Zeit genug, um Jonas zu alarmieren, damit er ihr folgen konnte. Mir wurde angst und bange, wenn ich daran dachte, dass mein Junge sich bei Dunkelheit in einer völlig fremden Umgebung allein an eine Verfolgung machen musste. Auch wenn er es mit Liane Reich zu tun bekommen würde und nicht mit Vico Irion. Gefährlich wäre es trotzdem. Aber mich fragt ja mal wieder keiner.

Jetzt entspann sich eine Diskussion darüber, wie eine echte, wahre Liebe auszusehen habe, die ein ganzes Leben lang halten würde. Jeder hatte etwas beizusteuern, nur Lukas nicht. Liebe war für ihn kein Thema, das wusste ich. Er sprach gern über Frauen, machte auch keinen Hehl daraus, dass Frauen zu seinem Leben gehörten und gehören sollten, doch über Liebe redete er nie, seit er die eine große Liebe verloren hatte. Aber davon wusste Lisa nichts, auch Helene hatte damals nicht viel mitbekommen. Mit Albert hatte Lukas häufiger geredet, ihm schien er damals sein Herz ausgeschüttet zu haben, aber der Arme war ja nicht mehr Teil unserer Familienrunde …

Ich hatte lediglich an Albert gedacht, aber Lisa reagierte, als hätte sie meine Gedanken gehört. Prompt begann sie, von ihrem Vater zu reden, wie sehr er ihr fehle, wie er seiner Frau fehle, wie dramatisch sich Helenes Krankheit verschlechtert habe, seit Albert damals verschwunden sei … Dabei trafen Lukas immer wieder vorwurfsvolle Blicke, der sie jedoch allesamt parierte, als ginge ihn Alberts Verschwinden nichts an. Ich war froh, dass er sich nicht auf dieses Gespräch einließ. Er hatte Lisa damals oft genug erklärt, warum er nichts für Albert hatte tun können, und es war nun wirklich nicht nötig, damit noch einmal zu beginnen. Das schienen alle zu denken, die in dieser Runde saßen. Niemand beteiligte sich an Lisas Erinnerungen, kein Einziger trug etwas bei, keiner wollte etwas sagen, das am Ende nur erneut zu Trauer, Verzweiflung und Schuldzuweisungen führen konnte. Alle saßen da und ließen Lisas Rede an sich vorüberziehen. Barbara fielen sogar die Augen zu, das habe ich ganz genau gesehen …

Da klopfte es, und ein Offizier steckte den Kopf ins Zimmer. Lukas schien erleichtert und stand nicht auf, um dem Offizier zu folgen, damit das Gespräch nicht gestört wurde, vielmehr schien er genau das im Sinn zu haben. Das Gespräch sollte unterbrochen werden und danach beendet sein.

»Was gibt's?«, fragte er freundlich.

»Ein Anruf«, war die Antwort. »Die Reederei hat ihn weitergeleitet. Anscheinend geht es um den Passagier, der verschwunden ist.«

Lisa fuhr hoch. »Was? Schon wieder? Das darf doch wohl nicht wahr sein!«

Lukas versuchte, sie mit einer kleinen Geste zu beruhigen, was ihm natürlich nicht gelang. Ich machte mir gar nicht erst die Mühe, Lisa zu besänftigen, das war sinnlos. So ein Mist aber auch, dass sie gleich in den ersten Stunden auf der *Soleil* erfuhr, was passiert war!

Lukas sprang auf und folgte dem Offizier nach draußen. Barbara und ich sahen uns an, als wollte eine in den Augen der anderen etwas lesen, was die Situation hätte entspannen können. Aber weder Barbara noch ich hatten eine Idee. Jonas fing sogar an, seine Sneaker neu zu binden, um seine Cousine nicht ansehen zu müssen.

Lisa holte tief Luft. »Was ist das für ein Mann? Ist er über Bord gegangen?«

Wir beschlossen, alle nichts zu wissen. Barbara sah zur Decke, ich zuckte die Schultern, und Jonas nestelte weiterhin an seinen Schnürsenkeln herum.

»Aha!«, sagte Lisa. »Hier wird also mal wieder was vertuscht!«

Lukas

Lukas spürte die Anspannung wie einen Fremdkörper, der ihn drückte und quälte und sich nicht entfernen ließ. Erst die Tatsache, dass Lisa schon jetzt Munition für ihre Vorwürfe geliefert worden war, und nun auch noch das! Wer mochte es sein, der ihn wegen Fred Alswedes Verschwinden sprechen wollte? Gab es doch einen Angehörigen, der sich Sorgen machte, weil Fred Alswede nichts mehr von sich hören ließ? Oder ging es um Alswedes Beruf?

Voll böser Vorahnungen nahm er den Telefonhörer zur Hand und atmete tief durch, ehe er sich meldete.

»Sie sind der Kapitän der *Soleil*?«, kam es zurück.

»So ist es. Mit wem spreche ich?« Lukas fand es richtig, zunächst kühl und sachlich zu reagieren.

»Mein Name ist Helbing, Ron Helbing. Ich nehme an, Sie kennen mich?«

Lukas zögerte, brauchte aber nicht lange zu überlegen. »Nein, oder ... sind wir uns schon mal begegnet?«

Diese Frage schien nicht der erwarteten Reaktion zu entsprechen. Sein Gesprächspartner war offenbar daran gewöhnt, dass man ihn kannte und er nicht erklären musste, wer er war. »Sicherlich haben Sie schon mal in einem BEE-Lädchen eingekauft?«

Das hatte Lukas noch nicht, jedenfalls konnte er sich nicht erinnern. Aber er verzichtete darauf, die Frage zu verneinen. Er konnte sich nun denken, dass dieser Ron Helbing der Besitzer dieser Billig-Ladenkette war. »Darf ich den Grund Ihres Anrufs erfahren?«

»Sie dürfen«, kam es dröhnend zurück. »Ich will wissen, was mit Fred Alswede los ist.«

»Wer soll das sein?«

»Ein Passagier Ihres ... Ihres Dampfers. Sie kennen ihn nicht?«

»Mein ... Dampfer hat zweieinhalbtausend Passagiere an Bord.«

»Dann machen Sie sich schlau. Es geht um Fred Alswede. Ich will wissen, was mit ihm los ist. Ist er krank? Ich höre nichts mehr von ihm. Und telefonisch ist er nicht zu erreichen.«

Lukas musste sich zur Ruhe zwingen. »Sie haben sicherlich schon mal was von Datenschutz gehört?«

»Papperlapapp! Fred Alswede arbeitet für mich.«

»Trotzdem ...«

»Meine Tochter ist an Bord, Alexandra Helbing. Und Fred Alswede ist dazu da ... also ... er ist so was wie ihr Bodyguard.«

Lukas verschaffte sich ein bisschen Zeit, indem er zunächst so tat, als verstünde er kein Wort. Diese Situation hatte er befürchtet, er hatte sogar gewusst, dass sie nicht zu verhindern war. Ein Detektiv, der mit einem Mal keine Ermittlungsergebnisse mehr durchgab, wurde natürlich vermisst. Einen Angehörigen gab es nicht, wohl aber einen Auftraggeber. »Warum braucht Ihre Tochter einen Bodyguard?«

»Weil sie demnächst ins englische Königshaus einheiratet.«

Lukas war verblüfft. »Harry? Aber der hat doch ...«

Weiter kam er nicht. »Quatsch! Kein Prinz, aber immerhin ein Earl. Und gut, dass Sie so viel Wert auf Datenschutz legen! Das ist noch nicht für die Öffentlichkeit bestimmt, klar? Jedenfalls vorerst.«

»Ich habe keinen Anlass, darüber zu reden.«

»Also – rufen Sie mich an, wenn Sie wissen, was mit Fred Alswede los ist.«

»Rechnen Sie bitte nicht damit«, entgegnete Lukas kühl. »Ich gebe selbstverständlich keine Auskünfte über einen Passagier.« Er rang sich noch ein paar höfliche Worte ab und sorgte dann dafür, dass Helbing keine Zeit hatte, sie zu erwidern.

Lukas legte auf und atmete tief durch. Dann wählte er die Nummer der Reederei und ließ sich verbinden. Sein Gesprächspartner war Karsten Erdmann, mit dem er bereits über Alswede gesprochen hatte. Dem gefiel es genauso wenig wie Lukas, dass in die Angelegenheit jemand verstrickt war, der einen bekannten Namen, viel Geld und natürlich entsprechend viel Einfluss hatte. »Trotzdem bleiben wir dabei«, sagte er, ohne lange zu überlegen. »Keine Informationen! Wir halten uns völlig bedeckt. Helbing hat keinen Anspruch auf Auskunft.«

»Ja, klar ... aber ...« Lukas brauchte zwei Anläufe, bis er weitersprechen konnte. »Es ist nicht ausgeschlossen, dass Fred Alswede einem Verbrechen zum Opfer gefallen ist.«

»Was? Wie kommen Sie darauf?«

Lukas erzählte von der roten Flüssigkeit, in die eine Passagierin getreten war, gerade in der Nacht, in der Fred Alswede verschwand. »Sie hat zufällig darüber geredet«, behauptete er, ohne Emilys Namen und erst recht ohne den Namen seines Neffen zu erwähnen. »Sie dachte, es wäre Cassis gewesen, mit dem an der Bar gekleckert worden war ...«

»Das kann doch auch sein.«

»Ja ...« Lukas zögerte, ehe er sich abrang: »Aber vielleicht war das Blut.«

»Das ist nicht zu beweisen.« Dieser Satz kam kurz und bündig, als wollte Karsten Erdmann damit das Gespräch am liebsten beenden.

»Nein, wohl nicht ...«

»Also reden wir besser nicht mehr davon.« Karsten Erdmann schwieg kurz, und Lukas wartete, dass er weitersprach. »Kennen

Sie diese Alexandra Helbing? Ist Ihnen die schon mal aufgefallen?«

»Ich werde mich erkundigen«, antwortete Lukas. »Ich selbst kenne sie natürlich nicht.«

Barbara

Barbara hatte das Gefühl, dass ihr Bruder Hilfe brauchte. Zwar vermutete sie, dass er sich mit seinem Staff-Kapitän besprechen konnte, aber sicherlich würde er familiäre Unterstützung benötigen, wenn Lisa ihm zusetzen sollte. Und das würde sie tun! Barbara hatte nicht den geringsten Zweifel, dass Lisa diese Situation für sich nutzen würde, damit das Drama um ihren Vater nicht in Vergessenheit geriet oder gar auf die leichte Schulter genommen wurde.

Sie schickte Lukas eine SMS. »Was hältst du von einem Kaffee in der Symphonie-Bar?«

Seine Antwort kam postwendend. »Kaffee ist gut. Aber besser in der Offiziersmesse. Ich möchte keine Zuhörer.«

Eine Viertelstunde später sorgte Leon dafür, dass die Tür geöffnet wurde, durch die Barbara in den Crewbereich treten konnte. Kurz darauf nahm sie Lukas gegenüber Platz. »Wie wirst du mit der Sache umgehen?«, fragte sie geradeheraus.

Lukas griff zunächst zu der großen Metallkanne und schenkte ihnen Kaffee ein. Barbara kannte ihren Bruder. Wenn ihm eine Erklärung schwerfiel, ließ er sich immer Zeit. Er sorgte dafür, dass der Deckel fest auf der Kanne saß, dann erst sagte er: »Die Reederei will natürlich, dass die Angelegenheit unter der Decke gehalten wird. Aber ... wenn Leute wie Ron Helbing involviert sind, könnte es schwierig werden. Der hat genug Geld, um uns eine Klage anzuhängen. Wir können uns keine Rufschädigung und rückläufige Passagierzahlen leisten. Die Konkurrenz würde sich liebend gerne so einen Skandal zunutze machen.«

»Aber dich trifft keine Schuld an Alswedes Verschwinden. Die Reederei auch nicht.«

»Man könnte uns vorwerfen, nicht sofort reagiert zu haben, als sich herausstellte, dass Alswede nicht mehr an Bord war.«

»Reagiert?«, wiederholte Barbara. »Was hättest du denn tun können?«

»Ich hätte ja die Angehörigen informiert! Aber Alswede hat niemanden angegeben, der im Fall einer Erkrankung oder eines Unfalls benachrichtigt werden sollte.«

»Na, also! Und dass du ihm nicht mehr helfen konntest, ist ja sowieso klar. Außerdem übt der Kapitän kraft seines Amtes die oberste Polizeigewalt an Bord aus. Du hast Ermittlungen eingeleitet, mehr konntest du nicht tun.«

Lukas schüttelte deprimiert den Kopf. »Ich könnte dafür sorgen, dass der Mörder überführt wird.«

Barbara gestand sich ein, dass es ihr lieber gewesen wäre, wenn Lukas vergessen hätte, dass Emily in etwas Rotes, Klebriges getreten war. »Es ist nicht gesagt, dass er einem Verbrechen zum Opfer gefallen ist.«

»Das reicht nicht. Wir müssen es genau wissen. Aber die Reederei will keine Untersuchungen.«

»Wie sollten die auch aussehen?«

»Alswede war Privatdetektiv. Ein Beruf, in dem sich durchaus Konflikte ergeben können, die zu einer Gewalttat führen.«

»Alexandra Helbing?«

»Sie hätte ein Motiv.«

Aber Barbara schüttelte vehement den Kopf. »Vergiss es, Lukas. Das Motiv ist sehr, sehr schwach, und diese junge Frau würde es nicht schaffen, Alswede umzubringen und über die Reling zu hieven.«

»Zusammen mit ihrer Freundin?«

»Nur, weil sie verhindern will, dass der Privatdetektiv seine

Ermittlungsergebnisse an den Vater weitergeleitet? Das reicht als Motiv nicht aus.«

»Es geht um ihre Zukunft.«

»Falsch! Der Vater ist es, der um ihre Zukunft bangt. Er will diese Ehe, er vor allem. Also sind die Ermittlungsergebnisse für sie kein Motiv. Ihr Vater wird nicht zu dem Earl gehen und seine Tochter verpetzen. Ganz im Gegenteil! Er wird alles tun, damit der Verlobte nichts erfährt. Das ist ja der eigentliche Grund, warum der Detektiv auf Alexandra Helbing angesetzt wurde.«

In Lukas' Augen glomm ein kleiner Hoffnungsschimmer auf. »Meinst du?«

»Das ging doch aus dem Schreiben hervor, das in Alswedes Tresor lag.«

»Ja, irgendwie hast du recht ...«

»Es müsste einen anderen Grund geben. Oder ... er war ein Zufallsopfer.«

»Wie auch immer – ich vermute, dass er ermordet wurde. Das heißt, wir haben einen Mörder an Bord.«

Barbara grinste leicht. »Dann ist es ja gut, dass du die Polizei quasi im Hause hast.«

Er sah sie misstrauisch an. »Du denkst an dich selbst?«

»Klar!«

»Nein, Barbara!« Lukas' Stimme wurde heftig. »Du hältst dich da raus! Das ist viel zu gefährlich. Wer einmal mordet, tut es auch ein zweites Mal.«

Barbara hielt es für besser, darauf nicht weiter einzugehen. »Vielleicht solltest du die deutsche Polizei verständigen?«

»Was bringt das? Sie darf hier an Bord nicht ermitteln.«

»Dann wirst du es erst tun können, wenn wir wieder in Deutschland sind.«

Lukas schüttelte den Kopf. »Die Reederei wird das nicht zulassen. Ein Mord auf der *Soleil*? Und niemand hat ihn verhindert?

Der Mörder wurde nicht gefunden? Ja, nicht einmal ernsthaft gesucht?«

Ein Steward trat an den Tisch. »Besuch für Sie, Herr Kapitän.«

Lukas runzelte verärgert die Stirn. »Wer ist es?«

»Die Dame wartet in der Galerie auf Sie.«

»Sagen Sie ihr bitte, dass ich keine Zeit habe.«

Barbara wartete, bis der Steward sich entfernt hatte. »Benita Meister?«

»Ich wollte, ich hätte mich nie auf sie eingelassen«, brummte Lukas.

»Hättest du nur auf Maria gehört!« Barbaras Grinsen war breit und schadenfroh. Doch sie wurde schnell wieder ernst. »Aber sie hat recht, Lukas. Du fängst doch sonst nie was mit verheirateten Frauen an.«

»Ihre Ehe besteht nur noch auf dem Papier. Nach der Weltreise gehen die beiden zum Scheidungsrichter.«

Barbara machte keinen Versuch, ihre Skepsis zu verbergen. »So was behauptet normalerweise ein verheirateter Mann, der seine Geliebte hinhalten will.«

»Benita will mich nicht heiraten. Die ist froh, wenn sie geschieden ist. Danach hat sie mit Ehe nichts mehr am Hut, da bin ich sicher.«

Barbara nickte, obwohl sie ihrem Bruder kein Wort glaubte. »Ja, ja ...« Sie zögerte, ehe sie die Frage stellte, die in der Familie Jantzen eigentlich nur hinter vorgehaltener Hand und in Lukas' Abwesenheit gestellt wurde: »Denkst du noch manchmal daran zu heiraten? Wenn ja, dann würde es allmählich Zeit.«

Lukas lachte, obwohl ihn die Frage seiner Schwester erkennbar nicht amüsierte. »Wozu heiraten? Ich kenne nur einen Grund für eine Ehe: Kinder. Ich bin nach wie vor der Überzeugung, dass Kinder eine stabile Familie brauchen. Aber du weißt ja, dass ich nie Kinder wollte. Jetzt noch weniger als früher, weil ich dafür zu alt bin.«

»Haben die Meisters Kinder?«

»Sie hatten einen Sohn. Er lebt nicht mehr, ist bei einem Verkehrsunfall ums Leben gekommen.« Er krauste unwillig die Stirn. »Aber wir sind vom Thema abgekommen. Die Frauen spielen in meinem Leben überhaupt keine Rolle. Jedenfalls zurzeit nicht.«

»Okay.« Barbara wusste, wann sie aufhören musste zu insistieren. »Du bist also entschlossen, Alswedes Verschwinden unter der Decke zu halten.«

Lukas nickte. »Die Anweisung des Reeders ist unmissverständlich. Sollte es später eine Untersuchung geben, würde das Ergebnis auf Suizid lauten. Das ist vielleicht wirklich glaubhaft zu machen, wenn Alswede, wie es den Anschein hat, wenig oder gar keine Sozialkontakte hatte. Keine Verwandten, keine guten Freunde …«

Barbara sah ihren Bruder eindringlich an. »Dann ist also unser größtes Problem zunächst Lisa.«

»Sie sollte nicht erfahren, dass Alswede Privatdetektiv war. Ihr gegenüber müssen wir so tun, als sei ein Selbstmord so gut wie sicher. Angeblich hat er vorher schon mal davon geredet, dass er das Leben satthabe …«

Maria

Es ging nach Westen. San Antonio lag hinter uns, der Pazifik vor uns. Bis zur Osterinsel würden wir fünf Tage auf See bleiben. Das Wetter erwärmte sich langsam, immerhin hatten wir achtzehn Grad Außentemperatur, während Deutschland unter dem ersten Schnee und seinen Folgen für den Straßenverkehr litt. Das Pooldeck wurde zögerlich in Besitz genommen, die Indoor-Sportler verlagerten ihre Aktivitäten wieder an die frische Seeluft.

Ich war schon in vielen Ecken der Welt, aber noch nie auf der Osterinsel. Auch Lukas hat diese Insel noch nie angelaufen. Aber natürlich weiß er in der Theorie sehr gut über sie Bescheid. Er erzählte uns von der Entdeckung der Insel am Ostersonntag des Jahres 1722, von den riesigen Steinköpfen, die alle Richtung Meer blicken, und von dem Vulkan, aus dessen Gestein die tonnenschweren Skulpturen hergestellt worden waren. »Es ist nach wie vor unklar, wie man sie transportiert hat.«

Lisa gab sich wie eine strebsame Schülerin, lauschte ihrem Onkel mit großer Aufmerksamkeit und versuchte, seine Sätze zu ergänzen, wenn ihm nicht gleich der richtige Begriff einfiel. Sie verhielt sich so, wie sie sich selbst ihre Schüler wünschte, denen sie sich in Kürze wieder aufopfern musste. Ja, dieses Wort hat sie tatsächlich gebraucht. Lisa opfert sich auf, nicht nur für ihre Schüler, sondern auch für ihre Mutter, gewissermaßen auch für ihren Vater, der nicht mehr da ist, der ihr aber mit seinem Verschwinden eine solche Last aufgebürdet hat. Ja, so ist Lisa, immer opferbereit und immer darauf bedacht, anderen davon zu erzählen …

Ich vermied es, mit ihr allein zu sein. Eigentlich unterhalte ich mich gern, mir ist auch ein völlig banales Geplauder sehr recht, ich finde nicht, dass Gespräche sich grundsätzlich um den tieferen Sinn des Lebens drehen sollten. Aber das ist bei Lisa anders, und genau das ist der Grund, warum ich nicht gern mit ihr rede. Zum Glück muss ich ja während der Seetage meistens im Bordshop stehen, und wiederum zum Glück hatte ich fast immer Kunden zu bedienen, wenn Lisa einen Besuch bei mir machte. Während im Theater ein Vortrag gehalten wurde, der viele interessierte, war ich allerdings allein, und ich blieb es, als Lisa sich neben meine Kasse setzte. Später habe ich mich gefragt, ob sie glaubte, ich könnte mich nicht mehr an die Ereignisse vor fünf Jahren erinnern. Wirke ich etwa senil auf sie? Jedenfalls erzählte sie mir von dem Verschwinden ihres Vaters, als hätte ich noch nie davon gehört. Meine gelegentlichen Einwürfe »... ja, ja, ich weiß ...« oder »... klar, ich war doch dabei ...« überhörte sie, es änderte nichts daran, dass sie mir jede Einzelheit berichtete, die sich damals zugetragen hatte. Wie ihr Vater mit einem Mal nicht mehr da gewesen sei, das Bett neben ihrer Mutter leer war und niemand sagen konnte, wann er eigentlich verschwunden war.

Wieder betonte Lisa, dass ein Selbstmord ausgeschlossen sei, dass ihr Vater einem Verbrechen zum Opfer gefallen sein musste. »Vermutlich genau wie der Passagier, der nun ebenfalls verschwunden ist. So ein Kreuzfahrtschiff ist ja ein Eldorado für Mörder. Aber was tut der Kapitän?« Lisa gab die Antwort gleich selbst. Dem sei auch diesmal nichts am Schicksal des Verschwundenen gelegen, wieder hielte ihr Onkel es nicht für nötig, Suchmaßnahmen anzuordnen und polizeiliche Ermittlungen in Gang zu setzen.

»Wer sollte denn deinem Vater nach dem Leben getrachtet haben?«, wagte ich zu fragen.

Ein schwerer Fehler. Psychopathen gebe es überall, Menschen, die Spaß am Quälen und Töten hätten und schon ein Messer zückten, wenn ihnen eine barsche Antwort nicht gefiel. »Erst recht auf einem Kreuzfahrtschiff, wo es so einfach ist, jemanden verschwinden zu lassen.« Und mit Grabesstimme ergänzte sie: »Wie wir ja gerade wieder eindrucksvoll vorgeführt bekommen.«

Als sie an diesem Punkt angelangt war, konnte ich zum Glück Feierabend machen und den Bordshop abschließen. Wir gingen gemeinsam in eins der Restaurants, wo Barbara auf uns wartete. Auch sie bemühte sich um ein munteres Gespräch, aber vergeblich. Lisa kam schon während der Vorspeise erneut auf Fred Alswede zu sprechen.

»Schrecklich, wie Onkel Lukas damit umgeht.«

»Was soll er denn machen?«, fragte Barbara scharf. »Dass er Selbstmord begangen hat, ist so gut wie sicher. Er hat ein paarmal geäußert, dass er das Leben satthabe.« Sie warf mir einen durchdringenden Blick zu, dessen Botschaft ich natürlich sofort verstand. Lukas hatte Barbara zu seiner Vertrauten gemacht, das wusste ich, die beiden hatten sich einen Plan zurechtgelegt, wie am besten mit Lisa umzugehen war. Und sie hatten vollkommen recht. Es ging nicht darum, Lisa die Wahrheit zu sagen, es ging nur darum, ihr die Angelegenheit so zu erklären, dass sie uns nicht allen das Familientreffen verdarb und wir trotz ihrer Anwesenheit gelegentlich einfach nur Spaß haben konnten.

Zum Glück fand sie schnell etwas anderes zu beklagen. »Dass Jonas es sich leisten kann, vier Monate unbezahlten Urlaub zu nehmen!« Sie sah mich an, als hätte ich etwas bei Jonas' Erziehung falsch gemacht.

»Du hast sogar ein ganzes Jahr Urlaub genommen«, gab ich zurück. Ich fürchte, ich hörte mich sogar ein bisschen schnippisch an. Es ist zum Verrücktwerden! Lisa bringt es fertig, aus mir einen Menschen zu machen, der ich nicht bin und nicht sein will.

Aber ihr eigener Urlaub war selbstredend etwas ganz anderes.

Lisa hatte das Sabbatjahr nur ihrer Mutter zuliebe genommen, hatte Helene dieses Opfer gebracht, die ein ganzes Jahr die Fürsorge ihrer Tochter genießen sollte. »Dass sich aber auch nie herausgestellt hat, was mit Papa geschehen ist! Würde sie sein Schicksal kennen, wäre alles leichter. Dann könnte sie mit seinem Verschwinden abschließen, dann wäre sie Witwe …«

Ich war froh, dass sie sich nicht länger über Jonas' Müßiggang ausließ. Er hatte es ja tatsächlich zurzeit sehr leicht. An Seetagen konnte nichts passieren, vermutlich hoffte Jonas sogar, dass Vico Irion auf der Osterinsel immer noch bettlägerig war. Trotzdem musste er dann natürlich die Augen offen halten und die Möglichkeit bedenken, dass Vico Irion seine Krankheit aufgebauscht hatte und heimlich das Schiff verließ, während Jonas ihn als Rekonvaleszenten im Bett vermutete. Vorsichtshalber musste er auch Liane Reich beobachten. Es war ja nicht auszuschließen, dass sie von ihrem Freund beauftragt wurde, die zwei Millionen zu holen.

Momentan hielt mein Sohn sich in Emilys Kabine auf, und ich war glücklich darüber. Offenbar hatte Jonas es hinbekommen, sich mit Emily zu versöhnen, die beiden wirkten wieder sehr glücklich, alle Missverständnisse schienen ausgeräumt. Hoffentlich blieb das so. Besonders zuversichtlich war ich ehrlich gesagt nicht. Ich glaube, das kann ich erst sein, wenn die beiden vorm Traualtar stehen. Jonas wird noch viele Gelegenheiten bekommen, Emilys Gefühle für ihn auf die Probe zu stellen.

Ich sah sie das Restaurant betreten und bemerkte, dass sie sich suchend umblickte. Jonas war nicht an ihrer Seite. Hielt sie nach ihm Ausschau?

Ich wollte sie gerade auf uns aufmerksam machen, da wurde Emily von der Seite angesprochen. Liane Reich! Auch sie war allein, demnach war Vico Irion noch immer gezwungen, in der Kabine auszuharren und auf seine Genesung zu warten.

Emily entdeckte uns, unterbrach Lianes Rede und winkte sie

zu uns an den Tisch. »Frau Reich ist allein. Es ist euch doch recht, wenn sie sich zu uns setzt?«

Es war uns, jedenfalls Barbara und mir, sogar sehr recht. Eine wunderbare Gelegenheit, Liane Reich ein wenig auf den Zahn zu fühlen. »Sie sind allein?« Ich gab mich mitfühlend. »Ist Ihr Lebensgefährte etwa krank?«

Wie erwartet war Liane froh, ihren Kummer loszuwerden. Vielleicht war sie auch froh, endlich mal was zu erzählen zu haben. Jedenfalls schilderte sie uns in glühenden Farben, wie ihr Mausi losgezogen war, um Pipi zu machen, und schwer verletzt von ihr gefunden worden war. »Zum Glück ist rechtzeitig jemand dazugekommen. Sonst wäre er sein ganzes Geld losgeworden. So aber war sein Portemonnaie noch da.« Trotzdem, so ergänzte sie, habe sie aber nicht mehr daran gedacht, sich die schönen Ketten zu kaufen, die sie kurz vorher ausgesucht hatte. Sie hatte dafür sorgen müssen, dass ihr Mausi aufs Schiff zurückgebracht wurde. »Er hatte solche Angst, dass man ihn ins Krankenhaus einliefern würde.«

Barbara und ich heuchelten Verständnis. Klar, wer wollte schon in Südamerika ins Krankenhaus? Man wusste ja nie, wie es da zuging!

Emily fragte unumwunden nach den Verletzungen, die Vico Irion davongetragen hatte. »Zum Glück nur ein paar Schrammen, ein Bluterguss und eine Gehirnerschütterung. Der Schiffsarzt sagt, er braucht Bettruhe. Mindestens eine Woche.«

Lisa war entsetzt. »Das ist ja schrecklich! Ein Überfall! Wie grausam! Ja, ja, das Leben in Chile ist anders als in Europa …« Liane erfuhr umgehend, dass Lisa seit fast einem Jahr in Valparaíso bei ihrer Mutter wohnte und sich gut in Chile auskannte. Natürlich erfuhr sie auch, dass Lisa sich für ihre Mutter aufopferte, dass sie für ihre Mama sogar ein ganzes Jahr auf ihren Beruf verzichtete und es ein kleines Wunder sei, dass sie an diesem Familientreffen teilnehmen könne. Aber für den Rest der Familie opferte sie sich eben auch gerne auf …

Es war erstaunlich, wie interessiert Liane ihrer Erzählung lauschte. Sie hing an ihren Lippen und quittierte alles, was sie von Lisa erfuhr, mit einem schwärmerischen »Oh!«. Mir kam es so vor, als wären ihr familiäre Bindungen fremd, als hätte sie noch nie erlebt, dass ein Angehöriger für den anderen einsteht, dass es selbstverständlich ist, sich gegenseitig zu helfen, wenn man zu einer Familie gehört.

Barbara erkundigte sich scheinheilig nach Lianes Plänen für die Osterinsel. »Haben Sie einen Ausflug gebucht?«

Aber Liane winkte bedauernd ab. »Ich muss bei meinem Mausi bleiben. Vielleicht ist er gesund, wenn wir auf Mauritius ankommen.« Über ihr Gesicht ging das Lächeln, das typisch für sie war: kindlich, einfältig, aber auch sehr sympathisch. »Er hat mir einen Pareo versprochen.«

Lukas

Osterinsel, 7.12.

Lukas wartete auf Jonas. Er hatte ihn auf seinem Handy angerufen, ihn auf die Brücke gebeten und Leon losgeschickt, damit er ihn in den Crewbereich holte. Er bückte sich, um seine Socken hochzuziehen, diesmal schwarz mit grünen Weihnachtsbäumen und spitzen roten Mützen, schließlich war Nikolaustag. Aber wie ihm dann bewusst wurde, hatte der Griff an seine Socken nichts damit zu tun, dass sie schlecht saßen, sondern mit seiner Nervosität. Diese Geste hatte sich längst verselbstständigt, und das ärgerte ihn. Er wollte niemand sein, der seine Unruhe so deutlich zeigte. Ausgerechnet Benita hatte ihn entlarvt. Am Tag zuvor hatte sie ihn nachsichtig lächelnd darauf aufmerksam gemacht, dass er sich mit dem Griff an seine Socken verriet. »Warum bist du nervös?«

Das Schlimmste aber war: Dieser eine banale Satz hatte ihm gezeigt, dass er längst zu weit gegangen war. Sie kannte ihn mittlerweile zu gut, um noch behaupten zu können, dass die Beziehung zu ihr nichts weiter als eine unbedeutende Bettgeschichte war. Hatte Barbara recht? Konnte es sein, dass Benita tatsächlich an eine gemeinsame Zukunft dachte?

Sie war erst in den frühen Morgenstunden in ihre Suite zurückgegangen. Zwei, drei Stunden hatten sie geschlafen, vor Erschöpfung und auch, weil es so wohlig warm in den Armen des anderen war, so behaglich und so sicher. Dann aber war Lukas hochgeschreckt, aus einem wirren Traum gerüttelt, und hatte Benita mitgerissen ins Erwachen. Später waren sie dann noch einmal eingeschlafen, an diese schwebenden Stunden dazwischen erinnerte er sich nicht gern. Er hatte viel preisgegeben, hatte Benita viel von sich erzählt, was er sonst immer vermied, hatte von Gefühlen gesprochen, von guten und schlechten Erinnerungen, und sogar von seiner ersten und bisher einzigen Liebe. Den Namen dieser Frau hatte er nicht genannt, obwohl Benita danach gefragt hatte. Nein, es war schlimm genug, dass sie ihm in dieser vergangenen Nacht so nahe gekommen war. Mehr durfte nicht sein, auf keinen Fall.

Um Benita vergessen zu lassen, was er ihr offenbart hatte, war er auf seinen Beruf zu sprechen gekommen, ein bedeutsamer Teil seines Lebens, der auch nicht ohne Gefühle auskam, in dem es jedoch nichts gab, was ihn verletzlich machte. Und sie hatte viele interessierte Fragen gestellt, das hatte ihm gutgetan. Sein Beruf war nun einmal das Wichtigste in seinem Leben, die einzige Konstante. Er hatte Benita sogar gestanden, dass er seine Kollegen manchmal um das Heimkommen beneidete. Er, Lukas Jantzen, kam heim, wenn er nach einem längeren Urlaub wieder seinen Dienst antrat, wenn er wieder sein Schiff bestieg. Manchmal, wenn Roland Hengst sich nach seiner Frau sehnte oder von seinen Kindern sprach, die er viel zu selten sah, war Lukas froh, dass er dieses Heimweh nicht kannte. Aber immer, wenn der Heimathafen in Sicht kam und sich auf den Gesichtern seiner Kollegen eine Erwartung abzeichnete, die er selbst gar nicht kannte, fragte er sich, ob er etwas versäumte.

Und dann hatte Benita mit einem Mal ein Thema angeschnitten, das ihm noch viel weniger gefiel als seine privaten Seiten. Sie hatte mitbekommen, dass ein Passagier der *Soleil* in Puerto Montt zusammengeschlagen und auf einer Trage aufs Schiff zurückgebracht worden war. Und sie wollte wissen, was passiert war, wie er als Kapitän auf so etwas reagierte, was das für ein Mann war, dem der Angriff gegolten hatte, ob er ein zufälliges Opfer gewesen war oder ob es sich um einen gezielten Angriff gehandelt, ob es jemand auf ihn abgesehen habe. Und wie der Kapitän mit einer solchen Tat umging. Hatte er die Möglichkeit, die Polizei zu verständigen? Fragen, die ihm nicht behagten. Warum interessierte sie sich für diesen Mann? Angeblich, weil sie mal mit ihm und seiner Freundin zusammen eine Mahlzeit eingenommen hatte. Aber angeblich ging es ihr gar nicht um diesen Mann, nein, sie wollte nur mehr über Lukas' Aufgaben wissen, über sein Schiff, seinen Herrschaftsbereich, wie sie es nannte. »Ein Kapitän ist ja verantwortlich für viele Menschen.«

Aber davon wollte er nichts hören. Er hatte sie wieder in seine Arme gezogen und die Augen geschlossen. »Ich brauche noch ein paar Stunden Schlaf.«

Als er aufgewacht war, wusste er, dass sie ihm nicht in den Schlaf gefolgt war. Jedenfalls nicht sofort. Ihr Körper war noch nicht gelöst gewesen, als er selbst sich schon entspannte, weil der Schlaf ihn bereits umfasst hatte.

Es klopfte, und Jonas holte ihn aus seinen schweren Gedanken. »Schön, dass du kommst«, sagte Lukas erleichtert. »Ich muss mit dir reden.«

Er schenkte Jonas ein Glas Wein ein, dann kam er schnell zur Sache. »Glaubst du, dass der Überfall auf Vico Irion ein Zufall war?«

Jonas nickte, wenn auch zögernd. »Es sieht so aus. Da wollte jemand an sein Geld. Einem pinkelnden Mann, der seine Hand an seinem besten Stück hat, kann man leicht das Portemonnaie aus der Gesäßtasche ziehen.«

»Und warum dann der Stoß gegen den Mast? Das war ziemlich brutal.«

»Damit er nicht um Hilfe ruft oder dem Dieb hinterherläuft.«

Lukas nickte nachdenklich. »Ja, so wird's wohl gewesen sein. Etwas anderes kann ich mir auch nicht vorstellen. Aber … darüber wollte ich gar nicht mit dir reden. Es geht mir um Fred Alswede.« Er erzählte Jonas von Ron Helbings Anruf und der Reaktion der Reederei. »Mir ist nicht wohl dabei. Helbing ist steinreich und verfügt sicherlich über beste Kontakte und viel Macht. Und der Earl? Mein Gott, wir können uns doch nicht mit dem englischen Königshaus anlegen.«

»Was willst du also unternehmen?«

»Ich habe gerade noch einmal mit Karsten Erdmann von der Reederei telefoniert. Er sagt, es habe eine Krisensitzung gegeben. Der Reeder hat ein Machtwort gesprochen. Keine Auskünfte! Und meinen Verdacht, Alswede könnte ermordet worden sein, soll ich bloß nicht laut aussprechen. Der Mann hat Selbstmord begangen – basta.«

»Kann ja auch sein«, meinte Jonas vorsichtig.

Lukas beugte sich vor. »Du bist Privatdetektiv ... kannst du nicht ganz unauffällig ein paar Ermittlungen anstellen? Versuch doch mal, etwas über Alswede herauszubekommen, er war immerhin ein Kollege von dir. Ich möchte so viel wie möglich über ihn wissen. Nicht dass am Ende, wenn wir wieder in Hamburg anlegen, irgendein naher Verwandter oder Geschäftspartner auftaucht, der uns nachweist, dass wir Wichtiges verschwiegen haben.«

»Okay, ich mache mich schlau.«

»Vielleicht kann Barbara dir helfen. Je mehr wir wissen, desto besser können wir uns verteidigen, falls es später zu Schwierigkeiten kommt.«

»Gut, ich tu mein Bestes.«

Lukas grinste. »Du hast ja Zeit. Vico Irion ist lahmgelegt.«

Auch Jonas lachte. »Ich darf aber seine Freundin nicht aus den Augen lassen. Wenn das Geld auf der Osterinsel versteckt ist, könnte er sie beauftragen, es zu holen. Zwar kann ich mir das nicht vorstellen, aber sicher ist sicher.« Er nahm einen großen Schluck Wein und wirkte mit einem Mal sehr selbstzufrieden. »Zum Glück weiß ich, dass Irion noch das Bett hüten muss, und seine Freundin will angeblich bei ihm bleiben. Aber beides kann natürlich auch ein Täuschungsmanöver sein.«

Emily

Die Osterinsel schälte sich aus dem Grau eines frühen Morgens. Über dem Horizont wurde es bereits heller, aber der Hauptort der Insel bestand nur aus Lichtsprenkeln auf einem dunklen Schatten. Doch schnell wurden die Konturen klarer, die Lichter blasser, und schließlich erloschen sie. Die Osterinsel lag vor ihnen, ein Ort, der 3700 Kilometer von der nächsten Stadt, dem nächsten Land entfernt war. Ein Ort der Isolation, Weltentrückung, Zurückgezogenheit? Ein Ort, der womöglich vergessen wäre, wenn er nicht etwas Einzigartiges zu präsentieren hatte? Die Moais, kolossale Steinstatuen, deren Sinn und Entstehen nach wie vor nicht vollständig geklärt waren! Auch wie die tonnenschweren Figuren transportiert werden konnten, war noch immer ein Rätsel.

Emily stand an der Reling ihres Balkons und starrte voraus, mit gekrauster Stirn, als wollte sie mehr sehen, als sich ihr bot. Ja, sie hatte geglaubt, die Moai vom Schiff aus schon erkennen zu können, die, wie die Christusstatue als Wahrzeichen für Rio, auf einem Hügel stehen und ihr zeigen würden, wo sie gelandet war. Aber sie erblickte nichts als eine dunkle Hügelkette mit hellen Flächen dazwischen und vereinzelten Häusern. Die *Soleil* war bereits vor Anker gegangen, zwei weitere Schiffe lagen auf Reede. Der Hafen von Hanga Roa war nur für kleinere Boote zu nutzen, schon für die beiden Trawler, die in der Nähe der *Soleil* angelegt hatten, war der Hafen zu eng.

Emily machte sich hastig fertig, frühstückte, holte ihren Rucksack aus der Kabine und begab sich auf Deck 3, wo die Tenderboote anlegten und einen nach dem anderen auf die Insel bringen würden. Dort sollten sie dann auf die Ausflugsbusse verteilt werden, die allesamt ein Ziel hatten: die Moai, von denen es über achthundert gab. Emily wollte zum Rano Raraku fahren, zu dem Vulkan, aus dessen Gestein die Moai-Erbauer ihre Köpfe geformt hatten. Dort waren sie aus dem Fels gehauen worden, denn Vulkangestein galt als besonders leicht formbar. Emily hatte schon viele Fotos dieser Moais gesehen und freute sich darauf, sie in ihrer natürlichen Umgebung zu betrachten. Schade nur, dass Jonas nicht dabei sein konnte! Aber er musste natürlich an Bord, in der Nähe von Vico Irion, bleiben. Wenn er auch als krank galt und wenn Liane Reich auch immer wieder betonte, dass der Schiffsarzt dringend Bettruhe empfohlen hatte, war Jonas dennoch in Sorge, dass Vico Irion diesen Umstand für sich nutzen könnte. Womöglich rieb er sich heimlich die Hände, da das Schicksal ihm die Gelegenheit gegeben hatte, sich unbehelligt auf der Osterinsel zu bewegen und zu dem Versteck schleichen zu können, in dem die zwei Millionen aufbewahrt wurden. Er würde sich sagen, dass ein Detektiv, wenn es denn einen gab, der ihn im Visier hatte, an diesem Tag nachlässig sein würde. Wenn Irions Beute wirklich auf der Osterinsel versteckt war, würde er sich jedenfalls nicht von einer Gehirnerschütterung daran hindern lassen, sie an sich zu bringen. Notfalls würde er seine Freundin losschicken. Wenn Liane Reich bis jetzt noch nicht in alles eingeweiht war, würde er einen Grund finden, sie nun doch ins Vertrauen zu ziehen. Sie war es ja gewöhnt, sich seinen Wünschen zu fügen, zu tun, was er sagte, und nicht groß nachzufragen. Es gab also keinen Grund für Jonas, auf der Osterinsel weniger aufmerksam zu sein als in irgendeinem anderen Hafen.

Als Emily auf Deck 3 ankam, hatte sich vor der Luke, vor der die Tenderboote anlegten, schon eine Schlange gebildet. Gerade geriet sie wieder in Bewegung, ein neues Boot wurde besetzt, aber Emily konnte absehen, dass sie im nächsten Boot noch nicht dabei sein würde. Sie sah auf die Uhr und lehnte sich beruhigt an eine Säule. Es war noch Zeit genug, sie würde rechtzeitig bei ihrem Ausflugsbus im Hafen von Hanga Roa sein.

»Wollen Sie wirklich mit diesen Schühchen den Vulkan hochkraxeln?«, hörte sie da eine barsche Stimme fragen. »Damit kommen Sie nicht mal heil ins Tenderboot.«

»Meinen Sie wirklich? Ich habe vorsichtshalber Sneakers mitgenommen.«

»Dann sollten Sie die schleunigst anziehen.«

»Vielleicht bleibe ich auch im Hafen.«

»Da gibt's aber keine Shoppingmeile.«

»Mein Freund ist krank. Er liegt im Bett. Und wenn er mich braucht, möchte ich schnell bei ihm sein können.«

»Trotzdem sollten Sie Ihre Sneakers anziehen.«

»Also gut.«

Liane Reich! Emily starrte sie erschrocken an. Hatte sie nicht gesagt, dass sie an Bord bleiben wolle? Was machte sie hier? Emily drehte sich von Liane weg, damit diese nicht von ihrem Gesicht ablesen konnte, welche Gedanken ihr durch den Kopf gingen. Dann lief sie entschlossen auf die Tür zu, die zur Damentoilette führte.

Dort war sie leider nicht allein. Während sie wieder hinausging, wählte sie schon Jonas' Handynummer und bewegte sich zu den Aufzügen zurück, aus denen weitere Passagiere traten, die auch die Insel besichtigen wollten. Im Nu war sie Teil einer Menschentraube und fühlte sich sicher.

Als Jonas endlich abnahm, zischte sie: »Sie ist auch hier.«

Jonas verstand sofort. »Liane Reich?«

»Ja. Was soll ich tun?«

»Ihr folgen, ist doch klar. Sieh zu, dass du es in denselben Bus schaffst wie sie.«

»Vielleicht bleibt sie im Hafen, hat sie gesagt.«

»Dann musst du auch dort bleiben. Aber sei vorsichtig.«

Emily verzichtete auf ein Abschiedswort, legte auf und ging zurück. Liane Reich hatte sich aus der Schlange der Wartenden gelöst und sich auf eine Treppenstufe gehockt. Sie holte gerade ihre Sneakers aus dem Rucksack, als Emily zu ihr trat. So unbefangen wie möglich begrüßte sie Liane und nickte bestätigend, als diese von ihrem Entschluss berichtete, das Tenderboot nicht mit hochhackigen Schuhen zu betreten. »Sehr vernünftig. In dem Nationalpark soll es sehr steinig und holprig sein.«

»Ich dachte, so ein Park hat gepflegte Wege.«

Emily musste sich beherrschen, um nicht die Augen zu verdrehen. »Das ist kein Kurpark.« Sie sah zu, wie Liane aus ihren Stöckelschuhen glitt und den ersten Sneaker über ihren rechten Fuß stülpte. Weiß mit silbernen Applikationen und silbernen Schnürsenkeln. Sie sahen neu aus. »Sind die bequem?«, fragte Emily misstrauisch.

»Wird schon gehen.« Liane Reich wirkte jedoch nicht sehr sicher.

»Sie wollten doch an Bord bleiben. Oder geht es Ihrem Freund jetzt besser?«

»Mausi wollte, dass ich auch dorthin fahre. Ich soll ihm dann später erzählen, wie das so ist auf dieser Osterinsel.«

Sie sprach dieses Wort aus, als wollte sie sich dort auf die Suche nach Ostereiern machen. Emily war sicher, dass sie gar nicht wusste, was die Osterinsel so berühmt gemacht hatte.

»Sie haben keinen Ausflug gebucht?« Emily wartete gespannt auf eine Antwort. Sollte Liane beschließen, im Ort zu bleiben, weil es vermutlich in keinem Bus mehr einen freien Platz gab, dann würde auch sie behaupten, sie wolle sich in Hanga Roa umsehen, weil sie versäumt habe, sich rechtzeitig um eine Ausflugsfahrt zu kümmern.

Aber Liane zog einen Zettel aus ihrer Jackentasche, auf dem eine Nummer stand. Bus Nr. 20! »Zum Nationalpark!«

»Für den bin ich auch gebucht«, behauptete Emily.

Das stimmte nicht. Auf ihrer Bestätigung stand der Bus Nr. 19, aber sie war zuversichtlich, dass sich das regeln lassen würde.

Während des Tenderns saßen sie nebeneinander, und gemeinsam stiegen sie im Hafen aus. Liane griff nach Emilys Arm und drückte ihn. »Schön, dass ich nicht allein bin. Sollen wir nicht Du zueinander sagen?«

Emily freute sich über das Angebot, ohne sagen zu können, warum. Eigentlich sollte man auf Distanz bedacht sein, wenn man jemanden bespitzelte, andererseits wollte sie Liane ja nichts Böses. Dass diese von Vico Irion eingeweiht worden war, glaubte sie nach wie vor nicht, höchstens, dass sie von ihm ausgenutzt wurde. Falls er sie also zu dem Versteck geschickt hatte, konnte ihr nichts passieren. Ihr Lebenspartner würde verhaftet werden, sie selbst aber ungeschoren davonkommen.

»Darauf müssen wir dann später einen trinken«, antwortete Emily lachend.

Als der Bus Nr. 20 voll war, erschien noch ein Mann, der behauptete, hier seinen Platz zu haben. Aber der Fahrer schickte ihn zum nächsten Bus, dort waren noch mehrere Plätze frei. Emily atmete auf. Das war gutgegangen! Sie würde Liane während des Ausflugs im Blick behalten können.

Sie verließen Hanga Roa auf der Straße, die am Flughafen vorbeiführte, wo einmal am Tag ein Flieger aus Santiago landete. Es bestand nur diese eine Verbindung zur Außenwelt, die einzige Möglichkeit, die Insel zu verlassen, denn Schiffsverkehr gab es nicht. An der Ostküste nahm der Fahrer die Straße, die am Meer entlangführte. Herrliche Ausblicke auf hochschießende schneeweiße Gischt über dunklen Felsen und eine immer karger werdende Landschaft. Gelegentlich musste der Fahrer anhalten, weil Pferde oder Kühe ihren Weg kreuzten, oft kleine Herden, die frei herumliefen. Manchmal legte sich eine Kuh oder ein Pferd mitten auf die Straße und musste lange gebeten werden, bis es sich erhob und weiterbewegte. Auch herrenlose Hunde gab es viele. Als sie auf den Parkplatz des Nationalparks einbogen, kamen gleich einige angelaufen, die darauf hofften, etwas zugesteckt zu bekommen.

Als sie ausstiegen, war Emily unsicher geworden. Sie hatte während der Fahrt nachgedacht, hatte sich in Lianes Rolle versetzt und sich auch überlegt, wie Vico Irion vorgehen würde, wenn seine Millionen auf der Osterinsel versteckt waren. Ein organisierter Ausflug war da natürlich genau das Falsche. Wie hätte er damit rechnen können, dass er ausgerechnet an den Ort führte, an dem die zwei Millionen auf ihn warteten? Und selbst wenn der Zufall auf seiner Seite wäre, wie hätte er unbemerkt an seine Beute kommen sollen? Jonas ging davon aus, dass die Millionen irgendwo verbuddelt waren und ausgegraben werden mussten. Völlig unmöglich.

Trotzdem ließ sie Liane nicht aus den Augen. Immer wieder verlor sie sie aus dem Blick, wenn sie von einer Touristengruppe verdeckt wurde, die sich vor einem Moai drängte, um ihn zu fotografieren. Und jedes Mal atmete sie insgeheim erleichtert auf, wenn sie Liane wiedersah. Ihr Guide hieß Elena, sie erzählte viel über die Geschichte der Insel, von der Entstehung der Moai und warum die Arbeiten an den Steinfiguren plötzlich eingestellt worden waren. Hunderte der Statuen waren nur zur Hälfte fertig geworden, andere lagen in der Landschaft, als hätte man sich ihrer entledigt.

Liane Reich verstand kein Englisch und bat Emily flüsternd, ihr zu übersetzen, was Elena erklärte. Bei allem, was sie zu hören bekam, formten sich ihre Lippen zu einem staunenden O. Sie war begeistert. Emily kam es so vor, als wäre dies ihre erste Auseinandersetzung mit einer geschichtlichen Vergangenheit.

Elena wies einen steinigen Pfad hinauf. »Wenn Sie sich das zutrauen, können Sie hinaufsteigen und dort oben noch einige interessante Moai sehen.« Sie zeigte nach unten. »Wenn nicht, gehen Sie besser schon zum Bus und warten dort auf uns.«

Zu Emilys Erstaunen war Liane entschlossen, den beschwerlichen

Weg zu nehmen. Ihre neuen Sneaker schienen bequem zu sein. Sie ging vor Emily her, dynamisch, unternehmungslustig und sportlicher, als Emily gedacht hatte.

Irgendwann nahm sie Emily beiseite. »Ich muss mal. Kann ich hier irgendwo ...« Sie zeigte auf einen der Moai.

»Um Himmels willen«, wehrte Emily ab. »Das wäre so was Ähnliches wie Gotteslästerung. Einen Moai darfst du nicht einmal berühren.«

»Was?« Liane lachte ungläubig und schien sich zu überlegen, ob sie es trotzdem einfach mal versuchen sollte.

»Wer dabei erwischt wird, zahlt fünftausend Dollar. Und zwar an Ort und Stelle. Vorher lassen sie dich nicht wieder aufs Schiff zurück.«

Liane schien ehrlich erschrocken. »Ehrlich?« Hastig sah sie sich um. »Wo könnte ich denn ...«

»Das geht hier nicht. Du musst warten, bis wir wieder am Hafen sind.«

Liane wirkte skeptisch, und Emily hoffte, dass alles gutgehen würde. Notfalls musste Elena den Fahrer später außerplanmäßig anhalten lassen, damit es kein Unglück gab.

Aber Liane hielt durch. Als sie im Hafen ausstiegen, wollte sie allerdings keine Minute mehr verlieren, wofür Emily größtes Verständnis hatte. Sie deutete auf ein kleines Restaurant, ein blaues Holzhaus mit einer Veranda davor. »Lass uns dort was trinken. Da kann ich dann zur Toilette gehen.«

Emily war einverstanden. Während sie auf der Veranda Platz nahm, verschwand Liane eilig. Emily setzte sich so, dass sie die Tür im Blick hatte, zog ihr Smartphone heraus und wählte Jonas' Nummer. »Alles klar bei dir?«

»Vico Irion hat sich nicht blicken lassen. Und bei dir? Wieso kannst du telefonieren?«

»Liane ist zur Toilette gegangen.«

In den zwei Sekunden, die Jonas schwieg, begriff sie, dass sie womöglich einen Fehler gemacht hatte. »Oh mein Gott, du meinst ...«
»Was ist das für ein Lokal, in dem ihr sitzt?«
Emily sah sich um. »Nichts Besonderes. Eine Hafenkneipe eben. Ich weiß nicht mal, wie sie heißt.«
»Wenn sie lange wegbleibt, musst du ihr folgen.«
Emily brachte nur ein leises »Okay« heraus, dann beendete sie das Gespräch. »Sie darf nicht merken, dass ich telefoniere.«
Liane Reich folgen? Wie stellte Jonas sich das vor? Ein älterer Mann mit Rastalocken und über und über tätowiert trat an ihren Tisch und fragte nach ihren Wünschen. Er war sicherlich über sechzig, wenn nicht älter, hatte aber hellwache Augen, die ihn jünger erscheinen ließen. Und er sprach Deutsch, sogar ziemlich gut.

Emily hatte keine Ahnung, was Liane trinken wollte, und bestellte einfach zwei Tassen Kaffee. Danach überlegte sie weiter. Ebenfalls zur Toilette gehen und behaupten, dieses menschliche Rühren habe sie ganz plötzlich überkommen? Liane Reich würde sofort merken, dass da etwas faul war. Jedenfalls dann, wenn sie von Vico Irion eingeweiht worden war und sich die zwei Millionen in dieser Hafenkneipe befanden. Emily sah sich um. War das überhaupt wahrscheinlich? Ein junger Kellner, dunkelhäutig und mit rabenschwarzen Haaren, kam an den Tisch und servierte den Kaffee, der ältere mit den Rastalocken war verschwunden. Mit einer Bemerkung, die Emily nicht verstand, weil er weder Deutsch noch Englisch sprach, verschwand der junge Kerl hinter der Theke. Irgendwann stieß er eine Tür auf, die wohl in die Küche führte, und rief etwas hinein, was Emily nicht verstand. Die Antwort, die heraustönte, schien ihm nicht zu gefallen, er brummte ärgerlich und verschwand in der Küche.

Emily sah auf die Uhr, was völlig sinnlos war. Sie wusste nicht, wann sie hier Platz genommen hatten, hatte also auch keine

Ahnung, wie viel Zeit inzwischen vergangen war. Vermutlich kam es ihr viel länger vor, als es der Realität entsprach. Sie rührte Zucker in ihren Kaffee und trank einen Schluck. Heiß war er und sehr stark, viel zu stark für Emilys Geschmack. Sie blickte auf das Gewimmel am Hafen, auf die Menschen, die den Ausflugsbussen entstiegen und zu den Tenderbooten gingen, und zwang sich zur Ruhe. Wie lange sollte sie noch sitzen bleiben, bis sie aufstehen und Liane folgen konnte, ohne ihr Misstrauen zu erregen? »Wo bleibst du nur, ich habe mir Sorgen gemacht ...« So was sagte man erst, wenn sehr viel Zeit vergangen war. Was erwartete Jonas jetzt von ihr ...?

Jonas

Jonas wäre gern in den Fitnessraum gegangen. Dass sein Beruf zu einem großen Teil aus Warten bestand, machte ihm immer noch zu schaffen. Daran gewöhnte er sich nur schwer. Oft wusste man als Detektiv gar nicht genau, worauf man eigentlich wartete, manchmal nur darauf, dass sich etwas veränderte, was verdächtig war. Dies war wieder mal einer jener Augenblicke, in dem er sich eingestand, dass er sich etwas anderes erhofft hatte, als er sich für den Beruf des Detektivs entschied. Obwohl … in diesem Fall durfte er sich eigentlich nicht beklagen, denn immerhin hatte ihm sein Job eine Weltreise beschert, die er sich sonst nie hätte leisten können. Trotzdem störte es ihn, dass er so vieles, was die *Soleil* bot, nicht nutzen konnte, jedenfalls nicht, wenn sie im Hafen lag und er damit rechnen musste, dass Vico Irion von Bord ging. Mittlerweile war er froh, dass sein Onkel in alles eingeweiht war. Leon hatte die Erlaubnis erhalten, Einblick in sensible Daten zu nehmen. Zwar hätte er so oder so alles getan, um Jonas wissen zu lassen, ob Vico Irion auscheckte, aber es war doch viel angenehmer, wenn Leon es mit der Erlaubnis des Kapitäns tat. Angenehmer für beide, für Jonas und für Leon.

Jonas konnte also gelegentlich seinen Posten aufgeben, damit er weder Vico Irion noch anderen Passagieren auffiel. Es war nicht leicht, sich fortgesetzt an bestimmten Punkten des Schiffs herumzutreiben, ohne dass sich jemand darüber wunderte, warum er ständig dort anzutreffen war.

Zurzeit hielt er sich auf Deck 3 auf und war froh, dass es dort neben dem Kiosk eine kleine Bar gab, die Kaffee und Kaltgetränke anbot. Sie war für Passagiere eingerichtet worden, die auf einen Landgang oder auf ihr Gepäck warten mussten. Der Barkeeper hatte ihn einmal gefragt, warum er nicht eine der anderen Bars bevorzugte, die einen Blick aufs Meer oder Klaviermusik boten, aber Jonas hatte mit einer lapidaren Antwort reagiert, und der Barkeeper hatte nie wieder gefragt. Aber sicherlich dachte er sich seinen Teil.

Auch jetzt stand Jonas an der Theke und trank seinen mittlerweile dritten Espresso, ohne den Blick von den Aufzügen zu nehmen. Wie immer wollte er die Zeit nicht ungenutzt verstreichen lassen und spannte seinen Bizeps an, links, rechts, dann beide gemeinsam. Immer wieder, mindestens eine Viertelstunde. Danach kam die Oberschenkelmuskulatur an die Reihe. Er hatte auch Übungen für die Rückenmuskulatur und die Trizeps im Programm, die er durchführen konnte, ohne dass es auffiel. So verbrachte er die Zeit des Wartens mit etwas Sinnvollem, zusätzlich natürlich mit Gedanken an Emily. Hoffentlich war alles gutgegangen. Eine Hafenkneipe war genau der Ort, den Jonas sich vorstellen konnte. Vico Irions Bekanntschaften entstammten garantiert nicht der High Society, der Wirt einer Hafenkneipe in einer kleinen Stadt, der nur mit Mühe sein Auskommen fand, passte da bedeutend besser ins Bild. Vielleicht half ihm jemand, den er im Knast kennengelernt hatte. Nach ihrer Entlassung war der eine auf der Osterinsel ansässig geworden, der andere hatte es weiter mit Diebstahl, Betrug und Raub versucht. Konnte es da nicht sein, dass die beiden ein Agreement getroffen hatten? Pass auf meine Beute auf, ich vertraue dir. Natürlich bekommst du was ab, wenn ich das Geld hole ...

Jonas schrak zusammen, als jemand zu ihm trat. »So schwere Gedanken?«, fragte seine Tante.

Jonas seufzte auf. »Du kommst mir gerade recht. Kannst du mich kurz ablösen?«

»Klar«, antwortete Barbara. »Ist Irion heute schon gesehen worden?«

Jonas schüttelte den Kopf. »Aber man weiß nie ...«

»Natürlich. Er könnte diese Gelegenheit nutzen, wenn er denkt, du bist nicht auf Posten, weil er krank ist.«

Jonas dehnte sich. »Ich würde gern mal aufs Klo gehen.«

Barbara lachte. »Ich übernehme deinen Job so lange.«

Aber Jonas blieb stehen. »Apropos ...« Er erzählte seiner Tante, was Emily am Telefon gesagt hatte. »Was hältst du davon?«

Barbara dachte eine Weile nach, dann kam sie zu dem Schluss, dass man Emily vertrauen könne. »Sie wird wissen, was zu tun ist. Am besten gar nichts«, fügte sie an. »Wenn Liane Reich das Geld aufs Schiff bringt, erledigen wir den Rest.«

»Hoffentlich hat sie sich unauffällig verhalten. Wenn Liane merkt, dass Emily sie auf dem Kieker hat ...« Er winkte ab, wandte sich um und fasste die Tür der Herrentoilette ins Auge. »Bin gleich wieder da.«

Er ließ sich viel Zeit, wusch seine Hände sehr lange, stellte die Haarspitzen auf, die er morgens immer sorgfältig gelte, und warf sich schließlich sogar Wasser ins Gesicht, damit er sich frischer fühlte. Als er zurückkehrte, hatte Barbara sich einen Cappuccino bestellt. Und neben ihr stand jemand, der ebenfalls in einer Tasse rührte. Seine Mutter! Sie sah so aus, als wäre sie bereits von Barbara in Kenntnis gesetzt worden.

»Ich war gerade auf dem Oberdeck und habe gesehen, dass im Hafen wieder ein Tenderboot abgelegt hat. Vielleicht mit Emily und Liane Reich an Bord.« Sie sah Jonas und Barbara unsicher an. »Sollten wir dann nicht lieber verschwinden?«

Barbara schüttelte den Kopf. »Warum? Wir können doch an dieser Bar etwas trinken. Das ist ganz unauffällig.«

Jonas betrachtete seine Mutter und seine Tante und merkte, dass sich ein Lächeln auf sein Gesicht stahl. Er liebte diese beiden, seine

Mutter sowieso und seine Tante auch. Weil er Barbara so lange nicht gesehen und sie so selten getroffen hatte, seit sie in Buenos Aires lebte, hatte er es vergessen. Nun wusste er es wieder. Wie wenig sie sich glichen! Tante Barbara, die immer so aussah, als hielte sie sich kerzengerade, auch wenn sie vornübergebeugt dasaß, was daran lag, dass ihre innere Haltung stets kerzengerade war. Und seine Mutter, die das krasse Gegenteil verkörperte, selten kerzengerade, immer in Bewegung, ständig mit den Händen in den Haaren, am Hals, im Ausschnitt der Bluse, an der Rockkante, auf der Theke der Bar ...

Jetzt nestelte sie unter der Bluse nach ihrem BH-Träger, der anscheinend verrutscht war, und merkte nicht, dass die zwei oberen Knöpfe dabei aufsprangen und sie dem staunenden Barkeeper ihr Unterhemd präsentierte. Keins von den Markenprodukten, die der Bordshop führte, sondern eher das Sonderangebot eines Discounters. Fleischfarben! Ein schrecklicher Begriff.

Als sie endlich das Gefühl hatte, dass ihre BH-Träger dort waren, wo sie hingehörten, griff Jonas nach dem Verschluss ihrer Bluse und sorgte dafür, dass auch der Rest gut saß. Maria nahm es nur am Rande zur Kenntnis. »Weiß jemand, wo Lisa ist?«

»Bei Lukas«, antwortete Barbara. »Ich fürchte, sie redet schon wieder von Albert.«

Maria seufzte. »Der arme Lukas!«

Barbara gab ihr recht. »Zu blöd aber auch, dass sie von Alswedes Verschwinden was mitbekommen hat.«

Das erinnerte Jonas an das Gespräch mit Lukas. Eigentlich wollte er mit Barbara alleine darüber reden, aber da es ohnehin schwierig war, vor seiner Mutter etwas geheim zu halten, sprach er es schon jetzt an. »Lukas sagt, ich soll im Fall Alswede unauffällig ermitteln.« Er blickte seine Tante an. »Und du sollst mir dabei helfen.«

Barbara schien erfreut zu sein. »Weißt du mehr über ihn?«

Jonas nickte. »Ich habe Erkundigungen eingezogen. Alswede ist eine ganz kleine Nummer. Ein Ein-Mann-Büro. Warum Helbing so eine Null engagiert hat, ist mir schleierhaft. Vielleicht gerade deshalb, weil er so unauffällig ist. Schade, dass er uns nicht angefragt hat. Das wäre prima gewesen. Wir hätten bequem zwei Fälle auf einem Schiff erledigen und die Spesen doppelt abrechnen können.«

»Jonas!« Maria war empört.

Aber Barbara winkte ab. »Ist das alles, was du herausgefunden hast?«

Jonas zog einen Zettel aus der Tasche, auf den er einige Stichwörter gekritzelt hatte. »Stammt aus kleinen Verhältnissen, Einzelkind, die Eltern früh gestorben, ab dem zehnten Lebensjahr in einem Heim aufgewachsen. Er hat es mit mehreren Berufen versucht, hat aber nie durchgehalten.«

»Das haben wohl alle Privatdetektive gemein«, warf Maria spitz ein.

Jonas beschloss, es zu überhören. »Sein Büro besteht aus einem einzigen Raum, Angestellte hat er nicht. Allerdings residiert er in einer hochherrschaftlichen Villa, dort ist nicht nur sein Büro, dort lebt er auch. Möglich, dass Helbing sich davon hat blenden lassen. Der Villenbesitzer ist ständig unterwegs, Alswede fungiert auch als Haushüter. Offenbar ist er ständig daheim, das Anwesen also nie ohne Bewohner.«

»Trotzdem konnte er vier Monate auf Reisen gehen?«, fragte Barbara.

Jonas zuckte mit den Achseln. »Irgendwie muss er das mit seinem Vermieter geregelt haben. Ich glaube, dieser Auftrag von Helbing war der erste außergewöhnliche, den Fred Alswede je bekommen hat. Vermutlich hat er sich gesagt, dass er zugreifen muss, sonst wird er bis zur Rente gar nichts mehr erleben.«

»Nirgendwo ein Motiv für einen Mord?«

»Nirgendwo«, bestätigte Jonas.

»Dann müssen wir uns auf seinen Auftrag konzentrieren, dem er hier an Bord nachgegangen ist.«

»Alexandra Helbing?« Jonas schüttelte den Kopf. »Das hatten wir doch schon. Das Motiv ist zu dünn.«

»Hast du auch über sie recherchiert?«

Jonas nickte. »Da gab es nicht viel. Kind aus gutem Hause, Mutter gestorben, als sie dreizehn war, in der Schule ganz unauffällig. Gehörte nicht zu den Besten, hielt sich aber immer im Mittelfeld. Gutes Abitur, Studium der Betriebswirtschaft, alles nicht mit super Zensuren, aber ohne Probleme. Sie sollte Papas Nachfolge antreten.«

Barbara lachte verächtlich. »Aber dann war der Karrieresprung zur Lady des englischen Hochadels doch attraktiver?«

»Und für den Earl das Geld seines zukünftigen Schwiegervaters. Der Familiensitz der Chiswicks muss dringend saniert werden.«

Nun mischte sich auch Maria ein. »Mit dem Geld aus den BEE-Lädchen.«

»Aber ein Mordmotiv sehe ich da nicht«, meinte Barbara. »Hast du auch nach der Freundin geguckt, mit der Alexandra Helbing unterwegs ist?«

»Nathalie Teichler?« Jonas runzelte die Stirn. »Nein.«

»Schau dir ihren Lebenslauf vorsichtshalber auch mal an«, riet Barbara.

Jonas zuckte lustlos mit den Schultern. »Meinetwegen.«

Maria machte einen langen Hals. »Da legt das Tenderboot an.«

Ein paar Minuten später liefen alle Passagiere, die soeben von der Osterinsel auf die *Soleil* zurückgekehrt waren, an ihnen vorbei. Emily und Liane waren nicht dabei.

Jonas wurde immer nervöser. »Hoffentlich ist da nichts passiert …«

Emily

Es hatte lange gedauert, bis Liane endlich zurückgekehrt war. Im selben Moment war auch der ältere Mann mit den Rastalocken wieder hinter der Theke erschienen. Hatte das etwas zu bedeuten? War Liane nicht zur Toilette gegangen, sondern hatte sich mit diesem Mann getroffen? Hatte er ihr in einer verschwiegenen Ecke ein Päckchen mit zwei Millionen Euro ausgehändigt? Emily fragte sich, wie groß so ein Paket sein mochte. Sie konnte es sich nicht vorstellen. Selbst wenn der Betrag nur aus großen Scheinen bestand, musste es beträchtlich sein. Aber Lianes Rucksack war geräumig, ihre Stöckelschuhe hatten ohne Weiteres Platz darin gefunden. Jetzt bereute Emily, dass sie ihr nicht nachgegangen war. Wenn sie festgestellt hätte, dass das Aufsuchen der Toilette nur ein Vorwand gewesen war, wüsste sie jetzt mehr.

»Eine komische Toilette«, sagte Liane. »Man muss erst hinten aus dem Haus raus.«

Emily sah sie ungläubig an. Vielleicht hatte Liane die Aufschriften der Toilettentüren nicht verstanden. Wenn dort kein Piktogramm angebracht war, sondern »Damas« und »Caballeros« auf den Türen gestanden hatte, war sie womöglich überfordert gewesen.

Liane winkte dem jungen Kellner und zahlte. »Ich lade dich ein.«

Dann liefen sie zu der Anlegestelle, wo die Tenderboote abfuhren. Eins hatte gerade den Hafen verlassen, aber das nächste würde bald kommen. Emily begann mit einem Passagier zu plaudern, mit dem sie schon einmal beim Frühstück ins Gespräch gekommen war. Dabei behielt sie Liane jedoch immer im Auge, vor allem, wenn sie ihren Rucksack bewegte, ihn neben ihre Füße stellte, wieder aufnahm oder sich über die Schulter schwang. War er schwerer geworden? Sie konnte es nicht sagen.

Mit einem Mal tippte Liane ihr auf die Schulter und unterbrach Emilys Unterhaltung. »Ich muss noch mal zurück. Du wartest doch auf mich? Bitte, fahr nicht ohne mich zurück.«

Ehe Emily etwas erwidern konnte, drehte sie sich schon um und hastete davon. Emily folgte ihr mit den Augen. Was hatte Liane vor?

Schnurstracks lief sie auf das kleine Restaurant zu, in dem sie Kaffee getrunken hatten, überquerte die Veranda und war im selben Moment verschwunden. Was hatte das zu bedeuten?

Nun musste Emily nicht lange überlegen, sie wusste, was sie zu tun hatte. »Ich glaube, ich mache es so wie meine Bekannte«, sagte sie zu ihrem Gesprächspartner. »Ich gehe auch noch mal schnell zur Toilette. Die Schaukelei in dem Tenderboot …«

Der Mann lachte. »Sicher ist sicher.« Daraufhin wandte er sich einer Frau zu, die hinter ihm aufgetaucht war, und begann mit ihr ein Gespräch.

Emily zögerte nicht lange. Sie eilte auf die Veranda zu, als wollte sie sich dort niederlassen, betrat sie und lief dann aber weiter, so wie Liane es gerade vorher getan hatte. Sie landete auf einem schmalen Flur, von dem mehrere Türen abgingen. Links hinter die Theke, dahinter in die Küche, die zwei Türen rechts führten vermutlich in die Toilettenräume, obwohl eine entsprechende Beschilderung fehlte. Geradeaus schien es nach draußen zu gehen. In einen Hof, einen Garten? Die Tür stand offen, bewegte sich leise knarrend in ihren Angeln, als wollte sie Emily anlocken. Langsam und sehr leise bewegte sie sich darauf zu, lauschte, ehe sie die Tür aufdrückte, und wagte es erst, als sie nichts hörte, was ihr Angst machte. Dahinter gab es weder einen Hof noch einen Garten, sondern einen ungepflegten Weg, einen Trampelpfad, der nie angelegt, sondern von den Bewohnern dieser Hafen-Häuser zu einem Weg gemacht worden war, eine Abkürzung zu den dahinter liegenden Häusern. Auf dem Streifen zwischen der Hauswand und diesem Weg hatte der Wirt alles abgestellt, was er nicht mehr benötigte. Dort lag viel Gerümpel herum, in dem zwei Tauben pickten, die erschrocken aufflogen, als Emily erschien.

Sie drückte die Tür hinter sich ins Schloss und sah sich um. Ein paar Mülltonnen standen in der Nähe einer Tür, hinter der sie die Küche vermutete. Einige Abfälle waren danebengefallen. Rechts gab es einen kleinen Schuppen, der vielleicht die Toiletten enthielt, von denen Liane gesprochen hatte. Auf der anderen Seite des Hauses sah sie einen Durchlass, durch den sie auf die Straße zurückkehren konnte.

Sie huschte an den Fenstern vorbei bis zur Hausecke und blieb dort stehen, um sich orientieren. Ja, hier kam sie zum Hafen zurück. Aber dann blieb sie wie angewurzelt stehen. Ein Geräusch in der Nähe hielt sie auf. Der Lärm vor dem Haus, am Hafen, auf der Straße war weit genug entfernt, um Veränderungen, ein Anschwellen des Lärms, eine lauter werdende Stimme, einen aufheulenden Motor, nicht ernst zu nehmen. Aber das, was Emily jetzt auf den Fleck bannte, war etwas in ihrer Nähe, ein nadelfeiner Ton in watteweicher Lautlosigkeit. Ein Knacken, ein Rascheln, ein metallisches Klacken. Sie wollte nicht wissen, was es war, wollte nur weg. Dieser Laut bedeutete Gefahr, da war sie sicher, und für einen Angriff fühlte sie sich viel zu schwach. Ihr kam nur Flucht in den Sinn. Weg! So schnell wie möglich!

Doch sie schaffte es nicht einmal, einen einzigen Schritt zu tun. Im nächsten Augenblick wusste sie, wo das Geräusch seinen Ursprung hatte, sie begriff, dass jemand sich angeschlichen hatte, der sie überwältigen wollte. Im übernächsten Augenblick spürte sie den Schmerz auf ihrer Schulter, einen heftigen scharfen Schmerz, der fähig war, sie zu lähmen. Sie schrie auf, laut und gellend, war aber unfähig, den Angriff abzuwehren, konnte sich ihm nur ergeben, stürzte vornüber und schrie noch einmal, so laut, dass ihre eigene Stimme ihr in den Ohren wehtat. Und dennoch schrie sie ein weiteres Mal, bis sie schließlich ihren Schmerz in den Schmutz des Hinterhofes schluchzte ...

Maria

Lianes erste Handlung, nachdem sie dem Tenderboot entstiegen war und wieder den Schiffsboden der *Soleil* unter den Füßen hatte, bestand darin, ihre Sneakers auszuziehen und in ihre Stöckelschuhe zu steigen. Sie ließ sich ohne Umstände auf einem der dicken Rohre nieder, die an den Wänden von Deck 3 entlangliefen, und holte ihre unbequemen Schuhe heraus, die ich selbst um nichts in der Welt freiwillig angezogen hätte. Aber ihr schien es besser zu gehen, als sie die Sneakers in ihrem Rucksack verstaut hatte.

Ich stieß Barbara in die Seite und machte sie darauf aufmerksam. »Ich glaube, die kann auf flachen Sohlen gar nicht mehr laufen.«

Barbara nahm den Blick von ihrer allwissenden Superuhr, wo sie sich über die Temperatur auf der Osterinsel informiert hatte, und nickte wissend. »Verkürzte Wadenmuskulatur.«

Ich sah Liane nach, wie sie zu den Aufzügen stöckelte, dann erst fiel mir auf, dass sie anders wirkte als sonst. Ich kannte sie bisher nur lächelnd, immer voll geradezu kindlicher Freude, und immer hatte sie sehr freundlich gegrüßt. Das ewige Glück, das sie ausstrahlte, war ihr jedoch in diesem Augenblick abhandengekommen. Sogar von hinten war zu erkennen, dass etwas nicht in Ordnung war. Und als ich sie im Profil sah, weil sie auf den Aufzug wartete, kam es mir sogar so vor, als hätte sie geweint.

Aber es blieb keine Zeit, darüber nachzudenken. Wir warteten auf Emily. Liane war eine der Ersten gewesen, die das Tenderboot verlassen hatten, jetzt stiegen nur noch wenige Passagiere aus. Emily war nicht dabei.

Jonas, der die letzten Minuten mal wieder auf der Herrentoilette verbracht hatte, trat zu uns. »Wo ist Emily?«

Ich sah Barbara an, sie blickte zurück, als ginge ihr in diesem Moment ein Licht auf. Sie fuhr zu Jonas herum. »Wieso ist sie nicht mit Liane Reich zusammen zurückgekommen?«

Jonas starrte sie mit offenem Mund an. »Die Reich ist wieder da? Und ... und Emily nicht?«

Eine entsetzliche Übelkeit stieg in mir hoch. Aber ich schaffte es, sie niederzukämpfen. »Sie wird mit dem letzten Boot kommen. ›Alle Mann an Bord‹ ist erst in einer halben Stunde.«

Weder Jonas noch Barbara sagten etwas darauf. Mein Sohn hatte uns von Emilys Anruf erzählt, wir wussten alle drei, dass Liane völlig überraschend ein Tenderboot bestiegen hatte und zur Osterinsel gefahren war. Von Emilys letztem Telefonat mit Jonas wussten wir auch. Liane hatte sich von dem Tisch entfernt, an dem sie mit Emily gesessen hatte, angeblich, um die Toilette aufzusuchen. Und Jonas hatte Emily geraten, ihr zu folgen, wenn es länger dauerte. So lange, dass man glauben konnte, Liane Reich hätte etwas ganz anderes vor ...

Die Angst würgte mich. »Und wenn nicht?« Mir fiel wieder Lianes verändertes Gesicht ein. Hatte sie Emily etwas angetan? War sie von Vico Irion angewiesen worden, alles, was sein Vorhaben gefährdete, aus dem Weg zu räumen? »Könnte Emily etwas zugestoßen sein?«

Darauf hatte keiner eine Antwort. Schweigend standen wir an der Bar, bestellten uns weiteren Kaffee, obwohl keiner ihn wollte, und atmeten tief durch, als sich das nächste Tenderboot dem Schiff näherte, das letzte an diesem Tag. Es war nicht voll besetzt. Die wenigsten Passagiere nahmen das letzte Boot, die meisten wollten kein Risiko eingehen.

Die Erste, die ausstieg, war Benita Meister. Nach ihrem Mann hielt ich vergeblich Ausschau, er hatte sie augenscheinlich nicht begleitet. Ohne es zu verabreden, wandten wir uns alle dem Barkeeper zu, der uns verdutzt anschaute, als er mit einem Mal in unsere Gesichter sah. Fragend blickte er uns an, weil er glaubte, dass wir etwas bestellen wollten. Doch wir warteten nur, bis Benita Meister den Aufzug bestiegen hatte, dann drehten wir uns wieder zurück. Alle drei! Nach einem Geplänkel mit dieser Frau war mir nun wirklich nicht zumute. Jonas und Barbara offensichtlich auch nicht. Bloß kein Small Talk, wenn man vor lauter Angst und Sorge kein Wort herausbrachte!

Alle hatten nun das Boot verlassen. Emily war nicht unter ihnen gewesen. Als Jonas sein Handy herausholte und Emilys Nummer wählte, sah ich, dass seine Finger zitterten. Schon bald legte er sein Smartphone auf die Theke. »Mailbox.« Was konnte da passiert sein?

»Wir müssen Liane Reich fragen«, stieß ich hervor und erklärte, warum ich das für nötig hielt. »Sie sah so anders aus. Als wäre sie aufgewühlt, als hätte sie ein schreckliches Erlebnis gehabt, als ginge es ihr schlecht …«

Aber Barbara hielt mich zurück. »Wie sollen wir das begründen? Offiziell wissen wir gar nicht, dass Emily mit Liane Reich zusammen den Ausflug gemacht hat. Sie darf nicht erfahren, dass Emily uns informiert hat.«

»Wenn sie hinter Emilys Verschwinden steckt«, sagte Jonas beunruhigt, »kommt es darauf nicht mehr an.«

Am Kontrollpunkt entstand Unruhe. Es sah so aus, als wäre dort gerade aufgefallen, dass ein Passagier noch nicht wieder an Bord war. Alle drei Kontrolleure starrten auf den Bildschirm, zeigten auf einen Punkt und sprachen aufgeregt miteinander.

»Wir müssen mit Lukas reden«, sagte Barbara. »Das Schiff darf nicht auslaufen, ehe Emily an Bord ist.«

Lukas

Kapitän Lukas Jantzen wusste, dass er sich beherrschen musste. Er konnte es nicht leiden, kurz vor dem Auslaufen mit Privatem aufgehalten zu werden, aber eine Frau wegschicken, die in der vergangenen Nacht sein Bett geteilt hatte? Nein, das brachte er nicht fertig. Also empfing er Benita Meister mit einem Lächeln, obwohl er sie schon oft gebeten hatte, ihn nicht kurz vor dem Auslaufen oder direkt nach dem Festmachen zu stören, ging aber auf Abstand, während er sie begrüßte. Er nahm sich wieder mal vor, demnächst dafür zu sorgen, dass sie nicht mehr so selbstverständlich von einem Offizier auf die Brücke gelassen wurde.

Mit einem neckischen Blick drückte sie ihm einen winzigen Moai in die Hand, den er gleich in der Hosentasche verschwinden ließ. Nicht nur, damit kein anderer ihn sah, sondern auch, weil ihm Souvenirs dieser Art nicht gefielen. »Hattest du einen schönen Tag auf der Osterinsel?«

»Es war fantastisch!«, schwärmte sie, und Lukas kam nicht umhin, ihre strahlenden Augen zu bewundern, ihr wundervoll zerzaustes Haar, ihren leicht gebräunten Teint, ihr unbekümmertes Lachen. Die weißen Bermudas, die sie trug, saßen sehr knapp, unter dem Knoten, mit dem sie die dunkelgrüne Bluse über dem Bauch geschlossen hatte, war ein Streifen bloßer Haut zu sehen, mollig, aber sehr appetitlich. »Ich konnte mich kaum von der Insel lösen, habe das letzte Tenderboot genommen.«

Lukas sah zu Roland Hengst. »Dann sind wir komplett und können pünktlich auslaufen?«

Aber sein Staff-Kapitän schüttelte den Kopf. »Ein Passagier fehlt noch.«

Lukas trat hinter ihn und sah auf den Bildschirm. »Emily Krug!« Wie war das möglich? Jonas' Freundin war doch keine, die die Zeit vergaß und riskierte, dass die *Soleil* ohne sie abfuhr!

Leon steckte den Kopf durch die Tür, aber noch ehe er Lukas' Verwandte ankündigen konnte, stoben schon Maria, Barbara und Jonas herein. »Emily ist verschwunden.«

Lukas mochte es nicht, wenn Maria die Fakten aufbauschte. »Du meinst, sie hat das letzte Tenderboot verpasst«, korrigierte er.

»Nein!«, rief Maria. »Sie ist verschwunden.«

Lukas gewann Zeit, indem er mal wieder seine Socken hochzog, himmelblau mit gelben Maßkrügen und Edelweißblüten. Er hatte seine Ungeduld im Griff, als er sich wieder aufrichtete. »Willst du mir das näher erklären?«

Natürlich wollte Maria das. Und zwar unbedingt und unverzüglich! Es sprudelte nur so aus ihr heraus. Jonas habe ja an Bord bleiben müssen, aber Emily wollte sich die Insel ansehen. Und wen traf sie am Tenderboot? Liane Reich! Obwohl diese doch kurz vorher noch behauptet hatte, sie müsste wegen ihres kranken Freundes an Bord bleiben. »Emily hat Jonas noch angerufen, kurz bevor die letzten Tenderboote im Hafen ablegten.«

Lukas starrte Maria mehrere Augenblicke an, dann richtete er seinen Blick auf die anderen beiden, ebenfalls sehr beredt, mit einer eindeutigen Botschaft, die er mit einer winzigen Kopfbewegung abschloss, die zu Benita Meister wies. Keiner der drei hatte sie bemerkt. Jetzt starrte Maria sie erschrocken an, Barbara sah aus, als hätte sie ihre Schwester gerne gestoppt, und Jonas wirkte völlig überfordert. In seinem Kopf schien sich die Frage aufzublähen, was seine Mutter eigentlich preisgegeben hatte, wie Benita Meister es auffassen würde und welches Problem aus ihrer Anwesenheit entstehen könnte.

Benita selbst reagierte als Erste und völlig unbefangen. »Ich habe sie gesehen«, sagte sie. »Am Hafen. Zusammen mit einer anderen Frau.«

»Liane Reich?«, fragte Maria.

Benita zuckte mit den Achseln. »Ich weiß nicht, wie sie heißt. So eine Kleine, Zierliche, immer sehr aufgebrezelt …«

»Das war sie«, stieß Maria hervor.

»Emily ist in eine dieser Hafenkneipen gelaufen.«

»Warum?«

»Keine Ahnung. Vielleicht, um zur Toilette zu gehen.«

»Und Liane Reich?«

»Das weiß ich nicht«, antwortete Benita Meister zögernd. »Im Boot habe ich sie gesehen.« Sie dachte kurz nach. »Emily allerdings nicht.«

Lukas blickte sie eindringlich an. »Was war das für eine Kneipe?«

»Direkt am Hafen, ein Holzhaus, blau angestrichen.« Nach kurzem Nachdenken ergänzte sie: »Himmelblau. Mit einer Veranda davor. An den Namen kann ich mich nicht erinnern.«

Roland Hengst hatte alles mitangehört. Ein Blick von Lukas reichte, und er sagte: »Das letzte Tenderboot ist garantiert noch auf dem Wasser. Ich gebe Bescheid, dass es noch einmal übersetzen wird.«

Jonas machte einen Schritt auf die Tür zu. »Ich fahre mit.«

Lukas war einverstanden, und Maria und Barbara ließen sich erleichtert auf das Sofa sinken, während Jonas hinauslief. In Lukas' Kopf ging alles durcheinander. Das, was er wusste, das, was niemand erfahren sollte, das, was sicher war, das, was nur vermutet werden konnte, das, was geheim bleiben musste … Er wandte sich an Benita: »Du wirst dich vielleicht wundern …«

Sie lächelte konziliant. »Verstehe schon, ein familiäres Problem. Es ist wohl besser, wenn ich gehe.« Sie zögerte. »Oder brauchst du meine Hilfe?« Sie sah Lukas fragend an.

Er bedachte sie mit einem dankbaren Blick, weil es so einfach war, und bemühte sich, es Benita nicht merken zu lassen. »Danke!« Beinahe hätte er sie vor lauter Erleichterung umarmt, aber das verkniff er sich im letzten Moment. Jedoch ließ er es sich nicht nehmen, Benita höchstpersönlich hinauszuführen und sie, als sie vor der Tür alleine waren, dann doch noch zu umarmen. »Danke für dein Verständnis«, murmelte er.

Sie sah ihn an, als verstünde sie kein Wort, und ihm wurde klar, dass sie tatsächlich unmöglich verstehen konnte, worum es ging. Sie wusste ja nichts von Vico Irion und Jonas' Auftrag. Hoffentlich fragte sie ihn nicht irgendwann …

Emily

Sie hielt sich die Schulter, während der Mann ihr auf die Beine half. »Was ist passiert?«, fragte sie hilflos.

Der Mann antwortete nicht, sorgte aber dafür, dass sie sicher zum Stehen kam und sich an ihn lehnen konnte, bis sie sich stark genug fühlte, aus eigener Kraft ein paar Schritte zu machen. Ihre Beine funktionierten erstaunlicherweise, aber ihre rechte Schulter tat höllisch weh. Und ihr Kopf? In dem brummte und summte es, Emily schwankte, denn sie hatte im Moment des Sturzes nur an ihre Schultern und nicht daran gedacht, ihren Kopf zu schützen. Sie griff in ihren Nacken und spürte Feuchtigkeit an ihren Fingerspitzen. »Blut!«

»Kommen Sie!« Der Mann griff ihr nun unter die Achseln und sorgte so dafür, dass sie wieder ins Gleichgewicht zurückfand. »Ich bringe Sie erst mal ins Haus.«

Es war der Mann mit den Rastalocken. Und schlagartig fiel Emily wieder ein, was geschehen war. Dieser Mann war verschwunden gewesen, als auch Liane Reich nicht mehr zu sehen gewesen war. Was hatte er mit ihr zu schaffen? »Wo ist Liane?«, stieß sie hervor und weigerte sich, einen Schritt zu machen, zu dem der Mann sie nötigen wollte.

»Wer soll das sein?«, fragte er zurück.

»Die Frau, mit der ich hier war. Wir haben Kaffee getrunken.«

Er zuckte mit den Schultern und versuchte erneut, sie zum Gehen zu bewegen. »Lassen Sie uns ins Haus gehen.« Brummig und schlecht gelaunt fügte er hinzu: »Ich heiße übrigens Antony.«

Emily hatte Mühe, sich zu orientieren, der Schock wich nur langsam aus ihrem Körper. Doch nun wusste sie wieder, wo sie war. Hinter der Hafenkneipe, weil sie geglaubt hatte, dass Liane Reich hier war, weil sie angenommen hatte, dass hier die zwei Millionen den Besitzer wechseln sollten, weil sie Jonas helfen wollte und weil der Auftrag endlich erledigt sein sollte, der sie Tag für Tag daran hinderte, seine Liebe voll und ganz zu genießen.

Und mit einem Mal durchfuhr sie ein riesiger Schreck. »Wie spät ist es?«

Antony zuckte mit den Schultern. »Keine Ahnung. Wer in Hanga Roa wohnt, braucht keine Uhr. Wir richten uns nach der Sonne.«

»Ich muss aufs Schiff zurück!« Emily machte sich von Antony los, obwohl sie dadurch ins Schwanken kam und hingefallen wäre, wenn er sie nicht gestützt hätte. »Wo ist mein Handy?«

Wieder zuckte er mit den Schultern. »Was wollen Sie damit?«

Lieber Himmel, hatte der Mann Nerven! Gab es diese moderne Form der Kommunikation überhaupt schon in seinem Leben? »Bescheid sagen, dass ich später komme. Das Schiff darf nicht ohne mich losfahren.«

Jetzt wurde er energischer und griff fester zu. »Sie kommen mit ins Haus. Hier können Sie nicht bleiben.«

Das sah Emily ein. Während sie sich von dem Mann führen ließ, fragte sie: »Wer war das?«

Er sah sie fragend an. »Sie wollen wissen, wer Sie niedergeschlagen hat?«

»Ja.«

»Ich war nicht dabei. Ich habe Ihren Schrei gehört und bin gleich raus. Schritte habe ich noch gehört, aber gesehen habe ich nichts.«

Emily tastete nach ihrer kleinen Umhängetasche, in der sie ihr Handy und ein bisschen Geld gehabt hatte. Sie war nicht mehr da. »Meine Tasche!«

Er sah sich um und schüttelte den Kopf. »Hier ist keine Tasche.«

»Ich hatte sie mir über die Schulter gehängt.«

Antony gab sich nicht viel Mühe mit der Suche. Wieder ließ er den Blick einmal schweifen und zuckte mit den Achseln. »Hier ist nichts. Darauf hatte es der Kerl, der Sie niedergeschlagen hat, wohl abgesehen.« Er schob sie in die Gaststube, dort drückte er sie auf einen Stuhl. »Julia!«

Eine dicke Frau in den Sechzigern erschien hinter der Theke. Sie hatte eine dunkle Schürze umgebunden und brachte einen Schwall von Kochdünsten mit. Offensichtlich kam sie aus der Küche.

Antony erklärte ihr, ohne dass Emily ein Wort verstand, was geschehen war, jedenfalls nahm sie das an. Julia trocknete sich bereitwillig die Hände ab und trat zu Emily. Mit einer Geste forderte Julia sie auf, sich auf einen hohen Hocker zu setzen, von denen einige vor der Theke standen. Dann wollte sie Emilys Schulter abtasten, ließ sie aber sofort wieder los, als Emily vor Schmerzen aufstöhnte. Sie schnalzte ein paarmal mit der Zunge, als stünde ihre Diagnose fest. Sollte das heißen: Alles halb so schlimm? Oder etwa: Da muss ein Arzt ran?

»Meine Frau sagt, Sie sollen zu einem Arzt gehen.«

Emily stand so plötzlich auf, dass ihr schwindelig wurde. »Auf der *Soleil* gibt es einen Arzt.«

Antony zuckte mit den Schultern. »Auf so einem Riesenschiff gibt es wohl alles, was man braucht?«

Emily tastete mit der linken Hand unter ihr T-Shirt nach ihrer Kabinenkarte, die sie sich um den Hals gehängt hatte. Sie war zum Glück noch da. Den rechten Arm hielt sie abgespreizt, nur so war der Schmerz in ihrer Schulter erträglich.

»Was mache ich nur?« Sie sah auf ihre Armbanduhr. »17:20 Uhr! Um 18 Uhr legt die *Soleil* ab.«

»Auch, wenn noch nicht alle Passagiere an Bord sind?«, fragte Antony.

Emily dachte nach. Würde Kapitän Lukas Jantzen herausfinden, wie der Passagier hieß, der noch fehlte? Und wenn ja, würde er dann die Freundin seines Neffen an Land zurücklassen, weil sie nicht pünktlich gewesen war? Und vor allem: Würde Jonas sie vermissen? Und seine Mutter, seine Tante und seine Cousine? Sie wurde nun zuversichtlicher. Einer von ihnen musste doch merken, dass sie nicht mit dem letzten Tenderboot an Bord gekommen war. Und derjenige würde alle Hebel in Bewegung setzen, um das Ablegen der *Soleil* hinauszuzögern.

Mit einem Mal wusste sie genau, was Jonas tun würde, wenn er feststellte, dass sie noch nicht an Bord war. »Ich muss zum Hafen«, stieß sie hervor und wartete nicht auf Antonys Antwort. »Unbedingt!« An der Tür blieb sie stehen und sah sich um, froh, dass niemand Anstalten machte, sie zurückzuhalten. »Danke«, sagte sie leise. »Vielen Dank.«

Dann griff sie zur Klinke und stellte fest, dass die Tür abgeschlossen war ...

Jonas

Der Fahrer des Tenderbootes gehörte zum Glück zu den Wortkargen. Er redete kein einziges Wort mit Jonas. Er saß auf seinem erhöhten Sitz, wo er einen guten Überblick hatte und beim An- und Ablegen durch die Luke über seinem Kopf genau sehen konnte, was sich im Hafen tat. Die Fahrt dauerte zehn Minuten, schneller war die Strecke nicht zu bewältigen. Jonas hatte beim Besteigen des Bootes klar und deutlich gesagt: »So schnell wie möglich!« Und er war verstanden worden. Der Fahrer gab Vollgas, aber mehr als fünf Minuten waren damit nicht herauszuholen gewesen.

Im Hafenbecken dümpelten nur noch drei Fischerboote, am Kai war es menschenleer. Der Pavillon, der dort aufgebaut gewesen war, wo die Passagiere der *Soleil* aus- und wieder einstiegen, war längst zum Schiff transportiert worden, mit allen anderen Gerätschaften und den Offizieren, die den ganzen Tag am Hafen verbracht hatten. Sie hatten das Boot benutzt, in dem Jonas nun saß. Es war zum Glück gerade ausgeräumt worden, als es plötzlich noch einmal gebraucht wurde. Die neugierigen Fragen der Offiziere blieben unbeantwortet. Jonas sprang direkt hinter dem Fahrer hinein und ließ sich in der Nähe der Tür auf einer Bank nieder.

Während der Fahrt starrte er auf das graue Wasser, auf die flinken Wellen, auf die kleinen, spitzen Felsen, die in der Nähe der Hafeneinfahrt aus dem Wasser stachen. Was war mit Emily geschehen? Er hatte nur eine Erklärung: Sie musste Liane Reich auf die Schliche gekommen sein, vielleicht sogar genau in dem Moment, in dem die Geldübergabe stattgefunden hatte, und war mundtot gemacht worden. Seiner Mutter und seiner Tante war mit einem Mal eingefallen, dass Liane Reich verändert gewesen war, als sie aus dem Tenderboot stieg. Klar, sie war nicht so kaltblütig wie Vico Irion. Mit seinem Auftrag, jeden möglichen Mitwisser aus dem Weg zu räumen, war sie eigentlich überfordert gewesen. Aber in ihrer blinden Liebe hatte sie sich darauf eingelassen und etwas getan, das ihr unendlich schwergefallen sein musste. Vico Irion, dieser Mistkerl! Was hatte er an sich, dass er es schaffte, eine nette Frau wie Liane Reich zu seiner Handlangerin zu machen? Am Ende würde sie in den Knast wandern für etwas, das er zu verantworten hatte. Jonas stand auf, als das Boot die Hafeneinfahrt passiert hatte und auf den Anlegesteg zuhielt. Hoffentlich gelang es seiner Mutter und Tante Barbara, etwas aus Liane Reich herauszuholen. Sie wollten es versuchen, und er traute es ihnen zu.

Er sprang aus dem Boot, kaum dass sich einer der Hafenarbeiter bereitgefunden hatte, es festzumachen. Ein paar Schritte, dann sah er sich um. Und was er suchte, stand im selben Moment vor seinen Augen. Ein Holzhaus, das blau angestrichen war, ein kleines, einfaches Restaurant. Über der Eingangstür hing ein schwarzes Holzschild, der Name des Hauses war vor Jahren mit weißer Farbe daraufgepinselt worden, aber nicht mehr zu entziffern. Schmutz und totes Getier hatten die helle Schrift unleserlich gemacht. In der Lampe, die darüber hing, steckte keine Glühbirne mehr, und ohne jede Beleuchtung war der Name des Lokals überhaupt nicht mehr zu erkennen.

Jonas lief auf das Haus zu, stockte aber, als er näher gekommen war. Konnte der Besitzer dieses Hauses der Komplize von Vico Irion sein? Hatte er all die Jahre das Geld für ihn aufbewahrt? Dann hatte Vico Irion ihn vor Antritt der Weltreise informiert, wann er bei ihm erscheinen und sich die zwei Millionen abholen würde. An einem der letzten Tage hatte er dann vermutlich telefoniert: Ich komme nicht selbst, ich schicke meine Lebensgefährtin ...

Und dann war Emily diesen Verbrechern in die Quere gekommen. In Jonas' Angst mischte sich nun auch ein drückendes Schuldgefühl. Natürlich war Emily für die Detektivin gehalten worden, die die Versicherung engagiert hatte, um Irion die Beute aus dem Bankraub wieder abzujagen. Wie kam er, Jonas, eigentlich dazu, sich über Vico Irion zu erheben? Hatte er nicht genau dasselbe getan? Auch er hatte Emily ausgenutzt, damit sie ihm half. Wenn ihr jetzt etwas zugestoßen war, dann trug er die Schuld daran.

Er blieb kurz stehen, atmete tief ein und aus und versuchte es sogar mit einem Gebet: »Lieber Gott, bitte, lass nicht zu, dass Emily etwas zugestoßen ist. Ich liebe sie doch! Sie ist der wunderbarste Mensch, den ich kenne …«

Das Gebet hatte ihn gestärkt, er hatte jetzt die Kraft, auf das Haus zuzugehen. Langsam, unauffällig, schleichend. Die Tür war zu, die Veranda leer. Hatte die Kneipe geschlossen? Es sah ganz danach aus. Vermutlich hatte der Wirt den Laden verriegelt, damit niemand anwesend war, wenn er etwas tat, was ihn Kopf und Kragen kosten konnte.

Während Jonas zunächst der Verzweiflung näher gewesen war als der Beherrschtheit, wurde es nun kaltblütig in seinem Inneren. Er war zu allem bereit, wenn nur Emily heil und gesund wieder bei ihm war. Die zwei Millionen spielten mit einem Mal keine Rolle mehr, und die Meinung seines Chefs war ihm jetzt auch vollkommen gleichgültig. Er beschloss, nicht an der Eingangstür zu rütteln, um nicht auf sich aufmerksam gemacht zu haben, wenn sie tatsächlich verschlossen sein sollte. Alles sah danach aus, als wäre das Restaurant nicht geöffnet. Bei diesem Wetter standen sonst alle Türen offen, und überall saßen Gäste im Freien. Aber hier, auf der hübschen schattigen Veranda, war alles leer. Jonas ging an dem Haus vorbei, wiederum sehr langsam, im Schlendergang, als wäre er ein Tourist, der sich umsieht. Dann entdeckte er den Durchgang, vielleicht zwei Meter breit, zwischen dem Restaurant und dem nächsten Haus. Jonas überlegte nicht lange. Er huschte hindurch, drückte sich an die Hausecke und blickte zurück. Niemand hatte von ihm Notiz genommen. Vorsichtig spähte er um die Ecke herum und sah, dass sich ein Weg hinter dem Haus entlangzog. Zwischen ihm und dem Haus gab es einen verwahrlosten Streifen voller Gerümpel.

Mit dem Rücken an die Hauswand gedrückt tastete er sich voran, von einem Fenster zum anderen. Das erste war mit einem Vorhang geschlossen, hinter dem zweiten war eine Küche, in der sich jedoch niemand aufhielt. Das kleine Fenster, was dann folgte, war zu hoch, um hineinsehen zu können. Der hölzerne Verschlag, auf den Jonas blickte, mochte zu diesem Haus gehören, vielleicht aber auch nicht. Und dann war da die Tür, die ins Lokal führte. Eine Hintertür. Was würde Jonas zu Gesicht bekommen, wenn er sie öffnete? Würde er in den Lauf einer Waffe blicken? Oder in überraschte Gesichter, weil niemand ihn hatte kommen hören? Beides wäre unangenehm. Das erste Szenario sowieso, aber die zweite Möglichkeit würde sich vermutlich blitzschnell in die erste verwandeln. Er war unbewaffnet, und das machte es schwer, Emily aus diesem Haus herauszuholen. Eine List musste her. Mit einem Mal hätte er gerne Tante Barbara an seiner Seite gehabt. Der wäre garantiert etwas eingefallen. Aber ihr Angebot, ihn zu begleiten, hatte er ja rigoros ausgeschlagen. Ob das ein Fehler gewesen war? Womöglich befand sich Emily schon gar nicht mehr in diesem Haus, sondern war woandershin gebracht worden. Möglich auch, dass Benita Meister sich geirrt hatte.

Während er noch zauderte, fiel sein Blick auf eine verwitterte alte Steinbank an der Hauswand. Sie hatte wohl mal als Blumenbank gedient, die kreisrunden Flecke, die alte Blumentöpfe darauf hinterlassen hatten, zeigten es. Die Ranke eines Busches neigte sich darüber, trotzdem konnte Jonas sehen, dass dort etwas lag. Etwas, das ihm sehr vertraut war. Er machte einen weiteren Schritt, unvorsichtig, viel zu schnell und ohne sich zu vergewissern, dass er nicht gesehen werden konnte. Dann hielt er Emilys Täschchen in der Hand. Ein Stoffbeutel, den sie in Rio gekauft hatte, in dem sie ihr Handy, ein paar Dollars und Taschentücher mit sich führte. Mit zitternden Händen öffnete er das Täschchen. Alles war noch drin. Ihre Kabinenkarte hängte sie sich ja immer um den Hals, wie fast alle Passagiere der *Soleil*.

Emily war also in diesem Haus! Nun wusste er es genau. Sie war hier überrascht worden, als sie Liane Reich gefolgt war. Und das bedeutete, dass auch sie hier gewesen war. Warum trug Emily das Täschchen nicht mehr über ihrer Schulter? Wer hatte es ihr abgenommen und hier versteckt?

In diesem Augenblick schreckte ihn ein Vibrieren in seiner Gesäßtasche auf. Er zog sein Handy heraus und sah nach, wer ihm eine WhatsApp-Nachricht geschickt hatte. Seine Tante! *Ruf mich an! Sofort!*

Barbara

Barbara legte ihr Handy zurück. »Ich hoffe, er liest die WhatsApp!«

Lisa sah eine Gelegenheit, sich zu der Sache zu äußern. »Wo bin ich hier eigentlich gelandet? In einer Gangsterkomödie? Einem schlechten Krimi? Wenn das meine Mutter wüsste!«

Maria reagierte heftig. »Sie darf es nicht wissen, weil niemand es wissen darf! Merk dir das, Lisa! Niemand! Eigentlich dürften wir alle nichts von Jonas' Auftrag wissen.«

»Schon klar«, gab Lisa spitz zurück. »Jonas muss geholfen werden. Allein packt er das nicht. Ihr solltet euch mal überlegen, ob er wirklich den richtigen Beruf ergriffen hat.«

Barbara legte beschwichtigend ihre Hand auf Marias Unterarm, die gerade auffahren und etwas entgegnen wollte, was sie später womöglich bereut hätte.

Sie saßen in der Suite des Kapitäns, Lukas hatte fürs Erste alle Aufgaben auf der Brücke in die Hände von Roland Hengst gelegt. Der hatte die Anweisung erhalten, die Passagiere über eine Verzögerung der Abreise zu informieren. Ein Steward hatte Getränke gebracht und Lukas Knabberzeug aus einem Schrank herausgesucht, Erdnussflips und Kartoffelchips, die aus Deutschland stammten. Die hatte er vermutlich im Vorrat, weil er beides gerne aß. Das wussten seine Schwestern. Aber sie wussten auch, dass er sich diese Kalorien nur in Ausnahmefällen zubilligte.

Als das Festnetztelefon klingelte, zögerte er kurz. Barbara gab ihm ein deutliches Zeichen. »Es könnte noch einmal um Emily gehen.«

Sie saß direkt neben ihm und konnte die laute Stimme eines Mannes hören, wütend und aufgebracht. Lukas kam nur selten zu Wort, einen vollständigen Satz konnte er kein einziges Mal von sich geben.

Schließlich legte er seufzend auf und sah seine Schwestern und seine Nichte an, als wäre es ihm lieber, er brauchte jetzt nichts zu erklären. Aber mit einem verzweifelten Blick auf Lisa sagte er dann doch: »Das war wieder dieser Helbing. Er will unbedingt wissen, was mit Fred Alswede geschehen ist.«

»Verständlich, oder?« Lisa sah herausfordernd von einem zum anderen. »Da macht sich jemand Sorgen um einen Menschen, der von Bord der *Soleil* verschwunden ist. Wie mein Vater!«

Barbara schaffte es nicht, ihre Schwester zurückzuhalten. »Was weißt du schon von deinem Vater? Hast du eine Ahnung von seinem Leben, von seiner Ehe?« Maria stach mit ihrem rechten Zeigefinger auf Lisa ein, natürlich ohne sie zu berühren. »Nein, hast du nicht!«

»Was willst du damit sagen?«, echauffierte sich Lisa.

Maria sank zurück, fuhr sich durch die Haare, bis sie in alle Richtungen abstanden, und rieb sich die Augen, ohne daran zu denken, dass sie am Morgen Wimperntusche benutzt hatte. Als sie sich beruhigt hatte, sah sie aus, als wäre sie in einen Kohleeimer gefallen. »Gar nichts«, antwortete sie matt und ließ sich von Barbara eine Packung mit Feuchttüchern zuschieben, ohne allerdings eine Ahnung zu haben, was sie damit machen sollte.

Lisa wollte Marias Worte natürlich so nicht stehen lassen, aber zum Glück gab es ja noch den verschwundenen Passagier, über den sie sich ereifern konnte. Auf die Ehe ihrer Eltern und das Leben ihres Vaters würde sie aber garantiert später zurückkommen, da war Barbara sicher. »Was willst du dem Mann sagen, wenn wir wieder in Hamburg ankommen?«

»Das ist kein Verwandter«, erklärte Lukas. »Dem bin ich keine

Rechenschaft schuldig. Außerdem ... wir haben jetzt genug Sorgen um Emily und Jonas. An etwas anderes mag ich zurzeit nicht denken.«

Das sah sogar Lisa ein. Sie blickte auf die Uhr, dann schaute sie Barbara intensiv an. »Ist dein Handy eingeschaltet? Oder hast du Jonas' Anruf etwa überhört?«

Barbara bedachte sie mit einem Blick, der töten konnte, und antwortete nicht. Das war auch nicht nötig, denn gerade in diesem Augenblick klingelte ihr Handy. Sie sah aufs Display. »Jonas.«

Sie hob ab mit den Worten: »Wo bist du?« Kurz lauschte sie auf seine Antwort, dann sagte sie: »Hör zu, Jonas. Emily hat angerufen. Sie hat die Nummer gewählt, die als Notfallnummer auf der Kabinenkarte steht. Zum Glück hatte sie Zugang zu einem Festnetztelefon, ihr Handy ist ihr gestohlen worden. Jemand hat sie niedergeschlagen und ...« Sie stockte, weil Jonas sie unterbrochen hatte. »Ja, in diesem Haus«, sagte sie dann. »Geh rein und frag nach Emily. Sie wartet dort auf dich.«

Sie sah nachdenklich aus, als sie das Handy weglegte. »Jonas sagt, das Lokal habe geschlossen.«

»Die haben Feierabend gemacht«, meinte Lukas. »Schön, dass sie sich trotzdem um Emily kümmern.«

Maria schien sich noch nicht freuen zu können. »Aber was ist mit Liane Reich?« Sie sah Barbara fragend an. »Die war so komisch, als sie zurückkam. Hast du das nicht auch gemerkt?«

Aber Barbara war nichts aufgefallen, obwohl sie pflichtschuldigst nachdachte. »Ich habe ihr nur einen flüchtigen Blick zugeworfen.«

Lisa schien eine Sensation zu wittern. »Du meinst, die war mit den Nerven fertig, weil sie gerade einen Menschen niedergeschlagen hatte? Weil sie vielleicht sogar gedacht hat, sie hätte jemanden umgebracht?«

Maria traute sich eine klare Antwort nicht zu, sie nickte nur.

Lisa war in ihrem Element. Schreckliche Szenarien an die Wand zu malen, gehörte zu ihren besonderen Fähigkeiten. »Wenn es ihr nicht gelungen ist, wird sie es wieder versuchen. Natürlich wird sie Emily für die Detektivin halten, ist ja klar. Jonas muss sich was einfallen lassen.«

Barbara tat es nur ungern, aber sie musste Lisa recht geben. Ja, wenn Liane Reich gemerkt hatte, dass Emily ihr nachgegangen war, dann musste sie zu dieser Ansicht gelangen. Und dann war Emily in Gefahr, in Lebensgefahr.

»Wie soll Jonas damit leben, wenn Emily seinetwegen umgebracht wird?« Lisas Stimme klang dumpf und unheilschwanger.

»Nun mach aber einen Punk!«, fuhr Barbara sie an. »Wenn Emily wieder auf der *Soleil* ist, kann ihr nichts passieren.«

Jonas

Er fühlte sich unwohl, als er um das Haus herum zur Eingangstür ging. Die Dämmerung war mittlerweile hereingebrochen, hinter den Fenstern glomm nur ein kleines Licht. Er sah keine Bewegung, kein Laut drang nach draußen. Würde er Emily wirklich dort finden? War ihr in diesem Haus geholfen worden? Hatte sie hier das Telefon benutzen und die Notfallnummer der *Soleil* anrufen dürfen? Es wollte Jonas nicht gelingen, sich das vorzustellen.

Trotzdem pochte er an die Tür, einmal, zweimal und ein drittes Mal – sehr laut. Schließlich hörte er Geräusche, Schritte und … Emilys Stimme. Aufgeregt pochte Jonas gleich noch einmal. Er wollte Emily sehen, konnte es nicht erwarten, ihr gegenüberzustehen.

Und endlich wurde die Tür geöffnet. Ein älterer Mann mit Rastalocken stand vor ihm. Er trug eine fleckige Jeans und ein weißes T-Shirt, das sauber aussah, als hätte er es gerade aus dem Schrank geholt und über den Kopf gezogen. Aus den kurzen Ärmeln wuchsen Tätowierungen bis zu den Handrücken.

Ehe Jonas etwas sagen konnte, trat der Mann zur Seite und gab den Blick auf Emily frei. Sie hockte auf einem Stuhl, neben einer dicken Frau, die Jonas feindselig entgegenblickte.

»Jonas!« Emily schien das Lächeln schwerzufallen, Jonas sah sofort, dass sie Schmerzen hatte.

Mit zwei, drei Schritten war er bei ihr und umarmte sie vorsichtig. »Was ist passiert?«

Statt ihrer antwortete der Mann, der zu Jonas' Erleichterung

Deutsch sprach. »Wir hatten den Laden gerade geschlossen, da hörte ich ein Geräusch im Hof. Als ich nachguckte, sah ich sie dort liegen.« Er zeigte auf Emily. »Das Tor habe ich noch quietschen hören, aber niemanden gesehen. Irgendjemand hat sie niedergeschlagen.« Er sah Emily vorwurfsvoll an. »Ich weiß nicht, warum sie nicht vorne rausgegangen ist. Wenn die Veranda geschlossen ist, hätte sie durch diese Tür das Haus verlassen können.« Er wies auf den Eingang, durch den Jonas das Haus betreten hatte.

Jonas sah Emily fragend an, aber sie antwortete nur mit einem vielsagenden Blick. Aha, sie hatte sich also in den Garten geschlichen, weil sie dort Liane Reich vermutet hatte. »Wir gehen jetzt besser. Das Tenderboot wartet.«

»Wie hast du mich eigentlich gefunden? Woher wusstest du, wo ich bin?«

Er antwortete nicht, sondern half ihr auf, merkte aber, dass sie noch etwas auf dem Herzen hatte, das herausmusste. Sie schmiegte sich noch nicht an ihn, ließ sich nicht von ihm führen, sondern löste sich aus seinem Griff. »Ich glaube«, sagte sie leise, »die beiden erwarten etwas von mir. Als Dank! Kannst du ihnen Geld geben? Meine Tasche ist ja weg.«

Der Mann hatte alles verstanden, in seine Augen stieg ein gieriger Ausdruck, der Jonas abstieß. Hilflose Wut erfasste ihn. Sie hatten Emily also nicht aus Menschenfreundlichkeit geholfen, sondern aus Berechnung. Ob dieses merkwürdige Paar etwas mit Vico Irion zu tun hatte? Er musste jetzt abwarten, bis er in Ruhe mit Emily sprechen konnte, dann würde er erfahren, was sie hier erlebt und was sie herausgefunden hatte.

Jonas griff, ohne den Mann aus den Augen zu lassen, unter seine Jacke und zog Emilys Stofftäschchen hervor. »Deswegen wusste ich, dass du hier bist«, sagte er, ohne Emily anzusehen. Er behielt nur den Mann im Auge. »Nett, dass Sie Emily geholfen haben, vielen Dank. Ihre Dollars hätten Sie gut gebrauchen können, und ihr Handy hätten Sie verkauft?«

Emily brauchte eine Weile, bis sie begriff. Dann drehte sie sich zu dem Mann um, so heftig, so schnell, dass sich ihr Gesicht schmerzhaft verzerrte und sie erneut an ihre Schulter griff. »So ist das also?«

Der Mann zuckte mit den Schultern. »Ich weiß nicht, wovon hier die Rede ist. Ich habe ihr geholfen …«

»… aber vorher ihre Tasche versteckt, damit Sie später behaupten konnten, der Täter wäre auf Emilys Tasche aus gewesen. Oder … die Täterin?«

»Ich habe niemanden gesehen«, verteidigte sich der Mann, während seine dicke Frau misstrauisch von einem zum anderen sah. Sie schien zu begreifen, dass ihnen die Felle davonschwammen.

»Komm, Emily.« Jonas führte sie zur Tür. Er hoffte inständig, sie möge offen sein und die beiden Besitzer dieser Kaschemme würden sie gehen lassen. Notfalls würde er ihnen die Dollars, die in Emilys Tasche steckten, geben. »Würden Sie mir bitte öffnen?«

Der Mann zögerte, aber dann kam er und drehte den Schlüssel, der im Schloss steckte. Emily wandte sich noch einmal um. »Trotzdem danke«, sagte sie leise. »Und … schade.«

Alexandra

Alexandra und ihre Freundin Nathalie hatten beschlossen, etwas für die Figur zu tun. Step-Aerobic hatten sie bereits hinter sich, wollten aber auch noch für mindestens eine halbe Stunde aufs Ergometer. Nathalie machte den Gegenvorschlag, stattdessen lieber an die Saftbar zu gehen, aber da zwei Ergometer frei waren, die direkt nebeneinanderstanden, ließ sie sich umstimmen. Alexandra wusste, sie wollte mit ihr reden, das war hier genauso gut möglich wie an der Bar.

»Hast du Emily gesehen?«, fragte Nathalie, nachdem sie ihre Geräte eingestellt und sich für den Beginn des Cool-Down entschieden hatten. »Und ihren monströsen Verband? Sie hat sich die Schulter gebrochen.«

Alexandra korrigierte: »Eine Humeruskopffraktur. Wächst von selbst wieder zusammen, muss aber für eine Weile ruhiggestellt werden. Sehr lästig.«

»Du hast sie auch getroffen?« Als Alexandra nickte, fragte Nathalie weiter: »Wie hat sie sich das zugezogen? Ich habe sie gefragt, aber sie hat mir nur vage geantwortet. Hat sie dir mehr erzählt?«

»Sie ist überfallen worden. Auf der Osterinsel.«

»Was?« Nathalie vergaß das Treten, sodass ihr Ergometer nachfragte, ob sie bereits mit dem Cool-Down beginnen wolle. Schnell bewegte sie wieder ihre Beine, damit das Ergometer merkte, dass sie weitermachen wollte. »Wie ist das passiert?«

»Genaues weiß ich auch nicht. In der Nähe des Hafens, kurz bevor sie wieder auf die *Soleil* übersetzen wollte.« Alexandra schwieg, als dächte sie zum ersten Mal darüber nach, was es mit Emilys Verletzung auf sich haben könnte.

Nathalie merkte es. »Du machst dir Gedanken. Stimmt's?«

»Detektive leben gefährlich«, antwortete Alexandra kryptisch.

Nathalie verstand sie trotzdem. »Aber nicht, wenn sie auf dich angesetzt sind.«

Alexandra zögerte. »Wir sollten gleich mal in den Bordshop gehen. Ich glaube, wenn wir Frau Liebermann auf den Zahn fühlen, erfahren wir mehr.«

»Du denkst an etwas, was für uns interessant sein könnte?« Nathalie lachte. »Oder vielmehr ... für dich. Ich bin an dieser Angelegenheit nicht beteiligt.«

»Sag das nicht.« Alexandra hörte auf zu treten und ließ zu, dass ihr Ergometer nun wirklich in den Cool-Down-Modus wechselte. »Wir könnten beide einen neuen Sportdress gebrauchen«, beschloss sie. »Seit über zwei Monaten trainieren wir in denselben Klamotten.«

Nathalie kicherte. »Kein Wunder, dass unsere Trainingsergebnisse nicht besser werden.«

Sie zogen sich nicht um, sondern gingen in ihren Radlerhosen und den Funktionsshirts in den Bordshop. Als Maria auf sie zutrat und nach ihren Wünschen fragte, zeigte Alexandra nur auf das, was sie trugen. »Es muss was Neues her.«

Maria Liebermann lachte. »Nichts leichter als das.« Sie führte die beiden zu einem Regal, in dem Kleidung für jede Sportart zu finden war. Ob Fitness, Radfahren, Schwimmen, Tennis, Golf ... es war für jeden was dabei. Mit sicherem Griff holte die Bordshopleiterin Fitness-Kombinationen heraus, alle in der richtigen Größe und in den Farben, die den beiden gefielen.

Alexandra strahlte. »Wie soll ich mich da entscheiden? Die sind alle toll.«

Maria Liebermann zeigte zu den Umkleidekabinen. »Sie können gerne alle anprobieren.«

Sie ging zurück zur Kasse, hinter der es eine kleine verschwiegene Ecke gab, wo der Kaffeeautomat stand und Alexandra schon oft Passagiere gesehen hatte, die nicht dem Bordshop einen Besuch abstatteten, sondern seiner Leiterin. Sie gestand sich ein, dass sie selbst schon den Wunsch verspürt hatte, dieses Privileg einmal genießen zu dürfen. Maria Liebermann war so eine patente Person! Von ihr bevorzugt zu werden, war wie eine Auszeichnung. Oder lag es auch daran, dass sie Jonas Liebermanns Mutter war? Diese Frage wischte Alexandra beiseite und kümmerte sich nicht um eine Antwort.

Sie suchten sich die Teile heraus, die in die engere Wahl kamen, und gingen zu den Umkleidekabinen. Auf dem Weg dorthin konnten sie einen Blick zu dem Kaffeeautomaten werfen, neben dem eine Frau saß, die in Buenos Aires zugestiegen war. Eine weitere Verwandte des Kapitäns, das hatte Alexandra schon herausgefunden.

Sie musste sich nicht mit Nathalie verständigen, die beiden zogen ganz selbstverständlich die Vorhänge der Umkleidekabine beiseite, die Maria Liebermann und ihrer Schwester am nächsten war. Und beide ließen sich Zeit mit der Anprobe …

»Die arme Emily«, hörte Alexandra die Bordshopleiterin sagen. »Dr. Sauck sagt, die Sache braucht Zeit.«

»Ja, wirklich lästig«, kam es zurück. »Aber viel schlimmer finde ich die Tatsache, dass Emily überfallen wurde.«

»Es muss ihr jemand gefolgt sein. Jemand, der gemerkt hat, dass sie Passagier der *Soleil* ist.«

»Sie hätte sich dort nicht reinschleichen dürfen.«

»Du weißt, warum sie es getan hat.«

Alexandras rechter Fuß steckte in einer Fitnesshose, sie verhedderte sich prompt, sodass sie beinahe gestürzt wäre. Im letzten Augenblick konnte sie sich auf den Hocker fallen lassen, der in der Umkleidekabine stand. Ein erschrockenes Ächzen hatte sie nicht unterdrücken können.

»Zu eng?«, hörte sie Maria Liebermann rufen. »Soll ich eine andere Größe raussuchen?«

»Nein, nein, schon gut«, rief Alexandra zurück. »Ich glaube, die Hose passt wie angegossen.«

Vom Kaffeeautomaten drang zustimmendes Gemurmel, dann sagte Maria Liebermanns Schwester: »Gut, dass Emily mit Liane Reich gesprochen hat. Sonst hätten wir uns noch falsche Gedanken gemacht.«

»Die Arme tut mir so leid. Emily sagt, sie habe bitterlich geweint.«

»Sie hat den falschen Freund«, sagte die Schwester barsch. »So einer ist schlecht fürs Selbstbewusstsein.«

»Vermutlich war sie schon in ihrem Elternhaus immer das Dummchen. Mit Ach und Krach die Hauptschule geschafft, danach nichts Gescheites gelernt, weil sie angeblich für alles zu dämlich war.«

»Man müsste mal ihre emotionale Intelligenz messen. Da würden sich manche wundern, die jetzt auf sie herabsehen.«

»Offenbar hat sie oft die Erfahrung gemacht, dass Menschen sich von ihr abwenden. Sie ist nie wichtig, versteht zu wenig, weiß zu wenig, ist zu dumm und immer falsch gekleidet, sosehr sie sich auch bemüht. Das hat sich bei ihr eingebrannt. Und als Emily plötzlich nicht mehr da war, hat Liane gedacht, sie wäre ohne sie zurückgefahren. Dabei hatte sie doch versprochen zu warten.«

»Ja, bei Emily hatte sie wohl das Gefühl, angenommen und akzeptiert zu werden. Als sie nicht am Hafen stand, um auf sie zu warten, dachte sie, es sei mal wieder so weit. Einem Menschen, der ihr etwas bedeutete, war sie vollkommen gleichgültig.«

»Nun ist das ja geklärt«, gab Maria resolut zurück. »Sie weiß jetzt, warum Emily nicht mehr da war.« Alexandra hörte einen Stuhl rücken und beeilte sich, die Hose hochzuziehen und aus der Kabine zu treten, um sich zu betrachten.

Prompt erschien Maria Liebermann hinter ihr. »Die passt ja perfekt. Haben Sie das Shirt auch schon probiert? Die Farbe müsste Ihnen gut stehen.«

Auch Nathalie trat heraus. Sie trug eine ähnliche Kombination, allerdings in Pink, während Alexandra auf Königsblau gesetzt hatte.

Beide drehten sich zufrieden vor dem Spiegel. »Die nehmen wir«, beschloss Alexandra. »Aber ich möchte noch mehr probieren.« Sie zeigte auf die grüne Fitness-Kombination, die in ihrer Kabine hing. »Die würde mir auch gefallen.«

Nathalie wollte es jedoch bei einer einzigen Kombination belassen. Obwohl Alexandra sie drängte, weitere anzuziehen. »Das bezahlen wir alles mit meiner Karte, ist doch klar.«

Aber Nathalie wollte davon nichts wissen. »Eine reicht.« Sie ging in die Kabine zurück, um sich wieder anzuziehen.

Maria Liebermann gesellte sich erneut zu ihrer Schwester. Sie sprach jetzt so leise, dass Alexandra Mühe hatte, sie zu verstehen. »Hoffentlich regelt sich die Angelegenheit mit dem verschwundenen Passagier. Lukas ist sehr nervös.«

»Kein Wunder!« Ihre Schwester tuschelte ebenfalls. »Er muss tun, was die Reederei von ihm verlangt. Ob es ihm behagt oder nicht.«

»Hoffentlich geht das gut«, murmelte Maria Liebermann.

Dann hörte Alexandra erneut ihre Schritte. »Passt der andere Anzug auch?«

Alexandra trat aus der Kabine. »Ja, ich nehme beide.« Sie ging zur Kasse, wo schon die andere Kombination lag, die Nathalie sich ausgesucht hatte. Sie hielt ihrer Freundin die geöffnete Hand hin. »Ich brauche deine Bordkarte.«

Nathalie nahm sie vom Hals und gab sie Alexandra. Dann betrachtete sie weiter die seidenen Halstücher, während Alexandra zur Kasse ging, um zu bezahlen. Als sie der Bordshopleiterin die

Bordkarte zum Einscannen hinhielt, blickte sie mit einem Mal in sehr aufmerksame, ja sogar misstrauische Augen. Sie erschrak, weil sie merkte, wie unvorsichtig sie gewesen war. Was war Maria Liebermann aufgefallen? War sie etwa der Wahrheit auf der Spur?

Maria

Ich bin stolz auf meinen Bruder, ich glaube, das habe ich schon mehrfach erwähnt. Was ich so an ihm mag? Das ist seine souveräne Art, mit Problemen umzugehen und Schwierigkeiten aus dem Weg zu räumen. Außerdem seine Bescheidenheit. Er schreibt Erfolge nie auf seine Fahne, sondern kehrt sie unter den Teppich, wo keiner sie sehen soll. Klar, ich bin nicht objektiv, Lukas ist mein Bruder, mein nächster Verwandter. Da ich ihn als Schwester liebe, wäre ich vielleicht auch stolz auf ihn, wenn er kleinlich, prahlerisch oder egoistisch wäre. Aber das alles ist er nicht, ehrlich. Das Einzige, was mir an ihm nicht gefällt, ist die Tatsache, dass er nie auf mich hören will, wenn es um Zwischenmenschliches geht. Vor allem um das, was zwischen Mann und Frau geschieht oder vielmehr geschehen sollte. Da ist Lukas durch und durch beratungsresistent. Manchmal, wenn er sich von mir bedrängt fühlt, untersteht er sich sogar, mich für genau die Falsche zu halten, die ihm Ratschläge erteilen dürfte. Angeblich habe ich mich viel zu oft in den falschen Mann verguckt und nach jeder Trennung mein Leben immer nur mühsam und meist nur im allerletzten Augenblick auf die Reihe bekommen, was so natürlich überhaupt nicht stimmt. Ich habe mir ein paar Umwege erlaubt, das ist richtig. Aber letzten Endes habe ich mich aus jedem Schlamassel an den eigenen Haaren herausgezogen. Okay, Lukas hat es cleverer angestellt, er hat jeden Schlamassel erfolgreich umrundet, was vielleicht klüger ist, aber die Lebenserfahrenere bin auf jeden Fall ich. Also darf ich ihm auch beistehen, wenn ich mal wieder fürchten muss, dass er sich in die falsche Frau verliebt. Okay, ich habe mittlerweile kapiert, dass Benita Meister sein Herz nicht erobert hat. Sie auch, oder? Sie ist nur eine Bettgeschichte, die umso schneller vorbei sein wird, wenn man sich gar nicht darum kümmert. Ich sage Ihnen: Unterschätzen Sie nie den Trotz eines Mannes! Sind Sie meiner Meinung? Prima, das dachte ich mir. Also halte ich in dieser Angelegenheit meinen Mund, damit er am Ende nicht aus lauter Sturheit so weitermacht. Nur … was ist mit ihrem Mann? Dass er Lukas Schwierigkeiten machen könnte, bereitet mir nach wie vor Beklemmungen. Schließlich weiß man nicht, wie die Sache mit Fred Alswede ausgehen wird. Man kennt das doch. Die Reederei tut alles, um die eigenen Hände in Unschuld zu waschen. Und wenn das nicht mehr klappt, ist der Nächste auf der Leiter der Hierarchie dran. Das ist in diesem Fall der Kapitän. Und wenn dem gleichzeitig nachgesagt wird, dass er eine Affäre mit einer verheirateten Passagierin hat, ist eine Vorverurteilung nicht aufzuhalten. Ein Lump, der einen ahnungslosen Ehemann betrügt, ist auch in der Lage, das Verschwinden eines Passagiers zu vertuschen, damit er keinen Ärger bekommt. Auf so was wird das Ganze hinauslaufen. Wetten?

Aber ich schweife mal wieder ab. Eigentlich wollte ich Ihnen ja erzählen, warum ich heute mal wieder besonders stolz auf meinen Bruder bin. Er hat sich nämlich eine Überraschung für seine Passagiere ausgedacht. Unter uns: Falls es Schwierigkeiten wegen des verschwundenen Fred Alswede geben sollte, hat er damit die Passagiere der *Soleil* jedenfalls alle hinter sich gebracht. Die trauen diesem Kapitän nichts Schlechtes zu. Aber ich bin sicher, dass Lukas daran überhaupt nicht gedacht hat … es geht ihm wirklich nur um diese nette Überraschung. Dabei ist es nicht einmal seine erste! Die Fahrt um Kap Hoorn herum stand eigentlich auch nicht auf dem Routenplan. Die hat Lukas den Passagieren geschenkt, als er wusste, dass die Wetterverhältnisse es zulassen würden. Dass vor dem Kap Hoorn viele Seeleute ihr nasses Grab gefunden haben, weiß ja jeder, deswegen ist es besonders angenehm gruselig-gänsehäutig, dort vorbeizufahren, man steht an die Reling gelehnt da, mit einem Gläschen in der Hand, wo früher die Naturgewalten die Seefahrer in Lebensgefahr brachten.

Solche Freiheiten darf sich ein Kapitän herausnehmen. Er ist für die Sicherheit der ihm anvertrauten Passagiere verantwortlich, wenn er mit seiner Kompetenz sagt, es geht, dann geht es. Erst also Kap Hoorn und jetzt etwas noch Verrückteres ...

Gestern wurde im Theatrium ein Film gezeigt, auf großer Leinwand, wie im Kino. »Die Meuterei auf der Bounty!« Ein alter Film, 1962 hat er die Kinos gestürmt, gedreht nach einem Buch, das in den 1930er-Jahren erschienen ist. Ein uralter Stoff also, mit Marlon Brando in der Hauptrolle. Himmel, sah der Mann gut aus!

Aber bevor ich erneut abschweife ... die Vorführung dieses Films auf der *Soleil* war natürlich kein Zufall. Lukas hat sich nämlich entschlossen, sein Schiff und die Passagiere auf der Spur der damaligen Meuterer in die Vergangenheit zu führen. Ins Jahr 1789! Das Jahr, in dem Meuterer die Bounty an sich rissen.

Ich wusste ja gar nicht, dass der Film und das Buch auf einer wahren Geschichte beruhen! Ich war echt von den Socken, als Lukas mir das erzählte. Zwar sind die historischen Ereignisse stark verändert und sogar verfälscht worden, aber Tatsache ist: Die Bounty und die Meuterei hat es tatsächlich gegeben!

Im Pazifischen Ozean liegt eine einsame Inselgruppe mit Namen Pitcairn. Und auf der gleichnamigen Hauptinsel – halten Sie sich fest! – leben heute noch Nachfahren jener Meuterer. Wussten Sie das? Wenn Sie jetzt nicken, weiß ich nicht, ob ich Ihnen glauben kann. Ich hatte jedenfalls noch nie davon gehört.

Also, das war so: Als die Meuterer das Kommando über die Bounty übernommen hatten, segelten sie nach Tahiti zurück, wo sie hergekommen waren. Aber ihr Anführer, Fletcher Christian, wollte nicht auf Tahiti bleiben, weil er fürchtete, dass man ihn dort finden könnte. Auf Meuterei stand schließlich der Galgen, und seinen Hals wollte er nicht riskieren. Also machte er sich mit acht seiner Männer und ihren polynesischen Frauen auf den Weg, um eine abgelegene Insel zu finden, wo sie sicher sein würden. Sie stießen auf Pitcairn, einsam gelegen, mit einer Süßwasserquelle und mit fruchtbarer Vegetation. Also genau das, was sie brauchten. Dort legten sie an und beschlossen zu bleiben. Um nicht gefunden zu werden, ließen sie die Bounty auf Grund laufen, zündeten sie an und versenkten die Reste des Schiffs im Meer. So würde sie niemand entdecken, der zufällig an Pitcairn vorbeisegelte. Und sie behielten recht …

Man glaubt es kaum, aber einige Nachfahren dieser Männer und Frauen leben heute noch auf Pitcairn. Inzwischen nur noch knapp fünfzig Menschen, aber immerhin. Viele von ihnen tragen den Nachnamen Christian, als direkte Abkömmlinge von Fletcher Christian, dem Anführer der Meuterer.

Was das mit der *Soleil* zu tun hat? Lukas will die Insel und ihre Bewohner besuchen. Natürlich kann so ein riesiges Schiff dort nicht anlegen, und wenn sämtliche Passagiere von Bord gehen und diese Insel überfluten sollten, würde dort der Notstand ausgerufen. Aber … die Inselbewohner werden uns einen Besuch abstatten. Ja, sie werden an Bord kommen! Ist das nicht verrückt? Alle Passagiere sind genauso begeistert wie ich. Der Bürgermeister von Pitcairn, ein gewisser Simon Young – keiner der Nachfahren, sondern ein Einwanderer aus England –, wird im Theatrium von dem Leben auf der Insel erzählen, während die Bewohner auf dem Pooldeck einen kleinen Markt aufbauen. Sie haben ja nicht viele Möglichkeiten, Geld für ihren Lebensunterhalt zu verdienen. Eine ist die Herstellung von Seifen, Honig und Marmeladen, kunsthandwerklichen Gegenständen, die sie vor allem aus Holz anfertigen, feinem Silberschmuck und traditioneller Kleidung.

Als wir am späten Vormittag auf Reede lagen, kam Lukas' Nachricht über Lautsprecher: »35 Inselbewohner machen ihr Longboat klar, sie werden längsseits gehen, an Bord kommen und nicht nur ihre Waren mitbringen, sondern auch frischen Fisch und Bananen.«

Die Passagiere winkten ihnen entgegen, die Inselbewohner winkten zurück, die Vorfreude war auf beiden Seiten riesig. Unter großem Applaus betraten die Nachfahren der Meuterer später unser Schiff.

Was für ein Tag! Was für ein Erlebnis! Sogar Vico Irion hatte beim Schiffsarzt nachgefragt und von Dr. Sauck die Erlaubnis erhalten, das Bett zu verlassen.

»Er darf noch nicht wieder in die Sonne«, sagte Liane Reich und strahlte wie eine Mutter, deren Kleinkind den Brechdurchfall besiegt hatte. »Doch es geht ihm schon viel besser.«

Die Sonne stand über Pitcairn und der *Soleil*, strahlend und heiß, der Himmel war wolkenlos, das Pooldeck voller Menschen. Bei gutem Wetter hielten sich immer viele dort auf, die sich in der Sonne aalten, im Pool planschten oder sich an die Bar setzen wollten, die im Schatten lag. Jetzt war die Motivation eine andere. Rund um den Pool hatten die Leute aus Pitcairn ihre Stände aufgebaut, davor drängten sich die Passagiere, die das Angebot in Augenschein nehmen wollten. Im Hintergrund gab es noch ein paar Sonnenanbeter, die ihre Liegen, ihre Handtücher und den freien Zugang zum Sonnenlicht verteidigten, aber sie gaben bald auf. An diesem Tag gehörte das Pooldeck den Meuterern. Oder vielmehr... ihren Nachfahren. Laute Musik lag über der Szenerie, überall ertönte Gelächter, vor allem dort, wo ein über und über tätowierter Pitcairner, der seinen Vorfahren so ähnlich wie möglich sehen wollte, sich mit weiblichen Passagieren fotografieren ließ. Er trug martialische Lederkleidung, eine schwarze Lederweste auf nackter Haut und ein Piratenkopftuch.

Auch Lukas war aufs Pooldeck gekommen, während die Entertainment-Managerin den Bürgermeister von Pitcairn im Theatrium interviewte. Wie immer wollten sich viele Passagiere, vornehmlich Frauen, mit dem Kapitän fotografieren lassen, und ich bewunderte meinen Bruder mal wieder, wie entspannt er das über sich ergehen ließ. Dabei wusste ich ja, wie sehr ihn so was nervte. Aber er ließ sich nichts anmerken, grinste in jede Kamera und jedes Smartphone und nahm jede Dame in den Arm, die sich ein Selfie wünschte.

Vielleicht wollte er sich nur von einer jungen Frau lösen, die die Absicht erkennen ließ, ihn mit Beschlag zu belegen, als er Vico Irion sah und sich sagte: besser der als die nächste unerwünschte Verehrerin. Er gönnte der jungen Frau ein paar erklärende Worte, dann trat er auf Vico Irion zu. Sie verstehen, dass ich auch ein paar Schritte in dieselbe Richtung machte, um mitzubekommen, wie sich die Konversation dieser beiden anhörte? Ich bin sicher, Sie haben Verständnis für mich.

»Ich sehe, es geht Ihnen besser«, sagte Lukas. »Das war ja eine schreckliche Sache.«

»Das kann man wohl sagen«, antwortete Vico Irion und zupfte an seinem Hemdkragen herum, als hätte er zu lange einen Pyjama getragen, um sich in einem Polohemd noch wohlfühlen zu können. »Danke für die Genesungswünsche, die ich von Ihnen bekommen habe.«

Garantiert wusste Lukas nichts davon, so etwas erledigte die Hoteldirektorin für ihn. Aber er ließ sich nichts anmerken. »Das ist doch selbstverständlich.«

Liane drängte sich an Vicos Seite, als müsste sie beweisen, dass sie das Recht hatte, bei diesem wichtigen Gespräch mit dem Kapitän zugegen zu sein. »Ich fand das auch sehr nett von Ihnen. Und der Kuchen hat gut geschmeckt.«

»Das freut mich.« Lukas wandte sich ihr sehr aufmerksam zu, was dafür sorgte, dass Lianes Verlegenheit einen Grad erreichte, der nicht gutgehen konnte. Wer derart verlegen war, redete irgendwann Blödsinn, das ließ sich gar nicht vermeiden.

Zum Glück wurde es verhindert. Eine weitere Dame trat dazu, die sofort alle Aufmerksamkeit auf sich zog. Benita Meister! In ihren Armen trug sie Unmengen von Einkäufen, die Leute aus Pitcairn hatten an ihr offenbar viele Dollars verdient. Mehrere Holzschalen, zwei Honiggläser, etliche Seifenstücke, eine Flasche mit Kürbiskernöl und einige T-Shirts mit dem Aufdruck »Pitcairn Islands«, darunter das Wappen der Insel. »Mitbringsel!«, rief sie strahlend. »Wer hat schon Mitbringsel, die auf Pitcairn in Handarbeit hergestellt wurden!«

Liane hatte sich inzwischen wieder gefangen. »Ich möchte auch noch ein paar Mitbringsel kaufen«, sagte sie und sah Vico Irion bittend an. »Darf ich, Mausi?«

Vico nickte großzügig. »Meinetwegen.«

Liane wandte sich an Lukas und Benita. »Eigentlich hatte ich in Puerto Montt schon mehrere Holzketten ausgesucht, aber dann ...« Sie griff nach Vico Irions Hand und tätschelte sie. »Dann wurde Mausi ja überfallen. Da habe ich nicht mehr an die Ketten gedacht.«

»Das ist verständlich«, sagte Lukas sehr höflich.

Und Benita pflichtete Liane auch lebhaft bei. »Das muss schrecklich für Sie gewesen sein. Ich habe mitbekommen, dass in Puerto Montt was Schlimmes passiert ist.«

Liane wirkte nun wieder so beharrlich naiv und ungekünstelt wie immer, ihre Verlegenheit hatte sie überwunden. Ich musste nicht mehr befürchten, dass sie Unsinn redete, es selbst merkte und erneut schrecklich unglücklich sein würde, weil ihr wieder einmal klar wurde, dass niemand sie ernst nahm.

Ich überlegte gerade, ob ich mich auch für ein Foto an die Seite des riesigen tätowierten Pitcairners mit dem Piratenkopftuch und der Lederweste schmiegen und mich fotografieren lassen sollte, da wurde ich auf einen Mann aufmerksam, der in der Nähe der Pool-Bar stand und einen langen Hals machte. Wen beobachtete er? Ich drehte mich um und wusste sofort, dass er Lukas im Auge hatte. Und Benita Meister! Im selben Augenblick wurde mir auch klar, wer der Mann war. Benitas Mann! Sein Blick war undefinierbar. Ohne jede Regung verfolgte er Benitas lebhaftes Reden, ihre großen Gesten und Lukas' nichtssagende Höflichkeit. Mein Bruder hatte sich wirklich gut in der Hand. Niemand, der die beiden beobachtete, würde auf die Idee kommen, sie für ein geheimes Liebespaar zu halten. Niemand ... außer Detlef Meister natürlich. Auch Vico Irion schien vollkommen arglos zu sein. Er betrieb manierliche Konversation und hatte wohl Gefallen daran, vom Kapitän angesprochen worden zu sein.

Aber er blieb nicht lange, er schien noch schwach auf den Beinen zu sein. Nach einer halben Stunde wankte er in seine Kabine zurück. Dass die zwei Millionen auf Pitcairn versteckt sein könnten und die Gefahr bestand, dass Vico Irion die Nachfahren der Meuterer auf ihre Insel begleiten könnte, kam mir nur ganz kurz. So ein Blödsinn! Er konnte ja gar nicht wissen, dass wir vor Pitcairn auf Reede gehen würden. Ich bin schon völlig konfus.

Liane hielt sich natürlich an Emily. Ich weiß ja, dass sie andere gern bemuttert, dass sie gerne hilft und Mutlose unterstützt, so hat es mich nicht gewundert, dass sie Emily ständig fragte, ob sie etwas brauche, ob sie ihr etwas holen, ob sie ihr das Leben mit dem lästigen Verband leichter machen könne ... Ich sah, dass Emily genervt war, aber natürlich ließ sie es Liane nicht merken. Sie sollte nicht noch einmal auf die Idee kommen, sie wäre unwichtig, niemand wolle länger als eine halbe Stunde mit ihr reden und man hielte sie für dumm, leichtgläubig, naiv und ungebildet. All das war sie, das wusste sie selbst. Was sie von anderen erwartete, war lediglich, dass sie trotzdem gemocht wurde. Und das fiel Emily genauso leicht wie mir.

Als der Nachmittag sich seinem Ende zuneigte und in den frühen Abend überging, packten unsere Gäste ihre Sachen zusammen und rüsteten sich für die Rückkehr nach Pitcairn. Im Theatrium brachten sie uns ein letztes Ständchen dar, einen Chorgesang, der alle zu Tränen rührte, dann bestiegen sie wieder ihr Boot und kehrten zurück, mit vielen Geschenken und Erinnerungsstücken vom Kapitän der *Soleil*.

Ein schöner Tag! Als die Dunkelheit hereinbrach und Pitcairn schon lange nicht mehr zu sehen war, stieg ich aufs obere Deck und stellte mich an die Reling. Ich brauchte ein bisschen Ruhe und Alleinsein. So was passiert mir selten, eigentlich fühle ich mich in Gesellschaft wohler als mit mir allein, aber heute war so ein Tag. Vielleicht lag es an diesem Besuch, an diesen Menschen, die alle so außergewöhnliche Familiengeschichten hatten, dass mir mein eigenes Leben plötzlich ganz klein und schlicht vorkam, unbedeutend und hohl. Ich dachte an meinen Mann, der mir schon lange nicht mehr gefehlt hatte, den ich aber in diesem Augenblick mit einem Mal sehr vermisste. Die Leute von Pitcairn mit ihrer außergewöhnlichen Historie hatten an meine eigene Vergangenheit gerührt. Es gab ja so vieles, was ich bereute, aber zum Glück auch vieles, was mir gelungen war. Und wenn ich mich hier, an der Reling der *Soleil*, mit dem Meer vor Augen, dem Horizont im Blick, dem Himmel über mir fragte, ob ich glücklich war, dann konnte ich mit einem frohen Ja antworten. Ja, ich war glücklich. Ich hatte alles, was ich brauchte, ich hatte meinen Sohn, hatte eine Familie, einen Beruf und viele, sehr viele Erinnerungen. Ja, mein Leben war schön.

Diesen Gedanken hatte ich gerade in mir eingeschlossen, wie etwas Kostbares in ein Schmuckkästchen, als jemand hinter mich trat. Ich drehte mich nur ungern um, denn ich wäre lieber noch eine Weile allein geblieben. Und als ich Lisa erkannte, konnte ich mir nur mit Mühe ein Seufzen verkneifen. Zu meinem versöhnlichen Rückblick passte kein Klagen und Jammern meiner Nichte. Ich war nicht sicher, ob ich es ertragen würde, ohne ihr mal gründlich die Meinung zu sagen …

Aber Lisa schwieg erstaunlicherweise, stellte sich an meine Seite und schaute wie ich aufs Meer hinaus, das an diesem Abend nicht südseeblau, sondern grau war und aufgeraut von einem flinken, frischen Wind. Schließlich sagte sie: »Wenn ich aufs Meer schaue, muss ich immer an Papa denken.«

Kein Klagen, kein Jammern, nur eine traurige Erinnerung. Endlich mal ein Gefühl von Lisa, das ich nachempfinden konnte. Ja, das Meer weckt in jedem Menschen etwas, in dem einen traurige, im anderen schöne Erinnerungen und häufig auch Einsichten, die im Alltag niemals an die Oberfläche gekommen wären.

»Manchmal kann ich gar nicht glauben, dass er tot ist. Oft denke ich, ich müsste nur mit ihm reden, und dann würde er plötzlich vor mir stehen und mir antworten.«

Ich sah sie nicht an, ließ ihre Worte nur auf mich wirken und wagte mich erst nach einigen Sekunden an eine Antwort. »Es ist nicht bewiesen, dass er tot ist.«

Im selben Moment war es mit den träumerischen Gedanken vorbei. »Was willst du damit sagen?«

»Dass keiner von uns wirklich weiß, was geschehen ist.«

»Aber ihr habt alle gesagt, dass er Selbstmord begangen hat.«

»Weil keiner von uns sich etwas anderes vorstellen kann.«

»Du meinst ...« Lisas Stimme wurde nun ganz leise, sodass ich sie kaum verstehen konnte. »Er könnte auch gegangen sein?« Aber sie schüttelte schon den Kopf, ehe ich etwas erwidern konnte. »Unmöglich. Wer eingecheckt hat, muss auch auschecken. Niemand kann unbemerkt von Bord verschwinden, ohne dass es auffällt.«

Ich seufzte und antwortete ebenso leise: »Da hast du wohl recht, Lisa.«

Dann nahm ich ihren Arm und drehte sie um. Weg vom Meer, weg von den weit gespannten Wünschen, die bis zum Horizont reichten, weg von den Erinnerungen, die so rau und aufgewühlt waren wie das Meer. Ich konnte mich nicht erinnern, mich Lisa schon einmal so nahe gefühlt zu haben wie in diesem Augenblick. Ich bat sie sogar, mir von Helene, ihrer Mutter, meiner Schwester, zu erzählen, obwohl ich sonst immer versuche, Lisas Berichte so kurz wie möglich zu halten. »Was hat sie dir von deinem Vater erzählt? War sie glücklich mit ihm? War er glücklich mit ihr? Wie war es um die Ehe deiner Eltern bestellt?«

Lisa zögerte, dann sagte sie: »Sie hat mir nichts erzählt. Aber ich weiß, dass sie nicht glücklich miteinander waren. Mama scheint das alles vergessen zu haben, die Streitereien, die Vorwürfe, die Selbstanklagen, das Misstrauen, die Eifersucht. Heute redet sie nur davon, wie schön die Zeit mit Papa war. Aber ich weiß, dass sie nicht immer schön war.«

Emily

Jonas half ihr dabei, das T-Shirt über den Kopf zu ziehen. Auch den BH musste er für sie aufhaken, was er mit großem Vergnügen erledigte. Der schreckliche Verband würde sie noch eine Weile behindern.

»Was für ein Glück, dass du bei mir sein kannst«, seufzte Emily.

Jonas lächelte breit. »Das finde ich auch. Du kannst unmöglich allein klarkommen. Ich muss ständig in deiner Nähe sein.«

Emily kicherte. »Nur gut, dass ich in einer Doppelkabine untergekommen bin.«

Das fand Jonas unerheblich. »Ein einziges Bett hätte doch vollkommen für uns beide gereicht.«

Emily versuchte, aus ihren Shorts zu kommen, und wehrte diesmal Jonas' Hilfe ab. »Das sehe ich anders. Ich brauche Platz. Ich fürchte, ich kann mich nicht schmerzfrei an dich kuscheln.«

»Das ist ja schrecklich.« Jonas war ehrlich betroffen. »Wie kriegen wir das hin?«

»Indem wir einfach auf Abstand bleiben.«

Jonas sah sie entsetzt an. »Abstand? Das ist nicht dein Ernst.«

Emily lachte, schmiegte sich an seine Brust und umarmte ihn vorsichtig mit dem rechten Arm. »Das kriegen wir schon hin.«

Er griff um ihre Taille und zog sie vorsichtig näher zu sich heran. »Es ist schrecklich für mich, dass ich dich in diesen Fall hineingezogen habe. Das werde ich mir nie verzeihen.«

»Es gibt nichts zu verzeihen. Ich wollte das so. Du hast mich nicht überredet.«

»Trotzdem.« Er wühlte sein Gesicht in ihre Locken, sodass sie ihn kaum verstehen konnte. »Es ist mein Job. Wenn du nicht Liane Reich gefolgt wärst, wäre das nicht passiert.«

»Es hätte ja sein können, dass Vico sie beauftragt hat. Das Geld hätte auf der Osterinsel versteckt sein können.« Emily sank auf die Bettkante und zog Jonas mit sich. »Lass uns nicht mehr darüber reden.«

Aber Jonas schien sich nicht von dem Gedanken lösen zu können. »Ich wollte, die Sache wäre endlich erledigt. Dann könnten wir nur noch an uns denken.«

Emily zuckte mit den Schultern. »Es hilft nichts. Wir müssen weiterhin in jedem Hafen aufpassen. Es scheint ihm besser zu gehen. Vielleicht ist es auf Mauritius so weit.«

Jonas schien auch schon daran gedacht zu haben. »Dort war er auf seiner Flucht, das ist bekannt.«

»Dann müssen wir dort besonders aufpassen.«

»Ich! Nicht du! Zum Glück bist du ja mit deiner Schulter aus dem Verkehr gezogen. Ab jetzt ist das wieder ganz allein mein Fall. Wenn ich Hilfe brauche, werde ich meine Tante darum bitten.« Er ließ sich auf den Rücken fallen und zog Emily über sich. »Jetzt lass uns mal ausprobieren, wie das mit deiner gebrochenen Schulter funktioniert …«

Lukas

Papeete/Tahiti, 13.12.

Im Hafen von Papeete lagen mehrere Kreuzfahrtschiffe. Der Himmel war grau, schwere Wolken hingen über Tahiti, die bunt gekleideten Tänzer, die die Passagiere der *Soleil* am Pier begrüßten, waren das einzig Farbenfrohe, das der Hafen zu bieten hatte. Die dunkelgrün bewachsenen Hügel sahen düster auf die Stadt hinab, die weißen Yachten wirkten schmuddelig, die Häuser trotz der bunten Leuchtreklamen abweisend. Der Spätnachmittag war ohne jede Farbe, und als es zu regnen begann, stieg die Hitze feucht vom Boden auf und legte sich auf alles und über sämtliche Menschen, die sich nicht in klimatisierte Räume flüchten konnten.

Lukas ging, als das Anlegemanöver gelungen war, von der Brücke in seine Suite, öffnete kurz die Tür und trat auf den Balkon. Er kehrte jedoch bald zurück und schloss die Tür wieder. Nein, bloß nicht diese Waschküchenhitze! Sie war unerträglich.

Er wollte gerade in die Offiziersmesse gehen, um dort einen Kaffee zu trinken, als sein Telefon klingelte. Am anderen Ende war Karsten Erdmann von der Reederei. Seine Stimme klang bedrückt, er schien keine guten Nachrichten zu haben. »Ron Helbing wird morgen in Papeete landen. Er will unbedingt an Bord der *Soleil* kommen und sich vergewissern, dass es seiner Tochter gutgeht.«

Lukas ließ sich in einen Sessel fallen. »Um wen sorgt er sich denn nun? Um Fred Alswede oder um seine Tochter?«

»Er glaubt, dass das Verschwinden des Privatdetektivs etwas mit seiner Tochter zu tun hat.«

»Kann das sein?«

Am anderen Ende entstand längeres Schweigen. Dann sagte Karsten Erdmann: »Es bleibt dabei, dass wir von Suizid ausgehen. Ihren Verdacht, der Mann könnte umgebracht worden sein, behalten Sie für sich! Klar?«

Lukas seufzte. »Ja, das ist klar.«

»Er hat von Selbstmordgedanken geredet. Dabei bleiben wir, auch wenn es nicht stimmt.«

Lukas seufzte noch einmal. »Okay.«

»Helbing will eine Suite beziehen. Ist noch eine frei?«

Lukas fuhr auf. »Was? Der will mitfahren?«

»Bis Australien, vielleicht bis Mauritius.«

»Spinnt der? So, wie der drauf ist, bekomme ich mit dem nur Ärger.«

»Wenn wir ihm sagen, es sei keine Suite mehr frei, wird er eine Kabine haben wollen. Wir können ihm nicht weismachen, dass das ganze Schiff ausgebucht ist.«

»Aber Sie können ihm erklären, dass die *Soleil* eine Weltreise macht. Es sind zwar Teilstrecken buchbar, aber die sind ganz klar bezeichnet. Niemand kann einfach so zu- und wieder aussteigen, wie es ihm beliebt.«

»Dann wird Helbing eine solche Teilstrecke buchen. Dass er sie nicht nutzen kann, wird ihm egal sein.«

Lukas begann, sich zu ereifern. »Ich finde das nicht richtig! Nur, weil einer viel Geld hat, werden ihm Sonderwünsche erfüllt, um die Otto Normalverbraucher lange bitten könnte. Vergeblich!«

»Ich weiß. Aber wenn Helbing gegen uns Klage einreicht, wird es schwierig. Vergessen Sie nicht, wir haben es dann nicht nur mit diesem Multimillionär zu tun, sondern auch mit dem englischen Königshaus.«

Lukas brauchte eine Weile, bis er seinen Zorn im Griff hatte. »Wann landet er?«

»Morgen Mittag.«

»Ob ich vorher mit seiner Tochter rede?«
»Besser nicht. Was sollen wir uns da einmischen? Die Vater-Tochter-Beziehung geht uns nichts an.«
»Stimmt auch wieder.«
»Für uns geht es nur darum, dass der Ruf der Reederei nicht beschädigt wird.« Und spitzfindig fügte er an: »Und Ihr Name als Kapitän natürlich.«

Als Lukas das Gespräch beendet hatte, blieb er eine Weile still sitzen und dachte nach. Eigentlich war das alles kein Problem, befand er schließlich. Er konnte sich weiterhin auf den Datenschutz berufen, Helbing hatte kein Recht auf Informationen, die Fred Alswede betrafen.

Lukas griff erneut zum Telefon und wählte die Nummer der Hoteldirektorin, die für sämtliche Kabinen zuständig war. Er bat sie, sich darum zu kümmern, dass die Kabine von Fred Alswede ausgeräumt und seine Habe irgendwo eingelagert wurde. Am Ende würde Ron Helbing noch das Housekeeping bestechen, um sich Zutritt zu der Kabine des Privatdetektivs zu verschaffen. Auf keinen Fall wollte er, dass Helbing auf seinem Schiff irgendwelche Ermittlungen anstellte und am Ende gar zu Ergebnissen kam, die weder der Reederei noch ihm als Kapitän recht sein konnten.

Die Hoteldirektorin sagte ihm zu, seinen Auftrag noch an diesem Tag auszuführen. Vorsichtig fragte sie nach dem Grund. »Hat der Passagier ausgecheckt?«

Lukas bat sie zu sich, entschlossen, Clarissa Fleetwood reinen Wein einzuschenken. Sie gehörte zu den Personen, denen er absolut vertraute, schon wegen ihrer herausragenden Stellung an Bord.

Eine halbe Stunde später erschien sie bei ihm. Eine große, kräftige Frau von Ende vierzig, mit einem kastanienrot gefärbten Bob und sehr heller, ebenmäßiger Haut. Ihre weiße Uniformhose saß leider immer ein wenig zu eng, sodass nicht nur jede Unebenheit an ihren Schenkeln zu erkennen war, sondern auch die Passform ihrer

Unterwäsche. Lukas hatte sie schon mehrfach darauf aufmerksam machen wollen, dann aber nie den Mut gefunden. Clarissa Fleetwood war eine perfekte Hoteldirektorin, er schaffte es einfach nicht, sie zu kritisieren.

Zügig setzte er sie über Fred Alswede, sein Verschwinden und seine Profession in Kenntnis. Er hielt auch nicht damit hinterm Berg, dass Fred Alswede an Bord gewesen war, um über eine gewisse Alexandra Helbing zu wachen.

Clarissa Fleetwood sah ihn verblüfft an. »Alexandra Helbing? Über die hat es schon einige Klagen gegeben.«

Nun war es an Lukas, verwundert zu sein. »Verwöhntes Millionärstöchterchen?«

Clarissa zögerte. »Eher verzogenes Gör. Sie macht, was sie will.« Sie dachte kurz nach. »Ich dachte eher, sie käme aus der Gosse, und habe mich schon gefragt, wie sie die Reise bezahlen konnte. Immerhin residiert sie in einer Panoramakabine.«

»Jetzt wissen Sie, warum. Ihr Vater kann es sich leisten.« Lukas beugte sich vor. »Worum ging es bei den Klagen über Frau Helbing?«

»Sie benimmt sich unmöglich. In der Neverend-Bar lässt sie sich volllaufen, macht die Männer an, lässt sich von ihnen betatschen, tanzt auf dem Tisch und wurde mehrmals nur mit Mühe davon abgehalten, einen Striptease hinzulegen. Wo sie auftaucht, halten die Ehefrauen ihre Männer fest. Ein Animateur hat sich beschwert, weil sie ihm an den Hosenschlitz gegriffen hat.«

Lukas war erschüttert. »Und ich dachte, sie hätte eine sorgfältige Erziehung genossen. Wie kann ein englischer Earl auf die Idee kommen, so eine Frau zu heiraten?«

Das war Clarissa Fleetwood genauso unklar. »Vielleicht will sie es vor der Hochzeit noch mal so richtig krachen lassen«, vermutete sie. »Und danach wird sie dann eine untadelige Lady.«

Das konnte Lukas sich nicht vorstellen. »Zur englischen Lady muss man geboren sein. Entweder indem man entsprechende

Vorfahren hat oder indem man eine Erziehung genießt, wie sie auch den Kindern adeliger Familien zuteilwird.«

Clarissa Fleetwood wiegte den Kopf. »Den Chiswicks steht das Wasser bis zum Hals, das habe ich erfahren. Die brauchen Geld, wenn sie ihre Ländereien nicht verkaufen wollen. Und das wollen sie garantiert nicht. Dann lieber eine Schwiegertochter, die nicht ganz dem Ideal entspricht ...«

Lukas schnaufte tief durch. »Na, das kann ja heiter werden.«

Er verabschiedete die Hoteldirektorin und ging erneut auf den Balkon. Diesmal erschien ihm die feuchte Schwüle genau richtig. Er war sicher, dass heiße und unangenehme Tage auf ihn zukamen ...

Maria

Irgendwie ist mir nicht wohl bei dieser Entwicklung. Ich spüre es, Ihnen geht es genauso. Was auf der Osterinsel geschah, kommt mir nach wie vor merkwürdig vor. Ich werde einfach den Verdacht nicht los, dass wir auf der falschen Fährte sind, im Dunklen herumtappen und nicht merken, dass wir das Wesentliche nicht sehen können. Dieser Antony, der Emily einerseits geholfen hat und sie andererseits bestehlen wollte, ist mir nicht geheuer. Zwar habe ich ihn selbst nicht gesehen, aber was Jonas berichtet hat, trägt nicht zu meiner Beruhigung bei. Er schließt sein Lokal vor dem Abendgeschäft, weil es sich nicht mehr lohnt, wenn die *Soleil* abgelegt hat? Nicht überzeugend. Andere Kneipen haben auch dann noch geöffnet, es gibt ja Touristen auf der Insel, die abends essen gehen wollen. Und er schließt ausgerechnet in dem Moment den Laden, in dem Emily dort Hilfe bekommt? Auch ziemlich merkwürdig, finden Sie nicht auch? Und wo war Liane in der Zwischenzeit? Angeblich hatte sie ihren Lippenstift vergessen. Ob das stimmt? Eigentlich traue ich Liane nichts Böses zu, aber ich kann mich irren. Natürlich ist Vico Irion der Drahtzieher, aber lässt sich ausschließen, dass sie etwas für ihn tut, wenn er sie unter Druck setzt? Dem Kerl traue ich alles zu, Liane nicht. Dennoch kommt mir ihre Rolle in diesem Spiel undurchsichtig vor.

Bei diesem Stichwort fällt mir noch etwas ein, das ich Ihnen erzählen muss. Sie erinnern sich an Montevideo? Da ist mir Benita Meister aufgefallen, die zusammen mit einem Offizier der *Soleil* unterwegs war. Natürlich erinnern Sie sich, ich bin sicher. Und klar ist auch, dass ich anschließend meine Augen offen gehalten habe. Es hat eine Weile gedauert, bis ich ihn wiedergesehen habe. Tobias Tiedemann heißt er und arbeitet an der Rezeption der *Soleil*. Zufall, sagen Sie? Ja, kann sein. Benita hat sich von ihm helfen lassen, sie treffen sich in Montevideo, sie erkennt ihn, und sie gehen zusammen zum Schiff zurück. Warum nicht? Allerdings kamen die beiden mir sehr vertraut vor, daran erinnern Sie sich vielleicht auch. Aber noch etwas ist merkwürdig, und das ist mir erst heute, in Papeete, aufgefallen.

Ich musste zur Rezeption, um einen Kassenbeleg stornieren zu lassen, und wurde von diesem netten Tobias Tiedemann bedient, den ich mit Benita Meister beobachtet hatte. Und wer steht hinter mir und wartet darauf, dass er drankommt? Detlef Meister. Natürlich habe ich erwartet, dass die beiden sich kennen, sich freudig begrüßen, an irgendeine Gemeinsamkeit anknüpfen. Aber nichts! Herr Meister wollte irgendeinen Prospekt haben, und Tobias Tiedemann hat ihn ausgehändigt. Das war's! Kommt Ihnen das nicht auch komisch vor? Okay, Sie haben recht, wenn Sie mir unterstellen, dass ich Benita Meister gerne bei irgendwas ertappen würde, das auch Lukas nicht gefällt. Aber könnte es nicht sein, dass Tobias Tiedemann auch ein Lover von ihr ist? Dass sie zweigleisig fährt? Was sage ich – dreigleisig! Ihr Ehemann sitzt in der Suite, der erste Geliebte steht an der Rezeption und der zweite auf der Brücke! Mannomann, die Frau muss eine gute Kondition haben! So was ist anstrengend. Aber vielleicht irre ich mich ja auch. Im Grund weiß ich gar nichts. Doch ein Verdacht ist da …

Genau wie bei Alexandra Helbing und ihrer Freundin. Ist Ihnen das auch aufgefallen? Der Moment, in dem sie die Fitness-Kombinationen bezahlte? Klar, Sie sind clever. Ich bin sicher, Sie haben ebenfalls registriert, dass mit den beiden etwas nicht in Ordnung ist.

Aber auch hier tappe ich im Dunkeln. Obwohl ich als Bordshopleiterin viel mehr mitbekomme als andere, dazu noch als Schwester des Kapitäns. Aber was mit den beiden los ist, habe ich bis jetzt auch noch nicht herausgefunden ... Sie auch nicht? War ja klar. Wir machen es so: Wer als Erster weiß, was Sache ist, sagt Bescheid. Okay?

Lukas

Ron Helbing war wohl schon lange nicht mehr in der Lage, unauffällig irgendwo aufzutauchen. Wo er hinkam, wurde man auf der Stelle auf ihn aufmerksam, davon war Lukas überzeugt, so überheblich und großtönend, wie der Mann auftrat. In diesem Fall wäre es Helbing vermutlich sogar lieb gewesen, keine Aufmerksamkeit zu erregen, aber das gelang ihm einfach nicht. Papeete hatte sich ihm bereits untergeordnet, so schien es. Der Taxifahrer hatte sich jedenfalls über sämtliche Vorschriften hinweggesetzt und ihn bis vor das Tor gefahren, das auf die Pier führte, und das durch eine Einfahrt, die zurzeit eigentlich gesperrt war. Also gleich zwei schwere Vergehen! Aber ein Mann wie Helbing ließ sich nicht von so was aufhalten, das schien der Taxifahrer sofort erkannt zu haben, ebenso, dass er für dieses Sonderrecht fürstlich entlohnt werden würde. Am Eingang zur Pier entstand prompt Aufruhr, Helbings dröhnende Stimme übertönte alle anderen. Sein Tonfall reizte natürlich zum Widerspruch, was ihm selbst vermutlich schon lange nicht mehr klar war. Der Wachhabende machte den Versuch, sich ihm in den Weg zu stellen, es blieb jedoch bei einem Versuch, eine Kontrolleurin, die die Bordkarte sehen wollte, wurde mit einer herrischen Geste aus seinem Gesichtsfeld gefegt. Das Geschrei und die Rufe nach der Polizei, die laut wurden, als Helbing die Pier widerrechtlich betrat, schreckten sämtliche Passagiere auf, die nicht auf der Insel unterwegs waren, sondern auf ihren Balkons saßen. Dem Taxifahrer war nichts anderes übrig geblieben, als sich ebenfalls über alles hinwegzusetzen, was er sonst zu beachten pflegte, und bugsierte Helbings Gepäck in einem Tempo zum Eingang des Schiffes, das in tropischen Gegenden normalerweise als gesundheitsgefährlich galt. Als Ron Helbing vor der Gangway auf einen Offizier der *Soleil* stieß, der sich nicht abwimmeln ließ und darauf bestand, zunächst die Bordkarte zu sehen, lehnten sich bereits viele Passagiere auf die Balkongeländer und sahen sich das Spektakel an. Auch Lukas. Er glaubte sogar, dass bereits erste Wetten abgeschlossen wurden, ob das Gepäck, das Ron Helbing einfach hatte stehen lassen, beim Ablegen auch noch dort stehen würde, oder ob sich jemand fand, der Helbing die Koffer hinterhertrug. Der letzte Tipp gewann. Es dauerte gar nicht lange, und ein Offizier erschien und sorgte dafür, dass Helbings Gepäck ins Schiff und dort auf das Kofferband befördert und durchleuchtet wurde, wie es Vorschrift war. Diese Regel war auch für Ron Helbing verbindlich, das hatte man ihm anscheinend begreiflich machen können.

Lukas zog seine Socken hoch, südseeblau mit Robbenbabys, und machte sich auf den Weg. Ron Helbing würde vermutlich bald nach dem Kapitän rufen lassen.

Er hatte sich geweigert, seine Suite zu beziehen, ehe er seine Tochter begrüßt und geküsst und sich davon überzeugt hatte, dass es ihr gutging. Das hatte Lukas von Clarissa Fleetwood erfahren, die sich vorsichtig in Hörweite von Helbing begeben hatte. Sie hatte dann die Entertainment-Managerin herbeigeholt, weil die als besonders widerstandsfähig galt, wenn es um schwierige Gäste ging. Sie regelte alles gerne mit Charme, mit ihrer Attraktivität, mit Humor und flotten Sprüchen und erreichte damit erstaunlich viel. Das sollte auch bei Ron Helbing gelingen, diese Idee war einem der Offiziere gekommen. Und da die Entertainment-Managerin gerade Freizeit hatte, war sie bereit gewesen, ihr Entertainment-Talent an Ron Helbing auszuprobieren. Bis sie mit dem Vater gemeinsam das siebte Deck erreicht und er an die Tür der Panoramakabine geklopft hatte, die Alexandra Helbing bewohnte, hatte sie sich tatsächlich schon das Wohlwollen des Mannes erarbeitet. Clarissa Fleetwood hatte es Lukas voller Stolz berichtet, als hätte sie selbst diese Tat vollbracht. Ron Helbing hatte mehrmals gelächelt und einmal sogar laut gelacht, als der Witz ein wenig schlüpfrig gewesen war.

Lukas wusste nicht, wie er das alles finden sollte, und machte sich seufzend auf den Weg. Warum warten, bis er gerufen wurde? Bei solchen Gästen war es immer besser, aus dem Nichts zu erscheinen, als ihnen die Genugtuung zu gönnen, auf ihren Ruf herbeigeeilt zu sein.

Lukas trat gerade auf den Gang, an dem Alexandra Helbings Kabine lag, als Helbing, die Entertainment-Managerin und der Steward mit dem Gepäck vor der Kabine angelangt waren. Helbing pochte so laut, dass Lukas es am Ende des Ganges hören konnte. Aber Alexandra öffnete nicht, sie schien nicht in ihrer Kabine zu sein. Der Steward, der ebenfalls mitgekommen war, weigerte sich allerdings strikt, die Tür zu öffnen, und behauptete, er wäre nicht im Besitz eines Generalschlüssels, was glatt gelogen war, aber von Ron Helbing hingenommen wurde, als die Entertainment-Managerin es nickend bestätigte. Daraufhin hatte der Steward die Idee, dass Alexandra sich auf dem Pooldeck aufhalten könnte. Zwar war das Wetter nicht besonders gut und ein Sonnenbad mangels Sonne nicht möglich, aber man könnte es ja trotzdem versuchen. Der Steward glaubte zu wissen, dass Alexandra Helbing sich gern auf dem zwölften Deck auf einer Sonnenliege ausstreckte.

Lukas sah den Augenblick gekommen, sich vorzustellen, dem Steward zuzustimmen und Helbing zum Aufzug zu begleiten. Merkwürdigerweise wurde Helbing schon im Aufzug, je höher er sie trug, verdächtig ruhig. Als sich die automatische Tür zum Pooldeck öffnete, stockte er sogar. Alles Forsche, Fordernde, Entschlossene fiel von ihm ab. Vor seiner Tochter schien er tatsächlich Respekt zu haben.

»Besser, ich mache langsam«, sagte er, was immer er damit meinte. »Ich darf sie nicht überfallen. So was geht immer nach hinten los. Ich kenne meine Tochter.«

Lukas sah, dass der Steward und die Entertainment-Managerin sich Blicke zuwarfen, beide waren unsicher, wie sie auf diese Aussage reagieren sollten. Dann blickten sie Lukas an, aber der war nicht minder ratlos. Der Steward hatte dann eine Idee, für den ihm die Entertainment-Managerin am Abend vermutlich so viel Bier ausgeben würde, wie er vertragen konnte. »Dann lassen wir Sie am besten allein?«

Tatsächlich nickte Helbing, die beiden verzogen sich erleichtert, und Lukas wäre ihnen gerne nachgegangen. Aber er fand, dass er als Kapitän dieser Situation nicht entfliehen durfte. »Ihre Tochter ist also hier?« Er sah sich um und betrachtete alle jungen Frauen, die sich auf den Liegen ausgestreckt hatten oder an der Bar saßen.

Ron Helbing machte es nun genauso. Sein Blick wanderte zunächst langsam über das gesamte Pooldeck, dann flogen seine Augen über alle, die dort lagen, und schließlich wandte er sich Lukas zu. »Alexandra ist nicht hier.«

Lukas seufzte. »Vielleicht im Fitness-Studio? Oder in der Shoppingmeile? Kann auch sein, dass es im Theatrium eine Veranstaltung gibt, die sie interessiert.«

Ein Steward kam vorbei, mit einem Tablett voller Gläser, das er zur Bar trug. Lukas machte sich eigentlich keine Hoffnung, aber da er seine Hilfsbereitschaft beweisen wollte, hielt er den Steward auf. »Kennen Sie Alexandra Helbing? Wissen Sie, wo sie sich zurzeit aufhält?«

Der Steward sah ihn so perplex an, als wollte er ihm einen Optiker empfehlen, damit er sich eine Brille anfertigen ließ. Er zeigte auf eine Liege ganz in der Nähe, auf der eine sehr schlanke, sehr hübsche, sehr gebräunte junge Frau lag, die Augen geschlossen, weil sie schlief oder ihr Gesicht der Sonne hinhielt, um noch brauner zu werden. Sie trug einen winzigen hellgrünen Bikini und hatte eine riesige Sonnenbrille auf der Nase.

»Da ist sie doch.« Mit einem nachsichtigen Lächeln ging der Steward weiter.

»Na also!« Lukas war erleichtert. »Die Frage ist nur, ob wir Ihre Tochter wecken dürfen.«

Ron Helbing fuhr zu ihm herum, in seinen Augen stand etwas, was Lukas nicht sofort fassen konnte. Angst? Panik? Vielleicht sogar Verzweiflung! »Das ist nicht meine Tochter!«

Lukas hatte das Bedürfnis, ihn zu besänftigen, ohne zu wissen, womit und warum. »Dann hat sich der Steward wohl geirrt.« Er winkte dem jungen Mann erneut, der gerade zwei Cocktailgläser an ihm vorbeitragen wollte.

Aber der Steward blieb bei seiner Aussage. »Ich bin ganz sicher. Ich habe ihr gerade noch einen Milchkaffee gebracht und ihre Bordkarte gescannt. Alexandra Helbing, ganz sicher!«

Ron Helbing fuhr herum und rannte zum Ausgang, lief bis zu den Aufzügen und machte erst dort halt. In seinen Augen stand helle Panik, Lukas glaubte sogar, Tränen darin zu erkennen. »Davor habe ich immer Angst gehabt. Seit ich zu Geld gekommen bin, fürchte ich mich davor. Allen reichen Leuten geht es so. Wie oft habe ich Alex gesagt, sie soll aufpassen, nicht so vertrauensselig sein ...« Er lehnte sich schwer atmend an eine Säule und starrte die Leute an, die aus einer Aufzugskabine stiegen und sich nicht erklären konnten, warum vor ihnen ein großer Mann stand, stark wie ein Bär, und schluchzte wie ein kleines Kind. Eine Frau stockte sogar, als wollte sie sich um Helbing kümmern, aber dann sah sie den Kapitän und kam wohl zu der Ansicht, dass für den armen Mann gesorgt war.

Lukas verstand kein Wort. »Was meinen Sie?«

»Alex ist entführt worden.«

»Was? Wie kommen Sie darauf?«

»Die junge Frau auf dem Pooldeck ... das ist nicht meine Tochter.«

»Eine Verwechslung! Wir werden warten, bis Ihre Tochter in ihre Kabine geht. Oder wir schauen uns auf dem Schiff um ...« Aber Helbing ließ ihn nicht aussprechen. »Damit könnten Sie mich beruhigen, wenn ihr Bodyguard noch da wäre.«

»Sie meinen Fred Alswede?« Lukas runzelte die Stirn.

»Er sollte auf meine Tochter aufpassen. Und nun ... er ist tot, das ist wohl klar.«

Lukas erschrak. »Wie kommen Sie denn darauf?«

»So muss es sein, es geht gar nicht anders. Warum sonst höre ich nichts mehr von ihm? Er hat die Entführung verhindern wollen und ist von dem Entführer umgebracht worden, ganz klar. Vermutlich über Bord geworfen. Und diese ... diese junge Frau hat sich als meine Tochter ausgegeben. Die Ähnlichkeit zwischen den beiden ist groß. Wer nicht genau hinschaut, merkt das gar nicht.«

Lukas griff nach Helbings Arm und dirigierte ihn in einen Aufzug. »Ich bringe Sie jetzt erst mal in Ihre Suite. Und dann rufe ich die Hoteldirektorin, damit sie sich um Sie kümmert.«

Das war nicht fair, Lukas wusste es. Aber ihm fiel einfach nichts Besseres ein, als die Betreuung von Ron Helbing auf Clarissa Fleetwood abzuwälzen.

Die Hoteldirektorin war alles andere als erfreut, als sie zu hören bekam, was Lukas von ihr erwartete. Sie starrte den Vater, der zusammengesunken auf einem Stuhl saß, missvergnügt an. »Das kann gar nicht sein«, sagte sie leise »Eine Entführung auf der *Soleil!* Niemals!« Sie überlegte nicht lange, dann schlug sie vor: »Wir könnten sie ausrufen lassen. Dann werden wir ja sehen, wer dort erscheint.«

Lukas hielt das für eine gute Idee. »Wir gehen am besten zur Rezeption.« Dort hatte Clarissa ein Büro, dort würde man über alles Weitere in Ruhe reden können. Sie halfen Ron Helbing auf die

Beine, erklärten ihm, was sie vorhatten, und waren beide froh, dass er sein auffälliges Gebaren abgelegt hatte und trotz seiner Größe klein und handsam geworden war. Ohne Gegenrede ließ er sich aus seiner Suite schieben, in den nächsten Aufzug hinein und auf Deck 5, wo sich die Rezeption befand, in das Büro der Hoteldirektorin. Dort nahm er auf einem Sessel Platz und schwieg, während er ihrer Durchsage zuhörte. »Wir bitten die Bewohnerin der Kabine 7261 zur Rezeption. Ich wiederhole ...«

Alexandra

Als die Sonne nicht herauskommen wollte, es zwar nach wie vor sehr warm war, aber der Himmel einfach nicht südseeblau wurde, hatte Alexandra beschlossen, sich der Haar- und Körperpflege zu widmen. Duschen und Haare waschen, Gesichtsmaske und Haarpackung, so was dauerte. Als es heftig an der Tür ihrer Kabine pochte, hatte sie gerade das Handtuch von ihrem Kopf gewickelt, um die Packung aus dem Haar zu waschen und dabei auch die Reste der Gesichtsmaske zu entfernen. Sie blickte durch den Spion und sah Natalie vor ihrer Tür stehen. Kaum war sie einen Spaltbreit geöffnet, stieß Nathalie sie ganz auf und drängte sich an Alexandra vorbei in die Kabine.

»Was ist passiert?«, fragte Alexandra erschrocken.

Nathalie ließ sich auf die Bettkante fallen, als hätte sie einen Marathonlauf hinter sich und müsste sich erholen. »Setz dich erst mal.«

Alexandra war nun ehrlich besorgt. »Um Himmels willen! Ist was mit Jonas?«

Nathalie betrachtete kopfschüttelnd die Maskenreste auf Alexandras Nase und auf der Oberlippe. »Das ist deine größte Sorge? Du solltest eigentlich nach Godric fragen.«

Alexandra wehrte ärgerlich ab. »Wie könntest du mir sagen, dass Godric etwas zugestoßen ist?«

Nathalie blickte sich um und schüttelte den Kopf. »Schrecklich, diese Innenkabine! Dass du es hier aushältst!« Ihre Miene veränderte sich, und in ihre Augen stieg etwas so Eindringliches, dass es Alexandra Angst machte. »Sag schon!«

Wie ein Pfaffe, der mit dem Fegefeuer droht, sagte Nathalie: »Dein Vater ist an Bord.«

Alexandra sprang in die Höhe. »Was?«

»Ich habe ihn gleich erkannt.«

»Er dich auch?«

Nathalie grinste mit heruntergezogenen Mundwinkeln. »Mich? Dein Vater hat mich noch nie zur Kenntnis genommen.«

»Hast du mit ihm geredet?«

»Bin ich verrückt? Ich habe so getan, als hätte ich nichts bemerkt.«

Alexandra ließ sich wieder nieder. »Was hat das zu bedeuten? Was will er hier?«

Nathalie betrachtete Alexandras Haare, die schwer und feucht am Kopf klebten, dann tupfte sie einen Rest der Gesichtsmaske ab und strich sie sich selbst in die Augenwinkel. »Wir müssen uns überlegen, wie wir darauf reagieren.« Sie folgte Alexandra ins Bad, die sich die Haare ausspülen wollte. »Es hat eine Durchsage gegeben. Die Bewohnerin der Kabine 7261 soll sich an der Rezeption melden.«

Alexandras Kopf fuhr in die Höhe. »Ich? Nein!« Sie beugte sich wieder über das Waschbecken und kam erst hoch, als die Packung vollständig herausgespült war. »Ich wohne nicht in Kabine 7261!« Sie grinste leicht.

»Sehr witzig!« Nathalie verließ das Bad und setzte sich wieder auf die Bettkante. »Soll ich hingehen? Tu ich es nicht, werden sie vor der Tür auf die Bewohnerin von Kabine 7261 warten. Vielleicht steht dein Vater jetzt schon dort.«

Alexandra rubbelte sich die Haare trocken, während sie sich neben Nathalie setzte. »Lass uns nachdenken ...«

»Was will dein Vater?«, fragte Nathalie. »Warum ist er hier?«

»Er hat davon gehört, wie schlecht ich mich benommen habe, und will mich zur Räson bringen.«

»Meinst du wirklich?« Nathalie hatte Zweifel. »Dann müsste

er zugeben, dass er dir einen Detektiv hinterhergeschickt hat. Er weiß, was er damit riskiert.«

Alexandra nickte düster. »Ich habe ihn gewarnt.«

»Was hast du ihm angedroht?«

»Dass ich mich von meinem Onkel zum Altar führen lasse.«

»Ui!« Nathalie riss entsetzt die Augen auf. »Das würdest du aber niemals tun.«

»Mein Vater weiß, dass er bei mir mit allem rechnen muss.«

»Warum ist er also hier?«

Alexandra griff nach ihrem Föhn. »Das musst du herausfinden.«

Maria

Tahiti lag hinter uns. Noch immer war das Wetter wechselhaft, zwar sehr warm, aber die Sonne ließ sich nur selten blicken. Der Himmel war grau, er spiegelte sich im Meer, das die gleiche Farbe angenommen hatte, die Sonne blitzte nur gelegentlich durch einen Wolkenspalt, der sich aber immer schnell wieder schloss.

Das Geschäft lief entsprechend gut. Zwar hielten sich viele auf dem Pooldeck auf, da es nicht mehr regnete, aber die Sonnenanbeter gingen lieber einkaufen. Gut, dass ich auf Tahiti neue Ware bekommen hatte. Es wurde auch Zeit. Die Weltreisenden, die in Hamburg das Angebot des Bordshops zum ersten Mal in Augenschein genommen hatten, kannten es mittlerweile in- und auswendig. Was gefiel, wurde gekauft, wir brauchten neue Angebote. Armani und Gucci hatten uns wieder beliefert. Basic-Teile, die mich nicht begeisterten. Weiße und schwarze Shirts hat jede Frau sowieso im Schrank beziehungsweise im Koffer. Damit lockt man niemanden an ein Regal. Ich wollte etwas, was ins Auge springt. Die bunten Sachen von Desigual sind allerdings nicht jedermanns Sache, aber wer sie liebt, ist über jedes Teil entzückt. Also packte ich sie sehr motiviert aus und überlegte mir, wie ich sie am besten präsentierte. Inzwischen hatte ich herausgefunden, dass auch Weltreisende vernünftige Leute sind, die sich besonders gern im mittleren Preissegment umsehen, also weniger bei Armani, dafür mehr bei S. Oliver, Betty Barclay und Gerry Weber.

Lisa wäre am Abend zuvor beinahe bei einem Sommerfähnchen schwach geworden, aber ich hatte ihr geraten, einen Tag zu warten, bis ich die neue Ware ausgepackt haben würde. Sie wird gleich vorbeikommen und sich umsehen. Hoffentlich redet sie nicht wieder von dem verschwundenen Passagier. Und von ihrem Vater.

Aber wer dann bei mir auftauchte, war jemand, den ich nicht erwartet hatte. Einige Kunden wanderten durch den Shop, von einem Regal zum nächsten, ohne konkrete Kaufabsichten, aber mit dem Wunsch, etwas zu entdecken, das sie gebrauchen könnten. Weltreisende haben Langeweile! Die junge Frau, die zu mir kam – nicht in den Shop, sondern zu mir –, kannte ich natürlich. Ich hatte ihr und ihrer Freundin vor ein paar Tagen Fitness-Kombinationen verkauft, das hatte ich nicht vergessen. Wollte sie etwas reklamieren? Nein, das wurde mir schnell klar. Sie wollte etwas mit mir besprechen. Ging es womöglich um das, was mir aufgefallen war, als sie bezahlte? Wenn sie nicht von selbst damit herausrückte, würde ich ihr ein paar Fangfragen stellen, das nahm ich mir fest vor.

Aber sie kam umgehend auf den Punkt. Vorsichtig sah sie sich um, ehe sie begann. »Ich hätte da mal eine Frage ...«, fing sie sehr vielversprechend an.

Ich winkte sie zu meiner Kaffeemaschine. »Vielleicht setzen wir uns besser dort hin?«

Sie sah sehr erleichtert aus, als sie auf einem Hocker Platz nahm. »Ihnen ist was aufgefallen, als ich die beiden Fitness-Kombinationen bezahlte. Stimmt's?«

Ich tat ahnungslos. »Ich habe nur bemerkt, dass Sie die Karte Ihrer Freundin genommen haben, um zu bezahlen.«

»Richtig! Nathalie hat meine Karte und ich ihre.«

»Verwechselt?«

»Nein, mit Absicht.« Nun sprach sie sehr leise. »Ich habe auf dem Schiff als Nathalie Teichler eingecheckt und wohne in einer Innenkabine. Meine Freundin nennt sich auf der *Soleil* Alexandra Helbing und residiert in einer Panoromakabine.«

Jetzt musste ich mich auch erst mal setzen. Ein letzter Blick durch den Shop, und ich stellte fest, dass es keinen Kunden gab, der meine Beratung wollte. »Warum?«

Eine tolle Geschichte, die ich jetzt erfuhr: Alexandra Helbing war auf dem Weg, eine englische Lady zu werden. Nach dieser Weltreise würde sie sich mit einem Earl verloben. Wie aufregend! »Mein Vater hat ein Faible für alles Englische. Als ich Godric, den Earl of Chiswick, kennenlernte und er sich in mich verliebte, war Papa entzückt.« Sie selbst sah jetzt gar nicht entzückt aus, eher besorgt und verzweifelt. »Ich war ... ich meine, ich bin auch in Godric verliebt, aber ...« Sie blickte mich an, als hätte man von ihr verlangt, eine Ehe mit dem Glöckner von Notre Dame einzugehen. »Können Sie sich vorstellen, was für ein Leben da auf mich zukommt? Godric ist bekannt, man sieht ihn gelegentlich mit William und Harry zusammen, die Yellow Press erwähnt ihn gern. Ich habe Angst vor dieser Zukunft.«

Ach, das arme Kind! Meine mütterlichen Gefühle fielen über mich her, am liebsten hätte ich sie in meine Arme gezogen und getröstet. Ich konnte sie gut verstehen. Ich hatte ja auch mal was mit einem Prominenten. Also gut ... er war anders prominent, eher im Rotlichtmilieu bekannt ... aber ich schweife mal wieder ab ...

»Sie brauchen Bedenkzeit?«

Alexandra Helbing sah mich erleichtert an. »Genau! Ich wollte diese Weltreise machen, um mir über meine Gefühle klar zu werden. Aber mein Vater ...« Sie seufzte tief auf. »Er kontrolliert mich ständig, hat immer Angst, dass ich entführt werden oder mich ein Schmierenreporter im falschen Augenblick fotografieren könnte. Und seit ich mit Godric zusammen bin, hat er obendrein noch die Angst, dass ich mich nicht ladylike benehme und Godrics Familie mich deswegen nicht akzeptiert.« Sie grinste schief. »Dabei bleibt denen gar nichts anderes übrig. Die wollen schließlich an das Geld meines Vaters.«

Jemand steckte sein Gesicht in meine Kaffee-Ecke. »Gibt's die rosa Pullover auch in Blau?«

Ich hatte keine Ahnung, verneinte es aber, weil ich jetzt nicht diese interessante Geschichte unterbrechen wollte, um nach einem blauen Pullover zu suchen.

Als der Kunde weg war, sprach Alexandra weiter. »Godric war zum Glück einverstanden, er war bereit, mir diese vier Monate zuzugestehen.«

»Das spricht für ihn«, warf ich ein.

Über Alexandras Gesicht ging ein Lächeln. »Ja, Godric ist ein sehr nobler Mensch. Aber mein Vater geriet in Panik. Er hatte das Gefühl, ich wollte ein letztes Mal die Sau rauslassen, mich noch einmal nach allen Regeln der Kunst amüsieren und erst dann zur englischen Lady werden.« Sie beugte sich vor und flüsterte: »Ich habe Papa gesagt, wenn er mir einen Schnüffler hinterherschickt, dann ist es aus, dann lasse ich mich von meinem Onkel zum Traualtar führen. Ich kenne meinen Vater, er hat das schon häufig veranlasst. Angeblich, weil er um meine Sicherheit besorgt ist. Aber ich konnte mir vorstellen, dass er das auch tun würde, damit mich jemand zurückpfeift, sobald ich über die Strenge schlage, und dafür sorgt, dass es sonst niemand mitbekommt. Ich habe meinem Vater gesagt, dass ich ihm das nicht verzeihen würde. Aber mir scheint, er hat es trotzdem getan.«

Ich hatte Mühe, ihrer Erzählung zu folgen. »Wie kommen Sie darauf?«

Alexandra grinste nun geradezu spitzbübisch. »Wir haben meinem Vater eine Falle gestellt. Nathalie und ich haben die Rollen getauscht. Und sie hat sich in meinem Namen so schlecht benommen, wie es nur ging. Wir haben uns gesagt: Wenn mein Vater einen Detektiv auf mich angesetzt hat, dann wird er davon erfahren. Und jetzt ist er an Bord gekommen, also hat er es erfahren.«

Ich war total verdutzt. »Ihr Vater? Er ist hier?«

Alexandra sah mich merkwürdig an. Fast so, als erwartete sie irgendeine Erklärung von mir. »Er glaubt, ich wäre entführt worden. Aber Nathalie wird ihm erzählen, dass ich ihr die Weltreise geschenkt habe, weil ich was Besseres vorhatte. Papa wird sich die Haare raufen. Und ich finde, das hat er verdient.«

So richtig verstand ich immer noch nicht, was das alles mit mir zu tun hatte. »Und wie kann ich Ihnen jetzt helfen?«

Sie sah sich hektisch um. »Ich brauche etwas, um mich zu verkleiden. Wenn Papa mich sieht, darf er mich nicht erkennen. Erst mal will ich ihn zappeln lassen.«

»Ach so!« Nun kapierte ich. »Sie brauchen ...« Ich stand auf und stellte mich so in den Laden, dass ich alles überblicken konnte. »Eine Pudelmütze?«

Ich hörte Alexandra hinter mir lachen. »Bei dieser Hitze?«

»Dann eine Kappe mit großem Schirm. Eine besonders große Sonnenbrille. Ein sehr weites Kleid, das die Figur verhüllt. Ich habe einige Modelle für übergewichtige Frauen ...«

»Ich sehe, Sie haben mich verstanden.«

Als ich mich zu ihr zurückdrehte, war sie mit einem Mal ernst. »Wissen Sie, wer der Privatdetektiv ist, der mich überwachen soll?«

»Wie kommen Sie darauf, dass ich ...«

Sie ließ mich nicht ausreden. »Vielleicht Jonas? Er ist Privatdetektiv! Stimmt's?«

Ich war verdattert. Wie hatte sie das herausgefunden?

»Oder Emily?«

Wie kam sie denn darauf? Aber mir fiel schon im nächsten Moment die Antwort ein: Wenn sie Emily beobachtet hatte, musste ihr aufgefallen sein, dass Emily Recherchen anstellte. Wusste Alexandra Helbing vielleicht gar nichts von Fred Alswede? Es schien so.

»Das fragen Sie am besten Ihren Vater«, meinte ich.

Dann wies ich sie an, dort sitzen zu bleiben, wo sie saß, während ich ihr Kleidung und Accessoires zusammensuchte, in denen sie nicht einmal der eigene Vater erkennen würde. Währenddessen war ich jedoch mit meinen Gedanken woanders. Wie hat Alexandra Helbing herausgefunden, dass Jonas Privatdetektiv ist und auf der *Soleil* ermittelt? Verdammt, den Jungen darf man wirklich nicht allein lassen! Wie soll er es bloß als Privatdetektiv zu etwas bringen, wenn er dermaßen leicht zu durchschauen ist?

Barbara

Sie saßen im Büro hinter der Rezeption, Clarissa Fleetwood, Ron Helbing und Lukas. Als Barbara eintrat, brachen die Gespräche ab, die anscheinend bisher nichts als Geplänkel gewesen waren. Barbara hatte den Eindruck, dass man auf sie gewartet hatte, dass ihr Erscheinen ein neuer Beginn werden sollte.

Sie war mit Lisa auf dem Pooldeck gewesen, als Lukas bei ihr anrief. Dort wurde gerade der beliebte Pool-Brunch serviert, mit dem einem leichten Hungergefühl zwischen Frühstück und Mittagessen entgegengewirkt werden sollte. Zum Glück hatte sie ihr Handy bei sich. Seit Tagen schien es ihr so, dass sich in ihrer Familie und an Bord der *Soleil* immer wieder etwas ereignete, was sie sofort erfahren sollte. Wenn sie ehrlich zu sich selbst war, aber auch deshalb, weil Santino versucht hatte, sie zu erreichen, als sie das Handy in der Kabine gelassen hatte. Eigentlich wollte sie nicht mehr mit ihm reden, wollte nichts wieder aufwühlen, keine Grundsätze ins Wanken bringen, keine Entscheidungen mehr hinterfragen. Dennoch hatte sein Name auf dem Display eine Unruhe in ihr angezündet, die sich nicht so schnell löschen ließ. Hatte er seine Meinung geändert? Tat es ihm leid, dass sie so kühl voneinander Abschied genommen hatten? Barbara wollte es erfahren. Und deswegen wollte sie beim nächsten Mal, wenn Santino anrief, erreichbar sein. Wenn er es überhaupt noch einmal versuchte! Bis jetzt hatte er ihre Nummer kein zweites Mal gewählt.

Lukas hatte ihr kurz und knapp erklärt, worum es ging, sie gebeten, sich Helbings Geschichte anzuhören und dabei zu sein, wenn sich die junge Frau, die sich Alexandra Helbing nannte, an der Rezeption meldete. Lukas rechnete fest damit, dass sie den Aufruf nicht ignorieren würde.

Sie erschien tatsächlich – nur zwei Minuten nach Barbara. Lukas hatte Ron Helbing und der Hoteldirektorin soeben erklärt, warum ihm Barbaras Hilfe wichtig war, dass sie als ehemalige Polizeibeamtin wusste, wie man mit einem Entführungsfall umzugehen hatte. Helbing hatte zwar nach der deutschen Polizei geschrien, aber vorerst eingesehen, dass sie in der Südsee auf sich gestellt waren. Jedenfalls fürs Erste.

Tobias Tiedemann, der junge Rezeptionist, meldete die junge Frau an. »Alexandra Helbing ist jetzt da.«

Helbing sah so aus, als wollte er nicht nur protestieren, sondern sogar auf die junge Frau losgehen, aber er beherrschte sich, wenn auch nur mühsam und notdürftig. Lukas legte eine Hand auf die Armlehne von Helbings Stuhl, als wollte er notfalls nach seinem Arm greifen, um ihn zurückzuhalten.

Er begrüßte die junge Frau, stellte sich selbst und Clarissa Fleetwood vor, deutete dann auf Ron Helbing und nannte dessen Namen. Sie lächelte ihn unbefangen an. »Nett, Sie mal persönlich kennenzulernen.«

Sie nahm Platz, während Ron Helbing dunkelrot anlief und Anstalten machte, sich auf sie zu stürzen. Aber das schien ihr nicht aufzufallen.

»Wie lautet Ihr richtiger Name?«, fragte Lukas.

»Nathalie Teichler«, antwortete sie, ohne Verwunderung zu zeigen. »Ich bin eine Freundin von Alexandra Helbing.« Freundlich sah sie in die Runde. »Um die geht es doch, oder?«

»Warum haben Sie unter falschem Namen eingecheckt?«

»Das war Alex' Bedingung«, erwiderte Nathalie. »Sie hat mir die Reise geschenkt. Aber ich musste sie unter ihrem Namen antreten.«

Helbing sprang auf und machte Anstalten, das Büro und am besten gleich das ganze Schiff zusammenzubrüllen, aber zum Glück ließ er sich auch diesmal zurückhalten. Seine Miene und sein ganzer Körper versteinerten sich sogar, als er zu hören bekam, dass seine Tochter die Weltreise gar nicht angetreten hatte, weil sie Besseres vorgehabt hatte, dass sie aber ihrem Vater weismachen wollte, vier Monate auf der *Soleil* um die Welt zu reisen.

»Wo ist Alexandra?«, fragte er schließlich mühsam beherrscht.

Nathalie Teichler zuckte mit den Achseln. »Das weiß ich nicht.«

Nun beschloss Barbara, sich einzumischen. »Welchen Grund hatte Ihre Freundin für diese Entscheidung?«

Nathalie Teichler war von bemerkenswerter Ruhe und Ausgeglichenheit. »Sie befürchtete, dass ihr Vater ihr einen Schnüffler hinterherschicken würde.« Nun grinste sie leicht. »Anscheinend war ihr Verdacht berechtigt. Dass Herr Helbing hier ist, beweist es. Ich habe mich in Alex' Namen äußerst unmanierlich benommen, das wird der Privatdetektiv berichtet haben.«

»In der Tat«, stieß Helbing hervor. »Aber deswegen bin ich nicht hier.«

»Sondern?« Barbara beugte sich vor, sah aber nicht Helbing an, sondern ließ Nathalie Teichler nicht aus den Augen.

»Weil der Kerl plötzlich nichts mehr geliefert hat. Und er war nicht mehr zu erreichen. Verschwunden ist er!«

Barbara sah das Erschrecken in Nathalies Augen. War sie eine so gute Schauspielerin? Oder wusste sie wirklich nichts von Fred Alswedes Verschwinden?

Wenn dem so war, dann hatte sie sich schnell wieder im Griff. Sie stand auf und sah auf Ron Helbing herab. »Das mit Alex haben Sie sich selbst zuzuschreiben, Herr Helbing. Sie hatte Sie gewarnt. Aber Sie lassen Ihre Tochter ja nicht selbstständig werden. Heiraten darf sie, aber ansonsten wird sie von Ihnen behandelt wie ein kleines Kind.« Sie ging zur Tür, ohne dass sie jemand zurückhielt. »Sie hat gewusst, dass Sie ihr in die Falle tappen würden.«

Mit diesen Worten verschwand Nathalie Teichler wieder. Barbara sah, dass sie im Hinausausgehen noch einen Blick zurückwarf. So, als erwartete sie, dass man sie nicht ohne Weiteres gehen lassen würde. Aber niemand sagte etwas, und so fiel die Tür hinter ihr ins Schloss.

Dieses Geräusch wirkte auf Ron Helbing wie ein Startschuss. Er sprang erneut von seinem Stuhl hoch und baute sich vor Lukas auf. »Sie lassen diese Betrügerin einfach gehen?«

Lukas erhob sich ebenfalls, weil er offenbar nicht gern zu Ron Helbing aufsehen wollte. »Wie kommen Sie darauf, dass es sich um eine Betrügerin handelt?«

»Weil sie lügt«, schrie Ron Helbing.

»Warum glauben Sie das?«

»Weil meine Tochter niemals ...« Er stockte, weil ihm wohl soeben in den Sinn kam, welche Worte in den letzten Auseinandersetzungen mit seiner Tochter gefallen waren. Natürlich hatte Nathalie recht gehabt. »Sie lügt«, wiederholte er trotzdem. »Sie steckt mit dem Entführer unter einer Decke.«

Barbara blieb ganz ruhig. »Wenn es sich wirklich um eine Entführung handelt, wo bleibt dann die Lösegeldforderung? Ihre Tochter wäre, falls Sie recht haben, Ende Oktober entführt worden, jetzt haben wir Mitte Dezember. Es wäre längst ein Lösegeld gefordert worden.«

»Vielleicht hat der Earl ...«, begann Helbing, dann fiel ihm aber wohl ein, dass der Earl of Chiswick ihn, den leidgeprüften Vater, in Kenntnis gesetzt hätte, wenn ihm eine Lösegeldforderung ins Haus geflattert wäre. Außerdem wurde ihm anscheinend gleichzeitig bewusst, dass ein hoher Geldbetrag niemals von den Chiswicks verlangt würde, sondern selbstverständlich von dem, der ihn sich leisten konnte. Und das war eindeutig Ron Helbing, der Erfinder und Betreiber der BEE-Lädchen.

Er sank stöhnend auf seinem Stuhl zusammen. »Ich habe dem Earl schon Bescheid gegeben. Er wird kommen.«

»Auf die *Soleil*?« Barbara erschrak. Dieser polternde, eigensinnige Vater reichte ihr vollauf. Ein englischer Adeliger, der vermutlich daran gewöhnt war, dass die Welt sich um ihn drehte, hatte ihr gerade noch gefehlt. Und als sie ihren Bruder ansah, wurde ihr klar, dass er genauso dachte. »Sie müssen ihm absagen. Denn wenn Ihre Tochter davon erfährt«, ergänzte sie einer Eingebung zufolge, »wird sie erst recht wütend auf Sie.«

Helbing schien dieser Gedanke auch gerade gekommen zu sein. Trotzdem versuchte er, sich selbst Mut zu machen. »Sie kann mir doch nicht vorwerfen, dass ich alle Hebel in Bewegung setze, wenn ich glauben muss, dass sie entführt wurde.«

»Ihre Freundin wird ihr sicherlich erzählen, dass die Idee mit der Entführung ziemlich weit hergeholt ist.«

»Was ist das überhaupt für eine Person, diese sogenannte Freundin?«, fuhr Helbing auf. Er war offensichtlich darauf aus, von sich abzulenken und einen anderen Schuldigen zu finden, auf dem er herumhacken konnte. »Sie hat sich als Alexandra Helbing ausgegeben. In so was hat die anscheinend Übung. Wer sagt denn, dass der Name Nathalie Teichler echt ist?«

Clarissa Fleetwood zog einen Laptop heran, der auf einem Regalbrett stand. Barbara stellte sich hinter sie, während sie den Namen Nathalie Teichler eingab.

Sie hob die Augenbrauen und blickte Ron Helbing überrascht an. »Sie kennen sie wirklich nicht?«

»Natürlich nicht«, blaffte er zurück. »Bewege ich mich etwa in kriminellen Kreisen?«

»Nathalie Teichler arbeitet für Sie.«

»Was?« Helbing sprang auf und trat neben Barbara.

Die Hoteldirektorin drehte den Bildschirm so, dass er seinen Inhalt erkennen konnte. »Sie hat sich die Haare gefärbt, vermutlich, um Ihrer Tochter ähnlicher zu sehen, aber man erkennt sie trotzdem.«

»Eine Lagerarbeiterin«, stöhnte Helbing auf. »Mit so einer ist meine Tochter befreundet?« Wütend fuhr er Barbara an: »Wissen Sie, wie groß der Personalbestand meiner Firma ist? Da kann ich doch nicht jede Lagerarbeiterin kennen!« Er griff sich an den Kopf, kehrte zu seinem Platz zurück und ließ sich nieder. »Wo ist Alex?«, fragte er sich selbst. »Was macht sie?« Sein Kopf fuhr in die Höhe, er starrte Barbara an. »Ist sie etwa mit einem anderen Mann zusammen? Himmel, wenn das der Earl erfährt!«

Lukas saß da, als wollte er sich am liebsten unsichtbar machen, Barbara wäre es auch sehr recht gewesen, wenn sich ihr diese Möglichkeit eröffnet hätte. Die Verzweiflung des Vaters ging ihnen nahe. So war es auch kein Wunder, dass die Hoteldirektorin sich erhob und etwas von wichtigen Entscheidungen murmelte, die nicht aufgeschoben werden durften.

Ron Helbing sprang schon wieder auf. Erstaunlich, wie beweglich dieser Mann trotz seiner Körperfülle war. »Moment!« Mit diesem barsch hervorgestoßenen Wort hielt er Clarissa Fleetwood auf. »Damit eins klar ist ...« Jetzt band er auch Barbara und Lukas mit ein. »Kein Wort über das Verschwinden meiner Tochter! Zu niemandem! Ist das klar? Wenn sich irgendwas herumspricht, werde ich Sie persönlich zur Verantwortung ziehen. Dass diese Nathalie Teichler die Wahrheit sagt, glaube ich erst, wenn Beweise vorliegen. Solange das nicht der Fall ist, gilt meine Tochter als verschwunden. Gekidnappt! Ich erwarte von Ihnen, dass Sie darüber Stillschweigen bewahren. Und außerdem verlange ich, dass Nathalie Teichler nicht von Bord gehen darf. Ist das klar?«

Lukas war solche Anordnungen nicht gewöhnt. Er erhob sich ebenfalls. »Dass meine Schwester und ich darüber schweigen werden, kann ich Ihnen versichern. Die Handhabe, Nathalie Teichler auf dem Schiff festzuhalten, habe ich allerdings nicht. Also werde ich sie selbstverständlich auch nicht dazu zwingen, an Bord zu bleiben. Das geht nicht! Tut mir leid.«

Lukas

Moorea, 15.12.

Lukas hatte Barbara auf die Brücke gerufen. Dort war er zwar nie allein, aber es gab durchaus eine kleine private Ecke in dem großen Raum, wo man sich ungestört unterhalten konnte. Ein quadratischer Tisch, vier Stühle mit Armlehnen vor einem Teil der Schrankwand, in dem die Kaffeemaschine stand, daneben immer irgendwelche Utensilien, die mit Pause oder Feierabend zu tun hatten, Kaffeedose, Würfelzucker, Gebäck.

Lukas hatte am Morgen das vorgesehene Ankergebiet angesteuert, dort lag die *Soleil* nun. Der Hafen von Moorea, der »kleinen Schwester von Tahiti«, wie diese Insel genannt wurde, war viel zu klein für ein Kreuzfahrtschiff.

Lukas wollte seine Schwester zu der Sitzgruppe dirigieren, aber sie blieb erst mal vor der großen Glasfront stehen, wie sie es immer tat. Der Blick auf die Insel war wunderbar, durch das türkisgrüne Wasser pflügten bereits die emsigen gelben Tenderboote.

Barbara seufzte tief, ehe sie zu Lukas an die Sitzgruppe kam und sich ihm gegenübersetzte. »Du willst mit mir über Helbing reden?«

Lukas nickte. »Ich habe mir alles überlegt und denke, wir sollten seiner Forderung nachkommen.«

»Nicht über die Tochter zu reden?«

»Er will es nicht. Er hat ausdrücklich darum gebeten …«

Barbara unterbrach ihn mit einem Lachen. »Das hast du nett ausgedrückt. Er hat uns zum Schweigen verdonnert.«

Lukas gab es zu. »Seine Art reizt zum Widerspruch. Aber ich

finde es klüger, ihm nachzugeben. Oder ...« Er verzog das Gesicht, »seinem Befehl.«

Barbara war wieder ernst geworden. »Ich habe natürlich auch nachgedacht. Wir haben nichts davon, wenn wir darüber reden.«

»Wenn ich an Maria denke und an Lisa.«

»Und Jonas und Emily.«

»Nein, wenn die davon erfahren, wird die ganze Sache nur unnötig aufgeblasen, und am Ende sieht alles anders aus, als es in Wirklichkeit ist. Stell dir nur Marias Fantasie vor ...« Lukas schüttelte sich. »Soll Helbing doch selbst herausfinden, wo sein Töchterchen steckt.«

»Ich sehe das auch so. Das ist eine Privatsache, die uns nichts angeht. Vor allem ...«

»Ich weiß schon, das englische Königshaus. Mit dem solltest du dich wirklich nicht anlegen.«

»Die Entführung, von der Helbing immer noch redet, können wir getrost vergessen. Es gibt keine Indizien dafür, dass er recht hat.«

Dieser Ansicht war Barbara auch, sie nickte nachdrücklich. »Hoffentlich hat er den Earl von der Idee abgebracht, hier zu erscheinen.«

Lukas war zuversichtlich. »Wenn der Earl ein halbwegs vernünftiger Mann ist, wird ihm schnell klar werden, dass seine Verlobte nicht entführt wurde, sondern ...« Er machte eine vage Handbewegung.

»Sich irgendwo herumtreibt?« Barbara verzog das Gesicht. »Ob sie dann noch für den englischen Adel infrage kommt?«

»Die Chiswicks brauchen das Geld von Helbing. Da darf er nicht kleinlich sein.«

Barbara wurde mit einem Mal sehr ernst. »Was ist mit Fred Alswede, Lukas?« Sie wehrte ab, ehe Lukas antworten konnte. »Schon klar, die offizielle Version lautet Selbstmord. Aber sollten wir nicht im Hinterkopf behalten, dass er vielleicht doch umgebracht wurde? Wer könnte ein Motiv gehabt haben?«

Lukas sah seine Schwester nachdenklich an. »Der Earl? Weil er wusste, was Alswede an Helbing gemeldet hat? Weil er verhindern wollte, dass es an die große Glocke kommt?«

Lukas schüttelte vehement den Kopf. »Der Earl ist nicht an Bord.«

»Er könnte jemanden beauftragt haben.«

»Helbing wird ihm niemals davon erzählt haben. Es ging ihm ja darum, jedes schlechte Benehmen seiner Tochter geheim zu halten. Damit der Earl keinen Rückzieher macht.«

»Er könnte es durch einen Zufall erfahren haben. Und er konnte nicht ahnen, dass es die Freundin seiner Verlobten ist, die sich auf der *Soleil* so übel aufführt. Möglich auch, dass Alswede gepokert hat. Er hat nicht nur Helbing Material geliefert, sondern damit auch noch den Earl unter Druck gesetzt. Nach dem Motto: Wenn er nicht zahlt, wird er das, was er Helbing geschickt hat, auch der Yellow Press zur Verfügung stellen.«

Lukas blieb der Mund offen stehen. »Himmel! Du hast recht! Das könnte es gewesen sein. Dann hat der Earl jemanden geschickt, um Alswede kaltzumachen.«

Die Reise

Von Moorea nach Fidschi

Die Weltreise verlor mit einem Mal das Große, Weite, Globusumspannende, sie wurde zu einer Fahrt von Insel zu Insel, losgelöst von der Welt. So erlebten es viele auf der *Soleil*, aber nur wenige machten es sich klar.

Lukas war diese Empfindung vertraut, er kannte sie von anderen Reisen, die ihm das Gefühl vermittelt hatten, die Leinen zu seinem Heimathafen gekappt zu haben. Während dieser Weltreise kamen jedoch außerdem Umstände hinzu, die einerseits neu waren, andererseits an die Reise vor fünf Jahren erinnerten und die Ereignisse, die er am liebsten vergessen hätte. Auch diesmal verlief die Kreuzfahrt nicht ohne Zwischenfälle, es war wie verhext. Das Verschwinden von Fred Alswede und Alexandra Helbing, die Auseinandersetzung mit Ron Helbing, der drohende Konflikt mit dem englischen Königshaus. Das alles hatte aus der Weltreise für ihn eine Unternehmung gemacht, die sich auf dieses Schiff beschränkte, auf die Planken der *Soleil*, die nur zufällig um die Welt fuhr.

Für Barbara veränderte sich die Reise mehr und mehr, von der Flucht aus Buenos Aires war sie schon angekommen, bevor sie in Hamburg anlegten. Die Reise selbst war das Ziel geworden, sie gab ihr noch einmal die Möglichkeit, das zu tun, was lange Zeit ihr Lebensinhalt gewesen war: ermitteln, Licht in das Dunkel eines Falls bringen.

Lisa hatte nie ausschließlich an eine Reise um die Welt gedacht, ihr war es nur darum gegangen, an die Vergangenheit anzuknüpfen, die sie auf keinen Fall abschließen, sondern immer wieder drehen und wenden und von allen Seiten betrachten wollte, damit sie nicht vergessen wurde.

Maria wusste kaum noch, in welchem Hafen sie anlegten, sie war viel zu sehr beschäftigt: mit Jonas' Fall, mit seiner Beziehung zu Emily, mit ihren heimlichen Telefonaten und nun auch noch mit dem Geheimnis um Alexandra Helbing.

Und Emily und Jonas? Die beiden dachten vor allem an ihre Liebe und waren froh um jeden Tag, den Vico Irion in seiner Kabine blieb, weil es ihm noch immer nicht gutging. Die Frage, ob er sich wirklich dort aufhielt, stellten sie sich nicht, angeblich hatte Dr. Sauck, der Schiffsarzt, weiterhin zur Bettruhe geraten, das reichte ihnen. Jonas' Auftrag verlor an Gewicht, je länger er ungelöst blieb, Emilys Verletzung und ihr lästiger Verband sorgten darüber hinaus dafür, dass die Bedeutungen sich verschoben.

Auf Moorea folgte ein Seetag, dann hatten sie die Cook-Inseln erreicht, als erste Rarotonga. Wieder eine Insel im Herzen des Pazifiks, auf die man nur mit Tenderbooten gelangen konnte. Fünfzehn Inseln gehörten zu den Cook-Inseln, kleine Korallenatolle und größere Inseln vulkanischen Ursprungs. Rarotonga war die größte von ihnen. Im Landesinneren prägten Regenwälder und Berge die Insel, an ihrem äußeren Rand erstreckten sich von Palmen gesäumte weiße Sandstrände. Rarotonga hatte ein wunderbares Prinzip: Kein Gebäude durfte höher als eine Kokospalme sein.

Auf dem weiteren Weg nach Tonga überquerte das Schiff die Datumsgrenze, der 19.12. wurde übersprungen, die Passagiere der *Soleil* wechselten vom 18. direkt auf den 20. Dezember, Grund genug für eine ausgelassene Party auf dem Pooldeck, auf das die Entertainment-Managerin eine dicke rote Linie hatte malen lassen. Um Mitternacht sprangen alle, die dort feierten, mit einem großen Satz vom 18. auf den 20. Dezember. Mittlerweile betrug der zeitliche Abstand zum Leben in Hamburg dreizehn Stunden.

»Der schönste Tag ist der, der nicht stattfindet«, sagte Lisa und kam sich mit dieser verqueren Lebensweisheit sehr scharfsinnig vor.

Das Königreich Tonga empfing die Passagiere der *Soleil* mit gleißender Sonne und großer Hitze. Seine Hauptstadt Nuku'alofa war Regierungssitz und wirtschaftliches Zentrum des Königreiches und natürlich der Ort, in dem der Königspalast stand, 1867 ganz aus neuseeländischem Norfolk-Tannenholz errichtet, ein weißes Gebäude im viktorianischen Stil mit roten Dächern.

Auf dem Weg zu den Fidschi-Inseln gab es wieder einen Seetag. Und als die *Soleil* in Suva anlegte, vibrierte bereits die Weihnachtsstimmung an Bord. Gnadenlose Hitze brannte über der Hauptstadt von Fidschi, genau wie über Lautoka, wo die *Soleil* am Heiligabend einlief. Die etwa fünfzig Kinder an Bord freuten sich auf Weihnachten, sie machten keinen Unterschied zwischen Weihnachten in der Sonne und Weihnachten mit Schnee, Schlittenfahrten und Glockengeläut. Ihre Eltern befanden sich meist in einem Zwiespalt, nicht umsonst hatten sie sich für eine Weltreise entschieden, die aus den Festtagen Reisetage machte. Lukas hatte sich noch nie auf Weihnachten gefreut, nicht mehr seit er erwachsen war und seit seine große Liebe ihn verlassen hatte. Barbaras Verhältnis zu Weihnachten war ebenfalls gespalten, seit ihre Tochter ausgewandert war. Maria hatte am längsten an weihnachtlicher Vorfreude festgehalten, aber irgendwann auch aufgegeben. Jonas und Emily dagegen waren noch nahe genug am Alter von aufgeregten Kindern, und sogar Lisa bekam urplötzlich leuchtende Augen.

Die Probleme veränderten sich jedoch nicht dadurch, dass weihnachtliche Sentimentalität um sich griff. Ron Helbing residierte in seiner Suite, niemand wusste, was er dort machte, wie er vorging, um seine Tochter aufzuspüren. Lukas kümmerte sich nicht darum und unternahm auch keinen Versuch, Ron Helbing zu kontaktieren. Der Mann sollte selbst sehen, wie er zu seiner Tochter zurückfand. Nathalie Teichler ging ihm aus dem Weg, lebte aber ihr Leben an Bord weiter, in der Panoramakabine, die Ron Helbing bezahlt hatte. Mit Alexandra traf sie sich natürlich immer nur heimlich. Zwar war diese von Maria neu ausgestattet worden, und ihr Aussehen unterschied sich seitdem stark von ihrem bisherigen Erscheinungsbild, aber sicher konnten sich die beiden natürlich nicht sein. Alexandra trug nun immer eine schwarze Kappe mit einem großen Schirm, der ihre Augen beschattete, und eine riesige Sonnenbrille. Ihre farbenfrohe Kleidung, immer knapp, bauch- oder rückenfrei, die kurzen Hosen, die trägerlosen Tops ließ sie im Schrank hängen und verbarg ihren Körper nun in einem wallenden langen schwarzen Kleid, in einer sandfarbenen weiten Leinenhose und weißen Blusen, ebenfalls großzügig geschnitten und sogar mit langen Ärmeln. Wer genauer hinsah, würde sie trotzdem erkennen, aber sie hoffte, dass ihr Vater, wenn sie ihm begegnete, über sie hinwegblicken würde.

Am Heiligabend kam sie zu Nathalie in die Panoramakabine, aufgewühlt und emotional angegriffen.

»Was ist los?«, fragte Nathalie.

Alexandra hatte Tränen in den Augen. »Ich habe meinen Vater gerade gesehen. An der Bar. Er hat sich einen Whisky bestellt. Das tut er nur, wenn es ihm schlecht geht. Und er sah so ... so traurig aus.« Sie wischte sich über die Augen und sah ihre Freundin verzweifelt an. »Ich glaube, ich kann das nicht mehr. Er hat genug gelitten.«

Nathalie zuckte mit den Achseln. »Wie du meinst ...«

Und dann war da noch Liane Reich, die auf ihren hohen Hacken übers Deck stöckelte und sich manchmal ein Nikolausmützchen aufs Haupt setzte. Wer sie dann indigniert ansah, musste im nächsten Moment grinsen, weil Liane so mädchenhaft lächelte, dass niemand mehr an Geschmacksverirrung dachte. Und nach jeder Mahlzeit brachte sie einen gut gefüllten, liebevoll dekorierten Teller in ihre Kabine, damit es ihrem Freund besser ginge. Das erzählte sie jedem, dem sie am Büfett begegnete, und war immer dankbar für mitfühlende Worte.

Lukas

Von Suva nach Port Vila, 23. – 25.12.

Lukas ging über sein Schiff, über jedes Deck, über das Pooldeck, wo viele in der Sonne lagen, die offenbar noch nichts von der Bedrohung durch Hautkrebs wissen wollten, durch die Shoppingmeile, die menschenleer dalag, weil die Geschäfte nicht geöffnet hatten, solange das Schiff im Hafen lag, an den Restaurants vorbei, die zurzeit geschlossen waren, durch das Burger-Bistro, wo es immer etwas zu essen gab, sogar durch die Raucher-Lounge, die er sonst mied. Ein bisschen kam er sich vor wie der Weihnachtsmann, der nachschaute, ob alles so war, wie es sich gehörte, und zu der Ansicht kam, dass alle, die auf der *Soleil* lebten und arbeiteten, Geschenke verdienten. Das Gourmet-Restaurant würde am Abend ein Sechs-Gänge-Menü für ihn und seine Familie liefern, darauf freute er sich schon. Hoffentlich wurde es ein harmonischer Abend. Lisa war der Schwachpunkt, wie immer. Aber wenn sie darauf verzichtete, ein paar wirkungsvolle Tränen zu zerdrücken, würde alles gut werden.

Er hatte sich erkundigt und erfahren, dass Ron Helbing einen Tisch im Gourmet-Restaurant bestellt hatte, das gab ihm Hoffnung. Vielleicht hatte der Mann mittlerweile herausgefunden, wo seine Tochter steckte und ob es ihr gutging, sodass er selbst seinen Aufenthalt auf der *Soleil* durchaus als Urlaub betrachten konnte. Womöglich hatte es sogar eine Versöhnung gegeben. Liane Reich hatte ebenfalls für sich und Vico Irion einen Tisch bestellt, allerdings im Steakhaus, auch ein À-la-carte-Restaurant, aber nicht ganz so exklusiv. Er hatte zufällig gehört, wie sie strahlend an der Rezeption berichtet hatte, dass ihr Mausi sich in der Lage fühle, dieses weihnachtliche Menü zu genießen. Lukas wusste nicht, wie Benita den Heiligabend verbringen würde. Er hatte sie nicht gefragt. Aber er vermutete, dass sie mit ihrem Mann in der Suite essen würde. Sicherlich wollten sie sich ein Menü kommen lassen. Er hoffte, dass sie ihn nicht mit einem Geschenk überraschen würde. Falls doch, hatte er sich in der Parfümerie des Schiffs einen teuren Duft besorgt, den er hervorzaubern konnte, sollte Benita mit einem Aftershave oder neuen Socken ankommen. Letzteres glaubte er allerdings nicht, denn das hätte ihm Maria schon verraten.

Im Theatrium fand nun die Bescherung der Kinder statt. Alle Eltern hatten ein Geschenk abgegeben, und Peter, der Laundry-Master, der die richtige Statur dafür besaß, spielte den Weihnachtsmann und überreichte die Geschenke. Lukas fragte sich, ob es ihm als Kind gefallen hätte, den Heiligen Abend so zu verbringen, und schüttelte sich leicht. Nein, das war kein Heiligabend. Eigentlich verstand er gar nicht, dass Eltern ihren Kindern so was antaten. Zum Weihnachtsfest gehörten doch die Vorbereitungen, das Plätzchenbacken, die Adventskerzen, die Heimlichkeiten, das Gucken durchs Schlüsselloch, das Weihnachtsessen, das die Mutter zubereitete, der gemeinsame Kirchgang, das Getuschel mit den Freunden. Und natürlich der Weihnachtsmann, aber niemals hätte Lukas ihn sehen wollen. Nein, der Weihnachtsmann durfte nur eine Gestalt im Herzen eines Kindes sein, ein Bild, das dort seinen Platz hatte, aber niemals durfte er Fleisch und Blut annehmen. Doch Lukas hatte sich in diesem Fall nicht durchsetzen können, hatte es aber auch gar nicht ernsthaft versucht. Die Event-Abteilung hatte klipp und klar erklärt, dass ein Weihnachtsmann hermusste, auf die Bühne, flankiert von einem Rauschgoldengel, den der weibliche Crew Purser spielen würde, die lange blonde Locken hatte.

Lukas kehrte in die Offiziersmesse zurück, nachdem er noch einen Besuch auf der Brücke gemacht hatte. Der Erste Offizier war auf Posten, es war alles in bester Ordnung. Leon hatte dafür gesorgt, dass der Tisch in der Offiziersmesse, den Lukas für seine Familie hatte reservieren lassen, festlich gedeckt wurde. Gegen acht sollte serviert werden, um sieben waren alle versammelt und ließen sich einen Aperitif reichen. Lukas lächelte jeden von ihnen herzlich an, auch Emily, die eigentlich gar nicht zur Familie gehörte. Noch nicht! Er hatte sich auch an sie gewöhnt und keinen Moment gezögert, sie zu diesem Familien-Weihnachtsessen einzuladen. Vermutlich hatte Maria recht, und Emily würde über kurz oder lang zu den Jantzens gehören.

Die Vorspeise war ein Matjes-Tartar, das Lukas liebte. Beim Zwischengang, einem Himbeer-Sorbet, wurde er ruhiger. Jonas und Emily waren guter Dinge, auch Lisa hatte noch kein einziges Mal von ihren Eltern oder dem verschwundenen Passagier gesprochen. Diesmal schien alles gut zu gehen.

Von dem Gespräch, das Jonas und Emily leise miteinander führten, während Maria mal wieder von einem Lebensabschnitt erzählte, der alle anderen erheiterte, bekam er nur zufällig etwas mit. Oder vielmehr ... ließ ihn ein Satz aufhorchen.

»Hast du Nathalie heute gesehen?«, fragte Emily. »Sie sieht so anders aus. Beinahe hätte ich sie nicht erkannt.«

Lukas musste erst ein paar Gedankensprüngen folgen, bis er begriff, wen Emily meinte. Nein, sie konnte nicht von der Nathalie Teichler sprechen, die er kennengelernt hatte, die hatte sich ja Alexandra Helbing genannt. Wenn Emily von Nathalie sprach, dann musste sie ... Lukas erstarrte. Ja, dann musste sie Alexandra Helbing gemeint haben.

Er fuhr so schnell zu Emily und Jonas herum, dass die beiden regelrecht erschraken. »Nathalie Teichler?«, fragte er. »Das ist doch ...«
Er brach ab und hoffte, dass einer der beiden diesen Satz vollendete.

Emily tat ihm den Gefallen. »Sie ist mit ihrer Freundin auf der *Soleil*. Die Freundin ist schrecklich.«

»Heißt sie Alexandra?«

Jonas sah seinen Onkel überrascht an. »Richtig! Kennst du sie?« Er lachte ausgelassen. »Überleg dir deine Antwort genau. Wenn man als Mann diese Dame näher kennt, hat man schnell einen schlechten Ruf.«

Lukas sagte nichts dazu. Er sah Barbara an und merkte, dass auch sie sofort durchschaut hatte, was sie soeben erfahren hatten. Alexandra hatte mit ihrer Freundin die Rollen getauscht. Aber sie hatte keine andere Reise angetreten, sie war auf der *Soleil* geblieben. Nathalie Teichler hatte sich Alexandra Helbing genannt, folglich war Alexandra Helbing als Nathalie Teichler auf der *Soleil*.

Lukas stand auf und verließ die Offiziersmesse, was niemand beachtete. Das nächste Telefon, das er sah, nahm er zur Hand und rief die Rezeption an. Ein kurzes Telefonat mit Tobias Tiedemann sorgte für Klarheit. Ja, auf der Passagierliste stand der Name Nathalie Teichler.

Als er zurückkehrte, traf er Barbara vor der Tür an. Sie hatte augenscheinlich dort auf ihn gewartet. Er nickte nur, griff nach ihrer Schulter und schob sie in den Raum zurück. »Lass uns bei Gelegenheit in Ruhe darüber reden«, raunte er ihr zu.

Gemeinsam kehrten sie zurück, ohne dass jemandem ihre kurze Abwesenheit aufgefallen war. Doch! Eine Person sah ihnen mit einem Gesichtsausdruck entgegen, den Lukas kannte. Seine Schwester Maria hatte offenbar erkannt, dass es etwas gab, das geheim bleiben sollte. Sie hatte ja einen siebten Sinn für so was. Oder ... wusste sie mal wieder mehr als er? Hatte sie in ihrem Bordshop, der ein Umschlagplatz für Neuigkeiten zu sein schien, etwas mitbekommen, was ihm auf der Brücke niemals zugetragen werden würde?

Er hatte keine Gelegenheit, länger darüber nachzudenken. Das Hauptgericht wurde serviert. Und zum Glück hatte er das Fleisch immerhin probieren und für ausgezeichnet befinden können, als

Leon hereinkam. Seine Miene zeigte Lukas sofort, dass etwas geschehen war, das er wissen musste. Weihnachten hin oder her! Auch sein Familientreffen war in diesem Fall offenbar nicht wichtig genug.

Lukas stand auf und ging auf den zaudernden Leon zu. »Was ist los?«, fragte er flüsternd.

Leon sprach genauso leise. »Der Earl of Chiswick ist soeben eingetroffen.«

Maria

Ich habe den Earl of Chiswick sofort erkannt, und ich war nicht die Einzige. Wer ihn sah, wurde auf ihn aufmerksam, vor allem die Frauen. Sein Gesicht war ja mittlerweile in ganz Deutschland bekannt. Immerhin hatte er mal ein viel beachtetes Verhältnis mit einem Top-Model, und eine beliebte deutsche Schauspielerin war sogar eine Weile seine Verlobte genannt worden. Während dieser Zeit war sein Bild durch die Yellow Press gegangen, nicht selten mit dem Zusatz »Begehrter Junggeselle«. Dass die Chiswicks verarmt waren, machte erst später die Runde und war womöglich, so wurde oft gemutmaßt, der Grund dafür, dass die Schauspielerin die Verlobung löste. So interessant seine Nähe zu Prinzessin Kate und Prinz William auch sein mochte, wenn man sonst nichts vorzuweisen hatte als einen Landsitz, der dringend renoviert werden muss, ist das dann doch keine so attraktive Zukunftsperspektive.

Godric Earl of Chiswick stand in der Nähe der Rezeption, mit dem Rücken zu den Passagieren, die dort noch am Heiligabend etwas zu regeln hatten. Aber nicht, um den Ausblick auf den Hafen zu genießen, sondern um zu verhindern, dass er angesprochen wurde. Sogar von hinten war zu erkennen, dass er ein attraktiver Mann war. Die Kombination, die er trug, saß perfekt, der Hemdkragen war trotz der langen Reise noch makellos, seine Haare waren nicht verschwitzt, seine Haltung war untadelig und die Hand, mit der er sich am Fensterrahmen abstützte, sauber manikürt.

Woher ich das weiß? Was denken Sie! Ich bin natürlich hinter Lukas und Barbara hergelaufen. Meinen Sie, ich lasse mich von den beiden abhängen, wenn irgendwas Aufsehenerregendes geschieht? Ich konnte mir ja denken, worum es ging. Und da Lukas und Barbara keine Ahnung haben, was ich weiß, kamen sie natürlich auch nicht auf die Idee, mich dazuzubitten, als sie auf den Earl of Chiswick zugingen. Dass ich hinter ihnen war, merkten sie erst, als Lukas sich selbst und seine Schwester Barbara vorgestellt hatte, ich mich zwischen die beiden drängte und dem Earl ebenfalls meine Hand reichte. »Maria Liebermann. Ich bin auch eine Schwester des Kapitäns.«

Dass Lukas mich wütend anfunkelte und Barbara sogar die Augen verdrehte, übersah ich geflissentlich. Es war mir völlig egal. Hätten Sie an meiner Stelle auf diese Sensation verzichtet? Na also! Ich auch nicht.

Der Earl sprach perfekt Deutsch, er war auf ein Internat in Bayern geschickt worden, weil seine Mutter deutsche Vorfahren hatte. Sein Lächeln war so perfekt wie seine Sprachgewandtheit, seine Umgangsformen waren es natürlich ebenso. Obwohl er nach der langen Reise nicht frisch rasiert war und sehr müde aussah, hatte er seinen Stil bewahrt. Ein toller Mann! Und so einen wollte Alexandra Helbing eventuell nicht heiraten? Das zu verstehen, machte mir Mühe.

Der Earl entschuldigte sich für sein unerwartetes Erscheinen und drückte sein Bedauern darüber aus, dass er womöglich bei den Weihnachtsfeierlichkeiten störte. »Die Reise war sehr lang. Als ich sie antrat, war mir gar nicht klar, dass ich am Heiligen Abend hier ankommen würde. München, Dubai, Sydney, Fidschi ... das dauert. Ich hatte mehrere stundenlange Zwischenaufenthalte. Ich hoffe, auf der *Soleil* ist überhaupt eine Kabine für mich frei.«

Lukas behauptete, der Earl störe kein bisschen, Barbara stimmte ihm zu, und ich kann mich nur wundern, wie bereitwillig die Menschen lügen, wenn sie von einem gut aussehenden englischen Adeligen quasi dazu aufgefordert werden. Wie sagte meine Mutter immer?« »Wie du kommst gegangen, so wirst du auch empfangen.« Tja, da hatte sie wirklich recht.

Lukas bugsierte den Earl in das Büro hinter der Rezeption, schob Barbara mit hinein und versuchte, mir die Tür vor der Nase zuzudrücken. Aber da hatte er nicht mit meiner Beharrlichkeit gerechnet. Nun hatte ich mich dem Earl vorgestellt, nun wollte ich von dem Rest auf keinen Fall ausgeschlossen werden.

Er ließ sich auf dem Schreibtischsessel nieder, Lukas und Barbara davor auf zwei kleinen Besucherstühlen, mir blieb nur ein Aktenregal, an das ich mich lehnen konnte. Der Earl bemerkte es und machte doch tatsächlich Anstalten, mir den Schreibtischstuhl zu überlassen. Man stelle sich das vor! Das aber konnte und wollte Lukas nicht auf sich sitzen lassen, räumte den Besucherstuhl für mich und lehnte sich nun seinerseits an das Regal, obwohl er mir mit einem scharfen Blick zu verstehen geben wollte, dass ich in diesem Raum überflüssig war. Und das nicht nur wegen der unzureichenden Sitzmöglichkeiten.

Der Earl begann vorsichtig zu reden. »Sie wissen vermutlich von Herrn Helbing, worum es geht.«

Lukas und Barbara nickten und äußerten sich nicht. Ich nickte ebenfalls, hätte gerne etwas gesagt, hielt es aber für besser, mich zurückzuhalten.

»Er hat mich angerufen, weil Alexandra angeblich entführt worden ist. Dann wieder hat er mich angerufen, sie sei doch nicht entführt worden, sondern nur verschwunden. Und dann wieder hat er mich angerufen, um mir zu sagen, ich solle mich nicht aufregen, er würde sie schon finden.« Er seufzte tief. »Da sollte ich mich nicht aufregen? Natürlich habe ich mich ganz fürchterlich aufgeregt. Ich bin in großer Sorge. Und bevor ich mich mit meinem zukünftigen Schwiegervater auseinandersetze, möchte ich lieber erst mal mit einem vernünftigen Menschen reden.« Er neigte sich Barbara und mir kurz zu und deutete eine Verbeugung an. »Beziehungsweise auch gerne mit mehreren Menschen, wenn sie die Sache weniger emotional betrachten.«

Lukas wand sich, als wüsste er nicht, was er preisgeben und was er besser für sich behalten sollte. Ich beschloss, mich nicht einzumischen. Eine Meisterleistung von mir! Finden Sie nicht auch? Aber ich konnte mir die Reaktion meines Bruders vorstellen, wenn sich herausstellte, dass ich mehr wusste als er und es nicht für nötig befunden hatte, ihn in Kenntnis zu setzen. Da konnte ich ihm noch so oft versichern, dass ich Alexandra Helbing versprochen hatte zu schweigen, er hätte es nicht akzeptiert. Und Barbara auch nicht.

Meine Schwester schwieg ebenfalls, hier war Lukas' Ansicht gefragt, er war der Kapitän. Und er machte seine Sache gut. Er gab genau das wieder, was er von Ron Helbing gehört hatte. Dieser hatte seiner Tochter einen Detektiv hinterhergeschickt, der mit einem Mal von der Bildfläche verschwand. Wie Helbing glaubte, weil er verhindern wollte, dass Alexandra entführt wurde, und dafür mit seinem Leben bezahlen musste. Zu seiner großen Erleichterung hatte er erfahren dürfen, dass Alexandra Helbing noch an Bord war, allerdings musste er dann feststellen, dass eine andere junge Frau unter dem Namen seiner Tochter eingecheckt hatte. Eine Freundin von Alexandra, die ihr ziemlich ähnlich sah. »Nathalie Teichler hat die Reise von Alexandra Helbing geschenkt bekommen. Sie selbst wollte sie nicht antreten.«

»Warum nicht?«, fragte der Earl entgeistert.

Dazu wollte sich keiner von uns äußern, obwohl wir alle etwas zu sagen gehabt hätten, ich sogar noch mehr als Lukas und Barbara.

Der Earl wischte sich über die Augen. »Ich brauche jetzt erst mal ein paar Stunden Schlaf. Bitte, sagen Sie Ron Helbing nichts davon, dass ich da bin. Ich möchte mich erst mit ihm auseinandersetzen, wenn ich mich dazu in der Lage fühle.«

Lukas stand erleichtert auf, ging zur Rezeptionstheke und sorgte dafür, dass dem Earl of Chiswick eine Kabine hergerichtet wurde. Natürlich sorgte er auch dafür, dass er sein Gepäck vor die Tür gestellt bekam, und wünschte ihm dann eine gute Nacht. Barbara und ich schlossen uns an und verabschiedeten uns ebenfalls. »Bis morgen!«

Alexandra

Gott sei Dank, der Heiligabend war vorüber. Nathalie hatte sogar dem Gottesdienst beigewohnt, der im Theatrium abgehalten wurde, und dann hatte sie sich natürlich die Weihnachts-Gala angesehen. Alexandra dagegen war in ihrer Innenkabine geblieben. Nicht nur, damit sie ihrem Vater nicht über den Weg lief, sondern auch, weil es zu ihrer Stimmung passte, dieses Dunkle, Lichtlose. Nein, sie wollte nicht Weihnachten feiern, sie wollte überhaupt nicht feiern, ein Fest, das mit so vielen Emotionen beladen war wie Weihnachten, schon gar nicht. Außerdem musste sie in Ruhe nachdenken. Zu blöd, dass Nathalie ihrem Vater nicht auf den Zahn gefühlt hatte. Ja, er hatte tatsächlich einen Schnüffler auf sie angesetzt, das wusste sie nun genau. Aber der sollte urplötzlich verschwunden gewesen sein? Das war neu. Mehr hatte Nathalie nicht herausbekommen, oder vielmehr … sie hatte sich nicht tiefer in die Sache hineinziehen lassen wollen. Sie war aufgestanden und gegangen. Irgendwie konnte Alexandra sie sogar verstehen. Aber was hatte das alles nun zu bedeuten? Ein Privatdetektiv, der mit einem Mal abgetaucht war und keine Berichte mehr über sie geliefert hatte? Also war es nicht Jonas gewesen und Emily auch nicht.

Alexandra dachte lange nach, bis ihr wieder der kleine, unscheinbare Mann in den Sinn kam, den sie anfangs des Öfteren in ihrer Nähe bemerkt hatte. Wo war er geblieben? Den hatte sie lange nicht gesehen.

Sie erhob sich, setzte die neue Schirmmütze auf, verdeckte ihre

Augen mit der riesigen Sonnenbrille und hüllte sich in den schrecklichen schwarzen Kaftan, wie sie das Kleid nannte, das Maria Liebermann ihr verkauft hatte. Zwei Nummern zu groß, wenn nicht drei. Sie musste etwas tun, in der Innenkabine hielt sie es sowieso nicht den ganzen Tag aus, und in die Panoramakabine traute sie sich nicht mehr. Man wusste ja nie, wer bei Nathalie auftauchte, um sie über ihre Freundin Alexandra zu befragen. Am besten, sie ging in den Bordshop und beriet sich mit Jonas' Mutter.

Aber dort war viel los. Maria Liebermann war anzusehen, dass sie schon seit Stunden in Hektik war. Ihre Frisur wirkte, als hätte sie nach dem Aufstehen das Kämmen vergessen, und ihr Rock saß schief, der Reißverschluss auf der linken Hüfte, wo er garantiert nicht hingehörte. Alexandra lächelte. Sie mochte genau das an Jonas' Mutter besonders gern. Sie nahm sich nicht so wichtig und kümmerte sich lieber um andere als um sich selbst. Gerade ließ sie sich auf den Knien nieder, um für eine anspruchsvolle Kundin im unteren Schuhregal nach der richtigen Größe zu suchen. Vermutlich würde sie gleich mit einer Laufmasche am Knie wieder aufstehen, es aber nicht einmal bemerken.

Alexandra machte kehrt. Mit Maria Liebermann zu reden, war aussichtslos. Sie würde darauf warten müssen, dass das erste Restaurant seine Türen für das Mittagessen öffnete. Dann veränderten sich die Interessen der Passagiere meist schlagartig.

Alexandra duckte sich automatisch, während sie zu den Treppen ging. Sie machte sich klein, wo sie sich vorher selbstbewusst gereckt hatte, richtete den Blick auf ihre Füße, während sie bisher stolz und froh alle anderen angesehen hatte. Aber ihre Verkleidung funktionierte. Sie merkte, dass niemand ihr Beachtung schenkte oder sie gar erkannte. Sie war gekleidet und zurechtgemacht wie jemand, der nicht auffallen wollte, also fiel sie nicht auf. Alexandra hatte gar nicht gewusst, dass es so einfach war, nicht beachtet zu werden, oder aber auch so einfach, sich von einem unscheinbaren

Sperling in einen bunt schillernden Papagei zu verwandeln. Es kam nur auf das Gefieder an und darauf, wie man es präsentierte.

Sie ging in die Symphonie-Bar, aber dort war nichts los. Wenn nur wenige Passagiere dort saßen, wirkte der große Raum immer dunkel und kühl. Alexandra ging weiter, durch eine der Glastüren, die in die Lounge führten, die sich über die ganze Breite des Hecks erstreckte. Gemütliche Sitzecken unter der Verglasung gab es dort, es war hell und behaglich. Mehrere Paare saßen auf den weichen Sofas, lehnten sich aneinander, redeten leise miteinander. Andere saßen schweigend da oder lasen, es war eine beschauliche Atmosphäre, sehr hell, aber dennoch lauschig.

Auf einem der Sofas saßen zwei Männer, ein junger und ein älterer. Auch sie redeten miteinander, so leise wie die anderen, aber intensiv und eindringlich. Sie plauderten nicht, sie besprachen etwas. Alexandra starrte auf die beiden breiten Rücken, einer schon ein wenig gebeugt, der andere muskulös und kräftig. Der Anblick berührte etwas in ihr. Der gebeugte Rücken mit den braunen Leberflecken im Nacken war ihr vertraut, der kräftige junge Rücken ebenfalls, aber auf ganz andere Weise. Ihr war mit einem Mal, als würde sie beide kennen, hätte sie aber noch nie so gesehen und als wären sie ihr deswegen fremd.

Und mit einem Schlag wusste sie es. Sie hatte ihren Vater und Godric bisher immer nur bei offiziellen Anlässen zusammen gesehen, beide im Smoking oder dunklen Anzug, und immer voreinander stehend, selten nebeneinander, höchstens, wenn sie gemeinsam etwas betrachteten, ein Gemälde, eine Vorführung. Diese Verbundenheit, die Einigkeit, die sie ausstrahlten, hatte sie vorher nie erlebt. Und sie hatte so etwas auch nicht für möglich gehalten. Ihr Vater war immer voller Hochachtung gewesen, hatte sich immer sehr respektvoll verhalten, wenn er mit den Chiswicks zu tun hatte, schon deswegen wären Vertraulichkeiten undenkbar gewesen. Jetzt aber stand sie vor ihren Augen, diese Vertraulichkeit.

Alexandra ließ sich in der Nähe nieder. Sie war sicher, dass sie unbemerkt bleiben würde, denn die beiden waren sehr aufeinander konzentriert. Sie hatten nur Augen füreinander und Ohren ausschließlich für das, was der andere zu sagen hatte.

Alexandra drehte den Kopf in ihre Richtung, schob das linke Ohr vor und konnte, als sie sich konzentrierte, hören, was die beiden miteinander sprachen.

»Ich habe es doch nur gut gemeint«, sagte ihr Vater. »Seit Alex auf der Welt ist, habe ich Angst vor einer Entführung.«

Godrics Stimme war ganz ruhig, dunkel und weich, wie Alexandra sie mochte. Manchmal redete sie gerne mit ihm, nur um seine Stimme zu hören. »Sie hat das immer anders beurteilt. Alexandra hat sich von dir stets kontrolliert gefühlt.«

»Was für ein Unsinn!« Ärgerlich stieß Ron Helbing diesen Satz hervor, dennoch blieb seine Stimme leise. »Es geht mir nur um ihre Sicherheit. Deswegen habe ich mich auch von ihrer Drohung nicht einschüchtern lassen.«

»Drohung?« Godric lachte leise. »Womit hat sie dir gedroht?«

»Dass ich sie nicht zum Altar führen darf, wenn ich es wage, ihr einen Schnüffler hinterherzuschicken.«

Nun lachte Godric heftiger, wenn auch immer noch leise. Alexandra konnte im Augenwinkel sehen, wie seine Schultern zuckten. »Du bist ein großes Risiko eingegangen.«

»Ich hatte kein Verständnis für ihren Wunsch, diese Weltreise zu machen. Dass du das akzeptiert hast!«

Godric seufzte. »Was blieb mir anderes übrig? Die Frau, die ich heirate, muss wissen, was sie tut. Du kennst die Ansprüche in meinen Kreisen, Ron. Meine Frau muss wissen, was sich gehört, wie sie sich kleidet, wie sie sich benimmt. Das alles kann sie nur, wenn sie es will. Alexandra muss noch vieles lernen, das schafft sie, wenn sie mit vollem Herzen dazu bereit ist. Aber nur dann.«

Ron Helbing brummelte etwas, was Alexandra nicht verstehen

konnte. »Das Geld für die Renovierungsarbeiten habe ich übrigens schon lockergemacht«, hörte sie dann.

»Danke. Ich bin wirklich froh darüber. Meine Eltern machen mir schon lange die Hölle heiß. Ich soll endlich eine reiche Erbin heiraten.« Er hielt erschrocken inne. »Nicht dass du denkst, Ron, ich liebe deine Tochter nicht. Doch, doch, ich liebe sie, von ganzem Herzen.«

Ron Helbing winkte ab. »Schon gut. Ich glaube dir.«

Ein kurzes Schweigen senkte sich über die beiden. Godric seufzte leise, Ron Helbing räusperte sich.

»Du weißt aber auch nicht, wo sie ist?«, fragte er schließlich.

»Nein, es war zwischen uns verabredet, dass wir keinen Kontakt haben während dieser vier Monate. Das habe ich eingesehen. Wie soll sie in Ruhe über unsere Verbindung nachdenken, wenn ich sie währenddessen beeinflusse? Ich weiß ja, dass sie sich für mich entscheiden wird. Wäre ich nicht so sicher, könnte ich nicht so ruhig sein.«

Ron Helbings Stimme veränderte sich. Alexandra konnte sich nicht erinnern, ihn schon einmal so kleinlaut gehört zu haben. »Fred Alswede hat mir fürchterliche Dinge berichtet. Angeblich hat Alexandra hier sämtliche Männer angemacht und sich jeden Abend betrunken. Sie soll sogar einmal nur mit sanfter Gewalt davon abgehalten worden sein, einen Striptease auf dem Tisch zu machen. Alswede hat Fotos geschickt, obwohl ich keine haben wollte. Wenn die in falsche Hände geraten! Sie waren sehr verschwommen, von Weitem aufgenommen. Heute weiß ich, dass es sich dabei gar nicht um Alex gehandelt hat, sondern die Bilder Alex' Freundin zeigen.«

»Und die hat diese Show inszeniert, weil Alex wissen wollte, ob du sie wirklich überwachen lässt. Ihr war klar, wenn du darauf reagieren würdest, dann war der Beweis erbracht.«

Es entstand ein Moment der Stille zwischen ihnen. Alexandra

stellte sich vor, dass ihr Vater nun ein Taschentuch aus seiner Jacke zog und sich die Stirn abtupfte.

»Aber eins verstehe ich nicht«, hörte sie Godric sagen. »Wenn es dir hauptsächlich darum zu tun war, eine Entführung zu verhindern, warum hat der Detektiv dann solche Recherchen angestellt? Oder ... ging es dir vielleicht doch darum, das gute Benehmen deiner Tochter zu überprüfen?«

Alexandra saß nun kerzengerade. Genau! Godric hatte recht! Gerade noch war sie fast so weit gewesen, ihrem Vater zu verzeihen, weil er nichts anderes im Sinn gehabt hatte, als ihre Entführung zu verhindern. Aber dann hätte der Detektiv nichts von Nathalies Entgleisungen zu berichten und auch keine Fotos von ihrem unmöglichen Betragen zu schicken brauchen. Dann hätte er einfach nur darauf aufpassen müssen, dass in ihrer Nähe nichts Verdächtiges geschah.

»Über deine Sorge hättest du auch mit ihr reden können.«

»Dann hätte sie doch nur Angst bekommen.«

»Angst vor einer Entführung?«

»Das wollte ich nicht.«

Godric räusperte sich. »Ich glaube, du sagst mir nicht die Wahrheit, Ron. Alex lag mit ihrem Verdacht genau richtig. Aber ich verstehe dich. Und ich finde es großartig, dass du ein Auge auf meine Kleine haben wolltest. Sie wollte sich deiner Kontrolle entziehen, und das darf in diesem Fall nicht sein. Du hast das richtig erkannt. Wenn sie die Nachfolge in deiner Firma antreten wollte, wäre es egal. Aber eine zukünftige Lady Chiswick muss sich damit abfinden, dass sie nicht machen kann, was sie will.«

Ron Helbings Stimme klang sehr zufrieden. »Du willst also auch wissen, wo sie ist?«

»Natürlich.« Diese Antwort kam prompt. »Und ich erwarte, dass es sich bald herausstellen wird. Wenn publik wird, dass meine Braut vor der Hochzeit verschwunden ist und niemand weiß, wohin –

dann …« Er zog die Ergänzung seines Satzes bedeutungsvoll hinaus. »… dann muss ich mir die Sache noch mal gründlich überlegen. Das musst du bitte verstehen, Ron. Ich kann mir nichts leisten, was dem Ruf meiner Familie schadet.«

Helbings Stimme wurde aufgeregt, er sprach jetzt lauter, als er eigentlich wollte. »Und warum bist du auch gekommen?«

Nun klang Godrics Stimme sehr müde. »Ich kann so eine Sache nicht dem Zufall überlassen.«

Alexandra stand leise auf und sah sich nicht um, als sie die beiden allein ließ. Die Tür, die von der Lounge zurück in die Symphonie-Bar führte, schwang fast geräuschlos auf und wieder zu. Von dem Paar, das an einem der Fenster saß, wurde sie nicht bemerkt. Die beiden führten ein intensives Gespräch und hatten nur Augen und Ohren füreinander. Jonas und Emily! Sie passten gut zusammen. Wenn sie sich aneinanderschmiegten, formte ein Körper den anderen nach, und wenn sie leise lachten, so wie jetzt, bildeten ihre Stimmen einen schönen Klang.

Alexandra ging auf die Theke zu und bestellte sich ein Glas Champagner. Der Entschluss, den sie gerade gefasst hatte, musste gefeiert werden.

Jonas

Mystery Island, 26.12.

Jonas küsste Emily ausgiebig. Als er von ihr abließ, war sein Gesicht ernst. »Leon hat sich gerade gemeldet. Vico Irion hat sich ausgeloggt. Liane Reich ebenfalls. Die beiden werden gleich ein Tenderboot besteigen. Es scheint Irion besser zu gehen.«

Emily war überrascht. »Er hat keinen Ausflug gebucht?«

»Viele fahren auf eigene Faust nach Mystery Island rüber. Die Strände sind herrlich. Und man kann die Insel zu Fuß umrunden. Das muss wunderbar sein.«

»Wie willst du vorgehen?«

Jonas war erkennbar nervös. »Mal sehen, was er vorhat. Wenn er sich mit seiner Freundin an den Strand legt oder schnorcheln will, wird es leicht sein, ihn im Auge zu behalten. Wenn er den berühmten Spaziergang um die Insel macht, muss ich aufpassen.«

»Gibt es gute Verstecke auf Mystery Island?«

Jonas war nicht sicher. »Die Insel ist unbewohnt. Aber es gibt viele Händler, die regelmäßig von Aneityum zur Mystery Island übersetzen, um dort ihre Waren zu verkaufen. Immer wenn ein Kreuzfahrtschiff anlegt, werden Souvenirs angeboten.«

»Du meinst, so ein Händler könnte Irions Komplize sein?«

»Warum nicht?«

Emily wurde sehr nachdenklich. »Die Insel ist vermutlich sogar ideal dafür.«

»Das finde ich auch.« Jonas spürte etwas, das ihm nicht gefiel, ein Kribbeln, das seinen Rücken überzog, eine Kurzatmigkeit, von der er wusste, dass sie Angst hieß. Er musste vorsichtig sein, sehr vorsichtig. »Ich glaube, es ist so weit.« Wenn Irion ihn bemerkte, war sein Leben nicht mehr viel wert. Vico Irion war brutal, er würde sich die Millionen nicht nehmen lassen.

Emily sah mit einem Mal sehr entschlossen aus. »Ich komme mit.«

»Aber deine Schulter …«

»Als Paar sind wir unverdächtiger.«

Jonas wollte sie von ihrem Vorhaben abbringen, aber er merkte auch, wie gut es ihm tun würde, Emily in seiner Nähe zu wissen. »Wir müssen uns beeilen. Zwar sollten wir nicht im selben Boot wie Irion und Liane sitzen, aber das nächste müssen wir unbedingt erreichen. Zum Glück ist die Insel sehr übersichtlich. Selbst wenn die beiden sofort losmarschieren, müssten wir sie finden können. Ein Sandweg führt um die Insel herum. Im Inneren ist sie kaum zugänglich.« Er ging zur Tür und blickte zurück. »Bist du schon fertig?«

Emily nickte. »Ja, wir können los.«

Auf Deck 3 war viel Betrieb. Wie immer, wenn getendert wurde. Barbara erschien fast gleichzeitig mit Emily und Jonas. »Wollt ihr auch auf die Insel?«

Jonas bedachte sie mit einem Blick, den sie sofort verstand. »Er setzt gerade über«, sagte er flüsternd und nickte zu dem Tenderboot, das gerade losgefahren war. »Zusammen mit seiner Freundin.«

In diesem Augenblick stieg der Kapitän aus einem der Aufzüge. Als er sie sah, kam er mit großen Schritten auf sie zu. Er sah Jonas fragend an. »Leon hat dir schon Bescheid gesagt?«

Jonas nickte. »Emily kommt mit, das wirkt unverdächtiger.«

Lukas stimmte ihnen zu. Dann blickte er Barbara an, und Jonas begriff, dass seine Tante nicht nach Mystery Island übersetzen wollte, um zu baden oder zu schnorcheln. Sie war von ihrem Bruder gebeten worden, ein Auge auf den Neffen zu haben. Jonas ärgerte sich darüber, war aber gleichzeitig derart erleichtert, dass er so tat, als bemerke er es nicht. Denn natürlich hätte er jede Art von Unterstützung strikt von sich weisen müssen, wenn er sein Gesicht wahren wollte. Stattdessen kümmerte er sich um Emily, die nur ihren rechten Arm benutzen konnte und bei vielen Dingen auf Hilfe angewiesen war. Die ließ er ihr nun derart ausgiebig angedeihen, dass sie die Herrschaft über ihre Tasche verlor, die ihr von der Schulter rutschte und zu Boden fiel. Lukas war der Erste, der zugriff, hob die Tasche auf und kümmerte sich auch um die Dinge, die herausgerutscht waren, Emilys Portemonnaie, eine Packung Papiertaschentücher, ein Lippenstift und eine durchsichtige Plastikhülle mit Fotos.

Lukas wollte alles zurückstecken, als er plötzlich stutzte. Ungläubig nahm er die Hülle in die Hand, führte sie dichter vor seine Augen und starrte das obere Bild an.

Emily hielt ihm die Hand hin, wollte ihre Tasche und deren Inhalt wieder an sich nehmen und sah Lukas fragend an. »Ist was?«

Er blickte nun auf, und in seinen Augen stand ein so ungläubiges Staunen, dass Emily die Hand wieder sinken ließ. »Wer ist das?«, fragte er.

»Meine Mutter«, gab Emily zur Antwort.

»Dorothee Betz.«

»So hieß sie früher, vor ihrer Ehe.« Emily lächelte. »Sie kennen meine Mutter?«

Nun war auch Barbara näher getreten und betrachtete das Bild aufmerksam. Aber sie schwieg, als wollte sie sich nicht einmischen.

»Das ist lange her«, sagte Lukas mit rauer Stimme. »Sehr lange.«

Emily lächelte. »Sie hat ein Reisebüro. Und mit der Reederei der *Soleil* arbeitet sie viel zusammen. Vermutlich kennen Sie sich daher.«

Wortlos reichte er ihr das Foto zurück, drehte sich um und ging davon. Verdutzt schaute Emily ihm nach, und auch Jonas schien sich zu wundern. Aber da das nächste Tenderboot anlegte, vergaß er das seltsame Verhalten seines Onkels schnell wieder. Fürsorglich half er Emily beim Einsteigen und stellte anschließend fest, dass sich auch seine Tante merkwürdig benahm. Einen Moment lang wirkte es sogar so, als wollte sie ihren Entschluss, nach Mystery Island überzusetzen, rückgängig machen. Aber dann gab sie sich einen Ruck und bestieg hinter ihnen das Boot. Dass sie sehr schweigsam war, fiel Jonas auf, und auch, dass sie Emily immer wieder von der Seite betrachtete. Aber da seine Gedanken sich auf das richteten, was vor ihm lag, ließ er weitere Fragen nicht an sich herankommen.

Er blickte dem Steg entgegen, an dem das Tenderboot anlegen würde, sah viele Passagiere der *Soleil* dort stehen, und sie hörten Musik, kaum dass sie das Schiff verlassen hatten. Ein paar Einheimische saßen am Ende des Stegs und empfingen alle Ankommenden mit Melodien, die sie auf ihren einfachen, zum Teil improvisierten Instrumenten spielten. »My Bonnie is over the ocean ...« Sie hatten offenbar ihr Repertoire den Brauchtümern der Gäste angepasst.

Jonas sah sich vorsichtig um. Von Vico Irion und Liane Reich war nichts zu sehen. Viele Passagiere richteten sich ein Plätzchen am Strand ein, suchten sich eine schattige Stelle, breiteten die mitgebrachten Handtücher aus und stärkten sich mit frischem Wasser. Einige waren aber auch schon zu dem Spaziergang aufgebrochen, der um die Insel herumführte. Ob Vico Irion dafür schon wieder fit genug war? Immerhin war es eine Wanderung von einer Stunde, in der Hitze sicherlich ziemlich anstrengend für jemanden, der gerade erst eine Gehirnerschütterung überstanden hatte. Für seine Freundin ebenfalls, die natürlich wieder mit Schuhen losgezogen war, die alles andere als geeignet für den sandigen Weg waren. Sie lernte es einfach nicht ...

Jonas griff nach Emilys linker Hand. »Rechtsrum oder linksrum?«

Sie zuckte mit den Schultern. »Entweder folgen wir ihnen, oder wir begegnen ihnen auf der Hälfte.«

Barbara mischte sich ein. »Ihr geht rechtsrum, ich links. Dann kann nichts passieren. Am besten, wir gehen zügig, damit wir ihn bald in den Blick bekommen. Wir sollten ihn die ganze Zeit im Auge haben. Um das Geld aus einem Versteck zu holen, reichen wenige Minuten.« Sie blickte auf die Uhr. »Wenn ich den Weg gegangen bin, sind das fünftausend Schritte. Viertausend habe ich heute schon auf dem Jogging-Parcours gemacht. Dann bekomme ich zehntausend zusammen.«

Mystery Island

Mystery Island ist eine grün schimmernde Perle im türkisfarbenen Wasser des Südpazifiks. Ein Kleinod inmitten einer prächtigen Unterwasserwelt, umrahmt von traumhaften weißen Sandstränden. Niemand wohnt in dieser Herrlichkeit. Gäbe es nicht den Flughafen mit seiner insellangen Graspiste, der von den Amerikanern im Zweiten Weltkrieg angelegt wurde, könnte man meinen, Mystery Island sei einfach vergessen worden, als kleine unbedeutende Nebeninsel von Aneityum, die keinen Kilometer weit entfernt liegt und alles Geschäftige auf sich zieht. Mystery Island, die geheimnisvolle Insel, heißt eigentlich Inyeug und hat ihren Beinamen vielleicht deshalb erhalten, weil sie trotz ihrer Schönheit von niemandem zum Wohnsitz auserkoren wurde. Gäbe es die Kreuzfahrtschiffe nicht, die vor Mystery Island vor Anker gehen, wäre die Insel vielleicht wirklich vergessen worden. So aber wird sie regelmäßig besucht, von Touristen, die tauchen und schnorcheln wollen, denn die Unterwasserwelt um Mystery Island herum ist einzigartig.

Von der *Soleil* waren viele Passagiere mit Tenderbooten an Land gekommen und standen dann eine Weile da und betrachteten das aus der Nähe, was schon von der Reling aus so wunderbar ausgesehen hatte. Sonnengelb, schneeweiß und türkis, drei Farben mit Symbolkraft! Sie standen für Freiheit, für Reisezeit, Leichtigkeit, Unbeschwertheit. Und Mystery Island hatte diese Farben im Übermaß zu bieten.

Die Bewohner von Aneityum wissen, wann ein Kreuzfahrtschiff

erwartet wird. Dann beladen sie ihre Boote, setzen nach Mystery Island über und packen dort alles aus, was sie auf ihrem kleinen Markt anbieten wollen: handgefertigten Schmuck, selbst gefärbte Kleidung und alle möglichen Souvenirs. Ein Renner ist zurzeit das Hair Braiding. Viele lassen sich so eine typisch melanesische Flechtfrisur machen. Und wer von den Einheimischen nichts zu verkaufen hat, empfängt die Kreuzfahrer mit Musik und erhält dafür so manchen Dollar.

Ein blauer Südseehimmel, übersät mit winzigen Wolkentupfern, spannte sich über die Insel, die flinken kleinen Tenderboote flitzten zwischen der *Soleil* und dem Anlegesteg hin und her. Viele richteten sich gleich in der Nähe ein, am oberen Rand des Strandes, wo es Schatten gab, andere machten sich auf den Weg, die Insel kennenzulernen, indem sie sie zu Fuß umrundeten. Als wäre damit auch das Innere, der undurchdringliche Kern der Insel, eingeschlossen und besetzt worden.

Vico Irion und Liane Reich waren losgegangen, unter Kokospalmen und schattenspendenden Bäumen hindurch, bis ein Stück des Weges vor ihnen lag, auf das die Sonne gnadenlos herunterbrannte. Bevor er diese zwanzig Meter angehen wollte, brauchte Vico Irion Kraft, indem er sich eine Weile im Schatten ausruhte. Den Strand mieden sie, Liane wegen ihrer Schuhe, die für das Laufen im weichen Sand ungeeignet waren, Vico Irion, weil er sich nicht gleichmachen wollte mit Leuten, die sich vor aller Augen auszogen und ihre körperlichen Unzulänglichkeiten präsentierten.

»Das ist nicht mein Stil«, hatte er zu Liane gesagt, die gerne ihren neuen Bikini und ihre gut operierten Brüste präsentiert hätte.

Vico Irion ließ sich auf einem Baumstamm nieder und wischte sich den Schweiß von der Stirn. Die Hitze war mörderisch, aber zum Glück ging ein leichter Seewind, der jedoch nicht überall hinreichte.

»Vielleicht hättest du doch auf Dr. Sauck hören sollen«, sagte Liane Reich zum soundsovielten Mal. »Er hat gesagt ...«

»Ich weiß, was er gesagt hat. Aber es wurde Zeit, dass ich mal wieder an die frische Luft komme.«

Daraufhin gab Liane Ruhe. Sie hatte ihre Pflicht getan, wenn ihr Mausi nicht auf sie hören wollte, konnte sie ihre Hände dennoch in Unschuld waschen. Diese Gedanken schienen hinter ihrer Stirn zu stehen, als sie die Augen schloss, den Kopf in den Nacken legte und ihr Gesicht der Sonne entgegenhielt.

Jonas' Handy vibrierte schon bald. »Ich habe ihn«, sagte Barbaras Stimme. »Er hat sich wohl eine Weile ausgeruht. Jetzt steht er auf und will offenbar weitergehen. Er scheint noch nicht wieder gut drauf zu sein.«

»In welche Richtung geht er?«

Barbara wartete eine Weile mit ihrer Antwort. »In meine«, sagte sie dann. »Ich könnte die beiden ansprechen. Was hältst du davon?«

Jonas zögerte. »Was weiß er von dir?«

Barbara dachte eine Weile nach. »Gar nichts«, meinte sie dann. »Glaube ich jedenfalls. Wenn ich mit ihnen zusammen weitergehe, falle ich vielleicht weniger auf, als wenn ich ihnen folge. Zwar laufen viele in diese Richtung, aber niemand so langsam wie Irion. Wenn ich mich seinem Tempo anpasse, kommt ihm das womöglich verdächtig vor.«

Jonas konnte sich nicht entscheiden. »Wie du meinst«, sagte er am Ende. Einer Polizeibeamtin, die es in Buenos Aires mit schweren Jungs aufgenommen hatte, konnte er schließlich vertrauen. Er griff nach Emilys linkem Arm, als er das Gespräch beendet hatte. »Komm, wir gehen ganz gemütlich links herum um die Insel. So wie viele andere auch. Dann fallen wir nicht auf.«

Wer immer ihnen entgegenkam, es waren Passagiere der *Soleil*. Gelegentlich blieben sie stehen und wechselten ein paar Worte mit Leuten, die sie während der Reise kennengelernt hatten. Emily wurde bedauert, dass sie in der Hitze diesen schrecklichen Verband tragen musste, und immer wieder gefragt, wie das Unglück geschehen sei. So kamen sie nur sehr langsam voran, was Jonas mehr und mehr nervös machte. Er wollte weiter, zügig, so bald wie möglich in die Nähe von Vico Irion kommen. Wäre er allein gewesen, hätte er jetzt zu joggen begonnen, aber mit Emily ging das natürlich nicht. Andererseits ... bei dieser mörderischen Hitze zu joggen, wäre wohl auch auffällig gewesen. Vermutlich hätten ihm alle nachgerufen, er solle aufhören damit, wenn er keinen Hitzschlag bekommen wolle ...

Barbara blieb eine Weile am Strand stehen, betrachtete all das Schöne, den weißen Sand, das türkisfarbene Meer und die *Soleil*, die majestätisch vor der Nachbarinsel ankerte und auf ihre Passagiere wartete. Ein weiteres Tenderboot kam an, womöglich saß Lisa darin. Sie wollte heute ihre Haare waschen und mit ihrer Mutter telefonieren, deswegen hatte sie sich ihnen nicht angeschlossen, wollte aber später nachkommen. Barbara war das sehr recht gewesen. Lisa war nicht eingeweiht, sie würde am Ende ganz unwissend etwas verraten, was Vico Irion alarmierte.

Sie hörte Liane in ihrem Rücken plappern, drehte sich irgendwann um und lächelte die beiden an. »Ist es nicht herrlich hier?«

Vico reagierte nicht auf ihre Frage, aber Liane bestätigte sie lauthals. »Einfach wunderbar! Ich wusste gar nicht, dass es so was wirklich gibt.« Sie hob das rechte Bein an. »Nur schade, dass man hier nicht gut laufen kann. Gibt's denn auf dieser Insel wirklich keine asphaltierte Straße?«

Barbara sah sie an, als hätte sie falsch gehört. »Haben Sie etwa keine bequemen Schuhe dabei? Nur diese hohen Hacken?«

»Ich konnte doch nicht ahnen ...«

Barbara hätte ihr gerne gesagt, dass sie sich vorher darüber hätte informieren können, aber sie unterließ es natürlich. »Es soll hier einen kleinen Markt geben«, sagte sie stattdessen. »Würde mich nicht wundern, wenn es dort Flipflops zu kaufen gäbe.«

»Meinen Sie wirklich?« Liane Reich sah an sich hinab. »Aber passen Flipflops überhaupt zu diesem Kleid?«

Sie trug eine Kombination aus kurzem, engem Rock und knappem Oberteil, der Rock war weiß, das Oberteil mit Applikationen verziert.

Nun meldete sich auch Vico Irion zu Wort: »Ist doch scheißegal. Ich habe dir gleich gesagt, du sollst dich vernünftig anziehen.«

»Aber Mausi ...!« Liane Reich war prompt den Tränen nahe.

»Du willst doch sonst immer so gerne, dass ich schick bin.«

Er wehrte ab, als wollte er dazu nichts sagen. »Ich muss zur Toilette.«

Liane sah sich um. »Aber ... ich glaube, hier gibt's gar keine.«

Doch Vico Irion war anderer Meinung. »Ich habe gehört, dass es hier Holzhäuser mit Plumpsklos gibt.«

Liane riss die Augen auf. »Aber, Mausi!«

»Soll ich hier etwa an eine Palme pinkeln?«, fragte Irion, während Barbara darüber nachdachte, woher Vico Irion wusste, dass diese Holzhäuschen existierten, von denen er gesprochen hatte.

Jemand hatte im Vorübergehen gehört, was Irion gesagt hatte. »Ja, stimmt!« Der Mann zeigte zurück. »Da vorne ist das erste Häuschen, alle paar Hundert Meter steht eins.« Er grinste übers ganze Gesicht. »Komfortabel sieht das nicht aus. Aber manchmal hat man ja keine Wahl ...« Lachend ging er weiter.

Jonas' Handy vibrierte schon wieder. Er zog es aus der Hosentasche und sah den Namen seiner Tante. »Was gibt's?«, fragte er, statt sich zu melden.

»Hast du diese Holzhäuschen gesehen?«, fragte Barbara zurück. »Es steht ›toilet‹ daran. Bretterbuden mit einem Plumpsklo drin.«

Jonas und Emily waren tatsächlich gerade an so einem Häuschen vorbeigekommen und hatten darüber gelacht.

»Irion geht in so ein Häuschen. Liane gibt ihm ihren Rucksack mit, falls er sich an ihren Papiertaschentüchern bedienen möchte. Es könnte ja sein, dass es kein Toilettenpapier gibt …«

»Du meinst …?« Jonas sprach nicht zu Ende. »Ich komme, so schnell ich kann.«

Alexandra

Sie stand an der Reling und starrte den Tenderbooten nach, die das türkisfarbene Wasser durchpflügten. Neben ihr ein Paar, das sie keines Blickes würdigte. Vor ein paar Tagen noch hatte der männliche Teil des Paares sie nicht aus den Augen gelassen, als sie in ihrem knappen gelben Bikini von der Liege zur Bar gegangen war, um sich etwas zu trinken zu holen. Jetzt beachtete er sie nicht, diese Frau, die augenscheinlich Probleme mit ihrem Körper hatte, der vermutlich hässlich war, sodass sie ihn nicht zeigen mochte. Ein dicker Hintern, ein schwabbeliger Bauch, Hängebrüste oder sonstige Makel! Warum sonst sollte sich eine Frau in diesem schwarzen Zelt verstecken? Alexandra sah die dummen Gedanken dieses Mannes hinter seiner Stirn, die er schleunigst abwandte, als sie ihr Gesicht in seine Richtung drehte. Klar, die riesige Kappe, die ihr blondes Haar verbarg, die angesetzte Stoffbahn, die auch den Nacken vor Sonnenbrand schützen sollte, die überdimensionale Sonnenbrille, mit dem Emblem der *Soleil* auf den Bügeln, die ihr halbes Gesicht verdeckte, sorgten dafür, dass niemand sie erkannte. Maria Liebermann hatte ganze Arbeit geleistet. Alexandra grinste bei dem Gedanken an die Anproben hinter den Kulissen des Bordshops. Dessen Leiterin war einfach eine Person zum Pferdestehlen. Wenn Nathalie gleich zu ihr trat, würde sich die Situation vielleicht ändern. Vor allem bei den Männern, die manche fröhliche Stunde mit ihr verbracht hatten und sich nun vielleicht wunderten, dass aus der ausgelassenen, frechen Nathalie eine Frau geworden war, die sich nur noch selten in einer Bar blicken ließ, und wenn, dann mit ihrer Freundin. Da gab es viele, die sie fragend ansahen, und, wie Nathalie berichtet hatte, auch einige, die sie ganz unverblümt darauf angesprochen hatten. Aber Nathalie war heilfroh, dass die Zeit ein Ende hatte, dass sie sich wieder so verhalten durfte, wie es sonst ihrer Art entsprach. Ron Helbing brauchten sie nichts mehr vorzumachen. Und der Privatdetektiv, der ihm berichten sollte, wie sich seine Tochter benahm, war verschwunden ...

»Da!«, rief jetzt die Frau neben Alexandra und zeigte ins Wasser. »Da!«

Tatsächlich! Eine Schildkröte, die sich gemächlich treiben ließ und träge mit den Beinen ruderte. Alexandra hätte auch beinahe einen Ruf des Entzückens ausgestoßen. Aber sie hatte sich geschworen, den Mund zu halten. Sich nicht sehen und nicht hören lassen, das sollte ihre Maxime sein, solange ihr Vater und Godric auf der *Soleil* waren. Vor allem ihr Vater!

Sie wurde aufmerksam, als von der Backbordseite exaltiertes Gekicher herüberklang. So lachten junge Mädchen, wenn sie einem Mann gefallen wollten. Alexandra drehte sich langsam um, als ahnte sie bereits, was sie zu sehen bekommen würde. Ja, zwei etwa Achtzehnjährige gingen sehr langsam an einem Mann vorbei, der auf einem Stuhl an der Reling saß und aufs Meer blickte. Sie tuschelten sich etwas zu und lachten noch lauter, als sie direkt hinter ihm waren. Am Ende der Reling wandten sie sich um und sahen zurück. Ihre enttäuschten Mienen zeigten, dass der Mann sie gar nicht zur Kenntnis genommen hatte. Er wandte den Kopf nicht zu ihnen, hatte nur Augen für den Horizont. Vielleicht ging es ihm auch darum, allen anderen den Rücken zuzukehren?

Nach einer Weile, als die jungen Frauen nicht mehr in der Nähe waren, stand er auf, rückte seine Sonnenbrille zurecht und sah sich um. In ihre Richtung schaute er nicht. Trotzdem zog sie vorsichtshalber den Kopf zwischen die Schultern und machte sich so klein wie möglich, aber er blickte zu der Tür, die aus dem

Inneren des Schiffs aufs Pooldeck führte. So, als wartete er auf jemanden.

In diesem Moment vibrierte Alexandras Handy. Sie zog es aus ihrem Kaftan und las die Nachricht, die von Nathalie stammte: »Godric will sich mit mir treffen. Danach komme ich zu dir in deine Kabine.«

Aha, Godric wartete also auf Nathalie. Er kannte sie nicht, aber sie würde sofort wissen, wer er war, wenn sie ihn entdeckte. Darauf konnte er sich verlassen. Obwohl er sich bemüht hatte, unauffällig gekleidet zu sein, würde es schwierig sein, sich inkognito auf der *Soleil* aufzuhalten. Die beiden jungen Frauen hatten ihn ja offenbar erkannt.

Alexandra sah Nathalie sofort, als sie aus dem Schiff in die Sonne trat. Sie trug ein kunterbuntes weites Sommerkleid, das sie umflatterte, kaum dass sie sich in den Wind stellte, schob sich die dunkle Brille auf die Nase, als sie in die Sonne trat, und schaute sich um. Godric hob die Hand und winkte ihr kurz zu. Anscheinend wollte er nicht mit ihr an die Bar gehen, wo man ihn womöglich erkannt hätte, sondern ganz unauffällig mit ihr an der Reling plaudern.

Alexandra spürte, dass sie lächelte, während sie beobachtete, wie Godric ihre Freundin begrüßte. Ihm selbst war vermutlich gar nicht bewusst, wie sehr er sich in solchen Augenblicken von anderen Männern unterschied. Die Erziehung, die er genossen hatte, ließ sich einfach nicht leugnen, er wusste nicht einmal, dass er sie bei solchen Gelegenheiten zeigte. Er hatte gelernt, wie man sich am englischen Hof benahm, hatte schon als Junge einstudieren müssen, wie man die Queen begrüßte, und würde es nicht schaffen, diese Erziehung jemals abzulegen. Wozu auch? Alexandra merkte, wie sehr es ihr gefiel, dass Godric diese feinen englischen Manieren hatte. Warum hatte sie das vergessen? Warum war ihr das Unkonventionelle, Ungezwungene vorübergehend wichtiger gewesen? Jonas als das komplette Gegenstück zu Godric! Anders gekleidet als er, mit einem anderen Verhalten als er, locker und ungezwungen, alles andere als hoffähig, durchaus wohlerzogen, aber bei Weitem nicht so kultiviert und nobel wie Godric. Hatte er ihr deshalb gefallen? Weil sie erfahren wollte, ob ein anderer Mann ihr mehr zusagte? Jetzt war sie froh, dass Jonas zu Emily gehörte, zu der er passte, und sie nicht in Versuchung geraten war, sich ernsthaft in ihn zu vergucken.

Godric rückte Nathalie den Stuhl zurecht und nahm selbst erst Platz, als sie sich gesetzt hatte. Alexandra hatte vorher gar nicht gewusst, wie liebenswert sie diese etwas altbackenen Gesten der Höflichkeit fand. Nicht notwendig, nein, auf keinen Fall! Aber sehr sympathisch und anziehend.

Sie machte sich auf den Weg in ihre Kabine, weil sie Angst hatte, dass ihr Blick, wenn er sich in die Rücken der beiden bohrte, irgendwann dazu führte, dass Godric sich umdrehte und sie entdeckte. Nein, sie wollte auf Nathalie warten und dann hören, was Godric mit ihr besprochen hatte. Ihr Herz flatterte, als sie einen letzten Blick zurückwarf und dann in die Kühle des Schiffes trat, wo es ihr dämmrig vorkam nach dem Aufenthalt in der gleißenden Sonne auf Deck. Sie verspürte eine leise Sorge und fragte sich, was sie nachher von Nathalie zu hören bekommen würde. Natürlich stellte sie sich auch die Frage, was sie zu hören bekommen wollte. Wusste sie es? Ja, sie wusste es. Das Ziel dieser Reise war für sie erreicht, wenn die vier Monate auch noch nicht vorbei waren.

Jonas

Jonas rannte zunächst den Weg entlang, dann, als keiner ihn beobachten konnte, schlug er sich in die Büsche. Er musste den direkten Weg einschlagen, um möglichst schnell zu Barbara zu gelangen, der Rundweg, der um die Insel herumführte, war zu weit. Eisern kämpfte er sich an stacheligen Sträuchern vorbei, kletterte über Baumstümpfe, rang mit Lianen, streifte sich etwas aus dem Gesicht, was krabbelte und ihn fürchterlich erschreckte, fiel in eine Senke, die er unter dichtem Farn nicht gesehen hatte, und steckte schließlich mit beiden Füßen in einem Schlammloch, das ihm Angst machte. Dieser Morast stank entsetzlich! Was mochte das sein? Er verbot sich diese Frage und erst recht eine Antwort, befreite seine Schuhe und hastete weiter. Je langsamer er vorwärtskam, desto ärgerlicher wurde er über seinen spontanen Entschluss. Was für eine blöde Idee, diese Abkürzung zu nehmen. War es überhaupt eine Abkürzung? Am Ende würde er länger brauchen, als wäre er auf dem Sandweg geblieben, der um die Insel herumführte.

Tatsächlich schien er irgendwann festzustecken, an den Fußgelenken von mehreren Lianen umklammert, vor der Brust ein undurchdringliches Pflanzengeflecht, über dem Kopf ein Wipfel, dessen Ursprung nicht zu erkennen war, mit etwas Lebendigem darin, vor dem er sich fürchtete. Er bewegte sich panisch rückwärts. Hatte er schon die Hälfte des Weges geschafft? Wenn nicht, wäre es vielleicht sinnvoll kehrtzumachen. Er konnte es einfach nicht einschätzen. Aber er wusste, dass seine Tante breit grinsen würde, wenn er zugeben musste, mit einer Abkürzung viel Zeit verplempert zu haben. Vielleicht war sie aber auch voller Anspannung und Sorge, wusste nicht, wie sie mit Vico Irion umgehen sollte, hatte womöglich irgendetwas beobachtet, was er, der Privatdetektiv Jonas Liebermann, unbedingt erfahren sollte. Dieser Gedanke gab ihm neue Kraft. Also kämpfte er sich weiter durch das Dickicht. Hoffentlich würde er an der richtigen Stelle herauskommen.

Aber irgendwann wurde das Gestrüpp lichter, die Bäume vereinzelten sich, die Zweige der Büsche wurden dünner und ließen mehr Licht hindurch. Dann hörte er Stimmen, aber er hätte nicht sagen können, wie viel Zeit vergangen war. Eine Viertelstunde? Eine halbe? Er wusste es nicht. Schließlich war er nicht einmal mehr sicher, ob er in die richtige Richtung gelaufen war. Würde er wirklich dort aus diesem Urwald herauskommen, wo Barbara auf ihn wartete?

Als die Stimmen kräftiger wurden, gewann sein Optimismus jedoch wieder die Oberhand. Er hatte das Zentrum der Insel beinahe hinter sich gebracht. Der Strand war in Sicht, das Wasser schimmerte durch die Blätter. Und dann sah er Menschen! Und er sah ... Emily. Sie hatte auf dem Sandweg genauso lange gebraucht wie er auf seiner Abkürzung.

»Wo warst du so lange?«, fragte sie und sah ihn von oben bis unten an, von seinen zerzausten Haaren bis zu den verdreckten Schuhen. »Ich habe mir schon Sorgen gemacht.«

Jonas ging nicht darauf ein. Er sah sich um und suchte nach seiner Tante. »Wo ist Barbara?«

Emily machte eine vage Kopfbewegung in die Richtung eines Getränkestandes, den ein paar Frauen betrieben, die in traditionelle bunte Gewänder gehüllt waren. »Sie holt sich was zu trinken.«

»Wo ist er?«, fragte Jonas, ohne Irions Namen zu nennen.

»Er ist auch dort.« Emily trat dichter an ihn heran, während Jonas seinen Blick über ihren Kopf schweifen ließ, um Vico Irion sehen zu können. Tatsächlich, er stand in Barbaras Nähe und nahm gerade eine ausgehöhlte Kokosnuss in Empfang, in der ein Strohhalm steckte. »Ich bin nach ihm auf diese Toilette gegangen«, flüsterte Emily und hielt sich die Nase zu, um Jonas zu zeigen, welche Überwindung es sie gekostet hatte. »Da gibt es durchaus einige Möglichkeiten, etwas zu verstecken.« Wieder sah sie zu dem Getränkestand, an dem jetzt Barbara bedient wurde, die sich aber gegen eine Kokosnuss und für eine Coladose entschieden hatte. »Er ist gleich danach zu diesem Stand gegangen. Dahinter arbeitet ein Mann, der dafür sorgt, dass die Getränke gekühlt werden und immer genug Nachschub in der Theke ist.«

»Du meinst, das könnte ein Komplize sein?«

»Denkbar. Irion muss ja kurz vorher mit ihm in Kontakt getreten sein. Er wird ihn angerufen und gesagt haben, dass er in der Nähe ist und jetzt vorbeikommen wird. Dann könnte der Kerl hingegangen sein und das Geld dort versteckt haben.«

»Hat er gesehen, dass du später in dieses Häuschen gegangen bist?«

Emily zuckte nur mit den Schultern. »Und wenn schon. Dafür sind diese Häuschen ja da.«

Barbara kam zu ihnen, im Schlendergang, der für Touristen typisch war. Sie ließ Jonas gar nicht erst fragen. »Vielleicht, vielleicht aber auch nicht«, sagte sie nur. »Lasst uns zurückgehen, wir dürfen ihm nicht auffallen.«

Während sie sich wieder in Richtung Steg bewegten, murmelte Jonas: »Wir müssen herausbekommen, ob das Geld in Lianes Rucksack ist.«

»Das würde ja bedeuten, dass sie eingeweiht ist«, meinte Emily, die sich genau das überhaupt nicht vorstellen konnte.

»Das ist nicht gesagt«, antwortete Jonas. »Sie hat ihm nur den Rucksack überlassen, in dem sie ihre Papiertaschentücher aufbewahrt.«

Barbara nickte nachdrücklich. »Er trägt ihn seitdem«, erklärte sie. »Er hat ihn Liane nicht zurückgegeben.«

Jonas war jetzt sehr aufgeregt. »Wir müssen Lukas gleich bitten, ihren Zimmertresor zu öffnen.«

»Das wird er nur tun«, entgegnete Barbara, »wenn wir Beweise haben. Oder zumindest schwerwiegende Indizien.« Plötzlich stutzte sie, verharrte kurz und sah mit langem Hals zu einem Punkt, den Jonas und Emily zunächst nicht im Blick hatten. »Ist das nicht diese Frau, mit der Lukas … na, ihr wisst schon.«

»… ins Bett geht«, führte Jonas den Satz zu Ende.

»Und der Mann an ihrer Seite?«

»… ist ihr Ehemann«, wusste Emily.

Benita und Detlef Meister wurden nicht auf sie aufmerksam. Sie drängten sich gerade an einer Musikgruppe vorbei und schlugen den Weg ein, den Barbara, Jonas und Emily genommen hatten. Er griff nach ihrer Hand, und sie lächelte ihn an.

»Die sehen aber nicht so aus«, murmelte Barbara, »als wäre ihre Ehe am Ende.«

Lukas

Er war kopflos davongelaufen. Jawohl, kopflos. Ohne nachzudenken, ohne sich zu fragen, wie das auf die anderen wirkte, ohne sein Gehirn einzuschalten. Erst als er auf der Brücke angekommen war, wurde er ruhiger. Dort hatte man ihn fragend angeschaut, als er hereinplatzte, als gäbe es einen dringenden Notfall. Aber er hatte nur abgewinkt, war in den Kartenraum gegangen, der sich an die Brücke anschloss, hatte dort ein wenig herumgewühlt und war dann wieder gegangen. Nun stand er in seiner Suite und hatte das Gefühl, dass sein Leben vor seinen Augen zerbröselte. Sein festgefügtes Leben, das er liebte, so wie es war, mit seinem anspruchsvollen Beruf, seinem angenehmen Privatleben, den freundschaftlichen Kontakten zu den Mitgliedern seiner Familie, sein Leben, dessen weiteren Verlauf er bis zur Rente überblicken konnte. Und jetzt? Er öffnete die Balkontür, trat hinaus, blickte hinüber zu Mystery Island, folgte mit den Augen einem Tenderboot und kehrte dann wieder in den Wohnraum zurück. Was konnte er tun?

Er brauchte nicht lange zu überlegen, sondern machte sich auf den Weg. Er benutzte den Aufzug und ließ sich zum Deck 5 bringen. Die junge Frau an der Rezeption erschrak, als sie ihn sah. Es war nichts los, wie so oft, wenn viele Passagiere an Land waren. Sie hatte einen Laptop auf der Theke stehen, in den sie vertieft war. Womöglich verfolgte sie private Interessen. Als wenn ihn das interessierte! Er erwiderte ihren Gruß, ging hinter die Theke und öffnete die Tür des Büros. Mit Nachdruck schloss er sie hinter sich, als wollte er damit klarstellen, dass er nicht gestört werden durfte.

Im nächsten Augenblick musste er sie jedoch schon wieder öffnen. »Können Sie mir helfen?«, fragte er, ohne den Kopf aus der Tür zu strecken.

Die Rezeptionistin erschien augenblicklich. Nach dem Schild an ihrem Kostümjäckchen hieß sie Jessica Werner. »Was kann ich für Sie tun, Herr Kapitän?«

»Ich brauche das Passwort für die Passagierlisten.«

Sie sah ihn erstaunt an, aber er dachte nicht daran, eine Erklärung abzugeben. Wortlos beugte sie sich über ihn, tippte eine Buchstaben- und Zahlenkombination in die Tastatur und zeigte ihm, wo die Daten der Passagiere eingespeichert waren. Einen Augenblick später sah er auf dem Bildschirm, was er wissen wollte: Emily Krug, geboren am 23. Februar 1994. Die Jahreszahl verschwamm vor seinen Augen. Sie würde kurz nach der Rückkehr von der Weltreise ihren dreißigsten Geburtstag feiern. Er presste seine Augen so fest zusammen, dass es schmerzte. Er wusste genau, wann seine Liebe zu Dorothee zerbrochen war. Im Mai hatten sie noch einen wunderbaren Urlaub verlebt, in der Toskana, auf einem Weingut. Er hatte sogar vorgehabt, ihr dort einen Heiratsantrag zu machen. Aber dann war sie ihm wieder mit diesem Thema gekommen, das er nicht noch einmal diskutieren wollte. Ihr Kinderwunsch! Sie wollte ein Baby, und er wollte auf keinen Fall Vater werden. Und er wusste, wenn er sie fragen würde, ob sie ihn heiraten wollte, würde sie zur Bedingung machen, dass sie ein Kind bekamen, mindestens eins. Aber wie er wusste, wollte sie eigentlich zwei Kinder, einen Jungen und ein Mädchen. Jedes Mal hatten ihre Augen auf für ihn unerträgliche Weise geleuchtet, wenn sie davon sprach. Sogar Namen hatte sie bereits ausgesucht. Daniel und Natascha! Na, da hatte sich ihr Geschmack scheinbar geändert. Vielleicht auch deshalb, weil er den Namen Natascha schrecklich gefunden hatte. Er öffnete vorsichtig wieder die Augen. Wäre er mit Emily einverstanden gewesen? Ja, seine Großmutter hatte Emma geheißen, er hatte sie sehr geliebt, und das hatte Dorothee gewusst.

Und dann dieser dumme Streit. Worum war es eigentlich gegangen? Lukas wusste es gar nicht mehr. Doch, um die Zukunft war es gegangen, um eine gemeinsame Zukunft. Er hatte sie gebeten, ihre Idee von einem eigenen Reisebüro aufzugeben, damit sie so oft wie möglich bei ihm an Bord sein konnte, wenn er als Kapitän zur See fuhr. Aber sie hatte auf ihrem Wunsch beharrt, sich irgendwann mit einem Reisebüro selbstständig zu machen. Daraus war eine Grundsatzdiskussion entstanden. Dorothee hatte ihm vorgeworfen, ihren Beruf geringzuschätzen, während seiner immer wichtig war und stets im Vordergrund stand. Warum war er nicht bereit, auf sein Kapitänspatent zu verzichten und einen Job an Land anzunehmen? Das hatte sie ihn tatsächlich gefragt! Er wollte Kapitän sein, hatte nie etwas anderes werden wollen! Nun war er sogar Kapitän eines großen Kreuzfahrtschiffes. Was war dagegen ein Reisebüro?

Ihm fiel wieder ein, dass er diese Frage wirklich gestellt hatte, und es wurde ihm ganz schlecht bei dieser Erinnerung. Wie hatte er das nur sagen können! Er sah noch Dorothees Gesicht vor sich, sah, wie tief er sie verletzt hatte mit dieser Frage, sah die Kränkung in ihren Augen und die Einsicht, dass er sie nicht verstand, dass er sie niemals würde verstehen können. Heute glaubte er sogar, dass sie bereit gewesen wäre, ihre Idee aufzugeben, wenn er es klüger angefangen hätte. Aber als er deutlich gemacht hatte, dass er seinen Beruf für wichtiger hielt als ihren, hatte er alles kaputt gemacht. Er hatte nie wieder etwas von ihr gehört. Oft hatte er angerufen, aber jedes Mal, wenn er seinen Namen nannte, hatte sie aufgelegt. Er war sogar zu ihr gefahren, hatte aber erfahren, dass sie in dem Hamburger Reisebüro, in dem sie angestellt gewesen war, gekündigt hatte. Und ihr ehemaliger Chef hatte ihm klipp und klar gesagt, er habe Dorothee versprochen, ihm ihre neue Arbeitsstelle nicht zu verraten. Das hatte ihn derart zornig gemacht, dass er nicht nach ihr gesucht hatte. Aber heute, in diesem Augenblick, begriff er, was für ein schwerer Fehler das gewesen war. Er betrachtete noch einmal den Eintrag auf dem Bildschirm. Emily Krug wohnte in Niebüll in Nordfriesland. Sie hatte erwähnt, dass sie im Reisebüro ihrer Mutter arbeitete, also lebte wohl auch Dorothee in Niebüll. Aber sie hatte geheiratet, sie war verloren für ihn ...

Er stand auf und verließ die Rezeption grußlos. Vielleicht war ja alles ganz anders. Womöglich hatte Dorothee damals schon diesen Herrn Krug gekannt, Lukas vielleicht sogar mit diesem Mann betrogen, war gleich nach dem Ende ihrer Beziehung zu ihm gezogen, zu einem Mann, der ebenfalls gerne Kinder haben wollte, und dann war sie sofort schwanger geworden ...

Er trat durch eine Tür, die in den Crewbereich führte, und blieb dort stehen, als er sah, dass er alleine war, und versuchte, sich zu sammeln. Diese Gedanken waren völlig abwegig. Natürlich hatte Dorothee ihn nie betrogen, und sie war garantiert nicht sofort nach dem Ende ihrer Liebe zu einem anderen Mann gezogen. Nein, er glaubte nun zu wissen, was geschehen war. Sie hatte gemerkt, dass sie schwanger war, hatte gewusst, dass er sich nicht darüber freuen würde, und sich entschlossen, ihn nicht damit zu behelligen. Punktum! Und nun hatte Dorothees Tochter plötzlich die Idee gehabt, ihren Vater kennenzulernen, und sich hier eingeschlichen. Kein Wort hatte sie davon gesagt, keine Silbe. Über Jonas war es ihr gelungen, ihn näher kennenzulernen. Was für eine Intrige! Und der arme Jonas musste dafür herhalten, dass Emily Krug den Kapitän der *Soleil* kennenlernte. Natürlich lag ihr gar nichts an seinem Neffen, der hatte nur dafür sorgen müssen, dass sie ein Mitglied der Familie Jantzen wurde.

Er stieß die Tür zu seiner Suite auf und ging wieder auf den Balkon.

Maria

Lukas war komisch drauf. Ich fand ihn, zusammen mit Lisa, in seiner Suite, und mir fiel gleich auf, dass er sehr unkonzentriert war. Er reagierte zwar, aber nur flüchtig, er nickte an den richtigen Stellen, erweckte aber trotzdem den Eindruck, nicht zugehört zu haben, und er wollte kein Gespräch führen, das wurde mir schnell klar. Ob das an Lisa lag? Möglicherweise redete sie schon so lange auf ihren Onkel ein, dass er Rede und Gegenrede längst aufgegeben und sich Lisas Redestrom einfach ausgeliefert hatte.

Sie hatte eigentlich auch nach Mystery Island übersetzen wollen, hatte es sich dann aber anders überlegt und war an Bord geblieben. Kaffee trinken mit Onkel Lukas, ihn einmal ganz für sich allein haben ...

Lukas schien dieser Wunsch nicht glücklich zu machen. Und das konnte nicht nur an Lisa liegen. Natürlich fing sie wieder von ihrem Vater an und redete über die Depressionen ihrer Mutter, brachte auch noch einmal den verschwundenen Passagier ins Spiel, aber Lukas schien das alles nicht wirklich zu berühren. Er sah aus, als beschäftigte er sich mit etwas, das außerhalb seines Gesprächs mit Lisa existierte. Ich beobachtete ihn eine ganz Weile, aber eine Idee, was mit ihm los sein könnte, kam mir nicht. Vielleicht hing es mit Benita Meister zusammen? Hatte Lukas etwa Ärger mit ihrem Mann bekommen?

Erst als Leon den Kopf durch die Tür steckte und Barbara und Jonas ankündigte, schien er wieder an die Oberfläche seines Denkens zu kommen. Als wäre er gerade aus Untiefen aufgetaucht, als hätte er schon angenommen, nie wieder an die Luft kommen zu können, richtete er den Blick auf die beiden. »Gibt's Neuigkeiten?«

Jonas sah genauso aus, wie er früher als Fünf- bis Zehnjähriger häufig nach Hause gekommen war. Seine Schuhe waren verschlammt, seine Hände schmutzig, in den Haaren hing Undefinierbares, und sein helles T-Shirt sprach dafür, dass er bäuchlings im Dreck gelandet war.

Noch ehe ich meine Mutmaßung äußern konnte, bekam ich zu hören, dass genau das geschehen war. Bei dem Versuch, die Insel nicht zu umrunden, sondern zu durchqueren, hatten sich ihm diverse Hürden in den Weg gestellt und gelegt, und Jonas war offenbar an jeder gescheitert, hatte Baumstümpfe nicht überwunden, sondern war darüber gestolpert, und hatte Ranken nicht übersprungen, sondern sich darin verheddert. Und so trocken der Sandweg war, der um Mystery Island herumführte, so feucht schien es dort zu sein, wo die Sonne nicht hinkam. Feucht und morastig.

Barbara lachte. »Und dabei war er nicht einmal schneller als Emily, die auf dem Sandweg geblieben ist.«

Lisa bewies, dass sie schnell und klar denken konnte. »Warum bist du dann querfeldein gelaufen?«

Barbara kam Jonas mit ihrer Antwort zuvor. »Du kennst doch deinen Cousin. Er wollte uns zeigen, dass er vor nichts Angst hat. Nicht einmal vor den Schlangen, die auf Mystery Island verbreitet sind.«

Lisa machte große Augen. »Dort gibt es wirklich Schlangen?«

Ich sah Barbara an, dass sie keine Ahnung hatte, dass sie dieses Gerücht nur streute, um von den Ereignissen auf Mystery Island abzulenken. Aber in Lisas Gegenwart darüber reden? Nein, das verbot sich von selbst. Zwar wusste sie nun von Jonas' Auftrag, wir hatten sie einweihen müssen, aber sie sollte so wenig Einzelheiten wie möglich kennen. Das hatte Jonas sich ausgebeten. Vor allem wollte er natürlich nicht, dass Lisa mitbekam, wenn er mal wieder nicht sein Ziel erreicht hatte. Ihre spitzen Bemerkungen kannte jeder von uns zur Genüge, und niemand wollte sie hören.

Also schwieg ich. Können Sie sich vorstellen, wie schwer mir das fiel? Aber ein Blick in Lisas Gesicht, und man stopfte sich alles, was man gerne gesagt hätte, wieder in den Mund zurück. Hatten sie Vico Irion erwischt? Wussten sie, wo die zwei Millionen waren? Hatte Jonas sie vielleicht sogar sicherstellen können? Nein, keine Sorge! Ich habe keine dieser Fragen ausgesprochen, sie kreiselten nur in meinem Kopf herum, und ich fragte mich, wie ich an die Antworten kommen konnte.

»Wo steckt eigentlich Emily?«, erkundigte ich mich. »Tut ihr etwa die Schulter weh?«

Jonas zauderte. »Sie sagt, es wäre alles okay. Aber sie wollte sich ein bisschen aufs Pooldeck legen. Ich glaube, der Ausflug hat sie angestrengt. Sie will es nur nicht zugeben.«

Lukas sah auf die Uhr. »Ich muss auf die Brücke. Wir legen gegen 17 Uhr ab.«

»Warum eigentlich schon so früh?«, maulte Lisa. »Ich wäre gerne noch auf die Insel gefahren.«

Normalerweise wäre Lukas jetzt mit der Antwort gekommen, dass Lisa darüber informiert gewesen sei, entweder weil er es ihr gesagt hatte oder auch weil sie es mit einem Blick auf die Tages-Übersicht erfahren hätte, die jeder Passagier jeden Morgen neben den Frühstücksteller gelegt bekam.

»Wenn ich das gewusst hätte, wäre ich auch mitgefahren.«

Lukas stand wortlos auf und ging zur Tür. »Zu spät«, sagte er nur und war auch schon verschwunden.

Lisa sah verdutzt auf die Tür, die hinter ihm ins Schloss gefallen war. »Was hat er denn?«

»Nichts«, behauptete ich. »Aber das Schiff kann nicht noch bis acht auf Reede liegen, weil die Nichte des Kapitäns es gerne so hätte.«

Lisa war natürlich pikiert, solche Antworten liebte sie gar nicht. Ich zog den Kopf ein, als Barbara mich strafend ansah, durfte mich aber gleich darauf in ihrer Hochachtung sonnen, denn Lisa reagierte beleidigt und beschloss, in ihre Kabine zu gehen und mit ihrer Mutter zu telefonieren. »Die Weihnachtstage sind für sie besonders schwer zu ertragen.«

Wir redeten ihr alle zu, richteten freundlichste Grüße an Helene aus und gaben unserer Hoffnung Ausdruck, Lisa beim Abendessen wiederzusehen.

Als sie gegangen war, stieß Jonas die Luft aus. »Puh! Endlich können wir offen reden.«

Er sprang auf und lief zur Brücke, obwohl Lukas es nicht leiden konnte, dort gestört zu werden. Dass Jonas darauf keine Rücksicht nahm, zeigte mir, dass die Angelegenheit dringlich war. Also setzte ich mich ebenfalls über alles hinweg und folgte Jonas. Und was blieb Barbara anderes übrig, als sich uns anzuschließen?

Natürlich klopften wir zunächst vorsichtig an und warteten darauf, dass uns jemand öffnete. Es war der Erste Offizier, der die Tür aufmachte und uns erstaunt ansah. »Kapitän Jantzen ist nicht hier.«

Ich war verdutzt. »Aber er hat gesagt ...«

Roland Hengst war auf uns aufmerksam geworden. »Er hat mir das Kommando übergeben.«

Mir blieb der Mund offen stehen. »Aber ...«

»Wo ist er?«, unterbrach Barbara mich und sah den Staff-Kapitän so verärgert an, als könnte der sich geweigert haben, Lukas' Aufenthaltsort zu verraten. »Wir müssen kurz mit ihm reden.«

»Er kommt gleich«, sagte Roland Hengst. »Er muss irgendwas erledigen. Ich habe solange das Kommando.«

Zwei, drei Augenblicke später standen wir noch immer vor der Tür, die zur Brücke führte, der Erste Offizier hatte sie vor unseren Nasen geschlossen. Wir hatten alle drei das Bedürfnis, Lukas' Herrschaftsbereich zu entkommen und uns woanders zu unterhalten. Hier hatten wir nichts zu suchen, wenn der Kapitän nicht bei uns war.

Wir beschlossen, gemeinsam auf einen Kaffee in die Symphonie-Bar zu gehen, damit ich endlich erfuhr, was auf Mystery Island geschehen war. »Sind Vico Irion und Liane Reich schon zurück?«

Das wusste weder Barbara noch Jonas. Es schien auch nicht wichtig zu sein.

Als wir alle drei unseren Cappuccino getrunken hatten, wusste ich Bescheid, was sich zugetragen hatte. »Es kann also sein«, rekapitulierte ich, »dass einer der Händler sein Komplize ist. Der hat das Geld in dem Holzhäuschen mit dem Plumpsklo versteckt, und Vico Irion hat es abgeholt und in Lianes Rucksack gepackt.«

»Gleich wird er es in den Kabinentresor legen«, mutmaßte Barbara. »Wohin sonst?«

Und Jonas ergänzte: »Lukas muss ihn für uns öffnen. Bei nächster Gelegenheit. Er wird ja bald wieder auftauchen.« Über sein Gesicht ging ein Leuchten. »Dann ist mein Auftrag erledigt. Mein Chef wird begeistert sein. Eine Prämie ist mir sicher.«

Barbara beschloss, dass wir uns ein Sonnenbad gönnen sollten, so wie Emily. Aber ich lehnte ab. Ich gehörte zur Crew, ich durfte nicht auf dem Pooldeck liegen, wenn ich auch die Schwester des Kapitäns war. Bei Barbara und Jonas war das etwas anderes, sie wohnten in Passagierkabinen.

Barbara puffte ihren Neffen in die Seite. »Bevor du dich aufs Pooldeck begibst, solltest du dich erst mal waschen und umziehen.« Sie wies auf seine Schuhe. »So kannst du da unmöglich erscheinen.«

Jonas sah es ein, verabschiedete sich in seine Kabine, und Barbara ging in ihre, um sich ein Strandkleid überzuwerfen. Ich blieb allein zurück. War der Fall nun wirklich gelöst? Es sah ganz danach aus. Mystery Island war ein guter Ort gewesen, um zwei Millionen zu übergeben. Die Händler, die von der Hauptinsel herüberkamen, waren unverdächtig. Vico Irion hatte womöglich frohlockt, als er feststellte, dass er auf der *Soleil* eine Weltreise machen konnte, die ihn auch nach Mystery Island führte. Eine Weltreise war unverfänglich, erst recht, wenn er sie zusammen mit einer Frau antrat. Und er musste nur geduldig warten, bis er hier ankam. Nun war mir auch klar, warum er wenig Interesse an den Destinationen gezeigt hatte, die wir bereits angefahren hatten. Für ihn war nur diese Insel von Bedeutung.

Gedankenverloren stieg ich die Treppe hinauf. Die Bewegung tat mir gut, ich hatte immer schon besser nachdenken können, wenn ich in Bewegung war. Jetzt mussten wir die zwei Millionen nur noch vor uns liegen sehen, damit wir sicher sein konnten, dass der Fall geklärt war.

Ich trat aus der Tür, die sich automatisch öffnete. Links führte eine Schräge hinauf, aufs nächste Deck, wo das Volleyballfeld war. Auf derselben Ebene ging es zu den Pools, die von unzähligen Sonnenliegen eingerahmt waren. Emily lag auf einer davon und schlief fest. Sie schien völlig erschöpft zu sein. Der monströse Schulterverband lag wie ein Fremdkörper neben ihr. Sie hatte sich auf dem Rücken ausgestreckt, eine andere Lage war für sie gar nicht denkbar. Jeden Morgen klagte sie darüber, dass sie nur auf dem Rücken die Nacht zubringen konnte, wo sie doch daran gewöhnt war, auf der linken Seite einzuschlafen. Die Arme!

Ich wollte mich gerade umdrehen und wieder ins Schiff hineingehen, um Emily nicht in ihrem Schlaf zu stören, da sah ich ihn. Lukas! Er stand in der Nähe der Bar und starrte Emily an. Mir lief ein Schauer über den Rücken. Was hatte das zu bedeuten? Was sah er in diesem Augenblick in Emily?

Alexandra

Alexandra seufzte erleichtert auf, als es endlich an ihrer Tür klopfte. Nathalie drängte herein, kaum dass sie geöffnet hatte, und ließ sich auf ihre Bettkante fallen. »Puh!« Sie sah sich um, als wollte sie am liebsten gleich wieder aufstehen und in ihre Panoramakabine gehen. »Dass du es seit zwei Monaten hier aushältst!«

Alexandra ließ sich auf dem einzigen Hocker nieder, den es in ihrer Kabine gab. »Mir macht es nichts aus.« Sie winkte ärgerlich ab, als wollte sie sich jetzt nicht mit Nichtigkeiten abgeben. »Was wollte Godric von dir?«

Sie hatte mittlerweile ihren schwarzen Kaftan abgelegt und trug eine helle Baumwollhose mit einem weißen T-Shirt. So klassisch, dass sie sich darin durchaus mit Prinzessin Kate zum Tee verabreden könnte, wenn der Rahmen privat war.

Nathalie beugte sich vor und legte die Unterarme auf ihre Knie. »Natürlich will er wissen, wo du bist.« Ehe Alexandra etwas einwenden konnte, hob sie schon abwehrend die Hände. »Nein, ich habe ihm nichts verraten.« Sie ließ sich hintenüberfallen und sah an die Decke. »Himmel, ich möchte auch von einem Earl geliebt werden!«

Alexandra stand auf und blickte auf sie hinab. »Warum?«

Nathalie setzte sich wieder auf. »Na, hör mal! Das ist doch wohl klar! Mit wem du demnächst umgehen wirst! Dass du erst noch hoffähig gemacht werden musst, finde ich verständlich. Natürlich weißt du, wie man sich benimmt, du kommst ja aus guter Familie und hast eine umfangreiche Bildung genossen. Aber im englischen

Adel kommt es auf ganz andere Dinge an. Die musst du erst noch lernen, das ist verständlich.«

»Hat Godric das gesagt?«

»Ja, aber er ist davon überzeugt, dass es dir gelingen wird. Er setzt große Hoffnungen in dich und ist voller Vertrauen.« Nathalie verdrehte die Augen. »Einfach toll! Und wie er von dir spricht! Meine Kleine ... das klingt so liebevoll.«

»Nicht geringschätzig?«

Nathalie stutzte. »Du meinst ...«

»Ich will nicht die Kleine meines Mannes sein, sondern seine Partnerin. Auf Augenhöhe!«

Nathalie wurde unruhig. »Denkst du etwa immer noch an Jonas?«

Alexandra sah auf. »Ich weiß jetzt, was das war. Der Versuch, mich von Godric zu lösen und ein ganz normales Leben zu führen. Was für ein Unsinn! Jonas ist mit Emily glücklich. Und ich brauche niemanden, der mir dabei hilft, die richtige Entscheidung zu treffen.«

Nathalie grinste. »Dann war diese Weltreise genau richtig? Du hast herausgefunden, was du tun musst?«

Alexandra nickte und sah ihre Freundin mit großen Augen an. Sie wusste nicht, wie jung und verletzlich sie in diesem Moment wirkte, gleichzeitig jedoch auch entschlossen und überzeugt. »Aber da ist noch was ... Was ist mit diesem Privatdetektiv geschehen, den mein Vater engagiert hat? Wo ist er geblieben?«

»Angeblich hat er Selbstmord begangen.«

»Ob das stimmt?«

»Er ist verschwunden. Das ist das Einzige, was sicher ist.«

Alexandra ging zum Spiegel und begutachtete sich. Sie zupfte an ihren Haaren herum, nahm sie im Nacken zusammen, ließ sie dann wieder hängen und blickte Nathalie fragend an. »Noch ein bisschen Rouge? Lippenstift?«

Nathalie wirkte verwirrt. »Wofür?«
»Wenn ich zu Godric gehe.«
Nun lachte Nathalie. »Dem ist es völlig egal, wie du aussiehst.«

Barbara

Sie verließ das Pooldeck und fuhr mit dem Aufzug zu Deck 5, wo es ruhiger war. Dort blieb sie stehen, bis die Ablegemelodie erklang und die Schiffssirenen dreimal ihr Zeichen gegeben hatten. Die *Soleil* setzte sich zügig in Bewegung, es galt ja nicht, eine enge Hafenausfahrt zu passieren, sie würden im Nu auf offener See sein. Barbara betrachtete Mystery Island, während sie sich entfernten, bis es das Besondere, das Einzigartige verloren hatte und eine Insel inmitten vieler anderer geworden war. Die Sonne wurde blasser, zarte Wolkenschleier nahmen ihr das intensive Licht. Entsprechend verlor auch die Farbe des Meeres an Intensität Aus dem leuchtenden Türkis wurde mehr und mehr ein tiefes Blau. Der Abend war noch weit von der Dämmerung entfernt, büßte aber bereits ein Teil des Lichts ein.

Barbara wartete eine Weile, dann schickte sie Lukas eine WhatsApp-Nachricht: »Wir müssen reden. Ohne Lisa.«

Seine Antwort kam postwendend. »Auch ohne Emily. Ich will nur Familie.«

Barbara starrte diese Wörter an, die zurückschauten wie Fremde. In ein unbekanntes Gesicht? Ohne Emily? Barbara war davon ausgegangen, dass Emily längst zur Familie zählte. Und außerdem war sie an den Ereignissen auf Mystery Island unmittelbar beteiligt gewesen. Es wäre nicht fair, sie jetzt außen vor zu lassen.

Barbara fasste den nächsten Entschluss. Es ging sie nichts an, was Lukas sich dabei dachte. Und wenn er Emily nicht dabeihaben wollte, dann sollte er es Jonas sagen. Das war nicht ihre Sache.

Sie hielt sich noch eine Weile auf Deck 5 auf, bis eine Nachricht von Jonas kam: »Wo bleibst du? Wir warten auf dich.«

Leon stand bereits am Eingang des Crewbereichs, und Barbara atmete auf, als sie Jonas allein bei Lukas sitzen sah. »Wo ist Lisa?«, fragte sie.

»Bei Maria im Shop«, gab Lukas kurz angebunden zurück.

Er schien nicht gut drauf zu sein. War etwas vorgefallen? Oder hatte er einfach nur schlechte Laune? Barbara fielen wieder die Meisters ein, die sie auf Mystery Island gesehen hatte. Gab es Probleme zwischen Benita und Lukas? Oder zwischen ihrem Ehemann und dem Kapitän der *Soleil*?

»Jonas hat mir schon erzählt«, meinte Lukas, »wie es auf Mystery Island gelaufen ist.«

»Du musst den Zimmersafe öffnen lassen«, sagte Jonas, und es hörte sich an, als bäte er nicht zum ersten Mal darum.

Lukas schien diese Aussicht nicht zu gefallen. »Mir fehlen Beweise«, sagte er. »Was ihr habt, sind gerade mal Indizien. Den Kabinentresor eines Passagiers zu durchsuchen, ist ein tiefer Vertrauensbruch. Das kann ich nur machen, wenn Gefahr im Verzuge ist, wenn ich eine Gefahr abwenden muss, die schwerer wiegt.«

»Aber das ist doch so!«, rief Jonas. »Die zwei Millionen sind eine Gefahr.«

»Unsinn«, brummte Lukas. »Die können dort liegen bleiben bis Hamburg.«

Jonas war empört. »Und ich soll in jedem Hafen hinter Vico herlaufen, obwohl es längst nicht mehr nötig ist?«

»Damit bringst du Jonas in Gefahr«, wandte Barbara ein. »Irgendwann wird er Vico Irion auffallen.«

»Oder Emily«, ergänzte Jonas. »Es kommt mir ohnehin so vor, als hätte er sie mittlerweile auf dem Kieker. Ich kann nicht zulassen, dass Vico Irion sich am Ende an ihr vergreift.«

»Emily!«, äffte Lukas nach. »Was habe ich mit Emily zu schaffen?«

Barbara starrte ihn ungläubig an. Was war nur mit ihrem Bruder los? Was hatte er mit einem Mal gegen Emily? Bisher war er doch immer freundlich zu ihr gewesen. »Ist irgendwas?«, fragte sie vorsichtig. »Du bist so … so übellaunig.«

»Natürlich bin ich das«, fuhr Lukas auf. »Ihr verlangt von mir, dass ich etwas tu, was ein Kapitän nicht tun darf.«

»Du hast es schon mal gemacht«, gab Jonas zu bedenken.

»Schlimm genug«, knurrte Lukas. »Ich brauche jedenfalls die Sicherheit, dass die zwei Millionen in dem Safe liegen.« Er blickte auf und sah erst Jonas, dann Barbara an. »Habt ihr euch mal überlegt, was passiert, wenn Vico Irion feststellt, dass das Geld weg ist?«

Damit traf er bei Barbara einen wunden Punkt. Sie hatte schon mehrmals darüber nachgedacht und keine Antwort gefunden, die ihr behagte. »Er wird Liane Reich verdächtigen.«

Lukas nickte, zu dieser Auffassung war er augenscheinlich auch gekommen. »Wir bringen sie also in große Gefahr.«

Jonas wollte noch nicht aufgeben. »Was kann er schon tun? Hier auf dem Schiff ist sie sicher.«

»Und wenn sie einen Landausflug macht? Sollen wir dann hinterher zu hören bekommen, dass es bedauerlicherweise einen tödlichen Unfall gegeben hat? Ihr riskiert das Leben eines unschuldigen Menschen.«

Jonas gab noch nicht klein bei. »Und wenn ich Leon frage? Dann könntest du dir sagen, dass du als Kapitän damit nichts zu tun hast.«

Lukas sah seinen Neffen streng an. »Du willst Leon in diese Situation bringen?«

Jonas war so sicher, dass er diese Gefahr einfach nicht sehen wollte. »Ich nehme die Verantwortung auf mich.«

»Das kannst du nicht«, entgegnete Lukas schnell. »Völlig unmöglich!«

»Ich muss also wieder hinter ihm herlaufen, wenn er im nächsten Hafen von Bord geht?«

»Wie sich gezeigt hat, bricht Irion nur selten zu Landausflügen auf.«

»Aber Liane! Es ist nicht auszuschließen, dass er sie benutzt.«

»Das kann Emily erledigen. Sie versteht sich ja gut mit Liane Reich.« Sein Gesichtsausdruck veränderte sich, während er das sagte. Eine Art Trotz erschien in seiner Miene. Als wollte er sich selbst einreden, dass Emily Krug ihm vollkommen gleichgültig war. Was hatte es gegeben zwischen Emily und Lukas? Barbara spürte genau, dass dort der Ursprung für Lukas' Verhalten lag.

Und dann sagte er vollkommen unvermittelt: »Also meinetwegen! Sag Leon, er darf den Schlüssel benutzen.« Damit stand er auf und verließ seine Suite. »Ich muss auf die Brücke.«

Jonas und Barbara blieben sitzen, ohne ein Wort. Bis Jonas den Augenkontakt mit seiner Tante suchte, verging eine Weile. »Irgendwas ist los mit ihm. Aber ... was?«

Barbara schüttelte den Kopf. Nicht um zu verneinen, sondern um die bösen Gedanken herauszuschütteln. »Er hat ja recht«, sagte sie lahm. »Wenn wir das Geld rausholen, bringen wir Liane in Schwierigkeiten.«

»Wir könnten es drin liegen lassen«, meinte Jonas. »Bis Hamburg!«

»Damit verschieben wir das Problem nur.«

»In Hamburg ist sie ihm nicht mehr ausgeliefert. Dann kann sie abhauen.«

Barbara schüttelte den Kopf. »Als wenn das so leicht für sie wäre! Er findet sie überall. Außerdem wird sie gar nicht auf die Idee kommen zu verschwinden. Sie hat ja ein reines Gewissen.«

Jonas stand auf, als wüsste er nun, was zu tun sei. »Lass uns nachsehen, während Irion beim Essen sitzt. Wenn das Geld im Safe ist, lassen wir es erst mal drin und überlegen uns, was wir tun können. Und wenn nicht ... dann weiß ich wenigstens Bescheid und muss mich damit abfinden, ihn weiter zu observieren.«

Lukas

Roland Hengst sprach ihn irgendwann an. »Ist was? Du siehst schlecht aus.«

Lukas tauchte aus einem Meer von Gedanken und Gefühlen auf. »Besser, du passt ein bisschen auf das auf, was ich tu. Momentan bin ich irgendwie ... durch den Wind.«

Sein Staff-Kapitän wartete auf eine nähere Erklärung. Als sie ausblieb, nickte er verständnisvoll. »Karsten Erdmann von der Reederei hat wieder angerufen. Ron Helbing macht ihm die Hölle heiß. Er will wissen, wo seine Tochter ist.«

»Das ist seine Privatsache, damit haben wir nichts zu tun.«

»Das hat Erdmann ihm auch gesagt. Und was Fred Alswede angeht ...«

»... bleiben wir bei Selbstmord.«

»Ja, das scheint wichtig zu sein.« Roland Hengst betrachtete Lukas kritisch. »Und der Earl of Chiswick? Die Reederei hat einen Riesenbammel vor Stress mit dem englischen Königshaus.«

Lukas zuckte mit den Schultern. »Der macht einen ganz umgänglichen Eindruck. Und ich habe noch nicht wieder von ihm gehört.«

Roland Hengst schien noch etwas auf dem Herzen zu haben. »Sag mal, Käpt'n ... Diese Benita Meister ... Wusstest du, dass sie mit Tobias Tiedemann verwandt ist?«

Lukas sah ihn überrascht an. »Mit dem Rezeptionisten? Nein, wusste ich nicht.«

Roland Hengst nickte, als hätte er nichts anderes erwartet. »Sie machen ein Geheimnis daraus. Warum eigentlich?«

»Keine Ahnung.« Lukas wunderte sich, dass sein Staff-Kapitän so hartnäckig blieb.

»Haben die Meisters Kinder?« Roland Hengst räusperte sich umständlich. »Ich meine ... du kennst sie ja näher.«

»Sie hatten einen Sohn. Er ist bei einem Verkehrsunfall ums Leben gekommen.« Allmählich wurde er interessierter. Roland Hengst schien auf etwas hinauszuwollen, von dem er nicht wusste, wie er es formulieren sollte. »Tobias Tiedemann hat diesen Unfall kürzlich recherchiert. Ich war zufällig im Büro, und sein Bildschirm war offen. Er hatte kurz vorher vor dem PC gesessen und musste schnell nach vorn ... da fiel mir das auf.«

Nun hatte Lukas angebissen. »Was war das für ein Unfall?«

»Ein flüchtender Gangster hat das Kind überfahren. Der ist mit Höchstgeschwindigkeit abgehauen, der Junge kam ihm mit dem Fahrrad in die Quere ... Schrecklich, oder?«

Lukas antwortete nicht, sah Roland Hengst nur an und wartete auf den Rest der Geschichte.

»Es ist nur ... Benita Meister und Tobias siezen sich, wenn sie einander auf der *Soleil* begegnen, duzen sich aber, sobald sie allein sind. Das ist mir auch aufgefallen.«

»Und woher weißt du, dass sie verwandt sind?«

»Sie haben beide ein Facebook-Profil. Dort nennen sie sich Cousin und Cousine. Es wäre mir ja eigentlich egal. Die Leute können machen, was sie wollen. Wenn sie ihre Verwandtschaft geheim halten wollen, ist das ihre Sache. Nur ... da diese Benita Meister ...«

»Verstehe schon«, unterbrach Lukas ihn. »Du meinst, sie könnte etwas von mir wollen?«

»Mir kommt es jedenfalls komisch vor. Erstens die Verwandtschaft, zweitens das Geheimnis um diese Verwandtschaft und drittens der Ehemann, der scheinbar nichts dabei findet, wenn seine Frau mit dem Kapitän ins Bett geht. Sorry, mir ist das zu viel auf einmal.«

»Die Ehe der Meisters ist am Ende«, erklärte Lukas.

»Sicher?« Roland Hengst setzte schon wieder diesen Blick auf, mit dem er zeigen wollte, dass er mehr wusste als andere. »Wenn die beiden sich unbeobachtet glauben, gehen sie aber nett miteinander um.« Roland Hengst klopfte Lukas leicht auf den Unterarm. »Ich will nur sagen, Käpt'n, pass einfach ein bisschen auf bei dieser Frau. Wenn sie dir komische Fragen stellt oder so, dann ... solltest du auf der Hut sein.« Roland Hengst drehte sich weg, kontrollierte irgendetwas, das gar nicht kontrolliert werden musste, und sagte: »Ich mache mir Sorgen um dich. Ich fürchte, dass sie das Techtelmechtel mit dir angefangen hat, um an irgendwelche Informationen zu kommen.«

»Welcher Art?«

Roland zuckte mit den Schultern. »Stellt sie dir manchmal komische Fragen?«

Lukas dachte nach, dann fiel ihm ein, dass Benita tatsächlich gelegentlich von seiner Verantwortung als Kapitän sprach oder ihn fragte, wie er mit bestimmten Situationen umzugehen habe. Angeblich war sie so sehr an seiner Arbeit interessiert. »Danke, Roland. Man kann nie vorsichtig genug sein.«

Nach dem Zwischenfall in Puerto Montt hatte sie ihn zum Beispiel etwas gefragt, das fiel ihm nun wieder ein. Vico Irion war zusammengeschlagen worden, und Benita hatte von Lukas wissen wollen, wie er als Kapitän reagieren müsse, wenn auf einen Passagier ein Anschlag verübt würde. Er hatte sich zwar gewundert, dass sie ihn so etwas fragte, es aber gleich wieder vergessen. Vermutlich war es auch wirklich total unwichtig. Aber er war seinem Staff-Kapitän dankbar, dass er ihn darauf aufmerksam gemacht hatte. Seine Schwester Maria traute Benita ja auch nicht ...

Er übergab dem Ersten Offizier kurz das Kommando und ging in den Raum hinter der Brücke. Durch eine Glasscheibe konnte er sehen, was auf der Brücke geschah, und notfalls schnell eingreifen.

Aber die See war ruhig, die Route lag vor ihnen wie eine Straße, auf der nichts los war.

Lukas griff nach seinem Handy und wählte Jonas' Nummer. Auf seine Frage, ob er ihm helfen könne, sagte sein Neffe sofort zu, ohne zu wissen, worum es ging. Lukas erklärte es ihm mit so leiser Stimme, dass der Erste Offizier nichts mitbekam. »Du hast doch ganz andere Möglichkeiten bei der Recherche. Schau mal, was du über Benita und Detlef Meister herausbekommst. Und über den Unfall, den ihr Sohn hatte.«

»Wann war das?«

Aber dazu konnte Lukas nichts sagen. Benita hatte nur ein einziges Mal ganz kurz von ihrem Sohn gesprochen. Er spürte ein Schuldgefühl nagen. Möglich auch, dass er gar nicht richtig zugehört hatte. »Ich weiß es nicht.«

Alexandra

Alexandra trug wieder ihren schwarzen Kaftan, die Kappe mit dem großen Schirm und auch ihre riesige Sonnenbrille, obwohl sie sich in einem der langen, düsteren Gänge des Schiffes befand. Sie klopfte an der Tür der Kabine, die Nathalie ihr genannt hatte, und wartete. Aber drinnen blieb alles ruhig. Sie klopfte noch einmal, diesmal lauter und nachdrücklicher. Schließlich vernahm sie ein Rumoren, und die Tür wurde geöffnet.

Godric starrte sie entgeistert an, und erst als sie langsam die Sonnenbrille abnahm, konnte er glauben, wen er sah. »Alex!«

Sie schob ihn mit dem linken Zeigefinger in die Kabine zurück, nahm die Kappe ab und ließ ihre langen blonden Haare über die Schultern fallen.

»Woher kommst du?«, stotterte Godric.

»Ich war die ganze Zeit hier auf dem Schiff.« Sie trat einen Schritt auf ihn zu, und beinahe sah es so aus, als wollte er zurückweichen. Er wirkte ängstlich, als wüsste er nicht, was auf ihn zukommen würde. Alexandra betrachtete ihn, die grauen Augen, das markante Gesicht, das energische Kinn, die kleine gerade Nase. Dieses angenehme Äußere hatte ihr geholfen, sich in ihn zu verlieben, wie ihr Vater es sich so sehnlich gewünscht hatte. Dazu seine guten Manieren. Einerseits das Moderne, andererseits das Altmodische. Diese Mischung hatte sie unwiderstehlich gefunden. Aber hätte das für ein ganzes Leben gereicht? Und hätte sie das mit den Problemen aussöhnen können, die unweigerlich auf sie zugekommen wären? Was war das für eine Zukunft, für die sie erst konditioniert werden musste? Ein Leben, das an Bedingungen geknüpft war? Ein Leben aus zweiter Hand. Es wäre niemals um sie als Person gegangen, sondern immer nur um das, wovon sie ein Teil geworden war.

Jetzt erwachte Godric aus seiner Erstarrung. »Du bist es wirklich.« Er griff nach ihr und zog sie zu sich heran. »Verzeih mir. Ich wollte wirklich die vier Monate auf dich warten. Aber jetzt …«

»Du kannst nichts dafür. Mein Vater! Er ist schuld.«

Godric lächelte warm. »Ich glaube, er braucht keine Strafe mehr. Er sitzt in seiner Kabine und leidet wie ein Hund.«

»Das hat er verdient.«

»Sei nicht so streng mit ihm.«

Alexandra atmete tief ein und aus. »Da hast du vielleicht recht. Wenn auch anders, als du jetzt denkst.« Sie machte zwei winzige Schritte zurück, von Godric weg. »Ich will nicht mehr abhängig sein, weder von meinem Vater noch von einem Ehemann und erst recht nicht von dessen Familie. Verzeih mir, Godric, es tut mir leid. Du hast eine andere Frau verdient. Ich bin nicht die Richtige für dich.«

Erschrocken trat er auf sie zu und versuchte erneut, sie an sich zu ziehen. »Nein, Alex! Ich … ich liebe dich.«

Sie lächelte traurig. »Ist es nicht doch das Geld meines Vaters?«

»Nein!«

Sie betrachtete ihn und versuchte, ihm zu glauben. »Godric, ich will kein Leben, für das ich erst erzogen werden muss. Ich bin bereits eine fertige Persönlichkeit, eine Frau, kein kleines Mädchen mehr. Und diese Persönlichkeit will ich behalten. In Zukunft werde ich mich darum kümmern, selbst mit mir zufrieden zu sein, ich will nicht darauf angewiesen sein, dass mein Mann und seine Familie zufrieden mit mir sind. Diese Weltreise hat mich weitergebracht, der Abstand war genau das, was ich brauchte. Ich weiß nun, was ich will. Meine Zukunft soll mir gehören, mir ganz allein. Ich möchte mein Leben selbst gestalten. Und dass ich demnächst nicht mit Prinzessin Kate Tee trinken kann ...« Sie lachte leise. »Darüber werde ich hinwegkommen.« Nun seufzte sie tief und betrachtete verzweifelt Godrics unglückliches Gesicht. »Es fällt mir nicht leicht, Godric, dich zu enttäuschen. Es fällt mir auch nicht leicht, meinen Vater zu enttäuschen. Er war ja so glücklich über diese Verbindung. Ich hätte seinem Drängen nicht nachgeben dürfen, das weiß ich nun. Aber zum Glück habe ich es früh genug erkannt.«

Sie zog sich den schwarzen Kaftan über den Kopf und faltete ihn zusammen. Darunter trug sie eine knallrote Sommerhose und eine weiße Bluse. »Schluss mit der Verkleidung. Mich darf jetzt jeder erkennen, ich kann anziehen, was ich will. Ein schönes Gefühl!«

Godric ließ seine Hände sinken. Während er kurz vorher noch den Eindruck erweckt hatte, dass er sie halten wollte, schien er nun aufzugeben. Vielleicht hatte er die ganze Zeit schon geahnt, dass sie nicht glücklich werden würden. Vermutlich hatte auch er dem Drängen seiner Eltern nachgegeben und mit der Verbindung zu den Helbings versucht, den Sitz der Chiswicks zu retten. Möglicherweise war er jetzt sogar erleichtert.

Alexandra sah ihn ein letztes Mal aufmerksam an. »Eins noch, Godric ... dieser verschwundene Privatdetektiv ... hast du etwas damit zu tun?«

»Ich?« Godric wies mit dem rechten Zeigefinger auf seine Brust. »Nein! Du glaubst doch nicht etwa ...« Ihm verschlug es kurz die Sprache. »Wie kommst du nur darauf?«, brachte er dann mühsam heraus.

Alexandra antwortete nicht auf diese Frage. Sie ergriff Godrics Hand mit ihrer Linken, nahm dann ihre Rechte hinzu und drückte seine Hand mit einer Innigkeit und Herzlichkeit, die ihm zwar keine neue Hoffnung schenkte, aber dennoch ein Lächeln auf sein Gesicht zauberte.

»Du willst vorschlagen, dass wir Freunde bleiben sollen?«, fragte er, und sein Lächeln wurde so herzzerreißend, dass Alexandra schlucken musste.

Dann nickte sie. »Das ist wirklich mein größter Wunsch.«

Er nickte, ohne den Blick von ihrem Gesicht zu nehmen. »Alles, was du willst.«

»Es ist noch eine letzte Bitte, die ich habe«, sagte sie. »Ich weiß, es ist nicht fair, etwas von dir zu erwarten. Aber fragen möchte ich dich trotzdem …«

Eine halbe Stunde später öffnete Godric für sie die Tür und ließ es zu, dass sie mit einem lauten Knall hinter ihr ins Schloss fiel. Eine Weile blieb Alexandra noch davor stehen, sah nach rechts und links, dann ging sie den Gang hinunter, als wartete am Ende ihre Zukunft: schwungvoll und optimistisch.

Soleil

Das breite, hohe, lange Schiff, trutzig wie eine Ritterburg, die sich durch nichts verändert, was in seinem Inneren geschieht, zeigte ebenfalls keine Neuerungen. Es bewegte sich von Hafen zu Hafen, auch noch nach dem Herzinfarkttod eines Passagiers, der zum Glück dezent gehandhabt werden konnte, nach dem lautstarken Scheitern einer Ehe, die in der engen Kabine noch weniger Chancen gehabt hatte als in einem Einfamilienhaus, mehreren Magen-Darm-Erkrankungen und der Geschichte von zwei alten Menschen, die im jeweils anderen die Liebe ihres Lebens gefunden hatten. Der *Soleil* war nichts davon anzumerken, die Sonne prangte nach wie vor an ihrer rechten und linken Seite, und das Schiff war immer frisch gewaschen. Vor jedem Ablegen wurde jemand mit einem langen Wischmopp auf den Kai geschickt, der dafür sorgte, dass die *Soleil* so blieb, wie sie schon in Hamburg gewesen war.

In ihrem Inneren hatte sich jedoch manches weiterentwickelt. Ron Helbing drohte ein Ohnmachtsanfall, wenn nicht sogar Herzstillstand, als seine Tochter in der Tür seiner Suite erschien. Dieser gesundheitliche Schock konnte jedoch verhindert werden, weil Alexandra kurz vorher einen Erste-Hilfe-Kurs absolviert hatte. Sie sorgte dafür, dass er sich hinlegte, und hob seine Beine an. So lange, bis Ron Helbing wieder gleichmäßig atmete und zu der Meinung kam, dass diese Körperhaltung des Vaters einer englischen Lady unwürdig war. Er berappelte sich also ziemlich schnell.

Das änderte sich jedoch schlagartig wieder, als ihm klar gemacht worden war, dass seine Tochter dermaßen enttäuscht von ihm war, dass sie beschlossen hatte, ihr Leben von Grund auf zu ändern. In welcher Richtung? Das würde sie ihm nicht auf die Nase binden. Er habe ja hinlänglich bewiesen, dass man ihm nichts anvertrauen dürfe. Und er solle gar nicht erst versuchen, Godric of Chiswick zu bedrängen. Der würde schweigen wie ein Grab, das habe sie mit ihm so verabredet.

Das Schiff legte vor Lifou an, fuhr in den Hafen von Nouméa in Neukaledonien ein und landete schließlich, am letzten Tag des Jahres, in Sydney. Vico Irion war weder in Lifou noch in Nouméa von Bord gegangen, was bedeutungslos gewesen wäre, wenn sich die zwei Millionen in seinem Zimmersafe befunden hätten. Das war aber leider nicht der Fall gewesen. Eine Geldübergabe auf Mystery Island hatte es also wohl doch nicht gegeben, obwohl alles danach ausgesehen hatte. Und dass Vico Irion das Geld im Schrank unter seine Unterwäsche geschoben hatte, wollte niemand glauben. Auch nach reiflicher Überlegung gelangten alle, die davon wussten, immer wieder zu der Überzeugung, dass das Geld im Tresor landen würde, wenn Vico Irion es in die Finger bekäme. Er konnte schließlich nicht ahnen, dass es eine Möglichkeit gab, den Safe zu öffnen, ohne den Code zu kennen, und den hatte Irion höchstpersönlich festgelegt. Zumindest würde er nicht auf diese Idee verfallen, solange er nicht wusste, dass der Kapitän der *Soleil* eingeweiht war. Oder wusste er das? Jeder, der den Fall Vico Irion kannte, hatte sich schon diese Frage gestellt, aber niemand hatte sie laut werden lassen. Zu schrecklich war die Vorstellung, immer aufs Neue mit Fragen und Unsicherheiten bedrängt zu werden.

Jonas hielt also weiterhin in jedem Hafen Augen und Ohren offen, wobei Emily ihn unterstützte, seine Mutter ihn gelegentlich auf seinem Posten ablöste, während seine Tante ohnehin ein wachsames Auge auf alles hatte. Aber Vico Irion blieb an Bord und seine Lebensgefährtin auch. Der Fall wollte und wollte sich nicht lösen lassen.

Für den Kapitän der *Soleil* war dieser Fall nur einer von mehreren. Auch dieses schöne Familientreffen auf der *Soleil* drohte zu einem Fiasko zu werden. Da, wo Lisa sich aufhielt, war ein Drama sowieso immer nah, nun jedoch gab es noch zwei Kandidatinnen für unvorhersehbare Ereignisse: Emily Krug und Benita Meister. Wie sollte er mit den Erkenntnissen umgehen, die er über Emily gewonnen hatte? Und was sollte er von den Informationen halten, die Roland Hengst ihm verraten hatte? Er wusste es nicht.

Entsprechend schlecht gelaunt war Kapitän Lukas Jantzen. Er redete nicht viel, lachte selten, saß meist stumm im Kreis seiner Angehörigen, stimmte zu oder lehnte ab, beteiligte sich aber sonst nicht weiter an Gesprächen. Wenn Emily Teil der familiären Runde war, wurde er geradezu unleidlich, und wenn Benita sich bei ihm meldete, war er derart brüsk, dass sie bald damit aufhörte. Dass er daraufhin zufriedener wurde, ließ sich allerdings nicht sagen. Dabei ahnte er nicht einmal, dass sich etwas Neues der *Soleil* näherte, etwas Unerwartetes. Erfreulich oder unerfreulich? Hätte Lukas die Möglichkeit gehabt, sich dazu zu äußern, wäre er vermutlich nicht sicher gewesen, wie es zu beurteilen war. So aber ahnte er nichts. Die *Soleil* hatte sicher im Hafen von Sydney angelegt, breit und behäbig, groß und stark, so, als käme es ihr auf die nächste Katastrophe nicht mehr an, die sich vom Flughafen aus näherte …

Emily

Ihr war sehr unwohl zumute, als sie dem Kapitän folgen musste. So wie in der sechsten Klasse, als sie zum Schulleiter gerufen worden war, weil sie der Englischlehrerin ein Furzkissen untergeschoben hatte, was die Mitschüler sehr erheitert, die Pädagogin aber über alle Maßen empört hatte. Auch damals hatte sie sich gefragt, was sie zu hören bekommen würde.

Schon seit Tagen hatte sie das Gefühl, dass etwas zwischen ihr und dem Kapitän stand. Er sah sie oft von der Seite an und schaute schnell weg, wenn sie seinen Blick erwiderte. Er setzte sich nicht mehr neben sie, sondern suchte sich einen Platz weit weg von ihr. Er sprach sie nicht mehr an, seine Höflichkeit und sein Charme waren wie weggeblasen. Es war, als hätte sie sich einen Fehler geleistet, ohne zu merken, was sie falsch gemacht hatte. Und dann begegnete er ihr. Sie hatte mit Jonas im Crewbereich etwas getrunken, Jonas hatte mit Leon geredet, Emily hatte sich entschlossen, die beiden allein zu lassen. Auf dem Weg von der Kantine zum Ausgang kam ihr Lukas Jantzen entgegen, der wohl auf dem Weg in seine Suite war. Er stockte, als er sie sah, einen Moment lang sah es so aus, als wollte er grußlos an ihr vorbeigehen, dann blieb er so plötzlich stehen, dass Emily regelrecht erschrak.

»Gut, dass ich Sie treffe. Ich möchte etwas mit Ihnen besprechen.« So kühl hatte er noch nie mit ihr geredet. Selbst der Klassenlehrer damals war emotional engagierter gewesen als jetzt der Kapitän der *Soleil*. »Bitte kommen Sie mit«, sagte er. »Wir gehen in meine Suite.«

Mit gesenktem Kopf trottete sie hinter ihm her, während sie ihr Gewissen durchforstete und sich immer wieder fragte, warum er über sie verärgert war – jedoch ohne Erfolg.

Der Direktor hatte sie damals zum Glück milde angelächelt, das wusste sie noch genau. Lukas Jantzen jedoch war weit davon entfernt. Er hatte sogar seine komplette Attraktivität verloren, als er vor ihr sein Wohnzimmer betrat, zum Fenster ging, sich zu ihr umdrehte und sie ansah, als hätte sie etwas verbrochen. Seine weichen braunen Augen waren hart geworden, seine vollen Lippen nur noch ein schmaler Strich.

»Frau Krug«, begann er mit sehr kühler Stimme, »mir ist heute klar geworden, warum Sie hier sind.«

Emily schwieg. Sie hatte keine Ahnung, worauf er hinauswollte.

»Ich schätze es nicht, wenn man mir etwas vormacht. Sie hätten gleich mit der Wahrheit herausrücken müssen.«

»Wahrheit?« Emily merkte, dass ihre Stimme ganz klein und verzagt geworden war, so als wäre sie wirklich sehr, sehr schuldbewusst. Dabei fühlte sie sich völlig unschuldig. »Was für eine Wahrheit? Und was soll ich Ihnen vorgemacht haben?«

»Das wissen Sie genau! Unterschätzen Sie also bitte nicht meine Intelligenz, indem Sie mir jetzt weismachen wollen, das wäre alles nur ein komischer Zufall.«

»Ich habe keine Ahnung, wovon Sie reden.«

»Ihre Mutter hat Sie hergeschickt. Sie sollen mich kennenlernen, sollen mich bei meiner Ehre packen und dafür sorgen, dass ich mich darüber freue, mit einem Mal, völlig unerwartet, von jetzt auf gleich … eine Tochter zu bekommen.«

Emily verstand kein Wort. »Eine Tochter? Aber was habe ich damit zu tun?«

Lukas' Stimme wurde nun zornig. »Nehmen Sie mich gefälligst ernst, Frau Krug.«

Emily gewann allmählich ihr Selbstbewusstsein zurück. »Ich

nehme Sie ernst. Vorausgesetzt, Sie behandeln mich entsprechend.« Sie versuchte zu lachen, aber es gelang leider nicht.

»Was wissen Sie von Ihrem Vater?«

Emily betrachtete den Kapitän, ließ ihren Blick lange auf seinem Gesicht ruhen, merkte, dass er nervös wurde und seine Augen umherzuirren begannen. »Sie meinen, von meinem leiblichen Vater?« Mit einem Mal wurde sie ganz ruhig. Keine gute Ruhe, eher eine eisige, klirrende, trennende. »Gar nichts«, sagte sie mit einer Stimme, die nicht ihr zu gehören schien. »Dieser sogenannte Vater gehörte wohl zu den Männern, die sich keine Gedanken über die möglichen Folgen machen, wenn sie mit einer Frau ins Bett gehen.«

»Er wusste also nichts von Ihrer Existenz?«

Warum fragte er sie so etwas? Die Ahnung, was dahinterstecken könnte, kam zwar in ihr hoch, wie unangenehmer Reflux, aber sie schluckte sie herunter. »Meine Mutter konnte sich an seinen Namen nicht erinnern. Ich glaube, er hatte glatt vergessen, sich vorzustellen, bevor … na, Sie wissen schon.«

»Das hat Ihnen Ihre Mutter erzählt?«

Nun baute Emily sich vor ihm auf, als wollte sie zum Angriff übergehen. Was der Kapitän andeutete, ließ sich nicht mehr runterschlucken. »Mein leiblicher Vater hat mich nie interessiert. Und wenn Sie meinen, dass Sie das sind, dann interessiert mich das auch nicht. Mein Vater ist für mich immer Henning Krug gewesen. Er hat mich adoptiert, als er meine Mutter heiratete.«

»Und jetzt hat er Ihnen geraten, sich nach Ihrem leiblichen Vater umzusehen?«

»Das kann er nicht. Er ist schon seit Jahren tot.«

»Also war es Ihre Mutter?«

Emilys Stimme wurde jetzt heftiger. »Was reden Sie da? Was haben Sie mit meiner Mutter zu schaffen? Und mit mir? Ich will nichts von Ihnen. Gar nichts! Oder wollen Sie etwa sagen …«

Ihr blieb die Sprache im Halse stecken, erst jetzt wurde ihr so richtig die Tragweite dieses Gesprächs bewusst. »Sie glauben, dass ich ... dass ich etwas von Ihnen will ...«

»Ja, das glaube ich. Aber wenn Sie denken, dass Sie jetzt einen Papa gefunden haben, an den Sie irgendwelche Erwartungen richten können, dann haben Sie sich getäuscht.«

Emily stand da wie mit eiskaltem Wasser übergossen. Ihr fiel wieder ein, wie ihr die Tasche von der Schulter gerutscht war, wie sie zu Boden gefallen und vieles herausgepurzelt war, wie der Kapitän sich gebückt und ihr geholfen hatte, alles wieder einzusammeln. Und dann fiel ihr auch ein, dass er das Foto ihrer Mutter angestarrt hatte. Dass er sich anschließend sehr merkwürdig verhalten hatte, kam ihr nun auch wieder in den Sinn. »Sie wollen wirklich behaupten, dass Sie ... dass Sie mein Vater sind?«

»Von *wollen* kann keine Rede sein. Ich habe erkannt, dass Sie hier an Bord sind, um mir diese Vaterschaft unterzuschieben. Und das gefällt mir überhaupt nicht.«

Emily verschlug es die Sprache. Der liebenswürdige Kapitän Lukas Jantzen konnte also auch ganz anders. Diese Seite an ihm hatte sie noch nicht kennengelernt. Bisher war er immer charmant und höflich gewesen. Aber jetzt ...

Sie maß ihn mit einem bitterbösen Blick, von den sorgfältig gestylten Haaren bis zu den bunten Socken. »Mir gefällt das noch viel weniger«, stieß sie hervor. »Glauben Sie bloß nicht, dass ich mich darüber freue, einen Vater wie Sie zu bekommen. Ihnen irgendwas unterschieben? Nie im Leben!« Sie lachte so hämisch wie möglich. »Außerdem glaube ich Ihnen nicht.«

Mit diesen Worten drehte sie sich um und verließ den Raum. Hoch aufgerichtet, mit durchgedrücktem Kreuz und stolz erhobenem Kopf. Die Tränen kamen ihr erst, als sie den Crewbereich verlassen hatte. Gott sei Dank! Das fehlte noch, dass dieser Mann merkte, wie nah ihr seine Vorhaltungen gegangen waren.

Ohne jemandem ins Gesicht zu sehen, ging sie in die Symphonie-Bar und bestellte sich einen Espresso. »Einen doppelten für schwere Fälle.«

»Hoppla, was ist denn mit dir passiert?«, fragte da eine Stimme in ihrem Rücken und ergänzte gleich in Richtung Barkeeper: »Für mich bitte auch so einen für schwere Fälle.«

Emily drehte sich um. »Nathalie!«

»Nein, Alexandra.«

Emily starrte sie verwirrt an. »Moment mal ...« Sie betrachtete ihr Gegenüber eindringlich. »Du bist so verändert.«

»Ja, ich habe nicht nur meinen Namen, sondern noch ein paar andere Dinge geändert.«

Der Barkeeper stellte die Tassen auf die Theke, beide tranken einen Schluck. Dann sagte Emily: »Also gut, wer fängt an?«

Maria

Ich hatte extra meinen Wecker gestellt. Natürlich wusste ich, dass die *Soleil* gegen fünf Uhr morgens Sydney erreichen und kurz darauf am Opernhaus vorbeifahren würde. Ganz langsam und feierlich, wie es sich gehörte. Lukas hatte es den Passagieren am Tag zuvor mitgeteilt, und alle waren begeistert darüber, dass er die Reise so getaktet hatte.

Die Bewohner von Backbord-Kabinen waren in diesem Fall eindeutig im Vorteil. Alle anderen, die Steuerbordpassagiere, die Bewohner der Innen- und auch der Außenkabinen waren darauf angewiesen, auf Deck zu gehen, wenn sie diesen großartigen Moment miterleben wollten. Und natürlich die Crewmitglieder, deren Schlafbereiche unter der Wasserlinie lagen. So wie meine winzige Kabine.

Ich warf mir also ein leichtes Kleid über, lief nach oben und stellte fest, dass es kälter war, als ich angenommen hatte. Mit der Südseewärme war es fürs Erste vorbei. Aber hinunterlaufen, mir eine Strickjacke holen und dann den Augenblick verpassen, in dem sich die Sydney-Oper in ihrer ganzen Schönheit und Einmaligkeit präsentierte? Nein, da fror ich lieber. Sind Sie schon mal in Sydney eingelaufen? Und wenn ja, hatten Sie dann auch einen Kapitän, der Ihnen eine außergewöhnliche Destination so aufsehenerregend präsentierte? Dann haben Sie Glück gehabt. Lieber wäre es mir natürlich, Sie hätten diese tolle Erfahrung noch nicht gemacht, dann könnte ich hier jedem erzählen, dass mein Bruder der beste Kapitän aller Zeiten ist, der Einzige, der seinen Passagieren alles bietet, was möglich ist.

Die Sonne war noch nicht aufgegangen, aber der Himmel war schon nicht mehr schwarz, er bildete bereits ein graues Bühnenbild für den spektakulären Auftritt der Sydney-Oper. Als sie zu erkennen war, erfasste mich so etwas wie Ehrfurcht. Sorry, mir fällt kein anderes Wort dafür ein. Kann sein, dass Sie es ein bisschen übertrieben finden. Aber wenn man vor etwas Wunderbarem steht, es nicht richtig fassen, nur erfühlen kann, zwar sehen, aber nicht erklären kann, dann erfüllt einen tatsächlich so etwas wie ... ja, Ehrfurcht eben. Die Oper schälte sich aus der Dunkelheit, sie wurde erstaunlicherweise immer dunkler, je heller sich der Himmel färbte. Die Lichter, die dafür sorgten, dass das Gebäude niemals im Finsteren lag, wurden blasser, und dann lag das Wahrzeichen Sydneys klar vor uns und wurde mit der Sonne, die nun ihren Anteil dazugab, so scharf umrissen wie eine besonders gut gelungene Fotografie. Die sechs segelartigen Betonkonstruktionen wiesen auf uns, auf die *Soleil*, und zeigten uns, dass die Oper ein Meisterwerk war.

Die Harbour Bridge musste ein bisschen von ihrem Glanz abgeben, aber irgendwann wandten sich doch alle auch ihr zu, der Brücke, die unter den Einheimischen *coat hanger* genannt wurde. Tatsächlich war die Ähnlichkeit mit einem Kleiderbügel nicht von der Hand zu weisen.

Als die *Soleil* ihren Anlegeplatz erreichte, entstand sofort Betriebsamkeit im Hafen. Obwohl Silvester und sogar obwohl Sonntag war. Container wurden herangefahren, die *Soleil* würde ja über Nacht bleiben, diese Gelegenheit wurde immer zum Auffüllen der Vorräte genutzt. Nach dem Frühstück und den aufwendigen Einreiseformalitäten fuhren die Ausflugsbusse vor. Die *Soleil* leerte sich. Aber natürlich würden alle frühzeitiger als sonst zurückkehren, um die Silvester-Party und das Feuerwerk nicht zu verpassen.

Emily war auch an Deck, sie schlief ja so schlecht, seit sie den Verband tragen musste. Oder gab es einen anderen Grund? Als ich sie entdeckte, wirkte sie traurig. Oder einfach nur müde? Nein, sie sah bedrückt aus, dabei kannte ich sie doch in letzter Zeit hauptsächlich fröhlich. Sie war glücklich mit meinem Sohn und über die Chance, diese Weltreise zu machen. Warum also jetzt der ernste Gesichtsausdruck, die herabgezogenen Mundwinkel, die gekrauste Stirn?

Sie wurde gleichzeitig auf mich aufmerksam, winkte mir kurz zu und machte sich dann auf den Weg zu der Stelle, wo ich versuchte, schöne Fotos zu machen. Als sie bei mir ankam, war ich mir ganz und gar sicher, dass sich etwas zugetragen haben musste. Himmel, hatte Jonas sie schon wieder enttäuscht? Und lag der jetzt friedlich schlummernd im Bett, ohne auch nur zu ahnen, dass Emily unglücklich war?

»Kann ich dich sprechen?«, flüsterte sie mir zu. »Allein!«

»Natürlich.« Ich nahm sie beiseite und führte sie die Stufen hinab, die auf Deck 11 führten, wo bereits Sitzgruppen standen und die Kaffeeautomaten dampften. Wir ließen uns so weit weg wie möglich von anderen nieder, und ich besorgte Kaffee für uns beide.

Was dann kam, hatte ich wirklich nicht erwartet. Es traf mich völlig unvorbereitet und warf alle meine Pläne durcheinander. Ja, Emily fragte mich tatsächlich geradeheraus: »Bin ich die Tochter von Lukas Jantzen?«

»Wie ... wie kommst du denn darauf?«, stotterte ich.

»Er hat es behauptet«, entgegnete sie, was mich noch konfuser machte. Lukas wusste es? Seit wann? Und von wem?

»Er glaubt, ich wäre nur auf der *Soleil*, um mich bei ihm einzuschleichen. Er hat mir klipp und klar gesagt, dass ich nicht davon ausgehen solle, von jetzt an einen Papa zu haben. Er will mit dieser Vaterschaft nichts zu tun haben.«

Diese dritte Botschaft war wie ein Schlag in die Magengrube. Ich schnappte nach Luft, was leider dazu führte, dass der Kaffee in dem Becher, den ich noch in der Hand hielt, überschwappte.

Er war so heiß, dass ich mit einem Schrei aufsprang und mit meinem Kleid so lange hin und her wedelte, bis der große Fleck nicht mehr heiß, sondern erträglich warm geworden war. War Lukas von allen guten Geistern verlassen?

»Sag mir die Wahrheit, Maria«, flehte Emily. »Bitte, lüg mich nicht an.«

Oh Gott, das hatte ich nun davon. Die Wahrheit! Ja, ich kannte sie, nur ich. Außer Dorothee natürlich. Und Henning Krug, Emilys Adoptivvater, hatte vermutlich auch Bescheid gewusst. Bei Barbara hatte ich den Eindruck, dass ihr schon eine Ahnung gekommen war, als sie Emily sah. Barbara ist clever, und sie versteht oft intuitiv, worum es geht. Sicher ist sie vermutlich nicht, aber sie wird sich nicht wundern, wenn sie die Wahrheit erfährt. Dass ich die Einzige war, die Kontakt zu Dorothee gehalten hat, nachdem sie sich von meinem Bruder getrennt hatte, wusste niemand. Nicht mal Barbara. Ich glaube, die ganze Familie hätte mich für illoyal gehalten, wenn es bekannt geworden wäre.

»So war ich auch die Einzige«, erklärte ich Emily nun, »die wusste, dass Dorothee schwanger war.«

Emily wurde ganz klein, sie sackte auf dem Stuhl zusammen, als hätte sie bis zu diesem Augenblick noch gehofft, das Ganze könnte sich um einen Irrtum handeln.

»Aber ich musste ihr versprechen, niemandem etwas zu sagen. Erst recht nicht Lukas. Er wollte nie Kinder ...« Diesen Satz hätte ich am liebsten wieder zurückgeholt, nun hatte ich den Eindruck sogar verfestigt, den Lukas auf Emily gemacht hatte. Aber es war zu spät. »Dorothee wollte kein Geld von ihm, keine Unterstützung, keinen Unterhalt, sie wollte ihn vergessen. Das ging natürlich nicht, und erst recht nicht, als du deinem Vater von Jahr zu Jahr ähnlicher wurdest.«

Emily griff sich ans Gesicht, an die Wangen, den Mund, als wollte sie meine Aussage überprüfen.

»Deine Augen, deine Haare«, erklärte ich. »Mich wundert, dass es nicht jeder auf den ersten Blick gesehen hat.«

»Zunächst habe ich ihn sehr nett gefunden«, sagte Emily kleinlaut.

»Als deine Mutter heiratete, warst du ja noch klein. Sie hat damals beschlossen, dass du nicht erfahren solltest, wer dein leiblicher Vater ist. Sie hat anscheinend das vorausgesehen, was nun tatsächlich eingetreten ist. Lukas fühlt sich überfahren und reagiert so, wie kein Vater reagieren sollte. Aber ich bin schon lange der Ansicht, dass du Bescheid wissen musst. Schon seit Jahren liege ich Dorothee damit in den Ohren. Und endlich hat sie nachgegeben und sich einverstanden erklärt. Du wirst bald dreißig, ein guter Zeitpunkt, um endlich zu erfahren, wer dein Vater ist.«

Emilys Augen wurden groß. »Deswegen die Weltreise?«

Ich nickte zerknirscht. »Tut mir leid, Emily. Damit bist du noch einmal belogen worden. Es ging nicht anders. Du solltest Lukas in aller Ruhe kennenlernen, er sollte sich an dich gewöhnen. Aber ich verspreche dir, von jetzt an nur noch die Wahrheit! Die volle Wahrheit!«

Emily atmete auf, aber gleich verdüsterte sich ihre Miene wieder. »Dass sie mich so lange belogen hat … ich weiß nicht, ob ich Mama das verzeihen kann.«

»Sie hat es doch nur zu deinem Besten getan«, versicherte ich ihr. »Du hattest einen Papa. Henning Krug! Sie war davon überzeugt, dass es dir nicht helfen würde, wenn sie irgendwann noch einen leiblichen Vater aus dem Hut zauberte.«

»Das war vielleicht so, als ich noch klein war. Aber als ich erwachsen wurde, hätte sie mich aufklären müssen.«

Das war genau das, was ich Dorothee auch immer wieder vorgehalten habe. Emily war eine erwachsene Frau, sie hatte ein Recht darauf zu erfahren, wo ihre Wurzeln waren.

»Hast du es Jonas schon erzählt?«

Emily schüttelte den Kopf. »Der ist gestern mit Leon versackt.«

Ich blickte vielsagend auf ihren Verband. »Er hat dir nicht geholfen, als du schlafen gehen wolltest? Und du sollst doch auch nicht mehr allein sein. Vico Irion ...«

Aber Emily winkte ab. »Ich komme schon ganz gut klar. Und wie soll Vico Irion in meine Kabine kommen? Selbst wenn er glaubt, dass ich ihm gefährlich werden könnte, würde er das nicht schaffen.«

Ich war trotzdem sauer auf meinen Sohn. Es war verabredet, dass er Tag und Nacht bei Emily bleiben sollte, damit ihr nichts zustieß. Man wusste nicht, was in Vico Irions Kopf vor sich ging. Wie konnte Jonas so ein Risiko eingehen? Nur wegen der paar Biere und Kindheitserinnerungen? Ich verstand ihn einfach nicht. Und ich war wütend auf ihn. So wütend, dass er meiner Meinung nach nicht einmal erfahren sollte, was Emily nun wusste. Am Ende würde er im falschen Moment eine Bemerkung machen, von der er glaubte, dass niemand sie verstünde. Oder ihm würde ein Wort rausrutschen, das sich nicht wieder zurückholen ließ.

Emily verstand sofort, was ich meinte. Wir einigten uns darauf, unser Wissen für uns zu behalten. Auch Barbara sollte nichts erfahren. Ich war auch sehr sicher, dass Lukas' Einstellung sich eher verschärfen würde, wenn er feststellen musste, dass er damit allein gegen die Auffassung der ganzen Familie stand. Dass wir alle die Dinge anders sahen als er, das konnte er sich denken. Und dann würde er starrköpfig reagieren, herablassend, widerspenstig, aufmüpfig. In diesem Fall wäre er niemals bereit, seine Einstellung zu ändern. Diese Hoffnung konnte ich mir nur machen, wenn Lukas glauben durfte, dass niemand etwas ahnte, der ihm später vorhalten konnte, dass er es doch gleich gewusst habe ... Dieses Problem würden wir nur lösen, wenn Lukas glaubte, es selbst gelöst zu haben. Emily war sofort überzeugt, dass ich mit meinen Mutmaßungen richtig lag. Allerdings hatte ich ihr wohl ein wenig zu gründlich zugeredet, denn sie wollte auch nicht, dass ich mit Lukas über dieses Thema sprach. Dabei war natürlich genau das meine Absicht gewesen. In der nächsten halben Stunde hatte ich auf der Brücke erscheinen und Lukas den Marsch blasen wollen.

Aber ich musste Emily schwören, den Mund zu halten und nicht zu verraten, dass sie mit mir geredet hatte. »Er soll mich nicht für eine Tratschtante halten.«

Sie hatte recht. Wenn Lukas jemals Vatergefühle für Emily entdeckte – und das hoffte ich nach wie vor schwer –, dann nur, wenn er Respekt vor ihr haben und selbst das Gesicht wahren konnte.

Es wird mir schwerfallen, das wissen Sie, oder? Verdammt schwer. Aber ich muss es schaffen. Emily hat in allen Punkten recht, ich darf sie jetzt nicht enttäuschen. In diesem Augenblick fiel mir Lisa ein. Noch ein Grund, vorsichtig mit dieser Wahrheit umzugehen. Lisa brachte es fertig, sie auseinanderzunehmen und falsch wieder zusammenzusetzen. Das gehörte zu ihren Spezialitäten. Es war schon schlimm genug, dass wir vor ihr den Fall Vico Irion geheim halten mussten.

»Und deine Mutter?«, fragte ich vorsichtig. »Wir haben in den letzten Wochen häufig miteinander telefoniert.«

Aber auch da hatte Emily eine ausgeprägte Meinung, über die sie nicht lange nachdenken musste. »Ich rede selbst mit Mama. Aber erst, wenn der richtige Zeitpunkt gekommen ist.«

Puh! Da sitze ich nun. Nicht nur mit Kaffeeflecken auf dem Kleid, sondern auch mit der Pflicht zu schweigen. So ein Mist! Lukas soll noch nichts erfahren, Dorothee auch nicht, nur gut, dass ich wenigstens mit Ihnen reden kann. Am Ende platze ich noch!

Barbara

Silvester sollte an Bord der *Soleil* ein rauschendes Fest werden. Nach der Ankunft in Sydney am frühen Morgen des 31.12. hatte Barbara sich zu Fuß auf den Weg gemacht, war vom Kreuzfahrt-Hafen über die Anzac Bridge gelaufen, diese wunderbar klare Brückenkonstruktion, die nur aus geraden Linien bestand, diagonale Streben, die zueinander führten, dann die Pyrmont Road hinuntergegangen, bis zum Darling Harbour, womit sie gut zwei Stunden unterwegs gewesen war. Aber sie kannte diese Strecke, war schon mehrmals in Sydney gewesen, einmal auch mit Santino. Vor genau drei Jahren! Santino hatte den Wunsch gehabt, einmal das Silvester-Feuerwerk in Sydney zu erleben.

Barbara schaute auf ihr Handy, als könnte es sein, dass Santino ihre Gedanken spürte und gerade in diesem Augenblick noch einmal versuchte, sie zu erreichen. Er würde an diesem Tag an sie denken, da war sie sicher, die Tage in Sydney gehörten zu ihren schönsten gemeinsamen Erinnerungen.

Sie ruhte sich in einem der vielen Bistros aus, die es am Darling Harbour gab. Vor drei Jahren hatten sie ein Lieblingslokal gehabt, dort hatte sie eigentlich Platz nehmen wollen. Aber es existierte nicht mehr, hatte einem Billig-Shop weichen müssen, in dem geschmacklose, schrecklich bunte und vornehmlich blinkende Souvenirs, Dekorationen und Stofftiere angeboten wurden. Sie war enttäuscht und setzte sich woandershin, wo sie einen ähnlich guten Blick auf die Pyrmont Bridge hatte. Ein weiterer Beweis dafür, dass das Leben sich veränderte, dass etwas verging, was einmal wunderschön gewesen war, dass alles ein Ende hatte. Vielleicht war es gut, dass Santino nicht noch einmal angerufen hatte. Silvester war so ein Tag, an dem sie zu unvernünftigen Entscheidungen fähig wäre, das wusste Barbara. Vielleicht sollte sie ihr Handy aus und erst am Abend des Neujahrstages wieder einschalten.

Sie ruhte sich eine Weile aus, trank Kaffee und sah zu, wie die Pyrmont Bridge für das Silvester-Feuerwerk hergerichtet wurde. Autos durften dort bereits nicht mehr fahren, Barrieren sorgten schon jetzt dafür, dass es am Abend ein geordnetes Miteinander geben würde. Die Ordnungsbehörden von Sydney hatten Erfahrung, sie wussten, wie man sich auf Menschenmassen vorbereitete, die fröhlich feiern sollten, ohne Aggressionen, ohne Gewalt.

Barbara ging in die entgegengesetzte Richtung, zum Queen Victoria Building, dem Einkaufszentrum, das als das schönste und beste der Welt galt. Damals hatte Santino sie zum Kauf einer viel zu kostspieligen Hose überredet. Von einem Label, das ihr bis dahin immer zu teuer gewesen war. Nun trat sie wieder in diesen Laden, probierte eine schwarze Hose an, ein buntes Sommerkleid und ein gelbes T-Shirt ... bis sie begriff, dass sie versuchte, Erinnerungen an die Oberfläche zurückzuholen, die kurz vor dem Absinken in die Vergessenheit gewesen waren. Als sie das erkannte, drückte sie der Verkäuferin die Kleider wieder in die Hand und verließ den Laden. Nein, keine Erinnerungen, die in die Zukunft führten! Sie würde nur noch Erinnerungen zulassen, die dort blieben, wo sie hingehörten: in der Vergangenheit.

Sie lief denselben Weg zurück zum Schiff und begegnete Lisa, die ihr entgegenkam. Hübsch sah sie aus, mit ihrer zierlichen Figur, der gut sitzenden Blue Jeans und dem hellen Sweatshirt. Dass sie sich eine Regenjacke um die Hüften gebunden hatte, nahm ihr ein bisschen was von der Strenge und Perfektion, die sie gern ausstrahlte.

Sie lachte, als sie hörte, was Barbara unternommen hatte. »Zum

Darling Harbour wollte ich auch. Wir hätten zusammen gehen können.«

Barbara behauptete, dass es ihr leidtäte. »Ich hätte dich gefragt, ob du mitkommst, wenn ich geahnt hätte ...«

Aber Lisa war gnädig. »Das konntest du nicht wissen. Ich will ein paar Erinnerungen auffrischen. In Sydney war ich mal mit meinem Vater. Mama war damals krank, wir hatten ein paar schöne Tage hier.«

Barbara ging nachdenklich weiter, nachdem sie sich von Lisa verabschiedet hatte. Auf den Spuren der Vergangenheit zu wandeln, schien vielen Menschen ein Bedürfnis zu sein. Erinnerungen wurden dann intensiver, oder aber sie verloren ihren Glanz, beides war möglich. Und beides konnte gut sein oder auch enttäuschend. Sie wünschte Lisa, dass dieser Spaziergang sie ein Stück weiterbrachte und ihr half, ihren Vater nicht zu vergessen, aber sein außergewöhnliches Schicksal aus einer anderen Perspektive zu betrachten und sich auf diese Weise damit auszusöhnen. Sie selbst hatte es ja auch geschafft. Sie horchte in sich hinein und stellte diese Behauptung noch einmal auf. Stimmte es? Ja, sie konnte es wiederholen: Sie hatte es geschafft.

Mit einem Mal wurden ihre Schritte schwerer, die in Erinnerung an Santino leicht und beschwingt gewesen waren. Gut, dass niemand von jener Zeit wusste, außer Maria natürlich. Es war eine schöne, aufregende Zeit mit Albert gewesen, die heimlichen Verabredungen, die riskanten Treffen, die geflüsterten Telefongespräche ... Aber dann war es eine belastende Zeit geworden, je länger sie dauerte. Immer die Angst, dass es jemand herausbekam! Immer wieder die Frage, wie es weitergehen sollte! Als sie beschlossen, dass ihre Affäre ein Ende haben müsse, war Barbara erleichtert und traurig zugleich gewesen. Aber im Laufe der Jahre hatte die Erleichterung zugenommen. Und irgendwann hatte sie gespürt, dass Albert sich erneut verliebt hatte. Sie kannte ihn ja, sie wusste, wie er war, wenn er die Resignation abstreifte und sich emotional neu orientierte. Sie hatte es nicht mehr erfahren, dennoch war sie nach wie vor sicher, dass es nach ihr eine andere Geliebte in Alberts Leben gegeben hatte. Helene jedoch hatte auch diesmal nichts gemerkt.

Mittlerweile war sie im Hafen angekommen, die *Soleil* war schon von Weitem zu erkennen gewesen. Sie musste ihre Bordkarte vorweisen, bevor sie sich in die Nähe der *Soleil* begeben durfte, und betrat den Bereich, in dem sich nur Passagiere, Taxen, Ausflugs- und Shuttle-Busse bewegen durften. Ein Taxi fuhr soeben vor dem Terminal vor. Ein alter Mann stieg aus, mit steifen Gliedern, wie man das oft bei älteren Menschen beobachtete. Seine Bewegungen wurden jedoch nach wenigen Schritten geschmeidiger. Anlaufschmerz – diesen Begriff hatte sie oft von ihrem Vater gehört, der seit Jahren unter Knie-Arthrose litt.

Lukas

Lukas stand auf und schüttelte Ron Helbing die Hand. »Ich bin froh, dass sich alles geklärt hat.«

»Außer Fred Alswedes Verschwinden.« Ron Helbing war hartnäckig. Vermutlich musste man so sein, wenn man aus dem Nichts eine Firma aufgebaut hatte, die so viel Umsatz machte wie die BEE-Werke.

»Für uns ist auch diese Sache geklärt«, behauptete Lukas, »es gibt keine andere Begründung.«

Ron Helbing verzichtete endlich darauf, neue Bedenken vorzubringen. »Die Suite ist weiterhin frei? Ich würde gerne noch so lange auf der *Soleil* bleiben wie meine Tochter und mein angehender Schwiegersohn. Wir haben einiges aufzuarbeiten.«

»Bis Mauritius?« Lukas ging nach vorne zur Rezeptionstheke und wandte sich an Tobias Tiedemann, der dort Dienst tat. Er bestätigte, dass die Suite verfügbar war, und Lukas schickte Helbing zu ihm, damit er alle Formalitäten erledigte.

Er ging ins Büro zurück, setzte sich wieder an den Schreibtisch und starrte den Bildschirm des Computers an, über den eine blaue Lagunenlandschaft hinwegzog, der Bildschirmschoner. Der Anblick des Rezeptionisten hatte ihm wieder etwas ins Bewusstsein zurückgerufen. Das Steinchen im Schuh, das ihn seit Langem drückte. Er musste Jonas fragen, wie weit er mit seinen Recherchen gekommen war. Andererseits wusste er natürlich, dass Jonas längst zu ihm gekommen wäre, wenn er etwas herausgefunden hätte. Sein Neffe hatte zurzeit mit der Überwachung von Vico Irion genug zu tun. Der Silvesterabend war besonders problematisch gewesen. Viele gingen von Bord, nahmen ein Taxi und feierten irgendwo privat. Jonas hatte seine liebe Mühe gehabt, den Überblick zu behalten. Selbstverständlich hatte seine Mutter ihn unterstützt, auch Barbara war gelegentlich eingesprungen, und natürlich Leon, der, wenn seine Arbeit es zuließ, im Auge behielt, ob Vico Irion sich ausloggte. Aber tatsächlich war Irion während der Feiertage an Bord geblieben. Lukas fragte sich, wie seine Freundin das ertrug. So eine junge Frau wollte doch etwas erleben! Sie würde sich sicherlich manchmal fragen, warum sie eine Weltreise machte, wenn sie dann so wenig von der Welt zu sehen bekam ...

Emily hatte er seit ihrem Gespräch nur kurz gesehen und nur, weil es sich nicht vermeiden ließ. Ihr schien genauso wie ihm daran gelegen zu sein, sich aus dem Wege zu gehen. Merkwürdigerweise hatten ihn weder Maria noch Barbara auf dieses Thema angesprochen, nicht einmal Jonas. Er war fest davon ausgegangen, dass Emily sich bei einem von ihnen oder bei allen dreien ausweinen würde. Womöglich sogar bei Lisa, für die so etwas ein gefundenes Fressen war. Er hatte sich sogar schon überlegt, wie er in diesem Fall reagieren sollte. Aber diese Gedanken hatte er sich vergeblich gemacht.

Lukas entschied sich spontan und ziemlich unüberlegt dafür, Benita anzurufen. Sie war sofort am Apparat. »Endlich! Ich dachte schon, du willst nichts mehr von mir wissen.«

»Ich hatte viel zu tun. Und du weißt ja, meine Familie ...«

»Ich konnte nicht einmal Silvester mit dir anstoßen. Du warst von den Passagieren mit Beschlag belegt worden.«

»So ist das nun mal. Ich gehöre als Kapitän immer allen.«

»Schade. Vielleicht können wir das mit dem Anstoßen nachholen?«

Er zögerte kurz. »Ich werde dir Bescheid geben, wenn es passt.«

»Gut, ich warte.«

Lukas schaffte es nicht, das Gespräch schon wieder zu beenden. »Was hast du an Silvester gemacht? Warst du an Bord? Du und dein Mann? Habt ihr euch die Silvester-Show im Theatrium angesehen? Oder seid ihr in die Oper gefahren?«

»Allein?« Sie gab ein verächtliches Lachen von sich. »Du weißt doch, dass ich nicht mehr mit meinem Mann ausgehe. Außerdem hatte ich gehofft, dass wir beide, du und ich, ein bisschen Zeit füreinander haben könnten.«

Er wollte gerade antworten, als es an der Tür klopfte, die sich gleich darauf öffnete. »Besuch für Sie, Herr Kapitän.« Tobias Tiedemann streckte den Kopf herein und grinste. »Ich soll Ihnen den Namen nicht verraten. Es ist eine Überraschung.«

Nun war Lukas neugierig geworden. Er verabschiedete sich eilig von Benita und bat Tiedemann, den Überraschungsgast ins Büro zu führen. Als er sah, wer eintrat, sprang er auf. »Vater! Du? Wie kommst du hierher?«

Robert Jantzen breitete die Arme aus, als erwartete er, dass sein Sohn ihm an die Brust flöge. Das geschah zwar nicht, aber die beiden umarmten sich fest und innig, klopften sich gegenseitig auf die Schultern und strahlten sich an, als sie sich wieder voneinander lösten.

Lukas machte einen Schritt auf die Tür zu. »Wo ist Silvia?«

Robert Jantzen winkte ab und ließ sich auf dem Besucherstuhl nieder. »Das ist eine längere Geschichte ...«

»Sie ist nicht bei dir?« Lukas schwante Böses. »Das kann doch nicht wahr sein, Vater. Diesmal hast du nur bis zum Honeymoon durchgehalten?«

»Das liegt wohl bei uns in der Familie«, meinte Robert Jantzen schulterzuckend. »Vielleicht hast du es doch ganz richtig gemacht, Junge.« Er sah sich um. »Gibt's irgendwo ein gemütlicheres Eckchen zum Plaudern?«

Lukas lachte. »Besser, wir gehen in meine Suite.«

»Prima!« Sein Vater erhob sich ächzend. »Der Flug war anstrengend. Fast zehn Stunden.«

»Von wo kommst du?«

»Von den Seychellen.«

Lukas betrachtete seinen Vater und schwankte zwischen Bewunderung und Unverständnis. Robert Jantzen war nun 84 Jahre alt, für sein Alter noch sehr agil und unternehmungslustig, nach Meinung seiner Kinder allerdings viel zu unvernünftig und leichtsinnig. Bisher hatte man ihn oft zehn Jahre jünger geschätzt, in diesem Moment jedoch sah er kein Jahr jünger aus, als er war. Das lag vermutlich an dem langen Flug. Vielleicht auch an den Eheproblemen, die ihn auf die *Soleil* getrieben hatten. Oder täuschte Lukas sich? Gab es einen anderen Grund, seine Frau auf den Seychellen zurückzulassen? Noch während der Flitterwochen? Mein Gott, er war doch schon jahrelang mit Silvia zusammen, beide mussten gewusst haben, worauf sie sich einließen. Zwar hatten weder Lukas noch seine Schwestern einsehen können, warum die beiden es nicht bei einer unverbindlichen Lebensgemeinschaft beließen, aber natürlich hatte Robert Jantzen niemanden nach seiner Meinung gefragt und auch von sich aus keine Erklärung abgegeben.

Ihm war beruflich immer ein sicheres Händchen nachgesagt worden. Privat allerdings versagte dieses Gefühl oft. Seine vier Kinder stammten aus drei Ehen, und Lukas vermutete, dass noch weitere Kinder hinzugekommen wären, wenn die jeweiligen Frauen und Geliebten mitgemacht hätten. Robert liebte Kinder und hatte sich immer gut um sie gekümmert, auch nach den jeweiligen Scheidungen. Seine erste Frau war Barbaras Mutter gewesen, Roberts Jugendfreundin. Ihre Liebe war schon während der Schulzeit entstanden, hatte die Studentenjahre überlebt, ihre Ehe war jedoch schon nach einem Jahr am Ende gewesen. Als Ria Jantzen vor zehn Jahren starb, war Robert dennoch todtraurig gewesen. Schon ein Jahr nach der Scheidung heiratete er Irene Dubois, eine Französin, die er in Paris kennen- und lieben gelernt hatte. Die kleine Barbara lebte bis dahin bei ihren Großeltern mütterlicherseits, nach der Hochzeit mit Irene holte Robert sie jedoch zu sich, was allerdings nicht lange gutging. Irene wurde schnell mit Maria schwanger und sah sich nach deren Geburt außerstande, für zwei kleine Kinder gleichzeitig zu sorgen. Robert hatte zu jener Zeit sein erstes Hotel erbaut, das zunächst nur rote Zahlen schrieb, aber nach Marias Geburt allmählich zu florieren begann. So konnte er ein Kindermädchen einstellen, aber als zwei Jahre später Lukas zur Welt kam, wurde es Irene endgültig zu viel. Also holten die Großeltern Barbara zurück, sie hatten ihre Enkelin ohnehin nur ungern dem Vater und seiner neuen Frau überlassen. Dort blieb Barbara bis zu ihrer Volljährigkeit, die ihre Großeltern noch erlebten. Zwei Monate später starben sie kurz hintereinander. Zu diesem Zeitpunkt war Roberts zweite Ehe längst gescheitert, und er war eine dritte eingegangen, aus der Helene hervorgegangen war. Lilo Schubring war die erste Ehefrau, die sich weigerte, Roberts Namen anzunehmen. Später meinte er, das hätte ihm zu denken geben sollen. Lilo war aufmüpfig, hatte ihre eigenen Vorstellungen und hielt nichts von einem intensiven Familienleben. Damit war sie als Frau für Robert Jantzen völlig ungeeignet. Dumm nur, dass er das nicht vorher festgestellt hatte. Der regelmäßige Kontakt zu seinen Kindern war ihm sehr wichtig, und das Schönste für ihn war ein Weihnachtsfest mit all seinen Nachkommen. Das hatte Lilo nur einmal mitgemacht und kurz darauf das Ende ihrer Ehe verkündet. Es schien, als sei Robert nun, nach drei Ehen, erst mal geheilt, aber vor ein paar Monaten hatte er seiner staunenden Nachkommenschaft verkündet, dass er es ein viertes Mal versuchen wollte.

Mittlerweile war Robert Jantzen ein sehr vermögender Mann, sodass bei jeder Frau, in die er sich verliebte, eins seiner Kinder den bösen Verdacht äußerte, dass es derjenigen ums Geld ginge. Bisher waren es immer nur Liebschaften geblieben, aber als er erneut

Heiratsabsichten hegte, tauchte die Mutmaßung erneut auf. Robert Jantzen war Besitzer einer Hotelkette gewesen, die er mit großem Gewinn verkauft hatte, als er sich dem Rentenalter näherte. Wie hoch sein Vermögen war, wusste keiner, aber es war beträchtlich, das war klar. Ihm hatte auch das Hotel in Valparaíso gehört, in dem Albert arbeitete und Helene jetzt noch lebte. Das war Roberts Bedingung gewesen, als er seine Hotels verkaufte: Helene sollte für immer ein Wohnrecht in Valparaíso haben.

Lukas ließ sich von Tobias Tiedemann die Kabinenkarte aushändigen und brachte seinen Vater selbst in die Kabine, die für ihn hergerichtet worden war. Eine Balkonkabine!

»Eigentlich wollte ich eine Suite«, brummte Robert Jantzen, »aber es hieß, die wären schon alle vergeben.«

Lukas dachte an die Suite, in der Ron Helbing wohnte, und ärgerte sich, dass sein Vater nicht früher erschienen war. Aber er sagte nichts dazu, sonst würde Robert Jantzen glatt von ihm verlangen, diesen Mann, der auch nicht rechtzeitig gebucht hatte, aus der Suite zu werfen. Sein Vater war überraschend hier aufgetaucht und musste eigentlich froh sein, dass er überhaupt eine Kabine bekam.

Maria

Von Sydney zur Känguru-Insel

Wir brauchten eine Krisensitzung. Unbedingt! Oder sollten wir tatenlos zusehen, wie die vierte Ehe unseres Vaters den Bach runterging? Er kam allmählich in die Jahre, womöglich würde er in Kürze pflegebedürftig, man wusste ja nie. Dann hatten wir eigentlich froh darüber sein wollen, dass er bei einer noch jungen Frau gut versorgt war. Natürlich kann unser Vater sich jede Pflegekraft leisten und sich in die teuerste Seniorenresidenz einmieten, aber möglicherweise erwartete er von seinen Kindern tätige Betreuung? Wir werden für ihn da sein, keine Frage, aber seine Frau Silvia, zwanzig Jahre jünger als er, ist da doch eindeutig die bessere Wahl. Jedenfalls für uns. Sie finden, ich bin hartherzig? Nein, das bin ich nicht. Ich will für meinen Papa nur das Beste. Aber ich will auch meinen Job, und zwar als Bordshopleiterin, behalten, und Lukas wird auch nicht im Traum daran denken, sein Kapitänspatent zurückzugeben, um seinen Vater zu pflegen, und Barbara hat lange genug davon geredet, nun, nach ihrer Rückkehr aus Argentinien, endlich mal tun und lassen zu können, was sie will. Und mit Helene ist ja sowieso nicht zu rechnen. Puh! Wir müssen die beiden versöhnen, am besten Silvia auf die *Soleil* holen, damit Papa das Leben ohne seine junge Frau gar nicht erst so richtig gut gefällt. Ob sie zu viel von ihm erwartet hat, was er als 84-Jähriger nicht mehr leisten kann? Oder war es etwa genau umgekehrt? Hatte er sich mehr von seiner jüngeren Frau erhofft? Bei Robert Jantzen war alles möglich.

Nach der anstrengenden Reise musste er sich aber erst mal ausruhen, sodass wir uns unverzüglich zusammensetzten und beraten konnten, nachdem wir aus dem Hafen von Sydney ausgelaufen waren. Wir trafen uns in Lukas' Suite, so war er in der Nähe der Brücke, falls mal eine wichtige Entscheidung getroffen werden musste. Zu einem Ergebnis kamen wir nicht, auch nicht, als Lisa zu uns stieß, die der Meinung war, sie müsse uns helfen. Wir versicherten ihr, dass sie als Teil der nächsten Generation nicht verpflichtet sei, aber sie war der Meinung, dass eine Familie zusammenhalten müsse. Eigentlich richtig schön, wie sie das so sagte …

Doch wir kamen zu keinem Entschluss, weder in Melbourne noch in Burnie, und in Adelaide war es genauso. Auch mit Lisas Beistand kamen wir nicht weiter, sie eilte uns sowieso mehr theoretisch zu Hilfe, ging aber mit praktischen Vorschlägen eher sparsam um. Und Robert Jantzen? Dem schien es gutzugehen auf der *Soleil*, von Silvia sprach er nicht, und sie ließ auch nichts von sich hören. Er schlief morgens lange, genoss jede Mahlzeit so ausgiebig wie möglich, spielte Shuffle-Board und knüpfte Bekanntschaften, zu unserem Schrecken vor allem mit Frauen.

Am 3. Januar hatten wir in Melbourne angelegt, zum Glück war Vico Irion auch hier an Bord geblieben, genauso wie am nächsten Tag in Burnie. Unser Vater war jedes Mal irritiert, wenn wir in Aktionismus verfielen, sobald das Schiff freigegeben worden war. Jonas musste dann los zur Observierung, Barbara und ich mussten ihn unterstützen. Aber natürlich konnten wir Papa nicht verraten, worum es ging. Zum Glück fragte er nicht lange nach, meist hatte er für die Zeit schon eigene Pläne. Von Bord, um sich eine Stadt anzusehen, wollte er nie. Das sei ihm zu beschwerlich, sagte er, und überhaupt kenne er bereits jede Stadt in Australien. Aber nachdem ich ihn einmal in einem intensiven Gespräch mit einer sehr attraktiven Frau entdeckte, musste ich etwas anderes vermuten. Er blieb an Bord, weil er mal wieder einen Flirt begonnen hatte. Lieber Himmel! Hörte das denn nie auf? War daran seine junge Ehe mit Silvia gescheitert? Als wir uns Sorgen machten, weil er diese gerade mal Vierundsechzigjährige heiraten wollte, hatten wir eher befürchtet, sie könnte ihn im Stich lassen, wenn sein Alter lästig würde. Aber wenn ich beobachtete, wie vergnügt er von einer älteren Dame zur anderen flanierte und überall gern gesehen war, bekam ich Zweifel.

Auch meinen Geschwistern fiel bald auf, dass unser Vater nicht angemessen über den Verlust der ehelichen Freuden jammerte. Er klagte sogar nie. Und auf unsere Fragen, was denn eigentlich geschehen sei, antwortete er nicht. »Macht euch keine Sorgen, alles wird sich klären.« Mit dieser lapidaren Entgegnung speiste er uns jedes Mal ab. So lange, bis Barbara auf die Idee kam, Silvia anzurufen. Die brach in Tränen aus, als sie hörte, dass Robert Jantzen auf der *Soleil* war, sie hatte sich bereits große Sorgen gemacht, sogar schon die Polizei alarmiert, die Hotelleitung sowieso ... und war nun erst mal erleichtert, dass »ihr Robert« noch lebte und gesund war. Ihr Robert! Dass sie ihn so nannte, machte mir Hoffnung. Ich hatte damit gerechnet, dass sie von einem untreuen Mistkerl sprach oder einem verantwortungslosen Hallodri, aber *ihr* Robert ... wir hatten Hoffnung.

Nur Emily ... sie ließ sich nicht blicken. Sie schien Jonas' Opa nicht einmal kennenlernen zu wollen. Natürlich habe ich Jonas gefragt! Aber er war ahnungslos, er ist ja immer ahnungslos, wenn Emily sich so verhält, als hätte sie ein Problem. Und sie hat ein Problem! Das weiß ich, und das sollte eigentlich auch Jonas wissen. Mindestens sollte er sich darüber Gedanken machen, ob irgendein Frauenleiden dahintersteckte. Aber was tut er? Er zuckt mit den Schultern und murmelt »wird schon wieder«. In solchen Augenblicken möchte ich meinen Sohn schütteln und anschreien. Wenn es helfen würde, täte ich es auch. Aber ich bin sicher, dass er nachher auch nicht einfühlsamer wäre als vorher.

Irgendwann hielt ich es nicht mehr aus und klopfte an Emilys Kabinentür. Das war, als wir auf der Känguru-Insel anlegten und

Jonas schon wieder unterwegs war, um zu kontrollieren, ob und wo Vico Irion sich blicken ließ.

Emily öffnete und lächelte sogar, als sie mich erkannte. »Komm rein, Maria.«

Haben Sie auch erwachsene Kinder? Einen Sohn vielleicht? Dann kennen Sie womöglich das komische Gefühl, plötzlich mit einer Intimität Ihres Sohnes konfrontiert zu werden, die nichts mit dem Windelwechseln von früher zu tun hat. Ich merkte jedenfalls, dass ich hier raus wollte. Konfrontiert mit diesem Doppelbett konnte ich nicht in Ruhe mit Emily reden.

Sie war zum Glück einverstanden, und wir gingen in die Symphonie-Bar, wo um diese Zeit nichts los war. Dass Jonas' Opa überraschend eingetroffen war, hatte sie natürlich mitbekommen, dass sie an unseren Familientreffen nicht mehr teilnehmen wollte, konnte ich natürlich verstehen, versuchte aber trotzdem, ihr zu erklären, dass es befremdlich wirkte, wenn Opa Jantzen einerseits zu hören bekam, Jonas habe eine Freundin, er dieser jungen Frau aber niemals vorgestellt wurde. Barbara setzte schon wieder ihren allwissenden Blick auf, ihr brauchte ich anscheinend nichts mehr vorzumachen, Lisa verstand natürlich gar nichts, und Lukas war offenbar mit der Entwicklung ganz zufrieden. Er war erleichtert, dass Emily sich zurückgezogen hatte. Was dachte er sich nur? Glaubte er wirklich, sie sei an Bord gekommen, um ihn an seine Vaterpflichten zu erinnern und väterliche Zuneigung einzufordern? Und dann ließ sie sich einfach von seiner Ablehnung zurückstoßen und tauchte nicht mehr auf? Wie konnte er das glauben?

Unser Gespräch und meine Erklärungen steckten noch in der Anfangsphase, als Barbara neben uns erschien. Ich gebe zu, begeistert war ich nicht. Wenn ich mir auch immer sicherer wurde, dass sie alles durchschaute. Trotzdem wollte ich lieber allein mit Emily reden. Aber was sollte ich machen?

Als Barbara fragte: »Was ist eigentlich los, Emily?«, konnte ich nur hilflos die Schultern zucken und sie fragend anblicken. Würde sie mit der Wahrheit herausrücken?

Nein, sie wollte es nicht. Sie redete sich auf ihre Schulterverletzung raus, behauptete, es gehe ihr schlecht, sie müsse viel liegen, die Medikamente hätten wohl Nebenwirkungen …

Sie war noch längst nicht fertig, als eine männliche Stimme hinter uns sagte: »Da ist sie ja, Jonas' Freundin! Oder irre ich mich?«

Himmel, mir blieb auch nichts erspart. Mein Vater! Ausgerechnet! Und ausgerechnet in diesem Augenblick! Er betrachtete Emily sehr ausgiebig, schüttelte sehr vorsichtig ihre unverletzte Hand und sah sie dabei immer noch sehr aufmerksam an. »Das ist Emily Krug, Papa«, stellte ich vor. »Du siehst ja, dass sie einen Unfall hatte. Sie hat bis heute liegen müssen«, behauptete ich.

Dann hörte ich auf zu stottern, denn das Gesicht meines Vaters veränderte sich auf seltsame Weise. Er wurde eine Spur blasser, aber nur kurz, dann färbten sich seine Wangen unnatürlich rot. Ich rutschte schon halb von meinem Barhocker, weil ich plötzlich in Sorge war, er würde zusammenbrechen, weil er einen Schlaganfall oder Herzinfarkt erlitten hatte. Doch die kleine Schwäche ging schnell vorbei, ein breites Lächeln zog sich über sein Gesicht. »Endlich!«, sagte er, und ich fragte mich, was er damit ausdrücken wollte.

Das hatte ich noch nicht herausgefunden, als Lisa zu uns trat, die uns angeblich schon längere Zeit gesucht hatte. Interessiert sah sie von einem zum anderen, denn natürlich hatten ihre Antennen sofort die Spannung erfasst, die über unserer kleinen Gruppe lag.

»Endlich!«, wiederholte unser Vater. »Es wurde aber auch wirklich Zeit, dass Lukas uns seine Tochter vorstellt. Wieso habt ihr mir meine Enkelin bis heute vorenthalten?«

Emily

Känguru-Insel, 7.1.

Es regnete. Angeblich regnete es auf der Känguru-Insel zu dieser Jahreszeit nie, aber schon am Tag zuvor in Adelaide hatte es geregnet. Und auch da war ihnen versichert worden, dass das Wetter völlig ungewöhnlich war. Am Tag vorher noch Sonne und 34 Grad, am nächsten Tag, als die Passagiere der *Soleil* ausschwärmten, Regen, wenn auch noch bei gemäßigten Temperaturen. Wer von der Känguru-Insel zurückkam und aus dem Tenderboot stieg, sah unzufrieden aus. Nathalie gehörte dazu und berichtete erbittert, dass ihre Ausflugsgruppe sich betrogen gefühlt habe. Ihnen war der Kontakt mit einem Stammesältesten versprochen worden, der ihnen etwas über die Rituale und Bräuche seines Stammes erzählen wollte. Aber in der Realität hatten sie einem fetten, ungepflegten Mann in dreckigen kurzen Hosen gegenübergestanden, der ein Rosmarinbüschel angezündet und es jedem von ihnen unter die Nase gehalten hatte. Angeblich war das der Stammesälteste gewesen, der im Prospekt allerdings ganz anders ausgesehen hatte: jung und muskulös, halb nackt, mit weißer Farbe bemalt und einem Federschmuck auf dem Kopf. Ein anderer Reiseführer hatte ihnen dann etwas über die Aboriginals erzählt und glaubhaft versichert, dass er selbst ein Aboriginal sei. Zwar lebte er nicht auf der Känguru-Insel, sondern in Adelaide, wo er im Straßenbau arbeitete, aber wenn Touristen auf die Känguru-Insel kamen, verdiente er sich als Tourguide etwas dazu.

»Der Kerl sprach ein saumäßiges Englisch«, beschwerte Nathalie sich lauthals. »Ich habe kein Wort verstanden.«

Nun saß sie neben Alexandra und Emily, und ihr Protest war im Keim erstickt worden. Was ihr gerade noch wichtig gewesen war, wurde im selben Moment klitzeklein, als sie auf Emily traf.

Sie weinte. Zum Glück saßen sie mittlerweile in Nathalies Panoramakabine, es gab außer Nathalie und Alexandra keine Zeugen für ihre Verzweiflung. »Nur Maria wusste davon. Und eigentlich wollte ich nicht, dass sonst noch jemand davon erfährt.« Sie wischte sich die Augen trocken und wunderte sich darüber, dass es einfacher sein konnte, etwas sehr Persönliches mit Fremden zu teilen als mit denen, die jede Einzelheit kannten, die zu dem Problem geführt hatte.

Sie betrachtete die beiden, als sähe sie sie zum ersten Mal. In gewisser Weise war das auch so. Den Freundinnen hatte sie nicht auf Anhieb ihr Herz und ihr Vertrauen geschenkt. Alexandra, die mittlerweile Nathalie hieß, schon gar nicht, ihr Benehmen hatte sie abstoßend gefunden, als sie noch nicht wusste, was dahintersteckte. Und Nathalie, die eigentlich Alexandra hieß, war sie mit Misstrauen begegnet, weil immer wieder deutlich wurde, dass sie sich für Jonas interessierte. Mittlerweile kannte Emily auch da die Hintergründe. Alexandra hatte die Vermutung gehabt, dass Jonas der Privatdetektiv war, den ihr Vater ihr nachgeschickt hatte. Dass sie nach wie vor den Verdacht hatte, dass Alexandra auch an Jonas als Mann interessiert gewesen war, wollte sie vergessen.

Nach dem Gespräch mit dem Kapitän, wie sie Lukas jetzt nur noch in Gedanken nannte, war sie Alexandra an der Bar in die Arme gelaufen und hatte ihr das Herz ausgeschüttet, bei einem doppelten Espresso »für schwere Fälle«. Es war einfach aus ihr herausgeplatzt, sie hatte mit jemandem reden müssen. Und Alexandra hatte sehr mitfühlend reagiert, hatte ihr zugehört, sich mit Ratschlägen zurückgehalten, aber vorsichtig versucht, die Perspektiven der anderen, von Emilys Vater und ihrer Mutter, zu berücksichtigen. Es war tröstlich gewesen, eine so aufmerksame Zuhörerin zu haben. Danach war Nathalie erschienen, und sie waren in die Panorama-Kabine umgezogen. Nun hatte Emily im Gegenzug genauso aufmerksam zugehört, als Alexandra ihr das Geheimnis um Godric eröffnete.

»Meinst du, das klappt?«, fragte sie aufgeregt.

Alexandra war zuversichtlich. »Godric hat es versprochen. Dies ist die letzte Chance meines Vaters. Er weiß es nicht, aber er kann nun beweisen, dass er mich endlich ernst nimmt.«

Danach musste Emily noch einmal erzählen, was sie erfahren hatte, denn Nathalie hatte den Anfang der Geschichte nicht mitbekommen. Am Ende saß sie kopfschüttelnd und ungläubig da. »Dein Opa wusste Bescheid? Und hat nie darüber geredet?«

»Wie Maria. Sie hatte die ganze Zeit Kontakt mit meiner Mutter.« Emily brach erneut in Tränen aus. »Alle haben mich belogen. Allen voran meine Mutter. Von wegen, der Mann sei nur ein Abenteuer für sie gewesen. Ein One-Night-Stand nach einer langen Partynacht. Alles Lüge!«

Nathalie beugte sich vor. Ihre langen blonden Haare fielen auf ihre Knie, als sie nach Emilys Händen griff, der Haaransatz zeigte, dass sie dringend eine neue Färbung brauchte. »Wie hat dein Opa davon erfahren?«

Emily konnte es vor lauter Schluchzen erst gar nicht herausbringen. Es dauerte eine Weile, bis auch Nathalie wusste, was Robert Jantzen berichtet hatte. Damals, ein paar Jahre nach Emilys Geburt, hatte er noch seine Hotelkette besessen und das Stammhaus, das Hotel auf den Seychellen, selbst geleitet. Das Haus, in dem er mit seiner vierten Ehefrau die Flitterwochen verbracht hatte, bevor er auf die *Soleil* gekommen war. Mittlerweile hatte er alle Hotels verkauft, doch an diesem, seinem ersten Haus, hing er nach wie vor.

Er kannte Dorothee Betz, die so lange mit seinem Sohn Lukas liiert war, dass alle fest damit rechneten, demnächst Hochzeit feiern zu können. Als diese Liebe von einem Tag auf den anderen zerbrach, war er genauso enttäuscht gewesen wie alle anderen. Seiner Meinung nach hatten die beiden sehr gut zueinandergepasst.

Und dann hatte er Dorothee drei Jahre später an der Seite eines anderen Mannes durch den Hotelgarten schlendern sehen, ein kleines Mädchen an ihrer Hand. Robert Jantzen zog Erkundigungen ein und erfuhr, dass das Ehepaar Krug auf Hochzeitsreise war. Dorothee Krug geborene Betz, Henning Krug und die kleine Emily Betz. Dass Henning Krug das Kind adoptieren wollte, erfuhr er sogar auch noch. Der Verdacht, den Robert Jantzen sofort hegte, bestätigte sich, als er im Anmeldeformular Emilys Geburtsdaten checkte. Er brauchte nicht lange nachzurechnen, um festzustellen, dass das Kind von Lukas sein musste. Die Ähnlichkeit zwischen Emily und Lukas war ein zusätzlicher Beweis. Und da Robert wusste, dass sein Sohn keine Kinder haben wollte, konnte er sich auch vorstellen, woran die Beziehung zwischen Dorothee und Lukas zerbrochen war.

Lange hatte er darüber nachgedacht, wie er reagieren sollte, und war dann zu der Überzeugung gekommen, es sei das Beste, den Mund zu halten. Dorothee würde ihre Gründe haben, das kleine Mädchen demnächst Emily Krug heißen und einen Vater haben, der Henning hieß. Robert wollte dem Schicksal nicht ins Handwerk pfuschen, hielt aber seitdem ein Auge auf sein Enkelkind. Und seit es Social Media gab, wusste er sogar ziemlich genau über sie Bescheid. Vor allem wusste er, dass sie ihrem Vater wie aus dem Gesicht geschnitten war ...

»Trotzdem hat er nie was gesagt?« Alexandra konnte es nicht glauben.

»Er wollte sich nicht einmischen. Er war der Meinung, dass man damit alles noch schlimmer machen würde.« Emily zögerte. »Vielleicht hat er recht.«

»Nein!« Nathalie war empört, über Robert Jantzen genauso wie über seinen Sohn Lukas. »Keiner dachte daran, dass ein Mensch wissen muss, von wem er abstammt. Das ist sogar ein Grundrecht.«

»Ich glaube«, entgegnete Emily leise, »mein Opa war davon ausgegangen, dass Lukas mittlerweile wusste, dass er eine Tochter hat. Und dass ich auch wusste, wer mein leiblicher Vater ist.«

»Und jetzt?«

Emily brach erneut in Tränen aus. »Jetzt mache ich mit Jonas Schluss. Was sonst?«

»Warum denn das?«, fragte Nathalie entgeistert.

Alexandra sah ihre Freundin kopfschüttelnd an. »Ist doch wohl klar! Sie will natürlich nicht mit einem Mann zusammen sein, mit dem sie verwandt ist.«

Lukas

Die Information hatte er schon länger, schon seit sie Australien verlassen und mit der Überquerung des Indischen Ozeans begonnen hatten. Er hatte sie jedoch zunächst zurückgehalten, um niemanden auf der *Soleil* unnötig in Angst zu versetzen. Oft änderte sich ja in letzter Minute doch noch etwas, und die ganze Sorge war umsonst gewesen. Nun aber stand es fest, ein Zyklon raste auf Mauritius zu, dort war die Alarmstufe Violett ausgerufen worden. *Belal,* so hatte man den Wirbelsturm genannt, würde am 15. Januar gegen Mittag auf die Insel treffen.

Lukas beratschlagte mit Roland Hengst und seinen Offizieren, wie sie vorgehen wollten. Auf das Anlegen in Mauritius zu verzichten, kam nicht infrage, denn dort würden zweihundert Passagiere von Bord gehen, die die ersten beiden Teilstrecken oder nur die zweite gebucht hatten. Und ebenso viele, die sich auf den dritten Reiseabschnitt beschränken wollten, warteten in Port Louis auf die *Soleil*. Lukas saß mit seiner Mannschaft über den Karten, auf denen der Weg des Zyklons eingezeichnet war. Gemeinsam kamen sie schließlich zu der Überzeugung, dass sie versuchen wollten, dem Sturm den Weg abzuschneiden. Auf ihrer jetzigen Route fuhren sie *Belal* entgegen, wenn sie jedoch eine längere Strecke in Kauf nahmen, konnten sie ihm ausweichen.

Lukas zeigte auf die Karte. »Wenn wir auf Kurs Nord-West gehen, wird es für uns vielleicht nicht so schlimm.«

Seine Offiziere nickten bestätigend, und Lukas beschloss, die Passagiere der *Soleil* darüber zu informieren, dass ihnen ein paar

Tage mit hohem Seegang bevorstanden. Er ließ den Gong ertönen, der anzeigte, dass der Kapitän zu den Passagieren sprechen wollte.

So knapp wie möglich schilderte er die Situation, nannte die unangenehme Lage zwar beim Namen, bemühte sich aber, sie so weit zu verharmlosen, wie er es verantworten konnte. »Wie die Situation auf Mauritius, in Port Louis, sein wird, wenn wir dort ankommen, lässt sich noch nicht sagen. Wir müssen abwarten, welche Schäden der Zyklon anrichten wird und, falls sie beträchtlich sind, wie zügig die Aufräumarbeiten durchgeführt werden können. Natürlich hoffen wir, liebe Gäste, dass Sie die wunderschöne Insel Mauritius genießen können, dass der Zyklon sich abschwächt oder seine Richtung ändert, damit Sie wie geplant die Möglichkeit haben, die Insel ausgiebig zu erkunden.«

Eine leise Unruhe machte sich auf dem Schiff breit, das wurde ihm zugetragen, aber echte Sorge oder gar Angst war nicht aufgekommen. »Ab jetzt werden alle nach aktuellen Nachrichten im Internet schauen«, sagte er. »Es lässt sich nichts mehr geheim halten.«

Aber sie hatten Glück, das stellten bald auch die Gäste fest, die einen Laptop zur Verfügung hatten. Tatsächlich schwächte sich der Sturm kurz vor Mauritius ein wenig ab und änderte sogar seine Richtung geringfügig zu ihren Gunsten. Dennoch nahm der Wind erheblich zu, und die Wellen türmten sich bis zu fünf Metern auf. Beim Schiffsarzt herrschte Hochbetrieb, denn es gab zahlreiche Seekranke, die ein Medikament benötigten.

Die Nachrichten aus Port Louis waren schlecht. Viele Hundert Menschen mussten aus ihren Häusern evakuiert werden, Tausende waren ohne Wasser, ohne Strom oder Telefonanschluss. Die Feuerwehr tat ihr Bestes, aber sie brauchte zur Unterstützung Hilfe vom Festland, anders waren die Probleme nicht zu bewältigen. Bereits vor dem Eintreffen des Zyklons waren heftige Regenfälle niedergegangen, sodass jetzt weite Teile von Mauritius unter Wasser standen. Die Regierung forderte die Bürger sogar auf, ihre Häuser nicht zu verlassen, Schutz in festen Gebäuden zu suchen und dort abzuwarten.

Lisa regte sich schrecklich auf. »Wir können doch nicht in einen Zyklon fahren, Onkel Lukas! Du musst umkehren.«

Lukas gab sich Mühe, ihr ruhig zu antworten. »Zwischen November und April sind tropische Wirbelstürme im Indischen Ozean häufig. Die Bewohner der Inseln kennen das. Eine Windgeschwindigkeit von 160 Kilometern pro Stunde ist keine Seltenheit. Du wirst sehen, Lisa, wie schnell die Mauritier mit dem Aufräumen fertig sind. Darin haben die Übung.«

Barbara sah die Sache pragmatischer. »Was ist mit den Agenturen, die unsere Ausflüge organisieren?«

»Wenn es eben geht«, antwortete Lukas, »werden wir die Ausflüge durchführen. Die Menschen auf Mauritius brauchen diese Einnahmen.« Er lächelte optimistisch. »Wird schon schiefgehen. Der *Soleil* wird nichts passieren, und seekranke Passagiere müssen wir leider in Kauf nehmen.« Er sah seine Angehörigen fragend an. »Wie ist es mit euch? Seid ihr alle seefest?«

Lisa natürlich nicht, das fiel ihr ein, als Lukas diese Frage stellte. »Ausgerechnet Mauritius! Diese Insel bringt nur Unglück.«

Maria

Port Louis/Mauritius, 19.1.

Die Tage bis Mauritius vergingen in einer Art Dämmerschlaf, der sich abwechselte mit Aktionismus. Die Angst vor den Folgen des Zyklons lähmte, der Wunsch, sich ihm nicht ausliefern zu müssen, setzte Kräfte frei, die aber nichts mit dem Zyklon zu tun haben konnten, der schließlich ein Naturereignis war, dem man bestenfalls ausweichen konnte. Zu bewältigen war er nicht.

Als wir auf den Hafen von Port Louis zufuhren, hatte ich das Gefühl, auf eine Grenze zuzusteuern, die Grenze zwischen Warten und Umorganisieren. Kennen Sie das? Wenn man einerseits Angst vor einer schwerwiegenden Veränderung hat, sie aber andererseits herbeisehnt, weil man weiß, dass es ohne Veränderung nicht weitergehen wird?

Ich war es mittlerweile so leid, in jedem Hafen erneut darauf aufzupassen, dass Vico Irion nicht klammheimlich von Bord schlich, und Barbara ging es genauso, das wusste ich. Von Jonas ganz zu schweigen, aber der musste seinen Job erledigen, das war etwas anderes. Ermüdungserscheinungen waren jedoch auch bei ihm zu erkennen. Hoffentlich fiel Vico Irion das nicht auf, hoffentlich hatte er noch keinen Verdacht geschöpft, hoffentlich glaubte er daran, dass niemand ihn im Auge hatte und er das Geld aus seinem Versteck holen konnte, ohne dass es jemand bemerkte. Und hoffentlich geschah das bald!

Er ließ sich selten blicken, während Liane mit großem Vergnügen über das schwankende Schiff stöckelte, nach wie vor overdressed, und begeistert beim Bingo mitspielte. Dass sie von den

Ländern, in denen wir anlegten, wenig zu sehen bekam, schien sie nicht zu stören. Aber in dem australischen Hafen Fremantle nahm sie doch mal an einem geführten Landgang teil und setzte sich am Nachmittag desselben Tages in einen Ausflugsbus, der nach Perth fuhr. Dann aber war sie immer allein, ohne Vico Irion an ihrer Seite. Dass sie während eines organisierten Ausflugs zwei Millionen aus irgendeinem Versteck holte, war ausgeschlossen. Vorsichtshalber erkundigte sich Leon trotzdem bei jedem Guide, die er natürlich alle kannte, nach Auffälligkeiten, aber Liane war immer brav in der Herde der Ausflugsgruppe mitgelaufen. Wenn sie aufgefallen war, dann nur durch ihr unpassendes Schuhwerk. Aber das merkte sie nicht. Nach dem Spaziergang in Fremantle kam sie in den Shop und erzählte mir begeistert von den herrlichen Hausfassaden, die sie bewundert hatte, und von einer Boutique, in der es schöne bunte Kleider gegeben hätte, für deren Erwerb aber leider keine Zeit gewesen war.

Emily zog sich nach wie vor auf die Folgen ihrer Verletzung zurück und blieb noch immer den Familientreffen fern, was Lukas kein einziges Mal kommentierte. Und Jonas schien nach wie vor nicht auf die Idee zu kommen, hinter ihrem Verhalten könnte etwas anderes stecken als Schmerzen in der Schulter und die Nebenwirkungen von Medikamenten. Unser Vater hatte zunächst alles versucht, sie näher kennenzulernen, war aber schnell an ihrem Widerstand gescheitert und hatte sie dann in Ruhe gelassen. So hatte er es gehalten, seit er von Emilys Existenz wusste, offenbar war er der Ansicht, dass er sich ihr am ehesten nähern konnte, wenn er sich von ihr fernhielt. Manchmal dachte ich, dass mein Vater es vielleicht ziemlich schlau anstellte.

Vielleicht hätte ich das auch machen sollen, statt Silvia endlich anzurufen und ihr Friedensverhandlungen vorzuschlagen. Sie hatte ja recht, die Eheprobleme meines Vaters gingen mich nichts an. Über die Gründe, die zu diesen Problemen geführt hatten, erfuhr ich auch nichts, den Anruf hätte ich mir wirklich sparen können. Papa erzählte ich vorsichtshalber gar nichts davon, der wäre womöglich sauer gewesen, weil ich mich in seine Angelegenheiten eingemischt hatte.

Silvia wollte jedenfalls nicht auf Mauritius erscheinen und Versöhnung mit meinem Vater feiern. Der Streit, der meinen Vater von den Seychellen vertrieben hatte, war wohl doch keine Lappalie gewesen, die sich aufgeschaukelt hatte. Darauf hatte ich im Stillen gehofft. Man kennt das ja, ein Wort gibt das andere, und später weiß niemand mehr genau, wie daraus ein ernsthafter Streit hatte entstehen können.

»Vier Monate Honeymoon sind vielleicht wirklich zu lange«, meinte Silvia nur.

Auch diesen Fall hatte ich also nicht gelöst und alle anderen Probleme auch nicht. Dabei rede ich nicht einmal von Fred Alswede und seinem Verschwinden. Oder vielmehr ... von seinem Tod. Es war traurig, dass wir über sein Ende hinweggehen mussten, als wäre nicht viel geschehen. Auch Lukas fand es schrecklich, das wusste ich. Aber was sollte er machen? Und vielleicht war ja auch alles ganz anders ...

Nun aber näherten wir uns Mauritius, der schicksalhaften Insel, und alle wurden nervös. Jeder von uns redete natürlich nur von dem Zyklon und den Schäden, die er auf der Insel angerichtet hatte, aber in Wirklichkeit wussten alle, dass es um den Wirbelsturm ging, der vor fünf Jahren unsere Familie erschüttert hatte. Lisa war mit den Nerven am Ende, es schien so, als hätte sie sich zu viel zugemutet, als sie sich dieser Insel noch einmal nähern wollte. Meist finde ich ja, dass Lisa gern übertreibt, wenn es um ihre Gefühle geht, aber in diesem Fall kann ich sie verstehen. Und ich rechne es ihr hoch an, dass sie sich der Katastrophe, die vor fünf Jahren geschah, jetzt noch einmal stellt. Es wird ihr helfen, das sage ich ihr immer wieder, anschließend wird sie mit den

Ereignissen abschließen können. Natürlich glaubt sie es nicht, aber das ist nicht wichtig. Sie wird es merken, sie wird es sehen, fühlen und hören, ich weiß es.

Auch Barbara war inzwischen schrecklich nervös geworden. Das hatte ich nicht erwartet. Sie ist ja immer so cool, einerseits kann sie leidenschaftlich sein, andererseits kann sie mit Gefühlen umgehen und würde sich nie von ihnen unterkriegen lassen. Doch in diesem Fall scheint es ihr nahe zu gehen, noch einmal mit Alberts Ende konfrontiert zu werden.

Am Abend zuvor hatte ich das letzte Telefongespräch geführt – es würde entweder eine gründliche Havarie oder eine Verständigung nach sich ziehen. Ich weiß es wirklich nicht, alles ist möglich. Mir wird wieder mal bewusst, wie schwer es sein kann, wenn man viel mehr weiß als alle anderen. Ich hatte es zwischendurch vergessen.

»Bist du auf alles vorbereitet?«, fragte ich.

»Der Tag ist gut, er passt genau. Ich muss noch eine Angelegenheit erledigen. Exakt an diesem Tag.«

»Das ist doch nicht wichtig.«

»Doch! Sehr wichtig sogar. Diese eine Sache muss ich noch hinter mich bringen. Es geht um Geld, um ziemlich viel Geld, jedenfalls für mich ist es viel. Das kann ich gebrauchen. Für den Neuanfang ...«

Okay, das sah ich ein. »Passt das zeitlich?«

»Sogar sehr genau. Es ist ein kleines Wunder, dass die *Soleil* ausgerechnet morgen in Port Louis einläuft.«

Dann noch das Gespräch mit Dorothee, die sich darüber beklagte, dass ihre Tochter sich nicht meldete und auf ihre Anrufe nicht reagierte. »Ist was mit Emily?«

Ich erwähnte ihre Schulterverletzung, verschwieg aber die Umstände, in denen sie entstanden war, redete das Ganze klein, und wechselte dann zum Erscheinen meines Vaters, der mit der Neuigkeit gekommen war, dass er von Emilys Existenz wusste. Das verblüffte Dorothee natürlich außerordentlich. Sie hatte während ihrer Hochzeitsreise nicht realisiert, dass sie mit Henning in einem Hotel Flitterwochen verbrachte, das Robert Jantzen gehörte. Mit dieser Neuigkeit konnte ich alle Fragen, die Dorothee auf der Zunge lagen, beiseiteschieben.

»Sei auf alles vorbereitet«, hatte ich zum Schluss gesagt. »Ich finde, in Kapstadt sollte es endlich passieren.«

Und nun fuhren wir auf Port Louis zu, auf Mauritius, die Insel, auf der vor fünf Jahren mein Schwager Albert verschwand. Lisa weinte, Barbaras Gesichtsausdruck wurde immer starrer, Lukas versuchte, souverän zu wirken, unser Vater bemühte sich schon bald nicht mehr, die Kälte mit Scherzen zu vertreiben. Sie blieb bestehen. Alle hatten wir Angst, von Bord zu gehen, und waren dennoch entschlossen, es zu tun. Alle hatten wir Angst vor den Erinnerungen und wussten doch, dass wir uns ihnen stellen mussten. Auch Lisa. Vor allem Lisa ...

Wir standen an der Reling und sahen zu, wie die *Soleil* sich langsam und vorsichtig an die Pier schob. Barbara, Lisa und ich. Jonas war bei Lukas auf der Brücke, er hatte ihm irgendwas Wichtiges mitzuteilen, mein Vater hatte sich noch nicht blicken lassen. Er schlief gerne lange und brauchte unglaublich viel Zeit für seine Morgentoilette.

Es entstand gerade der typische Wasserwirbel zwischen Kaimauer und Schiff, da trat Emily hinter mich. »Guten Morgen«, flüsterte sie.

Ich drehte mich um und umarmte sie spontan. »Emily! Endlich!«

Auch Barbara zeigte ihr, wie froh sie war. »Geht es besser mit deiner Schulter?«

Emily nickte leicht und lächelte Lisa an, die sich ebenfalls mitfühlend erkundigte. War das Eintreffen auf Mauritius nun so etwas wie ein Meilenstein? Hatte Emily sich damit ausgesöhnt, dass

Lukas ihr Vater war, der aber nichts von ihr wissen wollte? Oder war sie nur hier erschienen, weil sie wusste, dass ihr Vater während des Anlegens auf der Brücke war und sie ihm garantiert nicht über den Weg laufen würde?

Das Schiff wurde vertäut, der Kapitän machte eine Durchsage. Die Landgänge verzögerten sich, weil das Schiff noch nicht freigegeben wurde. »Es tut mir leid, Sie müssen noch ein wenig Geduld haben.«

In diesem Augenblick trat Leon zu mir. Mit einem Blick auf Lisa machte ich ein paar Schritte mit ihm zur Seite. Wenn er etwas zu vermelden hatte, ging es ja immer um Jonas' Auftrag. Davon wollten wir Lisa nach Möglichkeit fernhalten. Einzelheiten musste sie nicht erfahren.

Leon wusste das und tuschelte hinter vorgehaltener Hand. Er hatte am frühen Morgen in die Pläne aller Ausflugsbusse geschaut und nirgendwo Liane Reich oder Vico Irion entdeckt. Alles sah danach aus, als wollten die beiden wieder an Bord bleiben. »Aber Liane Reich hat sich soeben ausgeloggt«, flüsterte er mir zu. »Anscheinend will sie an Land gehen, sobald das Schiff freigegeben wurde.«

»Aber einen Ausflug hat sie nicht gebucht? Auch nicht last minute?«

Leon schüttelte den Kopf. »Sie hat wohl die Absicht, sich privat auf der Insel umzusehen.«

Das durften wir nicht riskieren. Noch immer bestand die Möglichkeit, dass Vico Irion seine Freundin vorschickte und sie für seine Zwecke benutzte. Wenn Liane Reich auf eigene Faust von Bord ging, musste ihr jemand folgen.

In diesem Augenblick stellte ich fest, dass Emily neben mir stand. Sie hatte mitgehört, was Leon gesagt hatte. »Ich fahre hinter ihr her«, sagte sie.

»Du? Mit deinem Verband?« Das wollte ich auf keinen Fall zulassen.

Aber Emily wehrte ab. »Ich kann sofort los. Es geht ja nur darum, Liane nachzufahren. Vermutlich ist sie wieder in irgendeiner guten Sache unterwegs, wir kennen sie doch. Mich in ein Taxi setzen und ihr folgen, das kriege ich auch mit diesem Verband hin.«

Lukas

Port Louis, Mauritius

Er hatte seinen Ärger schnell vergessen. Lukas wusste, dass Jonas nicht kurz vor dem Anlegen auf der Brücke erscheinen würde, wenn er nicht einen guten Grund dafür hatte. Außerdem hatte er gewissermaßen ein Sonderrecht, das fiel ihm ein und entlockte Lukas ein kleines Lächeln. Jonas hatte schon als kleiner Junge gelegentlich neben ihm auf der Brücke des Frachtschiffs stehen dürfen, auf dem Lukas noch vor Jahren Dienst getan hatte.

Vor einer halben Stunde war er hinter ihm aufgetaucht und hatte, als er Lukas' ärgerliche Miene sah, hervorgestoßen: »Ich habe interessante Neuigkeiten. Ich sollte doch recherchieren. Und gerade habe ich etwas Wichtiges herausgefunden. Das musst du so bald wie möglich erfahren.«

Natürlich war die Neugier in Lukas hochgeschossen, dazu eine Besorgnis, die er sich nicht erklären konnte. Trotzdem hatte er Jonas in den Raum hinter der Brücke geschickt und ihn gebeten, dort zu warten. »Es geht jetzt nicht. Ich komme gleich zu dir.«

Die Fragen waren dennoch geblieben, die Angst vor den Antworten auch. Jonas hatte also etwas über den Unfall in Erfahrung gebracht, bei dem Benitas Sohn ums Leben gekommen war. Was mochte das sein? Nach Jonas' aufgeregter Miene etwas Spektakuläres. Es gefiel Lukas nicht, dass er nun wieder Benitas Lächeln vor Augen hatte. Solche privaten Gedanken konnte er während des wichtigen Anlegemanövers nicht gebrauchen. Normalerweise war er immer sehr konzentriert, wenn er das riesige Schiff sicher zu seinem Ankerplatz manövrieren musste.

Aber schließlich war es geschafft, er überließ Roland Hengst den Rest und ging zu Jonas. Der saß an einem der Schreibtische, die zurzeit nicht benötigt wurden, den Blick auf eine große Karte geheftet, als interessierte ihn eine der Schiffsrouten. Aber Lukas merkte, dass Jonas gar nicht richtig hinsah, er starrte nur auf einen Fleck, ohne etwas zur Kenntnis zu nehmen.

Lukas spürte, dass seine Sorge wuchs. Er setzte sich Jonas gegenüber und versuchte, seine Stimme ruhig und besonnen klingen zu lassen, als er fragte: »Was hast du herausgefunden?«

Durch Jonas' Körper ging ein Ruck. »Es geht um Vico Irion.«

Lukas war einen Moment lang enttäuscht. Vico Irion? Er war davon ausgegangen, etwas Neues über den Unfall von Benitas Sohn zu erfahren! Und nun kam Jonas mit Neuigkeiten über seinen eigenen Fall?

»Auf der Flucht ist er mit einem gestohlenen Wagen stadtauswärts gefahren. Gerast! Durch fließenden Verkehr! Rücksichtslos! Mehrere Autofahrer, Fußgänger und Radfahrer haben sich nur in letzter Sekunde vor ihm in Sicherheit bringen können.«

Plötzlich begriff Lukas. »Aber Benitas Sohn nicht?«

Jonas nickte bedrückt. »Sandro Meister wurde von dem Auto erfasst und durch die Luft geschleudert. Er war sofort tot.«

Lukas, der angespannt dagesessen hatte, ließ sich nun gegen die Rückenlehne des Stuhls sinken. »Mein Gott!«

Jonas sprach sehr leise, als er fortfuhr: »Benita Meister, die Mutter des Opfers, erlitt einen Nervenzusammenbruch. Sie war lange im Krankenhaus. Die Ärzte hatten ihr davon abgeraten, an der Gerichtsverhandlung gegen Vico Irion teilzunehmen. Ihr Mann aber war an jedem Verhandlungstag anwesend.« Jonas zog die Kopie eines Zeitungsartikels hervor. In der Mitte prangte ein Bild. Es zeigte einen Mann, der erregt aufgesprungen war und mit großer Geste irgendetwas schrie.

Jonas zeigte darauf. »Er sieht heute anders aus.«

Lukas starrte das Foto an. Ja, Detlef Meister war darauf kaum zu erkennen. Hätte er nicht gewusst, dass es sich um Benitas Mann handelte, wäre er nicht darauf gekommen. Auf dem Foto hatte er graue Haare und einen Kinnbart. Heute waren seine Haare dunkel und sein Gesicht glatt rasiert.

»Er hat sich die Haare färben lassen und den Bart abgenommen, um nicht von Vico Irion erkannt zu werden«, sagte Jonas.

»Was bedeutet das?«, fragte Lukas im Flüsterton.

Jonas hob die Schultern und ließ sie wieder fallen. »Vielleicht wollen die beiden sich an Irion rächen? Stell dir das mal vor: Ihr Sohn ist tot, von diesem Schweinehund umgebracht worden, und der Kerl genießt jetzt hier ganz fröhlich seine Kreuzfahrt. Eine Weltreise! Da muss man als Eltern doch verrückt werden. Er hat seine Strafe abgesessen, natürlich nicht die ganze, wegen guter Führung ist ihm ein Teil der Strafe erlassen worden … aber die Eltern trauern ihr Leben lang um ihren Sohn. Diese Strafe ist nie abgesessen. Von dem Schicksal des Jungen ganz zu schweigen …«

Lukas starrte vor sich hin. Warum hatte Benita nie davon gesprochen? Warum hatte sie ihm nicht erzählt, unter welchen Umständen ihr Sohn ums Leben gekommen war? Das konnte nur eins bedeuten: Sie wollte nicht, dass Lukas davon erfuhr. Er sollte nicht wissen, welchen Zusammenhang es zwischen Vico Irion und dem Ehepaar Meister gab. Und warum nicht?

»Sie haben etwas vor.« Er starrte Jonas an, während er fieberhaft nachdachte. »Der Anschlag auf Vico Irion in Puerto Montt! Könnte das Detlef Meister gewesen sein?«

Jonas erschrak regelrecht. »Ja, das wäre möglich.«

»Aber Irion hat den Überfall überlebt.«

»Wenn der Vater will, dass Irion ebenfalls mit seinem Leben büßt, dann wird er es wieder versuchen.«

In diesem Augenblick ging Jonas' Handy. Seine Mutter war am anderen Ende. Das Gespräch war nur kurz, Jonas stand auf, als es beendet war. »Liane Reich ist gerade von Bord gegangen. Ohne einen Ausflug gebucht zu haben. Mama sagt, Emily will ihr nachfahren. Vorsichtshalber! Sie wird mich anrufen, wenn sie weiß, was Liane Reich vorhat, wohin sie fährt.« Jonas war schon an der Tür.

Eigentlich hatte Lukas noch nach Emily fragen wollen, aber dazu kam er nicht mehr. Warum auch? Emily hatte sich nicht mehr bei ihm und in der Familienrunde blicken lassen, sie hatte anscheinend eingesehen, dass bei ihm nichts zu holen war. Nach fast dreißig Jahren hier auftauchen und auf Tochter-Rechte pochen. Das fehlte noch!

Er ging auf die Brücke zurück, merkte aber gleich, dass es besser war, Roland Hengst auch den Rest zu überlassen. Er war zu nervös. Der Gedanke an Benita machte ihm zu schaffen, Emilys Name hatte auch etwas in seinen Gedanken angestoßen, und nun musste er sogar an Dorothee denken. Mein Gott, Dorothee! War jetzt etwa der Zeitpunkt gekommen, sie wiederzusehen? Es war doch vorbei gewesen, ein für alle Mal vorbei. Dorothee hatte ihn verlassen. Aber nun erst wusste er, warum. Das hatte er damals nicht geahnt. Und nun noch Benita. Natürlich hatte sie nicht die Bedeutung für ihn, die Dorothee gehabt hatte. Keine andere Frau würde jemals das für ihn sein können, was Dorothee gewesen war. Aber Benitas Schicksal ließ ihn nicht kalt. Obwohl er sich sagen musste, dass sie ihn vermutlich ausgenutzt hatte. Oder ausnutzen wollte! Wieder überlegte er, worüber sie in der letzten Nacht gesprochen hatten. Ja, sie hatten viel geredet, mehr als sonst. Wieder hatte sie ihm einige Fragen gestellt, weil sie sich angeblich so sehr für seinen Beruf interessierte. Hauptsächlich ging es ihr immer darum, welche Kompetenzen er als Kapitän hatte. Was er tun musste, wenn ein Passagier verschwand. Was er tun konnte. Welche Möglichkeiten hatte er überhaupt? Auf diese Fragen war sie immer wieder zurückgekommen. Wusste sie etwas über Fred Alswede? Oder hatte sie mit ihrem Mann zusammen beschlossen, Vico Irion verschwinden zu lassen? Was wäre gewesen, wenn der Anschlag in Puerto Montt erfolgreich gewesen wäre? Wenn Irion ihn nicht überlebt hätte? Wenn der Täter nicht überrascht worden wäre, sondern seine Tat hätte vollenden können? Wäre Vico Irion dann in irgendein Gebüsch gezerrt und dort liegen gelassen worden? Hätte Lukas dann einen zweiten Vermisstenfall an Bord gehabt? Konnte Benita Meister davon ausgehen, dass auch in diesem Fall der Mantel des Schweigens über die Angelegenheit gebreitet würde? Verdammt! Hätte er bloß nie über Fred Alswede gesprochen. Ja, er hatte ihr anvertraut, dass ein Passagier verschwunden war. Und sie wusste nun, wie in solchen Fällen verfahren wurde. Wenn man nichts Besseres wusste, ging man von Suizid aus. Dass er etwas Besseres wusste, hatte er aber nicht verraten. Die roten Spuren, die Emily an Deck gefunden hatte, waren sein Geheimnis geblieben.

Emily! Der Name schob sich immer wieder in seine Gedanken und ließ ihm keine Ruhe mehr. Anscheinend hatte sie mit niemandem über das gesprochen, was er ihr gesagt hatte. Was er ihr ... an den Kopf geworfen hatte, das traf es wohl eher. War das nicht ein Beweis dafür, dass er recht gehabt hatte? Sie war gekommen, um etwas von ihm einzufordern. Was eigentlich? Und wenn es wirklich so war – hatte sie nicht das Recht dazu? Aber was hatte Dorothee damit zu tun? Steckte sie hinter Emilys Erscheinen auf der *Soleil*? Wenn ja, warum? Ging es ihr nur um ihre Tochter? Oder ging es ihr vielleicht auch ... um ihn?

Emily

Port Louis, Mauritius

Im Hafen von Port Louis gab es einen Schiffsanleger extra für die großen Kreuzfahrtschiffe. Von ihm führte eine Brücke in das Abfertigungsgebäude, groß, flach, hellgrau, sauber und modern, die Brücke sogar überdacht. Durch riesige Hallen, die leer waren, vorbei an vielen Sitzreihen, die ebenfalls leer waren, gelangte man vor das Gebäude, wo dann Schluss war mit Leere und Abgeschiedenheit. Davor tummelten sich die Guides, die ihre Schäfchen zu den Ausflugsbussen führten, private Unternehmer, die die Passagiere mit ihren Mini-Bussen zu den Sehenswürdigkeiten von Mauritius bringen wollten, und Taxifahrer, deren Wagen auf der gegenüberliegenden Straßenseite warteten. Von dem Zyklon, der auf der Insel gewütet hatte, war hier nichts zu sehen.

Der Taxifahrer hieß Rajesh. »Sind Sie okay, Madame?« Vielsagend blickte er auf ihren Verband.

Emily bestätigte es, wurde aber unsicher, als sie das Hafengelände verlassen hatten. An den Straßenrändern lag vieles, was der Sturm heruntergerissen hatte, Zaunlatten, Dachpfannen, Palmwedel, die schmaleren Straßen, auf die sie bald einbogen, waren zum Teil unterspült und wurden noch immer von Regenbächen begleitet. Das Taxi, in dem Liane saß, war zügig unterwegs, Rajesh bewies, dass er genauso gut und sicher fuhr. Er schien zu überlegen, warum er diesen Kollegen verfolgen sollte, und erkundigte sich vorsichtig.

Emily erzählte ihm etwas von einer Freundin, die sich mit einem Mann treffen wolle, dem sie selbst nicht traue. Sie wollte ein

Auge auf ihre Freundin haben und dafür sorgen, dass ihr nichts zustieß.

Sie wunderte sich, dass Rajesh sich auf diese Erklärung einließ. Er nickte jedenfalls und gab Gas. Vielleicht wollte er sich auch aufs Fahren konzentrieren, denn es begann erneut zu regnen. Rajesh hatte zum Glück schon etwas von Aquaplaning gehört und fuhr entsprechend langsam.

Emily musste an die Taxifahrt in Ushuaia denken. Auch da hatte sie den Fahrer angewiesen, dem Wagen zu folgen, der vor ihnen herfuhr. Aber der hatte genau wissen wollen, was vor sich ging, und hatte prompt seine Rambo-Fähigkeiten entdeckt. Rajesh blieb jedoch zum Glück ganz ruhig. Sehr angenehm.

Emily hatte darauf verzichtet, sich anzuschnallen, das ging mit ihrer Schulterverletzung nicht. Der Verband, den sie noch immer trug, nahm ihre jede Bewegungsfreiheit. Aber glücklicherweise beharrte der Fahrer nicht auf der Sicherheitsmaßnahme.

Der Weg führte aus der Stadt heraus. Die Bebauung veränderte sich bald, ganz allmählich wurde aus dem Paradies Mauritius die widersprüchliche Insel, die sie eben auch war. In der Stadt der Wohlstand, die vielen Menschen, die vom Tourismus gut leben konnten, das Steuerparadies, das Multimillionäre anzog, aber außerhalb der Stadt herrschte sehr viel Armut. Mauritius, das wusste Emily, hatte eine reiche Ober- und eine stabile Mittelschicht, von den Gebieten, in denen die Besitzlosen wohnten, hatte sie nie etwas gehört. Der Regen verstärkte sich, sie sah Straßenkinder unter einer Palme, die eine Plane über sich gezogen hatten, unter der sie notdürftig Schutz fanden, als wäre sie das Dach ihres Zuhauses. Die Straßen waren nicht mehr befestigt, sie fuhren mittlerweile über aufgeweichte Lehmböden, der Schmutz spritzte auf, neben der Straße, in den Gossen, hatten sich Wasserrinnsale in reißende Bäche verwandelt. In Port Louis war zuerst mit den Aufräumarbeiten angefangen worden, die Touristen sollten nichts sehen von Verwüstungen.

Die Armenviertel kamen zuletzt an die Reihe, wenn überhaupt. Wenn der Fahrer bremsen musste, warfen die Straßenkinder ihre Planen ab und kamen herbeigelaufen, als hofften sie auf Geld und Hilfe. Emily bekam es mit der Angst zu tun. Sie beugte sich vor und versuchte, das Taxi zu erkennen, in dem Liane Reich saß. Es fuhr unverändert weiter geradeaus, die aufgeweichte Straße schien den Fahrer nicht anzufechten. Rajesh fluchte, er hatte Mühe, ihm zu folgen, und schien sich zu fragen, was er hier eigentlich tat.

Emily lehnte sich zurück. Gleich würde der Wagen vor einem kleinen Haus oder sogar vor einer Wellblechhütte anhalten, so wie in Ushuaia, und die Familie eines Zimmermädchens wurde glücklich gemacht. Sie war zufrieden damit. Diese Fahrt, die sie ganz allein unternehmen konnte, war dennoch nicht umsonst, sie gab ihr die Möglichkeit zum Nachdenken. Über Lukas Jantzen, über ihre Mutter und deren Lügen, über ihre Beziehung zu Jonas, zu ihrem Cousin. Konnte sie mit ihm zusammen sein? Ihn vielleicht sogar heiraten und Kinder mit ihm haben? Sie waren Verwandte!

Für Alexandra war sofort klar gewesen, dass sie mit Jonas Schluss machen musste. Wenn Emily ehrlich war, hatte sie eigentlich die Hoffnung gehabt, dass Alexandra ihr etwas anderes raten würde. Sie wäre dankbar gewesen, wenn sie zu hören bekommen hätte, dass doch alles nicht so schlimm sei. Sie liebte Jonas! Von jetzt an sollte sie ihn lieben wie einen Verwandten, einen Cousin? Nein, das wäre unmöglich. Wie sollte es überhaupt weitergehen? Die Weltreise war erst Ende Februar zu Ende. Sollte sie sich so lange vor dem Kapitän und seiner Familie verstecken? Und was war mit Jonas? Er hatte ja noch keine Ahnung von ihrem Verwandtschaftsverhältnis. Doch allmählich musste sie wohl damit herausrücken. Robert Jantzen wusste es, Lisa hatte es nun auch erfahren und Barbara ebenso.

Sie wünschte, der Kapitän hätte sein Wissen für sich behalten. Dann hätte sie ihn weiterhin sympathisch gefunden, hätte sich in seiner Familie wohlgefühlt und nichtsahnend ihre Liebe zu Jonas genießen können. Andererseits … War es nicht besser zu wissen, dass Jonas ihr Cousin war, ehe sie sich ein gemeinsames Leben aufgebaut hätten?

Wie konnte ein Vater sein Kind so wegstoßen, wie der Kapitän es mit ihr gemacht hatte? Den Schmerz darüber konnte sie mit einem Mal auch körperlich spüren. Er musste sie ja nicht lieben, aber wenigstens akzeptieren. Was konnte sie dafür, dass sie auf der Welt war?

Emily seufzte so tief, dass der Fahrer einen fragenden Blick in den Rückspiegel warf. Schnell lächelte sie ihm zu, damit er nicht mehr so besorgt dreinblickte. Er fuhr nun langsamer, das brachte Emily in die Wirklichkeit zurück. Das Taxi vor ihnen hielt am Straßenrand an.

Emily fühlte sich in ihrer Annahme bestätigt, dass Liane mal wieder unterwegs war, um Menschen zu helfen. Hier wohnte vermutlich die Mutter ihres Zimmermädchens, und Liane brachte ihr Geld für Medizin, nahrhaftes Essen oder ein bisschen Freude in Form von Eiscreme oder Kinobesuchen. Emily wollte den Taxifahrer schon bitten, sie zurückzufahren, da fiel ihr auf, dass Liane sich anders verhielt als in Ushuaia. Sie stieg aus dem Taxi, wartete, bis es abgefahren war, und ging dann mit sichernden, vorsichtigen Schritten auf den Eingang eines verwilderten Grundstücks zu. Hatte sie Angst, von einem Hund angefallen zu werden? Oder traute sie sich nicht hinein, weil sie Ungeziefer befürchtete? Sie blieb stehen und sah sich um, als wollte sie feststellen, ob sie beobachtet wurde. Schnell gab Emily dem Taxifahrer ein Zeichen. Er solle sie am Ende der Straße absetzen. Sie nahm seine Visitenkarte entgegen und versprach, ihn anzurufen, wenn sie die Rückfahrt antreten wollte.

Als er davonbrauste, fragte sie sich, ob es besser gewesen wäre, ihn warten zu lassen. Obwohl sie nach wie vor sicher war, dass

Liane nichts Böses im Schilde führte, zog so etwas wie Angst durch ihren Körper.

Sie holte ihr Handy aus der Tasche und wählte Jonas' Nummer. Während der Ruf rausging, schaute sie auf ein Straßenschild. Old Moka Road. Dann nahm Jonas ab. Sie hörte es gleich, er saß in einem fahrenden Auto. »Wo bist du?«

Sie nannte ihm die Straße, dann fragte sie zurück: »Und wo bist du?«

»Ich fahre Vico Irion hinterher. Er hat sich eine Viertelstunde später ausgeloggt und ein Taxi genommen.« Emily hörte Papier knistern, dann sagte Jonas: »Ich schaue mir gerade auf dem Stadtplan an, wo die Straße ist, die du gerade genannt hast. Scheint so, als wäre Vico Irion auf demselben Weg.«

»Was hat das zu bedeuten?«

»Keine Ahnung! Halt dich vorsichtshalber zurück. Wir sehen uns ...«

Emily steckte das Handy wieder ein und ging zu dem Punkt, an dem Liane vor ein paar Minuten noch gestanden hatte. Nun war sie nicht mehr zu sehen. Emily pirschte sich an, hielt sich immer in der Nähe der Zäune und Hecken, mit denen die Grundstücke eingefasst waren. Schließlich war sie an der Stelle angekommen, wo Liane aus dem Taxi gestiegen war. Vorsichtig sah sie um den Zaun herum. Liane war mittlerweile zu dem Haus gegangen, schien aber nicht zu wollen, dass sie von drinnen gesehen wurde. Sie stand in der Nähe der Eingangstür, den Rücken an die Hauswand gepresst, als wartete sie darauf, dass jemand auf ihr Erscheinen reagierte. Aber es blieb alles ruhig, im Haus rührte sich nichts.

Emily entdeckte zwischen zwei Zaunlatten einen Spalt, durch den sie Liane beobachten konnte. Sie huschte jetzt, erstaunlich behände trotz ihrer hohen Hacken, zu der Haustür, in deren Nähe ein Findling lag, ein großer Stein, der zur Hälfte von einem ungepflegten Busch überwachsen war. Zu Emilys Erstaunen griff

Liane hinein und hielt kurz darauf etwas in der Hand, das wie eine Waffe aussah. Konnte das sein? Liane Reich mit einer Pistole in der Hand? Emily versuchte, genauer hinzusehen, um festzustellen, dass sie sich geirrt hatte, aber die Art, wie Liane das Ding, das sie aus dem Busch geholt hatte, jetzt in den Bund ihrer engen Jeans steckte, erinnerte tatsächlich an einen Cowboy, der seine Waffe nicht sehen lassen, aber griffbereit haben wollte.

Liane schloss ihre Jacke, dann ging sie auf die Tür zu und pochte …

Maria

Grundgütiger! Mit einem Mal war es so weit. Irgendwie hatte ich schon gar nicht mehr damit gerechnet, dass Vico Irion irgendwann das Schiff verließ. In jedem Hafen hatten wir am Ausgang der *Soleil* vergeblich nach ihm Ausschau gehalten, sodass die Erwartung im Laufe der Wochen immer flacher geworden war. Nicht, dass wir ernsthaft an seinen Plänen gezweifelt hatten, er zeigte uns ja, dass er an den Destinationen dieser Weltreise überhaupt kein Interesse hatte. Was ihn wirklich an dieser Reise interessiert, wissen wir natürlich, Sie genauso wie ich.

Jonas hat sich umgehend auf den Weg gemacht, dem Taxi, das Irion genommen hatte, hinterher. Und ich? Na, was glauben Sie! Ich kann doch meinen Jungen nicht allein lassen. Wer weiß, was der wieder alles falsch macht! Nur gut, dass Emily nicht dabei ist! Die kann sich ganz in Ruhe ansehen, was Liane Reich tut, und ist damit wenigstens aus der Schusslinie. Gott sei Dank!

Ich hätte es mir denken können! Kaum saß ich im Fond des nächsten Taxis, wurde die Tür auf der anderen Seite aufgerissen und Barbara sprang herein. Der Taxifahrer regte sich ganz schrecklich auf, denn beinahe hätte er schon Gas gegeben, und Barbara wäre im Dreck gelandet, aber er beruhigte sich, nachdem sie sich mehrmals entschuldigt hatte. Danach war der gute Mann endlich bereit, sich auf das zu konzentrieren, was ich ihm aufgetragen hatte. Das Taxi verfolgen, in dem Jonas saß, das wiederum das Taxi verfolgte, in dem Vico Irion Platz genommen hatte. Aber so genau haben wir das unserem Fahrer natürlich nicht auseinandergesetzt.

Der hatte schon Mühe genug, sich einzureden, dass er nicht zum Handlanger irgendwelcher Kriminellen wurde.

»Hoffentlich geht das gut«, murmelte Barbara.

»Das wird so wie in Ushuaia«, sagte ich. »Damals ging es auch gut.«

Dann fiel mir unsere Nichte ein. »Was hast du Lisa gesagt?«

Barbaras Miene wurde bockig. »Gar nichts. Dazu war keine Zeit. Ich habe sie einfach stehen lassen und bin los. Soll sie sich meinetwegen nachher stundenlang aufregen, ich will dabei sein.«

Dafür hatte ich vollstes Verständnis, und ich war auch sehr dankbar, dass ich mit dieser Angelegenheit nicht allein sein musste.

»Dass nur Jonas nichts davon mitbekommt! Er darf nicht merken, dass wir ihm folgen. Am Ende glaubt er noch, wir trauten ihm den Auftrag nicht zu.«

»Stimmt ja auch«, brummte Barbara, was ich vorsichtshalber überhörte, um mich nicht darüber ereifern zu müssen, dass die Fähigkeiten meines Sohnes nicht gewürdigt wurden.

Die Verfolgung der beiden Taxis gestaltete sich einfach, denn die Verkehrslage war sehr übersichtlich. Der Fahrer erklärte uns, dass viele Mauritier zu Hause blieben, bis alle Aufräumarbeiten erledigt seien. In der City war das der Fall, aber in den Außenbereichen sah es noch schlimm aus. Einige Häuser waren schwer beschädigt, die Dächer zum Teil abgedeckt, Fenster eingedrückt. Neben den Straßen, in denen sonst Rinnsale sickerten, rasten nun schmale Bäche die Straße hinab.

»Mauritius muss für die Touristen sofort wieder poliert werden«, erklärte der Taxifahrer mit Bitterkeit in der Stimme. »Die Einwohner sind nicht so wichtig. Denen wird erst später geholfen.«

Wir konnten von unserem Wagen aus nicht nur das Taxi sehen, in dem Jonas saß, sondern auch das, in dem Vico Irion sich kutschieren ließ.

»Er sollte nicht so dicht aufschließen«, murmelte Barbara und sorgte dafür, dass unser Fahrer den Fuß vom Gas nahm und langsamer fuhr. Schließlich sagte sie so unvermittelt »Stopp!«, dass der Fahrer vor Schreck nicht nur anhielt, sondern eine Vollbremsung hinlegte. Natürlich waren wir beide nicht angeschnallt und wurden nach vorn geschleudert, zum Glück gegen die Nackenstützen der Vordersitze, was uns nichts anhaben konnte.

»Was ist los?«, fragte der Fahrer, konnte sich aber im nächsten Augenblick selbst die Antwort geben. Der Wagen, den er verfolgt hatte, war an den Straßenrand gefahren.

Wir wollten im Taxi sitzen bleiben, damit wir uns die Angelegenheit aus sicherer Entfernung und im Schutz des Autos ansehen konnten, aber davon wollte der Fahrer nichts wissen. Obwohl wir versprachen, ihm die Wartezeit zu bezahlen, verlangte er, dass wir entweder ausstiegen oder mit ihm zusammen zurückkehrten. Letzteres kam nicht infrage, denn wir sahen, dass Jonas aus seinem Taxi kletterte und es dann wegschickte. Er hatte also vor, sich hier genauer umzusehen. Warum? Das musste ich herausfinden, eher würde ich nicht zur *Soleil* zurückkehren.

Die Gegend, in der wir gelandet waren, sah genau so aus, wie ich sie mir vorgestellt hätte, wenn ich gefragt worden wäre. Heruntergekommene Häuser, in denen Menschen wohnten, die irgendwie über die Runden kommen mussten, notfalls mit Taschen- und Ladendiebstahl. Barbara und ich standen nun am Ende einer Straße, die leicht anstieg, und hofften, dass wir nicht auffielen. Zum Glück waren beide Straßenseiten vollgestellt mit klapprigen Autos, Autowracks, Müllbehältern und Unrat, der einfach auf die Straße gekippt worden war. Es gab hier viele Möglichkeiten, in Deckung zu gehen und nicht gesehen zu werden. Zumindest nicht von dem Haus, auf das Jonas sich nun vorsichtig zubewegte. Wir hatten Vico Irion nicht gesehen, aber wahrscheinlich war er in dieses Haus gegangen, das Jonas nun vorsichtig in Augenschein nahm. Ich hätte ihn am liebsten zurückgepfiffen. Es ging nicht darum,

Vico Irion bei der Geldübergabe zu beobachten, Jonas musste nur sichergehen, dass sie stattfand. Hoffentlich machte er nicht den gleichen Fehler wie in Ushuaia und versuchte, mehr zu erreichen, als gut und nötig war.

Barbara stieß mich mit dem Ellbogen an. »Jonas soll sich zurückhalten.«

Dieser Meinung war ich auch. Aber er huschte gerade in diesem Augenblick auf das Grundstück des Hauses, in dem Vico Irion offenbar verschwunden war.

»Warum tut er das?«, ereiferte sich Barbara. »Ist der von allen guten Geistern verlassen? Ganz ehrlich, Maria ... wenn er das hier überlebt, musst du dir überlegen, wie du ihm diesen Beruf ausreden kannst. Der wird nie ein cleverer Detektiv.«

Im Grunde gab ich ihr recht, aber natürlich konnte ich das nicht auf meinem Sohn sitzen lassen. Selbstverständlich war Jonas ein kluger Junge, und dass er jetzt etwas tat, das uns gefährlich vorkam, hatte vielleicht einen guten Grund.

»Er wird schon wissen, was er tut«, gab ich lahm zurück, ohne selbst zu glauben, was ich sagte.

Jonas

Am liebsten hätte er kehrtgemacht und sich verdrückt. So wäre es jedenfalls vernünftig gewesen. Er wusste nun, wo Vico Irion hingefahren war, und er konnte davon ausgehen, dass er hier die zwei Millionen holte, die für ihn aufbewahrt worden waren. Mehr musste Jonas nicht wissen. Er konnte zur *Soleil* zurückkehren und dort darauf warten, dass Vico Irion seine Beute im Zimmersafe einschloss.

Was er hier tat, war falsch, vollkommen verkehrt. Er durfte hier nicht eingreifen, durfte auf keinen Fall riskieren, dass er gesehen wurde. Wenn Vico Irion bis jetzt noch nicht spitzgekriegt hatte, dass er observiert wurde, dann war das ein großes Glück. Das durfte er nicht aufs Spiel setzen. Aber Emily im Stich lassen? Das ging genauso wenig. Sie war Liane Reich gefolgt, weil diese sich so merkwürdig verhalten hatte. Angeblich hatte sie eine Waffe aus dem Busch hinter einem Findling nahe der Haustür gezogen. Konnte das wahr sein? Jonas hatte große Zweifel. Aber nun war Vico Irion zu derselben Adresse gefahren. Was hatte das zu bedeuten? Wusste einer vom anderen? Verfolgten sie beide dasselbe Ziel?

Vico Irion blieb eine Weile auf der Straße stehen, in der Nähe des Grundstückseingangs, und sah sich um. Als wüsste er nicht genau, ob er wirklich weitergehen sollte. Und als wollte er zunächst sichergehen, dass ihn niemand beobachtete. Es war, als hielte ihn etwas zurück. Immer wieder sah er nach rechts und links, ehe er sich dann endlich einen Ruck gab und verschwand.

Jonas atmete auf. Er selbst hatte sich in eine Hofeinfahrt

gedrückt, ohne zu wissen, wem sie gehörte und wie es dahinter aussah. Hätte ihn von hinten ein Hofhund angefallen, hätte er nur flüchten können und wäre dann von Vico Irion gesehen worden. Doch zum Glück blieb in seinem Rücken alles ruhig. Als er sich wieder auf den Gehsteig traute, sah er sich um und stellte fest, dass er von einem der Fenster aus beobachtet wurde. Eine Gardine bewegte sich, ein Schatten dahinter verschwand. Schnell weg!

Ein altes Auto knatterte die Straße hinauf, dahinter ein Moped, das ebenfalls viel Lärm machte und eine dunkle Auspuffwolke hinter sich herzog. Drei halbwüchsige Jugendliche liefen die Straße hinab, einen Fußball zwischen sich, der mal von dem einen, dann von einem anderen aufgefangen oder auf einer Fußspitze zum Tanzen gebracht wurde. Niemand achtete auf Jonas. Er konnte ungehindert bis zum Ende des Zauns schlendern, so als hätte er viel Zeit, und in das Grundstück blicken, in dem Vico Irion verschwunden war. Jonas zuckte zurück, als er ihn sah, und musste sich zwingen, ihn zu beobachten, statt sich schleunigst zurückzuziehen. Vico Irion beugte sich über einen Findling – war es der Stein, den Emily beschrieben hatte? – und suchte etwas – etwa die Waffe, die Emily in Lianes Händen gesehen hatte?

Mit einem Mal konnte er glauben, was sie beobachtet hatte. Wenn er nur wüsste, wo Emily war! Sie hatte gesagt, sie würde sich hinter dem Haus verstecken. Dort gab es Fenster, durch die sie vielleicht etwas beobachten konnte. Hoffentlich war sie vorsichtig genug!

In diesem Augenblick hörte er Schritte. Eilige Schritte von mindestens zwei Personen. Jonas machte auf dem Absatz kehrt und lief zurück, wie jemand, der eine Besorgung gemacht hatte und nach Hause zurückkehrte. Irgendwann ging er langsamer und bückte sich, als wollte er seinen Schuh neu zubinden. Hinter ihm war es still, die Schritte waren verklungen. Vorsichtig sah er sich um, niemand war zu sehen. War jemand in das Haus gegangen, an dessen Tür Liane Reich geklopft hatte? In das sie eingelassen worden war? Vor dem nun auch Vico Irion stand? Jonas betrachtete die Szenerie genauer und stellte fest, dass der Eingang zum nächsten Haus nur zwei, drei Meter entfernt war. Er atmete beruhigt aus. Die Personen, die er gehört hatte, waren wohl dort hineingegangen.

Er schlich sich wieder vor und sah erneut in das Grundstück. Es dauerte lange, bis die Tür sich öffnete und Vico Irion eingelassen wurde. Von einem Mann, die Hosenbeine hatte Jonas kurz gesehen. Wurde Vico Irion dort von Liane Reich erwartet? Machten die beiden tatsächlich gemeinsame Sache? Jonas merkte, dass er den Kopf schüttelte. Nein, das konnte nicht sein. Ihm wurde mit einem Mal klar, dass er hier etwas völlig Unvernünftiges tat. Beinahe hätte er sich vor die Stirn geschlagen, als ihm einfiel, was Liane in Ushuaia getan hatte. Diesmal war ihr von Vico Irion geholfen worden, nur so konnte es sein! Liane war zu der Familie eines *Soleil*-Mitarbeiters gefahren, um zu helfen. Und Vico Irion hatte sich angeschlossen, um sie zu unterstützen. Dieser brutale Ganove! Scherte sich einen Dreck darum, dass er einen zwölfjährigen Jungen auf der Flucht umgebracht hatte, und spielte hier den großen Wohltäter. Vermutlich, damit Liane Reich nicht auf die Idee kam, dass ihr Mausi in Wirklichkeit ein ganz mieser Halunke war.

Jonas gab seine gebeugte Haltung auf und streckte seinen Rücken. Er sollte wirklich hier verschwinden. Emily würde sicherlich auch über kurz oder lang merken, was in diesem Haus geschah. Er würde einfach irgendwo auf sie warten. Bald würde sie wieder auf der Straße erscheinen und nach einem Taxi telefonieren …

Aber dann wurde er unsicher. Was, wenn er die falschen Schlüsse zog? Die Sache mit der Pistole war merkwürdig. Wenn Emily sich nicht irrte, hatte Liane Reich eine Waffe an sich genommen, die anscheinend dort versteckt gewesen war. Das musste einen Grund haben. Und Vico Irion hatte sich über dieselbe Stelle gebeugt und dort etwas gesucht, das er nicht gefunden hatte. Die Pistole? Dann war die Angelegenheit doch nicht so harmlos, wie er dachte. Nein, sicher war sicher! Er musste Emily aus dem Garten herausholen. Egal, was richtig war – dass sie dort heimlich hockte, war auf jeden Fall vollkommen falsch.

Emily

Eins der Fenster an der Rückseite des Hauses stand einen Spaltbreit offen. Das reichte aus, um jedes Wort, das im Inneren gesprochen wurde, nach draußen dringen zu lassen. Lianes Stimme klang schrill, sie schien aufgeregt zu sein. »Das Passwort ist ›Lagunenwasser‹! Wollen Sie etwa behaupten, das stimmt nicht?«

Passwort? Was meinte Liane damit? Emily schob den Kopf ein bisschen weiter vor, so konnte sie den Mann erkennen, mit dem Liane Reich sprach. Beide waren sie mitten im Raum stehen geblieben, keiner hatte sich gesetzt. Der Mann war etwa Ende fünfzig oder Anfang sechzig, ein überschlanker, fast hagerer Mann, sehr groß, mit schlechter Haltung. Wahrscheinlich hatte er in seinem Leben schon zu oft den Kopf einziehen müssen, wenn er durch eine niedrige Tür ging. In diesem Haus schien alles kleiner und niedriger zu sein als in europäischen Häusern. Er trug eine Hose, die ihm zu weit war, ein verschlissenes Hemd, darüber eine Weste aus braunem Cord.

»Mir wurde ein Mann angekündigt«, sagte er, und die Falten in seinem schmalen Gesicht schienen sich zu vertiefen. »Von einer Frau war nicht die Rede.«

»Wir mussten umdisponieren. Los, her mit dem Zaster! Ich habe nicht viel Zeit.«

Emily erschrak. Liane wollte Geld? Mein Gott, steckte sie doch mit Vico Irion unter einer Decke? Erledigte sie hier die Drecksarbeit für ihn?

Der Mann sah Liane ungläubig an. »Sie denken, das Geld wäre hier?«

»Wo sonst? Diese Adresse habe ich bekommen und das Passwort, das ich Ihnen genannt habe. Also, her mit der Kohle!«

Auf dem Gesicht des Mannes zeichnete sich eine Erkenntnis ab. Als hätten Lianes Worte eine Überzeugung in ihm geweckt. Er schüttelte den Kopf. »Ich weiß nicht, wie Sie an das Passwort gekommen sind. Aber Sie sind nicht die Richtige, das weiß ich genau.«

Emily erschrak zu Tode, als Liane mit einem Mal eine Pistole unter ihrer Jacke hervorzog. Da hatte sie sich also doch nicht getäuscht! In dem Busch hinter dem Findling war tatsächlich eine Waffe versteckt gewesen. Um Gottes willen! Was hatte Liane vor?

»Also gut, dann machen wir es auf diese Weise«, zischte sie und hielt dem Mann die Pistole unter die Nase. »Wir gehen jetzt zusammen in das Zimmer, in dem Sie das Geld aufbewahren ...«

Emily erstarrte, als sie das Geräusch hörte. Ein Pochen, wie es kurz vorher unter Lianes kleinen zarten Fäusten entstanden war. Jemand klopfte an der Eingangstür. Vico Irion?

Der Mann blieb bemerkenswert ruhig. »Das scheint der Richtige zu sein«, sagte er. »Ich erwarte sonst keinen Besuch.«

Emily konnte durch die Fensterscheibe erkennen, dass Liane unsicher wurde. Sie schien zu überlegen. Dann aber sagte sie sehr energisch: »Also gut, wir lassen ihn rein.« Sie griff nach dem rechten Arm des Mannes und drehte ihn herum, sodass er ihr den Rücken zuwandte. »Sie gehen jetzt langsam zur Tür.« Sie stieß ihm den Lauf der Pistole in den Rücken. »Die Knarre ist auf Sie gerichtet. Und wenn Sie irgendwas Falsches sagen, dann drücke ich ab. Klar? Wenn das Vico ist, lassen Sie ihn rein, und dann sehen wir weiter.«

Emily hörte Vicos Stimme, konnte aber nicht verstehen, was er sagte, dazu war die Entfernung zu groß. Aber sie nutzte die Gelegenheit, in der das Zimmer leer war, um ein wenig näher an die

Hauswand zu huschen. So würde sie alles, was geredet wurde, noch besser verstehen.

Mit einem Mal war Gepolter zu hören, eine wütende Stimme, die von Vico Irion, dann Lianes Keifen. »Rein hier!«

Vico Irion stolperte über die Schwelle. »Was soll das, Liane?«

»Klappe!«, sagte sie nur.

In diesem Moment erschrak Emily ganz fürchterlich. Sie sah eine Gestalt um die Hausecke huschen, geduckt, leise, so geräuschlos wie möglich. Als sie Jonas erkannte, seufzte sie erleichtert auf, legte aber gleich den rechten Zeigefinger auf ihre Lippen. »Pscht.« Sie zeigte nach oben, zu den Fenstern über ihr, und Jonas hockte sich neben sie an die Hauswand.

Lianes Stimme war zu hören. »Ja, ja, die doofe Liane. So lieb und so dämlich. Mit der kann man es ja machen. Der kann man alles erzählen, verpfeifen wird die ihren geliebten Vico auf keinen Fall.« Sie lachte hässlich. »Nee, das tu ich auch nicht. Was hätte ich davon? Die Kohle will ich haben, und du siehst mich nie wieder. Meine Klamotten, die noch auf dem Schiff sind, darfst du behalten. Zur ewigen Erinnerung.« Wieder lachte sie zugleich gemein und verächtlich. »Ich kenne sogar das Passwort. Aber dieser Typ will die Kohle trotzdem nicht herausrücken.«

Vico Irions Stimme klang sanft, offenbar wollte er Liane beruhigen oder sie zumindest nicht noch weiter erregen. Klar, wer eine Waffe in der Hand hielt, den sollte man besser nicht gegen sich aufbringen. »Das Geld ist nicht hier.«

»Das hat der Typ auch behauptet.«

»Er hat recht. Er weiß nur, wo die Kohle versteckt ist. Er wollte mich hinführen.«

»Nun wird er eben mich hinführen.«

»Liane, sei vernünftig. Schatzi …«

»Ach, nun plötzlich Schatzi? Nicht mehr ›dumme Nuss‹ und ›dämliche Kuh‹?«

»Wir können teilen.«

»Wie komme ich dazu? Wenn ich alles haben kann, nehme ich doch lieber alles.«

»Wenn du mir die Kohle wegnimmst, werde ich dich anzeigen. Wegen Mordes. Schließlich hast du diesen Detektiv auf dem Gewissen.«

Liane lachte ausgelassen. »Du willst zu den Bullen gehen und mich anzeigen? Dass ich nicht lache! Dann müsstest du ja auch bekennen, dass du die Beute doch nicht auf der Flucht verloren, sondern gut versteckt hast. Möchtest du das?« Sie ließ Vico nicht zu Wort kommen. »Außerdem hast du das gewollt mit dem dämlichen Privatdetektiv. Du hast dich nicht getraut zuzuschlagen, du hast ihn nur über die Reling gekippt. Und dann war das sogar noch alles umsonst! Hättest du vorher nachgesehen, dann hättest du gemerkt, dass der Typ gar nicht auf dich angesetzt war, sondern auf irgendeine reiche Tussi.«

»Egal! Du hast ihm den Schädel zertrümmert.«

»Das kannst du nicht beweisen. Die Reederei behauptet, der Kerl hätte sich selbst umgebracht. Und von wem die Privatdetektivin auf der Osterinsel niedergeschlagen wurde, weiß niemand. Anscheinend von jemandem, der an ihr Geld wollte.« Sie lachte hässlich und gemein. »Zu dumm, dass ich sie nicht voll erwischt habe.« Ihre Stimme wurde nun geschäftsmäßig. »Hören Sie mal zu ...« Offenbar wandte sie sich an den Bewohner dieses Hauses. »Sie machen mir jetzt einen schönen Knebel, damit mein süßer Freund fürs Erste die Klappe hält. Und dann besorgen Sie mir ein paar hübsche lange Kabelbinder, mit denen wir ihn an einen Stuhl fesseln können.«

»Liane ...!«

»Also los!«

Emily und Jonas hörten Rumoren im Raum, Schritte, Murmeln und Vicos Gewimmer. Es dauerte eine Weile, bis Liane zufrieden war. Währenddessen wagte Jonas es einmal, seine Nase über die Fensterbank zu schieben. »Sie richtet die Waffe ständig auf ihn«, flüsterte er so leise, dass Emily ihn kaum verstehen konnte.

»Na, prima!« Liane schien nun endlich zufrieden zu sein. »Nun machen wir uns zu dem Typen auf, der das Geld hat. Und wenn Sie zurückkommen, können Sie dieses Arschloch meinetwegen losbinden. Er kann dann ja zurück auf die *Soleil* gehen und behaupten, ich hätte ihm den Laufpass gegeben und wolle auf Mauritius bleiben. Das glaubt jeder.« Sie kicherte. »Oder willst du die Wahrheit erzählen, Mausi? Dass du deine Beute holen wolltest und ich dich übers Ohr gehauen habe? Ach nein, ich kann mir nicht vorstellen, dass du das wirklich zugeben willst.« Mit strenger Stimme fuhr sie fort und sprach jetzt offenbar den Mann an. »Also los! Wir gehen! Und immer daran denken, die Mündung meiner Pistole zielt genau auf Ihren dritten Wirbel von oben …«

Barbara

Barbara regte sich noch immer fürchterlich auf. »Wie kann er nur so dumm sein? Schon wieder machte er den gleichen Fehler! Lernt er eigentlich nie? Er weiß nun, wo Vico Irion das Geld abholt, und könnte schon längst wieder zurück auf der *Soleil* sein. Emily wird dort bereits auf ihn warten…«

Sie blickte Maria an, die sich mittlerweile darauf verlegt hatte, nicht mehr zu antworten. Barbara konnte in dem Gesicht ihrer Schwester lesen. Maria verstand Jonas selbst nicht, aber sie wollte auch nicht, dass man sich derart abfällig über ihn äußerte.

Sie standen auf der anderen Straßenseite, dem Haus gegenüber, in dessen Garten Jonas gehuscht war, hinter einem Lieferwagen, der ihnen gute Deckung bot. Als sich die Tür des Hauses öffnete, hörte Barbara endlich auf zu schimpfen. Ein Mann trat heraus, groß und hager, schlecht gekleidet, grauhaarig und mit fahler Gesichtshaut. Er sah zu Boden, während er von der Haustür zur Straße trottete, eine Frau direkt hinter ihm, so nahe, dass es den Anschein hatte, sie habe ihn in ihrer Gewalt.

»Liane Reich«, flüsterte Maria. »Was macht die denn hier?«

Ehe Barbara etwas entgegnen konnte, sagte der Mann etwas, die Frau antwortete, trat aber dennoch nicht an seine Seite, sondern blieb nach wie vor hinter ihm. In dem Moment, in dem er sich nach rechts wandte, erkannte Maria den Mann. Und im selben Moment wurde Barbara genauso klar, wen sie vor sich hatte, wer dort die Straße entlangging, angetrieben von einer jungen Frau, die auf hohen Hacken hinter ihm herstöckelte. Barbara merkte zwar, dass Maria sie zurückhalten wollte, dass sie nach ihrem Arm greifen wollte, dass sie sie am Reden, erst recht am Schreien hindern wollte, aber Barbara nahm das alles kaum wahr. Mit zwei, drei Schritten sprang sie auf die Straße, vor ein Moped, das im allerletzten Moment ausweichen konnte. Und sie schrie so laut sie konnte: »Albert! Mein Gott! Albert!«

Es ging ein Ruck durch den Mann. Er blieb unvermittelt stehen, obwohl er einen Stoß in den Rücken erhielt, er blickte herüber, starrte die Frau an, die auf ihn zugelaufen kam, sah auch die andere Frau, die sie zurückhalten wollte … und dann ging etwas in ihm vor. Es war, als hätte er in Sekundenschnelle begriffen, was ihm geschah. Und er reagierte ebenso schnell. Er fuhr herum, mit ausgestreckten Armen, drehte sich auf den Fußballen wie ein Diskuswerfer und traf mit beiden Armen Lianes Kopf, der zur Seite geschleudert wurde. Der Angriff kam für diese vollkommen überraschend, sie griff intuitiv an ihren Kopf und verlor dabei die Pistole, die bis zu diesem Moment auf Alberts Rücken gezeigt hatte.

In Barbara erwachte schlagartig die Polizeibeamtin, die genau wusste, wie man jemanden handlungsunfähig machte. Das Bemerkenswerteste war, dass ihr das tatsächlich gelang, obwohl sie in diesem Moment emotional so aufgewühlt war wie noch nie in ihrem Leben. Es raste ihr sogar der Gedanke durch den Kopf, dass sich dafür die harte Schule in Argentinien gelohnt hatte. Dafür, dass sie es jetzt schaffte, Albert aus den Klauen einer bösen Frau zu retten. Nach wenigen Minuten gab Liane es auf, sich gegen Barbara zu wehren, sie hörte auf zu kreischen, zu kratzen, zu beißen und zu treten.

Maria

Vico Irion würde noch eine Weile warten müssen, bis er aus seiner prekären Lage erlöst wurde. Albert überprüfte seine Fesseln und seinen Knebel, vergewisserte sich, dass ihm keine Gefahr drohte, dann führten wir Liane hinaus. Auf dem nächsten Polizeirevier wurde ihre Geschichte mit großer Verwunderung aufgenommen. Da es sich um ein Vorort-Revier handelte, war die Freude der Beamten groß, dass sie sich endlich mal um etwas anderes zu kümmern hatten als um Laden- und Taschendiebstähle. Liane wurde in Gewahrsam genommen, einer der Beamten hatte dabei sogar derart leuchtende Augen, dass mir der Verdacht kam, Liane könnte ihn mit ihren körperlichen Reizen bestechen und sich schon morgen früh wieder auf freiem Fuß befinden. Aber das durfte mir egal sein. Liane Reich, die liebe, nette, arglose, wenn auch dümmliche Liane Reich hatte es weiß Gott verdient. Sie hatte uns alle hinters Licht geführt.

Nachdem sie in ihre Zelle gebracht worden war, wo sie ein riesiges Geschrei veranstaltete, machten wir uns auf den Weg zu dem Mittelsmann, der die zwei Millionen für Vico Irion in Verwahrung genommen hatte. Er wohnte in einem kleinen Reihenhaus, grundsolide, mit Hollywoodschaukel im Garten und Blumenrabatten vor der Tür. Seine junge Frau servierte uns Kaffee und bot uns Gebäck an, und ich fragte mich, ob solche Geschäfte auf Mauritius zum Alltag gehörten oder die junge Frau keine Ahnung hatte, womit ihr Mann das hübsche Reihenhäuschen abbezahlte.

Albert bekam Skrupel, als er die hunderttausend Euro, die ihm versprochen worden waren, von den zwei Millionen abzog, zusätzlich zu den hunderttausend, die der Mittelsmann kassiert hatte, aber ich redete ihm gut zu. Jonas würde der Versicherung schon eine Begründung liefern, die nicht von der Hand zu weisen war. Die Versicherung sollte froh sein, 1,8 Millionen wiederzubekommen, statt auf der ganzen Summe sitzen zu bleiben.

Wir gingen langsam zu Alberts Haus zurück. Zum Glück war noch Zeit, die *Soleil* würde erst am späten Abend ablegen. Als wir uns seinem Haus näherten, wurde Albert unruhig. »Ich muss noch packen.«

Lukas wusste noch nichts davon, dass sein Schwager auf der *Soleil* wieder in sein altes Leben zurückkehren wollte. Aber ich hatte dafür gesorgt, dass eine Kabine frei und für ihn hergerichtet worden war.

Ich stutzte, als mir ein Auto auffiel, das gegenüber dem Haus am Straßenrand stand. Ein Leihwagen, im Hafen von Port Louis gemietet. Am Steuer saß jemand, der mir bekannt vorkam. Als wir auf die Haustür von Alberts Haus zugingen, fiel mir ein, wer es war. Seine Frau war mir vertrauter, sie hätte ich auf der Stelle erkannt, aber dennoch war ich sicher, dass es Detlef Meister gewesen war, der diesen Wagen fuhr. Und seine Frau Benita hatte neben ihm gesessen.

Die Eingangstür zu Alberts Haus war offen. Liane hatte sie anscheinend in ihrer Eile nicht fest ins Schloss gezogen. Im Haus war es still, sehr still, kein Laut drang aus dem Zimmer, in dem wir Vico Irion zurückgelassen hatten. Zugluft fuhr durchs Haus, nicht kalt, aber wie ein scharfer Strahl. Mir wurde schlagartig klar, dass hier etwas nicht so war, wie es sein sollte. Ich hatte erwartet, dass Vico uns mit Klagelauten empfing, dass er jammerte, winselte, von Knebel und Fesseln erlöst werden wollte. Aber nichts war zu hören. Ich sah Alberts Gesicht an, dass er ebenfalls beunruhigt war.

Er hielt mich zurück, Albert, der Kavalier, er wusste offenbar gleich, was uns erwartete. Aber ich ließ mich nicht zurückhalten, ich trat direkt hinter ihm über die Schwelle.

Dass Vico Irion nicht mehr lebte, war auf den ersten Blick zu erkennen. Das Messer, das ihn getötet hatte, steckte noch in seiner Brust. Geknebelt war er nicht mehr, aber nach wie vor gefesselt. Anscheinend hatte er seinem Mörder oder seinen Mördern noch Rede und Antwort stehen müssen, und sicherlich hatte er gefleht und gebettelt, aber es hatte ihm nichts genutzt.

»Das sieht nach Rache aus«, murmelte Albert und sorgte dafür, dass Barbara, Jonas und Emily dieses Zimmer nicht betraten.

Ja, das sah wirklich nach Vergeltung aus. Ob es denjenigen, die hier ihren Rachedurst gestillt hatten, nun besser ging? Oder hatten sie eine Qual gegen eine andere eingetauscht? Verzweiflung gegen Schuldgefühle? Ich wusste nicht, was schlimmer war.

Und dann konnte ich beobachten, wie sich Alberts Gesichtsausdruck mit einem Mal veränderte. Sein Blick wurde unstet, sein graues Gesicht noch farbloser. Hektisch sah er sich um, als suchte er etwas. Und im selben Moment wurde mir selbst klar, was los war. In Alberts Haus gab es einen Toten! Wenn jemand Vico Irion entdeckte, konnte mein Schwager seine Rückkehr nach Deutschland fürs Erste vergessen. Bis er seine Unschuld bewiesen hatte, würde er ein Stück älter sein, wenn es ihm überhaupt gelang ...

Ich ging zum Fenster und zog die Vorhänge zu. »Hat jemand einen Schlüssel von deinem Haus?«

Albert schüttelte den Kopf. »Nein, ich schließe normalerweise nie ab. Meine Nachbarn kommen einfach rein, wenn sie was von mir wollen.«

»Dann wirst du das jetzt ändern«, sagte ich. »Hast du angekündigt, dass du Mauritius verlassen willst?«

Albert schüttelte den Kopf. »Nein, das weiß niemand.«

Ich überlegte kurz. »Dann belassen wir es dabei. Du musst

jetzt sofort mitkommen. Beeil dich! Pack deine Sachen und dann nichts wie ab zum Hafen. Wenn du auf der *Soleil* bist, kannst du dich sicher fühlen. Sobald Vico Irion entdeckt wird, bist du in Gefahr.«

Lukas

Er war nervös. Schon lange hatte er sich nicht mehr in einer solchen Lage befunden. Vorwürfen ausgesetzt, die er nicht von der Hand weisen konnte, die berechtigt waren, die er aber auf jeden Fall abwehren wollte. So was war besonders einfach, wenn man sie auf andere Personen lenken konnte. Auf Maria beispielsweise. Da traf es meist die Richtige, weil sie immer mehr wusste als andere, sich in so manches Dilemma hineinmanövrierte, weil sie es ja immer gut meinte, aber so oft schlecht machte.

Lukas blickte über Lisa hinweg, ließ sie reden, ohne ihr zuzuhören. Wie war das überhaupt gekommen, dass Emily Krug plötzlich immer dabei war, wenn die Familie sich traf? Maria hatte sie in seine Suite eingeladen, Jonas' neue Freundin, so hatte es geheißen ... Maria! Sie musste die Finger im Spiel haben. Er kannte sie doch. Sie musste Emily geholfen haben, sich ihm zu nähern. Wenn das so war, dann wusste sie tatsächlich mehr als alle anderen. Mehr als er, der unmittelbar Betroffene, sowieso. Hatte Maria gewusst, dass er Vater einer Tochter war? Hatte sie etwa dafür gesorgt, dass Emily zu ihm an Bord kam? Hatte er seiner Tochter Unrecht getan? Nein, dass Emily so ahnungslos war, wie sie tat, glaubte er nun wirklich nicht.

Da richtete er seinen Unmut doch lieber auf Lisa. Sie ging sowieso jedem auf die Nerven mit ihrem Moralisieren, wusste in der Theorie immer ganz genau, was getan werden sollte, und war mit Vorhaltungen schnell bei der Hand.

»Wenn Emily Opas Enkelin ist, dann ist sie meine Cousine«,

verkündete sie gerade wieder, als hätte sie als Einzige diesen grandiosen Schluss gezogen. Sie hob den Zeigefinger, was Lukas jedes Mal zum Durchatmen zwang, damit er sie nicht zornig darauf hinwies, dass er nicht einer ihrer Schüler sei. »Meine Schwester ist sie jedenfalls nicht.«

»Woher willst du das wissen?«, knurrte Lukas. Er stand auf, ging zur Balkontür, öffnete sie, merkte aber gleich, dass zu viel heiße Luft hereinströmte, und schloss sie wieder, um die Klimaanlage ihre Arbeit tun zu lassen.

»Du willst doch wohl nicht behaupten, dass mein Vater ein außereheliches Kind gezeugt hat!« Lisa sprach jetzt wieder in diesem genüsslich-überlegenen Ton, in dem sie anderen gern ihre Fehler unter die Nase rieb. »Und meine Mutter ist nach mir nicht noch einmal schwanger worden. Und das auch noch von allen unbemerkt?« Sie setzte dieses Grinsen auf, das in der Familie von jedem gehasst wurde. »Bleiben nur Tante Barbara und Tante Maria.«

Lukas setzte sich, zog seine Socken hoch, heute lila mit grünen Palmen, und wartete darauf, dass Lisa endlich die Wahrheit aussprach.

»Komisch nur, dass Emily dir wie aus dem Gesicht geschnitten ist.«

»Lisa!«, stöhnte Lukas auf. »Was soll das Reden um den heißen Brei? Ja, alles spricht dafür, dass Emily meine Tochter ist. Dorothee war schwanger, als sie mich verließ, und hat es nicht für nötig gehalten, mich darüber zu informieren, dass ich Vater wurde.«

»Hast du dir mal überlegt, warum?«

Lukas sprang auf. Jetzt reichte es! Er konnte Lisas Selbstgefälligkeit einfach nicht länger ertragen. »Ja, verdammt noch mal! Stell dir vor, das habe ich mir überlegt! Seit ich davon weiß, tu ich nichts anderes. Was denkst du eigentlich von mir?«

Lisa war nur kurz erschrocken, dann sonnte sie sich wieder in der Tatsache, dass ein anderer durch seine Unbeherrschtheit seine Schuld eingestand. »Und? Bist du zu einem Ergebnis gekommen?«

»Ja!«, brüllte Lukas. »Aber erwarte nicht von mir, dass ich es mit dir teile!«

Kurz vor dem Ablegen war er immer noch nervös. Jonas hatte sich nicht bei ihm gemeldet, Lukas wusste nicht, ob es diesmal zur Geldübergabe gekommen oder ob wieder alles vergeblich gewesen war. Wenn er Lisa glauben durfte, waren auch Maria und Barbara in ein Taxi gestiegen. Das hatte Lukas unkommentiert gelassen. Er ahnte, was seine beiden Schwestern motiviert hatte. Maria wollte ihren Sohn nicht allein lassen, und Barbara war noch immer in der Tiefe ihrer Seele Polizeibeamtin. Aber warum waren sie noch nicht zurück? Und was war mit Emily?

Er spürte, dass dieser Name mittlerweile viel selbstverständlicher durch seine Gedanken ging. Kein Wunder, er dachte ja ständig über sie nach. Obwohl er sie so barsch abgewiesen und ihr erklärt hatte, dass sie von ihm nichts zu erwarten habe, spukte Emilys Name ständig in seinem Kopf herum. Und der Name ihrer Mutter. Was hatte Dorothee sich dabei gedacht, ihre Tochter auf die *Soleil* zu schicken? Und was hatte Maria damit zu tun? All das wollte er endlich ganz genau wissen. Und deswegen sollten sie endlich kommen und ihm erzählen, was geschehen war.

Er wandte sich an Leon. »In zehn Minuten haben wir ›Alle Mann an Bord‹. Sind Jonas und Emily und meine Schwestern noch nicht zurück?«

Leon ging zu einem der Computer und überprüfte die Passagierliste. Sein Gesicht war sehr nachdenklich, als er zu Lukas zurückkehrte. »Doch, sie sind da. Aber ... vier Passagiere fehlen noch.«

»Sind die Ausflugsbusse zurück?«

»Ja, alle wieder da.«

Lukas sah auf die Uhr. »Okay, eine halbe Stunde können wir noch warten. Dann müssen wir ablegen.«

Er machte das nicht gerne. Die Vorstellung, dass einer seiner Passagiere vielleicht einen Unfall erlitten hatte oder zu einem medizinischen Notfall geworden war, machte ihm zu schaffen. Natürlich gab es auch immer wieder die Trödler, die sich nichts dabei dachten, ein ganzes Schiff und tausend andere Passagiere warten zu lassen, oder diejenigen, die sich in der Zeit geirrt hatten. Letzteres konnte jedem mal passieren, die Trödler ärgerten ihn am meisten. Passagiere, die vielleicht im Krankenhaus gelandet waren, mussten schon sehr schwer verletzt sein, wenn sie nicht mal mehr in der Lage waren, auf dem Schiff anzurufen oder dafür zu sorgen, dass angerufen wurde. Doch so leid es ihm auch tat, er konnte nicht ewig warten.

»Kümmere dich darum, Leon. Ich bereite alles vor. Wie gesagt – eine halbe Stunde, dann müssen wir los, länger können wir nicht warten. Aber vielleicht lassen die vier ja von sich hören.«

Die halbe Stunde verstrich, ohne dass sich etwas tat. Roland Hengst sah seinen Chef fragend an, und Lukas nickte. »Es hilft nichts. Wir legen ab.« Er griff zum Telefon und rief Leon an. »Sobald das Ablegemanöver gelaufen ist, soll Jonas zu mir kommen. Sagst du ihm das bitte?«

»Aye, aye, Käpt'n.«

Sie hatten den Hafen hinter sich gelassen, als Lukas das Kommando an Roland Hengst abgab und in seine Suite ging. Dort wollte er auf Jonas warten, damit er endlich erfuhr, was auf Mauritius geschehen war.

Sein Handy lag auf dem Wohnzimmertisch, ein kleines Symbol am oberen Rand zeigte an, dass eine Nachricht eingegangen war. Als er nachsah, entdeckte er Benitas Nummer, sie hatte ihm etwas auf die Mailbox gesprochen. Er zögerte, ehe er die Nachricht abhörte. Es kam ihm so vor, als könnte ihm nicht gefallen, was er zu hören bekommen würde. Sein Daumen schwebte eine Weile über der Taste, ehe er sie drückte.

»Wir haben umdisponiert, Lukas. Wir fahren auf eigene Faust weiter. In Hamburg lassen wir unsere Sachen vom Schiff holen. Alles Gute! Und ... danke für die schöne Zeit.«

Lukas starrte auf sein Handy, ohne etwas zu verstehen. Was hatte das zu bedeuten? Er ließ sich auf seinen Sessel sinken und dachte nach.

Dann wählte er Leons Nummer. »Wer sind die vier Passagiere, die nicht pünktlich an Bord zurückgekommen sind?«

Leons Antwort kam unverzüglich. »Benita und Detlef Meister.«

»Und die anderen beiden?«

»Vico Irion und Liane Reich.«

»Was?« Jetzt war Lukas alarmiert. »Ich will sofort mit Jonas sprechen. Unverzüglich.«

»Er ist auf dem Weg.«

Tatsächlich dauerte es nicht lange, bis Jonas klopfte. Seine Mutter und seine Tante standen dicht hinter ihm, obwohl Lukas sie nicht hatte rufen lassen. Sie alle trugen verlegene Mienen zur Schau, was ihn noch mehr beunruhigte. Er wies zum Sofa und den Sesseln und ließ sich selbst nieder, als alle Platz genommen hatten.

»Also ... was ist passiert?«

Barbara war es, die antwortete: »Vico Irion ist tot.«

Lukas erschrak. Beinahe hätte er gefragt, wie das sein könne, da fiel ihm Benita ein. Hatte sie etwas damit zu tun? Diese Frage mochte er nicht laut stellen. Hatte sie ihre Rache bekommen? Wollte sie, dass Vico Irion verschwunden blieb und kein Hahn mehr nach ihm krähte? Sollte er ein Vermisstenfall werden wie Fred Alswede?

Er versuchte, auf andere Gedanken zu kommen. »Was ist mit den zwei Millionen?«, fragte er Jonas.

»Liegen in meinem Zimmersafe«, antwortete Jonas, aber so richtig freuen konnte er sich merkwürdigerweise nicht. »Ich rufe nachher meinen Chef an.«

»Was ist mit Liane Reich?«
»Die wurde verhaftet.«
»Was?« Nun war Lukas vollkommen entgeistert. »Wieso das?« Maria erhob sich und ging zur Tür. »Eins nach dem anderen, Lukas. Erst mal verraten wir dir, in welchem Haus das alles geschehen ist. Dann erzählen wir dir auch den Rest.«

Sie öffnete die Tür, und Lukas sah, dass jemand dahinterstand. Ein großer, hagerer Mann um die sechzig, der ihn verlegen anlächelte. Lukas starrte ihn an, wusste, dass er ihn kennen musste, wusste aber auch, dass er ihn unmöglich kennen konnte. Ein Mann, der aussah wie Albert Heckrath, aber viel dünner, viel ungepflegter, ungesünder, freudloser, elender, verhärmter, schlechter gekleidet. Nein, Albert Heckrath hatte stets dunkle Anzüge getragen, weiße Hemden, geschmackvolle Krawatten, teure Schuhe. Und vor allem: Albert Heckrath war tot.

Doch nun trat der Mann auf ihn zu und sagte mit Albert Heckraths Stimme: »Ich freue mich, dich wiederzusehen, Lukas.«

Maria

Ich wusste, dass ich nicht ablehnen durfte. Als Lukas mich aufforderte, mich um Lisa zu kümmern und sie auf das vorzubereiten, was sie erwartete, musste ich mich bereit erklären. Albert zitterte beim Gedanken an seine Tochter, war aber tapfer und zu allem entschlossen. Den Gedanken, Lisa einfach mit ihrem Vater zu konfrontieren, hatten wir gleich wieder verworfen. Völlig unmöglich! Lisa war doch so empfindsam! Am Ende würde sie noch ernsthafte gesundheitliche Schäden davontragen, und wir, ihre Familie, wären daran schuld.

Lukas ließ also keinen Zweifel daran, dass ich die Begegnung vorbereiten musste, schließlich hatte ich die ganze Geschichte ja auch angeleiert. Dass ich seit Jahren Kontakt zu Albert hatte, nahm er mir anscheinend übel. Und nicht nur Lukas, auch Barbara. Sie sogar ganz besonders. »Dass du mir verschwiegen hast, dass Albert noch lebt, werde ich dir nie verzeihen«, fauchte sie mich an.

Aber diesen Satz musste ich nicht mehr ernst nehmen. Ich kenne meine Schwester. Sie hat natürlich eingesehen, dass mir damals nichts anderes übrig blieb. Ich weiß auch nicht, warum ausgerechnet ich immer diejenige sein muss, der Geheimnisse anvertraut werden, die ich dann vor der Familie verborgen halten muss. Dass das ganz schön anstrengend ist, kommt niemandem in den Sinn.

Ich fand Lisa in der Lounge, sie saß auf einem der tiefen Sofas, in ein Buch vertieft. Ich warf einen Blick auf den Titel: ein Fachbuch, irgendwas über geschlechterbewusste Pädagogik. Sie bereitete sich also auf ihre Rückkehr in den Schuldienst vor. Sie wirkte sogar von hinten wie eine Lehrmeisterin, sie hatte sich nicht in die Sofaecke gelümmelt, sie saß aufrecht da, die Beine korrekt nebeneinandergestellt, die Kleidung ohne Fehl und Tadel. Helle Baumwollhose, weiße Bluse.

Sie hatte mich gleich bemerkt, als ich hinter die Rückenlehne des Sofas getreten war, wollte mir aber zunächst weismachen, sie wäre zu sehr auf ihr Buch konzentriert, um mich zur Kenntnis zu nehmen. Klar, sie war gekränkt, weil Barbara und ich losgerannt und in ein Taxi gesprungen waren, ohne dass sie eine Ahnung hatte, worum es ging. Ich war froh, es ihr jetzt verraten zu können. Jonas' Auftrag war erledigt, sie würde zwar keine Einzelheiten erfahren, aber ich konnte so tun, als hätte ich die Absicht, sie vollumfänglich zu informieren.

Das nahm sie wohlwollend auf und zeigte sogar Verständnis dafür, dass Jonas' Auftrag lange hatte geheim bleiben müssen.

»Gibt es sonst noch was?« Offenbar entging ihr nicht, dass ich mich neben ihr einrichtete, als wollte ich länger bleiben.

Ich spürte, dass mir der Schweiß ausbrach. »Ja«, antwortete ich leise und räusperte mich, um besser bei Stimme zu sein. »Ich muss dir noch etwas erzählen.« Vorsichtig blickte ich mich um. In unserer Nähe saß niemand, aber am anderen Ende der Lounge legte eine Frau eine Patience, und ihr Mann blätterte in einer Tageszeitung. Vielleicht wäre es besser, mit Lisa in ihre Kabine zu gehen? Andererseits war die Anwesenheit anderer Passagiere gar nicht so schlecht. Dann würde sie jedenfalls ihre Emotionen im Zaum halten müssen. Dieser Gedanke beruhigte mich.

»Es ist eine Geschichte«, versuchte ich sie zu locken.

Sie sah mich verblüfft an und schien sich zu fragen, ob ich mich über sie lustig machen wollte. »Märchenstunde?«, fragte sie dann grinsend.

»Gewissermaßen«, antwortete ich, »aber es ist kein Märchen, sondern Realität.« Ich legte meine rechte Hand auf ihren linken

Unterarm. »Du musst mir aber versprechen, mich nicht zu unterbrechen, so unwahrscheinlich dir das alles auch vorkommen mag.«

Es schien mir so, als ahnte Lisa, dass es mit ihrem Vater zu tun hatte, was ich ihr erzählen wollte. Ihre Haltung bekam etwas Starres. War es Angst? Oder Erwartung?

»Der Mann, von dem ich dir erzählen will, ist ein guter Mann, obwohl er etwas getan hat, das gar nicht gut war. Er wollte sein Leben ändern, hatte aber nicht den Mut, sich zu seinem Wunsch zu bekennen. Jeder Mensch muss die Chance haben, neu anzufangen, aber er darf seine Familie nicht zurücklassen, ohne ihr die Wahrheit gesagt zu haben. Albert ...« Ich wartete kurz auf eine Reaktion von Lisa, als ich den Namen ihres Vaters nannte, aber sie blieb still sitzen. Natürlich hatte sie längst geahnt, um wen es ging. »Albert war in eine Sinnkrise geraten. Beruflich immer das Gleiche, privat ständig Probleme, die kranke Frau, um die sich alles drehte, die eigenen Interessen, die auf der Strecke blieben, die Zukunft, die nichts Neues mehr versprach ... In diesem Augenblick war er ein gefundenes Fressen für eine junge, schöne Frau.« Jetzt hatte ich den Eindruck, als ginge ein Ruck durch Lisas Körper, dass sie etwas dazu sagen wollte, aber ehe sie den Mund aufmachen konnte, ergänzte ich: »Nein, Moana hat es nicht darauf angelegt. Sie hat Albert wirklich geliebt. Und in ihm erwachte der Wunsch, mit ihr neu anzufangen. Aber ... wie gesagt ... er wagte es nicht, sich zu diesem Wunsch zu bekennen, wollte sich aus dem Leben herausschleichen, in dem er nicht mehr glücklich war, wollte sich nicht sagen lassen, dass er ein Schuft sei, der Frau und Tochter verlässt, dann wollte er lieber spurlos verschwinden.« Ich musste tief Luft holen, es fiel mir mit einem Mal schwer weiterzusprechen. Lisas Starre machte mir Angst. Was würde kommen, wenn sie diese Starre verlor? »Moana war Zimmermädchen in dem Hotel in Valparaíso«, fuhr ich fort, vorsichtig, immer darauf bedacht, sofort zu reagieren, wenn ich spürte, dass sich etwas veränderte.

»Sie stammte aus Mauritius. Ihre Vorfahren waren im achtzehnten Jahrhundert als billige Arbeitskräfte aus Indien ins Land geholt worden, nachdem die Sklaverei abgeschafft worden war. Sie ist Indo-Mauritierin, hatte Sehnsucht nach ihrer Heimat und immer geplant, irgendwann zurückzugehen. Das hat sie getan, bevor wir vor fünf Jahren unser Familientreffen auf der *Soleil* planten.« Jetzt wurde es schlimm, nun kam die Stelle in der Geschichte, die für Lisa nur schwer zu ertragen sein würde. Ich beschloss, es kurz zu machen. »Es gab einen Verwandten, der in Port Louis ein Schiff im Hafen liegen hatte. Das hat am frühen Morgen, noch vor Sonnenaufgang, an der *Soleil* angelegt, dort, wo die Tenderboote die Passagiere aufnehmen. Albert ist eingestiegen und hat sich zu Moana bringen lassen. Deswegen war es möglich, dass er verschwand, ohne sich ausgeloggt zu haben.« Ich holte tief Luft und stieß sie vorsichtig wieder aus. Aber Lisa rührte sich nach wie vor nicht, sagte nichts, reagierte mit keinem Wimpernschlag. »Aber den beiden war keine lange gemeinsame Zeit vergönnt. Moana starb schon nach einem Jahr, und Albert blieb alleine zurück. In einem Land, in dem er nicht heimisch war, in dem er kaum jemanden kannte, in dem er keiner legalen Arbeit nachgehen konnte, weil es ihn ja offiziell gar nicht mehr gab.« Sollte ich jetzt noch erwähnen, dass Albert sich über Wasser hielt, indem er für einen Kriminellen die Drecksarbeit erledigte? »Er wurde zu seinem Handlanger, sorgte dafür, dass große Geldbeträge den Besitzer wechselten, ohne dass die Polizei dahinterkam, was geschah. Irgendwann stand er morgens vor dem Spiegel und fragte sich, wie er so tief hatte sinken können. Das war der Moment, in dem er mich anrief ...«

Ich schwieg, völlig erschöpft, als hätte ich mich körperlich verausgabt. Tatsächlich fühlte ich mich so. Lisas Schweigen war für mich genauso schwer zu ertragen, wie es ein Gefühlsausbruch gewesen wäre. Vorsichtig griff ich nach ihrer Hand. »Dein Vater ist bei Lukas in der Suite. Willst du ihn begrüßen?«

Emily

Sie stand mit Alexandra und Nathalie an der Reling und sah zu, wie ein Koffer nach dem anderen über die Gangway geschoben wurde, von Reisenden, die sich meist ungern trennten. Viele schauten sehnsüchtig zurück, blieben stehen, sahen hoch und winkten den Zurückbleibenden, die von den Decks auf sie herabschauten, zu. In Port Louis war eine weitere Teilstrecke der Weltreise zu Ende gegangen, viele verließen das Schiff, einige hängten noch einen Strandurlaub auf Mauritius an, andere flogen unverzüglich heim. Im Lauf des Tages würden neue Passagiere eintreffen, deren Reise auf Mauritius begann und die bis Hamburg an Bord bleiben würden.

»Ich finde, dein Vater hätte erfahren müssen, wie es um dich und Godric steht«, sagte Emily. »Dass der Earl dieses Spiel mitmacht!«

»Ich muss an meine Zukunft denken«, gab Alexandra zurück. »Papa wird wollen, dass ich in die Firma einsteige, aber das kann ich nur, wenn er mir nicht immer reinpfuscht. Jetzt kann er beweisen, ob er aus der Sache mit dem Detektiv gelernt hat. Wenn nicht, werde ich bei der Konkurrenz anfangen. Ein Angebot habe ich schon ...«

Emily warf Alexandra einen kurzen Blick zu. Sie schien nun genau zu wissen, was sie wollte, aber sie war auch hart geworden, unbeugsam, unversöhnlich. Godric of Chiswick nötigte Emily dagegen Respekt ab. Er schien ein gutherziger Mensch zu sein, vielleicht hatte er Alexandra wirklich geliebt. Aber das würde sie wohl erst später beurteilen können. Und ändern würde es nichts.

»Da ist er«, sagte Alexandra mit einem Mal.

Ron Helbing hatte sein Gepäck aufgegeben, um es in das Hotel auf Mauritius bringen zu lassen, er war nur mit einem kleinen Handgepäck nach draußen getreten. Dort blieb er stehen und sah sich um.

»Er denkt immer noch, er dürfte mich bald zum Altar führen«, flüsterte Alexandra. »Das ist seine gerechte Strafe.«

Emily hatte Mitleid mit Ron Helbing. »Ich finde, du bist zu streng.«

Auch Nathalie war dieser Meinung. »Ein englischer Earl als Schwiegersohn – da hätte wohl jeder Vater ein bisschen geschummelt.«

»Ein bisschen geschummelt?«, begehrte Alexandra auf. »Er wollte mich zwingen! Papa hat nur daran gedacht, dass er demnächst bei Charles und Camilla zum Tee eingeladen wird. Und jetzt bildet er sich ein, er könnte mit uns Verlobungsurlaub machen. Damit nach zwei Tagen das ganze Hotel weiß, wer wir sind.«

»Aber er hat dir doch versprochen«, gab Emily zu bedenken, »nichts zu verraten.«

»Er verspricht viel, wenn er muss«, gab Alexandra zurück. »Aber ich glaube ihm nicht mehr.«

Nathalie beugte sich vor. »Wo ist Godric?«

Alexandra lachte leise. »Ihm ist die Sache peinlich. Er wollte meinem Vater eigentlich reinen Wein einschenken. Aber ich habe ihn überreden können, es nicht zu tun.«

Nathalie seufzte. »Vielleicht war es doch ein Fehler, Godric den Laufpass zu geben.«

Aber Alexandra unterband alles, was Nathalie noch auf der Zunge lag. »Nein, ich habe alles richtig gemacht.«

In diesem Moment geschah es. Eine Meute von einem guten Dutzend Fotografen und Reportern durchbrach ein Absperrgitter und rannte auf die Gangway zu. Godric war erschienen und sah sich verwirrt um, blinzelte in das Blitzlichtgewitter, als wüsste er nicht, wie ihm geschah. Er suchte Ron Helbings Blick, aber der drehte sich um und tat so, als hätte er nichts mitbekommen.

»Wo ist die Braut?«, schrie jemand.

»Wann wird die Verlobung offiziell gefeiert?«

»In welchem Hotel werden Sie absteigen?«

»Wo ist Ihre Zukünftige?«

Godric wehrte ab und redete so leise mit den Reportern, dass seine Worte auf Deck 5 nicht zu verstehen waren. »Ein Irrtum«, das war das Einzige, was Alexandra, Nathalie und Emily mitbekamen.

»Ich habe es doch gewusst«, knurrte Alexandra. »Auch hier hatte ich Papa gewarnt. Ich hatte ihm verboten, die Presse zu verständigen. Und was macht er?« Sie lachte verbittert. »Das geschieht ihm recht. Er wird den Journalisten selbst mitteilen müssen, dass aus der Verlobung seiner Tochter mit dem Earl of Chiswick leider nichts wird.« Sie drehte sich um und ging auf die Tür zu, die ins Schiff zurückführte. »Er kann es einfach nicht lassen. Er muss mich manipulieren. Was bin ich froh, dass das vorbei ist! Auf mich als seine Nachfolgerin wird er auch verzichten müssen. Wie könnte ich mit ihm zusammenarbeiten, wenn er mir keine Entscheidungsfreiheit lässt? Nein!«

Nathalie und Emily folgten ihr ins Innere des Schiffes. Dort drehte Alexandra sich um und sah Emily scharf an. »Und nun zu dir. Wie bekommen wir die Sache mit dir und deinem Vater in trockene Tücher?«

Lukas

Er stand auf der Brücke, reglos, den Blick nach vorn gerichtet. Roland Hengst und sein Erster Offizier hielten ihn vermutlich für hoch konzentriert. Aber in Wirklichkeit war er nicht bei der Sache, nicht bei seinen Aufgaben als Kapitän. Doch sie hatten ja ruhige See, es gab nur leichten Seegang, der Indische Ozean würde ihm an diesem Tag keine außergewöhnlichen Entscheidungen abverlangen.

Lukas stellte sich so, dass er seine Crew im Rücken hatte. Auf diese Weise nahm er sich oft ein paar Augenblicke Alleinsein heraus, die es auf der Brücke nie gab. Er brauchte jetzt einfach eine kurze Zeit, in der er nicht angesprochen wurde und keine Fragen beantworten musste. Er wollte nachdenken.

Natürlich hatte er auch in dem neuesten Fall Meldung machen müssen. Schon wieder war ein Passagier verschwunden. Sogar zwei. Nur, dass er in diesem Fall wusste, wo sie waren und was mit ihnen geschehen war. Vico Irion war tot und Liane Reich verhaftet worden. Er hatte sofort in der Reederei angerufen und auch diesmal zu hören bekommen: »Ruhe bewahren, nicht darüber reden, abwarten!«

Und Albert? Dass er an Bord der *Soleil* gekommen war, hatte er Leon zu verdanken, der im Nu durchschaut hatte, dass er den Verwandten des Kapitäns irgendwie durch die Sicherheitsschleusen bringen musste. Aber auf Mauritius würde man ihn suchen, keine Frage. Sobald die Leiche von Vico Irion gefunden wurde und sich herausstellte, dass Albert nicht mehr da war, würde man nach ihm fahnden. Natürlich würde er dann sofort unter Verdacht geraten.

Sie würden zur Polizei gehen müssen, sobald sie wieder in Hamburg waren. Maria wollte beeiden, dass Albert nicht der Mörder von Vico Irion sein konnte. Trotzdem würde Albert einen guten Anwalt nötig haben. Er hatte zwar Vico Irion nicht umgebracht, aber er hatte in Port Louis ein Leben außerhalb des Gesetzes geführt. Er hatte Kriminellen geholfen, ihre Waren zu verschieben und ihr Geld in Sicherheit zu bringen. Man würde sehen, inwieweit diese Taten in Deutschland zur Bestrafung kamen.

Dann erst ließ Lukas den Gedanken an Benita Meister zu. Natürlich hätte er gleich bei der Polizei anrufen und eine Fahndung auslösen können. Aber er hatte es nicht über sich gebracht. Auch die anderen, Maria, Barbara und Jonas, hatten nichts davon hören wollen. Sie hatten beschlossen, die deutsche Polizei ermitteln zu lassen, wenn der Zusammenhang zwischen Vico Irion und den Meisters entdeckt worden war. Mord war ein abscheuliches Verbrechen, das schlimmste, was man sich vorstellen konnte, dennoch gab es Motive, die Verständnis weckten. Er würde jedenfalls nichts tun, was der Polizei half, Benita und ihren Mann zu finden, aber natürlich auch nichts, um es zu verhindern.

Mehrere Schicksale hatten sich während dieser Weltreise erfüllt. Vico Irion hatte sein Leben verloren, Liane Reich ihre Freiheit, Benita und Detlef Meister ... ja, was war mit ihnen? Ihre Schuld war noch nicht bewiesen, alles konnte ja auch ganz anders sein. Und wenn nicht ... hatten sie sich mit ihrer Rache befreit? Ging es ihnen jetzt besser? Aber würden sie einem Leben auf der Flucht gewachsen sein? Und was würde mit Albert geschehen? Würde man ihn in Deutschland für seine diversen Gesetzesverstöße zur Rechenschaft ziehen? Würde Lisa ihm verzeihen? Würde Helene überhaupt je wieder mit ihm reden wollen? Und dann waren da noch Alexandra Helbing, ihr Vater und der Earl of Chiswick! Bei diesen dreien war alles anders verlaufen, als jeder Einzelne es sich erhofft hatte. Ron Helbings großer Traum war geplatzt wie eine Seifenblase, er würde niemals ein Verwandter der englischen Königsfamilie werden, und Godric of Chiswick würde nicht die Chance bekommen, den Landsitz seiner Eltern wieder in Schuss zu bringen. Und Alexandra? Ob sie in der Firma ihres Vaters arbeiten würde, stand in den Sternen. Und dann Jonas und Emily ...

Lukas stellte fest, dass er bei all den Gedanken, die er den Menschen gewidmet hatte, deren Schicksal sich entschieden hatte, an dem Namen seiner Tochter vorbeigeschlichen war. Emily! Sie hatte sich von Jonas zurückgezogen, Maria hatte es ihm erzählt. Seine Schwester war sehr unglücklich darüber. Vor allem wusste sie nicht, was dahintersteckte. Sie traute ihrem Sohn alles zu, nannte ihn sogar einen Tölpel, der in der Liebe immer alles falsch machte, und Lukas hatte an sich halten müssen, um sich nicht allzu deutlich auf Emilys Seite zu stellen. Er merkte, dass er sich für sie einen Partner wünschte, mit dem sie glücklich wurde. War Jonas der Richtige? Irgendwas musste vorgefallen sein, hatte Maria gemeint, Emily hatte jedenfalls Jonas aus ihrer Kabine verbannt. Sie käme jetzt wieder alleine klar, hatte sie zu ihm gesagt. Wie Jonas selbst die Angelegenheit sah, war nicht bekannt.

An den abendlichen Familientreffen nahm Emily nach wie vor nicht teil, und wenn sie den Kapitän traf, grüßte sie höflich, aber kühl. Maria lag ihr natürlich ständig in den Ohren, sie solle sich wieder in der Suite des Kapitäns einfinden, auch Barbara und sogar Lisa hatten sie aufgefordert, sich ihnen so wie früher zuzugesellen, aber Emily war nicht wieder erschienen. Alle kannten den Grund, und alle sahen ihn, Lukas Jantzen, entweder kritisch, streng oder ermutigend an. Ja, er war der Einzige, der die Sache ins Reine bringen konnte. Nur ... wie?

Mit einer Entschuldigung, das war das Mindeste. Aber ob sie sich darauf einließ? Er hatte sie völlig zu Unrecht verdächtigt, das wusste Lukas nun. Sie hatte sich keineswegs bei ihm eingeschlichen, Maria hatte dafür gesorgt, dass sie ihren Vater kennenlernte.

Maria, die all die Jahre Kontakt zu Dorothee gehalten hatte, ohne dass er davon wusste. Genauso wie zu Albert, was auch niemand geahnt hatte. Maria, die mit unsäglichen Methoden versuchte, die Familie zusammenzuhalten. Emily selbst hatte keine Ahnung gehabt, dass sie ihren Vater auf der *Soleil* kennenlernen würde.

Lukas zog sich in das Büro hinter der Brücke zurück, er hatte mit einem Mal das Gefühl, dass er beobachtet werden könnte, dass Roland Hengst, der ihn gut kannte, ihm sogar von hinten ansah, dass er Probleme wälzte. Private Probleme. Es würde ja nicht reichen, Emily um Entschuldigung zu bitten, weil er sie zu Unrecht verdächtigt hatte. Das Schlimmste war, dass er sie von sich gestoßen hatte, dass er ihr klipp und klar gesagt hatte, sie könne nicht mit ihm rechnen, er wolle nichts mit ihr zu tun haben. Wie konnte er nur? Warum hatte er das getan?

Er brauchte nicht lange zu überlegen. Das Gefühl, das in ihm hochgeschossen und in seiner Körpermitte stecken geblieben war, wie etwas, was das Atmen schwermachte, drückte ihn immer noch. Er konnte es genau beschreiben. Es war ein abscheuliches Gemenge aus Schuldgefühlen, Enttäuschung, Gewissensqualen und Scham. Die Liebe, die täglich in ihm heranwuchs, die er immer weiter zuließ, der er heute sogar Tür und Tor geöffnet hatte, war noch nicht dazuzumischen. Aber sie war da. Er begriff sogar, dass sie immer da gewesen war, dass er sie nur tief in sich vergraben hatte, weil er sie sonst nicht ertragen hätte. Nun aber war die Liebe wieder an die Oberfläche gestiegen, und er würde es nicht schaffen, sie erneut zu unterdrücken. Er wollte es auch nicht. Dorothee war wieder in seinem Herzen, und Emily gehörte dazu.

Er sagte es leise, flüsternd, aber so, dass es zu hören war: »Ich liebe euch, Dorothee und Emily, immer noch und neuerdings.«

Aber was bedeutete das? Der Hoffnungsfunke, dass er etwas rückgängig machen konnte, was vor dreißig Jahren falsch gelaufen war, schaffte es noch nicht, zu einem Hoffnungsflämmchen, womöglich einem Hoffnungsfeuer zu werden. Er erschrak und sah sich um. Natürlich war keiner in der Nähe, der seine Worte hätte hören können. Er war froh darüber. Warum eigentlich? Weil er seine Worte selbst noch nicht glauben konnte? Ja, das war es wohl. Früher hatte er Dorothee häufig, täglich, mehrmals täglich gesagt, dass er sie liebte. Aber das war fast dreißig Jahre her. Wie konnte er heute noch sagen, dass er sie liebte? Nachdem sie ihn verlassen hatte, nachdem er sich damit abgefunden hatte, dass sie ihn nicht mehr liebte, nachdem er sich in einem Leben ohne sie eingerichtet hatte, nachdem er, wenn er sich an sie erinnerte, gar nicht mehr gleichzeitig an Liebe gedacht hatte. Und Emily? Liebte er sie wirklich, obwohl er sie gar nicht richtig kannte? Er merkte, dass seine Mundwinkel sich hoben, dass er lächelte beim Gedanken an seine Tochter. Es stimmte also, was er bisher nicht so recht hatte glauben wollen. Man liebte sein eigenes Kind bedingungslos, egal, was es tat, wie es war, wie es aussah, wie es sich entwickelte. Das war ein Gesetz der Natur, und er hatte seine Gültigkeit soeben bestätigt bekommen. Aber was war mit Dorothee zwischenzeitlich geschehen? Was war aus ihr in den dreißig Jahren geworden? Und wie sollte er Emily klarmachen, dass sie von ihrem Vater geliebt wurde?

Maria

Jetzt mal ganz ehrlich – ich habe doch ziemlich viel verdammt gut hingekriegt. Oder? Okay, nicht alles, ein paar Lösungen sind noch ausbaufähig, aber die Weltreise ist ja noch nicht vorbei, mir bleibt also noch ein bisschen Zeit.

Die Sache mit Albert liegt mir noch auf der Seele. Sie ist einerseits gutgegangen, er hat den Absprung aus seinem schrecklichen Leben auf Mauritius geschafft, ist sicher auf der *Soleil* gelandet und sogar von seiner Tochter gnädig aufgenommen worden. Zunächst ist Lisa bei seinem Anblick in Tränen ausgebrochen und hat sich ihm an den Hals geworfen, später hatte sie dann ihre Emotionen im Griff und hat nun angefangen, ihm Vorwürfe zu machen. Aber da muss er durch. Wie er sich der Begegnung mit Helene stellen will, ist noch nicht raus. Erst mal müssen wir ihn alle mit vereinten Kräften aus der Sache mit Vico Irion rausboxen. Und das wird hoffentlich möglich sein. Er hat ihn nicht umgebracht, wenn seine Leiche auch in Alberts Haus gefunden werden wird. Und alles andere ... nun, wir werden sehen. Jedenfalls muss alles in trockenen Tüchern sein, ehe Albert nach Valparaíso aufbrechen kann, um Helene wiederzusehen.

Ach, diese ganzen Heimlichkeiten! Manchmal frage ich mich selbst, wie ich das jahrelang ausgehalten habe! Ich wusste, dass Dorothee ein Kind von Lukas bekommen hatte, und wusste auch, dass Albert noch lebte. Aber was kann ich dafür? Dorothee hat sich mir anvertraut, mir aber das Versprechen abgenommen, darüber zu schweigen. Und bei Albert war es genauso. Mir ist übel geworden vor Schreck, als er anrief, weil er wissen wollte, wie Helene klarkam. Natürlich musste ich auch ihm schwören, den Mund zu halten. Aber Lukas und Barbara sind trotzdem ziemlich sauer auf mich. Lisa sowieso. Und wie Helene reagieren wird, wenn sie erfährt, was ich all die Jahre wusste, steht auch in den Sternen. Ich habe in diesem Spiel echt den Schwarzen Peter gezogen, obwohl ich es doch nur gut gemeint habe.

Wenigstens steht mein Anteil an Jonas' Erfolg außer Frage. Sie finden doch auch, dass ich daran meinen Anteil habe, oder? Barbara und Emily natürlich auch, schon klar. Allein hätte mein Junge das nicht hinbekommen. Aber das vergessen wir jetzt und freuen uns einfach darüber, dass Jonas seinen Auftrag mit Bravour gemeistert hat. Sie doch auch, oder? Wenn er doch denselben Erfolg bei Emily hätte! Wenn er wenigstens merkte, dass sie nicht gut drauf ist! Und zwar nicht, weil sie noch immer diesen grässlichen Verband tragen muss, sondern wegen etwas, das mit ihrem Gefühl, ihrem Innenleben, ihrer Seele zu tun hat. Ich bin noch nicht dahintergekommen, was es ist, Barbara auch nicht. Und Jonas? Der bekommt mal wieder gar nichts mit. Es ist zum Verrücktwerden!

Natürlich muss ich auch häufig an Benita Meister und ihren Mann denken. Ihnen geht's genauso, stimmt's? Ich bin froh, dass nichts bewiesen ist, dass ihr Verhalten nur ein Indiz ist, ihre Anwesenheit vor Alberts Haus, ihr Motiv, Vico Irion das Leben zu nehmen. Ich brauche mir nur vorzustellen, dass jemand, der für den Tod meines Sohnes verantwortlich ist, sich auf einem Kreuzfahrtschiff gemütlich an einem Pool räkelt und sich des Lebens freut, und ich kann nachempfinden, was in Benita Meister vorgegangen ist. Nur gut, dass die Aufklärung die Aufgabe der Polizei ist! Ich nehme stark an, dass sie eine Weile brauchen wird, um den Zusammenhang zwischen Vico Irion und den Meisters herzustellen. Es sei denn, Liane kennt ihn. Das glaube ich aber nicht. Und wenn doch – ihr wird es ziemlich egal sein, wer Vico Irion umgebracht hat. Mein Gott, wie habe ich mich von dieser Frau täuschen lassen! Sie auch? Sagen Sie bloß nicht, Sie hätten gleich so eine Ahnung gehabt. Dann würde ich es Ihnen sehr übelnehmen, dass Sie mich nicht gewarnt haben. Die Geschichte auf den Osterinseln, als Emily niedergeschlagen wurde und Liane Reich anschließend so verändert war, hat mich durchaus irritiert. Das hätte echt schiefgehen können. Gut, dass Dorothee davon nichts weiß. Ich hatte ihr schließlich versprochen, gut auf ihre Tochter aufzupassen.

Damit wären wir beim letzten ungelösten Problem: Lukas und Emily! Dorothee weiß noch nichts von Lukas' Reaktion, darüber bin ich echt froh. Sie würde ihn nicht verstehen, und damit hätte Lukas seine allerletzte Chance vertan, Dorothee zurückzugewinnen. Ob er das überhaupt will? Sie fragen mich Sachen! Keine Ahnung! Bisher hatte ich es angenommen, aber nachdem er sich Emily gegenüber so ablehnend verhalten hat, ist mir jeder Optimismus abhandengekommen. So geht man doch nicht mit dem Kind einer Frau um, die man noch liebt! Umkehrschluss: Dorothee bedeutet ihm nichts mehr. Verdammt! Wie konnte ich mich so täuschen?

EMILY und JONAS

Es klopfte an ihrer Kabinentür, laut und heftig. Emily wusste sofort, wer davorstand. So machte sich nur Jonas bemerkbar, er, der nach wie vor davon ausging, dass er willkommen war. Wie zögerlich Emily ihm in den letzten Tagen geöffnet hatte, war ihm nicht aufgefallen, natürlich nicht. Maria hatte wirklich recht. Jonas war, wenn es um Zwischenmenschliches ging, wie ein Kindergartenkind, das noch nicht viel vom Leben verstand, aber begierig darauf war, es zu lernen. Dass sie lächelte, bemerkte sie erst, als sie die Tür geöffnet hatte und feststellte, dass Jonas todernst davorstand. Das war neu.

Jonas wartete ungeduldig. Er wollte jetzt endlich wissen, was los war. Seine Mutter sah ihn schon seit Tagen so an, als müsste er Gedanken lesen können. Aber er durfte ja wohl erwarten, dass man ihm in verständlichen Sätzen erklärte, was Sache war. Er gehörte nun mal nicht zu denen, die zwischen den Zeilen lesen konnten, er brauchte eine klare Ansage.

»Jonas!« Emilys Lächeln erstarb. »Ist was passiert?« Anders konnte sie sich Jonas' Miene nicht erklären.

Er trat auf sie zu. Wie süß sie aussah! So schmal und verletzlich mit dem schrecklichen Verband an ihrer linken Körperseite. Dass sie mit einem Mal nicht mehr lächelte, konnte nur daran liegen, dass sie wieder Schmerzen hatte. »Wie geht's dir?«, fragte er mit einem Blick auf ihre Schulter.

»Ich komme klar«, gab Emily zurück und setzte sich auf die Bettkante. »Das habe ich dir doch schon gesagt. Ich brauche keine

Hilfe mehr. Und dass Vico Irion in meine Kabine platzt, um mich abzumurksen, ist nun ja auch nicht mehr zu erwarten.«

»Warum bist du dann so verändert?« Jonas ließ sich vorsichtig neben ihr nieder. »Weil mein Onkel dein Vater ist? Was hat das mit uns zu tun?« Erschrocken sah er Emily an, deren Augen Funken sprühten, als hätte er sie beleidigt. Was hatte er nun schon wieder falsch gemacht? »Oder weil er sich nicht darüber freut?«, fügte er noch schnell an, aber das schien seine Lage nicht zu verbessern.

»Wofür hast du eigentlich deinen Kopf?«, fauchte Emily ihn an. »Benutz ihn doch mal zum Denken.«

Jonas verschlug es die Sprache. So hatte sie noch nie mit ihm geredet. »Was soll das heißen?«

Emily wäre am liebsten in Tränen ausgebrochen. War er wirklich noch nicht auf den Gedanken gekommen, dass sie Cousin und Cousine waren? Hatte er etwa kein Problem damit? Nicht mal Maria, die sonst die Flöhe husten hörte, hatte mit ihr darüber gesprochen. Klar, Cousin und Cousine durften heiraten, das wusste Emily inzwischen, und sogar eine Familie gründen. Aber es fühlte sich falsch für sie an und war überhaupt nicht das, was sie sich für ihr Leben gewünscht und vorgestellt hatte … Sie sah Jonas böse an. Sollte sie ihm das etwa auseinandersetzen? Vom Heiraten reden? Zugeben, dass sie schon einige Male davon geträumt hatte? Von den Kindern, die sie sich von ihm gewünscht hatte? Natürlich hatte sie das alles im Internet nachgelesen. Möglich war es auch unter Verwandten, aber die medizinischen Risiken waren wesentlich höher. Und noch mal: So hatte sich Emily das alles nicht vorgestellt. Wieso musste denn der Mann, den sie liebte, ausgerechnet ihr Cousin sein!

Jonas wusste, dass er nicht gut darin war, Andeutungen zu verstehen, trotzdem glaubte er, dass es ihm in diesem Fall gelungen war. »Ich finde es auch nicht gut, dass mein Onkel so unfreundlich zu dir ist. Aber ich denke, er braucht einfach Zeit, um sich daran zu gewöhnen, dass er eine Tochter hat. Ich habe genau gemerkt, wie leid es ihm tut, was er zu dir gesagt hat. Er leidet echt darunter, glaub mir.«

»Der kann mir gestohlen bleiben«, knurrte Emily. »Morgen werde ich meine Mutter anrufen und sie fragen, was sie eigentlich an ihm gefunden hat.«

»Du hast immer noch nicht mit ihr darüber gesprochen?« Jonas hatte bisher nicht einsehen können, warum Emily sich so viel Zeit ließ. Sie hatte es damit begründet, dass sie noch zu wütend sei, noch nicht so weit, um in Ruhe mit ihrer Mutter darüber zu sprechen. Dass Jonas Verständnis dafür hatte, konnte er nicht behaupten. Warum machte Emily es sich so schwer? Wenn man etwas erfahren wollte und wusste, wo man eine Antwort bekommen konnte, dann fragte man denjenigen. Das war doch ganz einfach. Manchmal war er froh, wenn seine Mutter ihn einen »unsensiblen Klotz« nannte. Er fand, dass er mit Schwierigkeiten viel besser zurechtkam als die, die angeblich so feinfühlig waren.

Emily kapitulierte. Bei Jonas musste man wirklich alles, was er verstehen sollte, beim Namen nennen, sonst begriff er es nicht. »Jonas«, begann sie betont, mit einem sehr spitzen O, sodass sich auf der Stelle Sorgenfalten auf seiner Stirn bildeten. »Mein Vater und deine Mutter sind Geschwister. Ist dir das schon aufgefallen?«

»Natürlich.« Jonas' Antwort kam zögernd, er schien zu begreifen, dass hinter dieser Frage etwas stand, das einen anderen Sinn hatte, als die Formulierung vermuten ließ. Diese verdammten Spitzfindigkeiten!

Emily merkte, dass sie deutlicher werden musste. »Das heißt, dass wir Cousin und Cousine sind. Verwandte!«

Sie sah ihn erwartungsvoll an, aber auf Jonas' Gesicht spiegelte sich noch immer keine Erkenntnis. »Ich will nicht mit einem Mann zusammen sein, mit dem ich verwandt bin«, platzte es nun aus ihr heraus.

»Aber …« Jonas hätte am liebsten ihre Spitze zurückgegeben und sie gefragt, wofür sie eigentlich ihren hübschen Kopf habe, aber er war vorsichtig geworden. Er wusste ja, dass er sich leicht aufs Glatteis locken ließ, wenn Metaphern im Spiel waren, die er mal wieder nicht kapierte. »Aber wir sind doch gar nicht verwandt.« Nun sah Emily so aus, als wollte sie aufspringen und ihn aus ihrer Kabine werfen. Schnell griff er nach ihrer Hand, aber dummerweise erwischte er die linke, die einen scharfen Schmerz zu ihrem verletzten Schultergelenk sandte. Das erkannte er, weil Emily das Gesicht verzog und leise aufstöhnte.

Trotzdem schaffte er es, sie zu halten. »Habe ich dir denn nie erzählt, dass ich ein Adoptivkind bin?«

Nein, das hatte er nicht, und für einen Augenblick sah es sogar so aus, als könnte diese Eröffnung alles noch schlimmer machen. Die Erleichterung kam erst, nachdem Emily ihren Zorn heruntergeschluckt hatte. »So was Wichtiges behältst du für dich?«

Jonas fühlte sich unschuldig. »Das war keine Absicht. Ich dachte …«

»Und deine Mutter?«

»Ja, die redet nicht gerne darüber. Sie tut immer gern so, als wäre ich ihr leiblicher Sohn.« Er verzog das Gesicht zu einem Grinsen und hatte diesmal Glück. Emily liebte dieses Lächeln. »Wahrscheinlich, weil ich nun mal ein Sohn bin, auf den man stolz sein kann.«

Emily konnte nicht anders und musste ebenfalls lachen. Dann warf sie sich an seine Brust, obwohl ihr auch das einen Schmerz in ihrer Schulter einbrachte. »Du Idiot!« Sie brach in Tränen aus, ohne dass sie recht wusste, warum. Waren es die Schmerzen in der Schulter, die Wut darüber, dass Jonas so lange geschwiegen hatte, oder die Erleichterung, dass ihre Sorgen unbegründet gewesen waren? Sie wusste es nicht und beschloss, nicht weiter darüber nachzudenken. Sie schmiegte sich an Jonas und fiel mit ihm zusammen hintenüber aufs Bett.

»Ach, Jonas!«

»Meine geliebte Emily!«

Danach gab es eine wunderbare Stunde, in der es nicht mehr auf irgendwelche Spitzfindigkeiten ankam, nicht auf Ungesagtes, nicht auf Doppelsinniges, nur auf Gewolltes ... bis es erneut an der Tür klopfte und eine Stimme ertönte: »Housekeeping!«

Jonas sprang aus dem Bett und machte durch die geschlossene Tür deutlich, dass sie ungestört sein wollten, dann schlüpfte er unter Emilys Decke zurück, um dort weiterzumachen, wo sie gerade hatten aufhören müssen. Aber Emily kicherte jetzt und schaffte es nicht mehr, sich dem Ernst der tiefen Liebe zu widmen. So hatte Jonas es genannt, was sie erst recht zum Lachen brachte.

Sie zog die Decke über ihre beiden Körper und kuschelte sich an Jonas, soweit es ihr Verband zuließ. Und er war damit einverstanden und zog sogar die Hände unter der Decke hervor. Emilys Kopf ruhte an seiner Schulter, er streichelte hingebungsvoll ihre Locken. »Du musst wieder in unsere Familie zurückkommen«, sagte er dann leise. »Du fehlst uns allen, nicht nur mir.«

»Aber der Kapitän ...«

Jonas unterbrach sie. »Ich weiß, dass man mir nicht viel zutraut, wenn es um Seelenkundliches geht. Aber er hat mich auf dich angesprochen, und ich habe genau gemerkt, dass er sich ständig mit dir beschäftigt. Und ich bin sicher, dass er bereut, was er zu dir gesagt hat. Er weiß nur noch nicht, wie er das wieder geradebiegen soll.«

Emily drehte sich auf den Rücken und sah zur Decke. »Meinst du wirklich?«

Jonas war davon überzeugt. »Würdest du ihm die Chance geben?«

Emily überlegte lange, so lange, bis Jonas Angst bekam, dass er die Zusicherung, die er seinem Onkel gegeben hatte, zurücknehmen musste. Er hatte ihm doch versprochen, dass er ein gutes

Wort für ihn einlegen und dafür sorgen würde, dass er bei Emily eine zweite Chance erhielt.

»Ich weiß noch nicht«, sagte sie schließlich. »Kommt drauf an ...«

Worauf es ankam, danach fragte Jonas vorsichtshalber nicht. Vermutlich würde die Antwort dann wieder so kryptisch ausfallen, dass er sie falsch oder gar nicht verstand. Somit verlegte er sich wieder auf das, was er sicher beherrschte: aufs Küssen.

Lukas

Er hatte immer wieder nach ihr Ausschau gehalten, die Restaurants und alle Decks durchstöbert, und wenn er sie entdeckte, sie im Auge behalten und sich an ihre Fersen geheftet. Aber nie hatte es einen günstigen Moment gegeben, um sich ihr zu nähern, immer war sie gerade in einer Unterhaltung gewesen, mit Alexandra Helbing oder deren Freundin, mit anderen Passagieren oder auch mit Jonas. Oder er selbst wurde angesprochen und aufgehalten. Lukas glaubte schon, seine Pläne für Kapstadt streichen zu müssen, da traf er sie völlig unerwartet im Theatrium, mit ihrem Reisetagebuch unter dem Arm, auf dem Weg in die Lounge. Sie stutzte, als sie ihn sah, machte Anstalten weiterzugehen, aber zum Glück war er schnell genug und stellte sich ihr in den Weg.

»Emily! Bitte! Ich muss mit Ihnen reden.« In seinen geheimen Fantasien hatte er sie immer geduzt, aber das wagte er jetzt nicht.

Sie setzte eine kühle Miene auf, doch er merkte, dass sie sich anstrengen musste, um ihm so feindselig zu begegnen. »Worüber?«

»Es tut mir leid. Ich ...« Nun begann er doch tatsächlich zu stottern. »Es war ... ich habe einfach ...« Er hielt erschöpft inne und sagte schließlich: »Darf ich Sie in Kapstadt zum Essen einladen? Ich kenne ein sehr gutes Restaurant nicht weit vom Hafen. Das hat schon am frühen Abend geöffnet. Wir legen ja heute schon wieder ab, aber erst spät. Gegen zehn muss ich wieder an Bord sein.«

Sie gab sich den Anschein zu überlegen, aber er merkte auch diesmal, dass es ihr nur darum ging, es ihm nicht zu leicht zu machen. Das weckte Hoffnung in ihm.

»Also gut. Aber warum nicht an Bord?«
»Weil ich ungestört mit Ihnen sein möchte.«
»Meinetwegen. Danke für die Einladung.«
Lukas fiel ein Stein vom Herzen. »Ich bestelle ein Taxi. Dann fahren wir zusammen hin. Gegen siebzehn Uhr?«
»Gut. Treffen an der Gangway?«

Nachdem er es bestätigt hatte, wandte sie sich ab und ging ohne ein weiteres Wort auf die Tür der Lounge zu. Er blickte ihr nach, bis sie nicht mehr zu sehen war. Würde sie ihm die Telefonnummer ihrer Mutter geben? Aber würde Dorothee ihm verzeihen, wenn sie hörte, wie übel er sich Emily gegenüber benommen hatte?

Sie legten pünktlich in Kapstadt an, morgens kurz nach sechs fuhr die *Soleil* in den Hafen ein, vor der Kulisse eines roten Morgenhimmels, eskortiert von Kränen und Containerschiffen, die schwarz in den Himmel stachen. Dann kam der Löwenberg in Sicht, der eine wolkige Halskrause trug und seinen Kopf hinausstreckte. Und schließlich der Tafelberg, auf den alle warteten, die auf Kapstadt zufuhren. Auch er war mit einem Wolkenrand verziert, an dem seine charakteristische Form zu erkennen war. Doch die Wolkenbildung änderte sich schnell, das kannte Lukas. Schon stiegen die Wolken höher, der Tafelberg trug jetzt eine Tischdecke, und als das Schiff vertäut war, hatten sich die Wolken verzogen. Klar und gestochen scharf erhob sich der Tafelberg über der Stadt.

Lukas war müde und beschloss, sich eine Mütze Schlaf außer der Reihe zu gönnen. Die Nacht war kurz gewesen, er hatte früh aufstehen müssen und die Stunden davor schlecht geschlafen. Wenn er an das Essen mit Emily dachte, wurde er so nervös wie vor dem ersten Date mit Dorothee. Insgeheim schalt er sich für seine Dummheit. Er war mit seiner Tochter verabredet und nicht mit einer Frau, in die er verliebt war! Seine Gedanken flogen zu Benita Meister. Wenn er sich mit ihr verabredet hatte, war er kein bisschen aufgeregt gewesen, kein Lampenfieber, natürlich auch keine Verliebtheit. Bevor er sie wieder aus seinem Gedächtnis wischte, hoffte er darauf, dass Benita mit ihrem Mann die Flucht gelungen war, wohin auch immer. Die beiden hatten es nicht verdient, noch einmal bestraft zu werden. Obwohl sie, juristisch gesehen, natürlich genau das verdient hatten.

Der Hafen von Kapstadt war hässlich, wie so viele Großstadthäfen. Dorothee war damals enttäuscht gewesen, als sie hier angelegt hatten. Aber später, als sie mit einer Gondel auf den Tafelberg gefahren waren, hatte es nur noch Begeisterung gegeben. Die Gondeln hatten damals schon einen Boden, der sich drehte, sodass jeder Insasse in den Genuss eines Rundumblicks kam. Es waren wunderschöne Tage gewesen, die sie in Kapstadt verbracht hatten, diesmal würde sein Schiff leider nur bis zum späten Abend im Hafen liegen. Noch vor Mitternacht würden sie wieder auslaufen, in Richtung Namibia.

Er war zunächst auf Deck 5 stehen geblieben, wo die Schalter fürs Ein- und Ausloggen eingerichtet worden waren, aber als er nach zehn Minuten fragend angesehen wurde, entschloss er sich, schon die Gangway hinunterzugehen und an ihrem Fuß auf Emily zu warten. Auf seine Tochter! Was für ein Gefühl!

Während er vor dem grauen Gebäude auf und ab ging, auf dem stand »Welcome in Cape Town Cruise Terminal«, versuchte er herauszufinden, was Emily für ihn war. Vor allem sein Kind? Oder ganz besonders Dorothees Kind, das ihn mit ihr verband? Ganz klar konnte er sich diese Frage nicht beantworten. Natürlich spürte er das Band, das zwischen ihm und Dorothee neu entstanden war, seit er von Emilys Existenz wusste, aber er merkte auch, dass sich etwas Eigenes gebildet hatte. Das Bewusstsein, dass diese junge Frau von seinem Fleisch und Blut war, ballte sich zu etwas zusammen, zu etwas Kraftvollem, wie Flocken zu einem Schneeball wurden, der nicht mehr herumwirbelte, sondern ein Ziel treffen konnte. Und dieses Ziel war eindeutig sein Herz. Emily hatte das Zentrum seines Herzens getroffen, als er begriff, wer sie war. Und da er so lange nicht mehr mit dem Herzen dabei gewesen war, wenn es um Gefühle ging, war es für ihn ein Angriff gewesen, den er automatisch abwehren wollte. Damit kannte er sich nicht mehr aus. Dass dieses Kolossale, was ihn berührt hatte, nicht trennte, sondern verband, nicht verletzte, sondern heilte und wiederherstellte, hatte er erst nach und nach begriffen. Verdammt spät, um genau zu sein. Hoffentlich nicht zu spät.

Er hörte Schritte auf Deck 5, leichte Schritte, die Schritte einer Frau. Er hörte Emilys Stimme, ein männliches Lachen, dann erschien sie auf der obersten Stufe der Gangway. Seine Tochter! Sie trug ein weißes Kleid aus Baumwollspitze, das ihre leichte Bräune betonte, dazu goldene Sandaletten. Ihm schoss durch den Kopf, dass er so vieles verpasst hatte, ihre ersten Schritte, ihre ersten Worte. Durch seinen Egoismus und durch Gedankenlosigkeit. Zum Glück schaffte er es, diesen Gedanken wegzuwischen, ehe sie ihn erreichte.

Lächelnd sah er ihr entgegen, hatte Zeit, sie zu betrachten, sah, dass sie Dorothees Gang hatte und die Locken seiner Großmutter, Dorothees Lächeln und seine Augenfarbe. Als sie vor ihm stand, musste er sich anstrengen, keine feuchten Augen zu bekommen. Sie sah ihn ernst an, aber in ihren Augen stand ein winziges Lächeln, das ihm Mut einflößte. Er hatte mit einem Mal die wahnwitzige Hoffnung, dass er etwas Wichtiges wiedergutmachen könnte, nur heute, nur an diesem Tag, nur hier in Kapstadt.

Sie durchquerten das neue Terminal, das noch nicht ganz fertiggestellt war, und kamen in einer Halle an, die überschrieben war mit »Welcome« bzw. »Bon Voyage«, je nachdem, von welcher Seite man eintrat. Davor erstreckte sich ein großer Parkplatz für Busse und Taxis.

Der gelbe Wagen, den er bestellt hatte, kam gerade angefahren, Lukas wollte Emily den Arm reichen, unterließ es dann aber doch.

Das wäre zu antiquiert gewesen, zu altmodisch, das hätte ihr vermutlich nicht gefallen oder sie nur zum Lachen gereizt. Als er zu seinem Schiff zurückblickte, sah er am Ende von Deck 5 eine Bewegung, jemand trat an die Reling, zog sich aber gleich wieder zurück. Jonas? Lukas war nicht ganz sicher.

Er nannte dem Fahrer die Adresse des Nelson's Eye, dann setzte er sich mit Emily zusammen nach hinten. »Ein hervorragendes Steakhaus, ein bisschen rustikal, es existiert immerhin schon länger, ist also nicht gerade modern eingerichtet, aber sehr gemütlich.«

Die Fahrt dauerte nur eine Viertelstunde. Währenddessen machte er Emily, die noch nie in Kapstadt gewesen war, auf die Victoria & Alfred Waterfront aufmerksam, auf das schicke Hotel Sky Cape Town und schließlich auf das afrikanische Museum für Naturgeschichte, das Iziko South African. Als der Fahrer hielt, bezahlte er ihn großzügig und half Emily beim Aussteigen. Er fühlte sich gut, als er an ihrer Seite auf den Eingang zuschritt. Ob man ihnen ansah, dass sie Vater und Tochter waren? Er hoffte es und fragte sich gleich darauf, warum. Eine Antwort fand er nicht. Ein Kellner empfing sie freundlich und führte sie zu ihrem Tisch.

Eigentlich hatte er nicht davon sprechen wollen, aber mit einem Mal erschien es ihm ganz selbstverständlich, Emily zu erzählen, dass er einmal mit Dorothee in Kapstadt gewesen war und mit ihr in diesem Restaurant gegessen hatte. Schon über dreißig Jahre war das her, und er hatte es als glückliches Omen gesehen, dass das Nelson's Eye noch immer bestand.

»Ich hatte hier mal mit dem Frachtschiff angelegt, auf dem ich Kapitän war, bevor ich die *Soleil* übernahm. Ihre Mutter hatte Urlaub genommen und mich begleitet. Unser Abend in Kapstadt war sehr schön.«

Sie sah ihn eine Weile an, ehe sie reagierte. Dann sagte sie etwas, das er nicht erwartet hatte. »Ich finde, wir sollten Du zueinander sagen.«

Das Glück fuhr wie ein elektrischer Stoß durch seinen Körper. Und die Wirkung? Ihm wurde feierlich zumute. Feierlich hob er das Glas, prostete Emily feierlich zu und sagte feierlich: »Danke, Emily. Wie du mich nennen willst, musst du selbst entscheiden. Mir ist alles recht.«
Sie trank und stellte das Glas zögernd auf den Tisch zurück. »Ich denke, ich werde dich erst mal beim Vornamen nennen.«
Er nickte. Erst mal! Das konnte bedeuten, dass sich etwas ändern würde, wenn er geduldig wartete. Er merkte, dass es sein größter Wunsch war, dass sie »Papa« zu ihm sagte. Aber das würde er niemals laut werden lassen. Niemals!
»Deine Mutter liebte die gegrillten Calamari mit Reis.« Er hatte bereits einen Blick in die Speisekarte geworfen und festgestellt, dass dieses Gericht noch immer angeboten wurde. Noch etwas, was er für ein gutes Omen hielt.

Der Kellner kam, um ihre Bestellung aufzunehmen, und Emily entschied sich tatsächlich für die gegrillten Calamari wie ihre Mutter.

Als der Kellner gegangen war, sagte Lukas – und nahm dafür seinen ganzen Mut zusammen: »Ich habe Dorothee sehr geliebt. Vermutlich hast du etwas anderes gedacht, aber sie ist die Liebe meines Lebens. Dass ich sie habe gehen lassen, werde ich mir nie verzeihen.« Beinahe hätte er eine Hand auf Emilys gelegt, aber das wagte er dann doch nicht. »So wie das, was ich zu dir gesagt habe. Bitte verzeih mir, Emily. Ich weiß nicht, was mich da geritten hat. Erklären kann ich es nicht. Es war wohl ... ich habe mich so überrumpelt gefühlt.«

Sie lächelte. »Ist schon okay. Jonas hat es mir erklärt. Maria sagt ja immer, Jonas sei im zwischenmenschlichen Bereich eine Null, aber in deine Situation konnte er sich erstaunlich gut einfühlen.«

»Tatsächlich?« Damit hatte Lukas nicht gerechnet. »Hat er ein gutes Wort für mich eingelegt?« Er sah Emily mit einem treuherzigen

Ausdruck in den Augen an wie ein Bernhardiner, der gestreichelt werden wollte.

Emily lachte. »Ja, er ist davon überzeugt, dass du einfach nur Zeit brauchtest und nach einer Weile alles ganz anders sehen würdest.«

»Da hat er recht.« Lukas atmete auf. »Eine Entschuldigung ist das nicht, nur eine Erklärung.« Nun wagte er es doch, eine Hand auf Emilys zu legen. »Ich bin glücklich, eine Tochter zu haben. Dich als Tochter zu haben. Ich hoffe, Emily, das kannst du mir glauben.«

Ihre Antwort hörte er nicht mehr. Denn in diesem Augenblick öffnete sich die Tür des Restaurants, und Lukas' vegetatives Nervensystem versagte komplett ...

Barbara

Ihr Vater saß mit Albert und Lisa in der Symphonie-Bar. Barbara blieb im Eingang stehen und ließ das Bild auf sich wirken. Lisa, klein, zierlich, einerseits energiegeladen, andererseits ohne jede positive Ausstrahlung, in ihrer Haltung voller negativer Energie. Neben ihr Albert, der nun besser aussah, von Maria im Bordshop neu eingekleidet, mit einem Haarschnitt versehen, glatt rasiert und mit rosigerer Haut, mit diesem vorsichtigen Lächeln, das er schon früher gehabt, aber auf Mauritius wohl verloren hatte. Ihnen gegenüber Robert Jantzen, größer als Albert und beinahe so hager wie er, aber unverwüstlich, optimistisch, von geradezu aggressiver Heiterkeit.

Barbara war nicht sicher, ob es gut war, sich zu ihnen zu gesellen. Sie präsentierten eine Verbundenheit, die sie nicht stören wollte, diese drei so gegensätzlichen Menschen, die zusammengehörten und zusammengehören wollten. Sie gaben sich Mühe, alle drei, das war sogar aus der Entfernung zu erkennen. Lisa versuchte, den pädagogischen Zeigefinger in der Tasche ihrer Bundfaltenhose zu lassen, Albert versuchte, nicht zu viel zu lächeln, sondern gelegentlich mit dem Ernst dreinzuschauen, der ihm wohl angemessen erschien, Robert dagegen hatte den festen Vorsatz, alles wegzulachen, was die gute Stimmung gefährden konnte. Aber es würde nicht nötig sein, das war Barbara schnell klar, das war ihr schon am Abend zuvor klar geworden. Lisa war viel zu glücklich, ihren Vater bei sich zu haben, als ihm immer wieder mit Vorhaltungen zuzusetzen, und Albert war sowieso mit allem zufrieden, was er bekam. Offenbar hatte er schon bald nach Moanas Tod darüber nachgedacht, wie er diese Episode seines Lebens ungeschehen machen konnte, dann aber einsehen müssen, dass das nicht möglich war. Angetrieben von der Verzweiflung und dem Willen, irgendwie zu überleben, hatte er sich in krumme Geschäfte hineinziehen lassen und schließlich davon gehört, dass die *Soleil* im Hafen von Port Louis anlegen würde. Maria hatte es ihm verraten. Das war der Moment gewesen, in dem er, zusammen mit Maria, den Plan geschmiedet hatte, in sein altes Leben zurückzukehren. Und nun war sein größter Wunsch in Erfüllung gegangen: Lisa hatte ihn willkommen geheißen. Wie es mit Helene weitergehen würde, war völlig offen, sie wusste noch nichts von Alberts Rückkehr. Man musste es ihr schonend beibringen. Und erst dann, darauf hatte Lisa bestanden, wenn klar war, was mit Albert geschehen würde. Niemand wusste, ob Vico Irion schon gefunden worden war und wie die Polizei damit umging, dass er in dem Haus, das Albert Heckrath von seiner Geliebten geerbt hatte, gefesselt und erstochen worden war.

Die Bar leerte sich, das erste Restaurant der *Soleil* öffnete für das Mittags-Büfett. Barbara ging zu den dreien, um sie zu fragen, ob man gemeinsam zum Essen gehen wolle, da sah sie von der anderen Seite Jonas herankommen. Ziemlich eilig, mit großen energischen Schritten. Sie erreichten den kleinen Bistrotisch gleichzeitig, wo nur noch ein Sessel frei war. Jonas überließ ihn seiner Tante und zog sich einen Sessel von einem anderen Tisch heran.

»Ich habe euch gesucht«, begann er und sah seinen Großvater, seinen Onkel und seine Cousine nacheinander an.

»Was gibt's?«, fragte Robert Jantzen und fügte gleich eine weitere Frage an: »Wo ist eigentlich Maria?«

»Die hat einen Termin«, wich Jonas aus.

»Und Onkel Lukas?«, erkundigte sich Lisa.

»Der auch«, erwiderte Jonas und warf Barbara einen Blick zu, als wollte er sie fragen, ob sie eingeweiht war.

Aber Barbara reagierte nicht, nickte nicht und zuckte auch nicht die Achseln.

»Ich soll euch Bescheid sagen«, setzte Jonas nun fort, »dass es neue Nachrichten gibt. Die Reederei hat angerufen.«

Albert wurde blass, Lisa rutschte nervös in eine andere Position, nur Robert Jantzen, der in seinem Leben oft die Erfahrung gemacht hatte, dass sich mit Geld alles regeln ließ, blieb gelassen.

»Irion ist gefunden worden«, sagte Jonas. »Einer Nachbarin ist der Geruch aufgefallen. Und gleichzeitig ist ihr klar geworden, dass sie dich lange nicht mehr gesehen hat.« Er blickte Albert an, der nickte und dabei zu Boden sah. Er hatte niemandem gesagt, was er plante. Es war sein dringender Wunsch gewesen, einfach zu verschwinden, ohne eine Nachricht zu hinterlassen. Die Leute, für die er gearbeitet hatte, schätzten es nicht, wenn jemand aus dem Geschäft ausstieg.

»Wie erwartet stehst du unter Verdacht«, fuhr Jonas fort. »Es wurde ein internationaler Haftbefehl gegen dich erlassen, weil in einer Hafenstadt natürlich sofort jeder daran denkt, dass sich ein Verdächtiger ins Ausland absetzt. Und da du unter deinem richtigen Namen auf der *Soleil* eingecheckt hast, war schnell klar, wo du bist.« Jonas bestellte sich einen Espresso und wartete, bis er serviert worden war, ehe er weitersprach. »Lukas hat persönlich die Verantwortung dafür übernommen, dass du bis Hamburg an Bord bleibst. Dort wird dann die deutsche Polizei auf dich warten und dich in Empfang nehmen.«

Albert staunte. »Darauf hat die Polizei sich eingelassen?«

»Ein Kapitän hat großen Einfluss. Und auch Macht. Lukas hat mit der Polizei bereits telefoniert. Natürlich mit einem Beamten in der gehobenen Hierarchie. Dem hat er schon klarmachen können, dass du unmöglich der Mörder von Vico Irion sein kannst, Albert, dass er lebte, als du ihn mit deinen beiden Schwestern zusammen verlassen hast, und dass die beiden bereit sind, das zu beeiden.«

»Sie suchen schon nach dem wahren Mörder?«, fragte Albert hoffnungsvoll.

»Davon gehe ich aus«, antwortete Jonas. Er stand auf und machte eine einladende Handbewegung. »Nun lasst uns essen gehen.«

Albert erhob sich nur zögernd. »Ich kann wirklich bis Hamburg an Bord bleiben?«

Barbara stand neben ihm, sie war beinahe so groß wie er. »Am besten, du unternimmst keine Landgänge«, meinte sie. »Dass bloß nicht der Verdacht entsteht, du könntest dich davonmachen wollen. Lukas hat sich für dich verbürgt.«

Nun stand auch Lisa auf den Beinen und sah zu Barbara auf. »Danach werde ich mit Papa nach Valparaíso fahren.«

»Wenn die Polizei ihn lässt«, ergänzte Barbara vorsichtshalber.

Lisa nickte. »Bis dahin habe ich Mama dann vorbereitet.«

Maria

Ich bin mit den Nerven fertig. Warum bleibt immer alles an mir hängen? Diese Frage werde ich lieber keinem meiner Angehörigen stellen, die Antworten würden mir vermutlich nicht gefallen. Angeblich mische ich mich ja ständig in alles ein.

Ich muss gestehen, dass ich Dorothee zwischendurch ein bisschen vergessen hatte. Die Sache mit Albert war ja wirklich aufreibend genug. Lieber Himmel! Jetzt muss nur noch seine Unschuld bewiesen werden, der Mordverdacht muss vom Tisch. Aber Lukas ist da optimistisch. Barbara und ich können beeiden, dass Irion noch lebte, als wir drei ihn verließen, und dass wir beide mit Albert zusammen waren, bis wir den Mistkerl bei unserer Rückkehr tot vorfanden. Das wird die Polizei überzeugen und auch das Gericht, falls es zur Anklage kommt. Wer Vico Irion meiner Meinung nach umgebracht hat, wird nicht an die Öffentlichkeit dringen. Auch Barbara wird schweigen, Lukas sowieso. Die Polizei muss ohne unsere Hilfe dahinterkommen. Und wenn nicht … dann hätte ich das Gefühl, als hätte die Gerechtigkeit gesiegt. Obwohl das natürlich nicht stimmt, das ist mir durchaus klar.

Am Ende bleibt noch die Frage, wie Helene reagieren wird. Ist sie gesundheitlich stabil genug für die Wahrheit? Wird sie Albert verzeihen können? Wir müssen da sehr vorsichtig vorgehen. Am besten überlassen wir Lisa diese Angelegenheit. Wer immer sich da einmischt, er wird etwas falsch machen, das weiß ich jetzt schon.

Aber nun Dorothees Anruf! Die Sache muss ich noch über die Bühne bringen, danach ist Schluss mit familiären Schwierigkeiten. Es reicht mir allmählich. Mir war schnell klar, dass ich Hilfe brauchte. Das wuchs mir alles über den Kopf. Ich will keine Geheimnisse mehr, will mir nicht mehr überlegen müssen, was ich sagen darf, was verräterisch ist, wen ich kränken könnte, wen ich unterstützen muss ... jetzt nur noch die Fahrt zum Flughafen, dann ist Schluss.

Barbara war natürlich sofort bereit, mich zu begleiten. Und wir hatten Glück, es fragte uns niemand, wohin wir wollten. Es gibt Shuttle-Busse, die zum Flughafen fahren, der Weg dauert nicht mehr als eine halbe Stunde. Als das Taxi uns vor dem Flughafengebäude absetzte, wurde uns schnell klar, dass wir noch mehr Glück hatten: Der Flieger war sogar pünktlich.

Barbara und ich standen vor der breiten Tür, die sich automatisch öffnete, wenn jemand von innen an sie herantrat, und schwiegen beide. Ich nehme an, meine Schwester machte sich die gleichen Gedanken wie ich. Wir hatten Dorothee lange nicht gesehen, über dreißig Jahre nicht. Damals war sie eine sanfte junge Frau gewesen, immer freundlich, sehr zuvorkommend, höflich und hilfsbereit. Und hübsch war sie, sehr hübsch sogar. Aber vor allem liebte sie Lukas, das war nicht zu übersehen, und die beiden harmonierten wunderbar miteinander. Warum dann mit einem Mal alles vorbei war, wurde in der Familie noch lange diskutiert, ohne dass es zu einer Erkenntnis geführt hätte.

Mir kam dann irgendwann der Zufall zu Hilfe. Damals arbeitete ich auf einem Rheindampfer, mit dem weinselige Touristen fuhren, die von der Geschichte der Loreley sehr angetan waren. Einer von denen hatte einen Prospekt in der Tasche gehabt, den er seinem Banknachbarn zeigte, einen Katalog über Pauschalreisen mit dem Stempel des Reisebüros von Dorothee Betz. Ich habe nicht lange gezögert und sie bald angerufen, damals hatte Emily gerade laufen gelernt. So war ich die Einzige, die erfuhr, dass Lukas Vater geworden war. Es gefiel mir nicht, dass er nichts davon wissen sollte, aber ich musste Dorothee versprechen zu schweigen und habe mich natürlich daran gehalten. Als sie Henning Krug heiratete, tat mir das Herz weh, weil sie nun für Lukas verloren war, nachdem ich immer noch insgeheim gehofft hatte, sie könnte zu einer Versöhnung bereit sein.

Als sie aus der Tür trat, erkannte ich sie sofort. Ich kann nicht sagen, dass sie sich nicht verändert hatte, natürlich war sie dreißig Jahre älter geworden und hatte ein Leben hinter sich, das nicht immer einfach gewesen war. Eine alleinerziehende Mutter, die ihr Kind ohne die Unterstützung des Vaters aufzog, sich beruflich selbstständig machte und erfolgreich ihr Reisebüro in Niebüll führte. Das war anstrengend, hatte oft genug an ihren Kräften gezehrt und sie sicherlich manches Mal überfordert. Aber dann wurde sie mit Henning Krug glücklich, Emily kam aus dem Gröbsten heraus, und Dorothee ging es gut. Das sah man ihr heute an. Eine Frau, die Höhen und Tiefen durchgemacht, aber gemeistert hatte und immer den Kopf oben behalten hatte, die etwas erlebt und geleistet hatte. Sie trug einen dunklen Jeans-Anzug, darunter eine helle Bluse und weiße Sneakers. Ihre Haare trug sie kürzer als früher, einen Bob mit einem langen Pony, der ihr sehr gut stand. Noch immer war sie schlank, und als sie sich auf uns zubewegte, fiel mir auf, dass Emily ihren Gang geerbt hatte, diese schnellen Schritte, kraftvoll und dynamisch. Und das, obwohl Dorothee von dem langen Flug erschöpft sein musste.

Wir fielen uns in die Arme, wortlos zunächst, unfähig, die richtigen Worte zu finden, die uns angemessen erschienen. Aber das Eis brach schnell. Als wir uns auf den Ausgang des Terminals zubewegten, waren wir bereits in einem angeregten Gespräch. Natürlich wollte Dorothee als Erstes wissen, wie es Emily ging, was ihre Schulterverletzung machte, ob sie gut verheilte. Dann malten wir uns gemeinsam aus, welches Gesicht sie ziehen würde, wenn ihre Mutter auf der *Soleil* auftauchte.

Kaum saßen wir im Taxi, kam allerdings auch die Frage auf,

wie Lukas reagieren würde. Natürlich behaupteten Barbara und ich, dass er sich freuen würde, aber Dorothee schienen wir nicht so schnell überzeugen zu können. Sie wurde still und drückte sich in das Polster des Sitzes, als hätte sie Angst. Schließlich sagte sie: »Ob es das Nelson's Eye noch gibt?«

Barbara und ich sahen sie ratlos an. »Was soll das sein?«

Dorothee erinnerte uns daran, dass sie einmal Lukas auf einer längeren Reise begleitet hatte und sie dabei auch in Kapstadt angelegt hatten. »Es war ein schöner Abend in dem Steakhaus. Damals dachte ich, er würde mir einen Heiratsantrag machen.« Sie lächelte, als schämte sie sich dafür, dass mein Bruder, dieser Idiot, vermutlich heute noch nicht weiß, welche Erwartungen er damals geweckt hatte. Männer!

Barbara beugte sich vor und fragte den Fahrer nach dem Restaurant.

Er nickte. »Gar nicht weit von hier.«

»Lass uns dort essen«, schlug ich vor. »Dann können wir uns erst mal in Ruhe unterhalten, ehe die ganze Familie auf uns einstürmt und man nicht mehr zu Wort kommt.«

Der Fahrer ließ uns vor dem Nelson's Eye aussteigen und überreichte uns seine Visitenkarte. Wir würden ihn wieder anrufen, wenn wir zum Schiff zurückwollten.

Die Fassade des Steakhauses war schlicht, ein beleuchteter Ausleger verkündete in roten Buchstaben den Namen des Restaurants, darunter stand »Grill & Restaurant«. Eine hölzerne Tür führte hinein, darüber die rot beleuchteten Buchstaben »open«.

Aus Holz bestand auch der größte Teil der Einrichtung, rustikal, ein bisschen wie westfälische Gemütlichkeit. Die Wände waren aus Fachwerk, dunkles Gebälk, dazwischen weiß getünchte Wände, ein gefliester Boden. Schön waren die vielen Nischen in dem Restaurant, kleine und auch große mit den entsprechenden Tischen darin, häufig mit Bänken, damit viele Gäste hineinpassten.

Wir warteten darauf, dass uns ein freier Tisch zugewiesen wurde, und schauten uns währenddessen um. Niemand beachtete uns, alle waren beschäftigt, mit Essen, Reden, Lachen, mit lauten Unterhaltungen. Ein Restaurant voller Leben!

Ich erschrak, als Dorothee mit einem Mal zusammenfuhr. »Da ist ja...« Sie machte zwei, drei Schritte vor, dann rief sie: »Emily!« Ein Stuhl polterte, scharrte, stieß gegen die Wand. »Mama!« Emily flog auf uns zu und ihrer Mutter in die Arme, ohne auf ihre bandagierte Schulter Rücksicht zu nehmen. »Wo kommst du denn her?«

»Überraschung gelungen?«, fragte Dorothee lachend.

Dann erst fiel ihr Blick auf den Mann, mit dem Emily am Tisch gesessen hatte.

Er erhob sich langsam und schwerfällig, als fiele es ihm nicht leicht. Schließlich stand er aufrecht da, bewegte sich aber keinen Meter voran. »Dorothee!«, sagte er leise, aber so, dass wir alle hören konnten, wie er ihren Namen aussprach. So gefühlvoll, so schwärmerisch. Und dann lauter und kräftiger: »Dorothee!«

Nun kam er endlich auf uns zu, hatte aber nur Augen für Dorothee. Sie schob ihre Tochter ein Stück von sich weg, und Emily trat bereitwillig einen weiteren Schritt zur Seite. So, als wollte sie nicht im Wege stehen. Lukas schien zu überlegen, ob er Dorothee die Hand reichen sollte, dann aber entschied er sich für das, was aus seinem Herzen kam. Er nahm Dorothee in die Arme. Und als sie es geschehen ließ, zog er sie so fest an sich, als wollte er sie nie wieder loslassen.

Walvis Bay

02.02.

Walvis Bay ist eine Hafenstadt an der Walfischbucht in Namibia. Ihre Lage an der riesigen Lagune ist einzigartig, ein berühmtes Vogelparadies. Man hat dort schon fünfzigtausend Flamingos gleichzeitig gezählt. In jedem fremden Land fragen sich die Besucher, welche kulinarischen Spezialitäten sie versuchen sollen. In ganz Namibia wird viel Fleisch gegessen. Besonders beliebt sind fleischhaltige Eintöpfe, die »Potjiekos«, die in einem dreibeinigen gusseisernen Topf über offenem Feuer gekocht werden. Aber in Walvis Bay kann man auch sehr gut Fisch essen, Austern, Langusten, Calamari, alles kommt fangfrisch auf den Tisch. Lukas freut sich jedes Mal, wenn er in Walvis Bay anlegt, auf die typisch deutschen Backwaren, die dort ebenfalls angeboten werden: Frankfurter Kranz, Schwarzwälder Kirschtorte oder Käsekuchen. Dass Deutschland mal Kolonialmacht war, lässt sich noch überall erkennen.

Dorothee dagegen war vor allem an den Stränden interessiert. Aber als es darum ging, wie sie den Tag in Namibia zubringen wollten, entschieden sie sich zu guter Letzt für eine Tour durch die Namib-Wüste. In einem Jeep fuhren sie am Dünengürtel entlang, in die Mondlandschaft Namibias hinein, entschlossen, die Welwitschia-Pflanze zu finden, die angeblich eine Lebensdauer von fünfhundert Jahren haben soll. Lukas wusste, wo sie zu finden war, Dorothee fotografierte sie, dann richtete sie sich auf und sah sich um, mit einem Blick, der nicht nur aufnahm, sondern auch ausdrückte. Voller Staunen, als vor ihnen nichts als Wüste war, neben ihnen Einsamkeit, um sie herum Sonne, Hitze, Staub und herrliches Alleinsein.

Als sie weiterfuhren, nahm Lukas bald wieder den Fuß vom Gaspedal und den Blick von den Schönheiten der Wüste. Er wandte sich Dorothee zu, griff nach ihrer Hand, schaute ihr so oft wie möglich ins Gesicht, drehte sich aber auch immer wieder nach vorn, damit nichts passierte. »Wie konnte ich so lange ohne dich sein?«

Dorothee lachte leise. »Lass die Vergangenheit ruhen. Wir haben uns ausgesprochen, jetzt sollten nur noch die Gegenwart und natürlich die Zukunft zählen.«

Es wurde ein herrlicher Tag in der Namib-Wüste. In der Goanikontes-Oase nahmen sie eine leichte Mahlzeit ein. Chicken-Curry mit Butternut-Kürbis-Salat gab es, und eine Mitarbeiterin lud sie ein, nach dem Essen in dem Badeteich schwimmen zu gehen. Darauf verzichteten sie allerdings, wanderten stattdessen lieber durch den kleinen Zoo, den diese Oase unterhielt, und bewunderten lachend die schrottreifen Fahrzeuge, die dem Schmuck der Oase dienten. Verrostete Lkws, unter deren offener Motorhaube Geranien gepflanzt worden waren, alte Traktoren, an denen Körbchen hingen, aus denen Lianen wuchsen. Das alles unter der Maxime: »Let the adventure begin!«. Um nicht unhöflich zu erscheinen, begaben sie sich am Ende noch in einen Raum, über dessen Tür »Museum« stand, und betrachteten alte Bilder und Möbel, dann setzten sie sich wieder in den Leihwagen und fuhren weiter zur Lagune, um die vielen Flamingos zu bewundern.

Dorothee griff nach Lukas' Hand, als sie dort standen, schweigend dem Rauschen der Flügel und dem Klappern der Schnäbel lauschten und die immerwährende zitternde Bewegung der Vögel betrachteten, dieses Vibrieren, das über ihnen lag, weil sie nie still standen.

Lukas zog Dorothee dicht an seine Seite, und beide stellten fest, wie gut sich ihre Körper zusammenfügten, wie perfekt sie einander ergänzten. Er brauchte sich nicht zu verbiegen, um in ihre Taillenrundung zu passen, sie brauchte sich nur anzulehnen, ohne sich recken zu müssen. Das Gefühl, zueinander zu passen, zueinander zu gehören, war früher nie so mächtig gewesen wie in diesem Moment.

Praia

10.02.

Praia auf der Insel Santiago ist die Hauptstadt der Kapverden. Dieser Archipel besteht aus fünfzehn Inseln, im November hatte die *Soleil* bereits in Mindelo auf São Vincente angelegt. Das Schiff befand sich also mittlerweile wieder auf der Route, mit der es die Weltreise begonnen hat. Damals hatten die Passagiere noch in dem Angebot geschwelgt, das die Köche der *Soleil* ihnen präsentierten, mittlerweile waren fast alle Kreuzfahrer dankbar für Abwechslung, für etwas Neues. Die kapverdische Küche ist ein Mix aus portugiesischen, afrikanischen und lateinamerikanischen Gerichten. Bei den Einheimischen kommt häufig Cachupa auf den Tisch, ein Eintopf aus Hülsenfrüchten mit Fisch- oder Fleischeinlage. In den Restaurants haben sich Langusten und Thunfisch die oberen Plätze auf den Speisekarten gesichert, gekocht oder gegrillt, in leckerer Tomatensoße oder mit gedünsteten Zwiebeln zubereitet. Die vielen Zuckerrohrplantagen produzieren ausgezeichneten Rum, der auf den Kapverden zu fast jeder Tageszeit getrunken wird, manchmal in Form von Ponche, einer milderen Likör-Variante, die von den Frauen bevorzugt wird.

Emily und Jonas machten sich zu Fuß auf den Weg, obwohl es heiß war, wanderten durch die Altstadt, zur Kirche Nossa Senhora da Graça, zum Präsidentenpalast und zum Gemüse- und Obstmarkt.

Emily suchte gerade eine Melone aus, die sie später mit Jonas am Strand aufschneiden und genießen wollte, als er plötzlich unvermittelt fragte: »Wie stellst du dir eigentlich unsere Zukunft vor?«

Emily ließ vor Schreck die Melone fallen, die bis zum Nachbarstand rollte, vom aufgeregten Geschrei der Händler verfolgt, sowohl desjenigen, dem sie gehörte, als auch desjenigen, dem sie »zugelaufen« war.

»Oder willst du etwa keine gemeinsame Zukunft mit mir?« Jonas sah Emily an wie ein kleiner Junge, dem eine Tüte Gummibärchen versprochen wurde und dem es jetzt so schien, als sollte daraus nichts werden.

»Du weißt, was meine Mutter mir angeboten hat«, antwortete Emily. »Und ich habe zugestimmt.«

»Ein Reisebüro in Niebüll.« Jonas hatte seine Hausaufgaben gemacht, jedenfalls hörte es sich so an, als würde er abgefragt. »Du sollst es demnächst alleine führen, während sie mit deinem Vater um die Welt reist.«

Emily bezahlte die Melone, die wieder eingefangen worden war und die der Verkäufer in eine Plastiktüte legte, die aber viel zu dünn war für die schwere Frucht. Prompt riss sie, die Melone purzelte erneut zum Nachbarstand, woraufhin sich eine hitzige Debatte darüber entspann, ob diese Melone im Laufe der letzten Stunden eine besonders innige Beziehung zum Besitzer des Nachbarstandes entwickelt habe und ob man es übers Herz bringen könne, sie von ihm zu trennen. Während sich in diese verrückte Debatte andere Händler einmischten, unter immer größerem Gelächter immer verrücktere Ideen vorgebracht wurden, die sich allesamt um die Gemütsbewegungen einer überreifen Melone drehten, ließ sich die neue Besitzerin dieser angeblich unter Abschiedsschmerz leidenden Melone von Jonas in die Arme ziehen. »Niebüll ist nicht gerade Hamburg. In Niebüll ist nichts los, der Ort ist nur bekannt, weil dort die Autozüge nach Sylt starten. Und deine Detektei …«

Jonas ließ sie nicht zu Ende sprechen. »Manchmal denke ich, dass ich den falschen Beruf ergriffen habe.«

»Aber du bist sehr erfolgreich gewesen.«

Der Besitzer des Nachbarstandes hatte sich mittlerweile von der Melone losgerissen, nicht ohne Wehmut, wie er versicherte, und in der schmerzhaften Gewissheit, die Liebe einer Melone mit Füßen zu treten.

In das kreischende Gelächter um sie herum antwortete Jonas: »Nur, weil ihr mir alle geholfen habt, da mache ich mir nichts vor.«

»Aber ...«

»Ich habe da schon eine andere Idee.«

»Und welche?«

»Zunächst einmal ...« Jonas zögerte, nahm geistesabwesend die Melone entgegen, die ihm hingestreckt wurde, und ergänzte: »... sollten wir heiraten.«

Emily schnappte nach Luft. »Maria hat recht, du hast keine Ahnung, was Frauen wollen.«

Jonas sah sie ratlos an, dann schwante ihm etwas. Dank seiner gut trainierten Oberschenkelmuskulatur gelang es ihm, auf sein rechtes Knie zu sinken, ohne sich an dem Marktstand festhalten und ohne erst die Melone zurücklegen zu müssen. Schlagartig war es mucksmäuschenstill um sie herum. Die Händler kreuzten die Arme vor der Brust, die Frauen beugten sich über ihr Warenangebot, alle Kunden stellten ihre Einkaufstaschen ab.

»Willst du meine Frau werden, Emily Krug?«

Emily sah sich um, blickte in aufmunternde Mienen, auf befürwortendes Nicken, auf hochgereckte Daumen. Sie lachte strahlend. »Ja! Si! Sim!«

Und damit versagten Jonas dann doch die Kräfte. Als er sich aufrappelte, um Emily in seine Arme zu schließen, war er emotional derart geschwächt, dass er unfähig war, sich auch noch um die Melone zu kümmern, die er nach wie vor in den Armen hielt. Sie polterte ein weiteres Mal zu Boden, diesmal völlig unbemerkt, denn die Obsthändler hatten jetzt Besseres zu tun, als sich um eine Melone zu kümmern. Großer Jubel brandete auf, Applaus war überall zu hören, auch diejenigen, die nichts mitbekommen hatten, jubelten und klatschten vorsichtshalber mit, und Jonas beschloss, sich nicht mehr um das Schicksal der Melone zu kümmern, sondern von jetzt an nur noch um sein eigenes. Sein Schicksal, das er ab sofort mit Emily teilen wollte.

Dass er ursprünglich etwas ganz anderes hatte sagen wollen, fiel ihm erst viel später wieder ein …

Teneriffa

13.02.

Teneriffa ist die größte der Kanarischen Inseln, im Atlantischen Ozean, vor der Westküste Afrikas, eine Insel der Kontraste mit quirligen Touristenattraktionen in Santa Cruz und abgelegenen Dörfern an der Südostküste. Das Imposanteste ist der Pico de Teide, der höchste Berg Spaniens, sogar tausend Meter höher als die Zugspitze.

Die kanarische Küche ist in den Restaurants an dem Zusatz »tipico« zu erkennen. Am bekanntesten sind die Tortillas und die berühmte Paella. Lukas hatte schon am Vortag einen Tisch für die ganze Familie bestellt, in einem Restaurant, in dem diese landestypischen Gerichte serviert wurden.

Als die *Soleil* im Hafen von Santa Cruz anlegte, herrschte dort der Ausnahmezustand. Lukas hatte mehrfach alle Passagiere darauf hingewiesen, dass der Karneval auf Teneriffa exzessiv gefeiert wurde und die Umzüge nicht am Rosenmontag, sondern am Tag darauf stattfanden, das war der Tag, an dem die Passagiere der *Soleil* ausschwärmen wollten. Die breite Straße am Ufersaum, die Avenida Francisco la Roche war bereits gesperrt. Von den Balkonen des Schiffs ließ sich erkennen, dass endlos lange Stuhlreihen, doppelt gestellt, die Straße säumten, von wo aus die Einheimischen und die Touristen den Umzug verfolgen konnten. Hohe Absperrgitter trennten die Promenade sowohl von der Straße als auch von dem Gelände, das abschüssig zum Hafen führte. Polizeistreifen sorgten an jedem Ende dafür, dass niemand unbefugt die Avenida befuhr.

Lukas hatte den Passagieren, die der Straßenparade nichts abgewinnen können, empfohlen, lieber in den Teide-Nationalpark oder in die ehemalige Hauptstadt La Laguna zu fahren. Wer bleiben und sich ins karnevalistische Treiben werfen wollte, sollte gut auf sein Geld aufpassen.

Lisa hatte den Wunsch geäußert, diesen Tag allein zu verbringen. Ihr Vater hatte sie erstaunt angesehen, auch alle anderen waren überrascht, aber niemand hatte versucht, sie zurückzuhalten. Anscheinend brauchte sie Zeit und Ruhe für sich selbst, das sah jeder ein. Ein Wunder war es ja wirklich nicht. Sie hatte nach Jahren ihren totgeglaubten Vater wiedergefunden und musste sich außerdem mit dem Gedanken auseinandersetzen, ihrer Mutter die Wahrheit zu sagen. Nicht nur, dass ihr Vater sich heimlich davongestohlen hatte, Helene würde auch erfahren müssen, dass er sie wegen einer anderen Frau verlassen hatte, und ebenfalls, dass er zurzeit unter Mordverdacht stand. Nicht leicht für Lisa. Da half es auch nicht, sie daran zu erinnern, dass es eigentlich ihr Vater sein sollte, der sich mit seiner Frau auseinandersetzte. Lisa wollte unbedingt ihre Mutter auf das bevorstehende Wiedersehen vorbereiten, weil sie sicher war, dass diese es nur so verkraften konnte. Sie würde also an vorderster Front stehen. »Wie immer!«

Von jedem ihrer Angehörigen erhielt sie das Angebot, sich begleiten zu lassen, um sie vor dem überschäumenden Temperament der ausgelassen feiernden Südländer zu beschützen, aber jeder redete ihr gleichzeitig zu, in den nächsten Stunden die Insel Teneriffa, die Stadt Santa Cruz und sämtliche Sehenswürdigkeiten auf sich wirken zu lassen, die sich außerhalb der Zone befinden, in denen der Karneval brodelte. So konnte sie alles genießen, ohne abgelenkt zu werden, und jeder war ihr mit Orten, Plätzen und Straßen gekommen, die sich dafür bestens eigneten. Ihr Großvater meinte sogar, es käme meist etwas Gutes dabei heraus, wenn man etwas Schönes besichtigte und dabei über etwas weniger Schönes nachdachte. Es sei unwahrscheinlich, dass die schöne Kirche, der schöne Ausblick, das schöne Denkmal oder das schöne Museum weniger schön wurden, wenn sie sich betrachten ließen, also müsste das, worüber man nachdenke, sich verändern. Zum Positiven natürlich. Lisa verzichtete darauf zu erklären, dass es ihr weniger darauf ankam, ganz allein zu sein, als vielmehr darauf, aus der Gesellschaft ihrer Angehörigen wegzukommen. Sie brauchte eine Umgebung, in der sich ihr Vater nicht aufhielt, und Menschen, die ihn nicht kannten.

Zu denen gehörten Alexandra Helbing und Nathalie Teichler, denen ebenfalls am Karneval nichts lag. Auf die beiden stieß sie am Ende einer Brücke, die vom Hafengelände hinausführte, wo ein Fotograf auf Alexandra Helbing zusprang und sie fotografierte, obwohl sie abwehrte und verlangte, dass der Mann damit aufhörte. Lisa mit ihrem ausgeprägten Gerechtigkeitssinn sprang ihr zur Seite, beschimpfte den Kerl mit beachtlichen Spanisch-Kenntnissen, die ihn allerdings weder erschreckten noch von weiteren Fotos abhielten. Mittlerweile wurden auch andere auf Alexandra aufmerksam, die auf der *Soleil* längst Prominentenstatus genoss, nachdem ihr Vater dafür gesorgt hatte, dass die gesamte deutsche Sensationspresse auf Mauritius aufgetaucht war. Jetzt kamen noch die Passagiere anderer Kreuzfahrtschiffe dazu, die ebenfalls vor Teneriffa angelegt hatten.

Alexandra schäumte vor Wut. »Das hat mir alles mein Vater eingebrockt.«

Dazu fiel Lisa nur ein Wort ein: »Väter!«

Sie liefen gemeinsam die Uferpromenade hinab, bis sie zu dem Punkt kamen, an dem die Parade beginnen sollte. Dort stellten sich bereits einige der bunt geschmückten Wagen auf, dahinter warteten viele Taxis. Sie ließen sich von einem Wagen zum Parque Municipal García Sanabria, dem großen Stadtpark, fahren, wo es ruhig war, wo vom Karneval nichts zu spüren war. Dort blieben sie zusammen, damit Lisa in aller Ruhe und Ausführlichkeit von ihrem Vater erzählen konnte. Die Geschichte mit Alexandras Vater war ihr ja bekannt, davon hatten alle Passagiere der *Soleil* etwas mitbekommen. Lisa merkte, wie gut es ihr tat, vom Verschwinden ihres Vaters auf Mauritius zu erzählen, davon, dass er dort mit seiner jungen Geliebten zusammengelebt hatte, dass ihm nach deren Tod am Ende nichts anderes übrig geblieben war, als mit Kriminellen Hand in Hand zu arbeiten, damit er dort überleben konnte. »Ein ehemaliger Hoteldirektor!« Und schließlich hatte er einsehen müssen, dass der Ausstieg aus seinem Leben ein Fehler gewesen war. Als er erfuhr, dass die *Soleil* auf Mauritius anlegen würde, mit der Familie an Bord, war ihm das wie ein Wink des Schicksals erschienen ... Lisa sah von einer zur anderen, beschloss dann aber, den Mord an Vico Irion nicht zur Sprache zu bringen und erst recht nicht die Tatsache, dass Albert Heckrath des Mordes verdächtigt wurde.

Alexandra und Nathalie waren auch ohne dieses letzte Detail von den Socken. Der Gedanke, des Lebens so überdrüssig zu sein, dass man alles hinwarf, brachte Alexandra wieder zurück zu ihrem eigenen Schicksal. Mittlerweile saßen sie nebeneinander auf einer Parkbank, betrachteten die üppigen Anpflanzungen und genossen die Stille. »Ich bin so froh, dass ich nun weiß, was ich will. Selbstständig leben! Unabhängig von einem Ehemann oder meinem Vater!«

Nathalies Blick wurde wieder einmal wehmütig, wie so oft, wenn von Alexandras Entscheidung die Rede war. »Ich weiß nicht, ob du richtig gehandelt hast. Godric liebt dich wirklich, da bin ich mir sicher.«

Alexandras Blick veränderte sich nun auch. Sie sah zwischen Lisa und ihrer Freundin hindurch und betrachtete ein Bild, das nur sie sehen konnte, das nur vor ihren eigenen Augen stand. »Ich habe gestern mit Godric telefoniert«, sagte sie dann sehr, sehr leise ...

Lissabon

16.02.

Die Hauptstadt Portugals erstreckt sich auf sieben Hügeln. Am schönsten ist es, sich ihr von der See her zu nähern, unter der Brücke des 25. April hindurch. Beim Unterqueren entsteht durch den fließenden Verkehr auf der Brücke ein seltsames Geräusch, das an einen Science-Fiction-Film denken lässt, tief und brummend, mit hellen, spitzen Tönen dazwischen und manchmal so sanft vibrierend wie ein perfektes Tremolo.

Der Küchenchef der *Soleil* hatte angekündigt, portugiesische Gerichte auf die Speisekarte zu setzen, während die *Soleil* im Lissaboner Hafen lag, Caldo verde, eine Kohlsuppe, Caldeirada, ein Fischeintopf, und Bacalhau, gekochter Kabeljau. Zum Nachtisch würde es natürlich Pastéis de Belém geben, die berühmten Puddingtörtchen.

Albert und Robert sahen ihren Lieben vergnügt hinterher, als diese ausschwärmten, um Lissabon zu besichtigen. Emily und Jonas wollten mit der Eléctrico durch die Stadt fahren, Lisa hatte sich mit Alexandra und Nathalie angefreundet, die drei wollten gemeinsam einen Geländewagen mieten und damit über die Küstenstraße nach Cascais fahren, dann ins Sintra-Gebirge und schließlich zur Steilküste am Cabo da Roca. Lukas und Dorothee zog es zum Park der Nationen, auf dem ehemaligen Expo-Gelände, mit seinen Wassergärten, dem tropischen Garten und dem Ozeanarium, dem größten Aquarium Europas. Maria und Barbara wollten diesen Tag bequem gestalten, sie würden sich in einem Tuk-Tuk durch die Stadt kutschieren lassen.

Robert und Albert stellten vage in Aussicht, zum Tejo der Praça do Comércio zu gehen, nicht weit vom Hafen entfernt, um den wunderschönen großen Platz zu bewundern und von dort einen Blick auf den Christo Rei zu werfen. Aber beide wussten genau, dass sie es nicht tun würden. Sie wollten nur nicht den Eindruck erwecken, zwei alte Knacker zu sein, die an Sehenswürdigkeiten kein Interesse mehr hatten und immer und überall ihrer Bequemlichkeit den Vorzug gaben. Außerdem fiel Albert wieder ein, dass ihm eingeschärft worden war, an Bord zu bleiben.

Dass die beiden Männer Schwiegervater und Schwiegersohn waren, ließ sich nicht auf den ersten Blick erkennen. Robert, der wesentlich Ältere, wirkte noch sehr agil, unternehmungslustig und dadurch jünger, während Albert vorzeitig gealtert schien, obwohl er sich, seit er auf der *Soleil* war, zum Positiven verändert hatte. Er schaute optimistischer drein, hatte etwas zugenommen und sich gesundheitlich stabilisiert. Aber sein Leben auf Mauritius hatte Spuren hinterlassen, die vermutlich nicht mehr wegzuwischen sind. Entbehrungen, ungesunder Lebenswandel, schlechte Ernährung, Trauer, Verzweiflung, Enttäuschung und Reue hatten ihm jegliche Lebensfreude genommen, an die er sich kaum noch erinnern konnte. Obwohl sie gelegentlich durchschimmerte, wenn er lächelte oder sich über etwas freute, was ihm schon früher gefallen hatte, ein gutes Essen, ein alter Witz, Gespräche mit Lisa. Alle Familienmitglieder atmeten täglich mehrmals auf, wenn sie sahen, wie ruhig die beiden miteinander sprechen konnten, wie geduldig sich Lisa die Erklärungen ihres Vaters anhörte und wie vernünftig Vater und Tochter die Zukunft planten, zu der auch Helene gehören sollte. Beide machten dann sehr besorgte Mienen, aber Albert ließ häufig Bemerkungen fallen, die zeigten, dass er tapfer sein wollte, und Lisa versuchte, ihm den Rücken zu stärken, indem sie unermüdlich ihre Hilfe anbot, die Albert jedoch nicht annehmen wollte.

Die beiden Männer standen noch immer auf Deck 5 an der Reling, in das Gewimmel am Hafen vertieft, zufrieden mit dem einen oder anderen leicht hingeworfenen Satz, beide glücklich darüber, dass keiner von ihnen Grundsätzliches zum Thema machen wollte. Ein paar Erinnerungen reichten, der eine oder andere Hinweis auf etwas, was im Hafen geschah, eine Anmerkung von Albert, die Robert immer so knapp wie möglich beantwortete. Sie waren zufrieden miteinander, die Namen ihrer Frauen fielen kein einziges Mal. Und die Frage, ob sie sich zu diesem Platz aufmachen wollten, auf dem König Carlos 1908 einem Attentat zum Opfer fiel, stellte einer dem anderen nicht. Für beide stand von vornherein fest, dass sie diesen Tag auf der fast menschenleeren *Soleil* nutzen wollten, wie es die meisten Männer am liebsten taten: mit einem kühlen Bier und einem Gespräch, das Frauen oberflächlich nennen würden, das für Männer aber genau richtig war. Sport und Autos gingen immer. So wie bei den meisten Frauen Mode, Frisuren und Prominente.

Sie waren gerade ins Innere des Schiffes zurückgekehrt, als zwei Frauen die *Soleil* betraten, jede mit einem kleinen Handkoffer, den sie energisch neben sich herschoben.

Albert und Robert gingen in die Symphonie-Bar, wo sich sonst niemand aufhielt, sie waren die einzigen Gäste. Lissabon war eine der besonders attraktiven Destinationen, die allermeisten Passagiere hatten das Schiff verlassen, um die Stadt und ihre Sehenswürdigkeiten zu besichtigen. Die beiden überlegten, ob es für Alkohol noch zu früh war, Albert erwähnte, dass er auf Mauritius jeden Morgen Rum getrunken hatte, und Robert fiel ein, dass ihm ein Bierchen direkt nach dem Frühstück noch nie geschadet hatte. Sie entschieden sich dann für ein Glas Sekt, weil der angeblich den Kreislauf ankurbelte, und das konnte ja nicht verkehrt sein. Das war quasi Medizin.

Sie lachten, während sie auf ihren Sekt warteten, kamen sich ausgelassen vor wie zwei Burschen, die sich etwas genehmigten, wofür sie eigentlich noch zu jung waren, und freuten sich, dass sie hier allein waren und miteinander reden konnten, ohne dass jemand mithörte.

Dann aber näherten sich Schritte, es hatte noch jemand den Raum betreten. Nein, zwei mussten es sein. Zwei Frauen, ihre Absätze klackerten auf dem Mosaikboden. Albert interessierte das nicht, aber Robert hatte noch nie eine oder gar zwei Frauen in seiner Nähe gehabt, ohne sich ihnen zuzuwenden. Das geschah bei ihm ganz automatisch.

Er drehte sich um, knipste sein charmantes Lächeln an, tausendfach bewährt ... und erstarrte. Ehe er etwas sagen konnte, klatschten ihm zwei Ohrfeigen ins Gesicht, links und rechts, mit voller Kraft, sodass Robert dastand und fassungslos seine Wangen betastete. Albert fuhr erschrocken herum, wollte wissen, was seinem armen Schwiegervater widerfahren war ... und es erging ihm nicht besser: Auch er kassierte zwei Ohrfeigen, die sich gewaschen hatten.

Maria

Am Tag vor der Rückkehr nach Hamburg, 20.02.

Die Gruppe bestand aus vier alleinreisenden Frauen, die gleich zu Beginn der Weltreise zusammengefunden hatten. Renate, Elisabeth, Astrid und Ingrid hatten bald spitzgekriegt, dass ich die Schwester des Kapitäns war, den alle vier ausgesprochen attraktiv fanden. Immer wieder musste ich Fragen beantworten, die kichernd und hinter vorgehaltener Hand gestellt wurden. Ob Lukas Jantzen verheiratet oder zumindest in festen Händen sei, ob er sich seine bunten Socken selbst aussuche oder sich beraten lasse, von einer modebewussten Dame natürlich, wie alt er sei und ob er womöglich unter Bindungsangst leide. Diese vier waren auch die Ersten, denen am Ende auffiel, dass meine früheren Antworten nicht mehr aktuell waren. Lukas ließ sich gerne mit Dorothee abends an der Bar blicken und hätte sie am liebsten den ganzen Tag an seiner Seite gehabt, das war nicht zu übersehen. Sie hatte es somit auf der *Soleil* ebenfalls zum Prominentenstatus gebracht, fast so wie Alexandra Helbing. Wo immer Dorothee auftauchte, suchte jemand ihre Gesellschaft, verwickelte sie in ein Gespräch oder erkundigte sich unauffällig, warum sie erst in Kapstadt an Bord gekommen sei. Erst recht die vier Frauen, von denen immer eine losgeschickt wurde, um Informationen einzuholen, und die dann den anderen drei mitteilen musste, was sie recherchiert hatte. Meist war es Renate, der es am besten gelang, Informationen aus anderen herauszufragen.

Die Frau an der Seite des Kapitäns war sogar beinahe noch interessanter als Alexandra Helbing, die um ein Haar in den englischen

Adel eingeheiratet hätte, und der Earl of Chiswick, der leider das Schiff schon wieder verlassen hatte.

Und eine der vier wollte sogar beobachtet haben, dass es in der Symphonie-Bar eine Schlägerei gegeben habe. Zumindest seien zwei Damen am Schauplatz erschienen, die ohne Vorankündigung zwei Männern, die friedlich dort saßen und auf ihr Getränk warteten, ins Gesicht geschlagen hatten. Das müsse man sich mal vorstellen!

Dazu gab ich allerdings keine Auskünfte, und dass ich davon etwas erfahren haben musste, weil die beiden Herren doch ebenfalls zur Familie des Kapitäns gehörten, bestritt ich rundheraus. Ich ließ mich auch nicht verleiten, etwas dazu zu sagen, dass die Dame, die dem Kapitän in den ersten Wochen der Reise ihre Gunst erwiesen hatte, obwohl sie verheiratet war, von heute auf morgen nicht mehr auf der *Soleil* gesehen wurde. Und dass die aufgetakelte Frau, die immer auf Stöckelschuhen herumlief, ebenfalls nicht mehr gesehen wurde und auch ihr Begleiter vom Erdboden beziehungsweise den Schiffsplanken verschwunden war, kommentierte ich so lapidar, wie ich es gerade schaffte.

»Auf Mauritius ging die zweite Teilstrecke zu Ende. Dort sind viele ausgestiegen.«

Nun kursierte ein neues Gerücht: Eine der vier hatte irgendwo aufgeschnappt, dass die Weltreise mit einem Käpt'ns Dinner enden würde, so wie in der TV-Serie »Traumschiff«, und das, obwohl es im Veranstaltungskalender nicht ausdrücklich aufgeführt worden war. Sollte das etwa eine Überraschung des Kapitäns werden? Wenn ja, dann wollten die vier unbedingt als Erste davon erfahren. Und ob es ebenfalls mit Wunderkerzen bestückte Torten geben würde, die unter musikalischer Begleitung hereingetragen werden würden? Die vier versprachen feierlich, darüber zu schweigen, bis es offiziell war.

Ich ging auf ihren Ton ein, obwohl es überhaupt kein Geheimnis war, dass diese Weltreise mit einem festlichen Abendessen enden würde. Aber die vier Frauen waren begeistert, als ich ihnen zuflüsterte, dass am letzten Abend, wenn das Schiff auf Hamburg zuhielt, tatsächlich ein Kapitänsdinner stattfinde. Strahlend zogen sie sich an ihren Tisch zurück, in der herrlichen Gewissheit, allen anderen Passagieren etwas voraus zu haben.

Als es so weit war und wir uns zum Käpt'ns Dinner an unserem Tisch niederließen, raunte Barbara mir zu: »Warum bist du so still? So kenne ich dich ja gar nicht.«

Sie hatte recht, so bin ich normalerweise nicht, vor allem dann nicht, wenn es vieles gibt, worüber ich mich freuen kann. Aber leider gab es auch einiges, was mich bedrückte. Vor allem war es einfach sehr viel gewesen, was auf der Weltreise geschehen war, was sich noch nicht richtig zu einer Chronologie aufreihen wollte.

Glücklich bin ich natürlich über die Liebesgeschichte von Jonas und Emily. Dass sie seinen Heiratsantrag angenommen hat, ist einfach das Größte. Und was meinen Jungen angeht, bin ich zum ersten Mal seit langer Zeit davon überzeugt, dass er seinen Weg finden wird. Nicht nur privat, auch beruflich. Stellen Sie sich vor, Jonas hatte sich entschlossen, Reiseverkehrskaufmann zu werden. Emily will demnächst das Reisebüro ihrer Mutter in Niebüll übernehmen und zusammen mit Jonas führen. Ist das nicht eine großartige Idee? Sie fanden ja auch, dass Jonas' Fähigkeiten für den Beruf des Privatdetektivs nicht ausreichten. Oder? Geben Sie es ruhig zu. Ich weiß Ihre Rücksichtnahme zu schätzen, aber jetzt brauchen Sie nicht mehr taktvoll zu sein. Jonas war ein lausiger Privatdetektiv, seinen Auftrag hätte er niemals ohne die Hilfe seiner Familie ausführen können. Nun endlich hat er eine Zukunft, auf die ich vertrauen kann.

Dorothee und Lukas waren übrigens auch sehr glücklich darüber, dass die beiden ein Paar geworden sind. Jonas hatte sich sogar einen Spaß daraus gemacht, im Beisein der ganzen Familie bei

Lukas um Emilys Hand anzuhalten! Man stelle sich das vor! Lukas war ganz schön verblüfft. Ich glaube, in diesem Augenblick wurde ihm einmal mehr bewusst, was es bedeutet, Vater zu sein. Dieser Augenblick war einfach herrlich.

Und dann die wunderbare Sicherheit, alles richtig gemacht zu haben, wenn ich Lukas und Dorothee betrachtete. Die einzige Frage, die ich mir gelegentlich noch stellte: Warum hatte es so lange dauern müssen, warum hatte das Happy End nicht früher kommen können, aber solche Fragen sind überflüssig, ich weiß. Hauptsache, die beiden sind wieder zusammen, wenn sie auch länger als dreißig Jahre dazu gebraucht haben. Und sie werden heiraten, das weiß ich auch schon. Dorothee hatte es mir verraten. Jonas' Entschluss war anscheinend ein Vorbild für meinen Bruder. Manchmal muss ich an Jonas' leibliche Mutter denken, die mir damals ihr Baby in die Arme legte. Hätte ich ihre Adresse, würde ich ihr mitteilen, dass aus ihrem Sohn ein glücklicher Mann geworden ist, geborgen in einer großen Familie, dass sie damals alles richtig gemacht hat, als sie sich entschloss, ihrem Kind eine ungewisse Zukunft zu ersparen.

Gegen die große Liebesgeschichte von Lukas und Dorothee war der Ehekrach zwischen unserem Vater und seiner vierten Ehefrau eine Banalität. Natürlich erfuhren wir bald, was auf den Seychellen passiert war. Er hatte mal wieder einen Flirt begonnen – mit 84 Jahren, man stelle sich das vor! –, und Silvia war noch längst nicht so weit, sich zu sagen, dass man ihn am besten ließe, weil das Flirten bei ihm eine Art Reflex sei, den er gar nicht unterdrücken konnte. Aber ich glaube, sie hat es jetzt verstanden. Zum Glück lässt sich bei einem Mann wie meinem Vater ja vermuten, dass er einen echten Ehebruch gar nicht mehr hinkriegt, sondern es auf jeden Fall beim Augenzwinkern und bei schlüpfrigen Komplimenten bewenden lässt. Doch da bin ich mir nicht so sicher. Silvias Andeutungen sprachen jedenfalls eine andere Sprache. Aber die Ohrfeigen, die sie ihm in der Symphonie-Bar verpasst hatte, waren wirksam. Noch besser wäre es natürlich gewesen, Silvia hätte großes Publikum gehabt, aber auch so hatte sie für Wirkung gesorgt.

Silvia kannte sich im Internet aus, sie stand sozusagen mit Herrn Google auf du und du. Welche Fragen auch immer auftauchten, Silvia googelte die Antwort. Und wenn sie unterwegs war und ihr keine Zeitung neben den Frühstücksteller gelegt wurde, ging sie ins Internet, um sich über die täglichen Ereignisse auf der Welt zu informieren. Bei dieser Gelegenheit war sie auf eine Meldung über das gestoßen, was wir vor Helene so lange wie möglich geheim halten wollten. Auf Mauritius war ein Mord geschehen, und ein Mann, der vor fünf Jahren als Teilnehmer einer Kreuzfahrt auf mysteriöse Weise auf dieser Insel verschwunden war, stand im Verdacht, der Täter zu sein.

Silvia zählte eins und eins zusammen und setzte sich mit Helene in Verbindung, die sie kennengelernt hatte, als Robert es opportun fand, seine Kinder mit seiner vierten Zukünftigen bekanntzumachen. Sie dachte gar nicht daran, Helene zu schonen. Für sie war klar, dass eine Ehefrau auf der Stelle erfahren müsse, was es mit ihrem verschwundenen Gatten auf sich hatte.

Und erstaunlicherweise hatte Helene ganz anders reagiert als sonst, wenn Lisa leise mit ihr sprach, vor lauter Schonung kein deutliches Wort äußern mochte und stets alles, was ihre Mutter erfahren sollte, in die Watte der Rücksicht packte, wo es nicht mehr zu erkennen, bestenfalls zu ertasten und zu erahnen war. Silvia dagegen war wie ein Pfeil auf Helene losgeschossen, mit ihrer scharfen Stimme, durch die Telefonleitung. Sie hatte Helene nicht geschont, auf diese Idee wäre sie gar nicht gekommen, sie hatte nichts verpackt, sondern alles offen ausgesprochen. Ihr Mann hatte sie betrogen und war zu feige gewesen, sie um eine faire Trennung zu bitten! Sie hatte die Sache beim Namen genannt und auch gleich eine Lösung parat gehabt. Offenbar sollte Helene ja aus dieser

Angelegenheit herausgehalten werden, also musste sie selber sich hineinbegeben. Und da es sich zufälligerweise so fügte, dass auch Silvia ein Hühnchen mit ihrem Ehemann zu rupfen hatte, konnten sie sich genauso gut zusammentun und das gemeinsam erledigen.

Silvia hatte für Helene einen Flug nach Lissabon besorgt und für sich selbst ebenfalls. So was war für Silvia eine Kleinigkeit, während Helene vermutlich schon am Starten des Computers gescheitert wäre. Aber danach war Helene nicht mehr zu halten gewesen. Sie hatte den Flughafen von San Antonio und auch den verabredeten Treffpunkt, das Hotel Mundial in Lissabon, ohne Weiteres gefunden und war so voller Wut gewesen, als sie dort ankam, wie niemand es für möglich gehalten hätte. Außer Silvia! Die fand Helenes Reaktion total normal. Anscheinend war ihr nicht richtig klar gewesen, dass Helene bis dahin schon seit Jahren nicht mehr wütend gewesen war, sondern nur larmoyant und weinerlich. Ganz ehrlich, ich hatte diesen Verdacht schon öfter, dass man Helene einfach anders anpacken musste. Albert hatte sie immer geschont, und Lisa schonte sie heute noch. Dass Helene ohne ihre Hilfe von San Antonio nach Lissabon geflogen, die *Soleil* betreten und daselbst ihrem betrügerischen Ehemann eine runtergehauen hatte, passt nach wie vor nicht in Lisas Weltbild. Sie war auch nicht wirklich froh darüber, natürlich nicht. Denn sie glaubte nun, dass dieser neue Zustand ihrer Mutter eine besondere Form der Depression war. Lieber Himmel!

Manchmal fragte ich mich, wer in Hamburg an Bord kommen würde, um die Kabine der Meisters auszuräumen. Benita hatte Lukas die Nachricht hinterlassen, man werde jemanden schicken, der ihre Sachen abholt. Aber wer sollte das sein? Andererseits brauchte mich das wirklich nicht zu kümmern. Von Bedeutung war da eher, ob die Polizei gleich nach dem Anlegen an Bord der *Soleil* erscheinen würde, um Albert zu verhaften. Ich fürchtete, das ließe sich nicht verhindern. Der Gute sollte sich an diesem Abend noch mal so richtig satt essen und so viel Champagner trinken, wie er wollte, denn damit dürfte es fürs Erste vorbei sein. Wer weiß, wie lange seine Untersuchungshaft dauern würde.

Ich seufzte tief und stellte fest, dass Barbara mich erstaunt und fragend ansah. Aber dieses Thema war nicht geeignet für einen schönen Abend wie diesen. Sogar Albert selbst schien nicht an morgen zu denken. Er klatschte genauso begeistert Beifall wie alle anderen, als die Torten mit den Wunderkerzen hereingetragen wurden, lachte seine Frau an und tätschelte seiner Tochter die Hand.

Ich wurde nervös, es fiel mir richtig schwer, ruhig auf meinem Stuhl sitzen zu bleiben. Barbara merkte das. Sie kannte mich ja genau und sah mich schon wieder so prüfend an. »Du verschweigst was.«

Damit hatte sie wohl recht. Denn der Knaller kam tatsächlich noch. Damit rechnete niemand, wetten? Ich war echt die Einzige, die davon wusste, außer Lukas natürlich. In den letzten Wochen hatte es mich oft genervt, dass ich so viele Geheimnisse für mich behalten musste, was mir ja nicht immer leichtgefallen war. Aber diesmal war es anders. Diesmal fühlte ich mich außerordentlich geehrt. Ich durfte es erfahren, das war eine Auszeichnung. Okay, man musste mich informieren, damit ich einiges in die Wege leiten konnte, was sonst schwierig geworden wäre, aber trotzdem ... Ich freute mich auf den Moment, der gleich folgen würde.

Lukas hielt eine kleine Rede, bedankte sich bei allen Passagieren, die immer rechtzeitig an Bord zurückgekommen waren, sodass die *Soleil* pünktlich ablegen konnte, und beteuerte, ihm selbst habe diese Weltreise genauso viel Freude gemacht wie ihnen. Welche Probleme aufgetreten waren, wusste natürlich niemand außer uns. Und dass es für ihn zusätzlich ein Happy End gegeben hatte, erwähnte er nicht. Sein Happy End saß direkt neben ihm, alle Passagiere konnten sich ausmalen, was das bedeutete.

Als das Käpt'ns Dinner vorbei war, sollte in der Neverend-Bar noch gefeiert werden, aber die meisten Gäste zogen es vor, in ihre

Kabinen zurückzukehren und ihre Koffer zu packen. Emily und Jonas wollten die Nacht eigentlich mit Tanzen verbringen, ließen sich aber von mir zurückholen.

»Was soll das?«, maulte Jonas. »Wir wollen ...«

Ich ließ ihn gar nicht ausreden. »Der Abend ist noch nicht zu Ende. Kommt mit! Es wartet noch eine Überraschung.«

Damit hatte ich sie zum Glück neugierig gemacht. Auch alle anderen waren mächtig gespannt, was am letzten Abend dieser Reise noch geschehen sollte. Ich lotste alle in den Konferenzraum der *Soleil*, der nur selten benutzt wurde.

Barbara zischte mir ärgerlich zu: »Seit wann hast du auch vor mir Geheimnisse?«

Lisa fragte indigniert, ob etwas geplant sei, das den Seelenfrieden ihrer Mutter gefährden könne, während Helene selbst ihr einen Ellbogenstoß in die Seite versetzte und vor ihr auf die Tür des Konferenzraums zusteuerte. Albert folgte ihr und schien sich zu wundern, dass er mit ihr nicht mehr Schritt halten konnte. So forsch hatte er seine Frau schon lange nicht mehr erlebt. Ob sie ihm seine Liebe zu Moana mittlerweile verziehen hatte, wusste ich nicht genau, aber immerhin war sie bereit, mit ihm darüber zu reden, was damals in ihrer Ehe schiefgelaufen war. Nach den Ohrfeigen in der Symphonie-Bar hatte zwar erst mal Funkstille zwischen den beiden geherrscht, aber mittlerweile verbrachten sie viel Zeit miteinander. Alberts Haltung wurde immer straffer und Helenes Stimme immer kräftiger. Barbara betrachtete die beiden als Einzige oft mit sorgenvoller Miene. Anscheinend hatte sie Angst, Albert könnte, um für reinen Tisch zu sorgen, auch die Affäre zwischen ihnen beichten.

Robert und Silvia kommen nur selten aus ihrer Kabine, ich wagte nicht, mir auszumalen, warum. Angeblich müssten sie einen Teil ihres Honeymoons nachholen, der ihnen durch ihren dummen Streit genommen worden ist. Du lieber Himmel! Hört das denn nie auf?

Dorothee zwinkerte mir zu, als wir uns setzten. Klar, sie wusste auch Bescheid, Lukas hatte sie garantiert eingeweiht. Schließlich saßen alle, die zur Familie Jantzen gehörten, einträchtig in den Stuhlreihen, wo sich sonst Teilnehmer von Kongressen auf der *Soleil* niederließen. Es wurde getuschelt, gemutmaßt, und viele Köpfe wurden geschüttelt. Dann kamen zwei Mitarbeiter der *Soleil* und trugen zwei Stühle herein, die geschmückt waren. Weiße Blüten, wenn auch künstlich, umrankten die Rückenlehnen der Stühle, zwei weiße Hussen bedeckten die dunklen Ledersitze. Ohne auf Barbaras Getuschel zu achten, nahm ich meinen Stuhl und stellte ihn hinter diese beiden. Dass mich alle fragend ansahen, ignorierte ich einfach. Und dass ich einen weiteren Stuhl danebenstellte, ließ ich ebenfalls unkommentiert.

Und dann der große Moment! Zur Verblüffung aller drückte sich Nathalie Teichler in den Raum, und gemeinsam ließen wir uns hinter den geschmückten Stühlen nieder, Nathalie links, ich rechts. Dann kam Lukas herein. Er hatte sich sogar umgezogen, trug diesmal eine dunkle Uniform und ließ die Tür hinter sich offen. Mit dem Gesicht zum Eingang des Konferenzraums gab er ein Zeichen, Musik ertönte, der Hochzeitsmarsch von Mendelssohn-Bartholdy, und herein traten ... der Earl of Chiswick und Alexandra Helbing. Ein Raunen ging durch den Raum, erstaunte Ausrufe hin und her, sogar diejenigen, die nichts von der geplatzten Verlobung mitbekommen hatten, reagierten verdutzt. Helene und Silvia hatten selbstverständlich beide in der Sensationspresse gelesen, dass die Verlobung des Earls mit der Millionärstochter auf der *Soleil* abgesagt war. Nur Robert und Albert durchblickten gar nichts. Beide hatten sich noch nie für Nachrichten interessiert, die sich um das Liebesleben von Prominenten drehten, und schauten nun entsprechend dümmlich aus der Wäsche. Niemand fühlte sich wohl, wenn alle anderen etwas durchblickten, was einem selbst schleierhaft war. Aber sie würden es schon bald kapieren ...

Der Earl trug einen schwarzen Anzug, einen schlichten Einreiher, dazu ein schneeweißes Hemd mit einer blassblauen Krawatte, im Knopfloch eine weiße Nelke. Alexandra sah wunderschön aus in ihrem weißen Etuikleid, völlig schmucklos und gerade deshalb so edel. Ihre makellose Figur kam darin sehr gut zur Geltung, ihre langen blonden Haare fielen glatt über die Schultern, sie war in ihrer schlichten Schönheit einfach atemberaubend.

Nathalie neben mir stieß einen kleinen Seufzer aus, ihre Augen waren feucht, sie lächelte, als ginge es um ihren eigenen großen Tag.

Lukas berichtete den staunenden Anwesenden von der Liebesgeschichte dieser beiden, die er selbst miterlebt hatte, von ihrer Trennung und von Alexandras Vater, der sich überall eingemischt und seine Tochter so lange manipuliert hatte, bis die Beziehung der jungen Leute zerstört war. Aber nun hatten die beiden ihren eigenen Weg gefunden. Alexandra würde zwar eine englische Lady werden, doch sie würde sich nicht dem strengen Protokoll unterwerfen müssen, dafür hatte ihr nun schon bald frisch angetrauter Ehemann gesorgt, sie würde einen Beruf ausüben, einen Mann heiraten, dem es nicht um das Geld ihres Vaters ging, und beide wollten den verstaubten Traditionen die Stirn bieten. Godric würde seine Eltern vor vollendete Tatsachen stellen und Alexandra ihren Vater.

Was für herzzerreißende Worte! Was für eine schöne Trauung! Und ich durfte, zusammen mit der besten Freundin der Braut, Trauzeugin sein! Ist das nicht herrlich?

Nach der Trauung schüttelte Lukas den Brautleuten die Hand und wünschte ihnen alles Gute für ihren Lebensweg. Und bei seinem letzten Satz sah er uns alle an, vor allem Dorothee und seine Tochter Emily. »Die Liebe hat mal wieder gesiegt!«